LE ROI DES MURGOS

DAVID EDDINGS

Chant II de la Mallorée

LE ROI DES MURGOS

ÉDITIONS FRANCE LOISIRS

Titre original : *KING OF THE MURGOS*
Traduction : Dominique Haas

Édition du Club France Loisirs,
avec l'autorisation de Pocket

Éditions France Loisirs,
123, boulevard de Grenelle, Paris
www.franceloisirs.com

ISBN 2-7441-7432-7

A Den,
Il saura pourquoi,
Et à notre chère Jeanie,
Pour être elle-même, et voilà tout.

Je tiens à exprimer ici ma profonde gratitude à Leigh, ma femme, pour son soutien sans réserves et ses apports à cette épopée qui n'aurait pas vu le jour sans elle.

Que soit aussi remercié mon éditeur, Lester del Rey, pour sa patience, son indulgence et surtout ses suggestions, trop nombreuses pour être mentionnées.

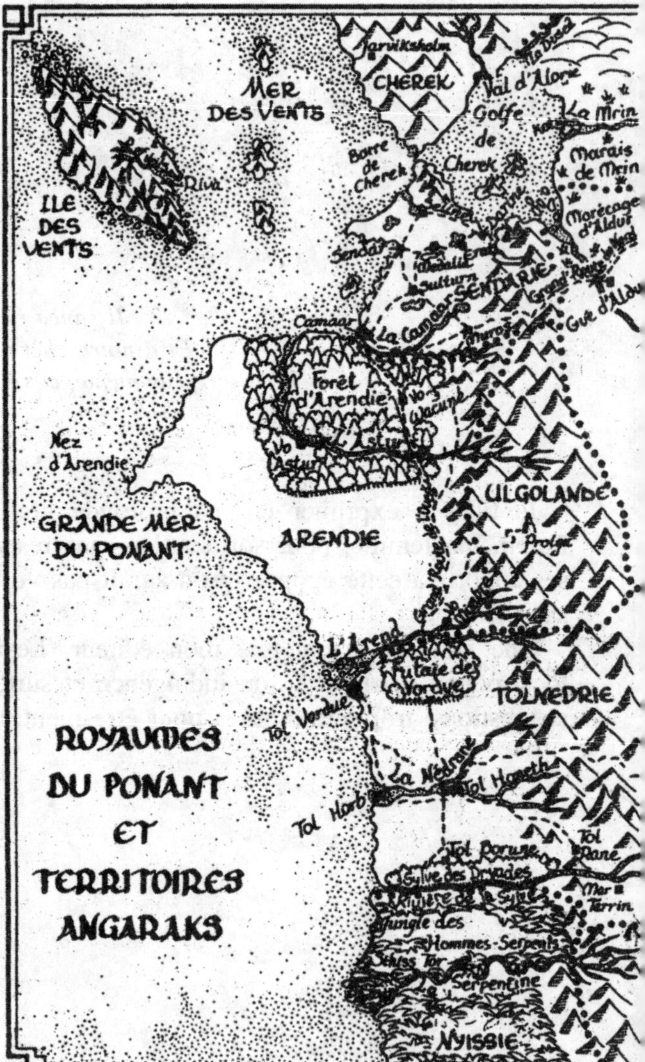
ROYAUMES DU PONANT ET TERRITOIRES ANGARAKS
MER DES VENTS
ILE DES VENTS
Riva
Jarviksholm
CHEREK
Val d'Alorie
Golfe de Cherek
Barre de Cherek
La Mrin
Marais de Mrin
Morécages d'Aldur
Sendar
Sulturn
SENDARIE
Camaar
La Camaar
Muros
Grand'Route
Gué d'Aldur
Forêt d'Arendie
Vo Wacune
Vo Astur
Nez d'Arendie
GRANDE MER DU PONANT
ARENDIE
ULGOLANDE
Prolgu
Grand'Route de l'Ouest
L'Arend
Futaie des Vordue
TOLNEDRIE
Tol Vordue
La Nedrane
Tol Honeth
Tol Horb
Tol Rane
Tol Borune
Sylve des Dryades
Rivière de la Sylve
Mer Terrin
Jungle des Hommes-Serpents
Sthiss Tor
Serpentine
NYISSIE

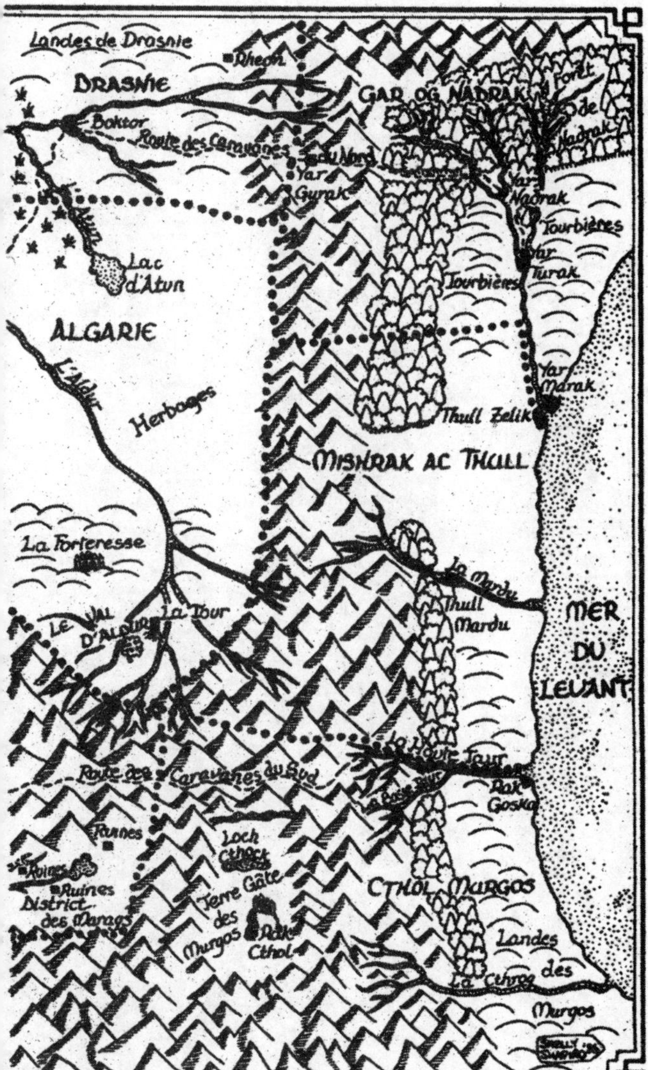
Landes de Drasnie
Rheon
DRASNIE
Boktor
Route des Caravanes du Nord
Yar Gurak
GAR OG NADRAK
Forêt de Nadrak
Yar Nadrak
Tourbières
Yar Turak
Tourbières
Lac d'Atun
ALGARIE
L'Aldur
Herbages
Yar Marak
Thull Zelik
MISHRAK AC THULL
La Forteresse
La Mardu
Thull Mardu
MER DU LEVANT
Le Val d'Aldur
La Tour
La Haute Tour
Route des Caravanes du Sud
Rak Goska
Ruines
Loch Cthock
Ruines
Ruines
District des Marags
Terre Gâte des Murgos
Rak Cthol
CTHOL MURGOS
Landes des Murgos
La Cthrag

PROLOGUE

Où l'on apprend comment Zandramas enleva le Fils de Belgarion malgré les mises en garde de la puissante Orbe d'Aldur.

D'après *Les Vies de Belgarion le Grand* (Introduction au tome IV).

Au Commencement des Ages, les Dieux créèrent le monde, puis ils le peuplèrent de moult espèces d'animaux à poils et à plumes, de plantes et enfin d'hommes. Mais, alors que chaque Dieu choisissait celui des peuples qu'il guiderait et dirigerait, le Dieu Aldur se retira dans sa tour afin d'étudier la genèse.

Le moment vint où un enfant affamé se présenta devant lui. Le Dieu l'accueillit dans sa retraite et, comme il semblait porteur de promesses, il le nomma Belgarath, lui enseigna le pouvoir du Vouloir et du Verbe, que les hommes appellent la sorcellerie, et le prit pour disciple. D'autres enfants vinrent, dont Aldur fit aussi ses disciples, et tous vécurent fraternellement unis dans son enseignement.

Puis un jour Aldur façonna entre ses mains une pierre tombée d'au-delà des étoiles et lui donna le nom d'Orbe. Cette gemme recelait une force prodigieuse : elle était l'instrument d'une des deux Destinées qui s'opposent depuis l'aube des temps pour la domination de toute chose.

Or il advint que le Dieu Torak s'empara de la pierre, car la Destinée des Ténèbres s'était incarnée en lui. A la demande des Aloriens, Belgarath mena Cherek Garrot-d'Ours et ses trois fils dans les immensités du Levant où Torak avait érigé Cthol Mishrak, la Cité de l'Eternelle Nuit, et, par la ruse, ils reprirent l'Orbe au Dieu maudit.

Sur le conseil des Dieux, Belgarath divisa l'Alorie en quatre royaumes qu'il appela la Drasnie, l'Algarie, Cherek et Riva, du nom de ses compagnons. Il confia l'Orbe au gardien de l'Ile des Vents, Riva Poing-de-Fer, qui la plaça sur le pommeau de son immense épée et enchâssa l'arme dans la muraille, au-dessus de son trône.

Une tragédie, attendait Belgarath à son retour. Sa bien-aimée Poledra avait quitté ce monde en donnant naissance à des jumelles. En son temps, Belgarath accorda la main de la blonde Beldaran à Riva Poing-de-Fer afin qu'ils fondent la lignée des rois de Riva. Il garda près de lui son autre fille, Polgara, qui portait la marque des sorcières : une mèche blanche dans le minuit de sa chevelure.

Le Ponant connut mille et mille années de paix sous la protection de l'Orbe, jusqu'au jour maudit entre tous où le roi Gorek de Riva, ses fils et les fils de ses fils furent traîtreusement assassinés. Seul un enfant échappa au carnage. Il fut élevé en secret par Belgarath et Polgara. Brand, le Gardien de Riva, et après lui ses descendants, qui tous portaient son nom, relevèrent le flambeau et veillèrent sur la pierre embrasée par l'esprit d'Aldur.

Puis, grâce à un enfant au cœur pur qui pouvait prendre l'Orbe dans ses mains sans périr foudroyé, Zedar l'Apostat déroba la gemme et l'apporta à Torak, son redoutable maître.

Apprenant ce forfait, Belgarath alla en Sendarie chercher Polgara et son jeune protégé, Garion, le dernier survivant de la lignée de Riva. Ensemble, ils partirent en quête de l'Orbe. Après avoir bravé bien des périls, ils retrouvèrent l'enfant innocent, qu'ils nommèrent Mission, et replacèrent la pierre où palpitait la vie sur le pommeau de l'épée de Poing-de-Fer, à la cour du roi de Riva.

Puis Garion – que l'on appelait désormais Belgarion car il avait le don de sorcellerie – apprit par la voix de la Prophétie qu'il était l'Enfant de Lumière, et que le moment approchait où il devrait tuer Torak, le Dieu maudit, ou périr de sa main. Le cœur glacé de terreur, il partit vers l'est et la Cité de l'Eternelle Nuit pour affronter son destin. Là, aidé de son immense épée, il vainquit le Dieu et lui ôta la vie.

Alors Belgarion, qui était le descendant de Riva Poing-de-Fer, fut couronné roi de Riva et roi des rois du Ponant. Le jour de son mariage avec la princesse tolnedraine Ce'Nedra, Polgara épousa le fidèle forgeron Durnik, que les Dieux avaient ramené d'entre les morts et doté du don de sorcellerie afin qu'il fût son égal. Belgarath, Polgara et Durnik partirent pour le Val d'Aldur, en Algarie, et se consacrèrent à l'éducation de l'étrange et doux enfant nommé Mission.

Dès années passèrent. Belgarion apprit le métier d'époux et de roi. Il dominait le pouvoir du Vouloir et du Verbe. La paix régnait sur le Ponant. Puis des troubles éclatèrent dans le Sud : Kal Zakath, l'empereur de Mallorée, avait déclaré la guerre au roi des Murgos. Belgarath revint de Mallorée avec d'inquiétantes rumeurs concernant une pierre appelée Sardion dont on ne savait rien, sinon que c'était un objet de crainte.

Puis, une nuit, Belgarion et le jeune Mission furent réveillés par la voix de la Prophétie qui leur ordonna, dans le secret de leur âme, de se rendre à la cour du roi de Riva. Là, l'Orbe enchâssée sur le pommeau de l'épée, qui luisait ordinairement d'un éclat bleu, rougit de colère et prononça ces mots : *Prenez garde à Zandramas* ! Mais ils ne purent savoir qui – ou ce qu'était Zandramas.

Lorsque Ce'Nedra apprit qu'elle était enceinte, après des années d'attente, le culte de l'Ours redressa la tête et proclama qu'une Tolnedraine ne pouvait régner sur l'Alorie et qu'elle devait céder son trône à une femme de sang alorien.

La reine fut victime, alors qu'elle était aux bains, d'une tentative d'assassinat perpétrée par une femme qui se jeta de la plus haute tour de la Citadelle. Mais, à ses vêtements, le prince Kheldar, un aventurier drasnien plus connu sous le nom de Silk, reconnut en elle une adepte du culte. Belgarion en conçut une grande colère mais s'abstint de toute action contre les adorateurs de l'Ours.

En son temps, la reine Ce'Nedra donna un bel héritier mâle au trône de Riva. Grande fut la joie des peuples d'Alorie et de leurs alliés, et leurs monarques se réunirent à Riva pour fêter cet heureux événement.

Quand tous furent repartis et que la Citadelle eut retrouvé son calme, Belgarion reprit l'étude de l'antique Prophétie que les hommes nommaient le Codex mrin. Une tache énigmatique le troubla longtemps, puis il découvrit qu'elle était lisible à la lumière de l'Orbe. Il apprit ainsi que ses obligations en tant qu'Enfant de Lumière n'avaient pas pris fin avec la mort de Torak. La Prophétie des Ténèbres avait désormais un nouvel instrument, Zandramas, qu'il devait rencontrer le moment venu « à l'endroit qui n'était plus ».

Il s'entretenait de cette prédiction consternante avec Belgarath, au Val d'Aldur, lorsqu'on leur annonça la terrible nouvelle : des assassins s'étaient introduits nuitamment à la Citadelle et avaient tué Brand, le fidèle Gardien de Riva.

Belgarion, Belgarath et Polgara retournèrent précipitamment à Riva. Le prince Kheldar reconnut en l'un des meurtriers un adorateur de l'Ours, puis ils apprirent que le culte massait une armée à Rhéon, en Drasnie, et construisait une flotte à Jarviksholm, sur la côte de Cherek.

Belgarion déclara alors la guerre au culte. Sur le conseil des autres rois d'Alorie, il attaqua d'abord les chantiers navals cheresques afin de prévenir toute incursion hostile dans la mer des Vents. Le combat fut bref et sans merci. Jarviksholm fut réduit en cendres avant qu'un seul navire ait pris la mer.

La victoire était à peine acquise qu'un messager venu de Riva annonçait au jeune roi de Riva l'enlèvement de son fils.

Belgarion, Belgarath et Polgara se changèrent en oiseaux et regagnèrent Riva à tire-d'aile. Toutes les maisons de la cité avaient été fouillées de la cave au grenier, mais en vain. Belgarion suivit, grâce à l'Orbe, la piste des ravisseurs. Ils retrouvèrent, ses compagnons et lui, un groupe de Cheresques adorateurs de l'Ours sur la côte ouest de l'Ile et les exécutèrent. L'unique survivant avoua à Polgara que l'enfant avait été enlevé sur l'ordre d'Ulfgar, le chef du culte de l'Ours, basé à Rhéon, en Drasnie orientale, puis il se jeta du haut de la falaise et s'écrasa sur les rochers.

En faisant mouvement vers Rhéon, Belgarion à leur tête, les troupes riviennes tombèrent dans une embuscade. Elles allaient succomber sous des forces supérieures en nombre lorsque le prince Kheldar vint à leur rescousse avec des mercenaires nadraks. Les Riviens et leurs renforts investirent la cité.

Les rues de la ville furent le théâtre de sauvages combats sitôt que les catapultes du baron Mandorallen en eurent abattu les murailles. De nombreux adorateurs de l'Ours périrent, puis Belgarion et Durnik capturèrent leur chef, Ulfgar.

Belgarion savait déjà que son fils n'était pas à Rhéon, mais il espérait apprendre ce qu'il était advenu de lui en interrogeant le chef du culte. Celui-ci refusa obstinément de parler, mais le jeune Mission lut la vérité dans son esprit.

Il apparut ainsi que, s'il avait bien commandité l'attentat qui avait failli coûter la vie à Ce'Nedra, Ulfgar était étranger à l'enlèvement de son fils. Seule la mort de l'enfant servait ses intérêts, et avant sa naissance de préférence.

Le sorcier Beldin, qui avait lui aussi reçu l'enseignement d'Aldur, leur révéla qu'Ulfgar n'était autre qu'Harakan, l'un des chiens d'Urvon, le dernier disciple vivant de Torak. Harakan disparut subitement et Beldin se lança à sa poursuite.

Selon des messagers venus de Riva, les recherches s'étaient poursuivies après que Belgarion eut quitté l'Ile des Vents. Un berger vivant dans les collines avait vu quelqu'un portant un paquet ressemblant à un enfant au maillot. L'individu était monté à bord d'un vaisseau nyissien qui avait mis cap au sud.

Une apparition de Cyradis, une sibylle de Kell, leur en apprit davantage : l'enfant avait été enlevé par Zandramas, qui avait élaboré un stratagème compliqué afin de faire retomber la responsabilité du rapt sur Harakan. L'adorateur de l'Ours auquel Polgara avait tiré les vers du nez avant qu'il se jette du haut de la falaise, sur l'Ile des Vents, était l'un de ses instruments involontaires.

Selon la sibylle, l'Enfant des Ténèbres avait enlevé le fils de Belgarion dans un but précis, lié au Sardion. Le roi de Riva devait à présent poursuivre Zandramas. Elle lui nomma ceux qui l'accompagneraient dans sa quête, puis elle disparut en lui confiant son guide muet, un géant du nom de Toth.

Belgarion sentit le cœur lui manquer. Son fils avait disparu depuis de longs mois, et la piste avait eu le temps de refroidir. Mais il réunit ses compagnons avec une sinistre détermination, bien résolu à traquer Zandramas jusqu'au bout du monde et même au-delà, s'il le fallait.

PREMIERE PARTIE

La reine des serpents

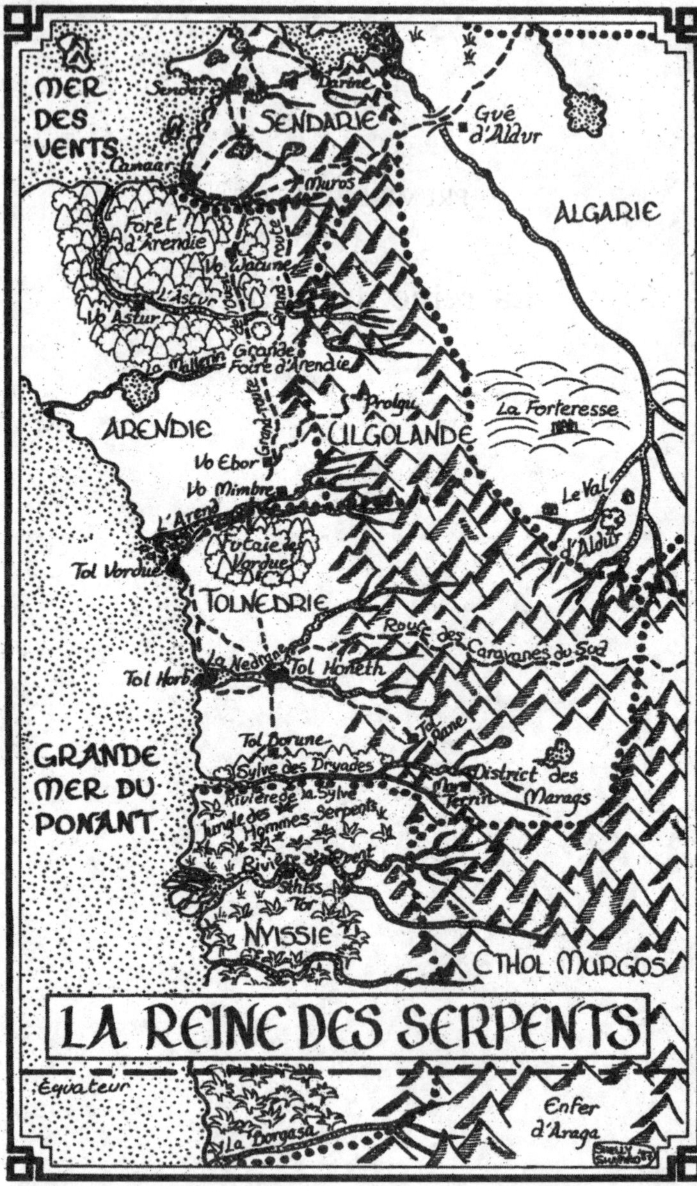

MER DES VENTS
Sendar
Darine
SENDARIE
Gué d'Aldur
Camaar
Muros
ALGARIE
Forêt d'Arendie
Vo Wacune
L'Astur
Vo Astur
Grande Foire d'Arendie
La Mallerin
Prolgu
La Forteresse
ARENDIE
ULGOLANDE
Vo Ebor
Vo Mimbre
Le Val d'Aldur
L'Arend
Futaie de Vordue
Tol Vordue
TOLNEDRIE
Route des Caravanes du Sud
La Nedrane
Tol Honeth
Tol Horb
Tol Rane
Tol Borune
GRANDE MER DU PONANT
Sylve des Dryades
District des Marags
Rivière de la Sylve
Mar Terrin
Jungle des Hommes-Serpents
Rivière du Serpent
Sthiss Tor
NYISSIE
CTHOL MURGOS
LA REINE DES SERPENTS
Équateur
Enfer d'Araga
La Borgasa

1

Quelque part, dans le noir, Garion entendait un bruit cristallin d'eau qui gouttait lentement, avec une morne régularité. Il faisait froid, et ça sentait la pierre, le moisi et ces choses blanches, vaguement translucides, qui vivaient dans le noir et fuyaient la lumière. Il s'aperçut qu'il guettait machinalement les bruits imperceptibles qui prenaient des proportions formidables dans le labyrinthe ténébreux des grottes d'Ulgolande : le ruissellement de l'eau, le chuintement poussiéreux de gravillons dévalant les pentes, le sinistre sifflement de l'air dans les fissures de la roche.

Belgarath s'arrêta et leva la torche fuligineuse qui teignait en rouge les parois de la galerie, y suscitant des ombres bondissantes.

– Attendez-moi un instant, dit-il en disparaissant dans le noir, ses bottes désassorties, éculées, raclant le sol.

L'obscurité se referma sur les autres restés en arrière.

– Je n'aime pas ça, marmonna Silk. Je n'aime vraiment pas ça.

Après une longue attente, la torche rougeoyante reparut au bout de la galerie.

– C’est bon, annonça le vieux sorcier. Par ici.

Garion passa un bras autour des frêles épaules de Ce’Nedra. Elle s’était enfermée dans un profond silence depuis qu’ils avaient quitté Rhéon pour descendre vers le sud et que la vérité s’était imposée à eux : la campagne menée en Drasnie orientale contre le culte de l’Ours avait eu pour seul résultat de donner à Zandramas, qui avait enlevé Geran, leur fils, une avance presque impossible à rattraper. Mais, alors que le jeune roi de Riva se retenait de hurler de rage et de flanquer des coups de poing dans la roche environnante, le sentiment de son impuissance avait plongé Ce’Nedra dans un profond désespoir et elle avançait machinalement, comme insensible à tout, dans les sombres grottes d’Ulgolande. Garion jeta un coup d’œil angoissé à Polgara. Elle lui rendit son regard avec gravité, mais semblait ne pas s’en faire outre mesure. Elle écarta les pans de sa cape bleue et ses doigts esquissèrent les gestes imperceptibles du langage secret drasnien.

Veille à ce qu’elle ait bien chaud, disait-elle. *Elle est très vulnérable, en ce moment. Il ne manquerait plus qu’elle s’enrhume.*

Affolé, Garion retint toutes les questions qui se pressaient à ses lèvres. Il ne pouvait les poser devant Ce’Nedra.

Ne lui laisse pas voir que tu es inquiet, surtout, reprit Polgara. *Je suis prête à intervenir si nécessaire.*

Belgarath s’arrêta à nouveau et regarda d’un air perplexe les deux galeries ténébreuses qui s’ouvraient l’une droit devant lui, l’autre vers la gauche.

– Vous êtes perdu, hein ? fit Silk d'un ton accusateur.

Le petit Drasnien au museau de fouine avait troqué son pourpoint gris perle. Ses chaînes d'or et ses pierreries contre une vieille tunique marron élimée, une cape de fourrure mangée aux mites et un chapeau qui en avait vu de toutes les couleurs – bref, un de ses innombrables déguisements.

– Bien sûr que non, rétorqua Belgarath. J'ai juste un peu de mal à me repérer pour l'instant.

– C'est exactement ce que veut dire le mot *perdu.*

– Ridicule ! Je crois que nous devrions aller par ici, décréta-t-il en indiquant le boyau de gauche.

– Vous *croyez* ?

– Hem... Silk, commença tout bas Durnik, à votre place, je baisserais le ton. La voûte ne m'a pas l'air très solide, par ici, et le moindre bruit pourrait la faire ébouler.

Le Drasnien se raidit et leva les yeux avec inquiétude.

– Polgara, murmura-t-il d'une voix étranglée, le front luisant de sueur, dites-lui de se taire.

– Allez, Durnik, laisse-le tranquille, fit doucement la sorcière. Tu sais qu'il ne supporte pas d'être enfermé.

– Je pensais qu'il valait mieux le lui dire, expliqua le forgeron. Les grottes ne sont pas très sûres.

– Je vous en supplie, Polgara ! reprit le petit Drasnien d'une voix mourante. Je vous en conjure !

– Je vais voir comment Mission et Toth s'en sortent avec les chevaux. Et vous, tâchez de ne pas crier, conclut Durnik.

La galerie tortueuse déboucha dans une vaste caverne dont la voûte était traversée par une énorme veine de quartz. A plusieurs lieues de là, peut-être, la veine affleurait à la surface et la lumière du soleil était renvoyée, divisée en composants élémentaires par les cristaux, dans les souterrains ou ses arcs-en-ciel se reflétaient dans toute leur splendeur et se démultipliaient encore sur les eaux étincelantes d'un petit lac. De l'autre côté, une petite cascade babillait inlassablement de roche en roche, emplissant la grotte de sa musique.

– Ce'Nedra ! Regarde ! s'exclama Garion d'un ton pressant.

Elle leva lentement la tête.

– Quoi ? Ah oui. Très joli, répondit-elle avec indifférence, puis elle replongea dans le silence.

Garion jeta à tante Pol un coup d'œil désemparé.

– Père, fit-elle, tu ne crois pas que ce serait l'endroit idéal pour nous reposer un peu et manger un morceau ?

– Enfin, Pol, nous n'y arriverons jamais si nous devons nous arrêter à chaque lieue !

– Pourquoi faut-il toujours que tu discutes ? C'est un principe chez toi, ou quoi ?

Il la regarda un moment d'un œil noir et se détourna en maugréant.

Mission et Toth menèrent les chevaux vers le lac cristallin pour les faire boire. Ils formaient un couple aussi mal assorti que possible. Mission était un jeune homme mince, aux cheveux blonds, vêtu d'une simple tunique de paysan. Toth le dominait de toute sa hauteur, tel un chêne gigantesque penché sur un jeune sapin. L'hiver approchait dans les royaumes du Ponant mais le géant muet ne portait que des sandales, un pagne court noué à la ceinture et une sorte de couverture de laine non décatie jetée sur une épaule. A chacun de ses mouvements, ses muscles jouaient sous la peau de ses bras et de ses jambes nus, pareils à des troncs d'arbres. Ses cheveux d'un brun terne étaient retenus sur sa nuque par un court lien de cuir. D'après Cyradis, la sibylle aveugle, le grand gaillard silencieux était censé les aider dans leur quête de Zandramas et de Geran, mais il s'était contenté jusque-là de les suivre, comme indifférent à leurs faits et gestes.

– Ce'Nedra, vous pouvez m'aider ? demanda gentiment Polgara en défaisant les courroies des paquets attachés sur l'un des chevaux de bât.

Ce'Nedra s'approcha lentement, l'air absent.

– Il nous faudrait du pain, reprit la sorcière en fouillant dans les provisions comme si elle n'avait pas remarqué l'égarement de la petite princesse.

Elle prit plusieurs pains de campagne dans le paquetage et les empila comme des bûches dans les bras de la jeune femme.

– Et du fromage, évidemment, ajouta-t-elle en surmontant la pyramide d'une boule de fromage sendarien entourée de cire. Et peut-être aussi du jambon, vous ne pensez pas ?

– Peut-être, répondit Ce'Nedra d'une voix atone.

– Garion, appela Polgara, tu veux bien étendre la nappe sur cette roche plate, là-bas ? J'ai horreur de manger sur une table sans nappe, pas vous, Ce'Nedra ?

– Hmm, marmotta la petite reine de Riva.

Les deux femmes disposèrent les victuailles sur la table improvisée. Polgara claqua les doigts et secoua la tête comme si elle se reprochait son étourderie.

– J'ai oublié de prendre un couteau. Vous voulez bien aller m'en chercher un ?

Ce'Nedra acquiesça d'un hochement de tête et s'exécuta mécaniquement, tel un petit fantôme pâle.

– Qu'est-ce qu'elle a. Tante Pol ? murmura Garion d'une voix étranglée.

– Une forme de mélancolie, mon chou.

– C'est grave ?

– Ça pourrait l'être si ça s'éternisait.

– Tu ne peux rien faire ? Enfin, tu ne pourrais pas lui donner un de tes remèdes, ou je ne sais quoi ?

– J'aimerais mieux éviter. Les remèdes masquent parfois les symptômes, faisant surgir d'autres problèmes. Il vaut généralement mieux laisser les choses suivre leur cours.

– Ecoute, Tante Pol, je ne peux pas la voir comme ça.

– Il va pourtant bien falloir que tu t'y habitues. Fais comme si de rien n'était. Elle n'est pas près d'en sortir... Ah, merci, mon chou ! fit-elle avec un bon sourire en prenant le couteau que lui tendait Ce'Nedra.

Ils s'installèrent comme ils purent autour de la table de fortune et partagèrent leur frugal repas. Durnik ne pouvait détacher son regard du petit lac de cristal.

– Je me demande s'il y a quelque chose dedans, dit-il d'un ton méditatif, entre deux bouchées.

– Non, mon Durnik, répondit Polgara.

Mais si, Pol. Imagine que le lac soit alimenté par des cours d'eau venus de la surface et que des poissons aient été entraînés ici alors qu'ils étaient tout petits...

– Durnik, c'est non.

Il poussa un soupir à fendre l'âme.

Après manger, ils reprirent leur interminable déambulation dans les galeries tortueuses, derrière la torche vacillante de Belgarath. Ils avançaient lentement, lieue après lieue, dans l'obscurité qui s'appesantissait sur eux, presque palpable. Le temps semblait s'être arrêté.

– Nous sommes encore loin, Grand-père ? demanda Garion en se rapprochant du vieux sorcier.

– C'est difficile à dire au juste. Les distances peuvent être trompeuses, sous terre.

– Tu as une idée de ce qui nous amène ici ? Les Codex mrin ou darin font-ils allusion à un événement censé se produire ici, en Ulgolande ?

– Pas à ma connaissance.

– Et si nous avions mal compris ?

– Notre ami a été très clair, Garion. Il nous a bien dit de nous arrêter à Prolgu en descendant vers le sud parce qu'il allait arriver quelque chose d'important.

– Ça n'aurait pas pu se faire sans nous ? protesta Garion. Nous sommes là, à perdre notre temps, pendant que Zandramas prend toujours plus d'avance avec mon fils.

– Qu'est-ce que ça peut être ? souffla tout à coup Mission, dans leur dos. J'ai entendu quelque chose.

Ils s'arrêtèrent et tendirent l'oreille. Le crépitement de la torche de Belgarath leur parut tout à coup assourdissant. Un lent bruit de gouttes se répercutait dans le noir, accompagné par le soupir funèbre de l'air s'infiltrant par les fissures et les crevasses de la roche. Puis, très loin, ils entendirent un chant, un chœur de voix discordantes élevant à la gloire d'UL un hymne dont ces obscures cavernes se renvoyaient les échos depuis plus de cinq millénaires.

– Ah, les Ulgos ! s'exclama Belgarath avec satisfaction. Nous approchons. Nous allons enfin savoir ce qui nous attendait à Prolgu.

Ils parcoururent encore une demi-lieue dans la galerie qui descendait plus vite à présent dans les profondeurs lorsqu'une voix se fit entendre, ils n'auraient su dire où au juste.

– *Yakk!* aboya quelqu'un, sur un ton de défi. *Tacha velk ?*

– *Belgarath, Iyun hak*, répondit calmement le vieux sorcier.

– *Belgarath* ? répéta leur interlocuteur invisible, surpris. *Zajek kallig, Belgarath?*

– *Marekeg Gorim, Iyun zajek.*

– *Veed mo. Mar ishum Ulgo.*

Belgarath éteignit sa torche. Le guetteur ulgo s'approcha en brandissant un bol de bois empli d'une mixture phosphorescente et le salua selon la formule rituelle.

– *Yad ho, Belgarath. Groja UL.*

– *Yad ho*, répondit le vieux sorcier. *Groja UL.*

Le petit Ulgo aux larges épaules s'inclina avec raideur et les mena dans les galeries ténébreuses. La lueur verdâtre, étrangement fixe, emplissait le boyau d'une lueur fantomatique et conférait à leurs visages une pâleur spectrale. Une demi-lieue plus loin, le passage s'ouvrit sur une vaste caverne où, de cent ouvertures creusées en haut de la paroi rocheuse, les mêmes étranges lumignons verdâtres leur firent de l'œil. Ils longèrent, en faisant bien attention où ils mettaient les pieds, une étroite corniche menant au pied d'un escalier de pierre taillé à même la roche. Belgarath s'entretint brièvement avec leur guide et se tourna vers ses compagnons.

– Nous allons laisser les chevaux ici.

– Je vais rester avec eux, proposa Durnik.

– Non. Les Ulgos vont s'en occuper. Allons-y, montons, ordonna-t-il en amorçant l'escalade.

Ils le suivirent sans mot dire, les parois de la caverne se renvoyant sans fin l'écho de leurs pas.

– Je t'en prie. Mission, ne te penche pas par-dessus le bord comme ça, fit Polgara alors qu'ils étaient à mi-hauteur.

– Je voulais juste voir si c'était profond, répondit le jeune garçon. Tu savais qu'il y avait de l'eau, en bas ?

– Raison de plus pour ne pas t'approcher du bord.

Il lui dédia un sourire éblouissant et reprit son escalade.

En haut de l'escalier, ils contournèrent l'abîme ténébreux sur plusieurs centaines de toises et entrèrent dans une galerie où les Ulgos vivaient et travaillaient dans des cellules creusées à même la roche. La galerie menait à la caverne du Gorim avec son lac, son île et sa curieuse maison pyramidale entourée par une colonnade blanche. Le Gorim les attendait, vêtu de son éternelle robe blanche, au bout de la chaussée de marbre blanc qui traversait le lac.

– C'est vous, Belgarath ? appela le vieillard d'une voix chevrotante.

– Oui, Très Saint, c'est moi, répondit le vieux sorcier. Vous saviez que je ne tarderais pas à revenir.

– Soyez le bienvenu, mon ami.

Belgarath s'engagea sur la chaussée, mais Ce'Nedra le devança, ses boucles de feu flottant derrière elle, et se jeta au cou du vieillard.

– Ce'Nedra ? fit celui-ci en clignant les yeux.

– Oh, Très Saint Gorim ! s'exclama la petite reine d'une voix entrecoupée de sanglots. On a enlevé mon bébé !

– Que dites-vous ? se récria le vieil homme.

Garion s'apprêtait à rejoindre sa jeune épouse lorsque Polgara tendit la main pour le retenir.

– Attends un peu, mon chou, murmura-t-elle. C'est peut-être ce qui pouvait arriver de mieux.

– Mais enfin, Tante Pol, elle pleure.

– Oui, mon chou. C'est ce que j'attendais. Pour qu'elle s'en sorte, il faut que son chagrin s'extériorise.

Le Gorim serra doucement la petite reine éplorée dans ses bras en lui murmurant à l'oreille des paroles de réconfort.

– Quand est-ce arrivé ? demanda-t-il en relevant son vieux visage strié de rides, lorsque l'orage fut un peu calmé.

– A la fin de l'été dernier, répondit Belgarath. C'est une histoire assez compliquée.

– Entrez, entrez tous, mes amis. Mes serviteurs

vont vous apporter à boire et à manger et nous pourrons parler pendant que vous vous restaurerez.

Ils s'engagèrent à la queue leu leu dans la maison pyramidale érigée sur l'île et entrèrent dans la vaste salle principale avec ses murs curieusement incurvés vers l'intérieur, ses lampes de cristal suspendues à des chaînes, sa table et ses bancs de pierre. Le Gorim, qui tenait toujours Ce'Nedra par les épaules, donna quelques ordres à ses serviteurs et convia ses invités à prendre place autour de la table de pierre.

L'un des serviteurs du Gorim revint avec un plateau sur lequel se trouvaient des gobelets de cristal et des carafes d'une boisson aigrelette.

– Allons, reprit le vieux sage. Que s'est-il passé ?

Belgarath vida son gobelet et lui narra rapidement les derniers événements : le meurtre de Brand, les tentatives de déstabilisation dans les rangs aloriens et la campagne contre le culte à Jarviksholm.

– Seulement, au moment où Jarviksholm tombait, quelqu'un s'est introduit dans la chambre du prince Geran, à la Citadelle de Riva, et l'a enlevé, continua-t-il alors que les serviteurs du Gorim apportaient des plateaux de fruits sauvages et un rôti fumant. Nous avons découvert, en regagnant l'Ile, que l'Orbe pouvait suivre la piste du bébé, mais seulement sur la terre ferme. Elle nous a menés à la côte ouest de l'Ile, où nous sommes tombés sur des adeptes cheresques du culte que le ravisseur avait laissés derrière lui. Quand nous les avons interrogés, ils nous ont dit que le rapt avait été commandité par le nouveau chef du culte, Ulfgar.

– Mais ce n'était pas vrai, subodora le Gorim avec sa perspicacité coutumière.

– C'était un tissu de mensonges, confirma Silk.

– L'ennui, c'est qu'ils ne savaient pas qu'ils mentaient, poursuivit Belgarath. Ils avaient été soigneusement conditionnés et leur histoire était très plausible, d'autant que nous étions déjà en guerre avec le culte. Enfin, nous avons lancé une offensive contre le dernier bastion du culte, à Rhéon, au nord-est de la Drasnie. Nous avons découvert la vérité après avoir pris la ville et capturé Ulfgar. C'était en fait un certain Harakan, un Grolim de Mallorée, et il n'était pour rien dans ce forfait. L'enlèvement était l'œuvre de l'énigmatique Zandramas dont je vous ai déjà parlé il y a quelques années. Je ne sais pas très bien quel rôle le Sardion joue là-dedans ; mais, pour une raison ou une autre, Zandramas veut emmener le bébé à « l'endroit qui n'est plus » mentionné par le Codex mrin. Urvon voulait à tout prix empêcher cet événement de se produire, alors il a envoyé ses hommes de main dans le Ponant pour tuer le bébé.

– Vous savez de quel côté diriger vos recherches ? s'enquit le Gorim.

– Nous n'avons que quelques indices, répondit Belgarath avec un haussement d'épaules, il est à peu près certain que Zandramas a quitté l'Ile des Vents à bord d'un vaisseau nyissien, alors nous allons partir de là. D'après le Codex, le chemin du Sardion est dans les Mystères, et j'ai la conviction que, lorsque nous l'aurons trouvé, Zandramas et le bébé ne seront pas loin. Je découvrirai peut-être quelques indices dans les

Prophéties – si j'arrive à mettre la main sur des exemplaires non expurgés.

– Il semblerait que les sibylles de Kell soient directement concernées elles aussi, ajouta Polgara.

– Les sibylles ? répéta le Gorim, surpris. Ce serait bien la première fois.

– Je sais, reprit la sorcière. L'une d'elles, une dénommée Cyradis, nous est apparue à Rhéon. Elle nous a donné quelques informations et certaines instructions.

– Ça ne leur ressemble vraiment pas.

– Je pense. Très Saint Homme, que le dénouement est proche, reprit Belgarath. Nous étions tous obnubilés par la rencontre entre Garion et Torak au point de perdre de vue que le vrai combat est celui qui oppose l'Enfant de Lumière à l'Enfant des Ténèbres. D'après Cyradis, ce serait l'ultime confrontation, et cette fois tout serait dit. A mon avis, c'est la raison pour laquelle les sibylles sortent de leur réserve.

– Je n'aurais jamais cru les voir un jour s'intéresser aux problèmes des hommes, fit gravement le vieux sage en fronçant le sourcil.

– Qui sont au juste ces sibylles, Très Saint Gorim ? demanda Ce'Nedra d'une toute petite voix.

– Ce sont nos cousines, mon enfant, répondit-il simplement. Quand les Dieux eurent créé l'homme, vint pour eux le moment du choix. Les races de l'homme étaient au nombre de sept, comme les Dieux. Mais Aldur choisit de se retirer dans sa tour, si bien que l'un des peuples resta seul et sans Dieu.

– Oui, opina la petite reine de Riva. J'ai entendu parler de cette partie de l'histoire.

– Nous ne formions qu'un seul peuple, les Morindiens, les Karandaques du nord de la Mallorée, les Melcènes d'Orient, les Dals et nous-mêmes. Nous étions très proches des Dals, mais, lorsque nous partîmes en quête du Dieu UL, ils avaient déjà tourné tes yeux vers les cieux dans l'espoir de déchiffrer les messages des étoiles. Nous les avons implorés de nous accompagner, mais ils sont restés sourds à nos prières.

– C'est alors que vous avez perdu tout contact avec eux ?

– Il est arrivé que des sibylles viennent nous voir, généralement investies d'une tâche dont elles ne voulaient pas parler. Les sibylles sont très avisées, car leur Vision leur donne accès au passé, au présent et à l'avenir – et surtout, elle leur en donne la signification.

– Ce sont toutes des femmes ?

– Non. Il y a aussi des devins. Quand la Vision leur vient, ils se bandent les yeux afin que la clarté du jour ne vienne point altérer cette autre lumière. Toute sibylle est accompagnée par un muet apparu en même temps qu'elle, et qui sera toujours et à jamais son guide et son protecteur.

– Pourquoi les Grolims ont-ils si peur d'eux ? demanda abruptement Silk. Je suis allé plusieurs fois en Mallorée et j'ai eu l'impression que les Grolims perdaient tous leurs moyens en entendant le nom de Kell.

– Les Dals ont dû prendre des mesures pour tenir les Grolims à bonne distance de Kell. C'est le centre de leur enseignement, or les prêtres du Dieu maudit tolèrent mal ce qui n'est pas angarak.

– Quel est, Très Saint Homme, le but de ces sibylles ? s'enquit Garion.

– Il n'y a pas que des sibylles, Belgarion. Les Dals s'intéressent à toutes les formes de connaissances occultes : la nécromancie, la sorcellerie, la magie, et bien d'autres. Personne, en dehors des Dals eux-mêmes, ne sait au juste quel but ils poursuivent. Quel qu'il soit, leur vie lui est entièrement vouée, tant à ceux de Mallorée qu'à ceux du Ponant.

– J'ignorais qu'il y avait des Dals dans les Etats du Ponant ! s'exclama Silk, estomaqué.

– Ils ont été séparés par la mer du Levant quand Torak a brandi l'Orbe et fendu le monde, confirma le Gorim. Les Dals du Ponant furent réduits en esclavage par les Murgos au cours du troisième millénaire. Mais, où qu'ils vivent, à l'est ou à l'ouest, ils se consacrent depuis des éternités à une tâche dont nous ignorons tout, sinon qu'ils sont persuadés que le sort de la création toute entière en dépend.

– Et c'est vrai ? questionna Garion.

– Nous n'en savons rien, Belgarion. Nous ne connaissons pas la nature de cette mission, comment pourrions-nous en estimer les implications ? Tout ce que nous savons, c'est qu'ils n'adhèrent à aucune des Prophéties qui régissent l'univers. Ils se croient investis de ce devoir par une destinée supérieure.

– C'est bien ce qui me préoccupe, lâcha Belgarath. Cyradis nous manipule avec ses petites déclarations énigmatiques ; et, pour ce que j'en sais, elle manipule peut-être aussi Zandramas. Je n'aime pas être mené par le bout du nez, surtout par quelqu'un dont je ne comprends pas les motivations. Elle complique les choses, et je déteste les complications. J'aime les situations simples et les solutions claires.

– Le bien et le mal ? risqua Durnik.

– C'est trop abstrait, Durnik. Je préfère dire *eux* et *nous*. Ça élimine le superflu et ça permet d'aller à l'essentiel.

Garion dormit mal cette nuit-là, et se leva tôt avec l'impression d'avoir la tête pleine de sable. Il resta un moment assis dans la salle principale de la maison du Gorim mais il ne tenait pas en place. Il sortit pour contempler avec morosité le lac immobile qui entourait l'île. Les globes suspendus au bout de leurs chaînes, sous la voûte de la caverne, baignaient la grotte d'une lueur fantastique, onirique, comme issue d'un autre monde. Il était perdu dans ses pensées lorsqu'un mouvement attira son regard sur l'autre rive du lac.

Elles venaient seules ou par groupes de deux ou trois, avec leurs grands yeux noirs dans leur visage blême, leurs cheveux de lin et leur sobre robe blanche. Les femmes ulgos se massèrent timidement sur la rive, au bout de la chaussée de marbre, l'air d'attendre on ne sait quoi.

– Vous voulez quelque chose ? demanda Garion au bout d'un moment.

Elles tinrent un conciliabule à voix basse puis elles poussèrent l'une d'elles en avant.

– Nous... nous aurions aimé voir la princesse Ce'Nedra, balbutia la plénipotentiaire en rosissant. Si elle n'est pas trop occupée, bien sûr.

Elle parlait d'une voix hachée, comme si elle s'exprimait dans une langue à laquelle elle n'était pas accoutumée.

– Je vais voir si elle est réveillée, proposa Garion.

– Merci, Majesté, répondit la jeune fille en se réfugiant parmi ses compagnes.

Ce'Nedra était assise sur son lit. Elle avait l'œil vif et son visage avait perdu la morne indifférence qui le caractérisait depuis plusieurs semaines.

– Tu es bien matinal, remarqua-t-elle.

– Je n'arrivais plus à dormir, répondit-il. Ça va bien ?

– Ça va, oui, pourquoi ?

– Oh, rien..., fit-il en évacuant le sujet d'un haussement d'épaules. Il y a dehors tout un tas de jeunes femmes qui voudraient te voir.

– Qui ça peut-il bien être ? marmonna-t-elle en fronçant les sourcils.

– Il semblerait qu'elles te connaissent. Elles ont dit qu'elles voulaient voir la princesse Ce'Nedra.

– Mais bien sûr ! s'exclama-t-elle en bondissant de son lit. Ma parole, je les avais oubliées !

Elle enfila un déshabillé bleu canard et quitta précipitamment la chambre.

Garion la suivit avec étonnement dans la salle de séjour, mais il s'arrêta en voyant Polgara, Durnik et le Gorim assis autour de la table de pierre.

– Que se passe-t-il ? demanda tante Pol en voyant la petite reine sortir en hâte.

– On la demande, expliqua Garion. Ça doit être des amies à elle.

– Elle s'est rendue très populaire lors de son séjour parmi nous, commenta le Gorim, Nos femmes sont très timides, mais Ce'Nedra a su les apprivoiser. Elles l'adoraient.

– Que Votre Sainteté me pardonne, fit Durnik, mais Relg est-il à Prolgu en ce moment ? Je serais heureux de le voir, pendant que nous sommes ici.

– Reig et Taïba sont partis pour Maragor avec leurs enfants, répondit le vieillard.

– A Maragor ? Avec les fantômes ? fit Garion en cillant.

– Le Dieu Mara a juré de veiller sur eux. Il faut croire qu'ils se sont mis d'accord, UL et lui. Je ne suis pas sûr d'avoir tout compris, mais Mara n'a pas voulu en démordre : les enfants de Taïba sont maragues et doivent vivre à Maragor.

– Je croyais que leur premier-né devait être Gorim un jour ? objecta Garion, le sourcil froncé.

– En effet, acquiesça le vieil homme. Il a les yeux aussi bleus que des saphirs. Moi aussi, je me suis inquiété, au départ, mais je suis sûr que, le moment venu, UL ramènera le fils de Relg dans les grottes d'Ulgolande.

– Comment va Ce'Nedra, Garion ? s'enquit gravement Polgara.

– Je l'ai trouvée presque normale. Est-ce qu'elle serait guérie ?

– C'est bon signe, mais il est encore un peu tôt pour affirmer quoi que ce soit. Tu ferais bien de la tenir à l'œil, mon chou, mais discrètement. C'est le moment critique. Il ne faudrait pas qu'elle s'aperçoive que nous la surveillons.

– Compte sur moi. Tante Pol.

Il sortit et fit le tour de la petite île en affectant de se dégourdir les jambes mais en regardant subrepticement vers la rive opposée. Les cheveux de flamme et la robe verte de Ce'Nedra tranchaient vivement sur la blancheur des jeunes femmes massées autour d'elle. Une image s'imposa soudain à lui. Avec ses couleurs vibrantes, Ce'Nedra évoquait irrésistiblement une rosé écarlate au milieu d'un parterre de lis blancs.

Polgara le rejoignit une demi-heure plus tard.

– Dis donc, Garion, tu n'aurais pas vu Mission, par hasard ? Il n'est pas dans sa chambre, annonça-t-elle en se rembrunissant. Je me demande vraiment ce que ce gamin a dans la tête ! Va voir ce qu'il peut bien faire.

– Oui, m'dame, répondit machinalement le jeune roi.

Il s'engagea sur la chaussée de marbre en souriant intérieurement. Quoi qu'il arrive, ils en revenaient toujours, tante Pol et lui, au schéma relationnel qui était le leur depuis qu'il était tout petit. Il aurait juré que, la plupart du temps, elle ne se souvenait même pas qu'il était roi ; elle lui confiait toutes sortes de corvées sans songer un instant qu'il était peut-être au-dessus de ça. Et le plus beau, c'est qu'il s'en fichait éperdument. Obéir sans discuter à ses ordres péremptoires le dispensait de prendre des décisions difficiles et le ramenait au temps heureux où il n'était qu'un petit paysan insouciant, exempt des responsabilités dont il avait hérité en même temps que de la couronne de Riva.

Ce'Nedra et ses amies étaient assises sur des pierres, près du lac d'ébène. Garion n'entendait pas ce qu'elles se disaient, mais c'était comme si un nuage avait assombri le visage de sa petite reine.

– Ça va ? lui demanda-t-il en s'approchant.

– Oui, répondit-elle. Nous bavardons, tu vois.

Il la regarda comme s'il s'apprêtait à ajouter quelque chose puis il se ravisa.

– Tu as vu Mission ? demanda-t-il à la place.

– Non. Il n'est pas dans la maison ?

– Il a dû partir explorer les environs, soupira-t-il. Tante Pol m'a demandé d'aller le chercher.

L'une des jeunes femmes chuchota quelques mots à l'oreille de Ce'Nedra.

– Saba l'a vu en venant ici, il y a peut-être une heure, rapporta Ce'Nedra. Il était dans la galerie principale.

– Et où se trouve cette galerie ?

– Par là, répondit-elle en lui indiquant une ouverture ténébreuse dans la roche.

Il la remercia d'un hochement de tête.

– Tu n'as pas froid ?

– Mais non, Garion. Ça va.

– Je reviens tout de suite, fit-il en s'éloignant.

Il n'aimait pas tourner autour du pot comme ça, mais il craignait de la faire retomber dans la dépression par une remarque anodine et ne savait comment lui dire les choses. Il comprenait que l'on souffre dans son corps, mais dans son esprit... La maladie mentale avait quelque chose d'abominable.

Il s'engagea dans un boyau chichement éclairé par la lueur fantomatique des roches phosphorescentes, comme tous les passages et les grottes où vivaient les

Ulgos. Les niches creusées des deux côtés de la galerie étaient d'une propreté méticuleuse. Les familles étaient réunies autour de tables de pierre pour leur repas du matin, apparemment indifférentes au fait que leurs appartements soient ouverts à tous les regards.

Rares étaient les Ulgos qui parlaient sa langue, aussi Garion ne pouvait-il leur demander s'ils avaient vu passer son ami. Force lui était de s'en remettre plus ou moins au hasard pour le retrouver. La galerie donnait sur l'immense caverne où un escalier taillé à même la roche descendait dans le noir.

Il songea un instant que Mission était peut-être allé voir son cheval, mais quelque chose le poussa à suivre la large corniche qui faisait le tour du gouffre. Quelques centaines de toises plus loin, des voix lui parvinrent d'un passage qui s'enfonçait dans la roche. L'écho l'empêchait de comprendre les paroles, mais Garion crut reconnaître la voix de son ami. Il s'engagea dans le boyau en se guidant sur ce bruit.

L'endroit devait être peu fréquenté car il n'était pas éclairé, et Garion avança en se guidant sur la paroi rocheuse. Puis, à un détour de la galerie, une lumière apparut devant lui, une curieuse lumière blanche, fixe, bien différente de la phosphorescence qui illuminait ordinairement le monde souterrain. Puis le boyau tourna brutalement à gauche et, là, Garion vit Mission en grande conversation avec un personnage de haute taille vêtu d'une robe blanche. Il crut que les yeux allaient lui sortir de la figure. La lumière émanait de cette silhouette, et il sentit la présence terrifiante d'un être transcendant.

La forme lumineuse s'adressa à lui sans se retourner.

– Bienvenue à toi, Belgarion, dit-elle d'une voix calme et douce. Viens te joindre à nous.

Il obtempéra sans mot dire, en tremblant de tous ses membres. Alors le personnage en robe blanche se retourna et Garion comprit qu'il contemplait le visage d'UL l'Eternel.

– J'instruisais le jeune Essaïon ici présent de la tâche qui l'attend, dit le Père de tous les Dieux.

– Essaïon ?

– Tel est son vrai nom, Belgarion. Le moment est venu pour lui d'assumer sa véritable identité jusqu'à présent dissimulée derrière le nom enfantin de *Mission*, tout comme la tienne s'abritait derrière ce simple *Garion*. Sage mesure au demeurant, le véritable nom de celui qu'attend une tâche importante recelant souvent un danger pour lui lorsque son destinataire n'est pas encore investi de tout son pouvoir.

– C'est un beau nom, tu ne trouves pas ? demanda fièrement Essaïon.

– Magnifique, Essaïon, bredouilla Garion.

L'Orbe enchâssée sur le pommeau de la grande épée qui lui barrait le dos répondit par une flamme bleue au rayonnement blanc, éblouissant, d'UL, et le Dieu hocha la tête en signe d'acquiescement.

– Des tâches vous ont été assignées à tous les deux comme à vos compagnons, continua UL. Toutes doivent être accomplies avant que se produise la rencontre entre l'Enfant de Lumière et l'Enfant des Ténèbres.

– Je vous implore. Très Saint UL, coupa Garion, de me dire si... si mon fils va bien ?

– Il va bien, Belgarion. Il ne manque de rien et n'est pas en danger pour le moment.

– O Dieu, merci, souffla Garion avec reconnaissance. Et quelle est ma tâche ? demanda-t-il en se redressant de toute sa hauteur.

– Ta tâche, Belgarion, la sibylle de Kell te l'a déjà révélée. Tu dois barrer la route du Sardion à Zandramas, car, si l'Enfant des Ténèbres parvenait à cette terrible pierre avec ton fils, les Ténèbres triompheraient lors de l'ultime confrontation.

Garion prit son courage à deux mains.

– Il est écrit dans les Oracles ashabènes que le Dieu des Ténèbres reviendra, balbutia-t-il, redoutant la possible réponse. Cela veut-il dire que Torak va renaître et que je devrai le combattre à nouveau ?

– Que non point, Belgarion. Mon fils n'est plus. Ton épée de flamme lui a ôté la vie. Mais l'esprit qui l'animait a trouvé un autre instrument, plus redoutable encore. Torak était diminué dans son corps et par son orgueil. Invincible sera celui qui se lèvera à sa place – si tu venais à échouer dans ta tâche –, et nulle arme en ce monde, pas même ton épée, ne saurait avoir raison de lui.

– Alors c'est contre Zandramas que je devrai me battre, conclut Garion d'un ton sinistre. J'ai des raisons de le croire.

– La rencontre entre l'Enfant de Lumière et l'Enfant des Ténèbres ne sera pas une rencontre entre Zandramas et toi, déclara UL.

– Le Codex dit pourtant que Zandramas est l'Enfant des Ténèbres, protesta Garion.

– Pour l'instant, oui, de même que tu es pour l'instant l'Enfant de Lumière. Mais vous serez relevés de cette charge avant la confrontation finale. Sache encore ceci : l'événement qui a commencé avec la naissance de ton fils doit être achevé en une période de temps donnée. Nombreuses sont les tâches qui vous incombent, à tes compagnons et à toi-même, et toutes devront être menées à bien avant l'heure de la rencontre. Si vous veniez, l'un de tes compagnons ou toi, à échouer dans l'accomplissement de l'une d'elles, alors tous nos efforts depuis le commencement des âges seraient réduits à néant. Cette ultime rencontre entre l'Enfant de Lumière et l'Enfant des Ténèbres doit être parfaite, et toutes les conditions nécessaires doivent être remplies, car, lors de cette rencontre, tout ce qui fut jamais divisé sera réuni pour toujours. Le sort de ce monde – et de tous les autres mondes – repose sur tes épaules, Belgarion, et son destin ne dépend pas de ton épée, mais d'un choix que tu dois faire.

« Mais n'ayez crainte, mes fils, reprit le Père des Dieux en les regardant avec affection, car, si vous êtes différents par bien des côtés, vous partagez le même esprit. Aidez-vous, soutenez-vous mutuellement et sachez que je suis avec vous. »

Puis la silhouette éblouissante disparut dans un vacillement. Et les grottes d'Ulgo retentirent d'un écho pareil à celui d'une cloche immense et prodigieuse.

2

Garion éprouvait une sorte d'apathie sereine, une calme résolution assez semblable à celle qui l'avait envahie lorsqu'il s'était retrouvé face à Torak dans les ruines décrépites de la Cité de la Nuit, à l'autre bout du monde. Il songeait à cette terrible nuit lorsqu'une idée stupéfiante lui apparut : le Dieu mutilé n'avait pas seulement essayé de le vaincre *physiquement* mais aussi de le ployer à sa volonté, et c'était le refus obstiné de Garion, plus que son épée embrasée, qui avait finalement eu raison de lui. La vérité se fit jour en lui : le mal qui arpentait le monde dans les ténèbres avait beau paraître invincible, il n'en cédait pas moins devant la lumière et ne pouvait l'emporter que devant l'abandon de celle-ci. Tant que l'Enfant de Lumière resterait ferme et inébranlable, il demeurerait à jamais invincible. Là, debout dans les sombres grottes qui vibraient encore de l'apparition d'UL, Garion eut l'impression de voir clair dans l'esprit de son ennemi. Torak avait eu peur, et la même angoisse étreignait en cet instant précis le cœur de Zandramas.

Garion en était là de ses réflexions lorsqu'il eut une autre révélation, une certitude à la fois si énorme et si simple qu'il en fut ébranlé jusqu'au plus profond de son être. Les ténèbres n'existaient pas ! Cette entité qui lui paraissait tellement vaste et toute-puissante n'était qu'absence de lumière et rien d'autre. Il n'avait qu'à se cramponner à cette notion, et l'Enfant des Ténèbres ne pourrait triompher. Torak et Zandramas le savaient. Garion l'avait enfin compris, et cette découverte l'emplissait d'exaltation.

– Tout devient plus facile une fois qu'on a compris ça, hein ? fit de sa douce voix le jeune homme qu'ils connaissaient jusqu'alors sous le nom de Mission.

– Tu sais donc ce que je pense ?

– Oui. Ça t'ennuie ?

– Non. Je ne crois pas.

Garion regarda autour de lui. Il n'aurait pas eu de mal à rebrousser chemin, bien que l'obscurité lui parût plus impénétrable encore depuis le départ d'UL, mais la certitude qu'il venait d'acquérir semblait exiger une sorte de consécration.

– Tu pourrais nous éclairer un peu ? demanda-t-il à l'Orbe enchâssée sur le pommeau de son épée.

La pierre où palpitait la vie répondit par une flamme bleue et lui emplit les oreilles de son chant cristallin.

– Si nous rejoignions les autres ? suggéra Garion. Tante Pol se demandait où tu étais passé.

Ils firent demi-tour et repartirent dans le passage désert. Garion prit affectueusement son jeune ami par les épaules. Il se sentait plus proche de lui qu'il ne l'avait jamais été.

Ils arrivèrent bientôt au bord de l'abîme de ténèbres, piqueté de pâles lumignons. Un lointain bruit de cascade rappela à Garion une remarque qui l'avait intrigué, la veille.

– Pourquoi tante Pol n'aime-t-elle pas que tu t'approches de l'eau ? demanda-t-il, intrigué.

– C'est toute une histoire ! s'esclaffa Essaïon. Quand j'étais petit – nous étions au Val depuis peu – je me retrouvais régulièrement dans la rivière. Parfois sans le vouloir.

– C'est pour ça que les rivières sont faites.

– Il y a un moment que ça ne m'est pas arrivé, et Polgara doit s'imaginer que je me réserve pour une occasion spéciale.

Garion se tenait encore les côtes lorsqu'ils s'engagèrent dans le souterrain bordé de cellules qui menait à la caverne du Gorim. Les Ulgos qui vivaient et travaillaient là les regardèrent passer avec étonnement.

– Dis, Belgarion, commença Essaïon. L'Orbe... elle brille toujours.

– Oh ! J'avais oublié. Ça suffit, dit-il en se tournant vers la pierre rayonnante. Tu peux arrêter, maintenant.

L'Orbe s'éteignit après un dernier éclair que Garion interpréta comme un reproche.

Leurs compagnons prenaient leur petit déjeuner dans la salle principale de la maison du Gorim. Polgara leva les yeux en les voyant entrer.

– Où étiez-vous... ? commença-t-elle, puis elle s'interrompit et regarda Essaïon droit dans les yeux. Il est arrivé quelque chose, n'est-ce pas ?

– Oui, acquiesça le jeune garçon. UL nous a parlé. Il avait des choses à nous dire.

– Vous feriez mieux de nous raconter tout ça, fit Belgarath en repoussant son assiette, les yeux brillants. Prenez votre temps, et surtout n'oubliez rien.

Garion s'assit à côté de Ce'Nedra et leur décrivit minutieusement la rencontre avec le Père des Dieux en s'efforçant de leur répéter ses paroles avec précision.

– Puis il a dit que nous partagions le même esprit, Essaïon et moi, et que nous devions nous aider et nous soutenir mutuellement, conclut-il.

– C'est tout ? insista Belgarath.

– A peu près, oui,

– Il a dit aussi qu'il était avec nous, ajouta Essaïon.

– Il ne vous a pas dit quand tout devait être accompli ? demanda le vieux sorcier d'un air quelque peu ennuyé.

– Non, Grand-père, répondit Garion en secouant la tête. Désolé, mais il n'en a pas parlé.

– Comment pourrais-je respecter une échéance que je ne connais même pas ? fulmina Belgarath, passant de l'ennui à la colère. Nous ne savons même pas si nous sommes en avance ou en retard.

– Il a vraiment dit que notre bébé allait bien, tu en es sûr ? insista Ce'Nedra en se cramponnant à Garion dans une attitude à la fois angoissée et pleine d'espoir.

– C'est vrai, confirma Essaïon. Il nous a dit qu'il ne manquait de rien et que, pour le moment, il n'était pas en danger.

– Pour le moment ? Qu'est-ce que ça veut dire ?

– Il ne s'est pas étendu sur la question, répondit Garion.

– Pourquoi n'as-tu pas demandé à UL où il était ?

– Parce que je savais qu'il ne m'aurait pas répondu. Mon rôle consiste à trouver Geran et Zandramas, et elles ne vont pas laisser quelqu'un d'autre faire mon boulot à ma place.

– Elles ? Qui ça, elles ?

– Les deux Prophéties. Elles jouent à un jeu, et nous n'avons qu'à suivre les règles, que nous les connaissions ou pas.

– C'est absurde.

– Va leur dire ça à elles. Ce n'est pas moi qui ai inventé ce jeu-là.

– Tu savais, pour ton nom ? demanda tante Pol en regardant Essaïon d'un air intrigué.

– Je pensais bien en avoir un autre. Je n'aurais su dire pourquoi, mais *Mission* ne sonnait pas bien. Ça ne vous ennuie pas, Polgara ?

– Pas du tout, Essaïon, lui assura-t-elle en souriant.

Elle fit le tour de la table et l'embrassa avec chaleur.

– Quelle est au juste la tâche que t'a confiée UL ? s'enquit Belgarath.

Il a dit qu'elle m'apparaîtrait le moment venu.

– C'est tout ? Il n'a rien dit d'autre ?

– Il a ajouté que c'était très important et que j'en sortirais changé.

– Pourquoi faut-il toujours qu'ils s'expriment par énigmes ? geignit le vieux sorcier en secouant la tête.

– Ça fait partie du jeu dont parlait Garion, ironisa Silk en remplissant son gobelet. Alors, chère vieille chose, quelles sont vos intentions, à présent ?

Belgarath rumina un moment en regardant sans le voir l'un des globes lumineux suspendus au plafond.

– Il paraît évident que nous sommes venus à Prolgu pour cette rencontre, déclara-t-il enfin. Maintenant qu'elle a eu lieu, nous pouvons reprendre notre chemin. Il serait désastreux que nous arrivions en retard à l'endroit où nous sommes attendus, mais nous pouvons sans problème y arriver en avance. Je vous donnerai des nouvelles de temps en temps, promit-il en se levant et en posant la main sur la frêle épaule du Gorim. Pourriez-vous nous faire ramener en Arendie ? J'aimerais regagner la surface aussi vite que possible.

– Certainement, mon vieil ami, acquiesça le Gorim. Puisse UL guider vos pas.

– Ça, je serais plus tranquille avec lui, murmura Silk. Allons, mon vieux, reprit-il avec emphase en notant le regard noir de Belgarath, ce n'est pas grave. Vous pouvez vous perdre sans arrêt, ça n'enlève rien au respect que nous vous portons. Ça vient sûrement du fait que vous êtes obnubilé par des problèmes plus importants.

– Ecoute, Garion, tu es vraiment sûr que nous devons l'emmener avec nous ?

– Oui, Grand-père. Il n'y a pas moyen de faire autrement.

Ils retrouvèrent la surface deux jours plus tard, peu après le lever du soleil. Ils émergèrent par la grotte à l'ouverture déchiquetée qui débouchait dans un bois de bouleaux. Les arbres dressaient vers le ciel d'un bleu profond leurs branches livides, dénudées, dont les feuilles dorées jonchaient le sol. Les Ulgos qui les avaient guidés dans le dédale des cavernes reculèrent avec effroi en plissant les yeux. Ils prirent rapidement congé de Belgarath et se réfugièrent dans l'obscurité protectrice.

– J'ai l'impression de revivre, fit Silk avec un soulagement indicible en promenant autour de lui un regard satisfait.

Sur le sol jonché de feuilles dorées, des plaques de neige étincelaient dans les rayons obliques du soleil levant. Quelque part, loin vers la gauche, un torrent dévalait la montagne en babillant dans son lit de pierres moussues.

– Dites, Belgarath, vous avez une idée de l'endroit où nous sommes ? s'enquit Durnik alors qu'ils menaient leurs chevaux entre les bouleaux.

– Je dirais que nous sommes au pied des collines de l'Arendie centrale, répondit le vieux sorcier après un coup d'œil en direction du soleil.

– Donc au sud de la forêt arendaise, intervint Silk.

– C'est difficile à dire avec précision.

– Je crois que je ferais mieux d'aller aux renseignements, conclut le petit Drasnien en balayant les environs du regard. On devrait voir quelque chose de là-haut, ajouta-t-il avec un mouvement de menton vers une colline qui se dressait au-dessus de la forêt. Je reviens tout de suite.

Il s'engagea à cheval entre les troncs blafards.

– Je crois qu'il est temps de manger quelque chose, déclara Polgara. Trouvons un endroit dégagé et faisons du feu.

Ses compagnons la suivirent le long de la pente. Les feuilles crissaient sous les sabots de leurs chevaux. Un peu plus loin, une clairière s'ouvrait au bord du torrent qu'ils entendaient depuis qu'ils étaient sortis de la grotte. La sorcière retint sa monture.

– Ce sera parfait. Garion, si tu emmenais Essaïon chercher du bois ? Je vais vous faire du lard frit et du pain grillé.

– Oui, Tante Pol, répondit machinalement Garion.

– Ça fait du bien de se retrouver à l'air libre, commenta Essaïon en lui emboîtant le pas. Je n'ai rien contre les grottes, mais c'est tout de même plus agréable de voir le ciel.

Garion se sentait très proche de ce jeune garçon au visage ouvert. L'expérience qu'ils avaient partagée dans le monde souterrain avait encore resserré le lien qui les unissait et précisé un vague sentiment qu'il éprouvait depuis plusieurs années maintenant. Le fait qu'ils aient tous deux été élevés par tante Pol et Durnik leur conférait une sorte de fraternité. Il y songea un moment en attachant des branches ensemble, puis il se dit qu'il ne savait pas grand-chose d'Essaïon et de sa vie avant qu'ils le trouvent à Rak Cthol.

– Dis, Essaïon, fit-il avec intérêt, tu te rappelles ce qui t'est arrivé avant que Zedar t'emmène ?

– Je devais vivre en ville, je ne sais où, répondit le jeune homme en levant vers le ciel un regard pensif. En tout cas, je me souviens des rues et des échoppes.

– Tu n'as gardé aucune image de ta mère ?

– Non. Je ne me rappelle pas être resté longtemps au même endroit ou avec les mêmes gens. Je me revois parfois en train de frapper aux portes pour qu'on me donne à manger et un endroit où dormir.

Garion éprouva un pincement au cœur. Essaïon était encore plus orphelin que lui.

– Tu te rappelles le jour où Zedar t'a trouvé ? reprit-il.

– Oh oui, très bien, acquiesça Essaïon. Le ciel était couvert et il n'y avait pas beaucoup d'ombres, alors je ne peux dire avec précision à quel moment de la journée ça s'est passé, mais je l'ai rencontré dans une ruelle étroite. Il avait un regard de bête blessée, comme s'il lui était arrivé quelque chose de terrible. Pauvre Zedar, soupira le jeune garçon.

– Il te parlait, de temps en temps ?

– Pas souvent, et toujours pour me dire qu'il avait une mission pour moi. Mais il lui arrivait de marmonner en dormant et je n'oublierai jamais la façon dont il disait *maître*, d'une voix tantôt pleine d'amour, tantôt vibrante de crainte, comme s'il avait deux maîtres radicalement différents.

– C'est bien ça. C'était un disciple d'Aldur mais il était passé aux ordres de Torak.

– Pourquoi a-t-il fait ça ? Pourquoi a-t-il changé de maître ?

– Je n'en sais rien. Je n'en ai vraiment pas idée.

Durnik avait fait un petit feu au centre de la clairière et Polgara disposait ses chaudrons et ses casseroles à côté en fredonnant doucement. Garion et Essaïon cassaient les branches qu'ils avaient ramassées en fragments utilisables lorsque Silk les rejoignit.

– On a une bonne vue, de là-haut, annonça-t-il en mettant pied à terre. Nous sommes à une dizaine de lieues au-dessus de la grand-route de Muros.

– Vous avez vu la Malerin ? s'informa Belgarath.

– Non, mais il y a une large vallée au sud. Elle doit couler au milieu.

Alors je ne m'étais pas trompé. Comment est le terrain d'ici à la grand-route ?

– Abrupt, et les bois sont assez denses. Ça n'ira pas tout seul.

– Il faut nous dépêcher de gagner la grand-route. Lorsque nous l'aurons rejointe, nous serons en sûreté.

– L'ennui, c'est qu'une tempête se prépare à l'ouest, ajouta Silk en faisant la grimace.

Durnik leva le nez et huma l'air glacial.

– Ça sent la neige, confirma-t-il en faisant la moue.

Silk le regarda d'un air écœuré.

– Vous ne pouviez pas vous taire ? fit-il d'un ton presque accusateur. Vous ne savez pas qu'en évoquant des événements désagréables on les provoque ? ajouta-t-il en réponse à l'étonnement du forgeron.

– Allons, Silk, ça n'a pas de sens.

– Je vous l'accorde, convint le petit homme en reniflant. Mais c'est comme ça.

Tante Pol leur prépara un petit déjeuner constitué de pain, de fruits secs et de lard. Quand ils eurent l'estomac plein, ils remballèrent les provisions, éteignirent le feu et s'engagèrent entre les bouleaux en suivant le torrent glacial qui dévalait la pente.

Durnik se rapprocha du géant muet, dont les pieds traînaient presque par terre de chaque côté de sa monture.

– Dites-moi, Toth, risqua-t-il en lorgnant les eaux tumultueuses, vous êtes déjà allé à la pêche ?

Le géant muet lui répondit d'un timide retroussis de la lèvre.

– Eh bien, j'ai des hameçons et du fil dans l'un des sacs. Nous pourrions peut-être...

Le forgeron n'avait pas fini sa phrase qu'un sourire fendait la face de son compagnon d'une oreille à l'autre. Silk se dressa sur ses étriers et jeta un coup d'œil vers l'avant.

– La tempête se rapproche, annonça-t-il. D'ici une demi-heure, elle sera sur nous.

– Nous avions vraiment besoin de ça, grogna Belgarath.

– Je déteste la neige, ronchonna le petit homme.

– Curieux trait de caractère, pour un Drasnien.

– Et pourquoi croyez-vous que j'ai quitté la Drasnie ?

Ils descendaient vers le pied des collines lorsque la menace se précisa ; une lourde couverture nuageuse se précipita vers eux, engloutit le soleil matinal et obscurcit le ciel automnal d'un bleu glacial.

– Et voilà ! fit joyeusement Essaïon alors que les premiers flocons dansaient dans la brise qui montait de la vallée.

Silk lui jeta un regard noir, enfonça son chapeau difforme sur ses oreilles et s'emmitoufla dans sa cape élimée.

– Et, naturellement, messire Belgarath ne compte rien faire pour y remédier, lança-t-il d'un ton quelque peu agressif.

– Je ne pense pas que ce soit une bonne idée.

– Naturellement. Vous savez qu'il y a des moments où vous me décevez ? déclara le petit Drasnien en disparaissant entre le bord de son chapeau et le col de sa cape.

La neige tombait de plus en plus fort, voilant les arbres d'un linceul blanc, mouvant. Une demi-lieue plus bas, les bouleaux abandonnèrent le terrain à des sapins gigantesques. Les épaisses branches vert foncé coupaient un peu le vent et les flocons planaient paresseusement entre les troncs, saupoudrant délicatement le sol tapissé d'aiguilles. Belgarath secoua la neige qui s'était accumulée sur sa cape et regarda autour de lui comme pour se repérer.

– Vous êtes à nouveau perdu ? s'enquit Silk.

– Pas du tout, rétorqua le vieux sorcier. A votre avis, Durnik, jusqu'où nous faudra-t-il descendre pour sortir de cette mélasse ?

– C'est un peu difficile à dire, répondit le forgeron en se grattant le menton. Qu'en pensez-vous, Toth ?

Le géant muet leva la tête, prit le vent et esquissa une série d'arabesques avec la main.

– Vous avez probablement raison, acquiesça Durnik. Si ça descend toujours comme ça, reprit-il à l'attention de Belgarath, nous devrions quitter la zone d'enneigement dans l'après-midi. A condition de ne pas nous arrêter.

– Eh bien, allons-y, fit Belgarath en talonnant sa monture.

La neige tombait sans discontinuer, couvrant maintenant le sol d'un épais tapis blanc, et une lumière blafarde, venue de nulle part, faisait reculer l'obscurité qui régnait sous les sombres ramures.

Ils firent halte vers midi, mangèrent rapidement et poursuivirent leur descente vers l'Arendie. Comme l'avaient prédit Durnik et Toth, les flocons laissèrent graduellement place à un crachin glacial puis disparurent tout à fait, et ils chevauchèrent sous une pluie battante qui fouaillait les arbres. Vers la fin de l'après-midi, le vent se leva à nouveau, poussant l'averse devant lui.

– Je pense qu'il serait temps de chercher un abri pour la nuit, déclara Durnik en balayant les environs du regard. Nous ne pouvons pas rester en plein vent, et nous risquons d'avoir du mal à trouver du bois sec pour le feu.

En entrant dans une clairière, Toth repéra un bosquet de jeunes conifères. Il fit signe à Durnik, lequel hocha la tête, puis les deux hommes mirent pied à terre et s'enfoncèrent dans le bouquet d'arbres, à la recherche d'un endroit propice.

Lorsqu'ils jugèrent que les troncs coupaient assez le vent et que les épaisses branches les abritaient suffisamment de la pluie, ils formèrent une voûte de belle taille en courbant un certain nombre de pins en demi-cercle et en attachant leurs pointes à des troncs, puis ils recouvrirent la structure d'une toile de tente et la fixèrent solidement. Il en résulta un vaste pavillon au toit rond, ouvert d'un côté. Sur le devant, ils creusèrent une fosse à feu qu'ils bordèrent de pierres.

La pluie avait détrempé le sol de la forêt et la collecte du bois sec n'alla pas sans mal, mais Garion avait acquis une certaine expérience au cours de sa quête de l'Orbe. Il avait le chic pour dénicher les creux protégés sous les arbres abattus, le côté abrité des gros troncs et les fourrés impénétrables sous les roches en surplomb où les branches et les brindilles étaient restées au sec. A la tombée du jour, il avait – avec la complicité d'Essaïon – entassé une bonne réserve de bois près de la fosse où Polgara et

Ce'Nedra préparaient le dîner. La sorcière avait accroché sa cape mouillée à une branche et fredonnait doucement, comme à l'accoutumée.

Une source murmurait, quelques centaines de toises plus bas. Garion descendit voir ce qu'il en était avec deux outres de cuir. La lumière déclinait rapidement sous les grands arbres battus par les vents lorsqu'il remonta, les vaches à eau lui battant les cuisses.

– Mmm, merci, Majesté, fit Ce'Nedra en le voyant approcher.

Elle avait un petit sourire mélancolique et Garion comprit que son enjouement n'était qu'une façade.

– C'est un plaisir, Majesté, répondit-il en se fendant d'une révérence cérémonieuse. Un bon marmiton doit toujours savoir où trouver de l'eau pour le cuistot.

Elle lui planta un baiser sur la joue, poussa un gros soupir et se remit à couper les légumes pour la soupe.

Après avoir mangé, ils restèrent un moment assis devant le feu, à regarder danser les flammes en écoutant le tambourinement de la pluie et le bruit du vent dans les arbres.

– Quelle distance avons-nous parcourue aujourd'hui ? demanda rêveusement Ce'Nedra, blottie contre l'épaule de Garion.

– Sept ou huit lieues, peut-être, répondit Durnik. On va moins vite hors des sentiers battus.

– Ça ira mieux quand nous serons sur la grand-route qui va de Muros à la Foire, ajouta Silk, son long nez pointu frémissant à cette idée.

– Vous pouvez faire une croix dessus, coupa sèchement le vieux sorcier.

– Voyons, Belgarath, je pensais que vous aviez besoin de ravitaillement ? reprit le petit Drasnien, l'œil brillant.

– Durnik s'en occupera. Quand les gens avec qui vous faites affaire se mettent à réfléchir, ils leur vient trop souvent des envies de réparation.

– Eh bien, n'avez-vous pas dit que vous étiez pressé ?

– Je ne vois pas le rapport.

– On va toujours plus vite quand on est poursuivi. Vous n'aviez pas remarqué ?

Belgarath le regarda longuement, d'un œil noir.

– Laissez tomber, Silk. Nous ferions mieux de dormir. Une rude journée nous attend demain.

Il était bien plus de minuit quand Garion se réveilla en sursaut. Il resta un moment enroulé dans sa couverture à écouter la respiration régulière de Ce'Nedra et le crépitement de la pluie dans les branches. Le vent était tombé et le feu, à l'entrée de leur abri de fortune, était réduit à quelques braises ardentes. Il tenta de chasser les dernières bribes de sommeil et de se rappeler ce qui l'avait éveillé.

– Ne fais pas de bruit, murmura Belgarath, de l'autre côté de l'abri.

– Tu as entendu, toi aussi, hein ?

– Lève-toi tout doucement et prends ton épée, reprit le vieux sorcier, si bas que Garion l'entendait à peine.

– Qu'y a-t-il, Grand-père ?

– Ecoute !

D'énormes ailes claquèrent, loin au-dessus d'eux, puis un éclair d'un rouge sale troua soudain l'encre de cette nuit de pluie. Les ailes battirent une dernière fois et disparurent.

– Vite, Garion ! souffla Belgarath d'un ton pressant. Et mets quelque chose sur l'Orbe, qu'elle ne la voie pas briller.

Garion se débarrassa de la couverture, entortillée autour de ses jambes et tâtonna dans le noir à la recherche de son épée.

Le formidable battement d'ailes revint, ponctué cette fois par un étrange cri sifflant, et pour la seconde fois une éruption de lumière rougeâtre déchira les ténèbres.

– Qu'est-ce que c'est ? hurla Ce'Nedra.

– Taisez-vous ! lança Belgarath.

Ils restèrent sans bouger dans le noir pendant que le bruit s'éloignait sous la pluie.

– Vous savez ce que c'est ? hoqueta Silk.

– Une grosse bête, murmura le vieux Sorcier. Aussi bête que grosse et un peu bigleuse, mais redoutable. Elle chasse. Elle aura senti les chevaux. Ou nous.

– Comment savez-vous que c'est une femelle ? fit Durnik.

– Parce qu'il n'en reste qu'une au monde. Elle ne sort pas souvent de son antre, mais elle a fait assez d'apparitions au cours des siècles pour susciter toutes sortes de légendes.

– Je n'aime pas ça du tout, murmura Silk.

– Elle ne ressemble pas vraiment aux dragons des enluminures, reprit Belgarath. Sinon par la taille, et par le fait qu'elle vole.

– Allons, railla Durnik. Les dragons n'existent pas.

– Je suis heureux de vous l'entendre dire. Vous pourriez peut-être le lui expliquer à elle ?

– C'est elle que nous avons entendue l'autre fois, dans les montagnes au-dessus de Maragor ? s'enquit Garion.

– Oui. Tu as ton épée ? Bon, va tout doucement recouvrir les braises avec de la terre. C'est le feu qui l'attire. Fais attention. Elle pourrait revenir sans prévenir.

Garion se faufila vers l'avant de l'abri et jeta précipitamment des poignées de terre dans la fosse à feu.

– C'est vraiment un gros lézard volant ? fit Silk d'une voix étranglée.

– Non, répondit Belgarath. Plutôt un genre d'oiseau, sauf qu'elle a une longue queue de serpent et que sa peau n'est pas couverte de plumes mais d'écaillés. Ah, elle a des dents, aussi. Des tas de dents très longues et très pointues.

– Et... elle est grosse comment, au juste ? demanda Durnik.

– Vous vous souvenez de la grange, chez Faldor ? Eh bien, imaginez ça avec des ailes...

Un hurlement strident se fit à nouveau entendre dans le lointain et une vilaine lueur rouge, terne, teinta le ciel.

– Ses flammes ne représentent pas un réel danger, commenta Belgarath à mi-voix. Surtout dans cette forêt détrempée. Le problème serait autrement plus grave dans une prairie desséchée. Elle est énorme, mais pas très courageuse, et à terre elle est aussi à l'aise qu'un cochon sur une plaque de verglas. Cela dit, si nous sommes obligés de nous battre contre elle, elle n'aura pas grand-chose à craindre de nous. Tout ce que nous pouvons espérer, c'est de lui faire peur.

– Nous battre contre elle répéta Silk en claquant des dents. Vous voulez rire ?

– Nous n'aurons peut-être pas le choix. Si elle a faim et si elle nous a flairés, elle mettra ces bois en pièces pour nous trouver. Elle a quelques points faibles. La queue est probablement le plus sensible. Ses ailes l'empêchent de voir ce qui se passe dans son dos, et elle n'est pas très maniable.

– Récapitulons, coupa Silk. Vous voudriez que nous nous glissions derrière ce monstre et que nous lui tapions sur la queue, c'est ça ?

– Vous avez à peu près compris.

– Enfin, Belgarath, vous êtes sorcier, oui ou non ? Effrayez-la par un de vos tours de magie, que diable !

– Elle est immunisée contre la sorcellerie, expliqua patiemment Polgara. C'est l'un des petits raffinements dont l'a dotée Torak quand il l'ont créée, les autres Dieux et lui. Il aimait tellement l'image du dragon qu'il en a fait son animal emblématique. Il a veillé à ce qu'elle soit invulnérable.

– Il avait parfois de drôles d'idées, commenta amèrement Belgarath. Enfin, cette créature est empotée, stupide, et elle n'a pas l'habitude de souffrir. Avec un peu de chance, nous devrions la faire fuir sans trop de bobo.

– Elle revient, annonça Essaïon.

Ils écoutèrent le battement des énormes ailes dont le souffle agitait les branches détrempées.

– Sortons de là, ordonna Belgarath avec détermination.

– Bonne idée, approuva Silk. Tant qu'à asticoter un dragon, autant le faire dans un endroit qui offre des perspectives de dégagement.

– Filez, Ce'Nedra ! Allez vous cacher dans la forêt, ordonna Polgara.

La jeune femme acquiesça sans demander son reste. Ils sortirent de l'abri à tâtons et se retrouvèrent sous la pluie. Les chevaux effrayés renâclaient. L'odeur aigre de leur sueur couvrait la senteur résineuse des pins mouillés.

– Bon, murmura Belgarath. Déployez-vous et faites bien attention. Attendez qu'elle regarde ailleurs pour l'attaquer.

Ils se faufilèrent hors du bosquet et s'engagèrent dans la vaste clairière. Garion avançait, l'épée à la main, en faisant bien attention où il mettait les pieds. Une fois de l'autre côté, il se cacha derrière un gros tronc d'arbre et attendit avec anxiété, en scrutant attentivement le ciel nocturne.

Le prodigieux battement d'ailes se fit à nouveau entendre entre les arbres et un terrible hurlement les assourdit. Au même moment, Garion vit la silhouette d'une énorme bête se profiler sur un nuage de flammes fuligineuses, juste au-dessus de lui. Il se demanda s'il n'était pas victime d'une hallucination tant elle était grosse : ses ailes auraient couvert un bon arpent de terre. Son bec cruel était grand ouvert, et il vit distinctement ses dents pointues dans le tourbillon de flammes. Elle avait un long cou reptilien, des serres immenses, et sa queue interminable fouettait l'air derrière elle.

Puis Essaïon surgit de derrière un tronc d'arbre et s'avança tout tranquillement vers le centre de la clairière.

– Essaïon ! cria Polgara.

Le dragon fondit sur le jeune garçon sans défense, ouvrit tout grand le bec, vomit un hurlement de triomphe et l'engloutit dans un geyser de flammes. Le cœur étreint par une mortelle angoisse, Garion se précipita vers son ami en brandissant son épée. Mais, au moment où il s'approchait de l'immonde créature, il sentit une vague d'énergie et Essaïon disparut. Tante Pol l'avait translocalisé, le mettant en sûreté.

La bête se posa, faisant trembler le sol, et poussa un rugissement de frustration qui emplit la clairière d'une affreuse lueur orange et d'une puanteur méphitique. Les ailes à demi repliées, elle était plus haute qu'une maison. Sa queue était plus grosse que le ventre d'un cheval, et son bec incurvé était hérissé de dents menaçantes. Après la description de Belgarath, Garion s'attendait à ce qu'elle ait l'air parfaitement stupide, mais ses prunelles jaunâtres brillaient d'une lueur avide, terrifiante.

Elle scrutait la clairière lorsque Durnik et Toth sortirent précipitamment des arbres, l'un armé de sa hache et l'autre de l'épée du forgeron. Ils se jetèrent sur la bête et entreprirent de lui hachicoter méthodiquement la queue. Elle poussa un terrible hurlement, vomit un torrent de flammes et griffa le sol détrempé de la forêt avec ses serres.

– Attention ! hurla Silk. Elle fait demi-tour !

La créature manœuvra comme elle put, ses ailes battant l'air et ses griffes projetant d'énormes masses de terre autour d'elle, mais les deux hommes avaient déjà disparu sous les arbres. Le petit Drasnien profita de ce que la bête lui tournait le dos pour bondir sur elle et lui larder la base de la queue de coups de dague, puis, comme elle revenait vers lui, d'une pirouette, il regagna la forêt.

C'est alors qu'Essaïon reparut à la lisière des arbres et s'avança, impavide, droit sur le monstre en furie.

– Pourquoi fais-tu ça ? demanda-t-il gravement. Tu sais que ce n'est ni le moment ni l'endroit.

La créature parut accuser le coup et plissa les yeux d'un air méfiant.

– Tu ne peux éviter ce qui va arriver, continua-t-il posément. On n'échappe pas à son destin, et si tu crois y changer quelque chose avec ce genre d'inepties, tu te trompes. Tu ferais mieux de t'en aller, sinon nous serons obligés de te faire du mal.

La bête marqua une hésitation et Garion se rendit compte qu'elle n'était pas seulement interloquée mais terrorisée. Puis elle sembla reprendre le dessus. Avec un cri de rage, elle projeta un énorme rideau de flammes sur le jeune garçon qui ne fit rien pour l'éviter.

Toutes les fibres du corps de Garion vibrèrent d'une envie irrésistible de bondir au secours de son jeune ami, mais il ne pouvait bouger un muscle. Il resta planté là, pétrifié, incapable d'agir. Enfin, le nuage de flammes se dissipa et Essaïon reparut, indemne, le visage figé dans une expression à la fois résolue et navrée.

– Je regrette, déclara-t-il, mais tu ne nous laisses pas le choix. Très bien, Belgarion, soupira-t-il, fais-la fuir. Tâche quand même de ne pas trop l'amocher.

Comme libéré par ces mots, Garion fonça avec exaltation sur le dragon et lui taillada frénétiquement le dos et la queue avec son épée soudain embrasée. Une horrible puanteur de chair calcinée emplit la clairière et la créature se mit à hurler de douleur. Elle fouetta l'air de son énorme queue, et c'est autant pour se protéger que par volonté délibérée que Garion lui assena un coup terrifiant avec la lourde épée de Poing-de-Fer. Sa lame trancha sans effort les écailles, la chair et les os de la bête, lui raccourcissant la queue de quatre bons pieds.

La créature poussa un hurlement tonitruant et cracha une flamme qui monta jusqu'au ciel. Un énorme flot de sang jaillit de la blessure, aspergeant Garion et l'aveuglant un instant.

– Garion ! s'écria Polgara. Attention !

Le temps qu'il s'essuie les yeux, le dragon avait fait volte-face avec une agilité surprenante, ses serres raclant le sol et ses ailes battant l'air avec un bruit de tonnerre. Animée par une flamme d'un bleu intense, l'épée se mit à fumer et à grésiller en cautérisant le sang noir qui pleuvait sur elle. La bête qui s'apprêtait à fondre sur Garion, le bec en avant, flancha. Le jeune homme éleva sa lame incandescente et la créature recula pas à pas à travers la clairière humide.

Elle avait peur ! La flamme qui embrasait l'épée semblait la terroriser ! La bête tenta désespérément de se défendre en vomissant des trombes de feu, mais elle finit par battre en retraite, sa queue sectionnée, agitée de mouvements frénétiques, aspergeant la clairière de sang. La lueur de l'Orbe lui était manifestement insupportable. Transporté par une étrange exultation, Garion leva son épée et une langue de feu crépitant surgit de sa pointe. Il fouailla impitoyablement le dos et les ailes de la créature avec ce fouet incandescent, tant et si bien qu'elle prit la fuite avec un hurlement d'agonie, striant la terre de ses serres, les immenses voiles de ses ailes griffant la nuit. Son énorme masse s'arracha enfin à la pesanteur. Aveuglée par la panique, elle heurta de plein fouet la cime des pins qui bordaient la clairière et s'éloigna à tire-d'aile, emplissant l'air empuanti de flammes et de fumée, mêlant son sang à la pluie qui tombait sur la forêt.

Ils la suivirent des yeux, trop abasourdis pour parler.

Puis Polgara sortit du couvert des arbres et se planta devant Essaïon.

– A quoi pensais-tu au juste ? lui demanda-t-elle avec un calme inquiétant, le visage exsangue.

– Que voulez-vous dire rétorqua-t-il doucement en ouvrant de grands yeux candides. Elle fit un effort visible pour se contenir.

– Le mot *danger* n'a-t-il vraiment aucun sens pour toi ?

– Vous voulez parler d'*elle* ? Oh, elle n'était pas si dangereuse que ça.

– Elle aurait pu te flamber comme un poulet, remarqua Silk.

– Me flamber... ? répéta Essaïon avec un sourire. Mais le feu n'était pas réel, voyons. Vous l'ignoriez ? fit-il, surpris, en parcourant ses compagnons du regard. Ce n'était qu'une illusion, comme tous ses maléfices, d'ailleurs. Je suis désolé que vous vous en soyez fait pour moi, mais je n'avais pas le temps de vous expliquer.

Tante Pol dévisagea longuement le jeune homme imperturbable, puis elle se tourna vers Garion qui tenait toujours son épée embrasée.

– Et toi, tu...

Mais elle ne put aller au bout de sa pensée. Elle enfouit son visage dans ses mains tremblantes.

– Deux ! Deux comme ça ! s'exclama-t-elle d'une voix terrible. Je ne tiendrai jamais le coup. Durnik la regarda avec gravité, puis il tendit sa hache au géant muet, s'approcha d'elle et la prit par les épaules.

– Allons, allons, Pol, fit-il d'un ton apaisant.

Ils crurent un instant qu'elle s'était ressaisie, mais, tout à coup, elle s'écroula sur son épaule.

– Mon tout petit, reprit le forgeron en là ramenant doucement vers l'abri. Demain il fera jour, et tu verras que ce n'est pas si terrible, va.

3

Garion ne dormit pas beaucoup pendant le restant de la nuit, et la pluie n'y était pour rien. Il resta allongé près de Ce'Nedra, frémissant d'excitation, le pouls battant à toute allure, à revivre encore et sans cesse le combat avec le dragon. Il parvint tout de même, juste avant le lever du jour, à reprendre assez son calme pour se rendre compte qu'il avait pris plaisir à cet affrontement qui aurait dû le terrifier. Et, en y réfléchissant, ce n'était pas la première fois que ça lui arrivait. Depuis sa plus tendre enfance, le danger lui inspirait toujours la même exaltation sauvage.

Le solide bon sens hérité de son éducation sendarienne lui disait que ce goût pour les situations périlleuses ne pouvait être qu'une aberration malsaine de son héritage alorien, et qu'il devrait s'efforcer de le canaliser, mais il savait au fond de lui qu'il n'en ferait rien. Il avait enfin trouvé la réponse au plaintif *pourquoi moi ?* qu'il avait si souvent émis dans le passé. Il avait été choisi pour assumer ces tâches horrifiantes parce qu'il était fait pour les mener à bien.

– C'est comme ça, conclut-il tout haut. Chaque fois qu'il y a une chose si ridiculement dangereuse à faire qu'aucun être doué de raison n'oserait seulement y songer, on me la réserve.

– Qu'y a-t-il, Garion ? fit Ce'Nedra d'une voix endormie.

– Rien, mon amour. Je réfléchissais tout haut. Dors, va.

– Hmm, marmonna-t-elle en se blottissant plus étroitement contre lui, et le parfum de ses cheveux monta vers lui.

La pâleur croissante de l'aube s'insinua lentement sous les frondaisons ruisselantes. Au crachin obstiné s'allia une brume grisâtre qui planait au-dessus du sol, telle une écharpe humide drapant les troncs sombres des pins et des épicéas.

Garion chassa les dernières bribes de sommeil et vit les formes embrumées de Durnik et de Toth plantés, immobiles et silencieux, près de la fosse à feu refroidie, sur le devant de l'abri. Le jeune homme se leva en prenant garde à ne pas réveiller Ce'Nedra, enfila ses bottes trempées, se drapa dans sa cape et rejoignit les deux hommes.

– Il pleut toujours, commenta-t-il en contemplant le ciel endeuillé.

Il parlait à voix basse, comme tous ceux qui se lèvent avant le soleil.

– Et en cette saison, ce n'est pas près d'arrêter, ajouta Durnik avec un hochement de tête entendu. Nous ferions mieux de rallumer le feu.

Il commença à empiler du bois dans la fosse. Le géant muet prit deux outres de cuir et descendit chercher de l'eau dans le torrent. Malgré sa taille prodigieuse, il se déplaçait presque sans bruit entre les buissons noyés dans la brume.

– Tante Pol dort encore ? demanda Garion.

– Elle fait la grasse matinée. Elle dit qu'il est très agréable de se prélasser au chaud pendant que quelqu'un s'occupe du feu, ajouta le forgeron avec son bon sourire en sortant une mèche d'amadou, un silex et une lame d'acier de la bourse qu'il portait à la taille.

– C'est sûr que, pendant des années, c'est elle qui s'est levée en premier pour ranimer le feu, nota Garion en faisant écho à son sourire. Elle nous en veut toujours pour cette nuit ? reprit-il au bout d'un instant.

– Oh, elle n'y pense même plus, assura Durnik en frottant sa lame sur le silex, au-dessus de la mèche d'amadou.

A chaque cliquetis de l'acier sur la pierre, une pluie d'étincelles tombait sur l'amadou. Le forgeron souffla doucement dessus jusqu'à ce qu'une petite langue de feu orange s'en élève, puis il retira délicatement la mèche et les flammes léchèrent les brindilles qui se mirent à crépiter.

– Là, fit-il en éventant le feu et en remettant son matériel dans sa bourse.

Garion s'agenouilla à côté de lui pour l'aider à rompre les branches en fragments plus courts et à les empiler sur le feu.

– Je t'ai trouvé très courageux, cette nuit, fit Durnik.

– Tu veux dire complètement dingue, oui, rétorqua Garion en faisant la grimace. Jamais un être sensé n'aurait agi ainsi. L'ennui, tu comprends, c'est que, la plupart du temps, je me jette dans la bagarre avant d'avoir eu le temps de réfléchir aux conséquences. Il y a des moments où je me dis que mon grand-père a raison : tante Pol a dû me laisser tomber sur la tête quand j'étais petit.

– Ça, ça m'étonnerait, fit Durnik avec un petit rire. Elle fait toujours très attention aux choses fragiles.

Garion se releva. Le brouillard nimbait le feu d'un halo rougeâtre qui lui conférait une sorte d'irréalité. Il eut l'impression fugitive qu'ils avaient, sans s'en apercevoir, franchi la frontière du monde réel pendant la nuit pour entrer dans un royaume magique, enchanté.

Toth remontait du torrent avec ses deux outres ruisselantes quand Polgara émergea de l'abri en brossant ses longs cheveux noirs. La mèche blanche qui striait sa chevelure d'ébène paraissait presque incandescente, ce matin-là.

– Quel beau feu, mon Durnik, fit-elle en s'approchant de lui pour l'embrasser, puis elle se tourna vers Garion. Ça va ?

– Hein ? Oh oui, ça va.

– Pas d'estafilades, de bleus ou de bosses qui t'auraient échappé la nuit dernière ?

– Non. Je m'en suis apparemment sorti sans une égratignure. Tu nous en voulais vraiment, hier soir, à Essaïon et à moi ? ajouta-t-il après une hésitation.

– Oui, Garion, je vous en voulais à mort. Mais c'était cette nuit. Et ce matin, que voudrais-tu pour le petit déjeuner ?

L'aube blême gagnait le couvert des arbres lorsque Silk s'approcha du feu en claquant des dents et tendit les mains vers les flammes. Il lorgna d'un air suspicieux le chaudron bouillonnant que tante Pol avait placé sur une roche plate, à la limite des flammes.

– Encore du gruau ? ronchonna-t-il.

– De la bouillie d'avoine, rectifia Polgara en touillant sa mixture avec une longue cuillère de bois.

– C'est bien ce que je disais.

– Pas tout à fait. Le gruau est plus liquide.

– Epais ou liquide, c'est la même chose.

– Dites-moi, Prince Kheldar, releva la sorcière en haussant le sourcil, pourquoi êtes-vous toujours si hargneux le matin ?

– Je déteste le matin. Pour moi, cette abomination ne devrait même pas exister. Je ne puis lui trouver qu'une seule justification, c'est de séparer la nuit de l'après-midi.

– Vous voulez que je vous prépare un de mes petits remontants ?

– Hem... non, merci, fit-il en étrécissant les yeux. C'est très gentil, mais je me sens bien mieux, tout à coup.

– Vous m'en voyez ravie. Alors, si vous vous poussiez un peu, que je fasse frire le lard ?

– Vos désirs sont des ordres, marmonna le petit Drasnien en abandonnant précipitamment le terrain sous le regard amusé de Belgarath, vautré sur une pile de couvertures.

– Pour un homme soi-disant futé, vous n'en ratez pas une, nota le vieux sorcier. Vous devriez savoir, depuis le temps, qu'il ne faut jamais ennuyer Pol quand elle fait la popote.

– Je vais voir les chevaux, grommela Silk en enfonçant son bonnet de fourrure mité sur ses oreilles. Vous m'accompagnez ?

– Ce n'est peut-être pas une mauvaise idée, acquiesça Belgarath après un coup d'œil inquiet au tas de bois qui diminuait de façon alarmante.

– Attendez-moi, appela Garion en passant le baudrier de son épée sur son épaule. J'ai dû dormir sur une racine ; je suis complètement ankylosé.

– Tout a l'air tellement prosaïque, à la lumière du jour, murmura Silk alors qu'ils débouchaient dans la clairière. On a du mal à croire que ce dragon a existé pour de bon.

– Il y a tout de même ce truc-là, objecta Garion en indiquant un bout de queue écailleuse qui frémissait encore, non loin de là.

– Je t'accorde que ce n'est pas le genre de chose qu'on rencontre tous les jours, admit le petit Drasnien. Vous croyez qu'elle reviendra nous ennuyer ? Nous ne sommes pas arrivés si nous devons regarder derrière notre épaule à chaque pas. Pensez-vous que cette créature soit vindicative ?

– Comment ça ? demanda Belgarath.

– Eh bien, Garion lui a tout de même coupé le bout de la queue. Elle risque d'en faire une affaire personnelle, non ?

– Si vous voulez mon avis, elle n'a pas assez de cervelle pour ça. Mais il y a dans cette affaire quelque chose qui ne me plaît pas, ajouta le vieux sorcier d'un air soucieux.

– Là, je suis bien d'accord : cette échauffourée

n'aurait seulement jamais dû avoir lieu, fit Silk en frissonnant.

– Ce n'est pas ce que je voulais dire. Je me fais peut-être des idées, mais on aurait dit qu'elle en voulait précisément à l'un de nous.

– Essaïon ? hasarda Garion.

– C'est bien ce qu'il m'a semblé. Mais quand elle l'a trouvé, elle a eu l'air presque effrayé. Et que voulaient dire les discours qu'il lui a tenus ?

– Comment savoir ? répondit Silk en haussant les épaules. Ce gamin a toujours été un peu bizarre. On dirait qu'il ne vit pas dans le même monde que nous.

– Bon, mais pourquoi cette créature a-t-elle reculé avec terreur devant l'épée de Garion ?

– Cette épée terroriserait une armée entière, Belgarath. Elle est assez redoutable quand elle s'embrase.

– D'accord, Silk, mais cette bête aime le feu. Je l'ai vue faire des yeux de merlan frit à une grange en flammes, et il lui est arrivé de tourner pendant des semaines autour d'un incendie de forêt. Il y a quelque chose qui me turlupine dans notre aventure d'hier soir.

Essaïon sortit du fourré où les chevaux étaient attachés.

– Ils vont bien ? demanda Garion.

– Les chevaux ? Oh oui, Belgarion, très bien. Le petit déjeuner est bientôt prêt ?

– Si on peut appeler *ça* un petit déjeuner, oui, répondit amèrement Silk en rentrant la tête dans les épaules comme pour éviter les gouttes.

– Polgara est une excellente cuisinière, se récria Essaïon.

– La meilleure cuisinière du monde ne tirera jamais grand-chose d'un sac de flocons d'avoine.

– Elle a fait de la bouillie d'avoine ? releva Essaïon, les yeux brillants. J'adore ça !

Silk le regarda longuement et se tourna vers Garion.

– Tu vois comme l'éducation pervertit les jeunes ? observa-t-il avec tristesse. Ce garçon est perdu pour la gastronomie. Allons, finissons-en, soupira-t-il d'un ton funèbre en carrant les épaules.

Après manger, ils démontèrent le campement et repartirent sous le ciel en pleurs. Vers midi, ils atteignirent une large chaussée boueuse qui serpentait au milieu d'une vaste étendue déboisée, large d'un quart de lieue.

– La grand-route de Muros, annonça Silk avec satisfaction.

– Pourquoi ont-ils coupé les arbres ? s'étonna Essaïon.

– Parce qu'ils faisaient la part trop belle aux bandits qui avaient la sale habitude de tendre des embuscades aux voyageurs. Ça égalise un peu les chances.

Ils laissèrent derrière eux les arbres ruisselants de pluie et traversèrent le no man's land envahi par les broussailles et jonché de souches qui longeait la route boueuse.

– Ah, nous devrions tout de même aller plus vite, fit Belgarath en talonnant son cheval.

Ils chevauchèrent pendant plusieurs heures vers le sud à un trot allègre. Les collines boisées laissèrent place à une prairie moutonnante. Ils s'arrêtèrent au sommet d'un mamelon pour laisser souffler leurs montures écumantes. La muraille noire de la forêt arendaise se dressait derrière un rideau de pluie, au nord-ouest. Droit devant eux, au sud, les ruines grisâtres d'un château mimbraïque montaient la garde sur la plaine détrempée. Ce'Nedra contempla avec un soupir la forteresse de pierre d'où émanait encore l'inébranlable méfiance qui était l'incarnation de la société arendaise.

– Ça va ? s'inquiéta Garion.

Il redoutait toujours de la voir replonger dans la sinistre mélancolie dont elle sortait à peine.

– L'Arendie a quelque chose de tellement sinistre... Des milliers d'années de haine et de chagrin et tout ça pour quoi ? Regarde-moi ce château : on dirait qu'il pleure.

– Ce n'est que la pluie, dit-il avec circonspection.

– Non, soupira-t-elle à nouveau. C'est autre chose.

La route de Muros balafrait, telle une cicatrice jaune, sanieuse, la prairie couverte d'une herbe brunâtre, couchée par la pluie. Ils passèrent, au fil des jours, devant des châteaux mimbraïques fièrement dressés sur des hauteurs et des villages perdus, aux maisons de terre et de chaume, où des serfs dépenaillés, à la mine désolée, vivaient entre misère et désespoir parmi les miasmes des feux de tourbs. Garion et ses amis s'arrêtaient, le soir, au milieu de nulle part, dans des auberges miteuses qui puaient la crasse et le chou rance.

Le quatrième jour, en franchissant une colline, la Foire d'Arendie leur apparut enfin, à la jonction des grand-routes de Muros et de l'Ouest. Cette immensité de tentes et de pavillons multicolores s'étendait sur plus d'une lieue à la ronde, sous un ciel gris, éploré. Des caravanes y entraient et en sortaient en se traînant dans la plaine, pareilles à des colonnes de fourmis.

– Si je partais en reconnaissance ? proposa Silk en repoussant sa toque en auréole sur sa tête. Il y a un moment que nous sommes coupés de la civilisation et il me paraît préférable de tâter un peu le terrain ; ça ne peut pas faire de mal.

– D'accord, soupira Belgarath. Mais pas d'entourloupettes.

– Comment ça, « pas d'entourloupettes » ?

– Allez, Silk, n'essayez pas de jouer au plus fin avec moi. Tâchez de dominer vos instincts pervers.

– Faites-moi confiance, Belgarath.

– Plutôt crever !

Le petit Drasnien talonna son cheval et s'éloigna au galop dans un grand éclat de rire.

Ses compagnons, restés en arrière, descendirent au pas la longue pente qui menait vers la cité de toile, en perpétuel renouvellement, plantée dans cette mer de boue. Garion fut assailli par le vacarme, amalgame de mille voix s'interpellant en même temps, et par la cacophonie des odeurs d'épices, de cuisine, de parfums rares et de crottin de cheval.

– Restons ici, décréta Belgarath en menant sa monture sur le bas-côté de la route. Inutile de nous jeter tête baissée dans un traquenard.

Ils attendirent sous la pluie glaciale, en regardant le lent cheminement des caravanes qui gravissaient la côte en patinant dans la boue. Silk revint au bout d'une petite heure.

– Il va falloir ouvrir l'œil et le bon, annonça-t-il avec une gravité inhabituelle.

– Que se passe-t-il ? demanda Belgarath.

– Je suis tombé sur Delvor ; il paraît qu'un marchand angarak questionne tout le monde à notre sujet.

– Nous ferions peut-être mieux d'éviter la Foire, suggéra Durnik.

– Pas question, rétorqua Silk. Nous devons découvrir ce que cet Angarak un peu trop curieux a dans le ventre. Delvor s'offre à nous héberger un jour ou deux. Je vous propose d'entrer dans la Foire par le sud, en nous joignant à une caravane venant de Tol Honeth, afin de ne pas nous faire remarquer.

Belgarath rumina un instant en scrutant les nuages.

– D'accord, acquiesça-t-il enfin. La perspective de perdre un temps précieux ne m'enchante pas, mais j'aime encore moins l'idée d'être suivi. Allons voir ce que raconte votre Delvor.

Ils contournèrent la Foire bien au large, dans l'herbe couchée par l'averse, et reprirent la grand-route de l'Ouest à une lieue environ au sud des premières tentes. Une demi-douzaine de marchands tolnedrains emmitouflés dans de somptueuses capes de fourrure menaient une longue colonne de voitures aux roues grinçantes. Garion et ses amis les suivirent en douce alors que l'assombrissement du ciel annonçait la fin de cette môme journée de pluie.

Les allées séparant les tentes et les pavillons grouillaient de négociants aux vêtements bariolés, venus de tous les coins du monde, qui parlaient à tue-tête, hurlaient et marchandaient, indifférents au déluge et à la boue dans laquelle ils pataugeaient jusqu'aux chevilles. Des torches et des lanternes étaient accrochées aux éventaires de toile qui offraient dans une étrange promiscuité des trésors inestimables, des chaudrons de cuivre et de pauvres écuelles d'étain.

– Par là et tout droit, fit Silk en les menant vers un passage latéral. Le pavillon de Delvor n'est plus très loin.

– Qui est Delvor ? demanda Ce'Nedra en haussant le ton pour se faire entendre malgré le vacarme émanant d'une taverne.

– Un ami de Silk, répondit Garion. Nous l'avons rencontré en passant par ici, il y a des années. Je crois que c'est un agent secret.

– Comme tous les Drasniens, commenta la petite princesse avec un reniflement.

– C'est probable, acquiesça Garion avec un sourire entendu.

Delvor les attendait, drapé dans une cape bordée de fourrure, devant une tente à rayures bleues et blanches. Son crâne d'œuf luisait sous la pluie. Il n'avait guère changé depuis la dernière fois que Garion l'avait vu. Il avait toujours l'air aussi cynique et rusé.

– Mes gens vont s'occuper de vos chevaux, déclara-t-il alors qu'ils mettaient pied à terre. Entrez vite. Moins on vous verra et mieux ça vaudra.

Il les précéda dans sa tente dont il referma soigneusement le rabat derrière eux. Le pavillon, chauffé par des braseros de métal et vivement éclairé par des lampes à huile suspendues au pavillon de toile, n'avait rien à envier à une maison bien tenue avec ses fauteuils, ses divans et sa vaste table de bois ciré, couverte d'un souper somptueux. Le sol et les parois disparaissaient derrière des tentures à dominante bleue. Les serviteurs de Delvor, vêtus de livrées de couleur sobre, prirent sans un mot leurs capes ruisselantes et les emportèrent vers une tente adjacente.

– Considérez-vous comme chez vous, dit urbainement Delvor. J'ai pris la liberté de vous faire préparer un petit souper.

– Cossu, commenta Silk avec un coup d'œil appréciateur.

– Question d'organisation. Et d'argent, répliqua le marchand drasnien avec un haussement d'épaules. Ce n'est pas parce qu'on habite sous la tente qu'il faut vivre comme un vagabond. Un pavillon de toile peut être très confortable.

– Il offre surtout la particularité d'être portatif, renchérit Silk. En cas de départ précipité, on peut le replier et l'emmener avec soi, chose infaisable avec une maison.

– Autre avantage, admit platement Delvor. Mais mangez, mes amis, je vous en prie. Je connais les auberges d'Arendie ; je sais quel genre de nourriture elles offrent.

Le souper qui leur fut servi n'eût pas déparé la table d'un roi. On leur apporta un plat d'argent chargé de côtelettes fumantes accompagnées d'une savoureuse sauce au fromage, de petits légumes et d'un excellent pain blanc tout chaud, le tout arrosé d'une sélection de vins exceptionnels.

– Vous avez un fameux cuisinier, Delvor, nota Polgara.

– Merci, ma Dame, répondit le Drasnien. Il a un caractère épouvantable et il me coûte la peau des... une fortune, mais j'estime qu'il vaut le temps et l'argent que je lui consacre.

– On m'a dit qu'un marchand angarak s'intéressait beaucoup à nous, insinua Belgarath en érigeant un monticule de côtelettes dans son assiette.

– Il est arrivé il y a quelques jours avec une demi-douzaine de serviteurs. Ils devaient être rudement pressés, parce que leurs montures étaient fourbues. Ils n'ont ni voitures ni chevaux de bât et ils sont tellement occupés à poser des questions qu'ils n'ont pas encore conclu une seule affaire.

– Ils nous ont nommément désignés ?

– Non, mais ils font de vous, Vénérable Ancien, une description sans ambiguïté. Ils proposent de l'argent aux éventuels informateurs. Une assez jolie somme, ma foi.

– De quel territoire angarak vient-il ?

– Il se fait passer pour nadrak, mais s'il est nadrak, moi je suis thull. Je dirais plutôt qu'il est malloréen. C'est un homme glabre, de taille moyenne, pas très costaud, sobrement vêtu, et il a de drôles d'yeux, complètement blancs, à part les pupilles.

– Comme s'il était aveugle ? demanda vivement tante Pol.

– Je ne crois pas. Pour moi, il voit parfaitement où il va. Pourquoi cette question, ma Dame ?

– Ce que vous venez de décrire ressemble à un mal très rare, dont les victimes sont le plus souvent frappées de cécité.

– Si nous ne voulons pas l'avoir sur le dos en repartant, il faut que nous trouvions un moyen de l'envoyer sur une fausse piste ou de le retarder, remarqua Silk en jouant machinalement avec son gobelet de cristal. Te resterait-il par miracle des pièces de plomb comme celles que tu avais cachées dans la tente des Murgos, la dernière fois que nous sommes passés par ici ? ajouta le petit Drasnien en regardant son ami.

– Hélas non. Je me suis rendu en Tolnedrie, il y a quelques mois, et j'ai cru plus prudent d'enterrer les dernières avant de passer la frontière.

– Que peut-on faire avec des pièces de plomb ? fit Cé'Nedra, intriguée.

– Il faut dire, Majesté, que, dorées comme elles sont, on dirait vraiment des couronnes tolnedraines, précisa Delvor.

– Quelle horreur ! hoqueta Cé'Nedra en blêmissant.

– Sa Majesté est tolnedraine, expliqua Silk en remarquant l'étonnement de Delvor, et la contrefaçon de monnaie est un crime pour les Tolnedrains. Ça doit venir de leur religion.

– Je ne trouve pas ça drôle, Prince Kheldar, fit Cé'Nedra d'un ton acerbe.

Après dîner, ils parlèrent encore un moment, comme des gens détendus qui ont bien chaud et le ventre plein, puis Delvor les conduisit dans une tente adjacente qui avait été divisée en chambres à coucher. Garion s'endormit sitôt la tête sur l'oreiller et s'éveilla le lendemain matin plus reposé qu'il ne l'avait été depuis des semaines. Il s'habilla sans bruit pour ne pas réveiller Cé'Nedra et regagna la tente principale où

Silk et Delvor bavardaient à voix basse, devant la table.

– La situation est très troublée en Arendie, disait Delvor. A la nouvelle de la campagne contre le culte de l'Ours dans les royaumes du Ponant, tous les jeunes exaltés de Mimbre et d'Asturie sont entrés en ébullition. L'idée d'une juste cause à défendre quelque part dans le monde et la pensée de ne pas y avoir été conviés les a emplis d'une vive rancœur.

– Ce n'est pas nouveau, nota Silk. Bonjour, Garion.

– Messieurs, répondit aimablement celui-ci en s'asseyant.

– Majesté... Mais, poursuivit Delvor, l'effervescence de la noblesse est moins préoccupante que l'agitation des serfs.

Garion songea aux villages sordides qu'ils avaient vus ces derniers jours et au regard désespéré de leurs habitants.

– Ce ne sont pas les raisons de mécontentement qui leur manquent, vous ne croyez pas ? lâcha-t-il platement.

– Je suis bien d'accord, Majesté, convint Delvor, et il leur est déjà arrivé de se révolter, seulement, cette fois, ça paraît plus sérieux que d'habitude. Les autorités ont trouvé des caches d'armes assez sophistiquées. Un chevalier mimbraïque en armure n'a pas grand-chose à craindre d'un serf armé d'une fourche, mais, s'il dispose d'une arbalète, c'est une autre paire de manches. Il y a eu plusieurs incidents, suivis de représailles.

– La plupart des serfs n'ont même pas de quoi manger. Où voudriez-vous qu'ils trouvent des arbalètes ? objecta Garion.

– Elles viennent d'un pays étranger, révéla Delvor. Personne n'a encore réussi à savoir d'où au juste, mais on dirait que quelqu'un tient à ce que la noblesse arendaise soit trop occupée chez elle pour intervenir dans un autre conflit.

– Quelqu'un comme Kal Zakath, par exemple ? risqua Silk.

– Ce serait tout à fait son genre. L'empereur de Mallorée a manifestement des ambitions hégémoniques et un soulèvement dans les royaumes du Ponant ferait bien son affaire s'il décidait de tourner ses armées vers le nord après avoir réglé son compte au roi Urgit.

– Il ne me manquait plus que ça, gémit Garion.

Quand leurs compagnons les eurent rejoints, Delvor les régala d'un somptueux petit déjeuner. Aux œufs accommodés de différentes façons et servis avec du bacon et des saucisses succédèrent vingt mets plus succulents les uns que les autres, eux-mêmes suivis de plateaux de fruits et de pâtisseries.

– Ça, c'est que j'appelle un petit déjeuner, s'exclama Silk, l'œil embué.

– Allez-y, Prince Kheldar, videz votre sac, grinça Polgara en lui lançant un regard glacial. Je suis sûre que vous avez toutes sortes de remarques subtiles à faire.

– Et que pourrais-je dire, chère amie, de l'excellent gruau dont vous nous gratifiez tous les matins depuis des semaines ? répliqua-t-il en ouvrant de grands yeux candides.

– Rien si vous tenez à la vie, suggéra Ce'Nedra d'une voix fruitée.

Un serviteur fit irruption sur ces entrefaites.

– Il y a devant la tente un immonde bossu qui demande à entrer, annonça-t-il d'un air outragé. Je n'ai jamais rencontré un homme aussi mal embouché. Dois-je le chasser ?

– Oh, ça doit être oncle Beldin, fit Polgara.

– Vous le connaissez ? s'exclama Delvor, surpris.

– Depuis ma plus tendre enfance, acquiesça la sorcière. Il n'est pas si mauvais qu'il en a l'air, quand on est habitué. Vous feriez mieux de le laisser entrer. Il peut être affreusement déplaisant quand il s'énerve.

– Comment, Belgarath, tu es encore là ? tempêta Beldin en écartant brutalement le serviteur, qui protesta avec indignation. Il y a belle lurette que tu devrais être à Tol Honeth, espèce de vieille couenne !

– Nous avons dû nous arrêter à Prolgu pour voir le Gorim, répondit placidement le sorcier.

– La belle affaire ! rétorqua le petit bossu d'un ton hargneux, et son faciès hideux se renfrogna encore.

Il était plus sale que jamais avec ses haillons trempés, retenus par des bouts de ficelle pourrie, et ses cheveux feutrés, hérissés de brins de paille. Il crapahuta jusqu'à la table sur ses petites pattes torses et s'empara d'une saucisse.

– Un peu de tenue, mon Oncle, gronda tante Pol.

– Et pour quoi faire ? Tiens, qu'est-ce que c'est que ça ? s'informa-t-il en indiquant un petit pot placé sur la table.

– De la confiture, bredouilla Delvor, un tantinet démonté.

– Intéressant, commenta Beldin en plongeant une main crasseuse dans le bocal et en se fourrant la moitié du contenu dans la bouche. Hé, hé, pas mauvais, approuva-t-il en se léchant les doigts.

– Il y a du pain, mon Oncle, grinça tante Pol.

– J'aime pas le pain, riposta le vieillard difforme en s'essuyant la main sur ses haillons.

– Tu as réussi à rattraper Harakan ? s'enquit Belgarath.

Beldin lui répondit par un chapelet d'invectives qui firent blêmir Ce'Nedra.

– Il m'a encore filé entre les pattes, et comme je n'avais pas le temps de lui courir après, j'ai dû renoncer provisoirement au plaisir de lui crever la bedaine, conclut-il avant de replonger la main dans le pot de confiture.

– Si nous tombons dessus, nous nous en occuperons à votre place, susurra Silk.

– Il est sorcier, Kheldar, grommela le nabot en reposant le bocal vide. Si vous croisez son chemin, c'est vous qui risquez de vous retrouver les boyaux accrochés à une palissade.

– Je me proposais de laisser agir Garion.

Le bossu répliqua par un rot tonitruant.

– Y a-t-il quelque chose qui vous ferait plaisir ? proposa aimablement Delvor.

– Rien du tout, merci. J'en ai déjà plein le ventre. Alors, Belgarath, tu envisages de rallier Tol Honeth avant l'été ?

– Nous ne sommes pas si en retard que ça.

Beldin ponctua sa réponse par un bruit indélicat.

– Vous feriez mieux d'ouvrir l'œil en descendant vers le sud, mes amis. Il y a un Malloréen qui n'arrête pas de poser des questions sur vous. Il a soudoyé tout le monde le long de la grand-route de l'Ouest.

– Tu ne connaîtrais pas son nom, par hasard ? demanda vivement Belgarath.

– Oh, il en a des tas, mais celui qui revient le plus souvent est Naradas.

– Et vous savez à quoi il ressemble ? s'informa Silk.

– Tout ce que je sais, c'est qu'il a de drôles d'yeux tout blancs.

– Tiens, tiens, tiens, fit Delvor.

– Comment ça, *tiens, tiens, tiens* ? grinça Beldin.

– L'homme aux yeux blancs est ici, à la Foire, et il harcèle tout le monde de questions.

– Alors c'est très simple : il n'y a qu'à lui enfoncer dix pouces d'acier entre les côtes.

– Les légionnaires qui font la police à la Foire n'aiment pas qu'on abandonne des cadavres sur la voie publique, objecta Belgarath. Ça fait désordre.

– Bon, eh bien, flanquez-lui un bon coup sur la tête, traînez-le dans la plaine et foutez-le au fond d'un trou. Il ne devrait pas germer avant le printemps. Si tu continues à te bourrer de sucreries comme ça, fillette, ajouta-t-il avec un sourire torve à l'intention de Polgara, tu seras bientôt *énorme*. Tu es déjà assez rondouillarde comme ça.

– *Rondouillarde ?*

– Enfin, ça ne fait rien, Pol. Il y a des hommes qui aiment les mottes de saindoux.

– Je crois, mon Oncle, que vous devriez essuyer la confiture qui vous dégouline sur la barbe.

– Je la garde pour le déjeuner, riposta-t-il en se grattant vigoureusement l'aisselle.

– Auriez-vous des poux ? rétorqua la sorcière, acide.

– Ça se pourrait bien. Mais ce ne sont pas quelques poux qui vont m'empêcher de vivre. Je suis en meilleure compagnie avec eux qu'avec la plupart des gens de ma connaissance.

– Où vas-tu maintenant ? s'informa Belgarath.

– Je repars pour la Mallorée. Je vais rôder un peu du côté de Darshiva, voir ce que je peux trouver sur Zandramas.

– Vous projetez de partir immédiatement, Messire Beldin ? questionna Delvor en plissant les yeux d'un air songeur.

– Pourquoi ?

– J'aimerais vous dire un mot en privé, si vous avez un instant.

– Alors, Delvor, on a des secrets pour ses vieux amis ? ironisa Silk.

– Oh, pas vraiment, mais j'ai eu une idée, et je préférais la peaufiner un peu avant de t'en parler. Eh bien, Messire Beldin, si nous faisions un petit tour ? Ce ne sera pas long, et je crois vraiment que ça devrait vous plaire.

Le petit sorcier bossu le regarda avec curiosité.

– Très bien, acquiesça-t-il enfin.

Les deux hommes sortirent dans le matin pluvieux.

– Il est bien cachottier, remarqua Garion.

– C'est une manie exaspérante qu'il a contractée à l'Académie, lui confia Silk. Il adore tramer des complots subtils et se repaître ensuite de l'admiration de ses contemporains. Je me demande si je ne devrais pas reprendre un peu de saucisse, murmura-t-il en balayant la table du regard. Et quelques œufs, aussi. La route est longue jusqu'à Tol Honeth, et je ferais peut-être bien de me prémunir contre ce gruau...

– Vous avez remarqué, Ce'Nedra ? susurra Polgara. Il y a des gens qui ne peuvent pas s'empêcher, lorsqu'ils ont trouvé une idée qu'ils croient amusante, de la rabâcher *ad nauseam*.

– En effet. Dame Polgara, confirma la petite princesse, une étincelle dans le regard. Je me demande s'il ne faut pas y voir l'indice d'une imagination limitée.

– J'en suis même certaine, renchérit suavement tante Pol. Alors, Kheldar ? Vous comptez jouer longtemps à ce petit jeu ?

– Eh bien... je me proposais justement de mettre fin à la partie...

Delvor et Beldin reparurent peu avant midi, un sourire radieux accroché à la face. Le Drasnien congratulait chaleureusement le petit bossu.

– Voilà, Messire Beldin, ce que j'appelle une démonstration magistrale.

– Un jeu d'enfant, rétorqua l'intéressé avec un haussement d'épaules désabusé. Tout le monde s'imagine qu'un corps difforme héberge fatalement un cerveau déficient. J'en ai plus d'une fois tiré profit.

– Je suis sûr qu'ils finiront par nous dire ce que ça cache, marmotta Silk.

– Rien de très compliqué, s'esclaffa Delvor. Vous pouvez repartir, tes compagnons et toi, sans vous inquiéter de ce Malloréen trop curieux. Il voulait des informations, continua Delvor en réponse au regard inquisiteur de Silk, eh bien, nous lui en avons donné. Et il est parti au grand galop.

– Vendu, rectifia Beldin. Et ça s'est passé à peu près comme ça.

Il se plia en deux, exagérant délibérément sa gibbosité, et adopta une expression parfaitement débile.

– Holà, Vot'Honneur, coassa-t-il d'un ton servile. Y paraît qu'vous cherchez des gens et qu'vous paieriez cher pour savoir où qu'y peuvent être. Eh ben, j'ai vu les gens qu'vous cherchez et j'peux vous dire où qu'y sont si vous m'donnez assez pour ça. Combien c'est-y qu'vous êtes prêt à lâcher ?

– J'ai fait dire à Naradas que je connaissais quelqu'un qui savait où se trouvaient les gens qui l'intéressaient, raconta Delvor, hilare. Nous nous sommes mis d'accord sur un certain chiffre, je lui ai présenté messire Beldin et il a gobé son histoire tout rond.

– Où l'avez-vous envoyé ? s'enquit Belgarath.

– Vers le nord, répondit le petit bossu avec un mouvement de menton. Je lui ai dit que je vous avais vus camper le long de la route, dans la forêt arendaise, que l'un de vous était malade et que vous attendiez son rétablissement pour repartir.

– Et il ne s'est pas méfié ? s'émerveilla Silk.

– Il se serait sûrement posé des questions si je l'avais renseigné pour rien, répliqua Delvor en secouant la tête, mais je lui ai donné toutes les raisons de croire à ma sincérité. J'ai outrageusement grugé maître Beldin. Il n'a reçu que quelques piécettes d'argent en échange de ses informations tandis que je partais avec un joli magot.

– Remarquable, murmura Silk d'un ton admiratif.

– Fais tout de même attention, Belgarath, reprit Beldin. Notre ami aux yeux blancs est un Grolim de Mallorée. Je n'ai pas voulu sonder son esprit de peur qu'il ne s'en aperçoive, mais je peux te dire qu'il est très puissant.

– Tu as trouvé pour qui il travaillait ?

– J'ai prudemment battu en retraite dès que j'ai compris de qui il s'agissait, mais je te le répète, Belgarath, prends garde à lui. Il est très dangereux.

– Moi aussi, Beldin, répondit le vieux sorcier avec une sinistre détermination.

– Je sais, mais il y a des choses que tu ne ferais jamais. Alors que lui, je te garantis qu'il n'a pas ce genre de scrupules.

4

Le temps se leva peu à peu, la semaine suivante. Un ciel d'un bleu glacial attendait Garion et ses compagnons dans le sud de l'Arendie. L'interminable plaine semblait plongée dans une morne léthargie sous son tapis d'herbe brunie, malmenée par le vent. Dans les pauvres villages aux maisons de boue, les serfs frileusement blottis les uns contre les autres s'apprêtaient à affronter un nouvel hiver sous l'œil farouche des barons mimbraïques embusqués dans leurs donjons de pierre.

Des légionnaires impériaux en cape écarlate patrouillaient sur la grand-route de l'Ouest comme sur l'ensemble du système routier tolnedrain, et pourtant les marchands qui l'empruntaient étaient escortés par des mercenaires imposants, armés jusqu'aux dents.

Il gelait lorsqu'ils arrivèrent, ce matin-là, au bord de l'Arend. Le fleuve qui constituait la frontière naturelle entre l'Arendie et la Tolnedrie étincelait au soleil. Ils regardèrent la Futaie de Vordue qui se dressait sur l'autre rive.

– Vous ne voulez pas passer par Vo Mimbre, Belgarath ? s'enquit Silk.

– A l'heure qu'il est, Mandorallen et Lelldorin ont dû mettre Korodullin au courant de ce qui s'est passé en

Drasnie, répondit le vieux sorcier en secouant la tête, et je ne suis pas d'humeur à échanger des civilités autour d'une tasse de thé. Allons tout droit à Tol Honeth. Le temps presse.

– Nous allons être obligés de nous arrêter au bureau de douane, non ? fit Garion alors qu'ils traversaient le gué.

– Evidemment, acquiesça Silk. Personne n'y échappe, à part les contrebandiers patentés, bien sûr. Il ne serait peut-être pas inutile que je prenne la direction des opérations à ce moment-là, continua-t-il avec un regard en coulisse à Belgarath.

– D'accord, mais pas d'excentricités.

– Vous me connaissez ! se récria vertueusement le petit Drasnien. Je profiterai simplement de l'occasion pour procéder à une petite expérience, ajouta-t-il en balayant le plastron de sa tunique mitée d'un revers de main désinvolte.

– Je me demandais aussi ce que vous aviez en tête quand vous avez adopté cette défroque, remarqua Durnik.

Silk lui répondit d'un petit clin d'œil complice.

A la sortie du gué, ils s'engagèrent entre les arbres soigneusement rangés de la Futaie de Vordue. Une lieue plus loin, ils s'arrêtaient devant le bureau de douane, un long bâtiment chaulé. L'un des coins avait brûlé, à en croire les traces de fumée révélatrices. Une demi-douzaine d'hommes en tenue débraillée étaient blottis autour d'un petit feu, dans la cour, et buvaient de la piquette pour se réchauffer. L'un d'eux, un gaillard mal rasé, vêtu d'une cape rapiécée et d'un pectoral rouillé, se leva indolemment, leur barra la route d'une démarche mal assurée et leva une main pareille à un énorme jambon.

– Halte-là ! brailla-t-il. Inspection ! Menez vos chevaux par là et ouvrez vos paquets.

– Bien sûr, sergent, acquiesça servilement Silk. Nous n'avons rien à cacher.

– C'est ce qu'on verra.

L'inspecteur des douanes émergea du bureau, enroulé dans une couverture. C'était le gros bonhomme au visage rougeaud qu'ils avaient rencontré en passant par là, il y avait plusieurs années, lors de leur quête de l'Orbe. Mais l'homme qui avait l'air assez content de lui ce jour-là donnait à présent l'impression d'avoir été quelque peu malmené par la vie.

– Qu'avez-vous à déclarer ? demanda-t-il brusquement.

– Rien cette fois, hélas. Votre Excellence, répondit Silk d'un ton geignard. Nous ne sommes que de pauvres voyageurs en route vers Tol Honeth.

Le fonctionnaire bedonnant le reluqua en plissant les yeux.

– Il me semble que nous nous sommes déjà rencontrés... Vous ne seriez pas Radek de Boktor, par hasard ?

– En personne. Votre Excellence. Vous avez bonne mémoire.

– C'est indispensable, dans mon métier. Alors, vous avez fait de bonnes affaires avec votre drap de laine sendarien ?

– Pas vraiment, geignit Silk. La température s'était radoucie quand je suis arrivé à- Tol Honeth et les cours s'étaient effondrés.

– C'est moche, fit l'homme, pour la forme. Montrez-moi ce que vous transportez, s'il vous plaît.

– Nous n'avons que du ravitaillement et quelques vêtements de rechange, répliqua le petit Drasnien d'un ton larmoyant.

– Mon expérience m'a prouvé que les gens avaient parfois tendance à oublier certaines marchandises de valeur. Allez, Radek, déballez-moi tout ça.

– A vos ordres. Excellence, fit Silk en s'approchant des chevaux de bât comme s'il avait cent ans. Je voudrais bien avoir des objets de valeur dans mes balluchons, reprit-il avec un soupir tragique en défaisant les sangles. Cette mésaventure sur le marché de la laine n'était que le début d'une longue série de mistoufles et je suis au bout du rouleau.

L'inspecteur des douanes grommela dans sa barbe et fourragea un moment dans leurs affaires en grelottant, puis il regarda le petit Drasnien avec amertume.

– Eh bien, Radek, on dirait que mes soupçons n'étaient pas fondés. Les temps sont vraiment durs, ajouta-t-il en soufflant sur ses doigts pour les réchauffer. Il y a six mois que je n'ai pas vu passer une chose qui mérite un pot-de-vin décent.

– J'ai entendu dire qu'il y avait eu des troubles à Vordue, geignit Silk en refaisant les paquets. Une histoire de sécession du reste de la Tolnedrie.

– L'affaire la plus stupide de l'histoire de l'Empire, explosa le Tolnedrain. Les Vordue ont complètement perdu la tête après la mort du grand duc Kador. Ils auraient dû se douter que ce type était un agent d'une puissance étrangère.

– Quel type ?

– Un prétendu marchand venu de l'est. Il s'est insinué dans la confiance des Vordue et leur a si bien monté le bourrichon qu'ils ont fini par se croire de taille à diriger leur propre royaume, indépendant du reste de la Tolnedrie. Mais ce Varana est un petit malin, c'est moi qui vous le dis. Il a conclu un accord avec Korodullin et en moins de deux les chevaliers mimbraïques se sont abattus sur Vordue comme la misère sur le pauvre monde. Vous voyez ça ? fit-il en indiquant le coin noirci du bâtiment. C'est eux qui ont fichu le feu à la baraque après l'avoir mise à sac.

– Affreux, commenta Silk d'un ton compatissant. Sait-on qui était cet individu, et pour qui il travaillait ?

– Ces imbéciles de Vordue, sûrement pas, mais moi, je l'ai deviné à la seconde où je l'ai vu.

– Ah bon ?

– C'était un Rivien. Le roi Belgarion a signé son forfait. Il a toujours détesté les Vordue ; il a imaginé ce stratagème pour saper leur influence dans le nord de la Tolnedrie. Mais il n'a eu que ce qu'il méritait, ajouta l'homme avec un sourire sans joie. Ils lui ont fait épouser la princesse Ce'Nedra et elle lui rend la vie impossible.

– Comment savez-vous que cet homme venait de Riva ? s'enquit Silk, intéressé.

– Ce n'était pas bien difficile. Les Riviens vivent repliés sur eux-mêmes dans cette île depuis des milliers d'années et, à force de faire des mariages consanguins, ils sont complètement tarés.

– Et cet homme était difforme ?

– Il avait les yeux tout blancs, révéla le fonctionnaire en hochant la tête. C'était horrible, ajouta-t-il en claquant des dents. Ne m'en veuillez pas, Radek, mais je vais rentrer. Il fait trop froid, ici. Vous pouvez partir, avec vos amis.

A ces mots, il réintégra précipitamment son bureau.

– Ça, c'est ce que j'appelle une conversation intéressante, commenta Silk alors qu'ils s'éloignaient.

– Reste à savoir pour qui travaille notre ami aux yeux blancs, marmotta Belgarath, le sourcil froncé.

– Urvon ? hasarda Durnik. Il a pu charger Harakan au nord et Naradas au sud de semer la panique par tous les moyens possibles.

– Peut-être, mais ce n'est pas certain.

– Pourriez-vous, mon cher Kheldar, m'expliquer le pourquoi et le comment de toutes ces jérémiades ? fit Ce'Nedra en repoussant son capuchon de sa petite main gantée.

– Radek de Boktor est comme ça, ma chère, répondit Silk d'un petit ton désinvolte. C'était le plus fat des hommes au temps de sa splendeur. Maintenant qu'il est ruiné, il en rajoute dans le misérabilisme. C'est sa nature.

– Mais Radek de Boktor n'existe pas.

– Bien sûr que si. Vous venez de le voir. Radek de Boktor est un être tangible pour un tas de gens dans cette partie du monde. Je dirais même qu'il est plus vivant que le bureaucrate opportuniste que nous venons de quitter.

– Mais c'est vous, Silk. C'est vous qui l'avez fabriqué de toutes pièces.

– Evidemment, et je suis assez fier de lui. Il est aussi réel que vous.

– Pour moi, ça n'a aucun sens.

– C'est parce que vous n'êtes pas drasnienne, Ce'Nedra.

Quelques jours plus tard, ils arrivaient à Tol Honeth. La cité de marbre blanc étincelait sous le soleil hivernal. La tenue des légionnaires en faction aux portes de bronze était toujours aussi irréprochable. Le martèlement des sabots de leurs chevaux accompagna Garion et ses compagnons sur le pont de marbre qui menait à la porte de la cité impériale. Dès qu'il aperçut Ce'Nedra, le chef des gardes se frappa le pectoral en guise de salut.

– Votre Majesté impériale ! s'exclama-t-il. Si nous avions su, nous vous aurions envoyé une escorte.

– Tout va bien, Capitaine, lui assura-t-elle d'une petite voix lasse. Pourriez-vous envoyer une estafette au palais pour informer l'empereur de notre arrivée ?

– Tout de suite, Majesté, acquiesça-t-il avec empressement en s'écartant devant elle sur un dernier salut.

– Je voudrais bien que les Tolnedrains admettent un jour que tu es mariée, marmonna Garion, un peu vexé.

– Pardon, mon chéri ? fit Ce'Nedra.

– Ils ne peuvent pas se fourrer dans la tête que tu es la reine de Riva, maintenant ? Chaque fois que je les entends te donner du *Majesté impériale*, je me demande à quoi je sers.

– Je te trouve bien susceptible, aujourd'hui.

Il lui répondit d'un grognement peu amène.

Les larges avenues de Tol Honeth étaient bordées de fières demeures ornées d'une profusion de colonnes et de statues. C'est là que vivait l'élite tolnedraine, des princes marchands qui se pavanaient dans les rues, somptueusement parés et couverts de bijoux. Silk baissa les yeux sur ses haillons et poussa un soupir funèbre.

– Alors, Radek, on se pénètre de son rôle? railla Polgara.

– Eh bien, pas seulement, riposta Silk. Il est concevable que ce pauvre Radek éprouve une pointe de jalousie, mais je dois admettre que mes riches atours me manquent un peu aussi.

– Je me demande comment vous vous y retrouvez dans toutes ces identités fictives...

– Grâce à une intense concentration, Polgara. C'est la clé de tout. Sans concentration, point de salut.

Le palais impérial était un groupe de bâtiments de marbre blanc sculpté, ceints d'une haute muraille et juchés au sommet d'une colline située dans le quartier ouest de la cité. Garion et ses compagnons franchirent le portail devant une haie de légionnaires au garde-à-vous et entrèrent dans une cour aux dalles couvertes de givre. L'empereur Varana les attendait sous une colonnade, au pied de l'escalier d'honneur.

– Bienvenue à Toi Honeth, dit-il alors qu'ils mettaient pied à terre.

Ce'Nedra se précipita vers lui, mais s'arrêta au dernier moment et le gratifia d'une révérence cérémonieuse.

– Votre Majesté impériale, dit-elle.

– Je te trouve bien formaliste, ma petite Ce'Nedra, remarqua-t-il en lui tendant les bras.

– Je vous en prie, mon Oncle, pas ici, fit-elle avec un coup d'œil aux fonctionnaires du palais alignés comme des quilles en haut des marches. Si vous m'embrassez, je vais fondre en larmes, et une Borune ne pleure pas en public.

– Ah, fit-il avec un regard compréhensif, puis il se tourna vers le reste du groupe. Entrez, mes amis. Ne restez pas ici, il fait trop froid.

Il se tourna pour offrir son bras à Ce'Nedra et gravit l'escalier en boitant.

Ils entrèrent dans une vaste rotonde circulaire au pourtour garni de bustes de marbre.

– Les empereurs de Tolnedrie du dernier millénaire, déclara Varana avec emphase. On dirait une association de malfaiteurs, vous ne trouvez pas ? ajouta-t-il avec une grimace comique à l'adresse de Garion.

– Vous avez été oublié dans le lot, rétorqua celui-ci.

– Le sculpteur a des problèmes avec mon nez. Les Anadile sont de souche paysanne et mon appendice n'est pas assez impérial à son goût.

Il les mena vers une immense salle éclairée à la chandelle, au sol couvert d'épais tapis, drapée de tentures et meublée de fauteuils écarlates. Des braseros disposés dans les coins dispensaient une chaleur agréable.

– Mettez-vous à votre aise, je vous en prie. Je vais vous faire apporter des boissons chaudes et préparer un en-cas.

Varana donna quelques ordres au planton de service tandis que Garion et ses amis ôtaient leur cape.

– Alors, reprit l'empereur en refermant la porte. Qu'est-ce qui me vaut le plaisir de votre visite ?

– Vous avez sûrement entendu parler de notre campagne contre le culte de l'Ours et de ce qui l'a motivée ? commença Belgarath. Eh bien, poursuivit-il comme Varana opinait du chef, nous avons appris que notre croisade était sans objet. Le culte était étranger à l'enlèvement du prince Geran ; ce n'était qu'un complot visant à le mouiller jusqu'au cou. Nous cherchons quelqu'un du nom de Zandramas. Ça vous dit quelque chose ?

– Rien du tout, répondit l'empereur, l'air soucieux.

Belgarath lui résuma rapidement la situation et ce qu'ils savaient de Zandramas, d'Harakan et du Sardion. Quand il eut fini, Varana haussa les sourcils d'un air dubitatif.

– Je comprends presque tout ce que vous me racontez, Belgarath, mais il y a des choses..., avoua-t-il en levant les mains devant lui dans une attitude fataliste.

– Que voulez-vous dire ?

– Varana est un sceptique, Père, intervint Polgara. Il y a des sujets qu'il préfère éviter.

– Même après tout ce qui est arrivé à Thull Mardu ? rétorqua le vieux sorcier, un peu surpris.

– C'est une question de principe, s'esclaffa Varana. N'oubliez pas que je suis un Tolnedrain – et un soldat.

– Très bien, reprit Belgarath avec un regard amusé. Alors, vous pourrez peut-être admettre que l'enlèvement ait été motivé par des raisons politiques ?

– Ça oui. Les méandres de la politique me sont familiers.

– Parfait. Eh bien, aux deux pôles d'influence qui se sont toujours disputé le pouvoir en Mallorée – le trône et l'Eglise – il semblerait que Zandramas vienne en ajouter un troisième. Nous ignorons si Kal Zakath est impliqué là-dedans, mais ce qui est sûr, c'est qu'Urvon et Zandramas sont rivaux. Le fils de Garion serait plus au moins au centre du conflit.

– Tout nous laisse à penser que les Malloréens ne verraient pas notre intervention d'un bon œil, ajouta Silk. Des agents perturbateurs sèment la zizanie en Arendie, et nous avons des raisons de croire que la sécession de Vordue a été fomentée par un Malloréen, un dénommé Naradas...

Varana lui jeta un regard acéré.

– Ça, c'est un nom qui me dit quelque chose, fit-il vivement. D'après mes conseillers commerciaux, ce serait un marchand angarak que le roi Urgit aurait envoyé négocier des accords fumeux. Il se déplace beaucoup et dépense énormément d'argent. Maintenant que Zakath contrôle la région minière de l'est du Cthol Murgos, Urgit a désespérément besoin de fonds pour financer la guerre qu'il a sur les bras.

– Tout ça me paraît très improbable, objecta Silk. Naradas est un Grolim de Mallorée. Je ne le vois vraiment pas travailler pour le roi des Murgos.

On frappa respectueusement à la porte.

– Oui ? fit Varana.

Messire Morin, le chambellan de l'empereur, fit son entrée. Il était d'une maigreur impressionnante. Ses cheveux blancs se dressaient telles des volutes de fumée sur son crâne à la peau translucide, et il avançait avec une lenteur pénible à voir.

– Majesté, l'ambassadeur de Drasnie demande à vous voir, annonça-t-il d'une voix chevrotante. Il aurait des informations urgentes et importantes à vous communiquer, ainsi qu'à vos hôtes.

– Vraiment, Morin ? Eh bien, faites-le entrer.

– Il y a une dame avec lui. Majesté, ajouta le chambellan. Une jeune aristocrate drasnienne, je pense.

– Allons, nous les recevrons tous les deux, reprit Varana.

– A vos ordres. Majesté, répondit Morin en s'inclinant avec un craquement.

Garion ouvrit de grands yeux en voyant les deux personnages que le vieux chambellan escorta dans la pièce.

– Son Excellence le prince Khaldon, ambassadeur de la cour de Drasnie, annonça-t-il, et Sa Grâce la margravine Liselle, une... euh...

– Une espionne, Messire, acheva Liselle à sa place.

– Est-ce là le titre officiel de Votre Grâce ?

– Disons un raccourci commode, Messire.

– Seigneur, gémit Morin, comme les temps changent ! Dois-je présenter Votre Grâce à l'empereur sous le titre d'*espionne* ?

– Je crois qu'il a compris, vous savez, répondit-elle en tapotant amicalement la main du vieux chambellan.

Morin s'inclina et quitta la pièce en trottinant.

– Quel adorable vieillard, murmura la jeune fille.

– Hé, mais c'est ce cher Khaldon ! s'exclama Silk.

– Mon cousin, répondit fraîchement l'ambassadeur.

– Seriez-vous apparentés ? s'étonna Varana.

– Vaguement, Majesté, répondit Silk. Nos mères étaient cousines au second ou au troisième degré, je ne sais plus.

– Au quatrième, rectifia Khaldon en toisant son cousin. On dirait que vous avez essuyé des revers depuis notre dernière rencontre. Vous crouliez sous l'or et les joyaux, alors...

– C'est un déguisement, mon cousin, répondit platement Silk. Normalement, vous n'auriez même pas dû me reconnaître.

– Ah, fit Khaldon en se tournant vers l'empereur. Veuillez excuser cet échange d'aménités, Majesté. Nous nous détestons, Kheldar et moi-même, depuis le berceau.

– Un vrai coup de foudre, acquiesça Silk, hilare. Et notre haine ne s'est jamais démentie.

– Lorsque nous étions enfants, reprit Khaldon avec un sourire carnassier, nos familles cachaient tous les couteaux avant chacune de nos entrevues.

– Que fais-tu à Tol Honeth ? demanda Silk en regardant Liselle avec étonnement.

– C'est un secret.

– Velvet nous a apporté de Boktor plusieurs dépêches et certaines instructions, intervint Khaldon.

– *Velvet ?*

– C'est mon nom de guerre, expliqua la jeune fille avec un petit rire. En drasnien ancien, ça veut dire *velours*. Ils auraient pu trouver pire.

– Ça, je te crois, susurra Silk.

– Je vous en prie, Kheldar.

– Il paraît, Prince Khaldon, que vous avez quelque chose à nous dire ? coupa Varana.

– Je suis au regret de vous informer, Majesté, que la courtisane Bethra a été assassinée hier soir, soupira Khaldon.

– *Comment* ?

– Elle a été attaquée dans une rue déserte alors qu'elle rentrait chez elle. Ses agresseurs l'ont laissée pour morte, mais elle a réussi à se traîner jusqu'à notre porte et à nous communiquer certaines informations avant de rendre l'âme.

– Qui a fait ça ? s'indigna Silk, le visage blême.

– Nous n'avons pas encore de réponse à cette question, répondit l'ambassadeur. Nous avons des soupçons, bien sûr, mais rien de concret.

– Il faut que je m'entretienne immédiatement avec certaines personnes, annonça l'empereur avec détermination. Veuillez m'excuser, mes amis, mais cette affaire ne saurait attendre. Suivez-moi, Prince Khaldon.

Les deux hommes quittèrent la pièce.

– A-t-elle beaucoup souffert ? demanda tristement Silk à la jeune fille qui se faisait maintenant appeler Velvet.

– Ils l'ont lardée de coups de poignard, répondit-elle simplement. Ce n'est pas une fin agréable.

– Je vois, fit le petit homme à la tête de fouine en serrant les dents. A-t-elle pu vous donner des indications susceptibles de vous mettre sur la piste de ses assassins ?

– Elle a eu le temps de nous dire plusieurs choses. Par exemple, qu'elle avait jadis informé l'empereur Varana d'un complot contre la vie de son fils...

– Les Honeth ! siffla Ce'Nedra.

– Qu'est-ce qui vous fait dire ça ? demanda très vite Silk.

– Nous étions là, Garion et moi, quand Bethra a révélé à Varana que deux nobles Honeth, le comte

Elgon et le baron Kelbor, complotaient le meurtre de son fils. C'était au moment des funérailles de mon père. Elle était venue secrètement au palais pour l'avertir.

– Merci, Ce'Nedra, fit Silk entre ses dents, une lueur d'acier dans le regard.

– Vous ne savez pas le plus beau, Kheldar, reprit Velvet. Je compte sur votre discrétion à tous, ajouta-t-elle en parcourant les autres du regard.

– Ça va sans dire, affirma Belgarath.

– Bethra était la Chasseresse, lâcha Velvet en regardant Silk bien en face.

– Bethra ! La Chasseresse ?

– Depuis des années. Au début de la guerre de succession, en Tolnedrie, le roi Rhodar avait demandé à Javelin de veiller à ce que le continuateur de Ran Borune soit un homme avec qui les Aloriens feraient bon ménage. Javelin est venu à Tol Honeth et a recruté Bethra pour prendre des mesures en ce sens.

– Pardon, coupa Belgarath, les yeux brillants de curiosité, mais qu'est au juste la... Chasseresse ?

– La Chasseresse, ou le Chasseur, est le plus secret de nos agents secrets, répondit Velvet. Seul Javelin connaît son identité. On lui confie les dossiers délicats, ceux que la couronne de Drasnie ne peut résoudre au grand jour. Par exemple, lorsque le grand-duc Noragon de la maison Honeth est apparu comme le favori dans la course au trône de Tolnedrie, le roi Rhodar a dit deux mots à Javelin, et, quelques mois plus tard, Noragon faisait une indigestion de fruits de mer.

– C'était un coup de Bethra ? s'émerveilla Silk.

– Elle était très débrouillarde.

– Margravine Liselle ? fit Ce'Nedra d'un ton méditatif.

– Oui, Majesté ?

– Si l'identité du Chasseur – ou de la Chasseresse – est le secret d'Etat le mieux gardé de Drasnie, comment se fait-il que vous soyez au courant ?

– J'ai été envoyée de Boktor avec des instructions la concernant. Mon oncle sait qu'il peut me faire confiance.

– Vous avez pourtant vendu la mèche.

– La mèche était éventée, Majesté. La Chasseresse est morte. Il y en aura une autre – ou un autre. Enfin, Bethra a pu nous dire qu'on avait découvert quel rôle elle avait joué dans le trépas du grand-duc Noragon. C'est à cela qu'elle attribuait l'attaque contre sa personne.

– Décidément, tout montre les Honeth du doigt, fit Silk.

– Ce ne sont que des présomptions, rappela Velvet.

– Je m'en contenterai.

– Vous n'allez pas prendre d'initiative malencontreuse, j'espère ? Javelin n'aimerait pas ça.

– Ça, c'est son problème.

– Kheldar, vous n'êtes pas là pour intervenir dans les affaires intérieures tolnedraines, assena Belgarath. D'ailleurs, vous ne resterez pas assez longtemps pour ça.

– Oh, je frapperai plus vite que l'éclair.

– Je vais être obligée de mettre Javelin au courant de vos intentions, menaça Velvet.

– Evidemment. Mais, le temps que votre rapport arrive à Boktor, j'en aurai fini.

– Prenez garde, Kheldar. Ne nous mettez pas en difficulté.

– Faites-moi confiance, lança-t-il en s'esquivant.

– Je ne sais pas, mais, quand il dit ça, je ne suis jamais tranquille, murmura Durnik.

Belgarath et Garion partirent tôt, le lendemain matin, pour aller à la bibliothèque de l'université. Un vent glacial montait de la Nedrane et soufflait dans les larges avenues de marbre. De rares marchands bravaient la tourmente, emmitouflés dans leurs capes de fourrure. Dans les quartiers plus défavorisés de la ville, des travailleurs à la mise modeste avançaient d'un pas vif, la tête baissée, les poings dans les poches.

Garion et son grand-père traversèrent la place du marché déserte et arrivèrent à un grand mur de marbre. Ils entrèrent par une porte marquée du sceau impérial. De l'autre côté, des jardins dignes du palais impérial entouraient un vaste groupe de bâtiments reliés par des allées de marbre. Belgarath demanda son chemin à un grand gaillard en robe noire qui marchait, perdu dans ses pensées, les mains nouées dans le dos.

– Hein ? fit l'homme, les yeux papillotants.

– La bibliothèque, mon bon, répéta Belgarath. Où est la bibliothèque ?

– Oh. Elle doit être quelque part par là, répondit le drôle avec un geste évasif.

– Vous ne pourriez pas être un peu plus précis ?

– Demandez à un appariteur, riposta l'homme avec un regard réprobateur aux haillons du vieillard. Je suis occupé. Je crois tenir enfin la solution à un problème qui me préoccupe depuis plus de vingt ans.

– Ah bon ? Quel problème ?

– Je doute que ça puisse intéresser un vagabond illettré, répliqua l'homme d'un ton hautain, mais, si vous voulez vraiment le savoir, je cherche à déterminer le poids du monde.

– C'est tout ? Et vous vous interrogez là-dessus depuis vingt ans ? reprit Belgarath d'un air étonné. Il y a longtemps que j'ai trouvé la réponse, et ça ne m'a pas pris une semaine.

– C'est impossible ! s'exclama le chercheur en blêmissant. Je suis seul à avoir jamais tenté de résoudre cette énigme. Personne ne s'était encore penché sur la question.

– Je regrette, cher Maître, mais on se l'est déjà posée plus d'une fois ! s'esclaffa Belgarath. La meilleure étude sur le sujet est celle d'un certain Talgin, un universitaire melcène du second millénaire. Il devrait y en avoir une copie dans votre bibliothèque.

L'homme se mit à trembler de tous ses membres et Garion crut que ses yeux allaient jaillir de leurs orbites. Il partit ventre à terre à travers la pelouse, les pans de sa robe flottant sur ses talons.

– Regarde bien où il va, suggéra Belgarath. Normalement, il devrait nous mener tout droit vers la bibliothèque.

– Et combien pèse le monde ? s'enquit Garion, intrigué.

– Comment le saurais-je ? répliqua Belgarath. Aucun individu sensé ne se poserait une question pareille.

– Le dénommé Talgin l'a pourtant bien résolue ?

– Quel Talgin ? Je viens de l'inventer.

– Tu es vraiment terrible, Grand-père, fit sévèrement Garion. Tu viens, par un mensonge, de réduire à néant la vie de ce pauvre diable.

– Qui sait ? Il se consacrera peut-être désormais à quelque chose de plus utile, répondit suavement Belgarath. Et, en attendant, il nous a conduits à la bibliothèque. C'est donc ce bâtiment coiffé d'une tour. On y va ?

Ils entrèrent dans une vaste rotonde de marbre. Le vieux sorcier s'approcha d'un bureau richement sculpté où un homme osseux, au crâne chauve, recopiait laborieusement un grand livre. Garion eut l'impression de l'avoir déjà vu quelque part. Il suivit son grand-père en se demandant où il l'avait rencontré.

– Je peux faire quelque chose pour vous ? demanda le copiste en levant les yeux sur eux.

– Peut-être, répondit Belgarath. Je voudrais consulter les Prophéties des Grolims du Ponant.

– Ces choses-là sont normalement rangées avec les ouvrages de théologie comparée, indiqua l'homme d'un ton méditatif en se grattant l'oreille. Vous connaissez la date, même approximative, de leur rédaction ?

– Voyons, fit Belgarath en levant les yeux vers la coupole. Ils ont dû être écrits vers le début du troisième millénaire.

– Donc vers la seconde dynastie Honeth ou la seconde dynastie Vordue. Vous devriez trouver ça par ici, conclut le copiste en se levant et en menant le vieux sorcier vers l'une des galeries qui partaient de la rotonde.

Garion leur emboîta le pas, en proie à la certitude agaçante qu'il aurait dû reconnaître cet homme si serviable. Il était autrement plus affable que l'ergoteur pontifiant qu'ils avaient rencontré ce jour-là, ou plutôt cette nuit-là, dans... Mais bien sûr !

– Maître Jeebers ! s'exclama-t-il, incrédule. C'est vous ?

– Nous serions-nous déjà rencontrés ? s'enquit courtoisement l'archiviste en le considérant d'un air intrigué.

– Et comment ! répondit Garion avec un grand sourire. C'est grâce à vous, Maître Jeebers, que j'ai rencontré ma femme.

– Je ne vois pas...

– Mais si, rappelez-vous : vous aviez quitté le palais avec elle, à la faveur de la nuit ; vous étiez partis à cheval vers Tol Borune. En chemin, vous vous étiez joints à une caravane de marchands et vous leur aviez faussé compagnie en apprenant que l'idée de fuir Tol Honeth était d'elle et pas de son père.

Jeebers le regarda, les yeux papillotants, puis la lumière fut. Il étouffa un cri et s'inclina bien bas.

– Majesté ! J'aurais dû vous reconnaître tout de suite ! Il ne faut pas m'en vouloir. Mes yeux ne sont plus ce qu'ils étaient.

– Aucune importance, Jeebers, s'esclaffa Garion en lui flanquant un claque amicale dans le dos. Je préfère passer inaperçu, en ce moment.

– Et comment va la petite Ce'Nedra... enfin... Sa Majesté ?

Garion s'apprêtait à lui raconter l'enlèvement de leur

fils quand Belgarath lui enfonça son coude dans les côtes.

– Euh... elle va bien, bredouilla-t-il.

– Je m'en réjouis, répondit Jeebers avec un bon sourire. Elle était absolument impossible, mais – c'est drôle – je trouve la vie un peu morne depuis que nos routes ont divergé. J'ai été ravi d'apprendre son mariage, et moins étonné que bien d'autres lorsqu'elle a soulevé cette armée et marché sur Thull Mardu. Cette petite fille avait toujours été farouche et brillante. Mais je dois à la vérité de dire, reprit-il avec un regard d'excuse, que c'était une élève capricieuse et indisciplinée.

– J'ai eu l'occasion de m'en apercevoir.

– Le contraire m'eût étonné. Majesté, fit Jeebers en s'esclaffant. Transmettez-lui mon meilleur souvenir... et mon affection, sauf votre respect, ajouta-t-il après une hésitation.

– Je n'y manquerai pas, Jeebers, promit Garion.

– Théologie comparée... Nous y sommes, annonça l'archiviste en poussant une lourde porte. Tous les sujets sont classés par dynastie. La section des antiquités est par ici...

Le petit bonhomme au crâne chauve les conduisit vers un étroit couloir séparant d'immenses rayonnages couverts de reliures de cuir et de rouleaux de parchemin. Il passa le doigt sur une étagère et le regarda d'un air réprobateur.

– Le ménage laisse à désirer, fit-il avec un reniflement. J'aurai deux mots à dire aux conservateurs.

– Les livres attirent la poussière ; c'est leur nature, commenta Belgarath.

– Et celle des conservateurs est de ne rien faire pour la chasser, rétorqua Jeebers avec un sourire entendu. Ah, voilà.

Il s'arrêta dans une allée un peu plus large, où les ouvrages avaient l'air très anciens.

– Ils sont vieux et fragiles, murmura-t-il en caressant les reliures avec une étrange douceur. Alors, je vous en prie, traitez-les avec tous les égards dus à leur grand âge. Les documents de la seconde dynastie Honeth sont de ce côté, ceux de la seconde dynastie Vordue par là. Ils sont catalogués et rangés par origine géographique, alors vous ne devriez pas avoir de mal à trouver ce que vous cherchez. Maintenant, si vous voulez bien m'excuser, je ne puis quitter longtemps mon poste. Il arrive que mes collègues s'impatientent, commencent à fouiller tous seuls dans les rayons, et il me faut un temps fou, ensuite, pour y remettre de l'ordre.

– Nous devrions nous en sortir, Maître Jeebers, lui assura Belgarath. Merci pour votre aide.

– Tout le plaisir était pour moi, répondit l'archiviste avec une petite courbette. Vous penserez, Majesté, à transmettre mon bonjour à la petite Ce'Nedra ? insista-t-il.

– Vous avez ma parole, Maître Jeebers.

– Merci, Majesté, fit-il en tournant les talons.

– Il a bien changé, nota Belgarath lorsqu'ils furent seuls. Peut-être la petite frayeur que Ce'Nedra lui a faite cette fameuse nuit lui a-t-elle appris à vivre. Je dois admettre qu'en tant qu'archiviste, il est très compétent, ajouta-t-il en parcourant les étagères avec attention.

– Ce n'est qu'un bibliothécaire, rétorqua Garion. Il se contente de ranger les livres, non ?

– C'est le commencement de la science. Tous les livres du monde seraient lettre morte s'il n'y avait personne pour les classer, décréta le vieux sorcier en se penchant pour retirer un étui de velours noir d'une étagère du bas. Et voilà ! s'exclama-t-il triomphalement. Jeebers nous y a menés tout droit.

Une table et un banc étaient placés au bout de l'allée, sous une haute meurtrière d'où tombait un pâle rayon de soleil. Le vieux sorcier s'assit, dénoua soigneusement les liens qui fermaient le rouleau et lâcha un chapelet d'invectives choisies.

– Que se passe-t-il ? s'inquiéta Garion.

– L'imbécillité de ces Grolims me dépasse, grommela Belgarath. Regarde-moi ça ! Tu vois sur quoi ils ont écrit ?

Le jeune homme examina l'objet du débat.

– Pour moi, c'est un parchemin comme les autres.

– C'est de la peau humaine, rectifia le vieux sorcier, écœuré.

– Quelle horreur ! s'exclama Garion avec un mouvement de recul.

– La question n'est pas là. Celui qui a fourni la peau n'en avait plus grand-chose à faire, de toute façon. Le problème, c'est que l'encre ne tient pas sur la peau humaine. Regarde-moi ça, répéta-t-il en déroulant un pied de parchemin. L'encre a tellement pâli qu'on n'y voit plus rien.

– Tu ne pourrais pas faire réapparaître le texte, comme sur la lettre d'Anheg ?

– Ce parchemin a près de trois mille ans, Garion. La solution saline que j'ai utilisée l'autre fois dissoudrait irrémédiablement tout ce qu'il y a dessus.

– Aucun espoir du côté de la sorcellerie ?

– Ce truc est trop fragile, objecta Belgarath en se remettant à jurer, puis il continua à dérouler le document, pouce par pouce, en l'orientant vers la lumière. Tiens, tiens... voilà tout de même quelque chose, marmonna-t-il, intrigué.

– Qu'est-ce que ça dit ?

– ... Tu suivras l'Enfant des Ténèbres dans la Terre des Serpents... C'est toujours ça de gagné, nota le vieux sorcier en relevant la tête.

– Et qu'est-ce que ça veut dire ?

– Exactement ce que ça dit. Zandramas va bien en Nyissie. C'est là-bas que nous retrouverons sa piste.

– Nous le savions déjà, Grand-père.

– C'est ce que nous pensions, Garion ; ce n'est pas tout à fait pareil. Zandramas nous a déjà envoyés sur de fausses pistes. Nous sommes sûrs, à présent, d'être sur la bonne voie.

– Ce n'est pas grand-chose.

– Oui, eh bien, c'est toujours mieux que rien.

5

– Regarde-moi ça ! s'écria Ce'Nedra avec indignation, le lendemain matin.

Elle était plantée devant la fenêtre, emmitouflée jusqu'aux oreilles dans une robe de chambre molletonnée.

– Hmm ? marmonna Garion. Quoi donc, mon petit chou ?

Il était bien au chaud sous sa couette et songeait sérieusement à y rester. Endormi, de préférence.

– Tu ne peux rien voir de là où tu es, Garion. Viens ici.

Il se leva en soupirant et s'approcha d'elle, pieds nus.

– C'est un scandale ! s'exclama-t-elle.

Les jardins du palais impérial étaient tout blancs et de gros flocons flottaient paresseusement dans l'air immobile.

– Ça doit être plutôt rare, par ici, non ? remarqua-t-il.

– Il ne neige *jamais* à Tol Honeth, Garion. La dernière fois que j'ai vu de la neige ici, j'avais cinq ans.

– Ce n'est pas un hiver comme les autres.

– Eh bien, je vais me recoucher, et je me relèverai quand cette horreur aura fondu jusqu'à la dernière cuillerée.

– Tu n'es pas obligée d'aller te promener dedans, tu sais.

– Je ne veux même pas *voir* ça.

Elle se rua sur le lit à baldaquin en piétinant sa robe de chambre et se faufila sous les couvertures. Garion la rejoignit avec un haussement d'épaules. Il n'aurait vraiment pas volé une ou deux heures de sommeil en plus.

– Tu veux bien tirer les rideaux du lit ? implora Ce'Nedra. Et ne fais pas trop de bruit en sortant.

Il la regarda un instant, puis il poussa un gros soupir, referma les lourds rideaux autour de sa petite reine et enfila ses vêtements en dormant debout.

– S'il te plaît, Garion, reprit-elle d'une voix ensommeillée, en passant devant les cuisines, dis-leur que je déjeunerai ici.

Ça alors, ce n'était vraiment pas juste. Il finit de s'habiller avec le sentiment de s'être fait avoir.

– Oh, Garion ?

– Oui, mon petit chou ? parvint-il à articuler d'un ton assez neutre.

– N'oublie pas de te peigner. Tu ressembles toujours à une meule de paille, le matin.

Il trouva Belgarath dans une salle sans lumière. Il était vautré dans un fauteuil, une chope de bière à la main, malgré l'heure matinale, et regardait par la fenêtre d'un air morne.

– Je n'en crois pas mes yeux, grommela-t-il.

– Ça ne devrait pas durer, tu sais, Grand-père.

– Il ne neige jamais à Tol Honeth.

– C'est exactement ce que Ce'Nedra me disait il y a un instant, nota Garion en tendant les mains devant un brasero.

– Où est-elle ?

– Au lit.

– Brave petite... Tu aurais dû rester avec elle.

– Elle avait décidé que je devais me lever.

– C'est de l'abus de pouvoir, non ?

– Ah, tu trouves aussi, hein ?

– Enfin, nous sommes trop au sud pour que la neige tienne longtemps, reprit le vieux sorcier en se tiraillant distraitement le lobe de l'oreille. Dans deux jours, c'est Erastide. Avec tous les gens qui reprendront la route après les fêtes, nous devrions passer inaperçus.

– Tu penses donc que nous avons intérêt à attendre ?

– Il me semble que c'est la meilleure chose à faire. De toute façon, nous n'irions pas très vite dans cette gadoue.

– Et quels sont tes projets pour aujourd'hui ?

– Eh bien, dès que j'aurai fini ça, répondit Belgarath en levant sa chope, je crois que je vais retourner me coucher.

Garion traîna un fauteuil devant la fenêtre et s'installa. Une idée le tracassait depuis plusieurs jours, maintenant. Le moment n'était peut-être pas mal choisi pour en parler.

– Dis, Grand-père... pourquoi ai-je l'impression d'avoir déjà vécu tout ça ?

– Quoi, *tout ça* ?

– Tout ce qui nous arrive. L'Arendie grouille de trublions angaraks et la Tolnedrie est le théâtre d'intrigues et d'assassinats, comme à l'époque où nous poursuivions Zedar pour lui reprendre l'Orbe.

Cette fois, nous sommes tombés sur un dragon au lieu des Algroths, mais c'est pareil. J'ai l'impression de me retrouver dans des situations similaires, de rencontrer les mêmes gens : Delvor, le douanier, Jeebers...

– Voilà une remarque intéressante, murmura Belgarath en contemplant sa chope d'un air méditatif. D'un autre côté, ce serait assez logique.

– Comment ça ?

– Nous nous apprêtons à un nouvel affrontement entre l'Enfant de Lumière et l'Enfant des Ténèbres. C'est une rencontre qui se renouvelle de temps à autre, depuis le commencement des temps. Il est normal que cet événement, toujours le même, se produise dans des circonstances identiques. Et, à la réflexion, je ne vois pas comment il pourrait en être autrement.

– Là, j'ai bien peur que ce ne soit un peu compliqué pour moi.

– Il y a deux Prophéties, deux aspects de la même réalité. Quelque chose les a séparées à une époque infiniment éloignée.

– Ça, j'ai compris.

– Quand elles ont divergé, c'est comme si les choses s'étaient arrêtées.

– Quelles choses ?

– Comment dire ?... Le cours du temps, ou l'avenir. Tant que ces deux forces seront séparées et de force égale, les choses n'avanceront pas et nous revivrons sans cesse la même séquence d'événements.

– Et quand est-ce que ça s'arrêtera ?

– Quand l'une des Prophéties l'aura définitivement emporté sur l'autre. Par la victoire finale de l'Enfant de Lumière sur l'Enfant des Ténèbres. Ou le contraire.

– C'est ce que je croyais avoir fait en tuant Torak. Que peut-on faire de plus définitif ?

– Tu as tué Torak, mais pas la Prophétie des Ténèbres. Je pense qu'il faudra quelque chose de plus radical qu'un duel à l'épée dans la Cité de la Nuit pour mettre fin aux balbutiements de l'histoire.

– Quoi, par exemple ?

– Je n'en ai vraiment aucune idée, fit Belgarath en écartant les mains devant lui dans un geste d'impuissance. Mais ton idée pourrait nous être très utile.

– Je ne vois pas comment.

– Imagine que les événements se répètent vraiment, tu pourrais peut-être essayer de te remémorer les incidents qui ont précédé ta dernière rencontre avec l'Enfant des Ténèbres ; ça nous donnerait un aperçu de ce qui nous attend cette fois. A ta place, j'y consacrerais une partie de la matinée.

– Et toi, que comptes-tu faire ?

– Comme je te le disais, dès que ma chope sera vide, je vais retourner me coucher.

Dans l'après-midi, un Serviteur en mantelet brun informa Garion que l'empereur voulait le voir. Le jeune roi de Riva posa son livre et suivit l'homme le long des couloirs de marbre jusqu'au cabinet de Varana.

– Ah, Belgarion ! fit celui-ci en le voyant entrer. Je viens de recevoir des informations qui pourraient vous intéresser. Asseyez-vous, je vous en prie.

– Des informations ? répéta Garion en prenant place dans un fauteuil de cuir devant le bureau de l'empereur.

– L’homme dont vous parliez l’autre jour, ce Naradas, a été vu ici, à Tol Honeth.

– Naradas ? Comment a-t-il fait pour arriver aussi vite ? La dernière fois que j’ai eu de ses nouvelles, il était à la Grande Foire d’Arendie et il allait vers le nord.

– Il vous a donc suivi.

– Il posait toutes sortes de questions et distribuait l’argent à tous les vents.

– Voulez-vous que je le fasse arrêter ? J’ai des questions à lui poser, moi aussi. Je pourrais le garder plusieurs mois si nécessaire.

– C’est un Grolim de Mallorée, objecta Garion. Aucune cellule au monde ne le retiendrait plus de quelques minutes.

– On ne sort pas comme ça des oubliettes impériales, répliqua Varana avec raideur.

– Il n’y a pas de prison assez sûre pour un Naradas. Disons qu’il dispose de pouvoirs hors du commun. Mais vous n’aimez pas parler de ces choses, ajouta-t-il avec un bref sourire en songeant aux convictions de l’empereur.

– En effet, convint Varana d’un ton pincé.

– Il vaudrait mieux, en fin de compte, que vous le fassiez surveiller discrètement, reprit Garion. Qui sait ? Nous apprendrons peut-être quelque chose. Il se pourrait même qu’il nous mène à ses complices. Il paraît qu’on a aussi vu Harakan en Tolnedrie, et j’aimerais savoir s’il y a un lien entre eux.

– Votre vie, Belgarion, est beaucoup plus compliquée que la mienne, commenta Varana en souriant. Je n’ai qu’une réalité à prendre en compte.

– Ça, je n'ai pas le temps de m'ennuyer, convint Garion avec un haussement d'épaules désabusé.

On frappa discrètement à la porte et messire Morin entra en trottinant.

– Pardonnez-moi, Majesté, mais il se passe des choses assez troublantes en ville.

– Allons bon, fit Varana. De quoi s'agit-il ?

– Ces deux dernières nuits, plusieurs membres de la famille Honeth ont été tués. Sans bruit, et sans merci.

– Ils ont été empoisonnés ?

– Non, Majesté. L'assassin ne laisse rien au hasard. Les premiers ont été étouffés avec leur oreiller, sauf un qui a fait une mauvaise chute. On a d'abord cru à la fatalité, mais cette nuit, le meurtrier a employé l'arme blanche. Ça ne devait pas être beau à voir, souffla Morin en secouant la tête d'un air réprobateur. Pas beau du tout.

– Je pensais que la vendetta avait pris fin, commenta Varana en fronçant le sourcil. Pensez-vous que ça puisse être l'œuvre des Horbite ? On dit qu'ils ignorent le pardon.

– Personne n'en sait rien, Majesté. Les Honeth sont terrifiés. Ils quittent la ville ou se barricadent chez eux.

– Allons, nous nous remettrons de cette tragédie, murmura Varana en souriant. Le criminel a-t-il laissé des indices permettant de l'identifier ?

– Aucun, Majesté. Dois-je faire garder les demeures des Honeth... enfin, des rescapés ?

– Ils ont leurs propres hommes, rétorqua l'empereur avec un haussement d'épaules. Ordonnez quand même une enquête et faites savoir à cet homme que j'aurais deux mots à lui dire.

– Vous voulez l'arrêter ? demanda Garion.

– Sans aller jusque-là, j'aimerais connaître son identité et lui suggérer de se montrer un peu plus respectueux de nos lois. Je me demande qui ça peut être...

Garion se garda bien de lui révéler qu'il avait une petite idée sur la question.

Les fêtes d'Erastide fournissaient aux grandes familles de Tol Honeth un prétexte en or pour étaler leurs richesses. Les fabuleuses demeures des nantis étaient décorées, avec un faste ostentatoire, de guirlandes de fleurs et de lanternes multicolores. Les fêtards allaient en titubant de l'une à l'autre, car des fortunes partaient en banquets somptueux et en distractions qui passaient souvent les limites du bon goût. Les réjouissances étaient plus discrètes au palais, bien que l'empereur Varana se sentît obligé de convier des gens qu'il exécrait au banquet et au bal dont Garion et Ce'Nedra devaient être les invités d'honneur.

– Je ne peux pas me défiler, mais je compte sur vous pour me soutenir moralement, annonça-t-il plaisamment.

– Pardonnez-moi, mon Oncle, mais je préférerais que vous ne me demandiez pas de faire la fête, soupira tristement Ce'Nedra. Je n'ai vraiment pas le cœur à ça en ce moment.

– Ecoute, Ce'Nedra, je comprends ta douleur, mais tu ne vas pas arrêter de respirer ! la gourmanda gentiment l'empereur. Ces réceptions officielles sont toujours un peu guindées, mais ça te changera peut-être les idées. Et puis, insinua-t-il, les Honeth, les Horbite et les Vordue seraient trop contents que tu déclares forfait.

– Je les oubliais, ceux-là, siffla la petite reine de Riva. L'ennui, c'est que je n'ai rien à me mettre...

– Les penderies des appartements impériaux croulent sous tes robes, susurra Varana.

– Tiens, je n'y pensais plus. Très bien, mon Oncle, je serai heureuse d'assister à cette soirée en votre compagnie.

Et c'est vêtue d'une robe de velours blanc crémeux, un diadème de pierreries niché dans ses boucles de feu, que Ce'Nedra fit son entrée dans la salle de bal, au bras de son royal époux. Garion, affublé d'un pourpoint manifestement trop juste aux entournures, se prêta au jeu sans enthousiasme. En tant que chef d'Etat en visite, il dut subir pendant une bonne heure les Horbite, les Vordue, les Ranite, les Borune et leurs femmes évaporées qui le gratifièrent de formules de civilité vides de sens, et leur répondre de même. Enfin, les Honeth brillèrent par leur absence ; c'était toujours ça de gagné.

Vers la fin de cette interminable cérémonie, la margravine Liselle, la nièce de Javelin, apparut au bras du prince Khaldon. Elle portait une stupéfiante robe de brocart lavande.

– Courage, Majesté, murmura-t-elle en s'inclinant devant Garion. Cette épreuve ne durera pas éternellement.

En effet, après ce qu'il avait intérieurement rebaptisé *les condoléances*, il put se promener parmi les autres invités et commencer enfin à répondre à la phrase : « Il ne neige *jamais* à Tol Honeth. »

A l'autre bout de la salle, un orchestre de musiciens arendais exécutait – c'est le mot – un répertoire d'airs de circonstance communs à tous les royaumes du Ponant. Et leurs instruments – luths, violes, harpes, flûtes et hautbois – distillaient une bouillie musicale que les invités couvraient de leur brouhaha.

– J'avais convié dame Aldima à nous honorer ce soir de son chant, disait l'empereur Varana à un petit groupe de Horbite. C'eût été le clou de la fête, mais elle n'a pas osé sortir par ce froid. Elle doit craindre pour sa voix.

– Ça se comprend, souffla une Ranite, dans le dos de Garion. Elle n'en a jamais eu beaucoup, et le temps ne l'a pas arrangée. Surtout celui qu'elle a passé à beugler dans les tavernes...

– Sans chants d'Erastide, la fête ne serait pas complète, continuait Varana. Peut-être l'une de ces dames consentira-t-elle à nous charmer de son chant ?

Une Borune bien mûre à tous égards répondit avec empressement à la sollicitation de l'empereur. L'orchestre attaqua un air connu et elle le suivit tant bien que mal, d'une voix glapissante qui s'essoufflait à gravir la gamme. Sa prestation achevée, elle resta planté là, haletante et les joues cramoisies, tandis que l'assistance la remerciait courtoisement par cinq bonnes secondes d'applaudissements, après quoi les bavardages reprirent de plus belle.

Puis les musiciens ébauchèrent une mélodie arendaise dont les origines se perdaient dans les brumes de l'Antiquité. Comme beaucoup de ces chants, c'était un air mélancolique qui s'amorçait en mineur par une cascade d'arpèges au luth. La viole esquissait le thème principal quand un riche contralto se conjugua à ses graves sonorités, imposant le silence. Garion vit avec étonnement la margravine Liselle debout près de l'orchestre. Elle avait une voix merveilleuse, chaude, vibrante, à la fois triomphante et plus douce que le miel. Tous s'écartèrent respectueusement. Puis, à la stupéfaction croissante de Garion, Ce'Nedra la rejoignit dans le cercle de lumière. Comme la flûte entamait le contre-chant, elle leva son petit visage triste et unit sa voix à celle de la Drasnienne, mêlant sans effort apparent son timbre cristallin à celui de la flûte, retrouvant si parfaitement sa tonalité et sa couleur qu'on n'aurait pu distinguer les accents humains et ceux de l'instrument. En même temps, sa voix avait quelque chose de tellement poignant que Garion en eut la gorge nouée et sentit des larmes lui picoter les yeux. Il sut qu'aucune fête au monde né dissiperait l'angoisse qui étreignait le cœur de Ce'Nedra et que rien ne pourrait jamais la distraire de sa souffrance.

La fin de leur prestation fut saluée par un tonnerre d'acclamations. Encouragés par cette Ovation, les musiciens reprirent l'antique mélodie au début. Le luth s'épancha à nouveau, cascade cristalline, inconsolable, mais, alors que Liselle accompagnait la viole qui amorçait le thème principal, une troisième voix s'éleva, une voix que Garion connaissait bien.

Polgara avait rejoint les deux filles près de l'orchestre, le liséré argent de sa robe de velours bleu nuit étincelant à la lueur des chandelles. Sa voix surpassait celle de Liselle en plénitude et en beauté, mais elle exprimait une douleur qui transcendait la détresse de Ce'Nedra : elle pleurait un temps et un endroit à jamais enfuis. Puis, comme la flûte reprenait le contre-chant, introduisant Ce'Nedra, tante Pol se joignit à elle. L'harmonie ainsi obtenue n'était pas de celles auxquelles on était habitué dans les royaumes du Ponant. Les yeux embués de larmes, les musiciens arendais recréèrent, à partir de ces accords étranges et antiques, une mélodie que nul n'avait entendue depuis des milliers d'années.

Les derniers accents de ce chant glorieux planèrent longtemps dans un silence médusé. Plusieurs invités pleuraient sans retenue. Puis une salve d'applaudissements salua Polgara et ses deux jeunes amies alors qu'elles quittaient les feux de la rampe.

Belgarath, l'air étonnamment digne dans un mantelet tolnedrain d'un blanc immaculé (mais un gobelet plein à la main), se campa devant tante Pol et la regarda bizarrement.

– Eh bien, Père ? fit la sorcière.

Il lui planta un baiser sur le front et leva son gobelet en signe d'hommage.

– Magnifique, Pol, mais pourquoi raviver le souvenir de choses mortes et enterrées depuis des siècles ?

– Vo Wacune vivra toujours dans mon cœur, répliqua-t-elle en redressant fièrement le menton. Et j'aime parfois rappeler à ce monde médiocre qu'il a laissé disparaître une cité radieuse, pleine de grâce, de courage et de beauté.

– Sa destruction te tourmente encore, reprit-il gravement.

– Oui, Père, plus cruellement que je ne saurais dire. Mais la douleur est une vieille compagne...

Elle ponctua ses paroles d'un haussement d'épaules et quitta la salle, plus impériale que jamais.

Après le banquet, Garion et Ce'Nedra se mêlèrent aux couples qui tournoyaient sur la piste de danse, pour faire bonne figure plus que par réelle envie.

– Dame Polgara éprouve une véritable adoration pour les Arendais wacites, remarqua Ce'Nedra alors qu'ils esquissaient un pas de deux.

– Elle a longtemps vécu parmi eux au temps de sa jeunesse, répondit Garion. Elle adorait Vo Wacune et ses habitants.

– J'ai cru que mon cœur allait se briser quand elle a entonné cette mélodie.

– Le mien s'est littéralement fendu en deux, renchérit Garion. Elle a enduré bien des choses dans sa vie, mais je pense que l'anéantissement de cette cité lui a fait plus de mal que tout le reste. Elle n'a jamais pardonné à grand-père de n'être pas intervenu quand les Asturiens l'ont détruite.

– Il y a tant de souffrance en ce monde, souffla Ce'Nedra.

– Il y a aussi de l'espoir, se récria-t-il.

– Mais tellement moins..., reprit-elle avec un nouveau soupir, puis un sourire effleura ses lèvres. Notre petite prestation a complètement retourné ces dames, ironisa-t-elle. Elles ont l'air prêtes à s'écrouler.

– Essaie de ne pas trop exulter, lui conseilla-t-il gentiment. Ça ne se fait pas.

– Oncle Varana a bien dit que j'étais son invitée d'honneur, il me semble ? Eh bien, je jubilerai ouvertement si je veux ! lança-t-elle en défiant l'assistance du regard.

Quand ils regagnèrent leurs appartements, Silk se chauffait les mains devant une cheminée. Il avait un air de bête traquée, et une odeur infecte s'élevait de ses hardes.

– Où est Varana ? fit-il aussitôt d'une voix tendue.

– Dans le salon d'honneur, avec ses hôtes, répondit Garion.

– Enfin, Prince Kheldar, que vous est-il arrivé ? protesta Ce'Nedra, le nez froncé.

– J'ai été amené à élire provisoirement domicile dans un tas d'ordures. Je me demande, mes amis, s'il est très souhaitable que nous nous éternisions à Tol Honeth.

– Qu'avez-vous encore inventé ? râla Belgarath en le regardant d'un air suspicieux. Et où étiez-vous passé ?

– Oh, çà et là, éluda Silk. Bon, eh bien, je crois que je vais prendre un bain..., ajouta-t-il en reniflant sa manche avec une grimace écœurée.

– J'imagine que tu n'es pas au courant de ce qui est arrivé aux Honeth ? insinua Garion.

– De quoi s'agit-il ? demanda Belgarath.

– J'étais avec Varana, cet après-midi, quand messire Morin l'a informé que les Honeth trépassaient à un rythme affolant. On déplorerait huit ou dix décès, aux dernières nouvelles.

– Douze exactement, rectifia Silk, pointilleux.

– Vous ne croyez pas que vous nous devez une explication ? insista Belgarath.

– Ce sont des choses qui arrivent tous les jours, fit Silk en haussant les épaules. Enfin, que des gens meurent...

– On ne les y aurait pas un peu aidés, par hasard ? Ou, pour être plus précis, vous ne leur auriez pas donné un coup de pouce ?

– Belgarath ! Comment osez-vous ?

– Je veux la vérité, Kheldar ! tempêta le vieux sorcier.

– Qu'est-ce que la vérité, ô ami ? déclama le petit Drasnien en écartant les bras dans un geste emphatique. Quel homme peut se targuer de l'avoir un jour approchée ?

– Ce n'est pas une discussion philosophique, Silk. Est-ce vous qui avez entrepris de massacrer les Honeth ?

– Le terme *massacrer* ne me semble pas tout à fait approprié. Il charrie une connotation grossière, or je me targue d'un certain raffinement.

– Est-ce vous qui avez tué ces gens ?

– Evidemment, si vous présentez les choses comme ça..., fit le petit homme, froissé.

– Douze meurtres ? répéta Durnik, incrédule.

– Bientôt treize, rectifia vertueusement Silk. J'ai été dérangé avant d'avoir achevé le dernier, mais j'ai fait ce qu'il fallait pour qu'il ne s'en remette pas.

– Eh bien, Silk, j'attends ! tonna Belgarath.

– Nous étions très bons amis, Bethra et moi, répondit-il en haussant les épaules comme si c'était une explication.

– Mais..., protesta Durnik. Elle n'avait pas essayé de vous faire tuer ?

– Et alors ? C'était un problème professionnel, ça n'avait rien de personnel.

– A votre place, je trouverais très personnel qu'on veuille mettre fin à mes jours.

– Mais non, voyons. J'avais fourré mon nez dans quelque chose qui ne me regardait pas. Elle avait conclu avec l'ambassadeur thull un accord selon lequel...

– N'essayez pas de changer de sujet, coupa Belgarath.

– Bethra n'était pas une femme comme les autres, reprit âprement Silk. Elle était belle, douée, et d'une honnêteté à toute épreuve. Je l'admirais beaucoup. J'irais presque jusqu'à dire que je t'aimais, à ma façon. En la faisant poignarder au fond d'une ruelle, on m'a mortellement atteint. Je me suis fait justice.

– Sans songer que notre quête passait avant tout ? fulmina le vieux sorcier. Vous avez tout plaqué pour assouvir une vengeance personnelle ?

– Il y a des crimes impardonnables. Le meurtre d'un agent secret drasnien ne peut rester impuni. Après, les gens s'imagineraient qu'on peut commettre ce genre de forfait sans le payer. Il ne manquerait plus que ça ! Et puis, la première nuit, j'ai fait en sorte que ça paraisse assez naturel.

– Comment un meurtre peut-il avoir l'air naturel ? releva Durnik.

– Je vous en prie, Durnik, ne parlez pas de meurtre. C'est un si vilain mot.

– Il les a étouffés pendant leur sommeil, expliqua Garion.

– Sauf un, qui est tombé pour ainsi dire accidentellement par la fenêtre, ajouta Silk. Une fenêtre assez haute, si je me souviens bien. Et sous laquelle se trouvait une grille hérissée de pointes.

– Durnik réprima un frisson.

– J'ai réussi à en exécuter cinq la première nuit, mais ça n'allait pas assez vite, alors hier j'ai passé la vitesse supérieure. Je me suis tout de même un peu attardé sur le baron Kelbor. C'est lui qui avait donné l'ordre de tuer Bethra. Nous avons eu une bonne petite discussion avant qu'il nous quitte.

– La maison de Kelbor est la mieux gardée de Tol Honeth, s'étonna Ce'Nedra. Comment avez-vous réussi à y pénétrer ?

– Les gens ne lèvent pas le nez la nuit, surtout quand il neige. Je suis passé par les toits. Enfin, Kelbor m'a donné de très bons tuyaux. Par exemple, les Honeth auraient été renseignés sur les activités de Bethra par un Malloréen.

– Naradas ? avança très vite Garion.

– Non. Cet individu avait une barbe noire.

– Harakan, peut-être ?

– Ce ne sont pas les barbus qui manquent, Garion. J'aimerais bien en avoir la confirmation. Oh, l'idée de découper Harakan en tout petits morceaux me serait assez agréable, mais je n'aimerais pas que le vrai coupable s'en tire parce que je me suis trop intéressé à un vieil ami. Surtout, reprit-il en reprenant sa gravité, que ce Malloréen si serviable a joué un rôle actif dans le meurtre de Bethra, par faveur spéciale envers la famille Honeth.

– Vous devriez aller faire un brin de toilette, Prince Kheldar, renifla Ce'Nedra. Je me demande ce qui a bien pu vous donner l'idée de vous rouler dans les immondices ?

– J'ai été dérangé pendant ma dernière visite, et j'ai été bien content de trouver ce tas d'ordures. Il ne neige jamais à Tol Honeth, lâcha-t-il, l'air complètement écœuré.

– Si tu savais combien de gens m'ont dit ça aujourd'hui..., marmonna Garion.

– Je pense vraiment que nous ferions mieux de mettre les bouts, reprit le petit Drasnien.

– Pourquoi ? s'étonna Durnik. Vous avez réussi à leur échapper, non ?

– La neige n'est pas spécialement propice aux activités clandestines, fit Silk avec une patience exagérée, et je porte des bottes riviennes – question de snobisme, ou de confort. En tout cas, elles laissent des traces un peu trop reconnaissables pour ma santé. Certaines personnes vont bien finir par additionner deux et deux et je ne suis pas d'humeur à jouer à cache-cache avec les tueurs à gages des Honeth. Ce n'est pas l'astuce qui les étouffe, mais ils peuvent être très canulants quand ils veulent.

La porte s'ouvrit sans bruit et Silk fléchit aussitôt les jambes en plongeant la main dans son pourpoint, à la recherche d'une de ses dagues.

– Holà ! fit la douce Velvet en refermant la porte derrière elle. On est bien nerveux, ce soir !

– Que faites-vous ici ? demanda Silk.
– J'étais au bal de l'empereur. Vous n'imaginez pas les secrets qu'on peut surprendre dans ces occasions. Il n'est question que des Honeth et du sort qui s'acharne sur eux en ce moment. Je commençais à me demander si nous ne ferions pas mieux de lever le camp.
– *Nous ?*
– Oh, je ne vous ai pas dit ? Je pars avec vous.
– Ça, il n'en est pas question ! s'exclama Belgarath.
– Je ne voudrais pas vous contredire, Vénérable Ancien, reprit-elle d'un ton plein de regret, mais j'ai des ordres. Mon oncle se demandait avec une certaine inquiétude ce que vous fabriquiez ces temps derniers, mon cher Kheldar. N'allez pas croire qu'il se défie de vous, bien au contraire, mais il a exprimé le désir de vous placer sous surveillance. Il risque de désapprouver vos visites nocturnes à la famille Honeth, ajouta-t-elle en fronçant le sourcil.
– Tu connais la règle, Liselle, rétorqua Silk. Bethra était des nôtres. Nous ne pouvions laisser passer ça.
– Certes, mais Javelin préfère généralement prendre lui-même ce genre d'initiative. Votre vengeance un peu hâtive l'a privé de l'occasion de l'ordonner personnellement. Javelin a raison : vous êtes un peu trop indépendant, et il faut vraiment vous tenir à l'œil. Cela dit, je dois admettre que c'était du beau boulot, ajouta-t-elle avec une moue appréciative.
– Vous allez m'écouter, jeune fille, éclata Belgarath. Je n'organise pas une visite guidée pour espions drasniens.

– Allons, Vénéré Belgarath, reprit-elle avec un petit sourire désarmant, soyez raisonnable. Vous ne croyez pas qu'il serait plus agréable – et surtout plus commode – de m'intégrer à votre groupe plutôt que de m'obliger à vous suivre de loin ? J'obéirai à mes ordres, que ça vous plaise ou non.

– Pourquoi faut-il que je sois constamment persécuté par des femelles qui ne veulent rien entendre ?

– C'est la dévotion, ô Immortel, déclama-t-elle avec emphase. Vous incarnez l'idéal de toutes les jeunes filles.

– Il suffit, Mademoiselle ! aboya le vieux sorcier. Vous ne partirez pas avec nous, un point c'est tout.

Tiens, fit rêveusement la voix intérieure de Garion, *je crois que je viens enfin de mettre le doigt sur ce qui m'agace tellement chez Belgarath : c'est son esprit de contradiction et son caractère de cochon. Il prend ces décisions arbitraires uniquement pour m'énerver.*

– Vous voulez dire qu'elle est censée nous accompagner ? balbutia Garion, si surpris qu'il parla tout haut.

Evidemment. Pourquoi crois-tu que j'ai pris la peine de vous réunir à Tol Honeth ? Allez, dis-le-lui.

Mais, à l'exclamation que Garion avait laissé échapper, Belgarath avait compris qu'il avait affaire à plus fort que lui.

– Encore une visite, je suppose ? fit-il, un peu froissé.

– Oui, Grand-père. J'en ai bien peur.

– Alors elle vient avec nous ? Le jeune roi de Riva opina du chef.

J'adore voir sa tête quand il perd la partie, commenta la voix intérieure de Garion d'un petit ton satisfait.

Polgara éclata de rire.

– Je ne vois pas ce que ça a de drôle, Pol, râla Belgarath.

– Rien du tout, Père, fit-elle d'un petit ton innocent.

– Allez-y, s'exclama tout à coup le vieux sorcier en levant les mains au ciel d'un air furibond. Invitez tout Tol Honeth à se joindre à nous, tant que vous y êtes !

– Allez, Père, le gourmanda Polgara. Arrête de rouscailler.

– Rouscailler ? Enfin, Pol, est-ce que ce sont des façons de parler à son père ?

– Oui, quand il joue au vieux scrogneugneu. Bon, je pense qu'il est temps de prendre certaines dispositions. Pendant que nous nous changeons et que nous faisons nos paquets, vous devriez, Garion et toi, aller expliquer à Varana que nous partons. Trouvez une explication plausible. Je ne crois pas utile de lui faire connaître les activités nocturnes de Silk. Durnik, Essaïon et Toth s'occuperont des chevaux, évidemment. Et j'aurai une tâche un peu particulière à vous confier. Prince Kheldar, ajouta-t-elle d'un petit ton rêveur.

– Ah bon ?

– Oui. Allez vous laver. A fond.

– Il faut aussi que je fasse nettoyer mes vêtements, commenta-t-il en contemplant son pourpoint et son pantalon au parfum pestilentiel.

– Non Silk. Pas nettoyer, brûler,

– Nous ne pouvons pas partir ce soir, Dame Polgara, objecta Ce'Nedra. Les portes de la cité sont verrouillées et les gardes ne les ouvriront que sur ordre exprès de l'empereur.

– Je connais un moyen de quitter la ville, annonça Velvet avec assurance.

– Comment comptez-vous obtenir ce beau résultat ? s'enquit Belgarath.

– Faites-moi confiance.

– Décidément, c'est une manie...

– Au fait, poursuivit la jeune fille, j'ai vu un de vos vieux amis, aujourd'hui. Un groupe de Honeth quittait la ville par la porte sud. Vous avez dû leur flanquer une trouille bleue, Kheldar, ajouta-t-elle avec un coup d'œil amusé. Ils étaient escortés par un bataillon entier de mercenaires armés jusqu'aux dents. Enfin, parmi ces nobles tolnedrains, et en tout point pareil à eux, j'ai reconnu un Malloréen : Harakan.

– Tiens, tiens, tiens, fit Silk. Comme c'est intéressant...

– Maintenant, Prince Kheldar, reprit plaisamment Velvet, je vous serais reconnaissante d'aller faire un tour aux bains. Ou, tout au moins, de vous éloigner un peu de nous.

6

Un brouillard gris et froid monté du fleuve noyait les larges avenues de Toi Honeth. Un crachin pénétrant faisait fondre la neige, et si les cours et les toits étaient encore blancs, la chaussée disparaissait sous une boue brunâtre, malaxée par les roues des voitures et les sabots des chevaux. Il était près de minuit quand Garion et ses compagnons quittèrent sans bruit l'enceinte du palais impérial, et seules des bandes de fêtards passablement avinés vadrouillaient dans les rues.

Enroulée dans une cape grise à capuchon et montée sur une jument alezane, Velvet les mena entre les superbes demeures des princes marchands de Tol Honeth vers la place du marché puis dans les quartiers pauvres du sud de la cité. Ils tournaient au coin d'une ruelle quand une voix autoritaire sortit de nulle part.

– Halte-là !

Velvet retint calmement sa monture et attendit. Un détachement de légionnaires casqués et armés de lances surgirent du brouillard.

– Que venez-vous faire par ici ? aboya sèchement leur chef.

– Nous ne venons pas vraiment faire quoi que ce soit, mon brave, répondit Velvet d'une voix de tête.

Nous sommes invités à la soirée du comte Norain. Je gage que vous le connaissez ?

– Je dois avouer que non. Votre Grâce, convint le sergent, un ton plus bas.

– Comment est-ce possible ? s'exclama Velvet en ouvrant de grands yeux candides. Je pensais que tout le monde, à Tol Honeth, était l'ami de ce vieux Norry. Enfin, c'est ce qu'il raconte. Il va être complètement anéanti, le pauvre. Mais j'y songe : si vous veniez avec nous ? Je vous présenterais, et ses soirées sont toujours si amusantes !

– Je regrette, Votre Grâce, mais nous ne pouvons quitter notre poste. Etes-vous sûre de ne pas vous tromper de chemin ? Vous entrez dans les quartiers pouilleux de la ville et je ne vois pas de nobles demeures dans les environs.

– C'est un raccourci, déclara Velvet. Au bout de la rue, on prend à gauche. Ou à droite ? Je ne sais plus... Enfin, l'un de mes amis connaît le chemin.

– Prenez garde, Votre Grâce. Il y a des rôdeurs et des vide-goussets dans les parages.

– Ciel !

– Vous auriez dû prendre des torches.

– Des torches ? Par Nedra ! Jamais de la vie ! Leur odeur colle aux cheveux pendant des semaines. Vous êtes sûr de ne pouvoir nous accompagner ? On s'amuse tellement chez Norry !

– Votre Grâce transmettra nos regrets au comte.

– Allons-y, mes amis, fit Velvet. Nous allons finir par être en retard. Au revoir, Capitaine.

– Sergent, Votre Grâce.

– Oh ? C'est la même chose, non ?

– Peu importe, Votre Grâce. Mais vous devriez vous dépêcher. Le plaisir n'attend pas.

Velvet éclata d'un petit rire insouciant, talonna son cheval et s'enfonça au petit trot dans la brume.

– Qui est le comte Norain ? s'enquit Durnik lorsqu'ils furent hors de portée des légionnaires.

– Un pur fruit de mon imagination, Maître Durnik, s'esclaffa la jeune fille.

– C'est bien une Drasnienne, marmonna Belgarath.

– Vous en doutiez. Vénérable Belgarath ?

– Où nous emmenez-vous au juste, Liselle ? demanda Polgara.

– Vers certaine maison de ma connaissance, Dame Polgara. Ce n'est pas une demeure honorablement connue, mais elle jouxte le mur de la cité et sa porte de derrière est très commode.

– Comment peut-elle avoir une porte de derrière si elle est bâtie contre les remparts ? releva Ce'Nedra en relevant le capuchon de sa cape pour se protéger du crachin.

– Vous verrez bien, répondit Velvet avec un clin d'œil.

Plus ils avançaient et plus le décor devenait sordide. La ruelle était bordée de façades aveugles, ponctuées de tavernes d'où émanaient des remugles de sueur, des cris, des rires et des bribes de chansons paillardes. Ils passaient devant l'un de ces bouges quand des ivrognes se ruèrent dans la rue en échangeant des coups de poing et de massue. Un gaillard au visage hirsute avança sur la chaussée d'une démarche incertaine et leur barra le chemin de sa masse branlante.

– Ecartez-vous, fit froidement Velvet.

– Et qui es-tu pour me donner des ordres ?

Toth s'approcha silencieusement de l'homme, lui appuya le bout de son gourdin sur la poitrine et appliqua une légère poussée.

– Hé là ! Vous ne savez pas à qui vous avez affaire ! protesta l'ivrogne en écartant le bâton d'un revers de main.

Sans se départir de son calme, Toth décrivit un moulinet avec son pieu et en flanqua un coup sec sur la tempe de l'homme qui roula dans le caniveau, le regard glauque et les membres agités de spasmes.

– Bravo et merci, Toth, fit plaisamment Velvet.

Le géant muet inclina courtoisement la tête et le petit groupe poursuivit son chemin sans être autrement inquiété.

– Pourquoi pouvaient-ils bien se battre ? murmura Ce'Nedra, intriguée.

C'est un moyen comme un autre de se réchauffer, fit Silk. Le bois coûte cher à Tol Honeth, et une bonne petite bagarre entre copains active la circulation. Tout le monde sait ça.

– Vous vous moquez de moi ?

– Je n'oserais jamais.

– Il a toujours été d'une nature irrévérencieuse, Majesté, commenta Velvet.

– Ecoutez, Liselle, reprit fermement Ce'Nedra, nous allons faire un bout de chemin ensemble, alors oubliez le protocole, je vous en prie. Appelez-moi Ce'Nedra.

– Si Votre Majesté préfère...

– Ma Majesté préfère.

– Eh bien, entendu, Ce'Nedra, acquiesça chaleureusement la fille aux cheveux de miel.

Ils s'enfoncèrent encore un moment dans les bas-fonds de la cité avant de se heurter à la masse imposante des remparts.

– Par ici, fit Velvet en les menant vers un passage coincé entre la muraille et une rangée d'entrepôts.

Ils arrivèrent devant une maison à deux étages, d'allure rébarbative, qui entourait une cour centrale. Des meurtrières aveuglées par des persiennes trouaient la façade noire, luisante sous la pluie. Une lanterne brillait au-dessus d'un lourd portail.

Velvet mit pied à terre en relevant ses jupes pour les empêcher de traîner dans la gadoue. Elle s'approcha de la porte et tira sur une corde. Une cloche tinta dans la cour. Quelqu'un dut répondre, car elle prononça quelques mots à voix basse, après quoi un bruit de chaînes se fit entendre et la porte s'ouvrit. La jeune femme fit entrer son cheval dans la cour, bientôt imitée par ses compagnons. Garion regarda autour de lui avec curiosité. La neige avait été déblayée et les dalles humides luisaient dans la pénombre. Des chevaux sellés et quelques voitures de maître attendaient sous un auvent, près d'une porte à l'air massif.

– Nous entrons là ? questionna Ce'Nedra, intrigué. Velvet la regarda pensivement et se tourna vers Essaïon.

– Je ne crois pas que ce soit une bonne idée, déclara-t-elle enfin.

Un rire étouffé retentit à l'intérieur de la maison, suivi par un cri de femme qu'on chatouille.

– Liselle a raison, décréta fermement Polgara en haussant le sourcil. Nous resterons ici.

– Je ne suis plus un bébé. Dame Polgara, objecta Ce'Nedra.

– Vous ne serez jamais assez grande pour *ça*, mon chou.

– Ce ne sera pas long, promit Velvet. Pourriez-vous m'accompagner, prince Kheldar ? La présence dans cette maison d'une femme seule pourrait être mal interprétée.

– Avec plaisir, acquiesça-t-il.

Les deux Drasniens frappèrent à la porte qui s'ouvrit aussitôt. Ils s'engouffrèrent dans l'ouverture.

– Je me demande vraiment pourquoi vous n'avez pas voulu que nous attendions à l'intérieur. Au moins nous aurions été au chaud et au sec, geignit Ce'Nedra en frissonnant.

– Vous auriez vite compris en entrant là-dedans, rétorqua Polgara. Et puis, vous n'allez pas fondre.

– Que peut-il y avoir de si terrible dans cette baraque ?

Un gloussement se fit entendre, ponctué par un gros rire vulgaire.

– Eh bien ça, entre autres choses, répondit Polgara.

– Vous voulez dire que c'est une de ces *maisons* ? murmura Ce'Nedra, écarlate.

– Ça en a tout l'air.

Un petit quart d'heure plus tard, la porte inclinée d'une cave s'ouvrait en grinçant au fond de la cour et Silk en émergeait, une lanterne allumée à la main.

– Nous allons mener les chevaux par la bride, annonça-t-il.

– Où ça ? s'informa Garion.

– Dans la cave. Décidément, cette maison offre toutes sortes de perspectives intéressantes.

Ils firent descendre leurs chevaux rétifs en file indienne, le long d'une étroite rampe de pierre. Un clapotis montait des profondeurs. La pente débouchait dans une vaste salle, peut-être une grotte naturelle dont la voûte était supportée par de massives arches de pierre. Des torches fixées aux parois trouaient la pénombre et se reflétaient à la surface noire, huileuse, d'un bassin qui occupait toute la surface disponible. Une étroite margelle entourait l'eau sur trois côtés. Sur le devant était amarrée une énorme barge peinte en noir, manœuvrée par une douzaine de rameurs tout de noir vêtus.

Velvet les attendait sur la margelle, à côté de la barge.

– Nous ne pourrons passer que deux par deux, à cause des chevaux, dit-elle, sa voix éveillant des échos sous la voûte.

– Passer ? releva Ce'Nedra. Pour aller où ?

– Sur la rive sud de la Nedrane, répondit Velvet.

– Mais nous ne sommes pas encore sortis de la cité.

– Nous sommes sous les remparts de la ville. Seules deux dalles de marbre nous séparent du fleuve.

A ce moment, un lourd treuil grinça dans le noir. Le fond du port souterrain s'ouvrit en deux par le milieu et bascula majestueusement sur d'énormes charnières soigneusement graissées. Par l'ouverture, Garion distingua la lente reptation du fleuve que la pluie criblait de minuscules cratères. La rive opposée disparaissait dans la brume.

– Très futé, approuva Belgarath. Il y a longtemps que cette maison existe ?

– Des siècles, répondit Velvet. Elle a été construite pour répondre à tous les désirs imaginables ou presque. Il arrive qu'un client veuille entrer ou sortir discrètement de la cité.

– Comment avez-vous appris son existence ? s'étonna Garion.

– Elle appartenait à Bethra, qui en avait confié le secret à Javelin.

– Même dans la tombe elle nous aura aidés, soupira Silk.

Garion et ses compagnons furent transbordés deux par deux de l'autre côté de la Nedrane, jusqu'à une plage nimbée de brouillard, entourée par un bosquet de saules. Velvet les rejoignit enfin, trois heures peut-être après minuit.

– Les rameurs effaceront nos traces sur le sable, annonça-t-elle. Ça fait partie du marché.

– Tu as payé cher ? demanda Silk.

– Une fortune, mais c'est l'ambassade de Drasnie qui paye. Votre cousin n'a guère aimé ça, ajouta Velvet avec un sourire féroce. Bon, le jour ne se lèvera pas avant quelques heures. Il y a, derrière ce rideau de saules, une piste de caravanes qui rejoint la grand-route impériale à une lieue environ en aval de la Nedrane. Nous avancerons au pas jusqu'à ce que nous soyons hors de portée de voix de la ville. Les gardes en faction à la porte sud pourraient trouver curieux d'entendre passer des chevaux au galop.

Ils se mirent en selle et s'avancèrent dans le noir,

entre les saules. Lorsqu'ils furent sur la piste détrempée par la pluie, Garion se rapprocha de Silk.

– Que se passe-t-il au juste dans cette maison ? demanda-t-il avec curiosité.

– A peu près tout ce que tu peux imaginer, répondit Silk en ricanant. Et sûrement un certain nombre de choses auxquelles tu ne songerais jamais. C'est un endroit très intéressant. Quand on peut payer.

– Tu as vu des gens que tu connaissais ?

– Des tas ! La fine fleur de l'intelligentsia tolnedraine.

– Je n'arrive pas à comprendre qu'un homme puisse fréquenter ce genre de maison, renifla dédaigneusement Ce'Nedra, dans leur dos.

– Les habitués ne sont pas tous de sexe masculin, releva le petit Drasnien.

– Vous plaisantez ?

– On ne saurait en vouloir à certaines grandes dames de Tol Honeth de chercher un moyen de ne pas périr d'ennui. Elles portent des masques, bien sûr, mais c'est à peu près tout, et j'ai reconnu l'un des fleurons de la famille Horbite.

– Comment l'avez-vous reconnue si elle était masquée ?

– Elle a une marque de naissance, à un endroit où les vêtements la dissimulent ordinairement. Elle me l'avait montrée il y a quelques années, alors que nous étions assez amis.

Un lourd silence suivit cette révélation.

– Je crois que j'en ai assez entendu, lâcha enfin Ce'Nedra d'un ton pincé.

Elle talonna son cheval et rejoignit Polgara et Velvet.

– C'est elle qui a commencé, protesta innocemment Silk. Tu as entendu, hein, Garion ?

Ils descendirent pendant plusieurs jours vers le sud. La pluie avait cessé. Garion éprouvait un curieux pincement au cœur à l'idée d'avoir laissé passer Erastide sans marquer le coup. Depuis sa plus tendre enfance, la fête qui ponctuait le milieu de l'hiver était l'un des temps forts de l'année, et il avait un peu l'impression d'avoir violé quelque chose de profondément sacré. Il aurait voulu trouver le temps de faire un cadeau spécial à Ce'Nedra, mais il n'avait réussi à lui offrir qu'un tendre baiser.

Quelques lieues avant Tol Borune, ils rencontrèrent un couple de nobles richement vêtus qui remontaient vers la capitale impériale, escortés par une douzaine de serviteurs en livrée. L'homme interpella Silk qui menait la marche.

– Holà, manant, fit-il avec condescendance. Comment va la vie à Tol Honeth ?

– Comme d'habitude. Excellence, répondit Silk d'un ton mielleux. On s'entre-tue, on complote et on intrigue, bref, l'aristocratie s'amuse comme elle peut.

– Je n'aime pas beaucoup ce discours, manant, protesta le voyageur.

– Et moi, je n'aime pas beaucoup qu'on me traite de manant.

– Nous avons entendu des histoires stupéfiantes, intervint sa femme, une évaporée en cape de velours rouge bordée de fourrure. Est-il vrai que quelqu'un a juré de supprimer tous les Honeth jusqu'au dernier ? Il paraît que des familles entières auraient été assassinées dans leur lit.

– Voyons, Balera, reprit son mari d'un ton hautain, tu colportes des rumeurs sans fondement. Comment ce vilain pourrait-il savoir ce qui se passe en ville ? S'il y avait du vrai dans ces histoires abracadabrantes, Naradas nous l'aurait dit.

– Naradas ? répéta Silk, les yeux brillants. Un marchand angarak aux yeux blancs ?

– Vous le connaissez ? s'exclama le noble, un peu surpris.

– Par relations, convint prudemment Silk. Vous ne devriez pas raconter à tout venant que vous avez approché ce personnage. Ce n'est pas prudent. Vous savez que l'empereur a mis sa tête à prix, tout de même ?

– Naradas ? C'est impossible !

– Ah, pardon. Excellence, mais c'est de notoriété publique à Tol Honeth. Si vous savez où le trouver, vous pouvez vous faire mille belles couronnes d'or sans lever le petit doigt.

– Mille couronnes !

– Je ne voudrais pas que ça sorte d'ici, souffla Silk en regardant par-dessus son épaule avec des airs de conspirateur, mais des gens bien informés m'ont dit que les pièces d'or dont ce Naradas est si prodigue seraient *fausses*.

– Fausses ? répéta le noble, les yeux exorbités.

– Oh, ce sont d'excellentes imitations, précisa Silk. Juste ce qu'il faut d'or mêlé à des métaux moins précieux pour leur donner toutes les apparences de l'authenticité, mais elles ne valent pas le dixième de leur prétendue valeur.

L'homme blêmit, verdit et porta instinctivement la main à la bourse attachée à sa ceinture.

– C'était une vaste conspiration destinée à ruiner l'économie tolnedraine en dévaluant sa monnaie, ajouta Silk. Les Honeth étaient mouillés jusqu'au cou ; c'est pour ça qu'ils ont été exécutés. Tout détenteur de ces pièces est pendu sur-le-champ, bien sûr.

– Hein ? Quoi ?

– C'est comme je vous le dis, affirma Silk. L'empereur a pris des mesures draconiennes pour étouffer dans l'œuf cette diabolique machination.

– Je suis ruiné ! geignit le noble en faisant volter sa monture. Vite, Balera ! Retournons à Tol Borune !

Et la caravane repartit vers le sud à un train d'enfer.

– Vous ne voulez pas que je vous dise par quel Etat ce complot a été ourdi ? leur cria Silk, hilare.

– Magnifique, Prince Kheldar, murmura Velvet, admirative.

– Ce Naradas est décidément bien remuant, commenta Durnik.

– Oui, mais je viens de lui accrocher une drôle de casserole à la queue, répliqua Silk. Quand la rumeur commencera à se répandre, je gage que ses libéralités seront un peu moins bien accueillies. Et je ne parle pas de l'intérêt que cette prétendue récompense risque de susciter dans certains milieux.

– C'était tout de même un drôle de sale tour à lui jouer, protesta Velvet. Sitôt rentré à Tol Borune, ce pauvre homme va vider tous ses coffres et enterrer son argent.

– Ça lui apprendra à fricoter avec les Angaraks, rétorqua Silk avec un haussement d'épaules désinvolte. Bon, on y va ?

Ils ne s'arrêtèrent pas à Tol Borune et poursuivirent leur chemin vers la Sylve des Dryades. Quand l'antique forêt se profila sur l'horizon, au sud, Polgara se rapprocha de son père qui somnolait sur sa selle, selon son habitude.

– Nous devrions passer voir Xantha, suggéra-t-elle.

– Tu crois ? grommela Belgarath en émergeant de sa torpeur.

– C'est la moindre des choses, Père, et ça ne nous éloignera pas beaucoup de notre chemin.

– D'accord, Pol, mais nous repartirons tout de suite. Nous avons trop de retard sur Zandramas.

Ils franchirent les dernières lieues de prairie qui les séparaient de la Sylve et s'engagèrent sous les chênes millénaires, au tronc moussu. Les feuilles n'avaient pas résisté aux vents hivernaux, et les grands arbres dressaient leurs branches dénudées vers le ciel comme pour implorer sa clémence.

Un changement particulier se produisit aussitôt en Ce'Nedra. Il ne faisait pas vraiment chaud, mais elle repoussa le capuchon de sa cape et secoua ses boucles cuivrées, faisant tinter ses petites boucles d'oreilles en forme de glands. La tristesse dont elle ne s'était pas départie depuis l'enlèvement de son fils laissa place à une étrange sérénité. Son regard s'adoucit et prit une certaine vacuité.

– Je suis de retour, murmura-t-elle dans l'air immobile.

Garion sentit plus qu'il ne l'entendit la douce réponse des arbres monumentaux. Il n'y avait pas un souffle de vent, mais c'était comme s'ils soupiraient à l'unisson un chant inaudible, à la fois nostalgique et plein d'un immense espoir.

– Pourquoi sont-ils si tristes ? demanda tout bas Essaïon.

– A cause de l'hiver, répondit Ce'Nedra. Ils portent le deuil de leurs feuilles mortes et pleurent les oiseaux qui ont fui vers le sud.

– Ils ne savent pas que le printemps reviendra ?

– Si, mais l'hiver les attriste toujours.

Velvet jeta à la petite reine un regard étonné.

– Ce'Nedra a reçu en héritage une sensibilité particulière aux arbres, expliqua Polgara.

– Je ne savais pas que les Tolnedrains étaient si proches de la nature.

– Elle n'est qu'à moitié tolnedraine. Son amour des arbres lui vient de sa mère, expliqua Polgara.

– Je suis une dryade, dit simplement Ce'Nedra, les yeux dans le vague.

– Je l'ignorais.

– Nous nous gardons bien de le crier sur les toits, reprit Belgarath. Nous avons eu assez de mal à convaincre les Aloriens d'accepter une Tolnedraine comme reine de Riva pour ne pas aller leur raconter, en plus, qu'elle n'est qu'à moitié humaine.

Ils établirent le campement non loin de l'endroit où les immondes hommes de boue de la reine Salmissra s'étaient jetés sur eux, des années auparavant. Comme ils ne pouvaient couper les branches des arbres vivants de cette forêt sacrée, ils se rabattirent sur les rameaux tombés à terre pour construire leurs abris et ne firent qu'un tout petit feu. Tandis que le crépuscule descendait lentement sur la Sylve silencieuse, Silk regarda la petite flamme vacillante puis l'obscurité tentaculaire qui se refermait sur eux.

– Nous n'allons pas avoir chaud, cette nuit, commenta-t-il sans enthousiasme.

Garion dormit mal. Il s'éveilla en sursaut, transi jusqu'à la moelle des os, alors que les premières lueurs d'une aube pâle, brumeuse, s'insinuaient sous les frondaisons. Il s'assit avec raideur sur le matelas de feuilles mortes qu'il partageait avec Ce'Nedra et s'apprêtait à rejeter ses couvertures quand il vit Essaïon assis sur un tronc tombé à terre, auprès d'une dryade aux cheveux feuille morte.

– Les arbres disent que tu es un ami, murmurait la nymphe en jouant machinalement avec une de ses flèches acérées.

– J'aime les arbres, répondit le jeune garçon.

– Ce n'est pas tout à fait ce qu'ils voulaient dire.

– Je sais.

Garion se leva et s'approcha en tapinois. La dryade porta vivement la main à son arc. Elle avait des yeux gris, brillants comme des agates.

– Oh, c'est toi ! Tu as vieilli, dis donc.

– L'eau a coulé sous les ponts, bredouilla-t-il en tentant de se rappeler où et quand il l'avait rencontrée.

Un léger sourire effleura les lèvres de la dryade.

– Tu ne te souviens pas de moi, hein ?

– Oh si, mais...

Elle banda son arc, encocha sa flèche et la pointa sur lui en riant.

– Ça te rafraîchit la mémoire ?

– C'est vous qui vouliez me tuer ? fit-il en cillant.

– Ce n'était que justice. Je t'avais attrapé, c'était à moi de te tuer.

– Vous tuez tous les êtres humains que vous capturez ? s'enquit Essaïon, l'air vivement intéressé.

– Eh bien, pas tous, convint-elle en baissant son arc. Il m'arrive de leur trouver une autre utilité.

– Vous, vous êtes toujours aussi jeune, décréta Garion après l'avoir regardée de plus près.

– Je sais. Et toujours aussi jolie ? reprit-elle avec un regard de défi.

– Plus que jamais.

– Mmm, c'est gentil, ça. J'ai peut-être bien fait de te laisser la vie sauve, tout compte fait. On va voir ailleurs si tu as d'autres gentilles choses à me dire ?

– Ça suffit, Xbel, fit fraîchement Ce'Nedra depuis son lit de feuilles. Il est à moi, alors ne va pas te faire des idées.

– Salut, Ce'Nedra ! répondit la dryade aux cheveux feuille morte comme si elles s'étaient quittées la veille. Tu ne le prêterais pas à ta propre sœur ?

– Tu me prêterais ton peigne ?

– Ben non, mais ça n'a rien à voir.

– Tu ne peux pas comprendre, conclut Ce'Nedra en envoyant promener ses couvertures.

– Ah, ces humains..., soupira Xbel. Ils ont vraiment de drôles d'idées. Et celui-ci ? Il est à toi aussi ? reprit-elle en soupesant Essaïon du regard et en lui caressant la joue de sa petite main effilée.

Polgara sortit de son abri de fortune, le sourcil arqué.

– Bonjour, Xbel, dit-elle calmement. Vous êtes bien matinale.

– Je chassais. Ce petit blondinet est-il à vous, Polgara ? Ce'Nedra ne veut pas me prêter le sien, mais peut-être que...

– Non, Xbel, décréta la sorcière d'un ton tranchant.

– Vous n'êtes vraiment pas drôles, vous savez, soupira la dryade en faisant la moue.

Sa main s'attarda un instant sur les boucles du jeune garçon puis elle se leva. Elle était aussi petite que Ce'Nedra et elle avait la souplesse et la minceur d'une baguette de saule.

– Oh, reprit-elle, j'allais oublier. Xantha m'a dit de vous conduire auprès d'elle.

– Tu devais avoir la tête ailleurs, insinua Ce'Nedra.

– La journée n'est même pas commencée, riposta la dryade en haussant les épaules.

C'est alors que Belgarath et Silk émergèrent de leurs abris et s'approchèrent des braises refroidies où Durnik et Toth les rejoignirent un instant plus tard.

– Vous en avez tellement, murmura Xbel avec chaleur. Vous pourriez bien m'en prêter un pour un petit moment.

– De quoi s'agit-il ? s'informa Silk avec un vif intérêt.

– Ah, vous, ne vous mêlez pas de ça, grinça Polgara, Xantha veut nous voir. Xbel nous indiquera le chemin après déjeuner. N'est-ce pas, Xbel ?

– Ouais, ouais, ronchonna l'intéressée, la mine boudeuse.

Ils mangèrent rapidement, après quoi la dryade aux cheveux feuille morte les mena à travers l'antique forêt. Elle marchait à côté de Belgarath, qui avait mis pied à terre, et ils semblaient absorbés dans une grande conversation. Garion remarqua que son grand-père plongeait de temps en temps la main dans sa poche et lui glissait en douce des choses qu'elle se fourrait avidement dans la bouche.

– Qu'est-ce qu'il lui donne ? s'enquit Velvet.

– Des bonbons, répondit Polgara, écœurée. Il sait bien que ça ne leur vaut rien, mais il faut toujours qu'il les bourre de sucreries quand il vient par ici.

– Oh-oh, fit Velvet. Je vois. Elle n'est pas un peu jeune pour être aussi... hem... ? fit-elle avec une moue expressive.

– Les apparences sont parfois trompeuses, s'esclaffa Ce'Nedra. Xbel n'est plus une enfant depuis longtemps.

– Allons ! Quel âge peut-elle avoir ?

– Deux ou trois cents ans. Elle a le même âge que son arbre, et les chênes vivent très vieux.

Des gloussements, des murmures étouffés et le tintement de petites clochettes d'or attiraient de temps en temps l'attention de Garion. Il apercevait parfois, du coin de l'œil, une tache de couleur entre les arbres ; une dryade qui décampait en faisant tintinnabuler ses boucles d'oreilles.

Garion avait oublié que l'arbre de la reine Xantha était aussi gigantesque. Son tronc était percé de trous pareils à des cavernes, et ses branches si larges qu'on eût dit des routes étaient couvertes non pas de fleurs mais de dryades en tuniques multicolores, qui pouffaient et chuchotaient en se montrant les visiteurs du doigt. Xbel mena Garion et ses compagnons vers le centre de la clairière, porta ses doigts à ses lèvres et siffla comme un oiseau.

La reine Xantha et Xera, sa fille aux cheveux de feu, sortirent de l'un des trous de l'arbre. Elles accueillirent les voyageurs qui mettaient pied à terre. Ce'Nedra sauta au cou de Xera alors que la reine et Polgara s'embrassaient chaleureusement. Des fils d'argent striaient à présent les cheveux d'or de Xantha, et l'éclat de ses yeux gris-vert était comme voilé.

– Ça ne va pas, Xantha ? s'inquiéta la sorcière.

– Notre vie approche de son terme, souffla la reine avec un regard affectueux vers son énorme chêne. Ses racines ont peine à supporter son énorme masse ; il est très fatigué. Il lui est plus difficile à chaque printemps de revivre.

– Puis-je faire quelque chose pour vous ?

– Non, bien chère Polgara. Nous n'éprouvons aucune souffrance, juste une infinie lassitude. Je m'endormirai sans regrets. Mais quel bon vent vous amène dans la Sylve ?

– Mon bébé a disparu, s'écria Ce'Nedra, éplorée, en se jetant dans les bras de sa tante.

– Que dites-vous, mon enfant ?

– C'est arrivé l'été dernier, commença Belgarath. Il a été enlevé par une personne nommée Zandramas, originaire de Mallorée, et qui aurait fait voile vers le sud à bord d'un vaisseau nyissien. Nous sommes actuellement à sa poursuite.

– J'ai vu un bateau noir, comme ceux des Hommes-Serpents, à la fin de l'été dernier, lâcha Xbel. Il était sur la rivière, à l'endroit où elle se jette dans le grand lac.

Elle s'était approchée de Toth et lorgnait ses bras musculeux d'un air rêveur.

– Tu ne m'avais pas parlé de ça, Xbel, nota Xantha.

– J'ai dû oublier. Qui s'intéresse aux faits et gestes des Hommes-Serpents ? marmonna-t-elle, manifestement incapable de détacher son regard du géant muet.

– Un grand lac ? marmonna Durnik en fronçant le sourcil. Je ne me souviens pas avoir vu de lac dans la Sylve.

– Son eau a un drôle de goût et on ne voit pas l'autre côté, reprit Xbel en toisant Toth des pieds à la tête.

– Tu veux sûrement parler de la mer du Ponant. C'est ça ?

– Je ne sais pas comment vous l'appelez, répondit-elle avec indifférence, tout à son examen du colosse.

– Et qu'a fait ce vaisseau nyissien ? Il est passé et c'est tout ? insista Belgarath.

– Non, répondit la dryade. Il a brûlé. Mais d'abord, quelqu'un en est descendu.

– C'est important, Xbel, fit Polgara en s'interposant entre la petite dryade et l'objet de sa convoitise. Vous pourriez nous dire exactement ce que vous avez vu ?

– Je crois. Mais je n'ai pas vu grand-chose. Je chassais quand j'ai vu un bateau longer la plage, au sud de la rivière. Une personne en capuchon noir est descendue avec un balluchon dans les bras. Le bateau noir reprenait le large quand la personne en noir a fait un signe de la main et le bateau s'est embrasé comme une torche.

– Et l'équipage ? qu'est-il devenu ? s'inquiéta Durnik.

– Vous connaissez ces gros poissons pleins de dents ?

– Les requins ?

– Peut-être. Il y en avait des tas dans l'eau, autour du bateau, et quand les hommes ont sauté à la mer ils les ont tous mangés. Quel gâchis, fit-elle avec un soupir à fendre l'âme. J'espérais qu'un ou d'eux en réchapperaient. Peut-être même trois...

Elle soupira à nouveau.

– Et qu'a fait la personne qui avait mis pied à terre ? insista Polgara.

– Elle a attendu que le bateau ait fini de brûler et elle est entrée dans les bois, au sud de la rivière, répondit la petite dryade avec un haussement d'épaules. Dites, Polgara, reprit-elle en passant devant la sorcière, les yeux toujours fixés sur le géant muet. Si vous ne vous servez pas de celui-ci, vous ne pourriez pas me le laisser un moment ? Je n'en ai jamais vu d'aussi grand.

Garion fit volte-face et courut vers les chevaux. Essaïon l'y attendait déjà. Il lui tendit les rênes de son étalon.

– Prends le mien, Belgarion. Il est plus rapide.

Garion acquiesça d'un hochement de tête et bondit en selle.

– Garion ! s'exclama Ce'Nedra. Où vas-tu ?

Mais il avait déjà disparu entre les arbres. Il ne pensait à rien de précis alors que l'étalon alezan fonçait au grand galop dans la Sylve dénudée. La seule chose qui ressemblât à une idée dans son esprit était l'image que la dryade insouciante y avait fait germer : une silhouette sombre plantée sur une plage avec un paquet dans les bras. Puis une autre notion pénétra peu à peu sa conscience : l'allure du cheval avait quelque chose de bizarre. Tous les quatre ou cinq pas à peu près, il faisait une sorte d'embardée, la forêt semblait se troubler un instant, puis il repartait au galop, faisait un nouvel écart et la forêt redevenait floue.

La distance qui séparait l'arbre de Xantha de l'endroit où la rivière de la Sylve se jetait dans la mer du Ponant était considérable, il le savait. Même au grand galop, il lui faudrait près d'une journée et demie pour y arriver. Mais quel était ce reflet, là-bas, entre les arbres ? On aurait dit l'éclat du soleil hivernal sur une énorme étendue d'eau...

Le cheval eut encore un de ces soubresauts, Garion eut à nouveau l'impression que sa vue se brouillait, puis, tout à coup, l'étalon freina des quatre fers et s'arrêta en dérapage sur le sable, juste à la limite des vagues.

– Comment as-tu réussi ce tour-là ?

Le cheval tourna la tête vers lui comme s'il se demandait ce qu'il racontait, puis Garion regarda autour de lui, consterné.

– Nous sommes du mauvais côté de la rivière, s'écria-t-il. Nous devrions être sur l'autre rive.

Il banda sa volonté et s'apprêtait à se translocaliser sur la rive sud lorsque le cheval se cabra, avança de deux pas et fit une de ces fameuses embardées.

Il aurait tout de même pu prévenir : Garion n'eut que le temps de se cramponner au pommeau de sa selle ; l'instant d'après, ils étaient sur la rive opposée. Il éprouva pendant une seconde l'envie parfaitement irrationnelle de gronder ce satané animal mais il avait plus urgent à faire. Il se laissa glisser à bas de sa monture et courut sur le sable humide du rivage tout en dégainant l'épée de Poing-de-Fer. L'Orbe s'embrasa d'une lueur avide.

– Geran ! hurla-t-il en décrivant des moulinets avec sa lame. Trouve-le ! Trouve mon fils !

L'Orbe le prit à contre-pied, manquant le déséquilibrer. Il s'arc-bouta comme il put sur le sable durci, tenant son épée à deux mains. Le farouche pouvoir qui animait la pierre força la pointe de l'épée à plonger vers le sol, puis elle se redressa. L'Orbe jeta une flamme triomphante et Garion suivit sa lame qui l'entraînait droit vers la plage jonchée de bois flotté et la forêt broussailleuse qui se trouvait au-delà.

C'était donc vrai ! Il redoutait sans oser se l'avouer que les indices recueillis jusque-là ne fussent qu'une nouvelle ruse, mais il avait bien retrouvé la piste de Zandramas et de son fils. Il se sentit transporté par une soudaine exaltation.

– Tu peux courir aussi vite que tu veux, Zandramas ! hurla-t-il. Je suis sur tes talons, à présent, et le monde ne sera pas assez grand pour que tu m'échappes !

7

Il faisait humide et froid. Des volutes de brume planaient, livides, sur la tourbe. Une puanteur d'eau croupie et de pourriture émanait des mares noirâtres et des rivières languides. Les grands arbres au tronc convulsé montaient vers le ciel à la recherche de la lumière. Des guirlandes de mousse grisâtre pendaient des branches entrelacées et des lianes noueuses enserraient les troncs, tels des serpents repus.

Garion menait ses compagnons dans les jungles de Nyissie, sur une route depuis longtemps abandonnée. Son épée posée sur le pommeau de sa selle le tiraillait avec insistance. L'après-midi touchait à sa finet le ciel de plomb s'assombrissait lentement, comme résigné.

– Je ne savais pas que les Nyissiens avaient construit des routes, marmonna Ce'Nedra en regardant la piste envahie par les mauvaises herbes.

– Elles ont toutes été abandonnées après l'invasion marague de la fin du second millénaire, expliqua Belgarath. Les Nyissiens se sont aperçus que leur réseau routier faisait la part un peu trop belle aux envahisseurs éventuels, et Salmissra a ordonné que la jungle reprenne ses droits sur les routes.

L'épée pivota légèrement entre les mains de Garion et se pointa vers les épais fourrés qui bordaient la route. Il retint sa monture.

– Grand-père, commença-t-il en fronçant le sourcil, la piste s'enfonce entre les arbres.

– Je vais jeter un coup d'œil, proposa Silk en descendant de cheval.

– Attention aux serpents ! lui recommanda Durnik.

Le petit homme au museau de fouine s'arrêta net.

– Merci, fit-il d'un ton sarcastique.

Il s'engagea dans le taillis en fouillant le sol du regard.

– Des gens ont bivouaqué par ici, appela-t-il bientôt.

– Allons jeter un coup d'œil, décida Belgarath en mettant pied à terre.

Ils laissèrent les chevaux sous la garde de Toth et se frayèrent un chemin dans les broussailles. Ils retrouvèrent Silk dans une clairière, à quelques toises de la route. Il était planté à côté d'une fosse à feu abandonnée au milieu de quelques huttes de branchages à demi effondrées.

– C'était bien Zandramas ? demanda le vieux sorcier.

Garion avança en tendant son épée devant lui. L'immense lame oscilla d'abord de façon erratique, comme si elle se repérait, puis l'entraîna vers l'un des abris de fortune. La pointe se tendit vers le sol de la cahute et l'Orbe s'embrasa.

– Ça répond à votre question, remarqua Silk.

– Ceux qui ont campé là sont repartis depuis plusieurs mois, déclara Durnik après avoir examiné les vestiges du feu.

– D'après le nombre des abris, je dirais qu'ils étaient au moins quatre, précisa Silk.

– Zandramas a donc trouvé des complices, grommela Belgarath.

Essaïon, qui farfouillait dans les cabanes, ramassa quelque chose par terre et l'apporta à Ce'Nedra.

– Oh ! s'écria-t-elle en serrant l'objet contre son cœur.

– Qu'est-ce que c'est ? s'enquit Velvet.

La reine de Riva lui tendit la chose, les yeux brillants de larmes. C'était un petit bonnet de laine tout sale, qui pendait lamentablement dans sa main.

– C'était à Geran, fit-elle d'une voix étouffée. Il le portait la nuit où il a été enlevé.

– Qu'est-ce qu'on fait ? coupa Durnik en se raclant la gorge pour dissimuler son trouble. Il ne va pas tarder à faire nuit. Vous voulez camper ici ?

– Je préférerais que nous avancions encore un peu, répondit Garion après un coup d'œil au visage éploré de Ce'Nedra.

– Ça vaut peut-être mieux, en effet, acquiesça le forgeron.

Une demi-lieue plus loin, la route entrait dans une cité en ruines. La jungle avait repris ses droits sur la civilisation. Les racines des arbres avaient soulevé les dalles des larges avenues et les tours disparaissaient sous les lianes.

– Ça devait être une belle ville, s'étonna Durnik. Pourquoi a-t-elle été abandonnée ?

– Il peut y avoir une demi-douzaine de réponses à cette question, murmura Polgara. Une épidémie, des raisons politiques, la guerre, peut-être un caprice, comment savoir ?

– Un caprice ? répéta le forgeron, surpris.

– Avec Salmissra, tout est possible. Elle a une autorité absolue sur son peuple. Si elle a décidé que les habitants de cette ville devaient la quitter, ils n'ont eu qu'à partir.

– C'est idiot, commenta-t-il d'un ton réprobateur.

– Ça, je suis bien d'accord.

Garion et ses compagnons passèrent la nuit dans les ruines de la cité abandonnée et repartirent le lendemain matin vers le sud-est. Plus ils s'enfonçaient dans la jungle, plus les arbres étaient hauts et leur tronc épais. Le sous-bois était presque impénétrable à présent et l'odeur omniprésente d'eau croupie les prenait à la gorge. Puis, peu avant la mi-journée, ta brise vagabonde leur amena d'autres senteurs.

– Mmm, quel est ce parfum capiteux ? demanda Velvet, charmée.

La réponse leur apparut à un détour de la route. Un arbre extraordinaire était planté sur le bas-côté. Ses feuilles frémissantes étaient d'or pur, une profusion de lianes écarlates coulaient de ses branches. Il était couvert de fleurs énormes, rouges, bleues et mauves, parmi lesquelles pendaient des grappes de fruits pourpres qui semblaient mûrs à point. En voyant cet arbre, en humant son exquise fragrance, ils furent envahis par un incoercible désir.

Velvet talonna sa monture et s'approcha de l'arbre avec un sourire rêveur.

– Liselle ! lança Polgara d'une voix sèche comme un coup de cravache. Arrêtez !

– Mais..., protesta la jeune fille d'une voix vibrante.

– N'allez pas plus loin, reprit impérieusement Polgara. Vous êtes en danger de mort.

– Voyons, Tante Pol, ce n'est qu'un arbre, railla Garion.

– Suivez-moi tous, fit la Sorcière d'un ton sans réplique en mettant sa monture au pas. Retenez bien vos chevaux et ne vous approchez à aucun prix de cette abomination.

– Qu'y a-t-il, Pol ? s'inquiéta Durnik.

– Je pensais qu'ils avaient tous été détruits, marmonna-t-elle en lorgnant d'un œil implacable l'arbre prodigieux.

– Mais..., objecta Velvet. Pourquoi détruire quelque chose d'aussi beau ?

– Bien sûr qu'il est beau. C'est comme ça qu'il attire ses proies.

– Ses proies ? répéta Silk, surpris. Enfin, Polgara, les arbres ne chassent pas.

– Sauf celui-ci. Une bouchée de ses fruits et c'est la mort immédiate ; le contact de ses fleurs paralyse instantanément l'organisme. Vous avez vu ce qu'il y a dessous ? fit-elle avec un mouvement de menton vers le pied de l'arbre.

Garion suivit son regard et distingua, dans l'herbe haute, le squelette d'un animal de belle taille. Une demi-douzaine de tentacules carmins s'étaient introduits entre les os verdis par la mousse de la cage thoracique.

– Regardez devant vous, leur ordonna Polgara d'un ton tranchant. Ne pensez pas aux fruits et essayez de ne pas respirer le parfum de l'arbre. Tout ce qu'il veut, c'est vous attirer à portée de ses tentacules. Poursuivez votre chemin sans vous retourner.

Elle retint sa monture.

– Tu ne viens pas avec nous ? objecta Durnik, inquiet.

– Je vous rattraperai, répondit la sorcière, mais il faut d'abord que je m'occupe de cette monstruosité.

– Faisons ce qu'elle dit, insista Belgarath. Allons-y.

Garion éprouva un regret fulgurant en passant devant cette mortelle splendeur, et, tandis que ses compagnons s'éloignaient sur la route, il eut l'impression que l'arbre poussait un grognement de frustration silencieux. Il jeta un coup d'œil par-dessus son épaule et constata avec stupéfaction que ses tentacules écarlates s'agitaient frénétiquement, dans une sorte de fureur végétative. Puis Ce'Nedra eut un haut-le-cœur et il se retourna précipitamment.

– Que se passe-t-il ? s'écria-t-il, affolé.

– Quelle saleté ! hoqueta la jeune femme. Cet arbre se repaît autant de l'agonie de ses victimes que de leur chair !

Ils arrivaient à une nouvelle courbe de la route quand Garion perçut une vague d'énergie et un rugissement familiers. Un épouvantable vacarme retentit derrière lui, suivi par le craquement et le sifflement de flammes dévorant un organisme végétal vivant. Il entendit mentalement un cri épouvantable exprimant un mélange de douleur, de colère et de haine impitoyable. Le vent poussa vers eux un nuage de fumée noire, huileuse, accompagné par une horrible puanteur.

Polgara les rejoignit moins d'un quart d'heure plus tard.

– Il ne fera plus de victimes, annonça-t-elle avec un sourire carnassier. C'est l'une des rares choses sur lesquelles nous sommes tombées d'accord, Salmissra et moi : il n'y a pas de place en ce monde pour ce genre d'arbre.

Vers la mi-journée du lendemain, l'étalon alezan d'Essaïon commença à donner des signes d'impatience. Son jeune cavalier s'approcha de Garion qui avançait toujours en tête, l'épée de Poing-de-Fer posée sur le pommeau de sa selle.

– Il voudrait courir, expliqua Essaïon avec un petit rire indulgent. Il a toujours envie de courir.

Dis-moi, Essaïon, fit Garion. Je voulais te demander quelque chose... Quand j'ai monté ton cheval, dans la Sylve des Dryades, il a fait quelque chose d'assez étrange.

– Ah bon ? Et quoi donc ?

– Eh bien, normalement, il m'aurait fallu deux jours pour arriver à la mer, et lui, il m'y a emmené en une demi-heure.

– Ah, ça...

– Tu pourrais m'expliquer comment il fait ce tour-là ?

– Ça lui arrive de temps en temps, quand il sait que je suis pressé d'aller quelque part. C'est comme s'il allait ailleurs, et quand il en revient, on a fait beaucoup de chemin.

– Comment ça, *ailleurs* ?

– Là, autour de nous, et en même temps ailleurs. Tu comprends ce que je veux dire ?

– Non. Pas vraiment.

– Tu m'as raconté une fois que tu pouvais te changer en loup, comme Belgarath, reprit le jeune homme en fronçant pensivement les sourcils, et que, dans ces moments-là, ton épée t'accompagnait tout en n'étant plus là.

– C'est en effet ce que m'a dit mon grand-père.

– Je pense que cet autre endroit est là – là où va ton épée. La distance n'y a pas la même signification que dans ce monde. C'est plus clair pour toi ?

– Clair comme du jus de boudin, s'esclaffa Garion. Mais je te crois sur parole.

Ils arrivèrent dans l'après-midi à la rive bourbeuse de la rivière du Serpent. La route obliquait vers l'est pour suivre le fleuve sinueux. Les nuages s'étaient dissipés, dévoilant un pâle soleil, et il ne faisait pas encore très chaud.

– Je ferais peut-être mieux de partir en reconnaissance, proposa Silk. La route a l'air un peu plus fréquentée, et nous ne nous sommes pas fait beaucoup d'amis, la dernière fois que nous sommes venus par ici.

Il éperonna son cheval et disparut à un tournant de la route. Ses compagnons le suivirent à une allure plus modérée.

– J'espère que nous ne serons pas obligés de passer par Sthiss Tor, souffla Ce'Nedra.

– Non. La ville est de l'autre côté du fleuve, répondit Belgarath avec un mouvement de menton vers l'écran d'arbres et de broussailles qui séparait l'ancienne route de la rivière. Nous ne devrions pas avoir de mal à l'éviter.

Une heure plus tard environ, ils arrivaient en vue de l'étrange capitale des hommes-serpents. L'architecture nyissienne semblait n'obéir à aucun schéma cohérent : des tours partaient à l'assaut du ciel, coiffées de minces flèches, de bulbes renflés ou d'arabesques qui défiaient la pesanteur. Mais surtout la ville était peinte dans des couleurs invraisemblables, et le vert, le rouge et le jaune le disputaient à un mauve que l'on eût dit venu d'un autre monde.

Silk les attendait quelques centaines de toises plus loin.

– On ne risque pas de nous voir de l'autre rive, annonça-t-il, mais il y a quelqu'un qui aimerait nous parler.

– Ah bon ? Et qui ça ? fit âprement Belgarath.

– Je ne connais pas son nom, mais il avait l'air d'être au courant de notre arrivée.

– Je n'aime pas ça. Vous savez ce qu'il veut ?

– Il m'a seulement dit qu'il avait un message pour nous.

– Allons voir. Tu ferais mieux de cacher l'Orbe, Garion. On ne sait jamais.

C'était un Nyissien au crâne rasé, vêtu de haillons crasseux. Une longue cicatrice lui barrait le visage du front au menton en franchissant une orbite vide.

– Nous vous attendions plus tôt, dit-il laconiquement en les voyant approcher. Qu'est-ce qui vous a retardés ?

– Mais... nous nous connaissons ! fit Garion en le regardant attentivement. Vous vous appelez bien Issus ?

– Je suis surpris que vous vous souveniez de moi, grommela le personnage. Vous n'aviez pas les idées très claires, la dernière fois que nous nous sommes rencontrés.

– Comment aurais-je pu vous oublier ?

– Quelqu'un veut vous voir en ville, coupa le Nyissien.

– Je regrette, l'ami, fit Belgarath, mais nous n'avons pas de temps à perdre et je ne vois pas avec qui nous pourrions avoir besoin ou envie de parler à Sthiss Tor.

– C'est vous qui voyez, rétorqua l'homme avec un haussement d'épaules. Moi, j'étais payé pour vous attendre et vous faire la commission, c'est tout.

Il tourna les talons et repartit dans les rayons obliques du soleil couchant vers la puanteur du fleuve.

– Oh, j'allais oublier, fit-il par-dessus son épaule. Celui qui m'envoie m'a recommandé de vous dire qu'il savait certaines choses à propos d'une personne nommée Zandramas. Ça vous dit quelque chose ?

– Zandramas ? hoqueta Ce'Nedra.

– Tout juste. J'ai un bateau ; je peux emmener ceux que ça intéresse en ville.

– Laissez-nous réfléchir une minute, répondit Belgarath.

– Prenez votre temps. De toute façon, nous ne pourrons pas traverser avant la tombée de la nuit. Je vais attendre dans le bateau. Vous me direz ce que vous aurez décidé.

Il disparut dans les broussailles qui bordaient le fleuve.

– Qui est-ce ? demanda Silk.

– Il s'appelle Issus, répondit Garion, et la dernière fois que je l'ai vu, il travaillait pour Sadi, le Chef Eunuque de Salmissra, mais il est au service de celui qui le paye. Qu'en penses-tu, Grand-père ?

– C'est peut-être un traquenard, répondit Belgarath en se tiraillant le lobe de l'oreille. D'un autre côté, quelqu'un, à Sthiss Tor, sait que nous nous intéressons à Zandramas et j'aimerais assez connaître le nom de ce citoyen bien informé.

– Vous ne tirerez rien d'Issus, insinua Silk. J'ai déjà essayé.

Belgarath rumina un moment.

– Allez voir de quelle taille est son bateau.

Silk s'engagea entre les broussailles sur le bas-côté de la route et jeta un coup d'œil vers le fleuve.

– Il ne pourra pas tous nous emmener, annonça-t-il en revenant. Ce sera déjà bien beau si nous pouvons y aller à quatre.

– Vous, Pol, Garion et moi, décida le vieux sorcier après réflexion. Durnik et les autres, prenez les chevaux et allez nous attendre dans la jungle. Ne faites pas de feu ; on pourrait vous voir de la ville.

– Comptez sur moi, Belgarath, fit gravement le forgeron.

L'embarcation d'Issus – une barque d'un noir terne – était dissimulée sous les branches d'un saule à demi enfoui dans la boue.

– Vous êtes vraiment obligé d'emmener cette énorme épée ? demanda le borgne en toisant Garion d'un œil critique.

– Oui, répondit laconiquement le jeune homme.

– Comme vous voudrez, soupira le Nyissien en haussant les épaules.

Ils attendirent la nuit, assis dans la barque. Quand le crépuscule descendit sur la rivière, un nuage de moustiques s'éleva des fourrés et s'abattit sur eux.

– Evitez de faire tanguer le bateau, grommela Issus alors que Silk se flanquait une claque sur la nuque. Ce n'est vraiment pas le moment de faire trempette. Les sangsues sont particulièrement voraces, à cette époque de l'année.

Les insectes festoyaient depuis une bonne demi-heure à leurs dépens lorsque Issus décréta qu'il faisait assez sombre. Il largua les amarres, appuya sur la rive avec le bout de son aviron pour en écarter le bateau, se rassit et commença à ramer vers la rive opposée et les lumières de Sthiss Tor. Une vingtaine de minutes plus tard, la barque longeait le quai de l'enclave drasnienne, la zone du port fluvial où les marchands venus du nord étaient autorisés à commercer. Une corde enduite de goudron était tendue sous le quai, et Issus fit avancer l'embarcation à la force des poignets dans l'ombre protectrice.

– Nous allons monter par ici, annonça-t-il en attachant la barque à une échelle. Tâchez de ne pas faire trop de bruit.

– Où allons-nous au juste ? lui demanda Polgara.

– Pas loin, répondit le Nyissien en amorçant l'escalade.

– Ouvrez bien l'œil, marmonna Belgarath. Ce bonhomme ne m'inspire aucune confiance.

Toutes les fenêtres de la ville étaient fermées par de lourds volets et les rues n'étaient pas éclairées. Issus se déplaçait sans bruit, d'une ombre à l'autre, comme un chat, et Garion se demanda si c'était par nécessité ou par habitude. En passant devant une étroite ruelle, Garion entendit un bruit furtif dans le noir et porta machinalement la main à son épée.

– Qu'est-ce que c'est ? souffla-t-il.

– Des rats, répondit Issus. La nuit, ils montent de la rivière pour manger les ordures, puis les serpents sortent de la jungle pour les dévorer... Attendez-moi ici.

Le Nyissien fit quelques pas, jeta un coup d'œil circonspect au coin de la rue et leur fit signe.

– Vous pouvez venir. Nous allons dans cette maison, juste en face.

– Mais c'est chez Droblek, le responsable du port ? murmura Polgara.

– Ce n'est pas la première fois que vous venez par ici, à ce que je vois. Allons-y. On nous attend.

Issus tapota discrètement à la porte et Droblek leur ouvrit lui-même. Il portait une robe ample de couleur brune et paraissait avoir encore engraissé depuis leur dernière visite.

– Entrez vite, chuchota-t-il en scrutant les ténèbres d'un air inquiet.

Il referma la porte derrière eux, y assujettit une lourde barre et la fixa par un énorme cadenas qu'il verrouilla à double tour. Alors, seulement, il parut se détendre un peu.

– Ma Dame, fit-il d'une voix sifflante en s'inclinant avec raideur devant Polgara, c'est un honneur pour mon humble demeure...

– Tout l'honneur est pour moi, Droblek. C'est vous qui nous avez fait venir ?

– Non, ma Dame. J'ai seulement contribué à l'organisation de la rencontre.

– Vous n'avez pas l'air tranquille, l'ami, nota Silk.

– Prince Kheldar, il y a chez moi quelqu'un qui ne devrait pas y être, et je pourrais avoir des tas d'ennuis si ça venait aux oreilles de certaines personnes. L'ambassadeur de Tolnedrie me fait espionner en permanence, et il serait trop heureux de me faire une crasse.

– Où est l'homme que nous devons rencontrer ? demanda sèchement Belgarath.

– Dans une chambre secrète pratiquée à l'arrière de la maison. Vénérable Ancien, souffla l'homme, terrorisé.

– Eh bien, allons le voir.

– Tout de suite, Vénérable Belgarath.

Le Drasnien les mena en soufflant comme un phoque vers un couloir plongé dans la pénombre. Arrivé au bout, il appuya sur une pierre et une partie du mur se détacha de la paroi avec un déclic qui parut assourdissant dans le silence.

– Très exotique, commenta Silk à mi-voix.

– Qui est là ? fit une voix stridente, derrière la porte.

– C'est moi, Droblek, répondit l'obèse en ouvrant la porte dissimulée par le panneau de pierre. Les gens que vous attendiez sont arrivés. Soyez tranquilles, je monte la garde.

La porte dérobée donnait sur un réduit qui sentait le renfermé, éclairé par une unique chandelle. Sadi l'eunuque était anxieusement planté à côté d'une table de bois bancale. Son crâne rasé était hérissé de minuscules cheveux raides, pareils à des chaumes après la moisson, et sa robe de soie écarlate était en lambeaux. Il avait l'air aux abois.

– Enfin ! s'exclama-t-il avec soulagement, d'une curieuse voix de fausset.

– Sadi ! Que faites-vous ici ? questionna Polgara.

– Je me planque, rétorqua l'eunuque. Entrez et fermez la porte derrière vous. Personne ne doit savoir que je suis là.

– Et pourquoi le Chef Eunuque de Salmissra a-t-il cherché la protection des autorités portuaires ? s'informa Silk.

– Il y a eu un petit malentendu au palais, répondit Sadi en se laissant tomber sur une chaise. Je ne suis plus Chef Eunuque. Ma tête a été mise à prix. Un prix assez flatteur, à ce qu'on m'a dit. Droblek n'a pas accepté de gaieté de cœur de me cacher ici, mais il me devait bien ça...

– A propos, coupa Issus, je voudrais mon argent, là.

– J'ai encore un petit travail pour toi. Tu crois que tu pourrais t'introduire au palais ?

– S'il n'y a pas moyen de faire autrement...

– Dans mes appartements, sous mon lit, il y a une mallette de cuir rouge avec des charnières de cuivre. J'en ai besoin.

– On parle tout de suite de mes émoluments ?

– Je te paierai ce que tu estimeras juste.

– Très bien. Disons le double de ce que vous me devez déjà.

– *Le double ?*

– Le palais n'est pas un endroit très sûr en ce moment.

– Tu abuses de la situation, Issus.

– Eh bien, allez chercher votre mallette tout seul.

Sadi lui jeta un regard d'animal pris au piège.

– Très bien, lâcha-t-il enfin. Va pour le double.

– C'est toujours un plaisir de travailler avec vous, fit sobrement Issus, puis il quitta la pièce en tapinois.

– Alors, Sadi, que vous est-il arrivé ? insista Silk.

– On a porté certaines accusations contre moi, soupira douloureusement l'eunuque, et comme je n'étais pas tout à fait en mesure de me défendre contre de fausses allégations, j'ai cru préférable de mettre une certaine distance entre le palais et moi. De toute façon, j'étais complètement surmené, ces temps derniers.

– Vous avez donc été injustement accusé ?

Sadi passa sa main aux doigts effilés sur son crâne et ils entendirent un imperceptible crissement, comme s'il avait caressé une barbe raide.

– Eh bien... pas tout à fait, avoua-t-il enfin, mais l'affaire a été démesurément grossie.

– Qui vous a succédé au palais ?

– Un dénommé Sariss, répondit l'eunuque avec un rictus méprisant. Un conspirateur de troisième zone, totalement dépourvu de sens artistique. Je prendrai un plaisir extrême à le priver de certaines portions de son individu fort utiles à l'existence. Et avec une lame rouillée, encore.

– Issus nous a dit que vous aviez des informations sur Zandramas, intervint Belgarath.

– C'est vrai. Excusez-moi, fit Sadi en se levant.

Il alla fouiller sous la couverture crasseuse de la couchette en désordre placée contre le mur, déboucha une petite flasque d'argent et avala une gorgée du contenu.

– Quel dommage que ce soit si mauvais, marmonna-t-il en faisant la grimace.

Polgara lui jeta un regard glacial.

– Vous pourriez peut-être nous dire ce que vous savez de Zandramas avant de commencer à voir des éléphants roses ?

– Ce n'est pas ce que vous pensez, Dame Polgara, se récria l'eunuque en ouvrant de grands yeux innocents. C'est juste un petit calmant. Mes nerfs ont été mis à rude épreuve, ces temps-ci.

– Si nous en revenions à nos affaires ? grinça Belgarath.

– Très bien. J'ai quelque chose qui vous intéresse et réciproquement. Nous sommes faits pour nous entendre.

– Si nous en parlions ? suggéra Silk, les yeux brillants et le nez frémissant.

– Je sais à quoi m'en tenir à votre sujet. Prince Kheldar, riposta Sadi, et un sourire illumina brièvement sa face morne. Je ne suis pas assez bête pour essayer de traiter avec vous.

– Bon, alors qu'attendez-vous de nous ? reprit Belgarath.

– Je voudrais que vous m'emmeniez avec vous en quittant la Nyissie. En échange, je vous dirai tout ce que je sais sur Zandramas.

– C'est hors de question.

– Je pense, Vénérable Belgarath, que vous avez parlé un peu vite. Vous devriez d'abord m'écouter.

– Je n'ai aucune confiance en vous, Sadi, lâcha platement Belgarath.

– Je n'ai jamais dit que j'étais un homme de confiance.

– Alors pourquoi devrais-je m'encombrer de vous ?

– Parce que je sais pourquoi vous suivez Zandramas, et, surtout, je connais sa destination. C'est un endroit très dangereux pour vous, mais vous devriez, grâce à moi, bénéficier là-bas d'une certaine liberté de manœuvre. Trêve d'enfantillages, si nous passions aux choses sérieuses ?

– Nous perdons notre temps avec ce bougre de...

– Je pourrais vous être très utile, Vénérable Ancien.

– Pas tant qu'à tous ceux qui voudraient mettre la main sur nous, susurra Silk.

– J'agirais contre mes propres intérêts, Kheldar.

– A propos d'intérêt, releva le petit Drasnien, vous me fournissez une occasion en or – c'est le mot – de toucher une petite fortune sans trop me fatiguer. Vous nous avez dit que votre tête était mise à prix. Si vous ne voulez pas coopérer, je pourrais tout simplement décider de toucher la récompense. Quel en est le montant, déjà ?

– Vous ne ferez pas ça, Kheldar, répondit placidement l'eunuque. L'octroi d'une récompense s'accompagne toujours d'une kyrielle de formalités administratives. Vous n'en verriez pas le bout, et vous savez que Zandramas ne vous attendra pas.

– Il y a du vrai là-dedans. Enfin, reprit Silk en portant la main à sa dague avec un soupir nostalgique, j'ai toujours cette solution. Pas très *artistique*, mais assez efficace.

– Belgarath ! s'écria Sadi en reculant d'un pas.

– Ne vous donnez pas cette peine, Silk, intervint le vieux sorcier. Pol, occupe-toi de lui.

– Bien, Père. Allez, Sadi, asseyez-vous, ordonna-t-elle. Je voudrais vous faire voir quelque chose...

– Bien sûr, Dame Polgara, acquiesça courtoisement l'eunuque en reprenant place à la table.

– Regardez bien, fit-elle en esquissant un geste particulier devant ses yeux.

– Comme c'est joli, murmura rêveusement le Nyissien. Vous pouvez lui faire faire d'autres trucs du même genre ?

La sorcière se pencha sur lui et le regarda attentivement.

– Je vois. Vous êtes plus rusé que je ne pensais... Il est drogué, Père. Ça doit être ce qu'il a bu tout à l'heure. On n'en tirera rien pour l'instant.

– Ce qui nous ramène à ma solution, conclut Silk en brandissant sa dague.

Polgara hocha la tête en signe de dénégation.

– Dans l'état où il est, il ne le sentirait même pas.

– Oh, murmura Sadi, dépité. Vous l'avez fait disparaître... Je le trouvais plutôt drôle, pourtant.

– L'effet de la drogue ne durera pas éternellement, remarqua Silk en haussant les épaules. Quand elle cessera d'agir, nous devrions être assez loin de la ville pour lui arracher quelques réponses sans que ses hurlements attirent l'attention.

Sa main effleura négligemment la poignée de sa dague.

Ah, ces Aloriens... fit avec écœurement la voix intérieure de Garion. *Qui leur a fourré dans la tête que la solution à tous leurs problèmes passe par les armes ?*

Comment ?

Dis à ce petit voleur de rengainer sa lame.

Mais...

Ne discute pas avec moi, Garion. Tu as besoin des informations que Sadi détient sur Zandramas, et je ne peux pas te les donner moi-même.

Vous ne voulez pas dire que nous devons l'emmener ? protesta Garion.

Je ne suggère rien, Garion. Je te le dis. Sadi vous accompagnera, un point c'est tout. Tu as besoin de lui pour l'accomplissement de ta tâche. Allez, annonce-le à ton grand-père.

Ça ne va pas lui plaire.

Je crois que je m'en remettrai.

Puis la voix disparut.

– Grand-père, commença Garion, profondément découragé.

– Oui ? ronchonna le vieux sorcier.

– J'aimerais mieux faire autrement, Grand-père, mais...

Garion regarda avec écœurement l'eunuque au regard ahuri, puis il leva les mains devant lui en signe d'impuissance.

– Tu veux rire ? s'exclama Belgarath au bout d'un moment.

– Hélas non.

– Quelque chose m'aurait-il échappé ? s'enquit courtoisement Sadi.

– Ah vous, fermez-la ! cracha Belgarath. Tu en es absolument sûr, Garion ? C'est complètement insensé !

Il s'approcha du Nyissien en fulminant et l'agrippa par le devant de sa robe.

– Ecoutez-moi bien, Sadi, fit-il entre ses dents. Vous venez avec nous, c'est entendu, mais que je ne vous voie plus toucher à cette bouteille. Compris ?

– Compris, Belgarath, acquiesça rêveusement l'eunuque.

– Au cas où vous n'auriez pas tout à fait enregistré, reprit le vieux sorcier avec un calme effrayant, je vais vous expliquer à nouveau : si je vous prends *une fois* la tête dans les nuages, je vous ferai regretter que Kheldar ne vous ait pas embroché. Vous me suivez ?

– Ou-oui, Belgarath, balbutia craintivement l'eunuque.

– Parfait. Eh bien, allons-y : que savez-vous au juste sur Zandramas ?

8

– Tout a commencé l'an dernier, commença Sadi en lorgnant Belgarath avec appréhension. Un Malloréen qui se faisait passer pour un négociant en pierreries est venu au palais voir mon plus acharné rival, un minable intrigant nommé Sariss. Je savais, comme tout le monde, que Sariss convoitait mon poste depuis longtemps, mais je n'avais pas pris la peine de l'envoyer *ad patres*. Grave négligence, ainsi que j'eus l'occasion de le constater par la suite... Bref, Sariss et le Malloréen ont conclu un marché qui n'avait rien à voir avec les pierreries. Ce prétendu marchand a donné à Sariss des informations qui lui ont permis de me discréditer et d'usurper la dignité de Chef Eunuque, en échange de quoi ce vil intrigant lui a procuré une chose que seul un haut fonctionnaire pouvait lui fournir.

– Ah, les joies de la politique..., marmonna Silk.

– Je vous épargnerai les détails fastidieux de ma disgrâce, reprit Sadi avec une grimace. En deux mots, Sariss m'a supplanté auprès de Salmissra et je m'estime encore heureux d'en être sorti vivant. Une fois en poste, Sariss a tenu la promesse qu'il avait faite à son ami Malloréen.

– Et que voulait-il au juste ? s'enquit Silk.

– Ceci, Prince Kheldar.

L'eunuque retourna vers sa couchette et en tira un parchemin soigneusement roulé. Silk parcourut rapidement le document et laissa échapper un petit sifflement.

– Alors ? demanda Belgarath.

– C'est un ordre de mission portant le sceau de Salmissra. Au début du printemps dernier, elle a envoyé une délégation en Sendarie.

– Ça n'a rien d'extraordinaire.

– Vous ne savez pas le plus beau : ses diplomates avaient pour instructions d'accueillir quelqu'un à l'embouchure de la rivière du Serpent, de l'emmener au pertuis de Halberg, sur la côte occidentale de Cherek, et de prendre les mesures nécessaires pour qu'un vaisseau nyissien soit au large de la côte de Riva à une date donnée, au milieu de l'été dernier.

– C'est peut-être une coïncidence, rétorqua Belgarath.

– La personne en question est nommément désignée, objecta Silk en hochant la tête en signe de dénégation. Elle s'appelait Zandramas.

– Ça expliquerait bien des choses, dit Garion.

– Je peux voir le document ? demanda Polgara.

Silk lui tendit le parchemin. La sorcière y jeta un bref coup d'œil et le rendit à Sadi.

– Vous êtes bien sûr que c'est le sceau de Salmissra ?

– Je suis formel, affirma l'eunuque. Et personne n'oserait y toucher sans son consentement.

– Je vois.

– Dites-moi, Sadi, comment avez-vous fait main basse là-dessus ? questionna Silk avec intérêt.

– Les documents officiels sont toujours rédigés en quatre exemplaires, Prince Kheldar. Ça permet à ceux que la reine investit de sa faveur d'arrondir leurs fins de mois. Le prix d'achat des copies est fixé depuis des siècles.

– Très bien, reprit Garion. Zandramas a donc réussi, en se faisant passer pour un négociant en pierres précieuses, à vous faire remplacer par Sariss au poste de Chef Eunuque et à obtenir de Salmissra qu'elle donne ces ordres. C'est bien ça ?

– Pas tout à fait, Belgarion. Le marchand malloréen n'était pas Zandramas. La personne citée dans le document a rejoint les envoyés nyissiens sur la route de Sendarie. A ma connaissance, Zandramas n'a jamais mis les pieds à Sthiss Tor. Encore une chose : après avoir pris les dispositions concernant le vaisseau de Halberg, tous les diplomates sont fort opportunément morts dans l'incendie qui a détruit leur auberge, à Camaar, alors qu'ils regagnaient la capitale. Il n'y a pas eu de survivants.

– Je me souviens de cette histoire, confirma Silk.

– Bon, alors qui était le joaillier malloréen ? fit Garion.

– Je n'ai pas réussi à le savoir, soupira Sadi. C'était vraiment un drôle de bonhomme. Il avait les yeux tout blancs.

Un long silence suivit ses paroles.

– Ça répond à certaines de nos questions, commenta enfin Silk.

– Pas toutes, objecta Garion. Nous savons maintenant pour qui travaille Naradas et comment Zandramas a fait pour aller à Cherek et quitter l'Ile des Vents avec mon fils, mais nous ignorons toujours où mène la piste que nous suivons.

– Rak Verkat, lâcha Sadi avec un haussement d'épaules.

– Comment le savez-vous ? s'enquit Silk.

– Sariss n'a pas encore eu le temps de faire le tri entre ses collaborateurs. L'un d'eux s'est révélé particulièrement réceptif à la notion de libre entreprise. Zandramas doit être en Mallorée avec le prince Geran avant le printemps prochain, et le chemin le plus court passe par Rak Verkat.

– Il y en a un autre, encore plus rapide, qui consisterait à prendre le bateau à Rak Cthan, riposta Silk.

– Je pensais que vous étiez au courant, reprit Sadi, un peu surpris. Kal Zakath a mis la tête de Zandramas à prix et les troupes malloréennes sont massées à Rak Hagga. Si Zandramas a le malheur de passer par là pour aller à Rak Cthan, tous ces hommes n'auront de cesse de lui mettre la main au collet. Le seul port à peu près sûr est Rak Verkat.

– Votre informateur est-il fiable ? s'informa Silk.

– Bien sûr que non. Après m'avoir raconté ce qu'il savait, il avait l'intention de me livrer – mort, évidemment – pour toucher la récompense. Il n'avait donc aucune raison de me mentir. De toute façon, il n'était pas assez futé pour bâtir un roman cohérent. Et puis je connais certaines plantes très fiables, elles, ajouta l'eunuque avec un pâle sourire. Je suis formel : il m'a dit la vérité. Sariss a fait escorter Zandramas à travers la Nyissie et lui a fourni des cartes détaillées de la route menant à l'Ile de Verkat.

– C'est tout ce qu'il vous a révélé ? insista Garion.

– Oh non ! Il m'avouait avoir triché à un examen quand j'ai demandé à Issus de lui couper le sifflet. Il y a une limite à la quantité de vérité que je peux encaisser quotidiennement.

– Très bien, reprit Garion, ignorant cette dernière remarque. Zandramas va à Verkat. Et nous, dans tout ça ?

– Si Zandramas ne peut traverser le Cthol Murgos, pour les raisons que je vous indiquais, nous pouvons très bien aller tout droit jusqu'à l'Ile. Ça nous fera gagner des mois.

– Cette route traverse des zones en guerre, objecta Silk.

– Ce n'est pas un problème. Je pourrais vous emmener à Verkat sans que vous soyez inquiétés par les Murgos ou les Malloréens.

– Par quel miracle ?

– Quand j'étais plus jeune, j'ai trempé dans la traite des esclaves au Cthol Murgos. Je connais toutes les routes et je sais qui soudoyer et qui éviter. Les Murgos et les Malloréens ont besoin de serfs à envoyer au casse-pipes. Je vous propose de vous faire passer pour des marchands d'esclaves. Quelle meilleure couverture pourriez-vous espérer ?

– Et qu'est-ce qui vous empêcherait de nous vendre aux Grolims sitôt que nous aurions passé la frontière ? riposta fraîchement Silk.

– Mon propre intérêt. Les Grolims sont des ingrats. Ils n'auraient rien de plus pressé que de me revendre à Salmissra, et je doute que ce soit bon pour ma santé.

– Elle vous en veut vraiment tant que ça ? insinua Garion.

– Disons qu'elle a une dent contre moi, ce qui est normal pour un serpent, et qu'elle aimerait bien me l'enfoncer dans le corps. Je préfère, quant à moi, renoncer à cet honneur.

Un déclic se fit entendre. La porte de la chambre dérobée s'ouvrit et Droblek passa la tête à l'intérieur.

– Issus est de retour, annonça-t-il.

– Parfait, répondit Belgarath. Je voudrais que nous repassions la rivière avant le lever du jour.

Le borgne rapportait la mallette de Sadi. C'était une boîte carrée de deux pieds de côté, épaisse de quelques pouces.

– Qu'y a-t-il là-dedans ? Ça glougloute, fit-il en la tendant à l'eunuque.

– Doucement s'exclama Sadi. C'est fragile !

– Qu'y a-t-il à l'intérieur ? insista Belgarath.

– Oh, un peu de tout, répondit évasivement l'eunuque.

– Des drogues ?

– Des drogues, des poisons, des antidotes, quelques aphrodisiaques, un ou deux anesthésiques, un sérum de vérité assez efficace... et Zith.

– De quoi s'agit-il ?

– Ne dites pas *de quoi* mais *de qui*, Vénérable Ancien. Zith est vivante. Je ne me sépare jamais d'elle.

Il ouvrit la mallette, prit délicatement une sorte de gourde de terre cuite percée de petits trous et la tendit à Silk.

– Vous voulez bien me tenir ça pendant que je vérifie qu'Issus n'a rien cassé ?

Il examina, rangée après rangée, les fioles nichées dans des alvéoles doublés de velours. Silk, qui regardait la gourde avec curiosité, prit le bouchon entre le pouce et l'index.

– A votre place. Prince Kheldar, je ne ferais pas ça, suggéra Sadi. Vous risquez d'avoir une mauvaise surprise.

– Qu'y a-t-il là-dedans ? demanda Silk en secouant la gourde.

– Je vous en prie ! Zith n'aime pas être secouée. Là, là, fit-il d'une voix caressante en refermant la mallette et en reprenant le flacon de terre cuite. Ne t'inquiète pas, ma petite chérie. Je suis là ; le vilain monsieur ne t'ennuiera plus.

Un curieux ronronnement émana du récipient.

– Un chat ? s'étonna Garion.

– Oh non ! Voyez plutôt, fit-il en débouchant prudemment la bouteille. Tu peux sortir, ma petite chérie... Allez, viens, ma choute. Ne fais pas ta mijaurée, va.

Un petit serpent vert vif sortit docilement de la gourde. Il avait des yeux jaunes, étincelants, et une rayure d'un rouge vibrant lui courait tout le long du dos. Il darda sa langue fourchue vers la main tendue de Sadi.

Silk eut un mouvement de recul assorti d'une sorte de râle.

– Elle est mignonne, hein ? fit l'eunuque en caressant tendrement la petite créature du bout du doigt.

Le reptile se mit à ronronner avec satisfaction, leva la tête, fixa Silk de son œil froid, reptilien, et poussa un sifflement hargneux.

– Vous l'avez offensée, prince Kheldar, traduisit Sadi. Il vaudrait mieux que vous l'évitiez pendant quelque temps.

– Pas de danger que j'y touche, fit Silk avec ferveur en reculant. Elle est venimeuse ?

– C'est le serpent le plus dangereux du monde, et aussi le plus rare. N'est-ce pas, ma Zi-zith ? C'est une espèce très prisée en Nyissie pour son intelligence. Cette petite bête est amicale, je dirais même affectueuse, et son ronronnement est irrésistible.

– Mais elle mord, objecta Silk.

– Quand on l'agace, convint le Nyissien. Mais donnez-lui à manger, tenez-la au chaud, témoignez-lui un peu d'affection et elle vous suivra partout comme un petit chien.

– Ne comptez pas sur moi pour ça.

– A quoi pensez-vous, Sadi ? coupa Belgarath. Je ne vais pas me balader avec une boutique d'apothicaire...

– Les Murgos ne s'intéressent guère à l'argent, Vénérable Ancien, fit Sadi en levant la main, et il faudra pourtant bien que j'en achète quelques-uns quand nous entrerons au Cthol Murgos. Par bonheur, certains ont pris de mauvaises habitudes. Cette mallette nous sera plus utile qu'un chargement d'or.

– Abstenez-vous d'y toucher, c'est tout ce que je vous demande, gronda le vieux sorcier. Je ne tiens pas à ce que vous soyez dans les vapes au moment crucial. Et tenez cette sale bête à l'œil. Issus, vous pourriez nous procurer un plus gros bateau, que nous puissions traverser la rivière ensemble ?

– Un moment, Père, intervint Polgara. J'aurai encore besoin de lui pendant un moment.

– Pol, il faut que nous repassions de l'autre côté avant l'aube.

– Ce ne sera pas long, Père, mais il faut que je fasse un petit tour au palais.

– Au palais ?

– Zandramas est allée à Cherek, un endroit où aucun Angarak n'a mis le pied depuis l'avènement de Garrot-d'Ours. C'est Salmissra qui a tramé ce complot, ainsi que la fuite de l'Ile des Vents après l'enlèvement du bébé de Ce'Nedra. Je veux savoir pourquoi.

– Le temps presse, Polgara. Ça ne peut pas attendre ?

– Non, Père. Il faut que nous sachions s'il n'y a pas eu d'autres arrangements. Imagine qu'un ou deux bataillons de Nyissiens nous attendent dans la jungle, le long de la piste que nous suivons ?

– Evidemment..., convint le vieux sorcier.

– Si tu vas au palais, je t'accompagne, décréta Garion en se redressant de toute sa hauteur. Et ce n'est pas la peine de me faire les gros yeux, je ne changerai pas d'avis.

– C'est fou ce qu'ils grandissent vite, soupira la sorcière. Issus, vous pourriez nous faire entrer au palais ?

– Evidemment, acquiesça le borgne. Nous aurons tout le temps, après, de nous mettre d'accord sur le prix.

– Le prix ?

– On n'a rien sans rien, ma Dame, reprit l'homme avec un haussement d'épaules désabusé. Bon, on y va ?

Il était près de minuit quand Polgara et Garion sortirent de chez Droblek par la porte de derrière et suivirent le tueur à gages nyissien dans un labyrinthe de ruelles étroites, tortueuses et puantes, traversant parfois le rez-de-chaussée des maisons pour passer d'une rue à l'autre.

– Comment connaissez-vous les maisons dont les portes restent ouvertes ? murmura Garion alors qu'ils sortaient d'une grande baraque décrépite.

– C'est mon métier, répondit Issus. Nous approchons du palais, fit-il avec un coup d'œil circulaire. Les rues grouillent de gardes, par ici. Attendez-moi une minute.

Il traversa furtivement la rue, entra dans un bâtiment en retrait sur la façade et se glissa à l'intérieur. Il en émergea quelques instants plus tard avec deux robes de soie, deux lances et deux casques de cuivre.

– Mettez ça, dit-il à Garion. Et vous, ma Dame, tirez votre capuchon sur votre visage. Si quelqu'un nous arrête, laissez-moi parler.

Garion mit l'une des robes, un casque, cacha ses cheveux dessous et empoigna une lance, puis Issus repartit d'une allure martiale, comptant apparemment plus sur leur déguisement que sur la discrétion. Ils venaient de tourner au coin d'une allée sordide quand ils furent arrêtés par une patrouille.

– Que faites-vous ici ? demanda hargneusement le responsable du détachement.

– Nous escortons une visiteuse au palais, répondit Issus.

– Quelle visiteuse ?

Issus lui jeta un regard écœuré.

– Je ne pense pas, Caporal, que vous ayez intérêt à vous mêler de cette affaire, répondit le borgne d'un ton hautain. Celui qu'elle vient voir n'aimerait pas ça.

– Et qui est-ce ?

– Ça, mon vieux, c'est vraiment une question idiote. Si l'ami de cette femme venait à savoir que je vous l'ai dit, nous finirions tous les deux dans la rivière.

– Quel moyen ai-je de savoir si vous dites la vérité ?

– Aucun, mais êtes-vous vraiment prêt à courir le risque ?

Le visage du caporal refléta sa perplexité.

– Dépêchez-vous, dit-il enfin.

– Je savais bien. Allons-y, ordonna sèchement Issus en entraînant Polgara.

En arrivant au bout de la rue, Garion jeta un coup d'œil par-dessus son épaule. Les soldats les suivaient du regard mais ne firent pas mine de les suivre.

– J'espère que vous ne m'en voulez pas, ma Dame, s'excusa le borgne.

– Non, répondit la sorcière. Vous êtes un homme de ressources, Issus.

– C'est pour ça qu'on me paie. Par ici.

Il s'arrêta devant une petite grille de fer qui affrontait depuis des lustres l'humidité de la rivière, farfouilla un moment dans la serrure et l'ouvrit prudemment.

– Allons-y, murmura-t-il.

Il les mena avec l'assurance d'un homme chargé d'une mission officielle dans un dédale de corridors ténébreux. Ils approchaient des couloirs plus larges et un peu mieux éclairés du centre du palais lorsqu'un eunuque au maquillage grotesque s'avança vers eux d'une démarche chaloupée, les jambes raides et le regard perdu dans le vide. Il les croisa en titubant, les membres agités de spasmes et la bouche figée dans un rictus stupide. En passant devant une porte ouverte, ils entendirent un gloussement irrépressible. Garion n'aurait su dire si son auteur était un homme ou une femme.

Le borgne s'arrêta devant une porte et prit une lampe dans une niche creusée à même la muraille.

– Faites attention aux serpents.

Ils entrèrent dans une pièce sombre, fraîche et qui sentait le renfermé. Garion entendit le crissement poussiéreux des écailles frottant les unes sur les autres.

– Ne vous en faites pas, reprit Issus. Ils ont eu à manger aujourd'hui ; ça les calme toujours un peu. Attendez-moi ici.

Il entrouvrit une porte située à l'autre bout de la salle et jeta un coup d'œil au-dehors. Un bruit de pas retentit dans un corridor, puis une porte s'ouvrit et se referma.

– La voie est libre, souffla Issus. Suivez-moi.

Il les conduisit devant une porte de bois ciré et se tourna vers Polgara.

– Vous êtes absolument sûre de vouloir voir la reine ? Bon, bon, ça va... Sariss va nous emmener à la salle du trône.

– Vous croyez vraiment ? demanda Garion.

– J'ai de bonnes raisons de le penser, affirma-t-il en tirant de sous sa robe une dague à lame de scie. Attendez un peu avant d'entrer et refermez la porte derrière vous.

Il ouvrit la porte et bondit silencieusement dans la pièce, tel un chat.

– Qu'est-ce que... ? hurla quelqu'un d'une voix stridente.

Puis il y eut un silence inquiétant.

Garion et Polgara entrèrent très vite et refermèrent la porte derrière eux. Un homme obèse, vêtu d'une robe de soie écarlate, était assis à la table. Ses petits yeux de cochon étaient écarquillés d'horreur. Son crâne rasé et ses bajoues graisseuses, malsaines, étaient d'une pâleur cireuse. Issus lui enfonçait la pointe de sa dague dans la gorge.

– C'est une lame ulgo, Sariss, disait-il d'une petite voix calme, terrifiante. Elle ne fait pas trop de dégâts en entrant mais elle entraîne des tas de choses en ressortant et c'est très désagréable. Alors on va être bien sage, hein ?

– Ou... oui, piaula Sariss.

– Je savais que nous arriverions à nous entendre. Eh bien voilà : cette dame et ce jeune homme veulent dire un mot à la reine, alors vous allez nous emmener à la salle du trône.

– La reine ? hoqueta Sariss. Personne ne se présente devant elle sans en avoir été prié. Je... je ne peux pas faire ça.

– C'est bien ce que je craignais. Pourriez-vous tourner la tête, ma Dame ? demanda courtoisement le borgne. La vue d'un homme dont la cervelle dégouline par les oreilles peut indisposer les personnes sensibles.

– Je vous en prie, implora Sariss. Je ne peux pas... La reine va me tuer si je vous emmène devant elle sans y avoir été convié.

– Si elle ne le fait pas, c'est moi qui m'en chargerai. Ce n'était vraiment pas votre jour, Sariss. Allez, debout !

L'obèse se leva, la panse tremblotante, et les conduisit le long des couloirs ténébreux. Ses yeux roulaient en tous sens dans son visage ruisselant de sueur.

– Pas de bêtises, Sariss, lui répétait Issus. Rappelez-vous que je suis juste dans votre dos.

Les deux gardes en faction à l'entrée de la salle du trône s'inclinèrent respectueusement devant le Chef Eunuque et lui ouvrirent largement les portes.

Rien n'avait changé à la cour de Salmissra. L'immense statue de pierre d'Issa, le Dieu Serpent, veillait immuablement sur son estrade. Les lampes de cristal luisaient toujours au bout de leurs chaînes d'argent et deux douzaines d'eunuques au crâne rasé, en robe écarlate, se prosternaient, comme d'habitude, sur le sol poli, prêts à chanter leurs sempiternelles louanges.

Mais la femme sensuelle qui avait fait droguer Garion avant de tenter de le séduire avait subi une dramatique métamorphose. Sa couronne était à présent posée sur une tête plate, reptilienne, dressée au bout d'un cou interminable. Ses anneaux écailleux se mouvaient inlassablement sur le divan.

Lorsqu'ils entrèrent, elle leur jeta un bref coup d'œil de ses yeux morts, indifférents, et se tourna vers le miroir encadré d'or placé sur un piédestal, auprès de son divan.

– Je ne me rappelle pas t'avoir fait appeler, Sariss, dit-elle de sa voix réduite à un chuintement poussiéreux.

– La reine interroge le Chef Eunuque, entonnèrent à l'unisson les hommes au crâne rasé agenouillés près de l'estrade.

– Pardonne-moi, ô Eternelle Salmissra, implora l'eunuque en se prosternant devant le trône. Ces étrangers m'ont menacé de me tuer si je ne les menais pas devant Toi.

– Eh bien, il fallait mourir, Sariss, chuchota le serpent. Tu sais que je n'aime pas être dérangée.

– La reine est mécontente, murmura la moitié des eunuques.

– Aah, répondirent les autres avec un mélange de pitié et de mépris.

Salmissra tourna légèrement la tête vers Issus.

– Il me semble te connaître, siffla-t-elle.

– Issus est mon nom, Majesté, répondit-il en s'inclinant.

– Je ne veux pas être importunée en ce moment, souffla la reine des serpents d'une voix atone. Si tu dois tuer Sariss, va le faire dans le couloir.

– Ce ne sera pas long, Salmissra, intervint Polgara en repoussant son capuchon.

La femme-serpent fit lentement pivoter sa tête et darda sa langue fourchue vers la nouvelle venue.

– Ah, Polgara, siffla-t-elle sans manifester la moindre surprise. Il y avait longtemps...

– Plusieurs années, acquiesça la sorcière.

– Je ne tiens plus le compte du temps. Et Belgarion, ajouta Salmissra en braquant son regard mort sur Garion. Tu n'es plus un enfant, à ce que je vois.

– Non, répondit-il en réprimant un frisson.

– Viens plus près de moi. Tu me trouvais belle, jadis, et languissais de mes baisers. Veux-tu m'embrasser, Belgarion ?

Il s'aperçut avec étonnement qu'il ne pouvait lui résister. Il avança vers elle en chancelant, les yeux rivés aux siens.

– L'heureux élu s'approche du trône, fredonnèrent les eunuques.

– Garion ! lança Polgara.

– Je ne lui ferai pas de mal, Polgara. Je n'ai jamais eu l'intention de lui nuire.

– J'ai quelques questions à te poser, Salmissra, reprit âprement la sorcière. Quand tu y auras répondu, nous te laisserons à tes distractions.

– Quel genre de questions, Polgara ? Que pourrais-je savoir que ta sorcellerie ne te permettrait d'apprendre ?

– Tu as récemment rencontré un Malloréen nommé Naradas. Un homme aux yeux blancs.

– Tel était donc son nom. Sariss ne me l'avait pas dit.

– Tu as conclu un accord avec lui.
– Vraiment ?
– A sa demande, tu as dépêché en Sendarie des diplomates chargés d'accompagner à Halberg, sur la côte occidentale de Cherek, quelqu'un du nom de Zandramas, et tu envoyé un vaisseau à l'Ile des Vents afin d'assurer son retour en Nyissie.
– Je n'ai jamais rien fait de tel, Polgara. Je ne me mêle pas des affaires de Zandramas.
– Tu connais donc ce nom ?
– Evidemment. Je t'ai dis, autrefois, que les prêtres angaraks et les sorciers aloriens n'étaient pas seuls à pouvoir lever le voile sur les vérités cachées. Je sais que vous tentez désespérément de retrouver le fils de Belgarion qui a été enlevé à la Citadelle de Riva.
– Tu prétends donc être étrangère à ce complot ?
– Celui que tu appelles Naradas est venu me voir avec des présents, murmura Salmissra, mais il m'a seulement demandé l'autorisation de commercer ici, en Nyissie.
– Alors comment expliques-tu ceci ? riposta tante Pol en tirant de sa cape le parchemin que lui avait remis Sadi.
– Apportez-moi ça, ordonna le serpent en dardant sa langue vers ses eunuques.
L'un d'eux se leva d'un bond, prit le document des mains de tante Pol et s'agenouilla au bord de l'estrade en le présentant à sa reine.
– Ce n'est pas moi qui ai donné ces ordres, lâcha Salmissra d'une voix atone. J'ai envoyé des diplomates en Sendarie, c'est tout. Ton document est un faux, Polgara.

– L'original doit bien être quelque part, intervint Garion.

– Sans doute en possession de Sariss, acquiesça la reine.

– Où est-il ? tonna le roi de Riva en baissant les yeux sur le chef des eunuques qui se traînait à terre.

L'obèse le regarda puis jeta un coup d'œil terrifié au serpent dressé sur le divan. Garion imagina plusieurs solutions et opta pour la plus simple.

– Faites-le parler, Issus, ordonna-t-il laconiquement.

Le borgne enjamba l'eunuque qui suait à grosses gouttes, lui ramena brutalement la tête en arrière et dégaina sa dague. La lame ulgo quitta son fourreau avec un affreux raclement.

– Non, attendez ! hoqueta Sariss. Je... il... il est dans le tiroir du bas de ma penderie, dans ma chambre.

– Tu ne t'embarrasses pas de scrupules, assassin, observa la reine.

– Je suis un homme simple, Majesté, répondit Issus en lâchant l'eunuque épouvanté. J'ai pour habitude d'aller droit au but. Ça fait gagner du temps. Vous voulez que j'aille vous chercher ce document ?

– Il me semble que nous allons en avoir besoin.

Issus tourna les talons et quitta la salle du trône.

– Un homme précieux, nota Salmissra. Ma vie a bien changé depuis ta dernière visite, Polgara, continua-t-elle de sa voix poussiéreuse en effleurant rêveusement ses anneaux luisants avec son nez émoussé. Je suis libérée des pulsions qui m'embrasaient jadis. Je passe mes journées à somnoler, bercée par le frôlement de mes propres écailles. Je rêve de cavernes tapissées de mousse, enfouies dans la fraîcheur de profondes forêts, je rêve des jours où j'étais une femme. Parfois, je m'imagine être un esprit désincarné à la recherche de vérités que d'autres voudraient celer. Je sais, Polgara, quelle crainte étreint ton cœur, et quel besoin impérieux anime Zandramas. Je connais même la terrible tâche qui incombe à Cyradis.

– Et tu affirmes toujours n'être pour rien dans cette affaire ?

– Absolument. Vous pouvez, Zandramas et toi, vous poursuivre à travers le monde entier, l'issue de votre combat m'indiffère totalement. Pourquoi te mentirais-je, Polgara ? Et surtout, que pourrait-on m'offrir en échange de mon aide ? Je n'ai plus de désirs et tous mes besoins sont comblés. Enfin, je me réjouis que ta quête m'ait permis de contempler à nouveau la perfection de ton visage.

– Alors regarde-moi vite, Salmissra, lança Polgara en relevant le menton, car je ne suis guère d'humeur à contribuer aux divertissements alambiqués d'un serpent.

– Les siècles t'ont rendue hargneuse, Polgara. Reste courtoise, je t'en prie. Veux-tu que je te parle de Zandramas ? Elle a bien changé depuis quelque temps.

– *Elle !* s'exclama Garion.

– Comment, Polgara ? Tu n'avais pas encore compris que ton ennemie était une femme ? siffla narquoisement le serpent qui était la reine des Nyissiens. A quoi te sert ta sorcellerie ? Si ça se trouve, tu ne sais même pas que tu l'as déjà rencontrée.

– Que veux-tu dire ?

– Pauvre vieille Polgara ! Les siècles t'ont farci la tête de toiles d'araignées. Vous croyez vraiment, Belgarath et toi, être seuls à pouvoir vous métamorphoser ? Le dragon qui vous a attaqués dans les montagnes d'Arendie avait une tout autre allure quand il a repris sa forme originelle...

La porte de la salle du trône s'ouvrit devant Issus qui revenait avec un parchemin scellé à la cire.

– Apporte-moi ça ! ordonna Salmissra.

Issus mesura du regard la distance qui séparait la Reine des Serpents de sa précieuse personne et flanqua un bon coup de pied dans les côtes de l'eunuque prosterné à terre.

– Tiens, ordonna-t-il en lui tendant le document. Montre ça à Sa Majesté.

– Aurais-tu peur de moi, Issus ? fit-elle, un peu amusée.

– Je suis indigne de vous approcher, ma Reine.

– Ce document est la copie conforme du tien, Polgara, reprit Salmissra en penchant la tête vers le parchemin que lui tendait l'eunuque tremblant. Ce n'est assurément pas celui que j'ai marqué de mon sceau. Comment est-ce possible ?

– Puis-je vous parler, ma Reine ? hoqueta l'eunuque.

– Bien sûr, Adiss, répondit presque aimablement la femme-serpent. Tu sais, bien sûr, que, si tes paroles me déplaisent, je te remercierai d'un mortel baiser.

Le visage de l'eunuque devint d'une vilaine couleur grisâtre et son tremblement s'accentua tellement qu'il faillit lâcher le parchemin.

– Parle, Adiss, insista la reine en dardant vers lui sa langue fourchue. Je t'ordonne de me dire ce que tu sais. Nous déciderons alors si tu dois vivre ou mourir. Allons, je t'écoute !

– Ma Reine, commença-t-il d'une voix entrecoupée, seul le Chef Eunuque du palais est autorisé à toucher le sceau royal. Si le document en question a été falsifié, peut-être faut-il chercher l'explication dans cette direction ?

La Reine des Serpents réfléchit un moment en balançant la tête d'avant en arrière, puis elle cessa de danser, se pencha lentement vers l'eunuque recroquevillé devant elle et lui effleura la joue avec sa langue.

– Tu vivras, Adiss. Tes paroles ne m'ont pas déplu et mon baiser te fera cadeau de la vie, murmura-t-elle, puis elle se cambra et regarda Sariss de ses yeux morts. As-tu une explication à me fournir ? Ainsi que le faisait remarquer cet excellent serviteur, toi seul as le droit d'utiliser mon sceau. Comment expliques-tu ce mystère ?

– Ma Reine..., commença l'obèse, puis son visage d'un blanc crayeux exprima une indicible terreur.

Adiss se releva à demi et se tourna, en frémissant toujours mais les yeux pleins d'un espoir irraisonné, vers ses compagnons agenouillés sur le côté de l'estrade.

– Regardez ! cria-t-il d'une voix triomphante en élevant le parchemin. Voilà la preuve de la félonie du Chef Eunuque !

Les hommes en robe rouge contemplèrent d'abord Adiss puis leur chef convulsé d'angoisse et tentèrent furtivement de déchiffrer la face impénétrable de leur reine.

– Aah, entonnèrent-ils enfin à l'unisson.

– Réponds-moi, Sariss, chuchota la Reine des Serpents.

Le Chef Eunuque se leva d'un bond et se précipita vers la porte en gémissant comme un animal pris au piège. Mais Issus fut plus rapide que lui. Il le rattrapa et brandit sa terrible dague en interrogeant Salmissra du regard.

– Pas encore, Issus, décida-t-elle. Amène-le-moi.

Le borgne traîna devant le divan l'eunuque balbutiant de terreur qui tentait vainement de se retenir sur le sol ciré.

– J'attends toujours ta réponse, Sariss, siffla Salmissra.

– Parle, ordonna Issus d'une voix atone en enfonçant la pointe de sa dague sous l'œil du prisonnier, faisant perler une goutte de sang sur sa peau blême.

– Pardonne-moi, Eternelle Salmissra ! balbutia Sariss de sa voix stridente. C'est Naradas, le Malloréen, qui m'a obligé...

– Comment as-tu fait ça ? demanda le serpent d'un ton implacable.

– Je... j'ai appliqué Ton sceau au bas de la page, puis, une fois seul, j'ai ajouté les instructions complémentaires.

– Lesquelles ? insista tante Pol. Quels traquenards nous attendent encore sur la piste de Zandramas ?

– Aucun. J'ai donné pour seules directives d'escorter Zandramas à la frontière murgo et de lui remettre les cartes dont elle avait besoin. Pardonne-moi, Salmissra, je T'en conjure !

– C'est impossible, Sariss, siffla-t-elle. J'étais déterminée à rester en dehors de la querelle entre Polgara et Zandramas et tu m'y as mêlée par cet abus de confiance.

– Dois-je le tuer ? demanda platement Issus.

– Non, Issus. Nous échangerons un baiser, Sariss et moi, selon notre coutume. Tu es un homme intéressant, ajouta-t-elle en braquant sur l'assassin un regard indéchiffrable. Voudrais-tu entrer à mon service ? Nous t'y trouverions sûrement un poste convenant à tes capacités.

Adiss ouvrit la bouche comme s'il manquait d'air.

– Mais, Majesté..., protesta-t-il en se levant d'un bond. Tous vos serviteurs sont châtrés et cet homme n'est pas...

Il laissa sa phrase en suspens comme s'il s'apercevait tout à coup de sa témérité. Les yeux morts de Salmissra se rivèrent aux siens et il retomba à terre, le visage exsangue.

– Tu me déçois, Adiss... Eh bien. Issus ? souffla-t-elle en regardant l'assassin borgne. Un homme doté de tes compétences pourrait prétendre à une situation enviable au palais, et j'ai entendu dire que l'intervention requise était bénigne. Tu serais vite remis et en mesure d'entrer au service de ta reine.

– C'est un grand honneur, Eternelle Salmissra, répondit Issus avec circonspection, mais je préfère rester... hem... *entier*. Mes activités exigent une certaine virilité et je préfère ne pas courir de risques.

– Certes, fit-elle en tournant légèrement la tête, vers l'obèse d'abord puis à nouveau vers l'assassin. Mais tu t'es fait aujourd'hui un ennemi qui pourrait devenir très puissant.

– Ce ne serait pas le premier, avoua le borgne en haussant les épaules. Quelques-uns sont même encore vivants. Si Adiss y tient vraiment, ajouta-t-il en braquant un regard d'acier sur l'eunuque prosterné à terre, nous pourrons en parler un de ces jours. Ou plutôt un soir, quand nous n'aurons pas à craindre que les... disons *le bruit* n'attire les importuns.

– Nous devons partir à présent, déclara Polgara. Merci, Salmissra, de ta coopération.

– Je n'ai que faire de ta gratitude, souffla Salmissra. Je doute que nous nous revoyons jamais. Je crois que Zandramas est plus puissante que toi et qu'elle te détruira.

– Ça, c'est le temps qui le dira.

– En effet. Adieu, donc, Polgara.

– Au revoir, Salmissra, rétorqua la sorcière en tournant délibérément le dos à l'estrade. Garion, Issus, nous partons.

– Viens, Sariss, entonna la Reine des Serpents d'un ton inquiétant, viens plus près de moi.

Garion jeta un coup d'œil par-dessus son épaule. Salmissra s'était redressée de toute sa hauteur sur le divan de velours et se balançait rythmiquement d'avant en arrière. Ses yeux morts brûlaient d'une lueur avide, terrifiante, sous ses paupières écailleuses.

L'eunuque s'approcha avec raideur, la bouche entrouverte, ses petits yeux porcins, vitreux, dépourvus de toute pensée.

– Viens, Sariss. Viens me donner ton baiser et recevoir le mien, ronronna Salmissra alors que tante Pol, Garion et Issus franchissaient la porte de bois sculpté.

Ils avaient à peine fait quelques pas dans le couloir quand un hurlement d'horreur retentit dans la salle du trône, un cri hideux qui s'acheva en une sorte de gargouillement.

– On dirait que le poste de Chef Eunuque est à nouveau vacant, observa Issus en menant Garion et tante Pol dans le dédale des corridors. Et maintenant, ma Dame, vous me devez l'entrée au palais, reprit-il en comptant sur ses doigts, plus le supplément pour avoir persuadé Sariss de vous emmener à la salle du trône, plus...

DEUXIEME PARTIE

Rak Urga

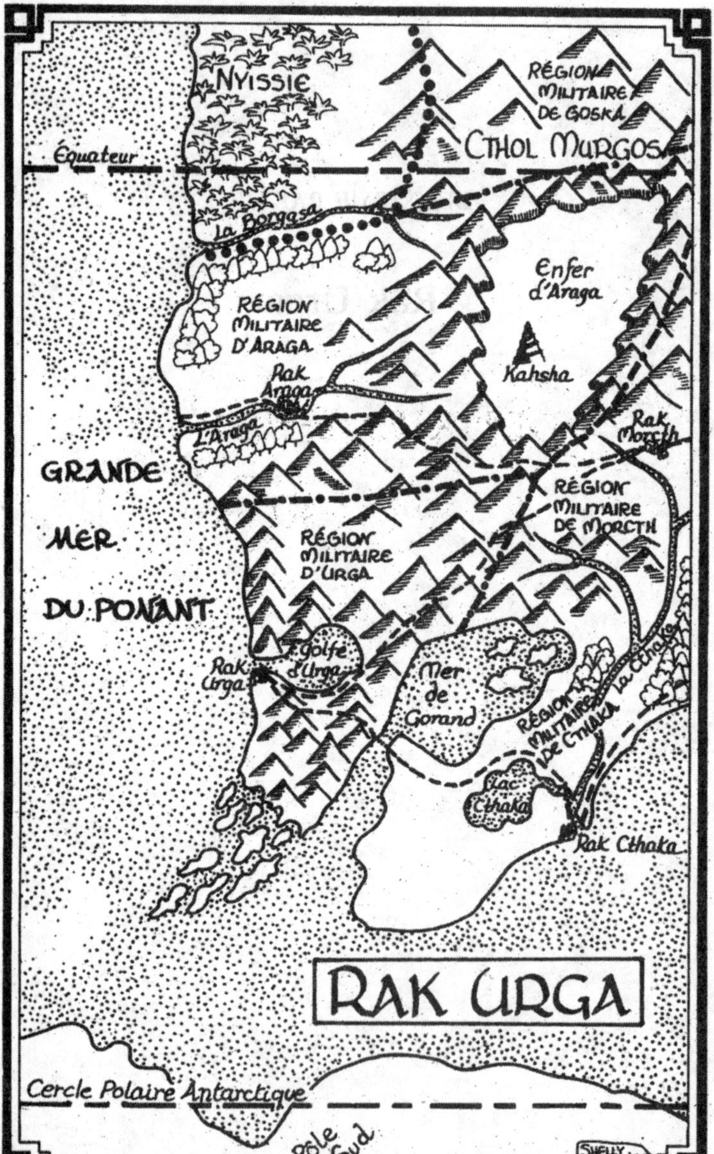
NYISSIE
RÉGION MILITAIRE DE GOSKA
CTHOL MURGOS
Équateur
La Borgasa
Enfer d'Araga
RÉGION MILITAIRE D'ARAGA
Rak Araga
Kahsha
L'Araga
Rak Morcth
GRANDE
MER
DU PONANT
RÉGION MILITAIRE DE MORCTH
RÉGION MILITAIRE D'URGA
Golfe d'Urga
Rak Urga
Mer de Gorand
RÉGION MILITAIRE DE CTHAKA
La Cthaka
Lac Cthaka
Rak Cthaka
RAK URGA
Cercle Polaire Antarctique
Pôle Sud
SHELLY SHAPIRO '87

9

Ils quittèrent Droblek juste avant le lever du jour et suivirent Issus dans les ruelles sordides des docks. Sthiss Tor était envahie par un épais brouillard gris qui charriait les relents putrides du fleuve et des marécages environnants.

Ils émergèrent d'un étroit passage, puis Issus leur fit signe d'attendre un instant et scruta les environs. Seul le halo rougeâtre des torches trouait la purée de pois.

– Allons-y, murmura-t-il. Ne faites pas de bruit.

Ils traversèrent furtivement une rue au pavé gras et regagnèrent l'obscurité plus dense d'une ruelle au sol jonché d'ordures. Au bout, Garion aperçut enfin une longue chandelle de morve au cours paresseux : la rivière du Serpent.

L'assassin borgne les mena vers un quai délabré dont le bout se perdait dans le brouillard. Arrivé devant un entrepôt délabré, partiellement englouti dans le fleuve sanieux, il farfouilla un instant dans la serrure, ouvrit doucement la porte en étouffant avec un chiffon sale le grincement de protestation d'un gond rouillé et les fit entrer.

– Ne bougez pas, chuchota-t-il. Un bateau est amarré au bout du quai. Je vais le chercher.

Il disparut dans la grisaille. Ses compagnons attendirent en tendant l'oreille. Des rats, dérangés par leur présence, détalèrent en couinant. Garion, qui était resté près de la porte et surveillait la berge du fleuve par une fente entre deux planches pourries, commençait à se dire que le temps avait dû s'arrêter quand il entendit le craquement d'une trappe qu'on soulève. Issus revint après ce qui lui parut être des heures.

– Venez, souffla-t-il enfin. Faites attention. Les barreaux sont très glissants.

L'assassin borgne avait amené une barque sous le quai, près d'une échelle.

– Taisez-vous, murmura-t-il lorsqu'ils y eurent pris place. Il y a un autre bateau quelque part sur la rivière.

– Un bateau ? répéta Sadi, inquiet. Que fait-il là ?

– Quelque chose de louche, c'est sûr, répondit Issus avec un haussement d'épaules fataliste.

Il poussa l'embarcation à l'abri du quai, s'assit sur le banc du milieu et enfonça doucement les avirons dans l'eau bourbeuse pour ne pas faire de bruit.

Dans les volutes de brume montant de l'eau laiteuse, les fenêtres encore éclairées des hautes tours de Sthiss Tor prenaient un aspect onirique. On aurait dit de petites chandelles dorées piquées sur un gâteau fantastique.

Garion fut tiré de sa rêverie par des cris étouffés aussitôt suivis par le bruit d'un corps tombant dans l'eau et un gargouillis de bulles crevant la surface du fleuve.

– Qu'est-ce que... ? siffla nerveusement Sadi.

– Chut ! coupa Issus en levant les rames.

Quelque part dans le brouillard, un homme marcha à pas lourds dans le fond d'un bateau, puis on entendit le clapotis d'un aviron manœuvré avec maladresse et un homme à la voix rauque poussa un juron.

– Ta gueule ! fit une autre voix, un ton plus bas. Tu tiens vraiment à ce que tout Sthiss Tor sache ce que nous faisons ?

– Et toi, tu crois pas que t'en fais un peu trop ? Il est pas près de r'monter, avec la pierre que j'y ai attachée aux pieds.

Puis les bruits s'éloignèrent dans le brouillard.

– Des amateurs, nota Issus d'un ton narquois.

– Un assassinat politique ou privé ? supputa Silk avec un intérêt tout professionnel.

– Quelle différence ?

Issus se remit à ramer sans bruit. Sthiss Tor s'engloutit dans le brouillard et, privé de ce point de référence, Garion eut l'impression qu'ils avaient cessé d'avancer. Un rivage embrumé émergea enfin du néant, devant eux, et, quelques minutes plus tard, des arbres se profilaient sur la berge. Un sifflement assourdi leur parvint de nulle part et l'assassin au crâne rasé rectifia légèrement sa trajectoire.

– C'est toi, Garion ? fit la voix de Durnik.

– Oui.

L'embarcation glissa sans bruit à l'abri des branches tombantes du saule. Le forgeron tira sur la proue et échoua le bateau.

– Nos amis nous attendent de l'autre côté de la route, annonça-t-il tout bas en aidant Polgara à mettre pied à terre.

– Merci de ton aide. Issus, fit Sadi.

– Moi, tant qu'on me paye..., répondit le borgne avec une moue désabusée.

– Si mon offre vous intéresse, vous savez que vous pouvez en parler à Droblek, suggéra Silk.

– J'y réfléchirai, promit l'assassin avant de se tourner vers Polgara. Je vous souhaite bonne chance, ma Dame. Quelque chose me dit que vous en aurez besoin.

– Merci, Issus.

– Vous lui avez fait des propositions ? s'enquit Sadi quand le Nyissien eut disparu dans la purée de pois.

– Que voulez-vous ? Les services secrets drasniens ont toujours besoin de bons agents...

Le forgeron les mena à travers les broussailles vers le haut de la berge et la route au pavage délabré, puis ils s'enfoncèrent dans le sous-bois, de l'autre côté.

Ce'Nedra, Essaïon, Toth et Velvet étaient assis derrière le tronc moussu d'un arbre abattu, à côté d'une lanterne sourde.

– Garion ! s'exclama Ce'Nedra avec soulagement, en lui sautant au cou. Qu'est-ce qui vous a retenus si longtemps ?

– Nous avons fait un petit détour.

Il la serra contre lui, nicha son visage dans ses cheveux et huma leur parfum doux et chaud qui l'enivrait toujours.

– Bon, commença Belgarath en s'asseyant sur la mousse, près de la lanterne. Je voudrais que nous repartions très vite, alors je ne m'éterniserai pas. Je vous présente Sadi. Certains d'entre vous le connaissent déjà. Il va nous accompagner.

– Est-ce bien raisonnable ? objecta Durnik.

– A mon avis non, répondit le vieux sorcier, mais ce n'est pas moi qui décide. D'après lui, Zandramas projette de traverser le Cthol Murgos pour gagner l'Ile de Verkat, au large de la côte sud-est.

– Région fort insalubre en ce moment. Vénérable Ancien, murmura Velvet.

– Nous pourrions, ma chère, la traverser sans qu'on nous mette de bâtons dans les roues en nous faisant passer pour des marchands d'esclaves, affirma Sadi de sa voix de fausset.

– Ça, c'est vous qui le dites, répliqua Belgarath d'un ton quelque peu dubitatif. C'était peut-être vrai avant la guerre, mais aujourd'hui nous ne savons pas de quel œil les Malloréens voient ce trafic.

– Ce n'est pas tout, ajouta Polgara. Nous sommes allés au palais, Garion et moi, vérifier si Salmissra était ou non impliquée dans le complot... Eh bien, Zandramas est une femme.

– Une femme ! s'exclama Ce'Nedra.

– C'est ce que Salmissra nous a dit, et je ne vois pas pourquoi elle m'aurait raconté des histoires.

– En voilà une surprise, commenta Durnik en se grattant la tête. Tu es sûre qu'elle savait de qui elle parlait ?

– Elle a été catégorique. J'ajoute qu'elle était assez satisfaite de me révéler une information que j'ignorais.

– Ça expliquerait bien des choses, fit pensivement Velvet. Maintenant que vous me le dites, je trouve aux agissements de Zandramas un côté résolument féminin. Les hommes et les femmes n'agissent pas de la même façon, Maître Durnik, expliqua-t-elle en réponse au regard intrigué du forgeron.

– En tout cas, on dirait qu'elle n'a pas envie que ça se sache, commenta Silk. Les malheureux qui ont croisé son chemin n'ont pas eu l'occasion de raconter leur vie...

– Mouais, eh bien, vous épiloguerez plus tard, coupa Belgarath en se levant. Partons d'ici avant que les gens d'en face ne commencent à bouger, ajouta-t-il en indiquant d'un mouvement de menton le fleuve que désertait le brouillard.

Ils sellèrent leurs montures et répartirent le chargement des chevaux de bât afin d'en libérer un pour Sadi, puis ils reprirent la piste envahie par les mauvaises herbes qui longeait le fleuve sinueux. Ils avancèrent d'abord au pas, puis, dès que Sthiss Tor fut hors de vue, ils piquèrent des deux et s'enfoncèrent au galop dans la Jungle luxuriante et les marécages puants du pays des Hommes-Serpents.

Le brouillard nimbait le soleil levant d'un halo surnaturel. Les gouttelettes ruisselant dans le feuillage faisaient briller de mille feux les bas-côtés de la route. Epuisé par sa nuit blanche, les yeux brûlants de fatigue, Garion regardait, comme dans un état second, ces joyaux végétaux, s'émerveillant qu'une telle beauté pût subsister dans ce marécage fétide.

– Le monde entier est beau, Belgarion, à condition de savoir le regarder, fit Essaïon en réponse à sa remarque muette.

Dès que la brume se fut dissipée, ils avancèrent plus vite. Ils ne rencontrèrent pas d'autres voyageurs ce jour-là, et quand le soleil s'enfonça à nouveau dans les nuages pourpres massés sur l'horizon, ils avaient bien avancé. Pendant que Durnik et Toth dressaient les tentes, Garion et Sadi ramassèrent du bois pour le feu.

– Nous sommes loin du Cthol Murgos ?, demanda Garion.

– A quelques jours encore, répondit Sadi. La route traverse la rivière, un peu plus loin, puis elle fait un coude et redescend vers l'Enfer d'Araga. Il y a un village, près du gué. J'aimerais m'y arrêter pour acheter des vêtements et diverses choses.

Velvet, qui aidait Ce'Nedra à déballer les ustensiles de Polgara, leva les yeux sur lui.

– Excusez-moi, mais il y a une chose qui m'échappe : comment espérez-vous nous faire passer, nous, les femmes, pour des trafiquants d'esclaves ?

– Il y a toujours des femmes parmi les marchands d'esclaves, répondit l'eunuque en laissant tomber une brassée de bois près de la fosse à feu. Réfléchissez un peu, ma chère, et je suis sûr que vous verrez pourquoi.

– J'avoue ne pas comprendre, rétorqua Ce'Nedra.

Sadi s'éclaircit délicatement la voix.

– Nous achetons et nous vendons des esclaves des deux sexes, Majesté. Et une esclave qui a été gardée par des femmes vaut beaucoup plus cher.

– C'est répugnant, fit la reine de Riva en s'empourprant.

– Ce n'est pas moi qui ai fait le monde, Majesté, reprit l'eunuque avec un haussement d'épaules. Je tâche seulement de ne pas me laisser refaire par lui.

Après manger, Sadi prit un bol, le remplit d'eau chaude et entreprit de raser son crâne hérissé de poils raides.

– Je voulais vous demander, Sadi, commença Silk. Qu'avez-vous fait à Salmissra pour qu'elle vous en veuille autant ?

– Les serviteurs de la reine ne sont pas des petits anges, répondit l'eunuque d'un ton funèbre. C'est même un beau ramassis de gredins, de canailles et pis encore. Afin d'éviter au pouvoir de s'effondrer, Salmissra a édicté, depuis plusieurs années, des règles précises pour maintenir les complots et les trahisons dans des limites raisonnables. J'ai outrepassé quelques-unes de ces limites. Disons la plupart, pour être honnête. Sariss a découvert certaines choses et s'est empressé de me dénoncer à la reine. J'aurais bien voulu voir sa tête quand elle lui a donné le baiser de la mort, soupira-t-il en reprenant son rasoir.

– Pourquoi les Nyissiens se rasent-ils la tête ? demanda Ce'Nedra, intriguée.

– La Nyissie, Majesté, grouille de sales petites bêtes qui adorent se nicher dans les cheveux. Mais ne vous en faites pas. ajouta-t-il avec un sourire en la voyant porter la main à ses boucles cuivrées, l'hiver, elles donnent. Pour la plupart.

Quelques jours plus tard, la route commença à monter. L'air humide et froid qui pesait sur la jungle ordinairement torride de Nyissie se réchauffa, et il faisait une chaleur agréable lorsqu'ils quittèrent les marécages pour entrer dans la forêt bordant la frontière orientale. La rivière cascadait sur des pierres, le long de la route, et ses eaux bourbeuses s'éclaircirent au fur et à mesure qu'ils gravissaient les collines. En approchant du gué, la piste paraissait plus fréquentée.

Le torrent bondissait par-dessus les pierres de ce qui avait jadis été un pont, dont le temps et le courant tumultueux avaient rongé les piles. En amont, les hauts-fonds étincelaient au soleil sur leur lit de gravier. Sadi s'engagea avec assurance dans les eaux tumultueuses.

– Vous n'avez pas peur des sangsues ? nota Silk en lorgnant la rivière d'un air suspicieux.

– Le courant est trop fort pour elles, répondit l'eunuque. Leur corps mou ne résisterait jamais aux chocs répétés sur les pierres. Le village dont je vous parlais est juste un peu plus loin, annonça-t-il lorsqu'ils furent de l'autre côté. Il ne me faudra pas plus d'une heure pour réunir tout ce qu'il me faut.

– Nous vous attendrons ici, suggéra Belgarath en mettant pied à terre. Le prince Kheldar va vous accompagner.

– Je m'en sortirai bien tout seul, protesta Sadi.

– Je n'en doute pas. Disons que c'est une précaution.

– Comment voulez-vous que j'explique aux boutiquiers ce que je fais avec un Drasnien ?

– Vous trouverez bien une histoire à leur raconter.

Garion descendit de cheval à son tour et s'éloigna un peu le long du torrent. Il aimait ces gens plus que tout au monde, mais il y avait des moments où leurs joutes oratoires le mettaient hors de lui. Il savait qu'il exagérait, mais il y voyait de la désinvolture sinon de l'insensibilité, assorties d'un manque d'égard envers sa tragédie personnelle et – pis encore – envers Ce'Nedra. Il regarda sans les voir la rivière du Serpent qui descendait vers la vallée et le dais d'un vert intense de la jungle. Il serait heureux de quitter la Nyissie, et pas seulement à cause de la boue qui collait aux bottes, de ses marécages puants ou même des insectes qui les harcelaient en permanence. Ce qu'il ne pardonnait pas à ce pays, c'est qu'on n'y voyait rien, où qu'on se tournât. Il détestait avancer à l'aveuglette, et il commençait à en avoir par-dessus la tête des arbres et des broussailles qui obstruaient son champ de vision depuis leur entrée dans la jungle. Il s'était surpris plus d'une fois à bander sa volonté, comme pour y dégager de larges avenues.

Silk et Sadi revinrent enfin. Le petit Drasnien ressemblait à une fouine en colère et Sadi gesticulait avec véhémence.

– Je vous dis que c'est pour la frime, Kheldar, piaulait-il. De toute façon, nous n'avons pas l'intention de nous encombrer d'esclaves et il n'y aura personne pour les porter.

– Cette seule idée me révulse.

– Quel est le problème ? s'enquit Belgarath.

– J'ai acheté des chaînes et des bracelets de chevilles, répondit l'eunuque, et notre ami Kheldar en a pris ombrage.

– J'étais aussi contre les fouets, renchérit Silk.

– Mais je vous dis que...

– Je sais, mais je trouve ça révoltant quand même.

– Les Nyissiens sont un peuple révoltant, c'est bien connu.

– Oui, eh bien, ce n'est pas le moment de procéder à une étude comparée des mœurs et de l'esprit des nations, ronchonna Belgarath. Il faut y aller.

La route s'éloigna de la rivière et s'insinua entre les collines, sous un ciel d'un bleu intense. Les arbres à feuilles caduques commencèrent à se raréfier. De grands rochers blancs et des buissons noueux semaient le sol tapissé de bruyère. Ils passèrent la nuit dans un bosquet de genévriers, à l'abri d'une haute falaise déchiquetée dont la paroi leur renvoyait la chaleur et la lumière de leur feu.

– Le Cthol Murgos est juste derrière cette crête, annonça Sadi alors qu'ils bavardaient, après dîner. Les Murgos surveillent très attentivement leurs frontières. Je crois qu'il serait temps de revêtir nos déguisements.

Il ouvrit le gros balluchon qu'il avait rapporté du village et en sortit des robes de soie vert foncé.

– L'ennui, murmura-t-il en regardant Ce'Nedra et le gigantesque Toth d'un air spéculatif, c'est qu'ils n'avaient pas toutes les tailles.

– Je m'en occupe, assura Polgara en prenant deux des robes et en fouillant dans ses paquets à la recherche de son nécessaire de couture.

– Dites-moi, Sadi, il y a une chose qui me tracasse depuis un moment, marmonna Belgarath en observant pensivement une carte. Comment savez-vous que Zandramas n'a pas pris la mer à partir d'un des ports de la côte occidentale et fait voile vers Verkat en contournant la pointe sud du continent ?

– Impossible, Vénérable Belgarath, affirma l'eunuque en secouant la tête, et les reflets orangés des flammes dansèrent sur son crâne rasé de frais. La flotte malloréenne a pris les Murgos à revers, il y a quelques années, et le roi Urgit en a encore des cauchemars. Il a fait fermer tous les ports de la côte occidentale et ordonné à ses vaisseaux de patrouiller autour de la péninsule d'Urga. Personne ne peut passer le long de cette côte sans son autorisation expresse.

– Nous sommes encore loin de Verkat ? demanda Durnik.

– A trois ou quatre bons mois, à cette époque de l'année, répondit Sadi en observant le ciel piqueté d'étoiles.

Polgara, qui maniait l'aiguille en fredonnant tout bas, appela Ce'Nedra, présenta la robe de soie verte devant elle pour prendre ses mesures et hocha la tête d'un air satisfait.

– Pourquoi faut-il toujours que ces défroques sentent si mauvais ? remarqua la petite reine en fronçant le nez.

– Je ne pense pas que ce soit une obligation, mais c'est souvent le cas, en effet. ça doit être l'odeur des esclaves.

– Là, ce ne sera peut-être pas aussi facile, murmura tante Pol en prenant l'autre robe et en regardant Toth afin de comparer leurs tailles respectives.

Le géant lui jeta un bref sourire presque timide et se leva pour tisonner les braises et rajouter du bois sur le feu. Une colonne d'étincelles rouges monta vers les étoiles. Comme en réponse à cette soudaine illumination, un rugissement profond, un peu pantelant, s'éleva un peu plus loin sur la falaise.

– Qu'est-ce que c'était ? s'écria Ce'Nedra.

– Un félin, répondit Sadi en haussant les épaules. Il y en a beaucoup le long de la route des esclaves. Surtout des vieux et des malades.

– Pourquoi ça ?

– Quand un esclave est trop mal en point pour continuer à marcher, on l'abandonne. C'est la proie rêvée des vieux fauves qui ne peuvent plus courir après des proies plus... Ah, Majesté, c'est vous qui l'avez demandé ! se récria l'eunuque devant le regard horrifié de Ce'Nedra. Ces méthodes ne me plaisent pas plus qu'à vous, et c'est en partie à cause de ça que j'ai renoncé au trafic des esclaves pour me lancer dans la politique. Maintenant, reprit-il en se levant et en lissant le dos de sa robe, si vous voulez bien m'excuser, il faut que je m'occupe de Zith. Faites attention quand vous irez vous coucher. Elle fait parfois un petit tour après manger, et on ne sait jamais où on peut la retrouver.

Silk le Suivit des yeux et regarda rêveusement le feu.

– Vous ferez comme vous voudrez, déclara-t-il, mais moi, cette nuit, je dors ici.

Le lendemain matin, après le petit déjeuner, ils revêtirent leurs robes de marchands d'esclaves nyissiens et Garion camoufla soigneusement la poignée de son épée.

– Mieux vaut masquer l'Orbe tant que nous serons en territoire murgo, commenta Belgarath. Elle a tendance à s'emballer parmi les Angaraks.

Ils suivirent la vieille route qui montait, à travers une ravine, vers le haut de la crête. A un détour du chemin, Polgara retint brutalement sa monture en étouffant un cri.

– Qu'y a-t-il, Pol ? s'inquiéta Durnik.

Elle ne répondit pas tout de suite, mais ses yeux jetaient des éclairs et ce fut comme si la mèche blanche qui striait sa chevelure aile-de-corbeau s'était mise à flamboyer.

– Quelle horreur ! s'exclama-t-elle, les dents serrées.

– Quoi donc. Tante Pol ? insista Garion.

– Regardez-moi ça, fit-elle en tendant une main tremblante.

Des ossements blanchis jonchaient le bas-côté de la route, autour d'un crâne humain aux orbites vides.

– L'un des esclaves dont pariait Sadi ? hasarda Silk.

Polgara hocha la tête en signe de dénégation.

– D'après l'accord que Naradas avait passé avec Sariss, des hommes devaient escorter Zandramas jusqu'à la frontière murgo. C'est ici qu'elle a décidé de se passer de leurs services.

– Ça lui ressemble bien, commenta Silk en se rembrunissant. Chaque fois qu'elle en a fini avec quelqu'un, elle le tue.

– Le sort qu'elle leur a réservé était pire que la mort, grommela Polgara. Elle leur a cassé les jambes, les a abandonnés en plein soleil et, à la tombée de la nuit, les fauves sont venus les dévorer.

– C'est monstrueux ! s'exclama Ce'Nedra, révulsée.

– Tu es sûre, Pol ? insista Durnik, incrédule.

– Certaines infamies resteraient gravées dans la roche.

– Ce n'est pas la première fois qu'elle fait le coup, grommela Belgarath en contemplant les os rongés.

Elle ne se contente pas de supprimer des témoins gênants. Il faut qu'elle commette des atrocités.

– C'est un monstre ! s'écria Ce'Nedra. Elle se repaît de ces ignominies.

– Ce n'est peut-être pas si simple, remarqua Belgarath. Elle n'était pas obligée de faire ça. On dirait qu'elle nous laisse des messages, comme si elle voulait nous faire peur.

– Eh bien, c'est raté, murmura Garion. Elle aggrave son cas, c'est tout, et elle risque de s'apercevoir, au moment de payer l'addition, qu'elle n'en a pas les moyens.

L'ancienne route s'arrêtait au sommet de la crête, marquant la frontière invisible qui séparait la Nyissie du Cthol Murgos. Le regard portait à perte de vue sur une étendue infinie de roche noire, fracturée, et de bandes brunes, larges de plusieurs lieues, qui serpentaient, pareilles à des fleuves de caillasse, sous le soleil implacable.

– Par où Zandramas est-elle allée à partir d'ici ? s'informa Durnik.

– Vers le sud, répondit Garion en sentant l'Orbe le tirailler dans une nouvelle direction.

– Nous gagnerions du temps en allant tout droit, non ?

– Impossible, Maître Durnik, objecta Sadi. Ce que vous voyez ici est l'Enfer d'Araga, un désert aussi vaste que l'Algarie. Le seul point d'eau est le puits des Dagashis, et je ne crois pas que vous aimeriez être pris à barboter dedans.

– C'est donc là que vivent les Dagashis ? reprit le forgeron, la main en visière sur les yeux.

– Il n'y a qu'eux pour tenir le coup dans un endroit pareil, répliqua l'eunuque. C'est peut-être ce qui explique leur férocité. Nous allons contourner ce désert par l'ouest puis le sud, et nous prendrons vers l'est à travers le district militaire de Morcth, l'Arborée, et enfin le Gorut.

– Eh bien, allons-y, acquiesça Belgarath.

Ils longèrent donc l'Enfer d'Araga par l'ouest, en restant dans les collines qui descendaient en pente raide vers le désert. Garion remarqua que les arbres de ce côté de la crête étaient rares et malingres. Pas un brin d'herbe ne poussait sur le sol rocailleux, où la bruyère avait battu en retraite devant des buissons d'épineux. La ligne de crête marquait une frontière nette entre deux régions climatiques radicalement différentes. La chaleur qui était agréable du côté occidental devenait oppressante ici. L'eau se faisait rare. De maigres sources dispensaient leur précieux fluide goutte à goutte dans de petites mares croupies, cachées entre les roches rougeâtres.

Ils étaient au Cthol Murgos depuis trois jours quand, un matin, avant le lever du jour, Toth prit son bâton et descendit vers le bas de la ravine où ils avaient passé la nuit afin d'observer le farouche désert rocheux. Les prémices de l'aube teintaient le ciel d'une lueur d'étain fondu, soulignant tous les détails du paysage : chaque roche, chaque fissure était gravée sur l'immense étendue désolée comme sur une eau-forte. Le géant muet revint au bout d'un moment et effleura l'épaule de Durnik qui ranimait le feu.

– Qu'y a-t-il, Toth ? demanda le forgeron.

Le muet tendit le doigt vers le bas de la gorge. Durnik se leva, le suivit dans la lumière grisâtre et observa le désert pendant quelques instants.

– Belgarath ! appela-t-il. Vous devriez venir voir !

Le vieux sorcier prit le temps d'enfiler ses vieilles bottes dépareillées avant de les rejoindre, sa robe de soie verte claquant autour de ses chevilles. Il laissa échapper un juron.

– Hé, nous avons un problème ! annonça-t-il aux autres.

Le problème leur apparut dans toute son ampleur sitôt qu'ils eurent rejoint leurs compagnons en bas de la ravine. Un immense nuage de poussière s'élevait à quelque distance de là et planait, immobile, au-dessus du désert.

– Combien peuvent-ils être pour soulever un tel nuage de poussière ? souffla Garion, sidéré.

– Plusieurs centaines au moins, répondit Silk.

– Des Murgos ?

– Il faudrait qu'ils aient bien changé d'habitudes, murmura Velvet. Ces hommes sont vêtus de rouge.

Silk scruta intensément le nuage de poussière.

– Tu as de bons yeux, dit-il enfin.

– C'est l'un des avantages de la jeunesse, susurra la jeune fille, réplique qui lui valut un coup d'œil noir.

– Je pensais que nous étions en territoire murgo, objecta Durnik.

– En effet, confirma Sadi. Mais les Malloréens y envoient de temps en temps des patrouilles. Il y a des années que Zakath cherche l'occasion de prendre Urgit à revers.

– Où peuvent-ils trouver de l'eau, là-dedans ?

– Ils ont dû en apporter avec eux.

Toth se tourna vers le versant sud de la ravine et gravit la paroi abrupte à quatre pattes, délogeant des pierres brunâtres qui dévalaient la paroi avec un chuintement poussiéreux.

– Vous pensez que nous avons une chance de les gagner de vitesse ? suggéra Silk.

– Nous avons plutôt intérêt à rester ici tant qu'ils n'auront pas déblayé le terrain, répondit Belgarath.

Toth émit un long Sifflement, au-dessus d'eux.

– Allez voir ce qu'il veut, Durnik, fit le vieux sorcier.

Le forgeron s'engagea dans l'escalade.

– Et s'ils nous trouvent ici ? envisagea Ce'Nedra.

– C'est peu vraisemblable, Majesté, répondit Sadi. Ils ne prendront sûrement pas la peine de fouiller toutes les ravines et tous les goulets de ces montagnes.

– Ils vont vers le sud-ouest, déclara Belgarath. Nous allons attendre ici sans bouger ; d'ici un jour ou deux, nous devrions pouvoir repartir sans être inquiétés.

– Je commence à en avoir marre de tous ces contretemps, ronchonna Garion.

– Moi aussi, mais nous n'avons pas le choix.

– Il y a un autre groupe d'hommes droit devant, annonça Durnik en redescendant. On dirait des Murgos, cette fois.

Le vieux sorcier lâcha un juron choisi.

– Il ne manquait plus que ça ! Silk, montez là-haut voir ce qu'ils font. Belar seul sait ce qu'ils nous réservent encore.

Obéissant à une impulsion, Garion suivit son ami. Une fois en haut de la ravine, ils se tapirent derrière un buisson.

Le soleil farouche se leva sur le désert, derrière le nuage de poussière qui devint d'un rouge sinistre. Au-dessous, les cavaliers malloréens et les Murgos encore invisibles de ceux-ci paraissaient tout petits dans le lointain, telles des figurines dans un paysage miniature.

– Les forces ont l'air à peu près équilibrées, constata Silk en observant les armées rivales.

– Les Murgos ont tout de même l'avantage, répliqua Garion après réflexion. Ils sont sur les hauteurs et ils bénéficieront de l'effet de surprise.

– La stratégie militaire n'a plus de secrets pour toi, commenta Silk avec un grand sourire. En attendant, Sadi avait vu juste : les Malloréens ont apporté de l'eau avec eux.

Deux douzaines de voitures chargées d'énormes tonneaux fermaient en effet la colonne de ravitaillement qui suivait les troupes d'assaut.

Les hommes en tunique rouge atteignirent les premiers les ravines étroites et peu profondes striant le pied des collines. Ils s'arrêtèrent pendant que leurs éclaireurs exploraient les environs. Des cris d'alarme révélèrent bientôt que quelques-uns des Murgos au moins avaient été repérés.

– Ça n'a aucun sens, grommela Garion. Ils n'essaient même pas de passer inaperçus.

– Les Murgos ne sont pas réputés pour leur intelligence.

Pendant que les Malloréens s'apprêtaient à leur donner l'assaut, les Murgos tapis dans les rochers sortirent de leurs cachettes, les arrosèrent de quelques volées de flèches et battirent en retraite.

– Pourquoi reculent-ils ? s'indigna Garion. A quoi bon tendre une embuscade si c'est pour faire demi-tour et s'enfuir ?

– Personne ne peut être stupide à ce point, acquiesça Silk. Ils ont sûrement une idée derrière la tête.

Tout en se repliant, les Murgos continuaient à tirer sur les Malloréens qui fonçaient tête baissée vers les ravines, jonchant le pied des collines de cadavres en tuniques rouges. Garion fut à nouveau frappé par le côté irréel du spectacle. De plus près, le carnage lui aurait soulevé le cœur, mais vue d'aussi loin, l'échauffourée ressemblait à un combat de soldats de plomb et ne lui inspirait qu'un intérêt superficiel.

Les Malloréens étaient presque tous engagés dans les ravines et les goulets lorsque des centaines de cavaliers murgos armés de haches surgirent au grand galop de derrière une longue arête rocheuse qui s'avançait dans le désert.

– Voilà donc ce qu'ils mijotaient, fit Garion. Ils ont amené les Malloréens à donner l'assaut pour les prendre à revers.

– Je ne pense pas, objecta Silk. Je crois plutôt qu'ils en ont après leurs réserves d'eau.

Les cavaliers murgos foncèrent dans un bruit de tonnerre sur la colonne de ravitaillement que les Malloréens avaient oublié de garder et abattirent leurs haches sur les barriques d'eau. A chaque coup, des cataractes s'engloutissaient dans le sol aride du désert. Le soleil voilé par la poussière de la charge teintait d'écarlate les torrents gargouillants, et, de son perchoir, Garion eut l'impression fugitive que le fluide qui jaillissait des tonneaux fracassés n'était pas de l'eau mais du sang.

Les Malloréens firent volte-face et s'élancèrent avec des cris de désespoir vers leurs inestimables réserves d'eau, mais il était déjà trop tard. La cavalerie murgo avait frappé avec une efficacité redoutable et repartait en poussant des hurlements de triomphe après avoir sauvagement détruit tous les tonneaux.

Son rôle de diversion achevé, l'infanterie murgo redescendit précipitamment le long des ravines pour reprendre sa position primitive et fit pleuvoir un déluge de flèches sur les Malloréens démoralisés. Ceux-ci tentèrent de sauver le peu d'eau qui restait au fond de leurs barils, mais ils ne résistèrent pas longtemps sous cette pluie mortelle. Ils rompirent les rangs et s'enfuirent dans le désert en abandonnant leurs voitures.

– Ils n'y vont pas de main morte, commenta Silk alors que les Murgos dévalaient les collines pour achever les blessés.

– Ça n'a pas duré longtemps, dis donc, ajouta Garion.

Mouais. Le combat est terminé mais la boucherie est ouverte, reprit Silk d'un air quelque peu dégoûté.

– Espérons que les survivants parviendront à s'enfuir dans le désert.

– Ils n’ont aucune chance d’en sortir vivants.

C’est alors qu’un homme en robe noire, au visage émacié, surgit des rochers derrière eux, un arc bandé à la main.

– Bon, fit-il. J’espère que le spectacle vous a plu. Et maintenant, si nous allions rejoindre vos compagnons ?

10

– C'est ce qui s'appelle marcher à pas de loup, observa Silk en se levant lentement, les mains bien en vue.

– Question d'entraînement, rétorqua l'homme en noir. Allez, magnez-vous. Vos amis vous attendent.

Silk jeta à Garion un regard d'intelligence.

Voyons de quoi il retourne avant d'agir, fit-il dans le langage secret drasnien. *Ce gaillard n'est sûrement pas tout seul.*

Ils redescendirent vers le fond de la ravine, l'étranger les suivant à distance raisonnable, prêt à leur décocher une flèche dans le dos. Au campement, un détachement d'hommes en noir tenaient leurs compagnons sous la menace de leurs arcs. Ils avaient les joues couturées de cicatrices et les yeux noirs, angulaires, des Murgos, mais pas les épaules larges et l'arrogance de ceux que Garion avait vus jusque-là. Ces hommes étaient plus minces et avaient l'air à la fois méfiant et curieusement désinvolte.

– Vous voyez, Messire Tajak, fit obséquieusement Sadi à l'homme au visage émacié qui semblait être leur chef, c'est bien ce que je vous avais dit. Je n'ai que ces deux autres serviteurs.

– Nous savons combien vous êtes, rétorqua le grand échalas d'une voix fortement accentuée. Nous vous suivons depuis que vous êtes entrés au Cthol Murgos.

– Nous ne cherchions pas spécialement à passer inaperçus, remarqua doucement Sadi. Si nous nous sommes cachés ici, c'était pour ne pas nous retrouver mêlés au combat qui a éclaté à la limite du désert. Maintenant, vous me permettrez de me demander pourquoi de nobles Dagashis s'intéressent aux faits et gestes de marchands d'esclaves nyissiens comme tant d'autres. Nous ne devons pas être seuls à passer par ici.

Le dénommé Tajak ignora sa question. Il dévisagea Garion et ses amis de son regard implacable.

– Quel est ton nom ? demanda-t-il enfin à Sadi.

– Ussa, Messire. Je viens de Sthiss Tor, et je suis en règle. Vous pouvez examiner mes papiers, si vous voulez.

– Comment se fait-il qu'aucun de tes serviteurs ne soit nyissien ?

– Avec la guerre qui fait rage dans le Sud, mes compatriotes hésitent à s'aventurer au Cthol Murgos, expliqua l'eunuque en écartant les bras dans une attitude fataliste. J'ai été obligé de me rabattre sur ces aventuriers étrangers.

– Possible, commenta le Dagashi d'une voix atone. Aimes-tu l'argent, Ussa de Sthiss Tor ? reprit-il sèchement, les yeux rivés à ceux de Sadi.

L'eunuque s'illumina et se frotta les mains avec avidité.

– Eh bien, je suis ouvert à toutes les suggestions. Que puis-je faire pour vous ? Combien êtes-vous disposés à payer ?

– Ça, tu en parleras avec mon maître. Mon rôle se borne à trouver un marchand d'esclaves et à lui promettre une généreuse rétribution en échange d'un petit service. Cette proposition t'intéresse-t-elle ?

Sadi hésita et jeta un coup d'œil en coulisse à Belgarath dans l'espoir de recueillir ses directives.

– Eh bien ? insista impatiemment Tajak. Es-tu intéressé ?

– Evidemment, répondit Sadi avec circonspection. Qui est votre maître, Tajak ? Qui peut bien être ce bienfaiteur qui veut faire ma fortune ?

– Il te dira son nom et ce qu'il attend de toi quand tu le rencontreras, à Kahsha.

– Kahsha ? s'exclama Sadi. Vous ne voulez pas dire que je vais être obligé d'aller jusque là-bas ?

– Il y a bien des choses que je ne t'ai pas dites. Alors ? Acceptes-tu de nous accompagner à Kahsha ?

– J'ai le choix ?

– Non.

Sadi écarta les bras dans un geste d'impuissance.

Kahsha ? Qu'est-ce que c'est ? demanda Garion, en agitant discrètement les doigts.

Le quartier général des Dagashis, répondit Silk. *Ça ne sent pas bon.*

– Bien, décréta Tajak. Démontez vos tentes et partons. La route est longue jusqu'à Kahsha, et le milieu de l'après-midi n'est pas le moment idéal pour traverser le désert.

Le soleil était déjà haut lorsqu'ils sortirent de la ravine, étroitement encadrés par les farouches Dagashis. Les Malloréens vaincus avaient entrepris leur traversée du désert, tentative vouée à l'échec, comme ils le savaient tous.

– Ils vont sûrement tenter de se désaltérer à vos puits, subodora Sadi.

– Ils ne les trouveront jamais, répondit le Dagashi. Nous les dissimulons sous des pierres, et dans le désert toutes les pierres se ressemblent.

Les cavaliers murgos qui observaient la déroute des Malloréens depuis le pied des collines les regardèrent passer avec intérêt, mais Tajak les tint à distance d'un geste impérieux.

Ils entrèrent dans un étroit défilé menant vers le désert, et Garion en profita pour se rapprocher de Belgarath.

– Qu'allons-nous faire. Grand-père ? souffla-t-il âprement.

– Rien avant d'en savoir un peu plus, fit le vieux sorcier sur le même ton. Essayons surtout de ne pas nous trahir. Pour l'instant, du moins.

– Vos compatriotes sont bien accommodants, remarqua Sadi alors qu'ils s'engageaient dans la fournaise. Ils n'ont même pas pris la peine de nous interroger.

– Ils ne sont pas assez bêtes pour se frotter à nous, répondit laconiquement Tajak. Maintenant, vous feriez mieux de vous taire, ajouta-t-il en regardant l'eunuque qui suait déjà à grosses gouttes. On se déshydrate très vite, sous ce soleil, et la première chose à faire pour éviter l'évaporation est de garder la bouche fermée. On pourrait se tuer à parler, ici.

Sadi lui jeta un coup d'œil surpris et pinça les lèvres.

L'Enfer d'Araga n'avait pas volé son nom. La chaleur était insupportable dans cette immensité d'un brun rougeâtre. Les roches sombres et les plaques de sable ondulaient derrière les vagues de chaleur qui montaient du gravier chauffé à blanc. Garion avait l'impression que le soleil lui tapait sur la tête et la nuque comme une massue. Il transpirait abondamment mais la sueur séchait instantanément sur son corps.

Ils chevauchaient depuis près d'une heure quand Tajak donna le signal de la halte. Il aboya un ordre et cinq de ses hommes disparurent derrière une arête rocheuse, au nord-est. Ils revinrent quelques instants plus tard avec des outres de peau de chèvre pleines d'eau tiède.

– Abreuvez d'abord les chevaux, ordonna sèchement Tajak.

Il se dirigea à son tour vers l'arête rocheuse, ramassa une poignée de sable d'une blancheur éblouissante et revint.

– Tendez votre main et avalez ça, ordonna-t-il en leur distribuant une cuillerée de sable à chacun.

Sadi goûta la substance blanche de la pointe de la langue et la recracha aussitôt.

– Par Issa ! s'exclama-t-il. C'est du sel !

– Avalez ça, répéta Tajak. Sans ça, vous êtes perdus. Le soleil fait évaporer l'eau que vous avez dans le sang, reprit-il patiemment comme Sadi le regardait en ouvrant de grands yeux. Si vous ne mangez pas de sel, vous allez mourir.

Ils obéirent à contrecœur, après quoi les Dagashis leur donnèrent une petite quantité d'eau à boire, puis ils remirent le pied à l'étrier et repartirent sous le soleil implacable.

Ce'Nedra, qui supportait mal la chaleur, était avachie sur sa selle. On aurait dit une fleur fanée. Garion talonna sa monture et s'approcha d'elle.

– Ça va ? demanda-t-il entre ses lèvres parcheminées.

– Taisez-vous ! lança un Dagashi.

La petite reine tourna la tête, esquissa un pâle sourire et poursuivit son chemin sans un mot.

Le temps ne voulait plus rien dire dans ce terrible endroit d'où toute pensée semblait bannie. Garion avançait comme engourdi, le dos courbé sous le soleil implacable. Des heures – ou des années – plus tard, il releva la tête en clignant les yeux sous la lumière éblouissante. Il regarda stupidement devant lui et finit par se dire que ce qu'il voyait était impossible. Une immense île noire planait, au mépris de toute logique, au-dessus du gravier chatoyant, écrasé de soleil. Quel était ce sortilège ? Qui pouvait disposer d'un tel pouvoir ?

Mais ce n'était pas de la sorcellerie. Comme ils se rapprochaient, les vagues de chaleur ondulantes s'estompèrent et le mirage se dissipa. L'île planant dans le vide était en fait un pic isolé, impétueusement dressé au milieu du désert. Une piste étroite, arrachée à coups de pioche au roc, s'élevait en spirale autour de l'aiguille de pierre.

– Kahsha, annonça sobrement Tajak en mettant pied à terre. Nous allons mener les chevaux par la bride.

La piste montait en pente raide. Au bout du deuxième tour, Garion eut l'impression d'être plus près du ciel que du sol, et ils grimpaient toujours le long de la roche brûlante. Puis la piste s'enfonça dans la montagne.

– Encore des grottes ! grommela Silk. Mais qu'est-ce que j'ai fait pour que ça finisse toujours dans des grottes ?

Garion, quant à lui, franchit avec soulagement le vaste porche carré. Il serait entré dans une tombe pour échapper à ce soleil de plomb.

– Occupez-vous des chevaux, ordonna Tajak à ses hommes. Suivez-moi, vous autres.

Il mena les prétendus marchands d'esclaves le long d'un boyau creusé dans la roche. Garion avança d'abord à tâtons, puis ses yeux s'habituèrent à l'obscurité. Il ne faisait pas vraiment frais, mais l'air était tout de même infiniment moins chaud qu'au-dehors. Il inspira profondément, se redressa et regarda autour de lui. Il fut abasourdi par la masse de travail qu'il avait fallu pour forer cette interminable galerie.

– Je ne savais pas que les Dagashis travaillaient si bien la pierre, remarqua Sadi, qui avait dû se faire la même réflexion.

– Nous n'y connaissons rien. Ces galeries ont été faites par des esclaves.

– J'ignorais que vous aviez des esclaves.

– Nous n'en avons pas. Une fois notre repaire achevé, nous les avons libérés.

– En plein désert ? releva Sadi, estomaqué.

– La plupart d'entre eux ont préféré sauter dans le vide, admit l'homme.

Le couloir débouchait dans une caverne presque aussi vaste que certaines de celles que Garion avait vues chez les Ulgos, puis il constata en levant les yeux que ce n'était pas une cavité naturelle mais un immense vide creusé de main d'homme, à la voûte renforcée par des dalles de pierre elles-mêmes soutenues par des arcs-boutants et des contreforts. Des meurtrières percées dans le haut des parois laissaient filtrer une maigre lumière sur le sol de la grotte où se dressaient de petites maisons de pierre au toit plat et aux fenêtres étroites, entourant une sinistre bastille carrée.

– Le fortin de Jaharb, annonça laconiquement leur guide. Dépêchons-nous. Il nous attend.

Silk étouffa un halètement de surprise.

– Qu'y a-t-il ? murmura Garion.

– Soyons très prudents. Jaharb est le doyen des Dagashis, et il passe pour redoutable.

Le calme de l'antre des Dagashis contrastait singulièrement avec les cités grouillantes du Ponant. Les hommes vêtus de noir, au visage austère, vaquaient sans bruit à leurs occupations dans les rues de cette étrange ville crépusculaire. Chacun paraissait entouré par un cercle invisible et inviolable.

Deux hommes d'armes montaient la garde à l'entrée du fortin de Jaharb, une solide bâtisse de basalte. Tajak leur dit quelques mots et la lourde porte s'ouvrit devant lui.

Il les conduisit dans une vaste pièce illuminée par de somptueuses lampes à huile suspendues au plafond. Les seuls meubles étaient des coussins jaunes empilés par terre et d'énormes coffres de bois massif, bardés de fer, alignés le long du mur. Un vieillard en robe jaune, aux cheveux blancs et à la peau mate, incroyablement ridée, était assis sur une pile de coussins. Il picorait une grappe de raisin en choisissant méticuleusement les grains qu'il portait languissamment à ses lèvres.

– Le marchand d'esclaves nyissien, Maître, annonça Tajak d'un ton proche de la vénération.

Le vieillard mit son raisin de côté, appuya ses coudes sur ses genoux et vrilla sur les nouveaux venus ses yeux embrumés, d'une fixité inquiétante.

– Comment t'appelle-t-on ? demanda-t-il enfin à Sadi.

Il parlait lentement, d'une voix étrange, à la fois chantante, glaciale et poussiéreuse comme un vieux parchemin.

– Ussa, Grand Maître, répondit l'eunuque avec une courbette sinueuse.

– Hm-hm. Et qu'est-ce qui t'amène en territoire murgo ?

– La traite des esclaves. Grand Maître, dit-il très vite.

– La vente ou l'achat ?

– Un peu des deux. Les périodes de troubles offrent toutes sortes d'opportunités.

– Certes. Tu es donc ici pour gagner de l'argent ?

– Oh, Grand Maître, pour réaliser un léger bénéfice, tout au plus.

Le doyen des Dagashis ne changea pas d'expression, mais l'eunuque se mit à suer à grosses gouttes sous son regard perçant.

– Tu n'as pas l'air à l'aise, Ussa, susurra doucement le patriarche à la voix crissante. Pourquoi cela ?

– La chaleur, Grand Maître, balbutia Sadi. Il fait très chaud dans votre désert.

Hm-hm, fit le vieillard en le scrutant attentivement de ses yeux voilés. As-tu l'intention de traverser les territoires contrôlés par les Malloréens ?

– C'était bien mon intention, en effet. Il paraît que certains esclaves ont profité du chaos qui a suivi l'invasion malloréenne pour se cacher dans la cité fortifiée de Gorut. Ils seront au premier qui les prendra, or les champs et les vignobles de Hagga et de Cthan sont mal entretenus, faute de bras. Il y a de l'argent à gagner dans ce genre de situation.

– Tu n'auras pas le temps de courir après des esclaves en fuite, Ussa. Il faut que tu sois à Rak Hagga avant deux mois. En partant d'ici, continua Jaharb, la main levée pour prévenir toute objection, tu iras à Rak Urga, où quelqu'un t'attend : un nouveau serviteur appelé Kabach. Tu le trouveras au Temple de Torak, sous la protection d'Agachak, le Grand Prêtre grolim. Agachak et le roi Urgit mettront à votre disposition un bateau qui vous emmènera à Rak Cthaka, de l'autre côté de la péninsule d'Urga. De là, vous gagnerez Rak Hagga par l'intérieur des terres. Tu as compris ?

– Oui, Grand Maître. Et que devrai-je faire à Rak Hagga ?

– Une fois là-bas, tu auras accompli ta mission. Kabach partira de son côté. Je te demande simplement de le dissimuler parmi tes propres serviteurs jusqu'à Rak Hagga. Un petit service pour lequel tu seras amplement récompensé.

– Le bateau me permettra assurément d'éviter un voyage de plusieurs mois à cheval, mais les Malloréens risquent de se demander ce que je viens faire à Rak Hagga si je n'ai pas d'esclaves à vendre au marché.

– Tu en achèteras à Cthaka ou à Gorut. Les Malloréens n'auront aucune raison de t'inquiéter.

– Pardonnez-moi, Grand Maître, reprit Sadi avec un petit raclement de gorge embarrassé, mais si je me proposais de capturer des esclaves marrons, c'est que ma bourse est à plat. Ils ne coûtent que le mal qu'on se donne pour les rattraper.

Le doyen des Dagashis ne répondit pas. Son regard scrutateur resta longtemps rivé sur l'eunuque, puis il se tourna vers Tajak.

– Ouvre le dernier coffre de la rangée, ordonna-t-il.

L'homme obtempéra avec empressement et souleva le couvercle. Ce'Nedra étouffa un hoquet de surprise. Le coffre était plein à ras bords de pièces d'or rouge.

– Prends tout ce que tu veux, Ussa, fit Jaharb de sa voix atone, puis une lueur amusée éclaira ses yeux de braise. Mais pas plus que tes deux mains n'en peuvent contenir.

Sadi en resta bouche bée. Ses yeux exorbités allèrent du coffre plein d'or à ses mains délicates, puis il esquissa un sourire rusé.

– L'or est bien lourd, Grand Maître, dit-il enfin, le visage ruisselant de sueur, et j'ai les mains affaiblies par une récente maladie. Puis-je demander à l'un de mes serviteurs de procéder à l'exécution de votre généreuse proposition ?

– Ta requête n'est pas irrecevable, acquiesça Jaharb, à présent réellement amusé. Mais attention, Ussa : rien que ce qu'il pourra prendre dans ses mains.

– Bien sûr, Grand Maître. Loin de moi l'intention de vous gruger. Toi, là-bas ! fit-il en se tournant vers Toth, prends deux poignées de pièces dans ce coffre. Et pas une de plus, tu m'entends ?

Toth s'approcha, impassible, et préleva un demi-seau d'or dans ses énormes mains en coupe. Jaharb regarda l'eunuque un bon moment, de ses yeux inexpressifs. Puis, sans que rien le laissât prévoir, il éclata d'un rire grinçant.

– Bien joué, Ussa, feula-t-il. Tu as l'esprit agile. C'est une qualité que j'apprécie chez ceux qui me servent. Il se pourrait, finalement, que tu vives assez vieux pour dépenser un peu de l'or que tu m'as extorqué.

– Ce n'était, Grand Maître, qu'une démonstration de ma roublardise, répondit très vite Sadi. Pour vous prouver que vous aviez vu juste en faisant appel à moi. Je peux lui demander de vous le rendre, si vous voulez. Enfin, une partie.

– Non, Ussa. Garde-le. Le temps que tu arrives à Rak Hagga, tu l'auras mérité jusqu'à la dernière pièce, je pense.

– C'est un honneur de servir le Grand Maître des Dagashis. En dehors même de votre largesse, votre amitié m'est un bien précieux. J'ai entendu dire, balbutia-t-il après un bref coup d'œil à Belgarath, que les Dagashis savaient bien des choses.

– Peu de secrets nous échappent dans cette partie du monde.

– Pourrais-je me permettre de vous poser une question ? Ce n'est qu'un détail, mais qui revêt un grand intérêt pour moi.

– Pose-moi ta question, Ussa. Je déciderai d'y répondre ou non quand je saurai ce que tu veux.

– J'ai, à Tol Honeth, un client extrêmement fortuné qui se passionne pour les livres rares. Il donnerait n'importe quoi pour consulter les Prophéties des Grolims de Rak Cthol. Sauriez-vous, Grand Maître, où je pourrais les trouver ?

– Les Dagashis ne s'intéressent guère aux textes, répondit Jaharb en fronçant le sourcil. Enfin, celui que tu cherches se trouvait sûrement dans le nid d'aigle de Ctuchik, mais il a dû disparaître quand Belgarath le sorcier a détruit Rak Cthol. Tu n'auras qu'à demander à Agachak, quand tu seras à Rak Urga. La bibliothèque du Temple est bien fournie. Ce volume devrait s'y trouver, s'il en existe encore un exemplaire.

– Merci infiniment de cette information, Grand Maître, fit Sadi en s'inclinant profondément.

– Allons, reprit le vieillard, il faut vous reposer, tes serviteurs et toi-même. Vous partirez dès les premières lueurs de l'aube, demain matin. Je vous ai fait préparer une chambre.

Il se redressa et se remit à picorer son raisin.

On emmena Garion et ses compagnons dans une vaste pièce aux murs blanchis à la chaux, succinctement meublée d'une table basse, en pierre, et de coussins. Dès que Tajak eut tourné les talons, Garion retira sa robe verte.

– Qu'allons-nous faire. Grand-père ? Nous ne pouvons pas aller à Rak Urga. Si nous voulons rattraper

Zandramas, il faut que nous allions le plus vite possible à Verkat.

– A vrai dire, Garion, fit le vieil homme en se vautrant dans une pile de coussins, les choses se présentent on ne peut mieux. Une fois à bord du vaisseau qu'Agachak et Urgit comptent mettre si obligeamment à notre disposition, nous n'aurons qu'à aller droit sur Verkat. Nous gagnerons un temps précieux.

– Mais... et Kabach ? Il va protester si nous ne le conduisons pas là où Jàharb veut qu'il aille !

– Ne vous en faites pas, Belgarion, intervint Sadi en ouvrant sa mallette de cuir et en prenant un petit flacon de liquide bleu. Deux gouttes de ça dans un verre et il sera trop heureux pour s'inquiéter de l'endroit où nous l'emmenons.

– Vous êtes un homme de ressources, commenta Belgarath. Comment saviez-vous que je cherchais tes Prophéties des Grolims du Ponant ?

– Ce n'était pas difficile à deviner, fit l'eunuque en haussant les épaules. Les accords entre Sariss et Naradas prévoyaient notamment la destruction de l'exemplaire qui se trouvait à la bibliothèque de Sthiss Tor. Si Zandramas tenait tant à le faire disparaître, ça ne pouvait être que pour vous empêcher de mettre la main dessus.

– Je commence à revoir mon opinion sur vous, Sadi. Je ne vous fais pas encore tout à fait confiance, mais je conviens que vous pouvez être utile quand vous voulez.

– Merci, Vénérable Belgarath, fit l'eunuque en sortant la bouteille de terre cuite de sa mallette.

– Vous allez donner à manger à votre sale bête ? demanda Silk en serrant les dents.

– Il faut bien la nourrir, Kheldar.

– Bon, alors, je vais faire un tour dans le couloir.

– Dites-moi, Prince Kheldar, s'enquit Velvet, pourquoi avez-vous une telle aversion pour les serpents ?

– Pour la même raison que la plupart des gens normaux.

– Ils ne sont pas si désagréables.

– Tu te crois drôle, sans doute ?

– Vous pensez que je plaisanterais sur un sujet pareil ? riposta-t-elle en ouvrant de grands yeux candides.

Il quitta la salle en maugréant.

Velvet éclata de rire et rejoignit Ce'Nedra sur la pile de coussins près de la fenêtre, et les deux jeunes femmes entreprirent de se brosser les cheveux pour en éliminer la poussière des grands chemins. Elles s'étaient beaucoup rapprochées depuis leur départ de Tol Honeth. Tante Pol donnait toujours l'impression de n'avoir besoin de personne, et Garion n'avait jamais eu l'occasion de remarquer que la plupart des femmes aimaient se retrouver entre elles.

– Enfin, Liselle, pourquoi vous ingéniez-vous à le taquiner comme ça ? demanda Ce'Nedra.

– Je ne fais que lui rendre la monnaie de sa pièce, répondit Velvet avec un petit sourire malicieux. Quand j'étais petite, il n'arrêtait pas de me faire marcher. Eh bien, maintenant, c'est mon tour.

– En tout cas, vous savez ce qu'il faut dire pour le mettre en rogne.

– C'est qu'il y a des années que je l'observe. Je connais ses points faibles. Vous ne le savez peut-être pas, mais c'est une légende vivante en Drasnie, ajouta la jeune fille aux cheveux de miel, et son regard devint étrangement doux. L'Académie consacre des séminaires entiers à ses exploits. Tout le monde s'efforce de marcher sur ses traces, mais personne ne lui arrive à la cheville. Il a tellement de flair que c'en est proprement scandaleux...

La petite reine se figea, la brosse en l'air, et jeta à son amie un coup d'œil méditatif.

– Qu'y a-t-il ? s'inquiéta Velvet.

– Oh, rien, répondit Ce'Nedra en reprenant son brossage.

La nuit était étrangement froide dans le désert. L'air était si sec que la chaleur s'enfuyait presque instantanément au coucher du soleil. Lorsqu'ils quittèrent Kahsha, à l'aube blême, Garion s'aperçut qu'il grelottait. Mais vers le milieu de la matinée, l'Enfer d'Araga était plus brûlant que jamais. Il était près de midi lorsqu'ils arrivèrent au pied des collines marquant la limite occidentale du désert et s'engagèrent dans l'escalade qui les sauva de la mort par déshydratation.

– Combien de temps nous faudra-t-il pour arriver à Rak Urga ? demanda Sadi à Tajak qui menait à nouveau leur escorte.

– Une semaine à peu près. Le Cthol Murgos est un immense pays.

– Et complètement désert.

– Pas quand on sait regarder autour de soi. Le long de cette crête, par exemple, reprit le Dagashi en réponse au coup d'œil déconcerté du Nyissien.

Il tendit le doigt vers une longue arête rocheuse qui déchiquetait le ciel, à l'ouest. Un Murgo en robe noire les regardait sans bouger, monté sur un cheval noir.

– Il y a longtemps qu'il est là ? s'étonna Sadi.

– Une bonne heure. Vous ne levez donc jamais les yeux ?

– En Nyissie, on regarde plutôt par terre, à cause des serpents. Que fait-il là ?

– Il nous observe. Le roi Urgit aime savoir ce que les étrangers font chez lui.

– Il ne risque pas de nous chercher des poux dans la tête ?

– Nous sommes des Dagashis. Aucun Murgo n'oserait nous demander des comptes.

– Il est réconfortant de se savoir en si bonne compagnie.

Ils suivaient la cordillère d'Urga, une chaîne de montagnes qui constituait l'épine dorsale de la péninsule. C'était une région aride et caillouteuse. Garion avait du mal à accepter l'idée que l'été tirait à sa fin dans l'hémisphère sud. Le cours des saisons était pour lui quelque chose d'immuable, et psychologiquement, sinon physiquement, il ne pouvait se faire à la notion qu'elles étaient inversées dans cette partie du monde.

Ils avançaient depuis huit jours en direction du sud lorsque, un beau matin, l'Orbe cachée dans son fourreau le tirailla opiniâtrement vers l'est. Il talonna sa monture et annonça discrètement à Belgarath que Zandramas avait quitté la piste.

– Je redoute de la semer, ajouta Garion. Imagine que Sadi se soit trompé sur sa destination ; il nous faudrait des mois pour la retrouver.

– Si tu crois que ça me plaît, tu te trompes, mais nous n'avons pas vraiment le choix, rétorqua le vieux sorcier. Nous avons perdu beaucoup de temps avec le culte de l'Ours. Nous devons rattraper notre retard, et ça ne va pas sans risques.

L'automne arrivait à grands pas. Un chapelet d'orages venus de la mer du Ponant s'abattit sur la cordillère d'Urga. Bien que violentes, ces perturbations étaient peu pluvieuses, et la caravane poursuivit sa route sans encombre. Des cavaliers murgos se découpaient, sans cesse plus nombreux, au sommet des crêtes, mais ils se gardaient bien d'inquiéter les Dagashis.

Puis, vers le milieu d'une journée venteuse et alors qu'un nouveau banc de nuages arrivait de l'océan, une sorte d'immense lac encadré par des falaises abruptes leur apparut du haut d'un pic. L'eau paraissait de plomb fondu sous le ciel d'un gris sale.

– Le golfe d'Urga, fit laconiquement Tajak.

L'entrée du golfe était abritée par une avancée rocheuse surgie de la rive opposée, promontoire lui-même creusé d'un port où se nichaient des bateaux à la coque noire, hérissés de mâts. Au-dessus se dressait une ville de belle taille.

– C'est ça ? demanda Sadi.

– C'est ça, acquiesça Tajak. Rak Urga.

Ils descendirent sur une étroite plage de gravier où les attendait un bac, une barge au ventre large, que soulevaient comme un bouchon les rouleaux poussés par le vent du large. Un Murgo au visage hargneux, muni du fouet traditionnel, surveillait deux douzaines d'esclaves maigres à faire peur. Tajak et ses hommes menèrent le Nyissien et ses prétendus serviteurs jusqu'à la barge, puis ils se détournèrent sans un mot et repartirent comme ils étaient venus.

Le chenal qui reliait la mer du Ponant au golfe d'Urga était assez étroit pour que Garion distingue nettement les maisons blotties sur l'autre rive. L'eunuque dit deux mots au Murgo, quelques pièces changèrent de main et ils firent embarquer leurs chevaux. Le Murgo aboya un ordre bref, ponctué d'un claquement de fouet, et ses hommes écartèrent la barge de la plage avec leurs avirons, tout en jetant des coups d'œil apeurés à leur maître et à son fouet. Dès que le bac eut quitté le rivage, ils prirent place sur les bancs de nage et commencèrent à ramer avec l'énergie du désespoir. Le Murgo arpentait le pont de long en large, les yeux rivés sur ses esclaves, à l'affût du moindre signe de relâchement. Une fois, alors qu'ils étaient presque à mi-chemin, il leva son fouet, sans autre raison apparente que le désir de s'en servir.

– Excusez-moi, Maître passeur, commença Silk en se plantant devant lui, mais... vous savez que votre bateau prend l'eau ?

– Où ça ? répondit âprement le Murgo en baissant le bras.

– Je ne saurais dire avec précision, mais je trouve qu'il y a beaucoup d'eau dans la cale.

Le Murgo appela le timonier qui lâcha la barre et souleva rapidement une sorte de caillebotis de bois. Les deux hommes jetèrent un coup d'œil dans les entrailles du vaisseau.

– C'est l'eau de cale, fit le batelier murgo d'un ton méprisant en faisant signe à son timonier de regagner son poste. Vous ne connaissez rien aux bateaux ?

– Pas grand-chose, admit Silk. J'ai vu de l'eau et j'ai pensé qu'il valait mieux vous avertir tout de suite. Désolé de vous avoir alarmé pour rien, conclut-il en rejoignant ses compagnons.

– Qu'est-ce que vous êtes encore allé inventer ? grogna Belgarath.

– Durnik commençait à faire une drôle de tête, expliqua Silk en haussant les épaules. Je me suis dit qu'il valait mieux éviter un incident diplomatique.

– Ne comptez pas sur moi pour rester les deux mains dans les poches s'il se met à fouetter ces pauvres diables, déclara le forgeron, le visage de marbre. Qu'il lève seulement son fouet et il se retrouvera à l'eau.

– Vous voyez ce que je veux dire ? reprit le petit Drasnien.

Belgarath s'apprêtait manifestement à lui exprimer sa façon de penser lorsque Polgara se dressa devant lui.

– Fiche-lui la paix, Père. Il est comme ça, et pour rien au monde je ne voudrais qu'on me le change.

Garion n'imaginait pas, depuis l'autre rive, que le port de Rak Urga était aussi congestionné. Le timonier se fraya prudemment un chemin entre les navires qui encombraient la rade. Des esclaves finissaient de décharger une bonne douzaine de bâtiments murgos qui ballottaient entre des défenses de corde.

Le batelier mouilla l'ancre le long d'un quai de pierre. Garion et ses compagnons menèrent prudemment leurs chevaux le long d'une rampe couverte d'algues gluantes. Ce'Nedra jeta un coup d'œil vers l'eau d'une saleté repoussante qui clapotait en contrebas et poussa un reniflement dédaigneux.

– Pourquoi faut-il que tous les ports de mer sentent aussi mauvais ? murmura-t-elle.

– Leurs habitants doivent trouver toute cette eau trop tentante, répondit Velvet. Ils n'oublient qu'une chose, c'est que les saletés qu'ils y jettent le matin reviendront les narguer avec la marée du soir.

Un Murgo à l'air imbu de lui-même les attendait en haut de la rampe, sa lourde robe noire claquant au vent qui se levait.

– Vous, là-bas, les héla-t-il avec arrogance. Que venez-vous faire ici ?

– Je m'appelle Ussa et je viens de Sthiss Tor, répondit Sadi en le gratifiant d'une révérence obséquieuse. Je suis marchand d'esclaves. Si vous voulez voir ma patente...

– Il n'y a pas de marché aux esclaves à Rak Urga, rétorqua le Murgo d'un air suspicieux. Vos papiers !

– Certainement, fit l'eunuque en plongeant la main dans sa robe verte et en lui tendant une pile de parchemins pliés.

– Alors, qu'est-ce qui vous amène ici ? insista le Murgo en examinant les documents.

– Je suis juste venu rendre service à mon bon ami Jaharb, le Grand Maître des Dagashis, répondit Sadi.

– Jaharb ? répéta le Murgo, soudain calmé.

– Il m'a demandé si je pouvais porter un message à Agachak, le Grand Prêtre de Rak Urga, reprit l'eunuque en hochant la tête. Et puisque je passais par ici, de toute façon...

Le visage du Murgo devint d'un beau vert olive. Il déglutit péniblement et fourra les documents dans les mains de Sadi comme s'ils lui brûlaient les doigts.

– C'est bon, vous pouvez partir, dit-il sèchement.

– Merci infiniment, Monseigneur, répondit Sadi en s'inclinant à nouveau. Auriez-vous la bonté de m'indiquer le Temple de Torak ? C'est la première fois que je viens à Rak Urga.

– Il est juste au bout de cette rue, répondit le Murgo.

– Encore tous mes remerciements. Si vous voulez bien me donner votre nom, je dirai à Agachak combien vous avez été serviable.

– Ce ne sera pas nécessaire, fit très vite le Murgo en tournant les talons comme s'il avait vu le diable en personne.

– Les noms de Jaharb et d'Agachak semblent avoir un certain impact dans la région, nota Silk.

– J'imagine que, si vous les citiez dans la même phrase, vous verriez toutes les portes de la ville s'ouvrir devant vous, acquiesça l'eunuque avec un petit sourire.

Rak Urga n'était pas une cité agréable. Ses rues étroites étaient plongées dans un perpétuel crépuscule grisâtre par les bâtiments de pierres grises, coiffés d'ardoise, qui les bordaient. Les murailles suintaient la peur et une sorte d'indifférence glaciale envers tout sentiment humain. Des Murgos à la face sinistre se croisaient dans les rues sans échanger un signe ou une parole, seulement accompagnés par le froissement de leurs robes noires.

– Pourquoi ces gens sont-ils si froids ? s'étonna Essaïon.

– C'est culturel, répondit Polgara. Les Murgos étaient les aristocrates de Cthol Mishrak avant que Torak leur ordonne d'émigrer vers ce continent. Ils se prennent pour la création suprême de l'univers, et chacun d'eux se croit au-dessus de tous les autres. Après ça, que voudrais-tu qu'ils se disent ?

Un nuage de fumée noire, graisseuse, et qui répandait une horrible puanteur pesait sur la ville comme un couvercle.

– Qu'est-ce que c'est que cette odeur ? demanda Velvet en fronçant le nez.

– Je ne pense pas que tu aies envie de le savoir, répondit Silk d'un air sinistre.

– Ils n'auraient pas continué à... ? commença Garion en serrant les dents.

– On dirait bien que si, confirma le petit homme.

– Mais Torak est mort. Ça n'a plus de sens !

– Les Grolims ne se sont jamais trop préoccupés de savoir ce qui avait un sens et ce qui n'en avait pas, rétorqua Belgarath. Ils ont toujours assis leur pouvoir sur la terreur. Ils n'ont pas d'autre moyen de le conserver que de continuer à faire régner la peur.

En tournant au coin d'une rue, ils tombèrent sur un immense bâtiment noir d'où s'élevait une épaisse colonne de fumée que le vent étalait sur le ciel sale.

– C'est le Temple ? demanda Durnik.

Pour toute réponse, Polgara tendit le doigt vers l'unique ouverture de la façade aveugle : une énorme porte à deux battants, bardée de clous et surmontée par un masque en acier poli de Torak. En le voyant, Garion eut, comme toujours, l'impression que son sang se figeait dans ses veines. C'était comme s'il ne s'était rien passé dans la Cité de la Nuit. Le faciès du Dieu mutilé des Angaraks l'emplissait encore d'épouvante, et c'est en tremblant comme une feuille qu'il s'approcha de son Temple.

11

Sadi descendit de cheval, s'approcha de la porte cloutée et actionna le marteau rouillé. Il lui sembla que les échos de son geste se réverbéraient dans tout le Temple.

– Qui demande à entrer dans la Maison de Torak ? tonna une voix assourdie, à l'intérieur.

– J'apporte à Agachak, le Grand Prêtre de Rak Urga, un message de Jaharb, le Grand Maître du Mont Kahsha.

Il y eut un moment de silence, puis un judas s'entrouvrit dans l'un des battants de la porte et un Grolim au visage grêlé leur jeta un coup d'œil circonspect.

– Vous n'êtes pas dagashi, fit-il d'un ton accusateur.

– Pas vraiment, mais Jaharb et Agachak ont conclu un pacte et m'ont confié une partie de sa mise en œuvre.

– Je ne suis pas au courant de cet arrangement.

Sadi couva d'un œil éloquent le capuchon entièrement noir du Grolim. Il ne devait pas peser lourd dans la hiérarchie.

– Excusez-moi, reprit-il fraîchement, mais le Grand Prêtre de Torak aurait-il pour habitude de faire ses confidences à son portier ?

Le Grolim regarda l'eunuque comme s'il allait le mordre et lâcha enfin :

– On se couvre la tête dans les lieux saints.

– Qu'à cela ne tienne, marmonna Sadi en relevant son capuchon sur son crâne rasé. Vous pourriez demander qu'on s'occupe de nos chevaux ?

– Ce sera fait. Ce sont vos serviteurs ? ajouta le Grolim avec un mouvement de menton en direction de Garion et de ses compagnons qui attendaient docilement derrière lui.

– En effet, digne serviteur de Torak.

– Dites-leur de vous suivre. Je vais vous emmener devant Chabat.

– Que le serviteur du Dieu-Dragon me pardonne, mais on m'a bien dit de remettre mon message à Agachak et à personne d'autre.

– Pour voir Agachak, il faut d'abord voir Chabat. Venez.

Ils franchirent la sinistre porte et se retrouvèrent dans un couloir enfumé, éclairé par des torches. L'odeur de chair calcinée qui régnait à l'intérieur était renversante. Garion eut la sensation presque palpable d'une menace effroyable, comme si une force maléfique venue du fond des âges planait sur eux. Des prêtres au visage inexpressif les regardèrent passer d'un œil méfiant, presque hostile.

Soudain, un hurlement d'agonie puis un coup de gong retentirent dans un endroit indéterminé du bâtiment. Garion réprima un frémissement d'horreur. La signification de ces bruits n'était que trop claire.

– On procède donc toujours aux anciens sacrifices ? s'enquit Sadi, un peu étonné. Je pensais que cette pratique était tombée en désuétude, compte tenu des circonstances.

– Rien ne nous dissuadera jamais de célébrer nos rites les plus sacrés, répondit froidement le Grolim. A chaque heure qui passe, nous offrons un cœur humain au Dieu Torak.

– Mais Torak n'est plus.

Le Grolim s'arrêta net, le visage convulsé de rage.

– Que je ne vous entende plus jamais prononcer ces paroles sacrilèges, Nyissien ! gronda-t-il entre ses dents. L'esprit de Torak est toujours vivant et il reviendra ! Il régnera sur le monde et il brandira lui-même le couteau quand son ennemi, Belgarion de Riva, se débattra en hurlant sur l'autel !

– Ça fait plaisir à entendre, murmura Silk. Nous n'avons plus qu'à recommencer.

– Fermez-la, Silk, marmotta Belgarath.

Le prêtre grolim les mena dans une grande pièce aux murs tendus de draperies noires. Des lampes à huile livraient contre l'obscurité un combat perdu d'avance. L'air chargé d'encens était irrespirable. Une mince silhouette au capuchon gansé de violet était assise derrière un immense bureau et lisait un livre relié de cuir noir à la lueur d'une chandelle noire. Garion sentit son cuir chevelu le picoter. Ça ne pouvait vouloir dire qu'une chose... Il jeta un rapide coup d'œil à Polgara ; elle inclina gravement la tête en signe d'acquiescement. Un fort pouvoir émanait de ce personnage. Leur guide mit un genou en terre devant lui.

– Pardonne-moi, ô Sanctissime, fit-il d'une voix tremblante. Je t'amène un messager envoyé par Jaharb, le Dagashi.

L'individu leva la tête et Garion réprima un sursaut. C'était une femme d'une beauté stupéfiante, aux yeux de braise et aux lèvres pleines, crispées par un rictus de mépris, mais le plus impressionnant, c'était les cicatrices écarlates courant sur ses joues pâles, des lignes sinueuses, pareilles à des flammes qui lui auraient embrasé le visage, des tempes au menton.

– Vraiment ? fit-elle d'une voix rauque. Les Dagashis confieraient donc leurs messages à des étrangers, maintenant ?

– Je... je n'ai pas songé à m'en enquérir, Révérende Chabat, fit le Grolim d'une voix mourante. Il s'est présenté comme étant un ami de Jaharb.

– L'as-tu seulement interrogé ? reprit-elle d'une voix réduite à un chuchotement si inquiétant que le prêtre se mit à trembler de tous ses membres, puis son regard revint lentement sur Sadi. Quel est ton nom ? fit-elle d'un ton impérieux.

– Je m'appelle Ussa, et je viens de Sthiss Tor, Vénérable Chabat, répondit l'eunuque. Jaharb m'a donné un message pour votre Grand Prêtre.

– Et quel est ce message ?

– Euh... Que Votre Sainteté me pardonne, mais on a bien insisté : mon message est destiné aux seules oreilles d'Agachak.

– Je *suis* les oreilles d'Agachak, déclara-t-elle avec un calme terrifiant. Il n'entend rien qu'on ne m'ait d'abord dit.

A son intonation, Garion comprit tout à coup que, si la prêtresse avait atteint une position élevée dans la hiérarchie du Temple, elle n'était pas encore tout à fait sûre de son pouvoir. Elle arborait ce manque d'assurance comme une blessure, et quiconque osait mettre son autorité en doute s'attirait sa haine implacable. Pourvu, se dit-il avec ferveur, que Sadi ait compris combien elle pouvait être dangereuse.

– Ah bon, répondit celui-ci, pas démonté. Je n'étais pas au courant de la situation. Jaharb m'a dit qu'Agachak et le roi Urgit voulaient conduire Kabach à Rak Hagga sous bonne escorte, et m'a chargé de le convoyer.

La prêtresse étrécit les yeux d'un air soupçonneux.

– Ce n'est assurément pas l'intégralité du message, reprit-elle d'un ton accusateur.

– Mais si, Vénérable Prêtresse. Je présume qu'Agachak en comprendra la signification.

– Jaharb ne t'a rien dit d'autre ?

– Rien, sinon que ce Kabach était ici, au Temple, sous la protection d'Agachak.

– Impossible ! Je serais au courant, tout de même. Agachak n'a pas de secrets pour moi.

– Je ne puis que répéter ce que m'a dit Jaharb, confirma Sadi en écartant les mains dans un geste d'impuissance.

– Si tu mens, Ussa, ou si tu tentes de me dissimuler quoi que ce soit, reprit la femme, soudain un peu moins sûre d'elle, je te ferai arracher le cœur.

– C'est tout ce que je sais, ô incommensurable Chabat. Puis-je maintenant délivrer ce message à votre Grand Prêtre ?

– Le Grand Prêtre est au Drojim, le palais royal. Il s'entretient avec le roi. Nous ne l'attendons pas avant minuit.

– Eh bien, dans ce cas, y a-t-il un endroit où nous pourrions attendre son retour, mes serviteurs et moi-même ?

– Je n'en ai pas encore fini avec toi, Ussa de Sthiss Tor. Que doit faire ce Kabach à Rak Hagga ?

– Jaharb n'a pas cru utile de me le dire.

– Tu mens, Ussa ! ragea-t-elle, ses ongles tapotant nerveusement le dessus de la table.

– Pourquoi vous mentirais-je, Vénérable Chabat ? se récria l'eunuque.

– Agachak m'en aurait parlé. Il ne me cache rien – *rien* !

– Il a dû oublier. Ça ne doit pas être très important.

Elle passa les autres en revue de ses yeux pareils à deux lacs noirs sous la lune, puis revint au Grolim qui tremblait de tous ses membres.

– Et celui-ci, fit-elle enfin d'une voix glaciale, en indiquant Garion, comment se fait-il que tu l'aies laissé se présenter devant moi avec son épée ?

– Pardonne-moi, Chabat, balbutia le prêtre, glacé d'épouvante. Je... je ne l'avais pas vue.

– Tu ne l'avais pas vue ? Comment une aussi grande épée a-t-elle pu t'échapper ? Tu pourrais m'expliquer ce mystère ? Sans doute a-t-elle le don de se rendre invisible, ironisa la femme balafrée alors que le Grolim tremblait de plus belle. A moins que tu ne te soucies pas de ma sécurité ? Ou que tu ne souhaites ma mort, renchérit-elle avec un sourire carnassier, et le prêtre blêmit. Qui sait ? Peut-être espères-tu que cet étranger me tuera ? Je vais être obligée de mettre Agachak au courant. Je suis sure qu'il adorera t'entendre raconter cette histoire d'épée invisible... dans tous ses détails.

La porte du couloir s'ouvrit devant un Grolim au visage taillé à coups de serpe. Il avait repoussé son capuchon au liséré vert, et ses cheveux noirs, rares et gras, pendaient sur ses épaules. Ses yeux globuleux avaient quelque chose d'halluciné et il émanait de lui une odeur aigre de corps mal lavé.

– C'est bientôt l'heure, Chabat, annonça-t-il d'une voix stridente.

– Merci, Sorchak, répondit-elle d'une voix douce en battant des cils avec une étrange coquetterie.

Elle prit un étui de cuir noir dans le tiroir de la table, l'ouvrit et en sortit un poignard à la lame étincelante. Puis elle se leva et regarda froidement le prêtre grolim qu'elle venait de réprimander.

– Je dois aller au Sanctuaire, procéder au sacrifice rituel, annonça-t-elle en caressant amoureusement la lame de son couteau. Si un seul mot de ce que tu viens d'entendre ici franchit tes lèvres, c'est ta mort que ponctuera le prochain coup de gong. Maintenant, emmène ces marchands d'esclaves en un lieu où ils pourront attendre le retour du Grand Prêtre. Veux-tu m'accompagner au Sanctuaire et me regarder officier ? ajouta-t-elle en braquant sur l'homme aux cheveux gras un regard brûlant tout à coup d'une avidité terrifiante.

– J'en serai très honore, Chabat.

Il s'inclina mécaniquement, mais, alors qu'elle lui tournait le dos, il esquissa une grimace méprisante.

– Cet incapable va s'occuper de vous, annonça la femme au visage balafré en passant devant Sadi. Nous reprendrons notre conversation plus tard. Pour l'instant, je dois m'apprêter au sacrifice.

La prêtresse et son acolyte sortirent ensemble. Le prêtre au visage vérolé referma la porte derrière eux et cracha par terre, à l'endroit qu'ils venaient de quitter.

– Je ne savais pas que les femmes pouvaient grimper aussi haut dans la hiérarchie grolim, commenta Sadi.

– C'est la favorite d'Agachak, marmonna le prêtre d'un ton hargneux. La sorcellerie n'est pas son fort, et si elle a été élevée à cette dignité, c'est grâce à lui. C'est aussi à lui qu'elle doit de ne pas avoir encore été égorgée. Le Grand Prêtre a une certaine prédilection pour la laideur.

– Ah, la politique ! soupira Sadi. Dans les temples, dans les palais, c'est partout pareil... Cela dit, elle paraît très respectueuse de ses devoirs religieux.

– L'avidité avec laquelle elle célèbre le sacrifice n'a pas grand-chose à voir avec la religion ; c'est du vampirisme. Je l'ai vue boire le sang qui jaillissait de la poitrine d'un homme dont elle venait d'arracher le cœur, puis plonger son visage et ses bras dans ses viscères encore chauds. Mais Agachak finira bien par apprendre qu'elle se livre à la magie noire dans la Maison de Torak, ajouta-t-il tout bas, comme s'il craignait d'être entendu. Et le jour où il saura qu'elle célèbre des messes noires avec Sorchak et qu'ils se livrent à des rites obscènes quand tout le monde dort au Temple, ce jour-là, tous les Grolims de Rak Urga se bousculeront pour la regarder se débattre sur l'autel du sacrifice et lui arracher les entrailles. Enfin, suivez-moi, soupira-t-il en rouvrant la porte.

Il les conduisit vers une enfilade de cellules étroites et sombres, pourvues de couchettes escamotables. Une robe noire à capuchon était accrochée derrière chaque porte. Une pièce un peu plus vaste, éclairée par une lampe à huile, était meublée d'une table et de bancs grossiers. Le prêtre les quitta sans un mot, sur un bref hochement de tête.

– Pas très luxueux, commenta Silk avec un reniflement.

– Nous pouvons déposer une réclamation à la direction, si vous voulez, susurra Velvet.

– Qu'est-il arrivé à son visage ? demanda Ce'Nedra d'une voix horrifiée. Elle est hideuse.

– C'était la coutume dans les temples grolims de la région de Hagga, répondit Polgara. Les prêtresses dotées de certains pouvoirs se marquaient ainsi le visage pour se donner à jamais à Torak. Je croyais cette pratique abandonnée.

– Elle aurait pu être si belle... Pourquoi s'est-elle ainsi défigurée ?

– Le fanatisme fait parfois faire de drôles de choses aux gens.

– Comment se fait-il que le prêtre n'ait pas vu l'épée de Garion ? s'étonna Silk.

– L'Orbe a le don de se faire oublier, expliqua Belgarath. Il lui arrive de prendre des initiatives intéressantes.

– Eh bien, ça ne se présente pas mal du tout, qu'en dites-vous ? exulta Sadi en se frottant les mains. Je vous avais dit que je vous serais utile dans cette contrée.

– *Très* utile, renchérit Silk avec un sourire sardonique. Grâce à vous, nous nous sommes déjà retrouvés au beau milieu d'un bataille rangée, droit dans les griffes des Dagashis, et maintenant en plein dans la gueule des Grolims du Cthol Murgos. Nous pouvons savoir ce que vous prévoyez pour la suite ? Si cette femelle à la figure tellement décorative ne vous dévore pas pour son petit déjeuner...

– Vous aurez votre bateau, assura Sadi. Cette Chabat n'oserait jamais contrecarrer les projets d'Agachak, dût son amour-propre en souffrir. Et ce bateau vous fera gagner des mois.

– En attendant, nous avons quelque chose à faire, Garion et moi, annonça Belgarath. Durnik, vous pourriez aller voir au bout de ce couloir s'ils ont posté des gardes ?

– Où allez-vous ? s'informa Silk.

– A la bibliothèque. Qui sait ? Peut-être Jaharb avait-il raison au sujet de ce livre.

– Vous ne pensez pas qu'il vaudrait mieux attendre que tout le monde soit au lit ?

– Nous mettrons peut-être un moment à trouver ce que nous cherchons, rétorqua le vieux sorcier, or Agachak ne doit pas revenir avant minuit ; le moment me paraît assez bien choisi pour fureter dans sa bibliothèque. Et puis, ajouta-t-il avec un petit sourire, ça vous étonnera peut-être, mais je pense qu'on se déplace parfois plus facilement de jour que de nuit.

– Ça ne m'étonne pas, ça me paraît complètement idiot.

– Il n'y a personne, rapporta Durnik depuis la porte.

– Parfait.

Belgarath fit un petit tour dans les cellules, en revint avec deux frocs noirs et en tendit un à Garion. Les deux hommes troquèrent leurs robes vertes contre la défroque des Grolims pendant que Durnik montait la garde devant la porte.

– La voie est encore libre pour l'instant, mais vous feriez bien de vous dépêcher. On vient.

– Allons-y, ordonna Belgarath en relevant son capuchon.

Ils s'engagèrent dans les corridors ténébreux. Des torches fumaient dans des anneaux d'airain scellés aux murs de pierre. Les rares prêtres qu'ils rencontrèrent avançaient tête basse, le visage dissimulé sous leur capuche et les bras enfoncés dans leurs manches. Ils se déplaçaient d'une curieuse démarche chaloupée, à croire qu'ils avaient les jambes raides. Garion subodora que cette façon de marcher avait une obscure signification et tenta de l'imiter.

Belgarath se dirigeait avec assurance, comme s'il savait où il allait. Arrivé à une intersection, il jeta un coup d'œil circonspect dans un couloir plus large. A l'un des bouts, une porte à deux battants était grande ouverte sur une pièce éclairée par une lumière vacillante, la lueur d'un brasier grondant et crépitant.

– Qu'est-ce que c'est ? chuchota Garion.

– Le Sanctuaire. C'est là que sont sacrifiées les victimes consacrées à Torak.

Il traversa rapidement le couloir et s'engagea dans une galerie transversale.

– Ça pourrait prendre des heures, Grand-père, objecta Garion.

– Les architectes grolims ne brillaient pas par l'imagination, rétorqua le vieux sorcier. Tous leurs Temples sont bâtis sur le même modèle. Regarde ce qu'il y a derrière ces portes, je m'occupe de ce côté-ci.

Ils entrouvrirent prudemment chaque porte, l'une après l'autre.

– Garion, appela tout bas Belgarath. J'ai trouvé.

C'était une grande salle dont les murs disparaissaient derrière des rayonnages couverts de volumes et qui sentait la poussière, comme toutes les bibliothèques. Des tables et des bancs de bois étaient placés entre des bat-flanc. Une lampe à huile était pendue au plafond.

– Prends un livre, n'importe lequel, et fais comme si tu étais absorbé par ta lecture, ordonna Belgarath. Assieds-toi là, ton capuchon rabattu sur le nez, et surveille la porte. Tousse si quelqu'un entre. Je vais jeter un coup d'œil.

Garion obtempéra sans mot dire. Il y avait plusieurs minutes qu'il regardait des enluminures sans les voir, à l'affût du moindre bruit, lorsqu'un hurlement de désespoir et d'agonie s'éleva du Sanctuaire où les Grolims se livraient à leurs rites innommables. Ce cri trop familier fut suivi par le sinistre tintement d'un immense gong. Une image dont il se serait bien passé surgit à l'esprit de Garion : celle de Chabat et de son visage balafré sacrifiant sa victime avec une avidité malsaine. Il serra les dents et prit sur lui pour ne pas se lever d'un bond et mettre fin à cette abomination.

Il en était là de ses sombres ruminations quand Belgarath attira son attention d'un discret coup de sifflet.

– Je l'ai, souffla-t-il, perdu entre deux rayonnages de livres. Préviens-moi si quelqu'un entre. Ce ne sera pas long.

Garion se rassit, tendu comme la corde d'un arc. Il n'était pas bon à ce jeu-là. Que ferait-il si un prêtre en robe noire entrait ? Devait-il dire quelque chose ou rester muet, la tête penchée sur son livre ? Quel était l'usage ? Il considéra une demi-douzaine d'attitudes diverses et variées, mais, quand le loquet de la porte claqua avec un bruit d'enfer, il opta pour une stratégie qu'il n'avait pas envisagée : il bondit de son banc et fonça ventre à terre à la recherche de Belgarath.

– Tu crois que nous pouvons parler ici ? fit une voix d'homme.

– Personne n'y vient plus jamais, grommela une seconde voix. Alors, que voulais-tu me dire ?

– Tu n'en as pas encore assez d'elle ? Es-tu enfin disposé à en finir ?

– Plus bas, imbécile ! Si quelqu'un t'entendait et lui rapportait tes paroles, au prochain coup de gong, c'est ton cœur qui crépiterait sur les braises.

– Je ne supporte plus cette putain au visage tailladé, cracha le premier Grolim.

– Nous en sommes tous là, mais tu n'as pas intérêt à le lui laisser voir si tu tiens à la vie. Tant qu'elle sera la favorite d'Agachak, elle jouira d'un pouvoir absolu.

– Ça ne durerait pas longtemps s'il savait qu'elle s'adonne à la magie noire, ici, au Temple.

– Et comment veux-tu qu'il l'apprenne ? Si tu la dénonces, elle niera et Agachak la laissera disposer de toi selon son bon plaisir.

Un silence pesant suivit cette déclaration.

– Et puis, reprit enfin le second Grolim, je ne suis pas sûr qu'Agachak réprouverait ses petits amusements. La seule chose qui l'intéresse en ce moment, comme tous les autres Grands Prêtres, c'est la recherche de Cthrag Sardius. Si elle veut se compromettre avec Sorchak et tenter de susciter des démons au milieu de la nuit, c'est son affaire, pas la nôtre.

– C'est une infamie ! Elle profane notre Temple.

– Je n'en écouterai pas davantage. Je tiens à mon cœur et je préférerais le garder bien au chaud, dans ma poitrine.

– Tu as peut-être raison, concéda le premier prêtre, et sa voix se fit cauteleuse. Mais nous portons tous deux le cordon vert, et notre élévation à la Pourpre sera plus justifiée que la sienne. Si nous la croisions dans un coin tranquille, tu pourrais l'immobiliser grâce à ton pouvoir pendant que je lui plongerais un poignard dans le cœur. Elle pourrait alors comparaître devant Torak et encourir son jugement pour avoir violé son commandement interdisant les pratiques magiques.

– Ne m'en dis pas plus long, je refuse de t'entendre.

Il y eut un bruit de pas précipités et une porte claqua.

– Le lâche ! marmonna le premier prêtre, puis il suivit le même chemin.

– Tu es là, Grand-père ? chuchota Garion.

– Hm-hm. Intéressant, pas vrai ?

– Tu crois que Chabat essaie vraiment de susciter des démons, comme les Morindiens ?

– En tout cas, c'est ce que pensent ses collègues. S'ils disent vrai, elle prend de gros risques. Torak avait formellement interdit les pratiques magiques. Elle a beau être la favorite d'Agachak, s'il l'apprenait, il serait contraint de la condamner.

– Tu as trouvé quelque chose ? reprit Garion en jetant un coup d'œil au livre ouvert sur la table, devant Belgarath.

– Il me semble. Ecoute ça : « Le chemin qui a été perdu, tu le retrouveras sur l'Ile du Sud. »

– Verkat ?

– Probablement. Verkat est la seule île importante au sud du Cthol Murgos. Ça confirme ce que Sadi nous a dit. Je suis content de savoir que nous sommes sur la bonne voie.

– L'ennui, c'est que nous sommes très en retard sur Zandramas. Tu n'as rien vu qui nous permettrait de reprendre un peu d'avance ?

– Pas encore. Tiens, qu'est-ce que c'est que ça ? s'exclama-t-il, surpris, en tournant une page.

– Quoi donc ?

– Ça, répéta le vieux sorcier en présentant le livre à la lumière de la lampe à huile. « Prends garde, lut-il, car dans les jours qui suivront la montée aux cieux du Dieu des Ténèbres, le Roi de l'Est et le Roi du Sud entreront en guerre. Tu sauras, quand la bataille fera rage dans les plaines du Sud, que le jour de la rencontre est proche. Il faudra alors te hâter de gagner l'Endroit qui n'Est Plus. Tu emmèneras avec toi le fruit du sacrifice et un Roi angarak comme témoin. Car, en vérité, en te présentant devant le Cthrag Sardius avec le fruit du sacrifice et le Roi angarak tu connaîtras l'élévation suprême et auras le pouvoir absolu. Sache encore qu'au moment du sacrifice le Dieu des Ténèbres renaîtra et qu'à l'instant de sa résurrection, il triomphera de l'Enfant de Lumière. »

– Le fruit du sacrifice ? s'exclama Garion, les yeux exorbités dans son visage blême. Voilà donc à quoi Zandramas destine mon fils !

– Ça expliquerait un certain nombre de choses, grommela Belgarath. Mais ce que je ne comprends pas, c'est cette histoire de roi angarak. Cyradis et la Prophétie n'y ont fait aucune allusion.

– C'est un livre grolim, lui rappela Garion. Il se trompe peut-être.

– C'est possible, évidemment, mais ça nous explique tout de même pourquoi Zandramas agit en catimini. Si Urvon est au courant comme Agachak semble l'être, ils vont faire tout ce qui est en leur pouvoir pour récupérer ton fils. Le premier qui s'approchera du Sardion avec l'enfant et un roi angarak aura le pouvoir absolu sur l'Eglise grolim.

– Mais pourquoi mon fils ? tempêta Garion. Pourquoi a-t-il été choisi pour le sacrifice ?

– Ça, Garion, je n'en sais rien.

– En attendant, inutile d'en parler à Ce'Nedra. La situation lui est déjà assez pénible comme ça.

La porte se rouvrit et Garion fit volte-face en portant la main à la poignée de son épée.

– Belgarath ? Vous êtes là ? fit la voix de Silk.

– Ici, répondit le vieux sorcier. Pas si fort !

– Nous avons des ennuis, fit le petit homme en s'approchant d'eux. Essaïon a disparu.

– *Hein ?* s'exclama Garion.

– Il s'est éclipsé alors que nous avions le dos tourné.

Belgarath flanqua un coup de poing sur la table et lâcha un juron.

– Mais qu'est-ce qu'il a dans le crâne ?

– Polgara voulait partir à sa recherche mais Durnik a réussi à l'en dissuader, reprit Silk en repoussant le capuchon de sa robe noire. Je lui ai dit que j'allais vous chercher.

– Il vaudrait mieux que nous le retrouvions en vitesse, gronda le vieux sorcier en s'approchant de la porte. Pol ne va pas tarder à passer aux actes. Nous allons nous diviser. Reprenez contact avec les autres de temps à autre. Nous serions bien avancés si, ayant retrouvé Essaïon, nous devions nous courir après. Et toi, Garion, surtout ne fais rien qui puisse attirer l'attention des Grolims. Avec leur pouvoir, ils t'entendraient tout de suite, recommanda-t-il en jetant un coup d'œil dans le couloir. Bon, allons-y.

Il se faufila dans le corridor mal éclairé et s'éloigna rapidement. Silk et Garion partirent dans la direction opposée.

– Comment a-t-il réussi à échapper à la vigilance de tante Pol ? murmura le jeune roi de Riva.

– Ce'Nedra a piqué une crise de nerfs, répondit Silk. Elle n'a pas supporté le sacrifice. Polgara a essayé de la calmer et Essaïon en a profité pour s'échapper.

– Elle va mieux ? souffla Garion, taraudé par l'angoisse.

– Polgara lui a donné quelque chose et elle s'est endormie. Bon, je vais voir par ici, fit Silk en jetant un coup d'œil circonspect au coin d'un couloir. Fais attention.

Il s'éloigna silencieusement, comme un chat.

Garion attendit que son ami ait disparu, puis il s'aventura prudemment dans le couloir suivant, les bras croisées sur la poitrine et la tête basse, à l'instar des Grolims. Sacré Essaïon ! Qu'est-ce qui lui avait pris ? Garion se retenait pour ne pas flanquer des coups de poing dans les murs. Il entreprit d'entrouvrir toutes les portes du couloir en faisant de son mieux pour avoir l'air naturel.

– Qui est-ce ? protesta une voix fortement accentuée alors qu'il ouvrait la porte d'une pièce plongée dans la pénombre.

– Pardon, frère, marmonna Garion en essayant d'imiter le parler angarak. Je me suis trompé.

Il referma précipitamment la porte et s'éloigna aussi vite que les apparences le lui permettaient. La porte, derrière lui, se rouvrit en coup de vent, et un Grolim à demi nu passa la tête dans le couloir.

– Hé, toi, là-bas ! Ne te sauve pas comme ça !

Garion prit ses jambes à son cou et se retrouva, en deux pas, dans le couloir central du Temple.

– Reviens ici ! hurla le Grolim, furibond, et Garion entendit ses pieds nus claquer sur le sol dallé.

Il lui courait après ! Garion poussa un juron et risqua le tout pour le tout. Il ouvrit la première porte qui se présentait et s'engouffra dans une pièce – vide, heureusement. Il referma la porte derrière lui et colla l'oreille au panneau.

– Qu'est-ce qui t'arrive ? demanda quelqu'un dans le couloir, juste devant la porte.

– Quelqu'un a essayé d'entrer dans ma cellule, répondit le Grolim courroucé.

Un petit rire entendu lui répondit.

– Tu aurais dû attendre de voir ce qu'elle te voulait.

– C'était un homme.

– Tiens, tiens, fit la première voix. Tiens, tiens, tiens.

– Qu'est-ce que ça veut dire ?

– Rien. Rien du tout. Tu ferais mieux d'aller t'habiller. Si Chabat te prend à traîner dans cette tenue, ça risque de lui donner des idées bizarres.

– C'est ici qu'il se passe des choses bizarres. Il faut que je retrouve cet intrus. Tu veux m'aider ?

– Pourquoi pas ? Je n'ai rien de mieux à faire.

D'un bout du couloir s'éleva un chant monocorde, geignard, rythmé par les pas traînants d'une procession.

– Fichons le camp, fit l'une des voix de l'autre côté de la porte. Si on nous voit, nous ne pourrons pas nous défiler.

Ils s'éloignèrent furtivement, à en juger par les bruits. Garion entrouvrit prudemment la porte et jeta un coup d'œil dans le corridor. L'hymne monotone et les pas traînants se rapprochaient. Un cortège de Grolims avançaient lentement, les mains jointes, le capuchon relevé sur la tête. Ils allaient vers le cœur du Temple, le Sanctuaire. Garion songea un instant à attendre dans l'obscurité qu'ils soient passés, puis obéissant à une impulsion irrésistible, il rouvrit la porte et prit la queue de la file.

Il s'appliquait à imiter la démarche de ses prétendus coreligionnaires quand il s'aperçut que l'odeur de chair brûlée devenait insoutenable. Ils approchaient du Sanctuaire. La congrégation franchit alors une porte en ogive et entra dans le saint des saints : une salle voûtée, au plafond noyé dans l'ombre et la fumée. Sur le mur situé face à la porte était accroché le masque d'acier poli à l'effigie du Dieu Torak. Ce faciès calme et indifférent surmontait un autel de pierre noire, ruisselant de sang. Un brasero et une fosse à feu attendaient les cœurs palpitants et les corps frémissants offerts au Dieu mort.

Garion se secoua et se glissa derrière une colonne, près de la porte. Il resta planté là, le front ruisselant de sueur et les jambes flageolantes, le temps de reprendre son empire sur lui-même. Il connaissait mieux que n'importe qui la signification de cet horrible endroit. Torak était mort depuis des années. Son cœur avait cessé de battre, il avait lui-même mis fin à ses palpitation en le perçant de son épée embrasée. Les flots de sang qui inondaient cet immonde endroit depuis cette terrible nuit n'avaient aucun sens. Cette boucherie était un hommage absurde, irraisonné, à un Dieu mutilé, dément, qui était mort en versant des larmes de feu et en implorant pitoyablement les étoiles indifférentes. Une rage brûlante lui emplit lentement la poitrine, lui mit dans la bouche un goût de tempête, farouche et amer. Sans réfléchir, il banda son énergie, imagina le masque et l'autel volant en éclats, la soudaine destruction de ce repaire de monstres...

Ce n'est pas pour ça que tu es là, Belgarion! lança la voix qui lui parlait dans le secret de son âme.

Lentement, comme s'il craignait de détruire la ville entière en relâchant brutalement sa volonté, Garion se détendit. Il aurait tout le temps, par la suite, de mettre fin à cette abomination. Pour l'instant, il fallait qu'il retrouve Essaïon. Il jeta prudemment un coup d'œil derrière la colonne. Un prêtre au capuchon orné d'une ganse violette entra par la porte opposée du Sanctuaire. Il tenait un coussin rouge sur lequel reposait une dague à la lame étincelante. Il se dressa devant l'effigie de son Dieu mort et éleva le coussin et le poignard dans une attitude révérencieuse.

– Contemple, ô Dieu-Dragon des Angaraks, l'instrument de Ta volonté, entonna-t-il. Et vois celui dont le cœur va T'être offert.

Quatre Grolims traînèrent dans le Sanctuaire un esclave nu et le renversèrent sur l'autel, indifférents à ses tentatives maladroites pour se libérer comme à ses appels à la pitié proférés d'une voix étranglée par l'épouvante. C'en était trop. Garion tendit la main derrière son épaule...

– *Arrête!* ordonna sa voix intérieure.

– *Non! Je ne les laisserai pas faire!*

– *Il ne lui arrivera rien. Lâche ton épée!*

– Pas question! hurla Garion en dégainant son arme.

Il s'apprêtait à quitter l'abri de son pilier lorsqu'il s'aperçut qu'il ne pouvait lever le petit doigt. C'était comme s'il avait été changé en pierre.

Lâchez-moi! grinça-t-il.

Pas question! Cette fois, tu es ici pour observer, non pour agir. Maintenant, reste tranquille et regarde.

Garion ne put en croire ses yeux. Il vit Essaïon entrer dans le Sanctuaire par la même porte que l'esclave. A la lumière du brasero, ses cheveux luisaient comme une coulée d'or rouge. Il s'approcha du prêtre stupéfait d'un air déterminé et en même temps sincèrement navré.

– Je regrette, mais vous ne pouvez plus faire ça, dit-il.

– Emparez-vous de ce profanateur et que son cœur grésille dans les braises ! beugla le prêtre.

Une douzaine de Grolims bondirent sur Essaïon, mais ils s'arrêtèrent net, frappés de la même paralysie que Garion.

– Ça doit cesser, reprit fermement le jeune homme. Je sais quelle importance tout cela revêtait pour vous, mais ça ne peut plus durer. Un jour, bientôt, je pense, vous comprendrez.

Garion n'entendit rien, il ne sentit pas la vague d'énergie habituelle, mais le feu qui crépitait devant l'autel se mit à rugir comme une chaudière et ses flammes léchèrent la voûte du Sanctuaire, tel un volcan en éruption. Puis ce fut comme si un coup de vent glacial avait tout à coup balayé la fournaise. Les flammes avides lancèrent un dernier crachotement, pareil à celui d'une chandelle mourante, et s'éteignirent. Le brasero incandescent qui se dressait sur le côté de l'autel jeta lui aussi une flamme aveuglante, sa carcasse d'acier se ramollit et parut s'affaisser sous son propre poids. Il jeta une ultime étincelle et s'éteignit à son tour.

Horrifié, le prêtre laissa tomber son poignard et se jeta, les mains tendues, sur le brasero brûlant, dans l'espoir irrationnel d'aider le métal en fusion à reprendre sa forme originelle. Son geste s'acheva dans un hurlement de douleur. L'acier chauffé au rouge lui avait cruellement brûlé les chairs.

Essaïon contempla avec satisfaction les brasiers éteints et se tourna vers les Grolims sidérés qui tenaient toujours l'esclave nu.

– Lâchez-le, leur dit-il sur le ton de la conversation. Vous feriez aussi bien de le laisser partir tout de suite, reprit-il, comme ils le regardaient, pétrifiés. Sans feu, le sacrifice est impossible, or les foyers sont éteints et vous ne pourrez jamais les rallumer, quoi que vous fassiez.

Et voilà ! s'exclama la voix intérieure de Garion, avec une telle exaltation que ses jambes se dérobèrent sous son corps.

Le prêtre aux mains brûlées cessa un instant de geindre pour lever son visage d'un gris de cendre vers ses ouailles.

– Arrêtez-le ! hurla-t-il d'une voix stridente en brandissant ses moignons calcinés vers Essaïon. Emparez-vous de lui et emmenez-le devant Chabat !

12

Ce n'était plus la peine de raser les murs. Des cloches sonnaient l'alarme aux quatre coins du Temple. Les Grolims affolés se ruaient dans tous les sens en hurlant des ordres contradictoires, et Garion courait parmi eux, cherchant désespérément ses compagnons. Au détour d'un couloir, un prêtre aux yeux hagards le prit par le bras.

– Etais-tu au Sanctuaire quand c'est arrivé ? demanda-t-il.

– Non, mentit Garion en tentant de se libérer.

– Il paraît qu'il faisait dix pieds de haut et qu'il a anéanti une douzaine de nos frères avant d'éteindre les feux.

– Ah bon ? fit Garion en se débattant frénétiquement.

– On dit que c'était Belgarath le sorcier.

– Je trouve ça un peu difficile à avaler.

– Qui d'autre dispose d'un tel pouvoir ?

Le Grolim s'arrêta net et le regarda fixement, l'air égaré.

– Tu sais ce que ça veut dire, bien sûr ? reprit-il d'une voix entrecoupée par l'épouvante.

– Quoi donc ?

– Le Sanctuaire devra être à nouveau consacré, et, pour ça, il faudra du sang. Beaucoup de sang, et le nôtre. Des douzaines de Grolims périront avant que le Saint des Saints ne soit purifié.

– Il faut vraiment que j'y aille, prétexta Garion en se débattant comme un beau diable.

– Chabat pataugera dans notre sang jusqu'à la taille, geignit le prêtre, indifférent à ses tentatives d'évasion.

L'heure n'était plus aux tergiversations. Garion regarda derrière l'épaule du Grolim hystérique en ouvrant de grands yeux terrifiés.

– Hé... mais c'est elle ! murmura-t-il d'un ton pressant.

L'homme tourna la tête, épouvanté. Garion lui envoya un bon coup de poing sur le côté du visage. Le prêtre heurta brutalement le mur et s'effondra en tas par terre, les yeux vitreux.

– Joli, fit Silk, planqué non loin de là, dans l'embrasure d'une porte. Mais la raison de cette brutalité m'échappe.

– Je n'arrivais pas à m'en dépêtrer, ronchonna Garion.

Il se pencha sur l'homme inconscient, le traîna dans un coin sombre et l'assit tant bien que mal.

– Tu ne saurais pas où est mon grand-père, par hasard ?

– Juste derrière moi, répondit Silk avec un mouvement du pouce dans son dos. Que s'est-il passé ?

– Je te dirai ça dans une minute. Quand nous serons au calme.

Ils retrouvèrent Belgarath tranquillement assis au bord d'une table, un pied ballant dans le vide.

– Qu'est-ce que c'est que ce raffut ? demanda-t-il.

– J'ai retrouvé Essaïon.

– Parfait.

– Façon de parler. Il a fait irruption dans le Sanctuaire au moment où les Grolims s'apprêtaient à sacrifier un esclave et il a éteint les feux.

– Il a *quoi ?*

– Enfin, je pense que c'était lui. J'y étais et je sais que ce n'était pas moi. Il est entré, il leur a dit qu'ils ne pouvaient plus sacrifier les gens comme ça et les feux se sont éteints. Grand-père, il a fait ça sans bruit, je n'ai rien entendu, je n'ai même pas senti la vague d'énergie, *rien*.

– Tu es sûr que c'était lui et pas un phénomène naturel ?

– Et comment ! Ecoute, les flammes sont montées jusqu'au plafond et se sont éteintes comme une chandelle qu'on aurait soufflée. Et ce n'est pas tout : la voix m'a parlé et je ne pouvais plus bouger le petit doigt. Les Grolims qui tenaient l'esclave l'ont lâché quand Essaïon le leur a ordonné, puis il leur a dit qu'ils ne pourraient plus jamais rallumer les feux, quoi qu'ils fassent.

– Où est ce gamin, maintenant ?

– Ils l'ont emmené devant Chabat.

– Tu n'aurais pas pu les en empêcher ?

– On m'avait dit de ne pas intervenir, répondit Garion en se tapotant le front.

– C'est le bouquet ! Bon, nous ferions mieux de mettre les autres au courant. On dirait que nous allons être obligés de faire le coup de poing pour libérer Essaïon et sortir d'ici.

Il entrouvrit la porte, jeta un coup d'œil dans le couloir et fit signe à Garion et Silk de le suivre.

Ils rejoignirent leurs compagnons dans leurs cellules. Polgara était pâle comme un linge.

– Vous ne l'avez pas retrouvé, fit-elle aussitôt, et ce n'était pas une question.

– Si, si, Garion l'a vu, répondit Belgarath.

– Alors pourquoi ne l'as-tu pas ramené ? rétorqua-t-elle en se tournant vers le jeune homme.

– Je n'ai pas pu, Tante Pol. Il est aux mains des Grolims.

– Il y a un problème, reprit gravement le vieux sorcier. Selon Garion, Essaïon serait entré dans le Sanctuaire et il aurait éteint les feux.

– *Hein ?*

– Eh oui, fit Garion avec un geste d'impuissance. Il est entré comme une fleur et il a éteint les feux. Les Grolims se sont emparés de lui et l'ont emmené devant Chabat.

– C'est très grave, Belgarath, fit Sadi. Ces feux sont censés brûler perpétuellement. Si les Grolims pensent que c'est sa faute, sa vie est en danger.

– Je sais, acquiesça le vieux sorcier.

– Bon, fit calmement Durnik. Eh bien, nous n'avons qu'à le sortir de leurs griffes.

Il se leva, aussitôt imité par Toth.

– Mais notre bateau nous attend, protesta Sadi. Nous pourrions partir d'ici sans que personne s'en rende compte.

– Pas question, rétorqua Belgarath avec une sinistre détermination.

– Laissez-moi d'abord tenter de sauver la situation, implora l'eunuque. Vous aurez tout le temps de prendre des mesures radicales si je n'arrive pas à nous tirer de là autrement.

– Où est Ce'Nedra ? fit Garion en regardant autour de lui avec inquiétude.

– Elle dort, répondit Polgara. Liselle est avec elle.

– Elle va bien ? Silk m'a dit qu'elle avait eu une crise de nerfs. Elle n'est pas retombée malade, au moins ?

– Mais non. Elle n'a pas supporté les bruits qui venaient du Sanctuaire, c'est tout.

Un poing lourd s'abattit sur la porte verrouillée. Garion se releva d'un bond et chercha instinctivement son épée.

– Ouvrez, là-dedans ! ordonna une voix âpre.

– Vite, siffla Sadi. Retournez dans vos cellules et faites semblant de somnoler.

Ils regagnèrent précipitamment leurs cellules et attendirent en retenant leur souffle que le petit eunuque déverrouille la porte.

– Que se passe-t-il, mes frères ? susurra-t-il alors que les Grolims surgissaient dans la pièce, l'arme au poing.

– Vous êtes convoqués devant le Grand Prêtre, railla l'un des prêtres. Toi, le marchand d'esclaves, et toute ta bande.

– C'est un grand honneur, murmura Sadi.

– Tu parles d'un honneur ! Vous allez être interrogés, oui. Et je vous conseille de dire la vérité, parce que Agachak vous arrachera la peau pouce par pouce si vous lui mentez.

– Quelle idée désagréable... Le Grand Prêtre serait donc revenu du Drojim ?

– On l'a informé du crime abject commis par l'un de vos serviteurs.

– Un crime ? Quel crime ?

– Sur ordre de Chabat, reprit le Grolim, ignorant sa question, vous devez rester au secret jusqu'au retour d'Agachak.

Garion et ses compagnons furent rudement tirés de leur prétendu sommeil et escortés à travers les corridors enfumés, puis on leur fit descendre un étroit escalier de pierre menant aux souterrains du Temple. Les caves avaient cette odeur aigre, particulière aux prisons et aux oubliettes du monde entier. L'un des Grolims ouvrit une porte fermée par une barre de fer et leur fit signe d'entrer.

– Est-ce vraiment nécessaire, mon frère ? protesta Sadi.

Le Grolim porta la main à la poignée de son épée dans un geste menaçant.

– Ça va, ça va ! protesta l'eunuque. C'était juste une question !

– Entrez ! Tout de suite ! Et ne discutez pas !

Ils s'entassèrent dans la cellule obscure, l'homme claqua la porte derrière eux et la clé tourna dans la serrure avec un grincement de mauvais augure.

– Que se passe-t-il, Garion, souffla Ce'Nedra d'une petite voix terrifiée. Pourquoi font-ils ça ?

– Essaïon s'est attiré des ennuis, expliqua le jeune

homme en la prenant par les épaules dans un geste protecteur. Mais Sadi va nous sortir de là.

– Et s'il n'y arrive pas ?

– Eh bien, nous nous en tirerons d'une autre façon.

Silk parcourut leur geôle d'un œil réprobateur.

– Ces bâtisseurs d'oubliettes n'ont vraiment aucune imagination, commenta-t-il avec un reniflement dédaigneux en flanquant un coup de pied dans la paille qui couvrait le sol.

– Serait-ce que vous avez une expérience approfondie de ce genre de villégiature ? insinua suavement Velvet.

– J'ai eu l'occasion de visiter quelques lieux de détention, mais je n'ai jamais jugé utile d'y séjourner plus de quelques heures, répondit-il en se dressant sur la pointe des pieds et en jetant un coup d'œil par le petit judas grillagé pratiqué dans la porte. Pas un garde. Parfait. Vous voulez que je vous ouvre ça, Belgarath ? demanda-t-il en tapotant la serrure. Je ne pense pas que nous soyons très utiles ici.

– Un peu de patience, Prince Kheldar, je vous en prie, supplia Sadi. Comment voulez-vous que j'arrange les choses si vous démolissez le matériel ?

– Il faut que je sache ce qu'ils ont fait d'Essaïon, décréta Polgara. Allez-y, Silk, ouvrez-la.

– Polgara ? fit une petite voix familière depuis la cellule voisine. C'est vous ?

– Essaïon ! souffla la sorcière, soulagée. Tu vas bien ?

– Très bien, Polgara. Ils m'ont mis des chaînes aux pieds, mais ce n'est pas si inconfortable que ça.

– Pourquoi as-tu fait ça, au Sanctuaire ?

– Ces feux ne me plaisaient pas.

– A moi non plus, mais...

– Ils ne me plaisaient vraiment pas, Polgara. Ce genre de chose doit cesser, et il faut bien commencer quelque part.

– Comment les as-tu éteints ? demanda Belgarath par le judas grillagé de la porte. Garion était là ; il dit n'avoir rien vu ou entendu.

– Je ne sais pas très bien, Belgarath. Je n'ai pas l'impression d'avoir fait quoi que ce soit de spécial. J'ai juste décidé que je ne voulais plus les voir brûler, alors je le leur ai fait sentir et ils se sont éteints.

– C'est tout ?

– Oui, pour autant que je m'en souvienne.

– Quand nous sortirons d'ici, gamin, bougonna Belgarath, il faudra que nous ayons une bonne conversation, tous les deux. Ça fait un moment que je dis ça, mais je m'en laisse chaque fois dissuader en douceur. Si tu as l'occasion de parler à ton ami, Garion, dis-lui d'arrêter ce petit jeu. Ça m'exaspère.

– Il le sait déjà, Grand-père. Je crois même que c'est pour ça qu'il le fait.

Une lourde porte de fer s'ouvrit avec fracas, à l'autre bout du couloir, et des pas s'approchèrent.

– Des Grolims, annonça tout bas Silk, depuis le judas.

– Et qui vouliez-vous que ce soit ? ironisa le sorcier.

Les hommes s'arrêtèrent devant la cellule d'Essaïon, il y eut un cliquetis de clés et la porte s'ouvrit.

– Toi, le gamin, aboya une voix rauque, sors de là !

– Père ! chuchota impérieusement Polgara.

– Attends, murmura le vieux sorcier en levant la main.

Puis la porte de leur cellule s'ouvrit à son tour.

– Agachak est rentré, déclara sèchement l'un des hommes. Allez, tout le monde dehors.

– Enfin ! souffla Sadi, soulagé. Ce ne peut être qu'un malentendu, et je suis sûr qu'il sera bientôt dissipé.

– Silence ! beugla le Grolim en repartant dans le couloir pendant qu'une douzaine d'hommes encadraient les prisonniers, sabre au clair.

On les emmena dans une pièce ornée de tentures brunes, vivement éclairée par des torches. Le Grand Prêtre de Rak Urga trônait à un bout, dans une robe à capuchon rouge sang. C'était un vieillard au visage cadavérique et à la longue barbe grise. Ses yeux profondément enfoncés dans leurs orbites brûlaient d'un éclat malsain sous leurs sourcils broussailleux. Chabat, la mince prêtresse, était plantée à côté de son maître. Elle avait repoussé sur ses épaules son capuchon gansé de violet et les cicatrices rouges de ses joues semblaient danser à la lueur des torches. Elle contemplait, avec un sourire cruel et triomphant, Essaïon tranquillement assis sur un tabouret, les fers aux pieds.

– Lequel d'entre vous est Ussa de Sthiss Tor ? demanda le Grand Prêtre d'une voix caverneuse.

Sadi fit un pas en avant et s'inclina obséquieusement.

– C'est moi, Sanctissime, dit-il.

– Tu t'es mis dans un mauvais cas, Ussa, ronronna Chabat de sa voix de gorge, les lèvres retroussées sur un vilain rictus.

– Mais je n'ai rien fait !

– Au Cthol Murgos, le maître est responsable des actes de ses serviteurs.

Agachak regarda Sadi d'un œil implacable, mais son visage d'une pâleur de cire resta sans expression.

– Alors ? commença-t-il. Qui a instruit l'affaire ?

– Sorchak, ô Maître, décréta Chabat en se tournant vers un Grolim encapuchonné debout près du mur. Vous connaissez son zèle.

– Certes, fit dédaigneusement Agachak. J'aurais dû me douter que ce serait lui... Bien, le Grand Inquisiteur peut procéder à l'exposé des faits, ajouta-t-il tandis qu'un sourire sardonique effleurait ses lèvres.

L'homme fit un pas en avant et repoussa son capuchon au liséré vert sur sa chevelure inculte.

– L'affaire est assez simple, Seigneur, clama-t-il de sa voix stridente. La culpabilité de ce gredin ne fait pas de doute ; son forfait a eu des douzaines de témoins. Mais les implications de son crime restent à établir.

– Que le Grand Prêtre prononce la sentence ! requit Chabat. Je ferai cracher la vérité à ce Nyissien visqueux et à ses serviteurs.

– J'ai beaucoup entendu parler de culpabilité, mais pas de la faute commise, rétorqua Agachak.

– Je voulais, ô Maître, vous faire grâce d'une procédure fastidieuse, riposta la prêtresse, un peu démontée. Je suis convaincue de la véracité des accusations portées par Sorchak. Vous vous étiez toujours fié à mon jugement, jusqu'alors.

– Peut-être, mais, cette fois, je préfère juger par moi-même. Alors, Sorchak, quelles sont les charges qui pèsent sur ce jeune homme ? questionna Agachak d'un ton tranchant.

Le Grolim aux cheveux gras parut quelque peu décontenancé par l'agressivité du Grand Prêtre. Ses yeux globuleux trahirent fugitivement sa perplexité, puis il se redressa.

– Au début de la soirée, commença-t-il, alors que nous nous apprêtions à célébrer le plus sacré de nos rites, ce jeune homme est entré dans le Sanctuaire et a éteint les feux. Voilà de quoi il est accusé. Je jure qu'il est coupable.

– C'est absurde, protesta Sadi. Je présume que les feux du Sanctuaire sont gardés en permanence. Comment ce garçon aurait-il pu s'en approcher suffisamment pour les éteindre ?

– Tu oses mettre en doute la parole d'un prêtre de Torak ? Mais c'est la mort qui t'attend ! rétorqua hargneusement Chabat, et les flammes qui balafraient ses joues parurent se convulser. Sorchak a juré que ce garçon était coupable, c'est donc qu'il l'est.

Le regard d'Agachak se posa sur la prêtresse et parut se voiler.

– Je veux connaître la preuve qui vous a si bien convaincus de sa culpabilité, le Grand Inquisiteur et toi, dit-il d'une voix atone. C'est une chose que d'accuser quelqu'un ; c'en est une autre que de prouver sa culpabilité, et la question posée par Ussa ne manque pas de pertinence.

A ces mots, un léger espoir emplit Garion. Le Grand Prêtre savait ce que Chabat fricotait avec Sorchak et n'appréciait guère l'âpreté avec laquelle elle appuyait ses propos.

– Eh bien, le Grand Inquisiteur me dira-t-il enfin comment ce garçon a réussi à éteindre les feux du Sanctuaire ? La garde se serait-elle relâchée dans le Saint des Saints ?

Sorchak comprit qu'il s'aventurait en terrain dangereux et répondit avec circonspection.

– J'ai beaucoup de témoins, Seigneur, déclara-t-il. Tous les frères présents dans le Sanctuaire s'accordent à reconnaître que le Cœur du Temple a été profané par la sorcellerie.

– C'est donc de sorcellerie qu'il s'agit ? Ça expliquerait tout, évidemment, railla le Grand Prêtre, le regard rivé sur le Grolim qui transpirait maintenant à grosses gouttes. J'ai remarqué que, faute de preuves concrètes, on criait souvent au sorcier ou à la sorcière. C'est la seule explication que vous avez trouvée à la désacralisation du Cœur du Temple ? Le dossier d'instruction serait-il si léger que le Grand Inquisiteur doive se rabattre sur une accusation aussi peu convaincante ?

« Enfin, nous mettrons vite fin à la controverse, ajouta Agachak. La sorcellerie présente un léger inconvénient, c'est que ceux qui en sont doués perçoivent clairement le moment où on en use. Tu ne le savais pas, Sorchak ? reprit le cadavre vivant juché sur le trône, et le Grolim se mit à trembler. Un prêtre de rang vert espérant être élevé à la dignité de la Pourpre aurait dû le savoir. Mais, pour cela, il aurait fallu que tu soies plus assidu dans tes études, or tu avais peut-être d'autres préoccupations... Je m'étonne, Chabat, fit-il en se tournant vers la prêtresse debout à son côté, que tu n'aies pas instruit ton protégé plus avant. Tu aurais pu le mettre en garde contre le danger de ce genre d'accusation, et du risque que vous couriez de vous ridiculiser tous les deux. »

La prêtresse parut accuser le coup, puis ses yeux jetèrent des éclairs. D'abord livides, les flammes qui balafraient son visage se mirent à luire comme si un feu intérieur couvait sous sa peau.

– Eh bien, Chabat, reprit le Grand Prêtre avec un calme inquiétant, l'heure est-elle venue ? Tenteras-tu enfin d'user de ton pouvoir contre moi ?

La terrible question plana un moment dans l'air et Garion s'aperçut qu'il en oubliait de respirer. Mais Chabat baissa les yeux sous le regard de son maître et le feu de ses joues reflua.

– Sage décision, Chabat, souffla Agachak, puis il ramena son attention vers l'eunuque. Eh bien, Ussa de Sthiss Tor, que réponds-tu à l'accusation de sorcellerie portée à l'encontre de ton serviteur ici présent ?

– Je réponds, Seigneur, que le prêtre de Torak se méprend, rétorqua diplomatiquement Sadi. Croyez-moi, ce jeune innocent est loin d'être sorcier. Il met dix minutes tous les matins à distinguer sa chaussure droite de la gauche. Enfin, regardez-le : il n'y a pas la moindre lueur d'intelligence dans ses yeux. Il n'a même pas assez de bon sens pour avoir peur.

Une colère incoercible embrasa à nouveau les yeux de Chabat, mais Garion crut y lire à présent une vague incertitude.

– Comme si les marchands d'esclaves nyissiens s'y connaissaient en sorcellerie ! railla-t-elle. Voyons, Maître, les mœurs des hommes-serpents vous sont familières. Cet Ussa à manifestement l'esprit tellement embrumé par ses drogues qu'il pourrait avoir Belgarath parmi ses gens sans s'en apercevoir.

– Voilà un argument intéressant, en effet, murmura Agachak. Examinons maintenant l'affaire. Notre seule certitude, c'est que les feux de l'autel ont cessé de brûler. Sorchak affirme, sans pouvoir le prouver, que ce jeune homme les a éteints par sorcellerie. Ussa de Sthiss Tor, qui est peut-être drogué au point de perdre le sens des réalités, prétend que son serviteur est un peu simplet et bien incapable d'un tel prodige. Comment sortir de ce dilemme ?

– Mettons-les à la torture, ô Maître, suggéra avidement Chabat. Je leur arracherai moi-même la vérité à tous, l'un après l'autre.

Garion serra les poings et jeta un coup d'œil à Belgarath. Sa barbe argentée s'embrasait de reflets inquiétants à la lueur rougeoyante des torches, mais il avait l'air calme et ne semblait pas, en tout cas, se préparer à intervenir.

– Nous connaissons, Chabat, ta passion pour les supplices, répondit froidement Agachak. Tu sais si bien faire parler tes victimes qu'elles finissent ordinairement par dire tout ce que tu veux. Et pas forcément la vérité.

– Je m'efforce, ô Maître, de servir mon Dieu, déclara-t-elle fièrement.

– Comme chacun de nous, ici, ma Sainte Prêtresse. Tu serais bien inspirée, au demeurant, d'arguer un peu moins de ta piété pour te faire valoir. Cela vaut aussi pour ton acolyte, ajouta-t-il en regardant Sorchak avec un mépris non dissimulé. Je te rappelle que je suis votre maître à tous, et seul juge en la matière.

La prêtresse au visage couturé de cicatrices sentit le danger et se fit toute petite.

– Pardonnez-moi, ô Maître, balbutia-t-elle craintivement. Ce crime monstrueux m'a emplie d'un juste courroux, mais, comme vous le dites, la décision vous appartient entièrement.

– Je te suis fort reconnaissant, Chabat, de ta soumission à mon autorité. Je craignais que tu n'aies oublié tes devoirs.

Un soudain vacarme se fit entendre à l'autre bout de la salle. Deux énormes Murgos au visage de pierre écartèrent sans ménagement les Grolims massés près de la porte et frappèrent le sol avec le bout de leur hallebarde.

– Ecartez-vous ! beugla l'un d'eux. Faites place à Urgit, Monarque absolu du Cthol Murgos !

L'homme qui entra nonchalamment au milieu de ses gardes ne ressemblait à aucun des Murgos que Garion avait vus jusque-là. C'était un petit bonhomme mince et nerveux, au cheveu noir, plat, et aux traits anguleux. Au lieu de la cotte de mailles rituelle, il portait sous son manteau de cour un pourpoint à l'occidentale et des chausses d'un beau violet. Sa couronne de fer était inclinée selon un angle désinvolte et il arborait un sourire sardonique sous des yeux méfiants.

– Ah, Agachak, fit-il avec désinvolture. J'ai réfléchi à la nouvelle qu'on vous a apportée au Drojim et je me suis dit que je pourrais sûrement vous aider à établir la cause de ce regrettable incident.

– Le Temple est immensément honoré par la présence de son Vénéré Souverain, entonna Agachak d'un ton pincé.

– Et le Vénéré Souverain est immensément honoré par l'hospitalité du Grand Prêtre de Rak Urga, répliqua Urgit. Il n'y aurait pas un fauteuil dans les parages ? enchaîna-t-il sans transition. J'ai eu une longue et rude journée.

– Occupe-toi de ça, Chabat, ordonna platement Agachak.

Le sang afflua aux joues de la prêtresse, comme si elle avait reçu un coup.

– Un fauteuil pour Sa Majesté ! grinça-t-elle. Et vite !

– L'un des Grolims qui montaient la garde près de la porte détala et revint un instant plus tard avec un lourd fauteuil.

– Grand merci, soupira le roi en se laissant tomber sur le siège. J'ai un petit aveu à vous faire, Sanctissime, ajouta-t-il en toussotant d'un air d'excuse. Avant de me présenter devant vous, je me suis attardé un instant dans le couloir afin de me pénétrer des détails de l'affaire. J'ai la vilaine habitude d'écouter aux portes, ajouta-t-il avec un petit rire. Ça doit venir de mon enfance tourmentée. Bref – j'ai entendu les accusations portées par le Grand Inquisiteur. Pour être honnête avec vous, son dossier me paraît mince. Comme vous l'avez fort bien dit au demeurant, ajouta-t-il d'un ton patelin.

Agachak acquiesça sèchement, le visage indéchiffrable.

– Loin de moi l'intention d'intervenir dans une affaire qui est du ressort de l'Eglise, reprit rapidement Urgit, mais vous m'accorderez qu'on pourrait trouver à cet incident des douzaines d'explications parfaitement naturelles. Après tout, ce ne serait pas la première fois qu'un feu s'éteint, poursuivit-il, rassuré par l'expression conciliante du Grand Prêtre. Faut-il vraiment aller chercher une raison abracadabrante à cet événement banal ? Ne vous semble-t-il pas plus vraisemblable que les gardiens du Temple ont fait preuve de négligence et que les feux se sont éteints d'eux-mêmes, tout simplement ?

– C'est absurde ! lança Sorchak.

Urgit parut accuser le coup et quêter du regard l'appui d'Agachak.

– Le frère inquisiteur oublie qu'il parle à son roi, dit enfin le Grand Prêtre. Si Sa Majesté s'estimait insultée dans l'enceinte du Temple, je pourrais être amené à lui accorder la tête de l'offenseur à titre de réparation.

– Pardonnez-moi, Sire, bredouilla l'homme aux cheveux gras en déglutissant péniblement. J'ai parlé sans réfléchir.

– Ce n'est rien, mon vieux. Il nous arrive à tous de dire des choses qui dépassent notre pensée, confia

Urgit en balayant l'incident d'un revers de main. Cette catastrophe me navre autant que vous, Agachak, mais ce marchand d'esclaves nyissien a été envoyé ici par Jaharb, et vous connaissez l'importance de sa mission pour l'Eglise et pour l'Etat. Ne pensez-vous pas qu'il vaudrait mieux oublier cette affaire ?

– J'espère, Maître, que vous n'allez pas laisser passer ça, s'écria Chabat d'une voix stridente. A qui ferez-vous payer la profanation du Sanctuaire ?

Urgit se renfrogna et implora encore une fois Agachak du regard. Garion comprit que c'était un faible. A la moindre résistance, il battait en retraite ou cherchait l'aide d'un allié que, instinctivement, il sentait plus fort.

Agachak tourna lentement la tête et regarda la prêtresse balafrée droit dans les yeux.

– Je commence à en avoir assez de ces criailleries, Chabat. Si tu ne baisses pas le ton, je te prierai de te retirer. Il y a des choses bien plus graves que l'extinction de quelques feux, continua-t-il alors qu'elle le regardait comme si elle avait pris un coup sur la tête. Ainsi qu'il était annoncé depuis le commencement des âges, le moment de l'ultime confrontation entre l'Enfant de Lumière et l'Enfant des Ténèbres est proche. Si je n'assiste pas à cette rencontre, tu te retrouveras à plat ventre devant Urvon ou Zandramas, et je doute fort qu'ils trouvent tes simagrées assez amusantes pour te laisser longtemps en vie. Quant à l'accusation de sorcellerie, il y a un moyen bien simple d'en avoir le cœur net.

Il quitta son trône, s'approcha d'Essaïon et prit sa tête entre ses mains. Tante Pol inspira un grand coup et Garion banda prudemment sa volonté. Essaïon regarda l'homme bien en face, un doux sourire inscrit sur la face.

– Fi donc ! Ce garçon est innocent, s'exclama le Grand Prêtre avec dégoût, en le lâchant précipitamment. Rien dans son esprit n'indique qu'il ait jamais tâté du pouvoir. Les charges du Grand Inquisiteur sont dénuées de tout fondement. Je réfute tes accusations, conclut-il en se tournant vers l'intéressé.

Celui-ci blêmit et les yeux manquèrent lui sortir de la figure.

– Attention, Sorchak ! reprit Agachak d'un ton menaçant. Si tu t'élevais trop énergiquement contre ma décision, il se pourrait que je décide tout simplement de rejeter sur toi la responsabilité de la faute. Regarde Chabat : elle est folle de rage à l'idée de n'avoir personne à torturer. Veux-tu, chère, chère Chabat, que je te donne Sorchak ? demanda-t-il avec un regard fourbe. Je serais si heureux de te donner cette satisfaction... Et puis, qui sait ? Peut-être prendrais-je plaisir à te regarder lui arracher lentement les entrailles avec des pinces chauffées au rouge.

La prêtresse au visage couturé de cicatrices était l'image même de la détresse. Elle avait cru que le Grand Prêtre accéderait à ses exigences comme il l'avait toujours fait, et elle avait tout misé – son prestige, son pouvoir – sur le châtiment de Sadi, pour qui elle avait conçu en un instant une haine implacable. En rejetant les accusations de Sorchak de cette façon aussi humiliante qu'inattendue, Agachak ébranlait les bases de son orgueil démesuré, et, plus grave encore, de son autorité au Temple. Elle devait sauver la face, ou ses ennemis – et ils étaient nombreux – auraient sa peau. En deux mots, elle était encore plus dangereuse à présent qu'au moment où elle était persuadée d'avoir la situation bien en main. Garion espérait avec ferveur que Sadi l'avait compris.

Chabat rétrécit les paupières comme pour mieux apprécier les dispositions d'esprit du Grand Prêtre, puis elle se redressa de toute sa hauteur et se tourna vers le roi des Murgos.

– Je croyais, Majesté, que la profanation du Sanctuaire était un crime capital, mais puisque notre Maître à tous juge, dans sa profonde sagesse, que tel n'est pas le cas, il est de mon devoir de vous informer qu'on a attenté en ces lieux à la sûreté de l'Etat.

Urgit échangea un rapide coup d'œil avec Agachak, puis il parut s'enfoncer de deux crans dans son fauteuil.

– La Couronne a toujours tendu une oreille bienveillante au Temple et à ses prêtres, répondit-il, consterné.

Chabat jeta à Sadi un coup d'œil haineux.

– De tout temps, l'entrée au Cthol Murgos des vils poisons et des drogues des hommes-serpents a été interdite par décret royal, déclara-t-elle. Sitôt que cet Ussa et ses serviteurs ont été enfermés aux oubliettes, j'ai fait fouiller leurs affaires. Apportez cette mallette ! ordonna-t-elle d'un ton victorieux en se tournant vers une porte latérale.

Un prêtre entra obséquieusement avec la mallette rouge de Sadi. Sorchak la lui prit des mains avec une joie malsaine.

– Voici la preuve qu'Ussa de Sthiss Tor a violé nos lois. Il doit payer ce crime de sa vie, dit-il d'une voix stridente.

Le fanatique ouvrit la mallette et exhiba les fioles de Sadi et certaine gourde de terre cuite.

Urgit se rembrunit et regarda Sadi d'un air incertain.

– Avez-vous une explication à nous fournir ? lui demanda-t-il d'un ton plein d'espoir.

– Votre Majesté ne s'imagine pas que j'avais l'intention de distribuer ces articles au Cthol Murgos, j'espère ? se récria Sadi en ouvrant de grands yeux candides.

– Ils étaient tout de même en votre possession, rétorqua lamentablement le roi des Murgos.

– Bien sûr, mais je les destinais aux Malloréens. Ils sont très friands de ce genre de choses.

– Ça ne m'étonne pas, acquiesça Urgit, en se redressant. Vous n'aviez donc pas l'intention d'en faire commerce avec mes sujets ?

– Assurément pas, Majesté, s'indigna vertueusement Sadi.

– Eh bien, voilà ! Nous n'avons rien contre le fait que notre ami nyissien ici présent pervertisse les Malloréens. Je dirais même que ça nous arrange, conclut Urgit avec un soulagement proportionnel à la consternation de Chabat.

– Et ça ? reprit Sorchak en prenant le récipient de terre cuite et en le secouant. Quel secret caches-tu là-dedans, Ussa de Sthiss Tor ?

– Attention ! s'exclama Sadi en bondissant vers lui.

– Ah-ha ! s'exclama triomphalement la prêtresse. Il semblerait que le contenu de cette bouteille revête une certaine importance pour le trafiquant d'esclaves. Elle dissimule peut-être une nouvelle infamie. Ouvre-la, Sorchak.

– Non ! implora Sadi. Si vous tenez à la vie, n'y touchez pas, je vous en conjure.

– Ouvre-la, Sorchak ! ordonna implacablement Chabat.

Le Grolim secoua à nouveau le flacon et commença à faire pression sur le bouchon en grimaçant de joie.

– Je vous en supplie, noble prêtre ! hoqueta Sadi.

– C'est juste pour voir, rétorqua le Grolim avec un vilain sourire. Nous ne risquons rien à y jeter un petit coup d'œil.

Il déboucha la bouteille et l'approcha de son œil pour regarder à l'intérieur.

Et, bien sûr, Zith entra aussitôt en action.

Sorchak laissa échapper un cri étranglé, se cambra en arrière et leva les bras en l'air. Sadi rattrapa la gourde au vol. Le fanatique crispa les mains sur son visage horrifié en couinant comme un porc. Un flot de sang jaillit de son œil et tout son corps fut agité de mouvements spasmodiques. Il se plia brutalement en deux, se déchira la face avec ses ongles et se cogna la tête par terre. Ses convulsions devinrent de plus en plus violentes, de l'écume moussa à ses lèvres. Il poussa un hurlement strident, fit un bond en l'air, et quand il retomba à terre, il était mort.

L'assistance resta un moment paralysée de stupeur, puis un cri atroce vrilla le silence.

– Sorchak ! s'écria Chabat avec des accents déchirants.

Elle se jeta sur le corps de l'homme et éclata en sanglots hystériques. Urgit contempla le cadavre de Sorchak d'un air à la fois incrédule et vaguement dégoûte.

– Par les dents de Torak ! laissa-t-il enfin échapper. Qu'y a-t-il donc dans cette bouteille, Ussa ?

– Un... hem... un animal apprivoisé, Majesté, répondit fébrilement l'eunuque. J'ai bien essayé de l'avertir.

– En vérité, Ussa, ronronna Agachak. Nous t'avons tous entendu. Fouirais-je voir cette petite bête ?

Il regarda avec exultation la prêtresse inconsolable et un sourire cruel releva fugitivement la commissure de ses lèvres.

– Certainement, Sanctissime, répondit très vite Sadi en posant doucement la gourde par terre. Simple précaution, commenta-t-il d'un ton d'excuse. Elle est un peu excitée, et je ne voudrais pas qu'elle commette une erreur fatale. C'est fini, ma petite chérie, dit-il d'un ton apaisant. Le méchant homme est parti, maintenant, tu peux sortir.

Mais le petit reptile vindicatif resta tapi au fond de son flacon. Il avait été gravement offensé.

– Je t'assure, ma petite chérie, tout va bien, assura Sadi. Tu n'as plus confiance en moi ?

Un sifflement hargneux émana du vase de terre cuite.

– Ça, Zith, ce n'est vraiment pas gentil, la gronda gentiment Sadi. J'ai fait tout ce que j'ai pu pour l'empêcher de t'embêter. Je me demande vraiment où elle a appris ce langage... Allez, ma petite chérie, ce n'est pas joli de bouder.

Un chuintement dédaigneux lui répondit.

– Là, tu exagères, Zith. Sors de là tout de suite !

Le petit serpent vert sortit prudemment la tête de la bouteille, se redressa et regarda sa victime. La face du cadavre était d'un bleu répugnant, maculé d'écume séchée. Une femme se cramponnait à lui en hurlant de détresse. Zith sortit en douceur de son repaire de terre cuite, congédia la dépouille d'un battement de queue dédaigneux et rampa vers Sadi avec un petit feulement satisfait. L'eunuque tendit la main et elle lui effleura affectueusement les doigts avec son museau.

– N'est-ce pas qu'elle est adorable ? fit-il tendrement. Elle est si caressante quand elle a mordu...

Un léger mouvement attira l'œil de Garion. Velvet s'était penchée en avant et regardait, fascinée, le petit reptile qui ronronnait de contentement.

– J'espère que vous savez vous en faire obéir, marmonna le roi des Murgos, pas très rassuré.

– N'ayez crainte, Majesté, répondit le Nyissien. Elle est parfaitement rassérénée, à présent. Je vais lui donner un souper léger, un petit bain, et elle dormira comme un bébé.

– Eh bien, Agachak, que décidez-vous ? reprit Urgit. Personnellement, je ne vois aucune raison de poursuivre l'instruction. Pour moi, le marchand d'esclaves et ses serviteurs sont innocents.

Le Grand Prêtre réfléchit, les yeux noyés dans l'obscurité de son capuchon.

– Je crois que vous avez raison, Majesté. Libérez ce garçon, ordonna-t-il à l'un des prêtres en indiquant Essaïon.

Chabat se redressa lentement. Des larmes étanchaient les flammes gravées sur ses joues.

– Et lui ? demanda-t-elle d'une voix vibrante en indiquant Sorchak, inerte à ses pieds. Et lui ? répéta-t-elle un ton plus haut en prenant d'abord Urgit puis Agachak à témoins. Qui va payer sa mort ? Sur qui exercerai-je ma vengeance ?

– Il l'a bien cherché, répondit le Grand Prêtre avec désinvolture. Il n'y a pas eu crime.

– Comment ça ? Il n'a pas été tué, peut-être ? s'indigna-t-elle d'une voix qui montait crescendo. La vie des Grolims a-t-elle donc si peu de prix pour vous que vous en fassiez cadeau au premier venu ? Tu me le paieras, Ussa de Sthiss Tor ! décréta-t-elle en braquant ses yeux de braise sur l'eunuque. Je jure sur le corps de Sorchak et sur celui de Torak que tu ne m'échapperas pas ! Je me vengerai sur toi et sur tous tes serviteurs de la mort de Sorchak !

– Pourquoi cette hargne, Chabat ? s'enquit Agachak, sa voix atone trahissant un léger amusement. Sorchak n'était qu'un Grolim comme les autres, peut-être plus avide, plus ambitieux et plus fourbe que ses frères, mais c'est tout. Je commence à me demander si tu ne lui portais pas un intérêt personnel. Tu as longtemps été ma favorite, Chabat. Je te faisais tellement confiance... Se pourrait-il que tu m'aies été infidèle, que tu aies cherché le plaisir dans les bras d'un autre ?

La prêtresse porta une main tremblante à ses lèvres exsangues comme pour retenir ses paroles, mais trop tard. Elle s'était trahie. Le Grand Prêtre éclata d'un rire à faire frémir.

– Tu me croyais donc trop pris par ma quête du Sardion pour savoir à quelles distractions particulières tu te livrais ? Dis-moi Chabat, reprit-il d'un ton anodin, avez-vous réussi, Sorchak et toi, à susciter un démon ? Quel dommage, murmura-t-il comme elle reculait devant lui, les yeux exorbités d'horreur. Toutes ces nuits gâchées en pure perte... Il va falloir que tu cherches un nouveau partenaire pour t'assister dans tes rites nocturnes. Tu n'as pas perdu grand-chose, tu sais. Sorchak n'était qu'un minable et un hypocrite, et il ne te portait pas vraiment dans son cœur. Tu veux savoir comment il t'appelait en privé ? demanda-t-il perfidement, les yeux brillants. Eh bien, continua-t-il alors qu'elle secouait mécaniquement la tête, il t'appelait *la putain balafrée*. Que ça te console !

Chabat se recroquevilla sous le choc, le visage convulsé de honte. Il l'avait cruellement humiliée, et en public. Elle bourra le cadavre de coups de pied rageurs.

– La putain balafrée ? piaula-t-elle. La putain balafrée ? Ordure, va ! Que les vers se régalent de ta carcasse pourrie !

Puis elle fit volte-face et quitta la salle en sanglotant.

– Elle a l'air un peu perturbée, commenta doucement Urgit.

– Il n'est jamais agréable de voir disparaître ses illusions en fumée, commenta Agachak avec un haussement d'épaules.

– En attendant, ses états d'âme nous posent un problème, reprit pensivement le roi des Murgos en se tiraillant le nez qu'il avait fort pointu. La mission de ce marchand d'esclaves est vitale pour nous deux, Agachak, et une femme hystérique, surtout dotée d'un tel pouvoir, peut être fort dangereuse. Cette Chabat en veut manifestement à notre ami Ussa. Il faut dire qu'il est doublement impliqué dans son humiliation et dans la mort de Sorchak. Il me semble que le Temple n'est pas l'endroit le plus sûr du monde pour lui, en ce moment.

Agachak opina gravement du bonnet. Urgit s'illumina comme s'il venait d'avoir une idée géniale.

– Dites donc, Agachak, et si j'emmenais Ussa et ses serviteurs au Drojim ? Ils seraient sous ma protection jusqu'à leur départ. Ils n'auraient rien à craindre de Chabat, même si elle entreprenait une action désespérée. Enfin, c'est à vous de voir, bien sûr, reprit-il très vite.

– Bonne idée. La moindre erreur, et ce serait le désastre. Nous nous retrouverions, vous à la merci de Kal Zakath, et moi à genoux devant Urvon ou Zandramas. Il faut à tout prix éviter ça. Ussa, vous allez être, tes serviteurs et toi-même, escortés au palais, avec Sa Majesté, décréta-t-il. Vous y serez en sûreté, le temps que votre bateau soit prêt. Je vous ferai envoyer vos bagages. J'espère, ajouta-t-il avec un sourire ironique, que tu apprécieras le soin que nous prenons de ta personne.

– Je suis submergé de gratitude, Sanctissime, acquiesça Sadi avec une révérence obséquieuse.

– Je garde le Dagashi, au Temple, annonça Agachak. Comme ça, nous disposerons chacun d'un élément vital pour l'accomplissement de la mission de Rak Hagga. Ça devrait nous encourager à coopérer.

– Absolument, acquiesça Urgit avec empressement. C'est tout à fait normal. Mais il se fait tard, nota-t-il en se levant. Je vais retourner au Drojim et vous laisser à vos devoirs religieux, redouté Grand Prêtre.

– Transmettez mes salutations à dame Tamazin, votre noble mère, répondit Agachak.

– Je n'y manquerai pas. Elle sera transportée de joie à l'idée que vous pensez à elle. Allons, Ussa, venez.

– Que Torak soit avec vous, fit Agachak, dans son dos.

– Et puis quoi encore ? marmonna Urgit en passant la porte.

– Votre Majesté est arrivée au bon moment, commenta tout bas Sadi alors que les deux hommes s'éloignaient dans le couloir ténébreux. La situation était un peu tendue.

– Ne vous montez pas le bourrichon, répliqua amèrement Urgit. Sans la nécessité absolue de faire parvenir Kabach à Rak Hagga, je n'aurais jamais pris le risque d'affronter les Grolims. Je n'ai pas fait ça pour vos beaux yeux mais pour ma chère carcasse.

Quand ils eurent franchi les portes cloutées du Temple, le roi des Murgos inspira profondément l'air nocturne.

– J'ai l'impression de revivre chaque fois que je sors de cet endroit puant, déclara-t-il. Allez chercher les chevaux, ordonna-t-il à l'un de ses gardes.

Dès que l'homme eut tourné les talons, Urgit regarda le Nyissien droit dans les yeux.

– Très bien, espèce de vieux renard, reprit-il avec amusement. Et maintenant, vous allez peut-être me dire ce que vous faites au Cthol Murgos, et sous ce déguisement ? J'ai failli tomber en pâmoison quand je me suis aperçu que le mystérieux Ussa de Sthiss Tor n'était autre que mon vieil ami Sadi, le Chef Eunuque de la reine Salmissra.

13

Ils s'éloignèrent dans la nuit noire, sous bonne escorte, les sabots de leurs chevaux claquant sur les pavés des rues désertes de Rak Urga.

– Tout ça, c'est de la frime, disait Urgit. Je rampe devant Agachak, je lui débite des platitudes pour lui faire plaisir, mais je garde mon opinion pour moi. J'ai besoin de lui, alors j'essaie de me concilier ses bonnes grâces. L'ennui, c'est qu'il le sait et qu'il profite de la situation au maximum.

– Il est de notoriété publique qu'au Cthol Murgos, un lien étroit unit le sceptre et le goupillon, nota Sadi comme ils débouchaient sur une vaste place.

– Le lien ! répéta le roi des Murgos avec un bruit indélicat. Dites plutôt une chaîne. La chaîne qu'ils m'ont passée au cou. Enfin, reprit-il en levant les yeux au ciel, et son visage anguleux se teinta d'orange à la lueur des torches crépitantes, nous sommes au moins d'accord sur une chose, Agachak et moi. Il est vital que Kabach, le Dagashi, soit à Rak Hagga avant l'hiver. Depuis des mois, les hommes de Jaharb passaient l'est du Cthol Murgos au peigne fin à la recherche d'un marchand d'esclaves susceptible de le faire passer à travers les lignes malloréennes, et le hasard a voulu qu'ils tombent sur un de mes vieux amis, ajouta-t-il avec un bref sourire. Je n'ai pas cru bon de faire savoir à Agachak que nous nous connaissions. Je lui fais des cachotteries, de temps en temps.

– J'imagine sans mal pourquoi vous envoyez un assassin au quartier général de Kal Zakath, commenta Sadi avec une grimace.

– A votre place, je ne m'éterniserais pas après l'avoir amené là-bas, insinua Urgit. De toute façon, Rak Hagga n'est pas une ville très touristique.

– C'est plus ou moins ce que je pensais, reprit Sadi d'un air méditatif. D'un autre côté, la mort de Zakath ne résoudra pas forcément votre problème. Je vois mal les généraux malloréens plier bagage et rentrer chez eux parce que leur empereur aura été assassiné.

– Chaque chose en son temps, soupira Urgit. Les généraux, j'arriverai toujours à les soudoyer, à leur payer tribut ou je ne sais quoi. Mais il faut d'abord que je me débarrasse de Zakath. On ne peut pas raisonner avec lui. Je ne peux plus sentir cet endroit, lâcha-t-il abruptement en balayant du regard les sinistres bâtiments de pierre teintés de rouge par les torches fuligineuses accrochées aux façades.

– Rak Urga ?

– Le Cthol Murgos, Sadi. Ce sale pays puant me sort par les trous de nez. Comme si je n'avais pas pu naître en Tolnedrie ou en Sendarie ! Pourquoi faut-il que je sois ligoté ici ?

– Vous êtes tout de même le roi des Murgos, Urgit.

– Je n'avais pas le choix. Ou plutôt j'avais à choisir entre le trône et la tombe. Selon les charmantes coutumes de mon peuple, lorsqu'on couronne un roi, on met à mort tous ses rivaux possibles. J'avais un certain nombre de frères quand j'ai pris le pouvoir, et je me retrouve fils unique. Enfin, laissons tomber ce sujet sinistre, ajouta-t-il en frissonnant. Que faites-vous ici, Sadi ? Je pensais que vous étiez le bras droit de Salmissra – si l'on peut dire.

– Nous avons eu un petit différend, Sa Majesté et moi, répondit Sadi en toussotant, et je me suis dit que c'était le moment ou jamais de prendre des vacances.

– Mais pourquoi avez-vous opté pour le Cthol Murgos et pas plutôt pour la Tolnedrie, par exemple ? C'est un pays infiniment plus agréable et civilisé. Je donnerais n'importe quoi pour vivre à Toi Honeth, fit-il avec un soupir nostalgique.

– Je m'y suis fait des ennemis très puissants, Majesté, répondit Sadi, alors que je sais où je mets les pieds au Cthol Murgos. J'ai donc engagé ces mercenaires aloriens pour me protéger et je me fais passer pour un marchand d'esclaves.

– Et c'est comme ça que Jaharb vous a mis la main dessus, continua Urgit. Pauvre vieux Sadi, où que vous alliez, vous êtes toujours mêlé à des intrigues de palais !

– C'est une malédiction, acquiesça Sadi d'un ton funèbre. Je n'y échapperai jamais.

Ils tournèrent au coin d'une rue et se retrouvèrent devant un vaste bâtiment entouré par une haute muraille d'où s'élevaient, dans un désordre absolu, des tourelles et des coupoles peintes, contrairement au reste de Rak Urga, d'une débauche de couleurs criardes qui juraient affreusement entre elles.

– Admirez le Drojim, fit Urgit avec emphase, le palais du roi des Murgos et la demeure ancestrale de la Maison des Urga.

– L'architecture en est fort originale, murmura Sadi.

– Qu'en termes galants ces choses-là sont dites ! Dites plutôt que c'est une immonde bâtisse prétentieuse. Enfin, son mauvais goût s'accorde parfaitement avec ma personnalité... Soyez gentil, fit-il en se tournant vers l'un des cavaliers de l'escorte, allez prévenir les gardes que le roi arrive et que, s'il doit attendre devant la porte, il leur fera couper les oreilles.

– A vos ordres, Majesté !

– C'est l'une de mes rares distractions, commenta Urgit en aparté. Tous les Murgos ont le besoin viscéral d'embêter le monde, mais les domestiques et la piétaille sont les seules personnes à qui on me laisse faire des misères.

Ils franchirent le portail qui s'était ouvert en hâte et mirent pied à terre dans une cour aux murs badigeonnés de couleurs voyantes, encore enlaidis par la lueur rougeoyante des torches. Urgit contempla le décor en réprimant un frisson.

– Médusant, non ? Allons, entrons.

Ils gravirent un escalier de pierre, franchirent un majestueux portail, puis le roi des Murgos les mena le long d'un vaste couloir voûté jusqu'à une porte à double battant gardée par deux soldats au visage couturé de cicatrices.

– Eh bien ? dit-il hargneusement.

– Quoi donc, Majesté ? répondit l'un des hommes.

– Ça ne vous ferait rien d'ouvrir ? Ou vous préférez que je le fasse moi-même et que je vous envoie sur le front ?

– T-tout de suite, Majesté, bredouilla le garde en ouvrant précipitamment la porte.

– Bravo, mon ami. Tâchez seulement de ne pas la faire sortir de ses gonds, la prochaine fois. La salle du trône ! annonça d'un ton grandiloquent le monarque absolu du Cthol Murgos. Le produit de plusieurs générations successives de cervelles dérangées.

C'était une immense pièce, plus vaste que la cour du roi de Riva. Le plafond était un dédale de moulures et de caissons plaqués or – l'or rouge des Angaraks. Les murs et les colonnes disparaissaient sous les joyaux ; des fauteuils plaqués or eux aussi étaient alignés le long des murs. A l'autre bout de la salle se dressait un trône incrusté de pierreries, encadré de tentures rouge sang. Une femme aux cheveux d'argent brodait tranquillement, assise à côté du trône, dans un fauteuil tout simple.

– Monstrueux, non ? déclara Urgit. Les Urgas ont vidé les mines du Cthol Murgos et pillé le trésor de Rak Goska pendant des siècles pour décorer leur satané Drojim, mais – le croirez-vous ? – le toit fuit en permanence.

Il traversa nonchalamment la pièce et s'arrêta devant la femme en noir qui maniait toujours l'aiguille.

– Bonsoir, Mère, fit-il avec une petite courbette moqueuse. Vous devriez être au lit à cette heure-ci.

– On a moins besoin de sommeil à mon âge, répondit-elle en posant son ouvrage. Et puis nous avons l'habitude de commenter les derniers événements avant que tu ailles te coucher.

– C'est le meilleur moment de ma journée, Mère, affirma-t-il en esquissant un sourire.

Elle lui retourna un sourire affectueux qui illumina son visage. C'était une femme très séduisante. Malgré ses cheveux blancs et les rides qui griffaient le coin de ses yeux, ses traits arboraient ce qui avait dû être naguère une beauté prodigieuse. Un mouvement furtif attira l'attention de Garion. Silk s'était réfugié derrière le large dos de Toth et tirait le capuchon de sa robe verte sur son visage.

– Qui sont tes amis, Urgit ? demanda la femme.

– Pardon, Mère ! Je manque à tous mes devoirs. Permettez-moi de vous présenter Sadi, le Chef Eunuque de Salmissra, la Reine-Serpent.

– *Ex*-Chef Eunuque, hélas, rectifia Sadi en s'inclinant respectueusement. Je suis très honoré, ma Dame, de rencontrer la reine mère du royaume des Murgos.

– Décidément, j'oublie les usages, fit Urgit en se vautrant sur son trône, une jambe passée par-dessus l'un des accoudoirs constellés de pierreries. Sadi, je vous présente ma royale mère, dame Tamazin, fleuron de la Maison des Hagga et veuve éplorée de mon royal géniteur, Taur Urgas le Ravagé – béni soit celui qui l'a renvoyé dans le sein de Torak.

– Allons, Urgit, il faut toujours que tu fasses du mauvais esprit, le gourmanda sa mère.

– Enfin, Mère, vous êtes bien éplorée, n'est-ce pas ? Je sais que dans le secret de votre cœur vous regrettez tous les moments merveilleux que vous avez passés à regarder mon père ronger les pieds des meubles, à écouter ses discours insensés, à encaisser les coups de poing qu'il vous flanquait amicalement dans le ventre et les coups de pied dans la tête par lesquels il témoignait ordinairement son affection à ses femmes.

– Ça suffit, Urgit, lança-t-elle fermement. Bienvenue au Drojim, Sadi, reprit-elle aimablement avant de regarder les autres d'un œil interrogateur.

– Mes serviteurs, Votre Grâce, expliqua très vite l'eunuque. Des Aloriens pour la plupart.

– Quel heureux hasard, murmura-t-elle. La guerre ancestrale entre le Cthol Murgos et l'Alorie m'a privée du plaisir de rencontrer plus souvent des représentants de cette contrée. Cette dame n'est assurément pas une servante, remarqua-t-elle d'un ton sceptique en regardant tante Pol.

– Disons, ma Dame, que ce sont des dispositions temporaires, répondit Polgara en s'inclinant avec grâce. J'ai préféré prendre un peu de recul avec mon foyer.

– Je comprends, fit la reine mère avec un doux sourire. Les hommes jouent à la politique et les femmes paient le prix de leur folie. Et comment s'est passé l'entretien avec le Grand Prêtre ? demanda-t-elle en revenant à son fils.

– Pas mal, répondit celui-ci en haussant les épaules. Je me suis mis à plat ventre devant lui ; il était très content.

– Assez, Urgit ! fit sèchement sa mère. Agachak est en position de te rendre un grand service. Tu pourrais au moins lui témoigner un minimum de respect.

– Oui, Mère, répondit le roi des Murgos, l'oreille basse. Oh, j'allais oublier ! Chabat est en disgrâce.

– Je ne comprends pas qu'Agachak tolère sa conduite scandaleuse, déclara-t-elle d'un air dégoûté.

– Je crois que c'est son plus beau jouet. Les Grolims ont un sens de l'humour un peu particulier. Enfin, l'ami de la prêtresse – un ami *très* proche – a eu comme un accident. Il faudra qu'elle se trouve un nouveau compagnon de jeux si elle veut continuer à scandaliser le bon peuple de Rak Urga.

– Pourquoi ce cynisme, Urgit ?

– Disons que ce sont les premiers symptômes de la démence.

– Tu ne deviendras pas fou, décréta-t-elle fermement.

– Bien sûr que si, Mère. Je dois dire que j'attends ça avec une certaine impatience.

– On ne peut pas parier avec toi quand tu es comme ça, le gronda-t-elle gentiment. Tu penses veiller tard ?

– Je ne crois pas. Nous avons quelques affaires à discuter, Sadi et moi, mais ça peut attendre demain.

– Mes appartements sont fort spacieux, ma Dame, reprit la reine mère en se tournant vers Polgara. Voulez-vous, vos suivantes et vous-même, les partager avec moi pour la durée de votre séjour au Drojim ?

– Nous en serions fort honorés, Votre Grâce, acquiesça la sorcière.

– Tout l'honneur est pour moi. Prala !

De l'ombre du trône sortit une mince fille vêtue de noir, aux longs cheveux noirs, brillants. Les yeux noirs, angulaires, qui donnaient l'air si étrange aux

Murgos étaient chez elle immenses, et leur forme en amande conférait à ses traits une beauté exotique. Son expression résolue étonnait chez une fille aussi jeune, car elle ne devait pas avoir plus de seize ans. Elle s'approcha de dame Tamazin et l'aida à se lever.

Urgit regarda sa mère descendre de l'estrade en traînant la jambe, lourdement appuyée sur l'épaule de la jeune fille. Il se rembrunit et ses yeux prirent un éclat inquiétant.

– Un petit cadeau de ce cher Taur Urgas, commenta-t-il à l'attention de Sadi. Un soir qu'il était d'humeur badine, il a flanqué ma mère à bas d'un escalier, lui cassant la hanche. C'est depuis ce temps-là qu'elle boite.

– Je ne m'en rends même plus compte, Urgit.

– C'est stupéfiant comme tous nos petits malheurs nous paraissent dérisoires depuis que le roi Cho-Hag a embroché mon père. Je me demande, reprit-il d'un air faussement méditatif, si nous ne devrions pas lui envoyer un petit témoignage de notre reconnaissance.

– Je vous présente la princesse Prala, de la Maison des Cthan, annonça la reine mère.

Puis elle quitta lentement la salle, appuyée sur l'épaule de Prala. Polgara, Ce'Nedra et Velvet leur emboîtèrent le pas.

– Cette fille me met mal à l'aise, je ne sais pourquoi, marmonna Urgit. Ma mère ne tarit pas d'éloges sur elle, mais je crois qu'elle a une idée derrière la tête. Elle ne me quitte pas des yeux, conclut-il en secouant la tête comme pour chasser une idée déplaisante. Vous avez eu une rude journée, Sadi, et vos gens aussi. Nous parlerons demain, après une bonne nuit de sommeil.

Il tira sur un cordon de soie. Un lugubre coup de gong retentit au loin. Urgit leva les yeux au ciel.

– Pourquoi ces gongs font-ils toujours un bruit sinistre ? se lamenta-t-il. Un jour, en tirant sur un cordon, je voudrais entendre un petit tintement guilleret.

La porte de la salle du trône s'ouvrit devant un Murgo aux épaules carrées et aux cheveux gris. Le sourire n'avait jamais dû effleurer son visage couturé de cicatrices, strié de rides.

– Votre Majesté a sonné ? fit-il d'une voix rauque.

– Oui, Oskatat, répondit Urgit, soudain respectueux. Pourriez-vous escorter mon ami Sadi et sa suite vers les appartements destinés aux hôtes de marque ? Oskatat est le grand sénéchal du palais, ajouta-t-il en se tournant vers l'eunuque. Il était déjà au service de mon père, à Rak Goska. Nous n'étions pas très aimés dans sa maison, ma mère et moi, reprit-il avec une gravité inhabituelle. Oskatat est le seul ami que nous ayons jamais eu là-bas.

– Messire, fit Sadi en s'inclinant profondément devant le grand gaillard aux cheveux gris.

Le sénéchal lui répondit d'une petite courbette et interrogea le roi de son regard glacial.

– Je vois que dame Tamazin s'est retirée pour la nuit. Vous devriez allez vous reposer, vous aussi. Il est tard.

– C'est ce que je m'apprêtais à faire, répondit Urgit en se levant. Mais vous savez, Oskatat, je ne suis plus le petit garçon maladif d'autrefois. L'époque où je dormais douze heures par nuit est révolue.

– La couronne est un lourd fardeau, rétorqua le sénéchal. Vous avez besoin de sommeil. Si vous voulez bien me suivre, ajouta-t-il avec un geste d'invite à l'attention de Sadi.

Il les conduisit vers des appartements décorées avec un luxe tapageur, comme tout le Drojim. Les murs étaient d'un hideux jaune moutarde et *ornés* de tapisseries aux couleurs médusantes. Les meubles étaient sculptés dans des bois coûteux et leurs pieds enfonçaient dans un épais tapis bleu de Mallorée. Après leur avoir ouvert la porte, le sinistre Oskatat inclina sèchement la tête et rebroussa chemin, les laissant seuls.

– Charmant garçon, murmura Sadi.

Garion regardait Silk avec curiosité. Il était enfoui sous son capuchon et donnait l'impression de vouloir rentrer sous terre.

– Pourquoi ces coquetteries ? s'étonna-t-il.

– L'un des inconvénients de vadrouiller un peu partout dans le vaste monde, répondit le petit homme d'un ton funèbre, en repoussant sa capuche, c'est qu'on tombe sans arrêt sur de vieux amis. Tu te souviens, la dernière fois que nous sommes passés par Rak Cthol Taur Urgas m'a fait jeter dans une fosse et s'apprêtait à m'arracher la peau pouce par pouce le lendemain. Tu te rappelles pourquoi ?

– Tu m'as dit que tu étais naguère passé par Rak Goska et que tu avais accidentellement tué son fils aîné.

– Tu as bonne mémoire. Eh bien, il se trouve qu'avant ce regrettable incident j'avais entamé des négociations avec Taur Urgas en personne. Il m'avait souvent invité au palais, à Rak Goska, et j'avais rencontré dame Tamazin. Elle m'identifierait sûrement. D'autant qu'elle m'avait dit connaître mon père.

– Il ne manquerait plus que ça, commenta Belgarath.

– Je vais tâcher de l'esquiver, fit Silk en haussant les épaules. Les femmes murgos ne frayent guère avec les hommes – et surtout pas les étrangers. Je ne devrais donc pas avoir beaucoup d'occasions de la rencontrer. Oskatat pose un problème autrement sérieux. Je l'ai vu plusieurs fois, là-bas.

– Eh bien, ne sortez pas d'ici, suggéra le vieux sorcier. Vous éviterez peut-être les ennuis, pour une fois.

– Voyons, Belgarath, fit Silk d'une voix fruitée. Je vous trouve très injuste.

– Le roi Urgit fait-il toujours de l'humour, comme ça ? s'enquit Durnik. J'avais toujours cru que les Murgos ne savaient même pas sourire.

– C'est un individu très complexe, commenta Sadi.

– Vous le connaissez depuis longtemps ?

– Son père l'envoyait souvent à Sthiss Tor, quand il était jeune. Il ne perdait pas une occasion de quitter Rak Goska. Il s'entendait assez bien avec Salmissra. Avant que dame Polgara la change en serpent, bien sûr, ajouta l'eunuque en passant machinalement la main sur son crâne rasé. Ce n'est pas un roi fort. Son enfance au palais de Taur Urgas a fait de lui un homme timide, qui refuse les conflits. Mais il est armé pour la survie. Depuis sa plus tendre enfance, il lutte pour rester en vie. Ça vous aiguise les réflexes.

– Quand vous le reverrez, intervint Belgarath, essayez d'en savoir un peu plus long sur le bateau qu'on nous destine. Il faudrait, pour bien faire, que nous soyons à l'Ile de Verkat avant l'hiver. De toute façon, nous n'avons pas intérêt à nous éterniser ici. Nous avons déjà beaucoup trop attiré l'attention, ajouta-t-il en faisant les gros yeux à Essaïon.

– Ce n'était pas tout à fait ma faute, Belgarath, protesta doucement le jeune homme. Les feux du Sanctuaire ne me plaisaient vraiment pas, c'est tout.

– Essaie de ne pas te laisser emporter par tes émotions, fit le vieux sorcier d'un ton sarcastique. Le moment est mal choisi pour nous embarquer dans des croisades morales.

– Je vais essayer, Belgarath.

– J'apprécierais beaucoup.

Le lendemain matin, le sénéchal Oskatat les conduisit dans une pièce intime, à la décoration moins criarde que la salle du trône et éclairée à giorno par des chandelles. Silk resta prudemment en retrait jusqu'à ce que le fonctionnaire grisonnant ait tourné les talons. Le roi des Murgos et Sadi bavardèrent amicalement pendant que leurs compagnons tentaient de se faire oublier dans les fauteuils alignés le long des murs.

– C'est là que nous avons commencé à nous dire que mon père avait une araignée au plafond, disait Urgit.

Il avait remis ses chausses et son pourpoint violets, et était vautré dans un fauteuil, les pieds tendus devant lui.

– Il fut tout à coup pris par l'ambition farouche de devenir roi des rois du peuple angarak. Personnellement, je pense que c'est Ctuchik qui lui avait fourré cette idée dans la tête pour faire enrager Urvon. Enfin, poursuivit-il en jouant avec le lourd anneau d'or passé à l'un de ses doigts, il a fallu les efforts combinés de tous ses généraux pour convaincre mon dingue de père que Zakath disposait de forces cinq fois plus importantes que les nôtres, et qu'il pourrait nous écraser sous son talon à l'instant de son choix. Quand il a fini par comprendre ça, il a complètement déjanté.

« Il s'est jeté par terre et s'est mis à mâchouiller le tapis, continua Urgit avec un sourire torve. Quand il a repris ses esprits, ou ce qui lui en restait, il a décidé de tenter la subversion et a inondé la Mallorée d'agents Murgos. Des espions murgos, vous imaginez ça ? Enfin, Zakath, qui avait dix-neuf ans à ce moment-là, était amoureux fou d'une Melcène dont la famille avait une dette importante envers lui. Les agents de mon père ont racheté leurs créances, puis ils leur ont bien fait sentir ce qu'ils leur devaient. La cervelle dérangée de mon père avait accouché d'un plan lumineux : la fille devait encourager le jeune Zakath à l'épouser, puis lui glisser une lame entre les côtes à la première occasion. L'un des Melcènes que ces espions émérites avaient payés pour les aider à mettre leur stratagème au point n'eut rien de plus pressé que de vendre la mèche à Zakath, et la fille et toute sa famille furent aussitôt exécutées.

– Triste histoire, murmura Sadi.

– Et encore, vous n'avez pas entendu le plus beau : les Malloréens, qui peuvent être très persuasifs quand ils veulent, firent avouer l'affaire à plusieurs espions murgos, et Zakath découvrit avec horreur que sa bien-aimée ignorait les projets de mon père. Zakath resta enfermé pendant un mois dans sa chambre, au palais de Mal Zeth. C'était, lorsqu'il y entra, un jeune homme agréable, ouvert, qui promettait de devenir l'un des plus grands empereurs de Mallorée. Celui qui en ressortit était le monstre sanguinaire et glacé que nous connaissons tous et apprécions tant. Il a organisé des rafles. Tous les Murgos de Mallorée ont été arrêtés, dont un certain nombre de parents de mon père, et il s'est amusé à en renvoyer à Rak Goska des morceaux divers et variés, accompagnés de notes insultantes et emballés dans de jolis paquets-cadeaux.

– Ils étaient pourtant alliés à la bataille de Thull Mardu ?

– C'était une fausse impression, s'esclaffa Urgit. En fait, la princesse impériale Ce'Nedra a eu le malheur de se trouver prise en tenailles entre les armées de deux monarques angaraks ennemis. Ils se fichaient pas mal d'elle ou de cette porcherie qu'on appelle le Mishrak ac Thull. Ils s'apprêtaient bien plutôt à s'entre-tuer. C'est là que mon tordu de père a commis l'erreur de défier le roi d'Algarie en combat singulier, et que Cho-Hag lui a donné une leçon d'escrime assez percutante, ma foi. Je pense vraiment que je devrais envoyer un petit présent à Cho-Hag, reprit-il en regardant rêveusement le feu.

– Pardonnez-moi, Majesté, fit Sadi, le sourcil froncé, mais là, je ne comprends plus : Kal Zakath en voulait à votre père, or Taur Urgas est mort.

– Mort et bien mort, je peux vous l'assurer, renchérit Urgit en se levant. Par pure précaution, je lui ai moi-même coupé le cou avant de l'enterrer. L'ennui, c'est que Zakath n'a pas personnellement tué mon père. Je crois que, à défaut, il se contenterait de moi. Je lui ai fait parvenir je ne sais combien d'émissaires porteurs de messages de paix, ajouta-t-il en arpentant la pièce d'un air méditatif, mais il s'est borné à me renvoyer leurs têtes. Il doit être aussi fou que mon défunt père. Vous savez, reprit-il en s'arrêtant net, j'ai peut-être agi un peu vite en accédant au trône. J'avais une douzaine de frères – les enfants de Taur Urgas. Au lieu de les laisser sacrifier, j'aurais dû les livrer à Zakath. Peut-être après avoir bu leur sang en aurait-il eu assez des Urgas ?

La porte s'ouvrit devant un grand Murgo qui portait une chaîne d'or au cou.

– Signez-moi ça, fit-il avec rudesse en tendant un parchemin au roi.

– Qu'est-ce que c'est, Général Kradak ? s'enquit faiblement Urgit. Très bien, très bien, reprit-il docilement comme l'officier se rembrunissait, ne vous énervez pas.

Il posa le document sur une table, plongea une plume d'oie dans un encrier d'argent, griffonna son nom au bas du parchemin et le rendit à l'homme.

– Merci, Majesté, fit le général Kradak d'une voix atone, puis il tourna les talons et repartit comme il était venu.

– C'était l'un des généraux de mon père. Ils me traitent tous comme ça, commenta amèrement Urgit en recommençant à faire les cent pas. Que savez-vous du roi Belgarion, Sadi ? demanda-t-il abruptement.

– Que vous dire ? éluda l'eunuque en haussant les épaules. Je ne l'ai rencontré qu'une ou deux fois.

– Ne m'avez-vous pas dit que la plupart de vos serviteurs étaient aloriens ?

– Ce sont, en effet, des mercenaires aloriens. On peut leur faire confiance et ils sont très précieux en cas de bagarre.

Le roi des Murgos se planta devant Belgarath qui somnolait dans un fauteuil.

– Toi, le vieillard, connais-tu le roi Belgarion de Riva ?

– Je l'ai vu plusieurs fois, admit calmement Belgarath.

– Comment est-il ?

– C'est un homme sincère et il s'efforce d'être un bon roi.

– Est-il puissant ?

– Eh bien, il est roi des rois du Ponant et il peut compter sur l'appui de l'alliance alorienne. Encore que les Tolnedrains aient parfois tendance à faire cavalier seul, et que les Arendais préfèrent se battre entre eux.

– Ce n'est pas ce que je voulais dire. Est-il bon sorcier ?

– Ce n'est pas à moi qu'il faut demander ça, Majesté. Comment voulez-vous que je le sache ? Enfin, il faut croire qu'il est assez fort puisqu'il a réussi à tuer Torak.

– Et Belgarath ? Existe-t-il vraiment ou n'est-ce qu'un mythe ?

– Non, non, il est bien réel.

– Et il aurait sept mille ans ?

– A quelques siècles près, acquiesça Belgarath avec un haussement d'épaules.

– Et sa fille, Polgara ?

– Elle est bien vivante, elle aussi.

– Et elle a des milliers d'années ?

– Quelque chose comme ça. Je pourrais être plus précis, mais il n'est pas poli de demander son âge à une dame.

– Les mots *poli* et *murgo* s'excluent mutuellement, l'ami, rétorqua Urgit avec un vilain petit rire. Vous pensez que, si j'envoyais des émissaires à Riva, Belgarion les recevrait ?

– Il n'est pas là pour le moment, lâcha Belgarath. Il ne rate pas une occasion de partir en voyage. Les cérémonies officielles l'ennuient à périr.

– Comment fait-il ? Comment arrive-t-il à faire son balluchon et à s'en aller ? marmonna Urgit en se rongeant furieusement un ongle.

– Qui oserait l'en empêcher ?

– Même si Kabach, le Dagashi, réussit à tuer Zakath, l'armée malloréenne sera toujours à ma porte et je ne m'en débarrasserai pas tout seul. J'aurai besoin d'alliés. Et puis, ajouta-t-il en se remettant à arpenter la pièce, si j'arrivais à m'entendre avec Belgarion, je parviendrais peut-être à me libérer de l'emprise d'Agachak. Vous pensez qu'il serait prêt à écouter une proposition venant de moi ?

– Le plus simple serait de le lui demander.

La porte se rouvrit et la reine mère entra, toujours assistée de la princesse Prala. Silk rabattit précipitamment son capuchon sur sa tête.

– Bonjour, Mère, fit cordialement Urgit. Alors, on hante les couloirs de cette maison de fous ?

– Urgit, dit-elle fermement, vous vous dévalorisez en prenant tout à la plaisanterie.

– Ça m'évite de ruminer la situation, qui n'est guère brillante, répondit-il avec désinvolture. J'ai perdu une guerre, la moitié de mes sujets rêvent de me détrôner et d'envoyer ma tête à Zakath sur un plateau, je serai bientôt fou et j'ai un furoncle dans le cou. Aussi, Mère, vous serais-je reconnaissant de me laisser m'amuser un peu pendant que j'en suis encore capable.

– Pourquoi dis-tu toujours que tu vas devenir fou ?

– Depuis plus de cent cinquante ans, tous les mâles de la famille Urga ont commencé à déménager avant leur cinquantième anniversaire. C'est un peu pour ça que nous faisons de si bons rois : quel individu sensé voudrait du trône du Cthol Murgos ? Alors, Mère, puis-je faire quelque chose pour vous, ou vouliez-vous seulement profiter de ma fascinante compagnie ?

– Lequel de ces messieurs est le mari de la petite jeune femme rousse ? demanda la reine mère en parcourant l'assistance du regard.

– Elle n'est pas malade, au moins, ma Dame ? s'écria Garion en se levant d'un bond.

– Dame Polgara vous fait dire d'aller la voir tout de suite. La jeune femme semble très affligée.

Dame Tamazin repartait en boitant vers la porte lorsque son regard tomba sur Silk.

– Vous devriez accompagner votre ami, par souci des convenances.

Ils suivirent la reine mère dans les interminables couloirs bariolés, jusqu'à une porte de bois cirée. Les deux gardes en cotte de mailles s'inclinèrent respectueusement devant elle. Le raffinement de ses appartements aux murs blancs, sobrement décorés, tranchait sur le reste du Drojim. Ils trouvèrent Polgara assise sur un divan, Ce'Nedra éplorée dans les bras. Velvet était debout à côté d'elles, l'air navré.

Ça ne va pas ? demanda rapidement Garion dans le langage secret drasnien.

Rien de grave, répondit la sorcière. *Ce n'est qu'un accès de mélancolie, mais il ne faudrait pas que ça se reproduise trop souvent. Elle n'est pas encore tout à fait sortie de sa dépression. Essaie de la consoler.*

Garion serra doucement Ce'Nedra sur son cœur. Elle se cramponna à lui en sanglotant de plus belle.

– Cette petite fille est-elle sujette à ces crises de larmes ? demanda la reine mère en s'asseyant à côté du feu qui crépitait joyeusement dans la cheminée.

– Pas vraiment, répondit Polgara, mais il y a eu, dernièrement, un drame dans sa famille, et il lui arrive de craquer.

– C'est bien triste. Que diriez-vous d'une tasse de thé, Pol ? C'est un bon remontant, surtout le matin.

– Avec plaisir, Tamazin.

Les pleurs de Ce'Nedra s'atténuèrent peu à peu. Elle lâcha Garion, leva la tête et s'essuya les yeux.

– Je suis désolée, souffla-t-elle d'une voix tremblante. Je ne sais pas ce qui m'a pris.

– Ce n'est rien, ma Ce'Nedra, murmura Garion en la berçant comme un bébé.

– Je dois être affreuse, fit-elle avec un petit rire incertain en se tamponnant les yeux avec un mouchoir arachnéen.

– Epouvantable, acquiesça-t-il tendrement.

– Je vous l'ai déjà dit, mon chou, reprit Polgara, vous ne devriez pas pleurer en public. Votre teint ne s'y prête pas.

Ce'Nedra esquissa un sourire tremblant et se leva.

– Je vais me passer un peu d'eau sur le visage et m'étendre un moment. Merci d'être venu, dit-elle simplement à Garion.

– Tu sais bien que je suis toujours là quand tu as besoin de moi.

– Vous devriez l'accompagner, Prala, suggéra la reine mère.

– Bien sûr, acquiesça vivement la mince princesse murgo.

Les deux jeunes femmes passèrent, en sortant, devant Silk qui était resté frileusement planté près de la porte, le capuchon rabattu sur la tête.

– Vous pouvez arrêter de jouer à cache-cache, Prince Kheldar, fit Tamazin. Je vous ai tout de suite reconnu, hier soir.

– Catastrophe, soupira-t-il en se découvrant.

– De toute façon, ce capuchon ne cache pas le trait le plus saillant de votre physionomie.

– Et quel trait, ma Dame?

– Votre nez, Kheldar. Ce long nez pointu qui vous précède en tous lieux.

– Pointu, mais si noble, ma Dame, susurra Velvet avec un sourire plein de fossettes. Sans lui, ce ne serait pas le même homme.

– Toi, on ne t'a pas sonnée, grinça le Drasnien.

– Vous vous en sortez toujours, n'est-ce pas, Kheldar ? reprit la reine mère. Il y a combien de temps que vous avez fui Rak Goska avec la moitié de l'armée murgo aux trousses ?

– Quinze ou vingt ans, ma Dame, répondit-il en se rapprochant du feu.

– Votre départ m'avait beaucoup attristée. Vous ne payez pas de mine, mais votre conversation était irrésistible, et les distractions étaient si rares, auprès de Taur Urgas...

– Dois-je comprendre que vous n'avez pas l'intention de me confondre publiquement ? risqua le petit Drasnien.

– Je n'en ai cure, Kheldar. Au Cthol Murgos, les femmes ne se mêlent pas des affaires des hommes. Elles ont compris, après bien des siècles, que c'était plus sage.

– Serait-ce, ma Dame, que vous n'en voulez pas au prince Kheldar d'avoir accidentellement tué le fils aîné de Taur Urgas ? s'enquit Garion.

– Rien ne saurait m'être plus indifférent. Celui que le prince Kheldar a tué était le fils de la première femme de Taur Urgas, une insupportable mégère édentée de la Maison des Gorut qui se targuait d'avoir donné le jour à l'héritier légitime du trône et qui promettait de nous faire étrangler sitôt qu'il en aurait gravi les marches.

– Je suis soulagé d'apprendre que vous n'aimiez pas particulièrement ce jeune homme, reprit Silk.

– Aimer ce monstre ? Quand il était enfant, il s'amusait à noyer des chiots dans l'eau bouillante ! Le monde me paraît beaucoup plus respirable depuis sa mort.

– J'ai toujours mis un point d'honneur à rendre ce genre de services à l'humanité, déclara Silk d'un petit ton supérieur. Pour moi, c'est un devoir de gentilhomme.

– Je croyais que c'était un accident ? s'étonna Garion.

– Eh bien, en quelque sorte. Je m'apprêtais à lui flanquer un coup de poignard dans le ventre, ce qui est douloureux, certes, mais pas forcément fatal, quand il m'a heurté le bras et s'est pour ainsi dire empalé sur ma lame.

– Quelle tragédie, murmura dame Tamazin. Je vous conseille tout de même, Kheldar, de faire attention tant que vous serez au Drojim. Le sénéchal Oskatat vous connaît de vue, lui aussi, et il se croirait probablement obligé de vous dénoncer.

– C'est aussi ce que je me disais, ma Dame. Je m'efforcerai de l'éviter.

– Maintenant, Kheldar, parlez-moi de votre père. Comment va-t-il ?

– Hélas, ma Dame, répondit-il avec un soupir attristé, il est mort depuis quelques années, déjà. Ce fut assez subit.

Garion regardait la reine mère lorsque Silk prononça ces paroles, et il vit une douleur fugitive effleurer ses traits sublimes. Elle reprit très vite le dessus, mais elle avait les yeux très brillants.

– Ah, répondit-elle tout bas, je suis navrée, Kheldar, plus navrée que je ne saurais dire. J'aimais beaucoup votre père. Les mois qu'il a passés à Rak Goska comptent parmi les plus heureux de ma vie. Ce souvenir éclaire l'hiver de ma vie.

Par discrétion, Garion détourna la tête et croisa le regard de Velvet. Il y lut une infinité de questions, et peut-être quelques réponses.

14

Le lendemain matin, l'aube se leva sur une journée froide et claire. Garion regarda, par la fenêtre de sa chambre, les toits d'ardoise de Rak Urga. Les maisons basses, trapues, semblaient peureusement blotties les unes contre les autres sous la double surveillance du Drojim aux couleurs criardes et du noir Temple de Torak. Cent colonnes de fumée montaient, minces et bleues, dans l'air immobile.

– Pas franchement hilarant, hein ? commenta Silk en entrant, sa robe verte négligemment jetée sur l'épaule.

– On dirait qu'ils ont fait tout ce qu'ils pouvaient pour enlaidir cette pauvre ville, soupira Garion.

– Ça, c'est les Murgos tout crachés. Allez, viens, Urgit veut nous voir. Rien de particulier, à mon avis, ajouta le petit homme en réponse au regard interrogateur de Garion. Je crois plutôt qu'il a envie de parler. On doit en avoir vite marre de bavarder avec des Murgos.

Ils repartirent dans les corridors bariolés, sur les talons du garde en cotte de mailles qui leur avait transmis l'invitation du roi, et le retrouvèrent dans le même salon particulier que la veille. Il était vautré dans un fauteuil, près du feu, une jambe passée sur l'accoudoir, selon son habitude, et rongeait un pilon de poulet.

– Bonjour, Messieurs, dit-il en les voyant entrer. Asseyez-vous, je vous en prie, ajouta-t-il en leur indiquant avec sa cuisse de poulet les fauteuils alignés le long du mur. J'ai horreur du protocole, comme vous l'avez peut-être remarqué. Bien dormi, Sadi ?

– Pas mal, mais j'ai eu un peu froid, sur le matin.

– Ça, c'est le problème de cette satanée bâtisse. Elle a été si bien construite qu'on ferait passer un cheval par les fissures de ses murs. En hiver, il y a des tempêtes de neige dans les couloirs. Quand je pense que c'est le printemps à Tol Honeth... Ça vous amuse, mon vieux ?

– Je pensais à une chose qu'on m'a dite il n'y a pas longtemps, répondit Belgarath avec un drôle de petit sourire. Et ce bateau ? Où en sont les préparatifs ?

– Vous n'embarquerez pas avant demain, en étant optimiste. L'hiver approche et, même à la meilleure saison, la mer n'est pas particulièrement clémente au sud de la péninsule d'Urga. J'ai donc ordonné aux charpentiers de prendre des précautions particulières. Trop cuit, comme d'habitude, grommela-t-il en jetant l'os de poulet dans la cheminée. Tout ce qu'on mange dans ce palais est soit trop cuit, soit à moitié cru... Vous m'intriguez, vieillard, reprit-il en braquant sur Belgarath un regard scrutateur. Vous n'êtes pas le genre d'homme qu'on imagine au service d'un marchand d'esclaves nyissien.

– Les apparences peuvent être trompeuses, répondit le vieux sorcier en s'approchant du feu pour se chauffer les mains, et les flammes firent rougeoyer sa courte barbe argentée. Regardez-vous : vous n'avez pas l'air très royal, et pourtant vous portez une couronne.

Urgit ôta le cercle de métal qui lui ceignait le front, le regarda d'un air dégoûté et le lui tendit.

– Vous la voulez ? Je suis sûr que vous auriez l'air plus royal que moi, et je m'en débarrasserais volontiers, d'autant que Kal Zakath rêve de supprimer la tête qui la porte... Mais revenons à ce que nous disions hier, poursuivit-il en laissant tomber l'objet à côté de son fauteuil. Vous m'avez dit avoir plusieurs fois rencontré Belgarion. Vous le connaissez bien ?

– Comment peut-on *bien* connaître un homme ?

– Ne vous défilez pas. Comment, à votre avis, Belgarion réagirait-il si je lui proposais une alliance pour repousser les Malloréens du continent ? Leur présence ici ne doit pas lui plaire plus qu'à moi.

– Je doute que ça vous mène très loin. Même si vous arriviez à le convaincre, les autres monarques d'Alorie ne marcheraient sûrement pas.

– Ils ont pourtant bien trouvé un compromis avec Drosta ?

– C'est Rhodar qui avait traité avec lui. Il y a toujours eu des liens amicaux, quoique entachés de méfiance, entre les Drasniens et les Nadraks. Il faudrait que vous persuadiez Cho-Hag, or il n'a jamais eu une passion pour les Murgos.

– C'est d'alliés que j'ai besoin, mon vieux, pas de belles paroles. Et si je parlais avec Belgarath ? hasarda Urgit.

– Pour lui dire quoi ?

– J'essaierais de lui faire comprendre que Zakath constitue un bien plus grand danger que moi pour les Etats du Ponant. Il parviendrait peut-être à faire entendre raison aux Aloriens.

– Vous avez peu de chances de le circonvenir, répondit le vieux sorcier en contemplant les flammes dansantes. Belgarath ne vit pas dans le même monde que les autres hommes, vous comprenez. Son univers est celui des causes premières et des forces originelles. Kal Zakath ne peut être pour lui qu'une source d'agacement mineure et passagère, tout au plus.

– Par les dents de Torak ! Où vais-je trouver les troupes dont j'ai besoin ?

– Embauchez des mercenaires, suggéra Silk, de la fenêtre.

– Comment ?

– Plongez là main dans le trésor royal et ramenez-la pleine de ce fameux or rouge angarak. Faites savoir dans les royaumes du Ponant que vous avez besoin d'hommes vaillants et que vous êtes prêt à les payer en espèces sonnantes et trébuchantes. Vous ne saurez plus où mettre les volontaires.

– Je préfère les hommes qui se battent par patriotisme ou par foi religieuse, décréta Urgit d'un ton pincé.

– C'est une préférence commune à la plupart des rois, observa Silk en se retournant avec un sourire amusé. Elle présente l'avantage d'épargner les trésors royaux. Mais croyez-moi, Majesté, si les idéaux sont fluctuants, l'amour de l'argent est immuable. C'est la raison pour laquelle les mercenaires se battent mieux que les autres hommes.

– Je vous trouve bien cynique, se récria le roi des Murgos.

– Ce n'est pas du cynisme, Majesté. C'est du réalisme.

Le petit homme au museau de fouine s'approcha de Sadi et lui dit deux mots à l'oreille. L'eunuque acquiesça d'un signe de tête et le Drasnien quitta discrètement la pièce.

Urgit leva un sourcil interrogateur.

– Il va commencer les bagages, Majesté, expliqua Sadi. Il est temps que nous fassions nos préparatifs si nous devons lever l'ancre demain.

Urgit et Sadi parlaient tranquillement depuis un bon quart d'heure lorsque dame Tamazin, Polgara et ses prétendues suivantes les rejoignirent.

– Bonjour, Mère, fit le roi des Murgos. Bien dormi ?

– Très bien, merci. Voyons, Urgit, où est ta couronne ? demanda-t-elle d'un ton réprobateur.

– Je l'ai enlevée. Elle me faisait mal à la tête.

– Remets-la tout de suite.

– Pour quoi faire ?

– Ecoute, Urgit, avec ta constitution malingre et ton visage chafouin, il faut vraiment de la bonne volonté pour te trouver l'air royal. Les Murgos ne sont pas très futés. Si tu ne portes pas ta couronne, ils risquent d'oublier que tu es leur roi. Alors remets-la, s'il te plaît.

– Oui, Mère, fit-il en obtempérant. Ça va mieux, là ?

– Elle est de travers, mon chou, répondit-elle d'une voix calme, et Garion ne put s'empêcher de jeter un coup d'œil à Polgara, tant elle lui rappelait celle de sa tante. Comme ça, tu ressembles à un marin ivre.

Urgit éclata de rire et redressa sa couronne.

Garion chercha sur le visage de Ce'Nedra les stigmates de sa crise de nerfs de la veille, mais elle paraissait complètement remise, pour l'instant du moins. Elle s'entretenait à mi-voix avec Prala, la princesse cthan. Celle-ci, à en juger par son expression, était déjà sous le charme de la petite reine de Riva.

– Et toi, Urgit, reprit dame Tamazin, tu as bien dormi ?

– Je ne dors jamais bien, Mère, vous le savez parfaitement. J'ai décidé il y a des années qu'il valait infiniment mieux ne dormir que d'un œil plutôt que de fermer les yeux à jamais.

Garion se rendit compte qu'il allait être obligé de revoir son jugement. Il avait toujours détesté les Murgos. Ils lui inspiraient de la méfiance, voire de la répugnance. Mais le roi Urgit était aussi peu murgo mentalement que physiquement. Il avait l'esprit vif et passait de la dérision à la mélancolie avec une rapidité déroutante. Ce n'était manifestement pas un roi fort, et Garion était sur le trône depuis assez longtemps maintenant pour voir quelles erreurs il commettait. Il se rendit compte qu'il ne pouvait se défaire d'une certaine sympathie à l'égard de cet homme qui s'efforçait de mener à bien une tâche pour laquelle il était décidément bien peu fait. L'ennui, c'est que Garion n'avait pas envie de l'aimer. Cette sympathie involontaire n'était vraiment pas de mise. Il se leva et partit à l'autre bout de la salle sous prétexte de regarder par la fenêtre afin d'échapper à ses reparties. Il aurait donné n'importe quoi pour être enfin en mer, loin de cette vilaine cité murgo, tapie sur sa côte hostile, et de cet homme faible et pusillanime, qui n'était pas un mauvais bougre, au fond, mais qu'il aurait dû considérer comme un ennemi.

– Ça ne va pas ? demanda tout bas Polgara en s'approchant de lui.

– Je ne tiens pas en place, Tante Pol. J'ai hâte de partir.

– Nous en sommes tous là, mon chou. Enfin, plus qu'une journée de patience.

– Si seulement il nous laissait tranquilles...

– Qui ça ?

– Lui, Urgit. Je me fiche éperdument de ses problèmes. Pourquoi faut-il qu'il nous en rebatte les oreilles ?

– Il se sent très seul, tu sais.

– Tu parles si je le sais. Tous les rois se sentent seuls. La solitude est une fatalité dont ils héritent en même temps que de la couronne. Mais les autres apprennent à faire avec. Ils ne se répandent pas partout en pleurnichant.

– Ça, Garion, ce n'est pas gentil, et c'est indigne de toi.

– Pourquoi faudrait-il que nous nous en fassions pour un roi faible et bavard comme une pie ?

– Peut-être parce que c'est la première fois depuis des siècles qu'un Murgo fait preuve d'humanité. Et que, grâce à cela, les Aloriens et les Murgos ont l'espoir d'arriver un jour à régler leurs comptes sans se massacrer.

– Je suis un sale gosse, hein ? avoua-t-il enfin sans se retourner, sentant sa nuque s'empourprer lentement.

– Oh, mon chou ! Ne te laisse pas emporter par tes préjugés. Les gens ordinaires peuvent se le permettre, mais pas les rois. Retourne près de lui, Garion, et regarde-le bien. Ne rate pas cette occasion d'apprendre à le connaître. Il se pourrait que ça te soit très utile, un jour.

– Très bien, Tante Pol, souffla-t-il en se redressant.

Vers midi, Oskatat vint annoncer qu'Agachak, le Grand Prêtre de Rak Urga, demandait audience au roi.

– Eh bien, faites-le entrer, soupira Urgit avec lassitude. Je vais être obligé de trouver une nouvelle cachette, marmonna-t-il avec un coup d'œil à sa mère. Trop de gens connaissent celle-ci.

– Si tu veux, Urgit, j'ai un beau placard bien profond et tout noir, suggéra-t-elle. Tu pourrais t'y cacher, roulé dans une couverture. Nous te ferions passer à manger sous la porte.

– Vous moqueriez-vous de moi, Mère ?

– Je n'oserais jamais, Fils. Mais, que ça te plaise ou non, tu es le souverain de ce pays, et on ne peut pas être à la fois un roi et un enfant capricieux.

Garion jeta un regard penaud à Polgara.

– Oui ? murmura-t-elle.

Il préféra s'abstenir de répondre.

Agachak entra, plus cadavérique que jamais, et s'inclina obséquieusement devant le roi.

– Majesté, fit-il de sa voix caverneuse.

– Sanctissime, répondit Urgit, et on aurait juré qu'il était sincère.

– Vous avez vu le temps, Majesté ?

– Non. Il est passé trop vite, et pas moyen de l'arrêter.

– Vous m'avez mal compris. Le temps tourne à l'orage. Le vaisseau est-il prêt ?

– Il devrait l'être demain.

– Parfait. Je vais dire à Kabach de se tenir prêt.

– Notre chère Chabat s'est-elle ressaisie ? s'enquit Urgit.

– Pas vraiment, Majesté. Elle aura du mal à se remettre de la perte de son amant.

– Elle sait pourtant, à présent, en quelle estime il la tenait. Qui appréhendera jamais les rouages de l'âme féminine ?

– Chabat n'est pas si difficile à comprendre, Majesté, répondit Agachak en haussant les épaules. Une femme défigurée a peu d'espoirs d'attirer les hommes, et la perte de l'un d'eux, aussi peu sincère soit-il, est toujours un rude coup. D'autant qu'elle ne perd pas seulement un amant. Sorchak l'assistait dans la pratique de certains rites magiques. Seule, elle ne pourra plus tenter d'invoquer des démons.

– Elle ne pouvait pas se contenter d'être sorcière ? fit Urgit en haussant les sourcils. Pourquoi a-t-il fallu qu'elle s'adonne à la magie noire ?

– Chabat n'est pas une sorcière de grand talent. Elle a dû se dire qu'un ou deux démons lui seraient utiles contre moi.

– Contre vous ?

– Bien sûr. Ces coucheries occasionnelles n'ont jamais été qu'un amusement. Son but a toujours été de prendre ma place. Elle ne pourra pas se retenir éternellement. Il faudra bien, tôt ou tard, qu'elle passe aux actes.

– Si vous le savez, pourquoi la laissez-vous prendre autant de pouvoir au Temple ?

– Pour m'amuser, répondit Agachak avec un sourire à faire frémir. La laideur ne me répugne pas, et Chabat, malgré ses ambitions – ou à cause d'elles, peut-être –, me fait beaucoup d'effet.

– Vous étiez au courant de ses rapports avec Sorchak et ça ne vous faisait rien ?

– Pas ce que vous croyez, en tout cas. Ça faisait partie du jeu – de *mon* jeu. Chabat finira bien par évoquer un démon, et ce jour-là, elle me défiera. A l'instant où son triomphe lui paraîtra complet, j'en susciterai un, moi aussi, et le mien détruira le sien. Puis je la ferai dénuder, traîner jusqu'au Sanctuaire et renverser sur l'autel où je lui arracherai lentement le cœur, de ces deux mains. J'attends ce moment avec délectation. Il sera d'autant plus doux qu'il viendra au moment précis où elle pensera m'avoir vaincu.

Son visage décharné s'était animé d'un plaisir horrible à voir. Ses yeux brûlaient d'un éclat insoutenable et de la salive perlait aux commissures de ses lèvres.

– Les Grolims ont décidément des amusements plus exotiques que les hommes ordinaires, remarqua Urgit, un peu écœuré.

– Pas vraiment. A quoi pourrait bien servir le pouvoir, sinon à détruire ses ennemis ? Et quoi de plus délicieux que de les voir tomber de leur haut avant de les anéantir ? Vous n'aimeriez pas être là, Urgit, quand le puissant Kal Zakath périra, un couteau dagashi dans le cœur ?

– Moi, tout ce qui m'intéresse, c'est d'en être débarrassé. Je n'ai pas particulièrement envie d'assister à l'opération.

– C'est que vous n'avez pas encore compris le sens véritable du pouvoir. Peut-être vous apparaîtra-t-il quand nous serons en présence de Cthrag Sardius et que nous assisterons à la résurrection du Dieu des Ténèbres et au triomphe final de l'Enfant des Ténèbres.

« Ne fuyez pas devant votre destin, reprit le Grand Prêtre en voyant Urgit se renfrogner. Il est annoncé qu'un roi des Angaraks assistera à la confrontation finale. Vous serez ce roi, et c'est moi qui procéderai au sacrifice. Je deviendrai ainsi le premier disciple du Dieu ressuscité. La chaîne qui nous unit l'un à l'autre a été forgée par des forces qui nous dépassent. Votre destinée est de devenir roi des rois des Angaraks, et le mien d'en diriger l'Eglise.

– Comme vous voudrez, Agachak, convint Urgit avec un soupir à fendre l'âme. Mais nous avons encore des problèmes à régler.

– Les détails ne m'intéressent pas, décréta Agachak.

– Eh bien, moi, ils m'intéressent, fit Urgit avec une agitation inaccoutumée. Nous devons d'abord régler son compte à Zakath, après quoi il faudra nous débarrasser de Gethell et Drosta, par précaution. Je sais ce que c'est que la lutte pour le pouvoir, et je serai beaucoup plus tranquille quand j'aurai l'assurance d'être seul en lice, si vous voyez ce que je veux dire. Votre problème est un peu plus complexe : Urvon et Zandramas sont de sérieux rivaux.

– Un vieillard gâteux et une femme !

– Polgara aussi est une femme, et je doute que vous osiez vous y frotter. Non, redouté Grand Prêtre, Urvon n'est pas aussi gâteux que vous voulez bien le dire et Zandramas est autrement plus dangereuse que vous ne le pensez. Elle a réussi à enlever le fils de Belgarion, et ce n'était pas un mince exploit. Elle vous a filé entre les doigts, à vous tous, les Grands Prêtres, comme si vous n'existiez pas. Nous aurions tort de prendre la situation à la légère.

– Je sais où trouver Zandramas, rétorqua Agachak avec un petit sourire glacial. Je lui reprendrai le fils de Belgarion quand je voudrai. Il est annoncé que nous devons nous présenter, l'enfant, vous et moi, devant le Sardion, au moment voulu. Là, je procéderai au sacrifice en votre présence et nous serons élevés au-dessus de tous les autres hommes. C'est écrit.

– Telle est du moins l'interprétation que vous faites des textes, objecta Urgit d'un ton morne.

Garion s'aperçut que Ce'Nedra avait blêmi en entendant les paroles d'Agachak. Il s'approcha discrètement d'elle.

– Ça n'arrivera jamais, dit-il tout bas, avec fermeté. Personne ne fera de mal à notre bébé.

– Tu le savais, soufflait-elle d'une voix entrecoupée.

– Nous l'avons lu, grand-père et moi, dans les Oracles des Grolims, à la bibliothèque du Temple.

– Oh, Garion..., fit-elle en refoulant ses larmes.

– Ne t'en fais pas. La même Prophétie avait dit que Torak l'emporterait à Cthol Mishrak, et tu as vu comment ça s'est terminé. Ça ne se passera pas comme ça non plus.

– Mais... et si...

– Il n'y a pas de mais et de si. Ça n'arrivera pas, un point c'est tout.

Après le départ du Grand Prêtre, le roi Urgit resta prostré dans son fauteuil, à ruminer de sombres pensées.

– Votre Majesté souhaite-t-elle que nous nous retirions ? proposa l'eunuque.

– Non, Sadi. Ce n'est pas en me morfondant que je changerai quoi que ce soit à ce qui se prépare, soupira le roi des Murgos, puis il secoua la tête comme pour chasser ses idées noires. Racontez-moi plutôt pourquoi Salmissra vous a pris en grippe. J'adore les histoires de complots et de trahisons. J'en retire toujours l'idée réconfortante que le monde n'est pas si mauvais, après tout.

Peu après, alors que Sadi se complaisait dans les détails de l'intrigue compliquée qui avait amené sa disgrâce, le sénéchal reparut et annonça de sa voix râpeuse l'arrivée d'une estafette envoyée par le gouverneur militaire de Cthaka.

– Qu'est-ce qu'il me veut encore, celui-là ? geignit Urgit.

– Vous informer que les Malloréens ont attaqué dans le Sud. Rak Gorut est assiégée et ne tiendra pas une semaine.

– A l'automne ? s'exclama Urgit en se levant d'un bond. Ils passent à l'offensive avant l'hiver ?

– On dirait bien, confirma Oskatat. Kal Zakath voulait sans doute vous prendre par surprise. Quand il aura pris Rak Gorut, plus rien ne le séparera de Rak Cthaka.

– Or la place de Rak Cthaka est fort dégarnie.

– Hélas... Et quand la région de Cthaka sera tombée à son tour, Zakath aura tout l'hiver pour affirmer son emprise sur le Sud.

Urgit éclata en imprécations et s'approcha à pas vif d'une carte fixée au mur.

– De quels effectifs disposons-nous ici, à Morcth ? demanda-t-il en tapotant la carte avec son doigt.

– Une vingtaine de milliers d'hommes. Mais le temps qu'ils reçoivent l'ordre de marcher vers le sud, les Malloréens seront déjà à mi-chemin de Rak Cthaka.

Urgit contempla la carte avec consternation. Puis il flanqua un grand coup de poing dessus.

– Il m'a encore doublé ! ragea-t-il.

Il s'effondra dans son fauteuil.

– Il faudrait peut-être que j'aille chercher Kradak, risqua Oskatat. L'état-major doit être informé.

– Comme vous voulez, Oskatat, concéda Urgit, décomposé.

Quand le sénéchal eut quitté la salle, Garion s'approcha de la carte. Un bref coup d'œil lui suffît pour imaginer une solution au problème d'Urgit mais il se mordit les lèvres. Il avait une douzaine de bonnes raisons de ne pas s'en mêler, la plus importante étant que, s'il faisait la moindre suggestion au roi des Murgos, il se sentirait en quelque sorte engagé vis-à-vis de lui, ce qu'il tenait absolument à éviter. Mais il avait un sens aigu des responsabilités et ne supportait pas de tourner le dos aux problèmes, même si ce n'était pas les siens. Ça violait ses principes les plus sacrés. Il jura intérieurement. Il allait aborder l'affaire par la bande.

– Pardon, Majesté, mais la cité de Rak Cthaka est-elle bien fortifiée ?

– Comme toutes les villes murgos, répondit distraitement Urgit, la tête ailleurs. Les murailles font soixante-dix pieds de haut et trente pieds d'épaisseur. Mais quelle importance ?

– La cité pourrait donc soutenir un siège, s'il s'y trouvait assez d'hommes.

– L'ennui, c'est qu'il n'y en a pas assez, justement.

– Il faudrait donc que vous y fassiez parvenir des renforts avant l'arrivée des Malloréens.

– Brillante observation ! L'ennui, c'est que je ne vois pas comment faire. Les rues grouilleront de Malloréens avant l'arrivée des troupes de secours.

– Vous pourriez peut-être en envoyer par voie de mer.

– Par voie de mer ? répéta Urgit, sidéré.

– Votre port grouille de bateaux et votre cité de troupes. Faites monter les hommes sur les vaisseaux et envoyez-les à Rak Cthaka. Même si Rak Gorut tombait demain, il faudrait bien dix jours aux Malloréens pour y arriver, et à marche forcée, encore, alors que vos navires pourraient y être en moins d'une semaine. Ces renforts devraient permettre aux assiégés d'attendre l'arrivée des troupes de secours.

– Les armées murgos ne se déplacent pas par bateau, objecta Urgit. Mes généraux ne voudront jamais en entendre parler.

– Vous êtes leur roi, non ? Faites-leur entendre raison.

– Ils ne m'écoutent jamais, rétorqua peureusement Urgit.

Garion dut faire un effort pour se retenir de le prendre par les épaules et de le secouer.

– Aucun devoir sacré n'oblige les hommes à aller se battre à pied. Surtout si ça doit vous coûter la perte de Rak Cthaka. Dites à vos généraux de faire embarquer leurs hommes et que votre décision ne souffre pas de discussion.

– Ils refuseront.

– Eh bien, démettez-les de leurs fonctions et ordonnez la promotion de quelques colonels.

– Je ne peux pas faire ça, protesta Urgit, estomaqué.

– Un roi peut faire tout ce qu'il veut.

– Ecoute-le, Urgit, ordonna abruptement dame Tamazin alors qu'Urgit tournait et retournait cette idée dans sa tête. C'est le seul moyen de sauver Rak Cthaka.

– Vous pensez vraiment que je devrais, Mère ? fit-il d'une toute petite voix en la regardant comme un enfant perdu.

– Fais ce que te dit ce jeune homme, et c'est tout. Il a raison : tu es leur roi et il serait temps que tu commences à agir comme tel.

– D'autant, Majesté, intervint Sadi, le visage grave, que, si les Malloréens assiègent Rak Cthaka, nous ne pourrons y accoster. Il faudrait que nous y arrivions avant le début des hostilités. Les marchands d'esclaves circulent ordinairement sans être inquiétés, mais, quand les combats feront rage, il est fort à craindre que les Malloréens nous fassent jeter dans un cul-de-basse-fosse. Si nous n'agissons pas très vite, votre Dagashi ne sera pas à Rak Hagga avant l'été prochain.

– Je n'avais pas songé à cela, avoua Urgit en se renfrognant encore. Apprêtez-vous à partir tout de suite, vos gens et vous-même. Je vais faire dire à Agachak que nous avons dû changer nos projets.

Oskatat reparut, accompagné de l'officier murgo qui avait si rudement exigé la signature du roi, la veille.

– Ah, Général Kradak, commença celui-ci avec une feinte jovialité. Vous êtes bien aimable de vous joindre à nous. Vous êtes au courant de ce qui se passe dans le Sud ?

Le général acquiesça sèchement d'un hochement de tête.

– La situation est grave. Rak Gorut et Rak Cthaka sont condamnées.

– Que suggérez-vous, Général ? demanda Urgit.

– Je n'ai aucune suggestion à vous faire, rétorqua Kradak. Il faut nous résigner à la perte de Gorut et Cthaka et concentrer nos efforts sur Urga, Morcth et Araga.

– Enfin, Général, cela ne nous laisserait que trois régions militaires sur les neuf que comporte le Cthol Murgos ! Zakath dévore mon royaume, bouchée par bouchée.

– Nous n'avons aucun moyen d'atteindre Rak Cthaka avant les Malloréens, riposta le général avec un haussement d'épaules fataliste. La cité est perdue. Nous n'y pouvons rien.

– Est-ce que ça changerait la face des choses si nous pouvions y faire parvenir des renforts à temps ?

– Sans doute, mais c'est impossible.

– Peut-être pas, reprit Urgit avec un petit coup d'œil à Garion. Et si nous y envoyions des troupes par mer ?

– Par mer ? répéta le général, les paupières papillotantes. C'est absurde ! lança-t-il en durcissant le ton.

– Pourquoi *absurde* ?

– Personne n'a jamais fait ça au Cthol Murgos.

– Il y a des tas de choses qu'on n'a jamais faites au Cthol Murgos. Pourquoi cela ne marcherait-il pas ?

– Les vaisseaux coulent, Majesté, répliqua Kradak en articulant comme s'il parlait à un enfant. Les hommes le savent. Ils ne voudront jamais mettre le pied sur les navires.

– Faites un exemple, suggéra Oskatat en s'approchant. Crucifiez-en dix ou douze sur place et vous verrez que les autres ne résisteront pas longtemps.

– Qu'est-ce qu'un vulgaire domestique peut bien y connaître ? gronda hargneusement le général. Et vous, ajouta-t-il en regardant Urgit avec un rictus à peine dissimulé, contentez-vous de rester sur votre trône et de faire semblant d'être roi. Faites joujou avec votre sceptre et votre couronne, et ne vous mêlez pas de stratégie guerrière.

Urgit blêmit et se recroquevilla sous l'insulte.

– Votre Majesté souhaite-t-elle que j'appelle l'exécuteur des hautes œuvres ? s'enquit Oskatat d'une voix glaciale. Il semblerait que le général Kradak ait fait son temps.

– Vous n'oseriez pas ! hoqueta Kradak en regardant Urgit avec incrédulité.

– Kradak, votre vie est suspendue au bon plaisir de Sa Majesté. Un mot d'Elle, et votre tête roulera dans la poussière.

– Oskatat, je suis général en chef de l'armée murgo, tempêta Kradak en agrippant la chaîne d'or passée autour de son cou comme pour se rassurer. J'ai été nommé à ce poste par Taur Urgas en personne. Vous n'avez pas d'ordre à me donner !

– Ah oui, vraiment ? siffla Urgit avec un calme inquiétant, mais la face écarlate. Il serait temps que nous mettions certains détails au point. Vous reconnaissez ceci, Kradak ? grinça-t-il en lui brandissant sa couronne devant le nez. Répondez !

– C'est la couronne du Cthol Murgos, répondit le général d'une voix atone, l'œil noir et le visage de pierre.

– Et la couronne du Cthol Murgos confère l'autorité absolue à celui qui la porte, exact ?

– C'était le cas de Taur Urgas.

– Taur Urgas est mort. C'est moi qui règne, à présent, et vous m'obéirez comme vous lui obéissiez. Compris ?

– Vous n'êtes pas Taur Urgas.

– Ça, ça crève les yeux, Kradak, répondit froidement Urgit. Mais je suis votre roi, *et* un Urga : quand je m'énerve, je sens la folie des Urga monter en moi, et elle monte très vite en ce moment. Si vous ne faites pas exactement ce que je vous dis, vous serez plus court d'une tête avant le coucher du soleil. Maintenant, allez ordonner à vos hommes de faire monter les troupes sur ces navires.

– Et si je refuse ?

Urgit hésita et parut implorer Garion du regard.

– Tuez-le, dit celui-ci de la voix atone, dépourvue de toute émotion, qui attirait immanquablement l'attention.

Urgit se redressa et empoigna fermement un cordon de soie, faisant retentir un gong sinistre. Deux gardes firent aussitôt irruption dans la pièce.

– Eh bien, Kradak ? Que décidez-vous ? Les vaisseaux ou le billot ? Parlez, mon vieux, je n'ai pas que ça à faire, moi.

Le visage du général devint d'un gris de cendre.

– Les vaisseaux, Majesté, fit-il d'une voix mal assurée.

– Parfait. Je suis content que nous ayons pu régler ce petit différend en douceur. Vous allez escorter le général Kradak au casernement du troisième régiment, annonça-t-il aux gardes. Il ordonnera à ses hommes d'embarquer sur les navires au mouillage dans le port et d'aller renforcer la garnison de Rak Cthaka. S'il leur disait quoi que ce soit d'autre, ajouta-t-il, les yeux étrécis, vous avez pour instruction de lui couper la tête sur-le-champ et de me la rapporter. Dans un seau.

– A vos ordres, Majesté ! répondirent les Murgos d'une seule voix, en se frappant la poitrine du poing.

Kradak tourna les talons en tremblant, l'air d'un homme brisé, et sortit, étroitement encadré par les gardes murgos.

Urgit resta impassible jusqu'à la fermeture de la porte, puis il leva les bras au ciel et se mit à trépigner en poussant des cris de joie.

– Par les dents de Torak ! hurla-t-il, au comble de la jubilation. Que c'était bon ! Toute ma vie, j'avais rêvé de ça !

Dame Tamazin quitta lentement son fauteuil, s'approcha de son fils en traînant la jambe et l'embrassa sans un mot.

– M'aimeriez-vous, Mère ? ironisa-t-il, un large sourire fendant son visage aux traits anguleux. Vous, une Murgo ?

Il éclata de rire et la serra fougueusement contre lui.

– Allons, tout n'est peut-être pas perdu, observa-t-elle calmement à l'attention d'Oskatat.

– Il semblerait en effet qu'il y ait une lueur d'espoir, acquiesça le grand Murgo en esquissant un timide sourire.

– Merci de votre aide, Oskatat, déclara Urgit. Je n'y serais jamais arrivé sans vous. Je dois tout de même dire que j'ai été assez surpris de vous voir approuver mon plan.

– Je ne l'approuve pas. Je pense que c'est un projet absurde et voué à l'échec. Mais, continua-t-il en voyant Urgit accuser le coup, ce n'est pas le problème. Ou plutôt, il y avait un autre enjeu, beaucoup plus important : c'était la première fois que vous osiez tenir tête à l'un de vos généraux, ajouta-t-il avec une curieuse fierté. Ils vous foulent aux pieds depuis que vous avez ceint la couronne. Voir un vrai roi sur le trône du Cthol Murgos valait bien la perte de quelques navires et de plusieurs milliers d'hommes.

– Merci de votre franchise, Oskatat, répondit grave ment Urgit. Mais les choses ne tourneront pas forcément aussi mal que vous le croyez.

– C'est possible. En tout cas, Taur Urgas n'aurait jamais fait une chose pareille.

– Un jour, peut-être, nous nous réjouirons que Taur Urgas ait quitté ce monde, rétorqua le roi des Murgos avec un sourire narquois. Je me demande d'ailleurs si je n'ai pas déjà envie de me réjouir. Je suis en train de perdre la guerre, mon vieux, et un homme qui perd ne peut pas se payer le luxe d'être prudent. Il faut bien que je prenne quelques risques si je ne veux pas que Kal Zakath parade dans les rues de Rak Urga avec ma tête au bout d'une pique.

– Je suis à vos ordres, Majesté, répondit le sénéchal en s'inclinant. Mais j'ai des ordres à donner, moi aussi. Si vous voulez bien m'excuser...

Oskatat s'apprêtait à quitter la pièce lorsque la porte s'ouvrit devant Silk. Le sénéchal s'arrêta net et le regarda fixement. Le petit Drasnien porta machinalement la main à son capuchon et la laissa retomber avec un soupir résigné.

Garion poussa intérieurement un hurlement de désespoir. Il s'approcha en douée afin d'être en mesure d'intervenir rapidement si Oskatat faisait mine d'appeler à l'aide et vit du coin de l'œil Durnik et Toth imiter sa manœuvre.

– Vous ! s'exclama Oskatat. Que faites-vous ici ?

– Je ne fais que passer, répondit Silk avec désinvolture. Comment allez-vous, depuis tout ce temps ?

– Qu'y a-t-il ? s'enquit Urgit.

– Eh bien, Majesté, nous sommes de vieux amis, le sénéchal et moi, révéla le petit homme au museau de fouine. Nous nous sommes rencontrés à Rak Goska, il y a des années, maintenant.

– Votre Majesté connaît-elle la véritable identité de cet homme ? questionna le grand gaillard.

– Je sais qu'il est au service de Sadi, mais c'est tout, répondit le roi en haussant les épaules.

– Eh bien, Urgit, on vous a abusé. C'est le prince Kheldar de Drasnie, le plus célèbre espion du monde.

– Vous me flattez, Oskatat, protesta modestement Silk.

– Niez-vous avoir massacré les soldats que Taur Urgas avait envoyés pour vous arrêter lorsque vous avez été démasqué, à Rak Goska ? demanda Oskatat d'un ton accusateur.

– Je ne dirais pas exactement *massacré*, Messire, rectifia Silk en tiquant. Oh, j'admets qu'il y a eu quelques incidents, mais ce terme manque tellement de nuance...

– Majesté, reprit gravement le sénéchal, c'est le meurtrier de Dorak Urgas, votre frère aîné. Il avait été condamné à mort, à l'époque. J'envoie immédiatement chercher le bourreau.

15

Urgit regarda Sadi entre ses paupières étrécies en se mordillant rageusement un ongle.

– Alors, Sadi ? dit-il froidement. Qu'est-ce que c'est que cette histoire ?

– Votre Majesté, heu... je... balbutia l'eunuque, puis il étendit les mains devant lui en signe d'impuissance.

– Ne faites pas l'innocent avec moi, lança Urgit. Vous étiez au courant, au sujet de cet homme ?

– C'est-à-dire que... oui, mais...

– Et vous ne m'avez rien dit ? A quoi jouez-vous, Sadi ?

Le Nyissien hésita et Garion vit des gouttelettes de sueur perler sur son front. Durnik et Toth s'éloignèrent discrètement, comme s'ils fuyaient la confrontation, et s'appuyèrent négligemment au mur, de chaque côté de la porte.

– Eh bien, Sadi ? insista Urgit. Je connais ce Kheldar de réputation. Ce n'est pas seulement un espion ; c'est aussi un assassin. C'est donc ça ! hoqueta-t-il en regardant Silk, les yeux exorbités. Belgarion vous a envoyé ici, avec ces autres Aloriens, pour m'assassiner. C'est ça, hein ?

– Ne dis pas de bêtises, Urgit, intervint dame Tamazin. Tu es resté seul pendant des heures avec ces gens. S'ils avaient l'intention de te tuer, tu serais mort depuis longtemps.

Il rumina un instant.

– Très bien. Prince Kheldar, vous allez me dire exactement ce que vous êtes venu faire ici. Allez, je veux tout savoir !

– Eh bien, Majesté, comme je le disais à Messire Oskatat, je ne fais que passer, répondit Silk avec un haussement d'épaules. J'ai à faire dans une autre partie du monde.

– Quelle partie ?

– Oh, çà et là.

– J'exige une réponse précise ! décréta Urgit.

– Dois-je envoyer chercher le bourreau, Majesté ? suggéra le sénéchal d'un ton menaçant.

– Ce ne serait peut-être pas une mauvaise idée.

Oskatat tourna les talons, mais Durnik et Toth, impassibles, lui barraient la sortie. Le roi comprit aussi tôt la situation. Il tendit la main vers le cordon de soie. Dans un instant, la pièce serait pleine de Murgos armés jusqu'aux dents.

– Urgit ! s'écria dame Tamazin. Non !

– Qu'y a-t-il, Mère ?

– Regarde autour de toi, voyons. Touche à ce cordon, et l'un de ces Aloriens t'appliquera un poignard sur la gorge avant que tu aies eu le temps de dire ouf.

Le roi des Murgos ouvrit des yeux terrifiés et baissa lentement la main.

– Je pense, Majesté, commença Sadi en s'éclaircissant la gorge, que la reine mère a une juste vision des choses. Nous sommes en mesure de nous causer mutuellement beaucoup de désagrément. Ne pourrions-nous essayer de parier en gens sensés avant de nous résoudre à commettre l'irréparable ?

– Que voulez-vous, Sadi ? fit Urgit d'une voix mal assurée.

– La même chose que vous, Majesté. Comme l'a dit Kheldar, le devoir nous appelle dans une autre partie du monde – rien qui vous concerne, rassurez-vous. Laissez-nous partir à bord du vaisseau que vous comptiez mettre à notre disposition de toute façon et nous déposerons votre Dagashi à Rak Hagga, comme promis, après quoi nous vaquerons à nos propres affaires. Quel meilleur marché pourrait-on imaginer ?

– Ecoute-le, Urgit, reprit dame Tamazin d'un ton pressant. Il n'a pas tort.

– Vous croyez vraiment, Mère ? soupira Urgit d'un ton dubitatif.

– Quel mal pourraient-ils te faire une fois de l'autre côté des lignes malloréennes ? Et si tu te méfies d'eux, éloigne-les aussi vite que possible de Rak Urga.

– Tous, sauf celui-ci, objecta Oskatat en indiquant Silk.

– Nous avons absolument besoin de lui, Messire, protesta doucement Sadi.

– Il a tué Dorak Urgas, répéta le sénéchal d'un air buté.

– Nous aurons tout le temps, plus tard, de le décorer pour ce haut fait, remarqua Urgit. Allons, Oskatat, ne faites pas cette tête-là ; Dorak vous était aussi odieux qu'à moi.

– C'était un prince murgo, Majesté. Son meurtre ne saurait rester impuni.

– Vous oubliez la douzaine de princes murgos que j'ai moi-même exterminés : mes frères, qui me barraient la route du trône. Avez-vous l'intention de me faire payer ces crimes ? D'un autre côté, Sadi, j'aimerais assez garder ce Kheldar avec moi, au Drojim. A titre de garantie, disons. Dès que vous aurez amené Kabach à Rak Hagga, je vous le renverrai.

Le nez de Sadi s'allongea d'une aune.

– Urgit, tu laisses passer une chance exceptionnelle, objecta dame Tamazin d'une voix vibrante.

– Vraiment, Mère ? Et de quoi s'agit-il donc ?

– Le prince Kheldar de Drasnie est l'un des plus proches amis du roi Belgarion, c'est bien connu. Tu tiens l'émissaire idéal pour lui faire parvenir un message.

– Est-ce exact ? demanda Urgit en braquant un regard pénétrant sur Silk. Vous connaissez vraiment Belgarion ?

– Et même très bien, acquiesça Silk. Je le connais depuis qu'il est haut comme ça.

– D'après ce vieillard, Belgarion ne serait pas à Riva en ce moment. Avez-vous une idée de l'endroit où il se trouve ?

– Majesté, répondit Silk, le visage impassible, je puis vous dire que je sais exactement où il est en ce moment même.

– Je n'aime pas beaucoup ça, reprit Urgit en plissant les yeux d'un air méfiant. Si je vous remettais un message pour lui, qu'est-ce qui vous empêcherait de le déchirer en menus morceaux et de courir rejoindre vos amis ?

– La conscience professionnelle, lâcha Silk avec hauteur. Je fais toujours ce pour quoi je suis payé. Car vous avez bien l'intention de me rémunérer pour mes bons offices, n'est-ce pas ?

Urgit le regarda un moment droit dans les yeux puis il partit d'un grand éclat de rire.

– Vous ne manquez pas d'air, vous savez ! Vous êtes à deux pas du billot et vous avez le toupet d'essayer de m'extorquer de l'argent !

– Pourquoi le verbe *payer* plonge-t-il toujours les rois dans la consternation, où que l'on aille ? soupira Silk en parcourant ses compagnons du regard comme pour les prendre à témoins. Votre Majesté ne voudrait tout de même pas que je lui rende ce service inestimable sans un petit dédommagement ?

– Vous ne pensez pas que le fait de conserver votre tête constitue une rétribution plus que suffisante ?

– Oh, je ne crois pas que vous me feriez exécuter, Majesté. Je suis seul au monde à pouvoir vous garantir que votre message parviendra bien à son destinataire, et donc beaucoup trop précieux pour vous.

Dame Tamazin éclata de rire et dévisagea les deux hommes à tour de rôle, l'œil brillant d'une lueur indéchiffrable.

– Vous trouvez ça drôle, Mère ? s'étonna le roi des Murgos.

– Ce n'est rien, Urgit. Rien du tout.

La perplexité du roi des Murgos s'accrut. Il regarda son sénéchal comme s'il constituait sa dernière planche de salut.

– Qu'en pensez-vous, Oskatat ? Croyez-vous que je puisse faire confiance à ce coquin ?

– C'est à Votre Majesté d'en décider, répondit-il avec raideur.

– Ce n'est pas votre roi mais votre ami qui vous demande conseil.

– Cruelle décision, Urgit, rétorqua le grand gaillard, troublé. Vous me forcez à choisir entre le devoir et l'amitié.

– Si vous voulez. Alors, que me suggérez-vous ?

– Comme roi, vous devez vous conformer à la loi, même si ça vous amène à agir contre vos intérêts. Mais, en tant qu'homme, vous ne pouvez vous permettre de laisser passer une chance, aussi faible soit-elle, d'éviter le désastre.

– Eh bien ? Que dois-je faire ? Dois-je agir en homme ou en roi ? Que me conseillez-vous ?

Un ange passa. Le sénéchal ne put soutenir le regard d'Urgit. Il jeta un petit coup d'œil implorant à dame Tamazin.

– Que Torak me pardonne, marmonna-t-il enfin, puis il bomba le torse et regarda son roi dans les yeux. Sauvez votre peau, Urgit. Si ce Drasnien peut vous obtenir l'appui de Belgarion, donnez-lui ce qu'il demande et qu'il parte. La réponse de Belgarion vous décevra peut-être ; mais vous verrez ça plus tard. Pour l'instant, Kal Zakath veut votre tête. Vous avez besoin de cette alliance, quel qu'en soit le prix.

– Merci, Oskatat, fit Urgit avec une gratitude sincère. Combien de temps pensez-vous qu'il vous faudra pour transmettre mon message à Belgarion ? demanda-t-il à Silk.

– Infiniment moins que vous ne pourriez imaginer, Majesté. Et maintenant, si nous parlions chiffres ? suggéra le petit Drasnien, et son long nez pointu se mit à frémir d'une façon que Garion ne connaissait que trop.

– Combien voulez-vous ? demanda Urgit avec méfiance.

– Oh, je ne sais pas..., répondit Silk en faisant mine de réfléchir. Disons une centaine d'unités tolnedraines.

– Cent unités... ? hoqueta le roi, estomaqué. Mais vous avez perdu l'esprit !

– Ce montant est négociable, Majesté, convint l'homme au museau de fouine en examinant les ongles de sa main droite. J'ai voulu citer un chiffre tout de suite, afin de fixer les idées, mais ce n'est, encore une fois, qu'un ordre de grandeur.

Les yeux d'Urgit s'éclairèrent d'une curieuse lumière. Il se pencha en avant en se tiraillant distraitement le nez.

– Je devrais pouvoir dégager une dizaine d'unités. Le trésor ne recèle pas une telle somme en monnaie tolnedraine.

– Ça ne fait rien, Majesté, le rassura Silk, magnanime. Je suis tout disposé à accepter du numéraire angarak, si ça peut vous arranger. Moyennant un petit escompte, bien sûr.

– Un escompte ?

– L'or angarak est manifestement frelaté, Majesté. Pourquoi croyez-vous qu'il est rouge et pas jaune ?

– Prenez donc un fauteuil, mon ami. Il se pourrait que nous en ayons pour un moment, suggéra le roi des Murgos en plissant les yeux.

Et, chose curieuse, son nez avait aussi commencé à frémir.

Les deux négociateurs les gratifièrent ensuite d'une démonstration stupéfiante de virtuosité. Garion avait souvent vu Silk dans ce genre de situation et ne lui connaissait pas de rival, mais Urgit se révéla aussi habile que lui à ce jeu. Quand le petit Drasnien souligna avec l'emphase de rigueur le danger de sa mission, le monarque absolu du Cthol Murgos contra en lui proposant une escouade de soldats au lieu de la rallonge demandée. Silk laissa tomber cet argument et mit en avant les dépenses exceptionnelles qu'il lui faudrait assumer : les chevaux, la nourriture, l'hébergement, les pots-de-vin et tout ce qui s'ensuit. Chaque fois, Urgit lui proposa, plutôt que des espèces, une aide en nature : des chevaux, des vivres, l'asile des ambassades ou des légations commerciales murgos et les bons offices des officiels murgos pour régler les inévitables pots-de-vin. Le Drasnien fit mine de considérer ces propositions, son regard scrutateur rivé à celui de son adversaire, puis il adopta une position de repli et argua des liens étroits qui l'unissaient au roi de Riva, et du fait qu'il était mieux placé que tout autre pour lui présenter l'offre d'alliance sous le meilleur éclairage possible.

– En fin de compte, conclut-il, c'est à vous de voir quel prix vous attachez à cette alliance, hein ?

– J'y tiens beaucoup, admit Urgit avec une sincérité trompeuse. Mais, bien que je sois le premier à admettre que vous êtes sans conteste le messager idéal, rien ne prouve que Belgarion acceptera de s'allier avec moi. Tenez, je vais vous dire, fit-il avec un enthousiasme admirablement feint. Je vous propose une somme relativement modeste pour la remise du message. Disons les dix unités dont je parlais tout à l'heure.

« Laissez-moi finir, Votre Grâce, reprit-il en levant la main pour prévenir ses objections. Je vous offre donc dix unités pour la transmission du message, et si Belgarion accepte de conclure un traité d'alliance, je serai très heureux de vous verser le reste de la somme que vous exigez.

– Ce n'est pas juste, Majesté, protesta Silk. Vous abandonnez à un tiers l'arbitrage de notre transaction. Je peux vous garantir que Belgarion recevra votre requête, mais pas qu'il l'acceptera. Il est roi ; je ne lui dicte pas ses actes.

– Je pensais que vous étiez son plus vieil ami ? Vous devez assez bien le connaître pour avoir au moins une idée de l'accueil qu'il réservera à ma suggestion.

– Là, Majesté, vous modifiez radicalement les termes de la négociation.

– C'est vrai, convint Urgit avec un petit sourire torve.

– Je vous aurais demandé beaucoup, *beaucoup plus* pour négocier avec Belgarion à votre place, continua Silk. C'est que l'affaire est fort aléatoire.

– Comment ça, aléatoire ?

– Belgarion n'a pas les coudées franches. Il a beau être roi des rois du Ponant, il rend des comptes aux autres monarques, surtout aux Aloriens ; lesquels, pour être tout à fait franc, ne portent pas les Murgos dans leur cœur. Si je le persuade d'accepter une alliance avec vous, les rois d'Alorie risquent de s'imaginer que je les ai trahis et je passerai le restant de mes jours à esquiver les poignards de leurs assassins.

– J'ai du mal à imaginer ça, Kheldar.

– C'est que vous ne les connaissez pas. Ces gens sont effroyablement rancuniers. Ma propre tante m'écorcherait de ses mains si elle pensait que j'ai renié l'un des principes fondamentaux des Aloriens. Ce que vous me demandez est rigoureusement inenvisageable. Ou alors, il faudrait que vous évoquiez des sommes un tant soit peu significatives.

– Comment ça, significatives ? risqua prudemment Urgit.

– Eh bien..., reprit Silk en faisant semblant de réfléchir. Si les rois d'Alorie mettent ma tête à prix, je peux faire une croix sur toutes mes entreprises dans les royaumes du Ponant : mes biens seront saisis, or j'avais établi un réseau commercial de grande envergure, dont l'estimation prendra un certain temps, d'ailleurs. Après quoi, naturellement, il faudra que je jette les bases de nouvelles affaires dans une partie du monde où je serai à l'abri des Aloriens. Toutes ces démarches risquent d'être fort coûteuses...

– C'est la simplicité même, Kheldar. Venez au Cthol Murgos, vous y serez sous ma protection.

– Ne le prenez pas mal, Majesté, mais je ne me vois pas finir mes jours ici. Je songeais plutôt à Mal Zeth ou à la Melcénie. Je devrais très bien m'en sortir là-bas.

– Bon, Silk, coupa Belgarath. Ça suffit, maintenant.

– J'étais juste en train de...

– J'ai bien vu ce que vous faisiez. Eh bien, vous vous amuserez une autre fois. Pour l'instant, nous avons un bateau à prendre.

– Mais, Belg...

Silk se mordit la langue et jeta un coup d'œil oblique à Urgit.

– Je ne crois pas, mon vieux, que vous soyez en position de donner des ordres, rétorqua le roi des Murgos en regardant autour de lui d'un air suspicieux. Je n'aime pas ce qui se passe ici. Je ne laisserai partir aucun de vous, où que ce soit, avant d'avoir eu le fin mot de l'histoire.

– Ne sois pas ridicule, Urgit, protesta sa mère. Ces gens doivent partir de toute urgence.

– Ne vous mêlez pas de ça, Mère, gronda Urgit, courroucé.

– Alors cesse de faire l'enfant. Sadi doit être à Rak Cthaka avant que la ville ne soit assiégée et Kheldar doit tout de suite porter ton message à Belgarion. Ne gâche pas tes chances par caprice.

Ils s'affrontèrent du regard, mais la reine mère ne céda pas. Au bout d'un long moment, Urgit baissa les yeux.

– Ça ne vous ressemble pas, Mère, marmonna-t-il. Pourquoi m'humilier publiquement ?

– Loin de moi cette intention, Urgit. Je m'efforce seulement de te ramener à la raison. Un roi doit toujours s'incliner devant la réalité – dût son orgueil en souffrir.

– Le temps ne presse pas à ce point, objecta le roi des Murgos en scrutant sa mère du regard. Sadi doit attendre que son bateau soit prêt et rien n'oblige Kheldar à partir avant un jour ou deux. Pour un peu, je dirais que vous avez une raison plus personnelle de ne pas souhaiter me voir leur parier plus longtemps.

– C'est ridicule ! s'exclama-t-elle, le visage blême.

– Allons, Mère, ça ne va pas ? Qu'y a-t-il donc ?

– Elle ne peut pas vous le dire, intervint Essaïon.

Le jeune homme était assis sur un banc, devant une fenêtre, et le soleil automnal nimbait ses cheveux d'un halo d'or.

– Comment ?

– Votre mère ne peut rien vous dire, répéta le jeune garçon. C'est un secret qu'elle celait dans son cœur avant même votre naissance.

– Non ! Je vous en conjure ! s'exclama dame Tamazin d'une voix haletante.

– Quel est ce secret ? insista Urgit en balayant l'assistance d'un regard soupçonneux.

– Je préférerais ne pas en parler, répondit Essaïon, un peu gêné, et ses joues devinrent d'un joli rose.

Un vague soupçon commençait à germer dans l'esprit de Garion lorsque Velvet, qui suivait l'échange avec fascination, éclata de rire.

– Qu'y a-t-il de si drôle, jeune fille ? demanda Urgit avec irritation.

– Juste une idée qui m'est passée par la tête, Majesté. Je crois vous avoir entendue dire, ma Dame, que vous connaissiez le père du prince Kheldar, poursuivit-elle en se tournant vers la reine mère. Serait-il indiscret de vous demander à quelle époque vous l'avez rencontré ?

Dame Tamazin leva fièrement le menton mais resta bouche cousue. Elle était d'une pâleur mortelle.

– Kheldar, reprit Velvet en soupirant, il y a bien des années, le roi Rhodar avait envoyé votre père à Rak Goska, en mission diplomatique, pour autant que je sache. Vous rappelez-vous à quelle époque cela remonte ?

– Là, tu me poses une colle, fit Silk, intrigué. Voyons voir... J'étais resté au palais, à Boktor, avec ma mère... Je devais avoir huit ans, à peu près. Ça ferait donc une quarantaine d'années, à présent. Pourquoi cette question, Liselle ?

– Intéressant, murmura-t-elle, ignorant sa question. Dame Tamazin, vous dites toujours à votre fils qu'il ne deviendra pas fou, or tous les hommes de la Maison des Urga succombent inéluctablement à cette affection héréditaire. Comment pouvez-vous affirmer qu'il échappera à la malédiction ? Eh bien, reprit-elle, voyant que la reine mère ne pipait mot, peut-être accepterez-vous, Messire Oskatat, de satisfaire ma curiosité : quel est l'âge de Sa Majesté ?

Mais les lèvres du sénéchal restèrent hermétiquement scellées. Il regardait dame Tamazin avec horreur, le visage exsangue.

– J'ai trente-neuf ans, lança Urgit. Et alors ?

Puis ce fut comme s'il avait été frappé par la foudre. Il se tourna vers sa mère et la regarda, bouche bée.

– *Mère* hoqueta-t-il.

Sadi éclata d'un rire suraigu. Velvet lui lança un clin d'œil complice.

– J'adore les histoires qui finissent bien. Allons, Kheldar, reprit-elle d'un petit air impertinent, les joues creusées de fossettes, ne restez pas planté là comme ça. Allez embrasser votre frère.

Dame Tamazin se leva lentement, avec dignité.

– Convoquez le bourreau, Oskatat, dit-elle. Je suis prête.

– Non, ma Dame. Jamais je ne ferai une chose pareille.

– C'est la loi, Oskatat. Une femme murgo qui déshonore son mari doit être aussitôt mise à mort.

– Oh, ça va, Mère, asseyez-vous, coupa Urgit en se mordillant un ongle comme s'il était préoccupé par autre chose. Ce n'est pas le moment de jouer les héroïnes de tragédie.

– Tu piges vite, Liselle, commenta Silk, un peu estomaqué.

– Pas vraiment, admit-elle. J'aurais dû comprendre tout de suite. Vous vous ressemblez tellement tous les deux que vous pourriez vous regarder l'un l'autre pour vous raser, et Sa Majesté est aussi difficile que vous en affaires. Le jour où vous en aurez assez de régner, Sire, allez voir mon oncle. Il vous trouvera tout de suite du travail.

Le roi, sidéré, ne pouvait détacher son regard de Silk.

– Ça change un peu la face des choses, Urgit, remarqua Belgarath. Les préjugés de vos sujets sont bien connus. Il est à craindre qu'ils ne s'agitent quelque peu s'il découvrent que vous êtes un bâtard.

– Oh, vous, taisez-vous, rétorqua machinalement Urgit. Laissez-moi réfléchir un peu.

– Vous savez, Majesté, que vous pouvez compter sur notre absolue discrétion, susurra Sadi d'un ton onctueux.

– Bien sûr, répondit sèchement le roi des Murgos. Tant que je ferai exactement ce que vous me demanderez.

– Ah, évidemment...

– Alors, Oskatat, reprit Urgit, allez-vous monter à la plus haute tour du Drojim et crier la vérité sur tous les toits ?

– Au nom de quoi ferais-je une chose pareille ? rétorqua Oskatat en haussant les sourcils. Je sais depuis votre plus tendre enfance que vous n'êtes pas le fils de Taur Urgas.

Dame Tamazin porta sa main à ses lèvres comme pour étouffer un hoquet de surprise.

– Vous étiez au courant, Oskatat ? Et vous avez conservé le secret sur mon indignité ?

– Ma Dame, répondit le sénéchal en s'inclinant avec raideur, je ne vous aurais pas trahie même sous la torture.

– A quoi dois-je cette clémence, Oskatat ? reprit-elle doucement en le regardant comme si elle le voyait pour la première fois.

– Vous êtes de la Maison des Hagga, tout comme moi. Les liens du sang sont très forts, au Cthol Murgos.

– Est-ce tout, Oskatat ? Est-ce pour cette seule raison que vous m'avez prise en amitié et avez protégé mon fils ?

– Non, ma Dame, lâcha-t-il en la regardant bien en face avec une sorte de fierté. Non, ce n'est pas la seule raison.

Elle baissa les paupières.

– Mais j'avais d'autres motifs encore de garder le secret, ajouta-t-il. Des motifs moins personnels, peut-être, mais tout aussi impérieux. Les Urga avaient amené le Cthol Murgos au bord du désastre. Le jeune Urgit incarnait à mes yeux un espoir pour le royaume. J'aurais souhaité qu'il fût plus fort, mais son agilité mentale était prometteuse. Au bout du compte, l'intelligence fait souvent de meilleurs rois que la force aveugle.

– Désolé d'interrompre ces émouvantes retrouvailles, coupa Belgarath, mais il est temps que nous partions. Trop de secrets sont déjà venus au grand jour. J'espère que vous avez envoyé ce messager au Temple, Urgit. Si Agachak veut que son Dagashi nous accompagne, il a intérêt à nous l'envoyer tout de suite au port.

Le roi des Murgos se leva avec fureur et se figea.

– Qui êtes-vous au juste, vieil homme ? demanda-t-il en plissant les yeux. Vous avez l'air d'un vagabond, mais vous décidez de tout comme un empereur.

Dame Tamazin regarda Belgarath en ouvrant de grands yeux, puis elle se tourna craintivement vers tante Pol.

– Urgit ! souffla-t-elle d'une voix étranglée. Regarde-le, Regarde-le bien ! Et regarde sa fille, ici présente.

– Sa fille ? Je ne savais pas qu'ils étaient apparentés.

– Je viens seulement de le comprendre. Parce que c'est bien votre père, n'est-ce pas, Dame Polgara ?

La sorcière se redressa de toute sa hauteur, et la lueur des chandelles embrasa la mèche blanche qui striait sa chevelure.

– Ça suffit, Père, déclara-t-elle d'un ton mi-figue, mi raisin. A quoi bon nous taire plus longtemps ?

– Il faut dire, chère vieille branche, que vous ne vous donnez pas beaucoup de mal pour passer inaperçu, commenta Silk d'un petit ton badin. Il y a des siècles que votre signalement circule dans le monde entier ; il est fatal qu'on vous reconnaisse de temps à autre. Vous n'avez jamais envisagé de vous raser la barbe ?

Urgit contemplait le vieil homme d'un air terrifié.

– Ne me regardez pas comme ça, fit Belgarath, exaspéré. Ce n'est pas mieux, maugréa-t-il alors que le roi des Murgos rentrait la tête dans les épaules. Quoi qu'on ait pu vous raconter, je ne m'amuse pas à décapiter les bébés murgos avec mes dents. Bon, je ne sais pas si vous aviez des projets pour les semaines à venir, mais vous allez tous partir en croisière, ajouta-t-il en passant les autres en revue. Simple précaution : il y a des secrets que vous n'aimeriez pas voir divulguer, et nous non plus. Comme ça, nous pourrons mutuellement nous tenir à l'œil.

– Vous voulez rire ! éclata Urgit.

– Oh que non ! Je n'aime pas partir en laissant des problèmes en suspens, si vous voyez ce que je veux dire.

C'est alors que la porte s'ouvrit devant un officier murgo. Garion fit volte-face et se figea, la main sur la poignée de son épée. L'homme dut sentir la tension qui régnait dans la pièce car il les regarda avec étonnement.

– Hem... excusez-moi, Majesté, fit-il d'un ton circonspect.

Une lueur d'espoir brilla fugitivement dans le regard d'Urgit, puis il jeta à Belgarath un coup d'œil aussi bref que craintif.

– Oui, Colonel ? répondit-il avec une prudente neutralité.

– Majesté, le Grand Prêtre vous fait dire que Kabach, le Dagashi, sera au port dans moins d'une heure.

Pendant que Polgara se rapprochait du fauteuil de Tamazin, Durnik et Toth avaient effectué une discrète manœuvre d'encerclement qui les avait amenés chacun d'un côté d'Oskatat.

– Merci, Colonel, souffla Urgit, vert de peur.

L'officier s'inclina et tourna les talons.

– Colonel ? fit la voix claire de Prala alors qu'il s'apprêtait à franchir le seuil de la porte.

– Oui, Princesse ? répondit-il respectueusement.

Velvet s'approcha de la Murgo avec une désinvolture trompeuse. Garion frémit intérieurement en songeant au cataclysme qui se préparait. En attendant, il mesura la distance qui le séparait du colonel inconscient du danger.

– Savez-vous quel temps il fait sur la côte sud ? demanda calmement Prala.

– Il y a beaucoup de vent, Votre Grâce, répondit le colonel. Il y a souvent des tempêtes au large du cap Sud.

– Merci, Colonel.

L'homme s'inclina et quitta la pièce sans bruit. Garion laissa échapper un gros soupir de soulagement.

– Messire Belgarath, reprit fraîchement Prala, vous ne pouvez faire prendre la mer à dame Tamazin par gros temps. Je ne vous laisserai pas faire.

– Vous ne me laisserez pas faire ? répéta Belgarath, les yeux papillotants comme s'il avait reçu un coup sur la tête.

– Vous avez parfaitement compris. Si vous insistez, je pousserai des hurlements à tout casser. Et ne faites pas un pas de plus, Liselle. Avant que vous me coupiez le cou, j'aurais largement le temps de crier et vous verriez tous les gardes du palais se ramener ici au pas de course.

– Elle a raison, Père, dit calmement Polgara. Tamazin ne supporterait jamais la rigueur du voyage.

– Nous pourrions peut-être...

– Non, Père, décréta fermement la sorcière. C'est rigoureusement hors de question.

Il lâcha un juron choisi et, d'un mouvement de menton, fit signe à Sadi de le suivre. Les deux hommes s'éloignèrent et tinrent un bref conciliabule à voix basse.

– Vous avez une dague sous votre pourpoint, n'est-ce pas, Kheldar ? s'enquit Urgit.

– Deux, rectifia Silk sur le ton de la confidence. Plus une dans ma botte et une autre attachée entre les épaules. J'aime être paré contre toute éventualité. Mais pourquoi évoquer des événements désagréables qui ne se produiront jamais ?

– Vous êtes un homme redoutable.

– Je sais.

– Dame Tamazin, commença Belgarath en revenant vers ses compagnons, je crois, compte tenu des circonstances, pouvoir me fier à votre discrétion. Vous nous avez prouvé que vous saviez garder un secret. Vous comprenez, je pense, que votre vie et celle de votre fils dépendent de notre silence ?

– J'en suis bien consciente, répondit la reine mère en relevant le menton.

– De toute façon, quelqu'un doit rester ici pour mener le char de l'Etat, je suis sûr que tout se passera bien.

– Je crains fort, Messire Belgarath, que ce ne soit rigoureusement impossible.

– Je voudrais bien qu'on arrête de prononcer ce mot. Quel est le problème ?

– Les Murgos n'accepteront jamais d'obéir à une femme.

– J'oubliais les préjugés de ces satanés Murgos, grommela amèrement le vieux sorcier.

– Messire Oskatat, risqua Sadi, n'est-ce pas vous qui devriez normalement assumer l'intérim pendant l'absence de Sa Majesté ?

Le sénéchal jeta un coup d'œil acéré à Durnik et Toth plantés de part et d'autre de lui.

– C'est possible, répondit-il laconiquement.

– Jusqu'où va votre loyauté envers dame Tamazin, votre parente ?

Oskatat le gratifia, pour toute réponse, d'un regard noir.

– Essaïon, intervint alors Ce'Nedra, tu crois que nous pouvons compter sur le sénéchal ? Il ne risque pas d'envoyer la flotte à notre poursuite dès que nous aurons pris le large ?

Garion releva la tête, piqué au vif. Il ne songeait plus à la faculté qu'avait son jeune ami de lire dans le cœur et l'âme d'autrui.

– Il ne dira rien, répondit Essaïon avec assurance.

– Tu en es sûr ? insista Ce'Nedra.

– Absolument. Il préférerait mourir plutôt que de trahir Tamazin.

Les joues striées de cicatrices du grand Murgo s'empourprèrent lentement et il détourna les yeux afin d'éviter le regard de la reine mère.

– Très bien, décida Belgarath. Urgit nous accompagnera. Nous le déposerons près de Rak Cthaka. Je vous en donne ma parole, ajouta-t-il à l'attention du sénéchal. Vous resterez ici avec Tamazin. A vous de voir, bien sûr, mais, à votre place, je suivrais le plan qui consiste à envoyer des renforts à la cité par mer. Sans cela, votre roi pourrait bien se retrouver tout seul pour repousser les Malloréens.

– Et Prala ? s'enquit Ce'Nedra.

– Inutile de l'emmener avec nous, répondit Belgarath en se grattouillant la barbe. Je compte sur Tamazin et Oskatat pour l'empêcher de parler.

– Il n'en est pas question, Messire Belgarath, décréta fermement la mince princesse cthan. Je ne laisserai jamais Sa Majesté partir seule pour Rak Cthaka. Je ne vous donnerai pas ma parole de garder le secret. Vous n'avez d'autre alternative que de m'emmener ou de me tuer.

– Qu'est-ce que c'est que cette histoire ? murmura Urgit, perplexe.

Mais Silk avait déjà compris.

– Je vous suggère de prendre la poudre d'escampette, mon frère. Je tâcherai de la retenir le temps que vous preniez un peu d'avance.

– Que voulez-vous dire ?

– Avec du pot, beaucoup de pot, il se pourrait que vous échappiez à Kal Zakath, mais je crains que vos chances de fausser compagnie à cette jeune personne ne soient beaucoup plus minces. Suivez mon conseil et fuyez sans tarder.

16

Ils se remirent en selle, dans la cour du Drojim, sous une masse énorme et compacte de nuages gris venus de la Mer du Ponant. Un vent furieux tentait de leur arracher leurs capes.

– Vous savez ce que vous avez à faire, Oskatat ? fit Urgit.

– Les transports de troupe prendront la mer d'ici deux jours, Majesté, répondit le grand Murgo. Vous avez ma parole.

– Parfait. Je ne me vois vraiment pas affronter tout seul l'armée malloréenne. Tâchez de n'utiliser ces lettres de cachet qu'en cas d'extrême urgence.

– Sa Majesté peut compter sur moi.

Les lèvres du sénéchal se retroussèrent sur un sourire inquiétant auquel Urgit répondit par un rictus carnassier.

– Et occupez-vous de ma mère, ajouta le roi des Murgos.

– C'est ce que je fais depuis de nombreuses années, à son insu.

Le roi des Murgos se pencha sur sa selle, serra gravement la main de son ami et se redressa avec résolution.

– Très bien, dit-il en serrant les dents. Allons-y.

Le détachement s'éloigna du Drojim, les sabots des chevaux claquant sur les dalles de pierre. Silk se rapprocha de son frère.

– Qu'est-ce que c'est que cette histoire de lettres de cachet ? s'informa-t-il, le nez frémissant de curiosité.

– Au cas où les généraux hésiteraient à obéir aux ordres d'Oskatat, je lui ai signé des ordres d'emprisonnement et d'exécution en blanc, s'esclaffa Urgit. Il a pour instructions d'en user à sa discrétion.

– Très futé.

– J'aurais dû y songer il y a des années, reprit-il en regardant les nuages qui filaient dans le ciel, son manteau de cour claquant dans le vent. Je n'ai pas le pied marin, Kheldar, ajouta-t-il en frissonnant. Je suis assez sujet au mal de mer, par gros temps.

– Alors choisissez plutôt le bastingage sous le vent pour vomir, lui conseilla finement Silk.

Le ciel brouillé s'harmonisait curieusement avec la sinistre cité. Garion se dit qu'une ville aussi laide n'aurait pas été à sa place sous un ciel dégagé et un soleil radieux. Elle semblait attendre quelque chose, tapie sous les nuages tumultueux, pareille à un crapaud fossilisé. Les Murgos en robe noire s'écartaient devant eux dans les ruelles étroites. Certains s'inclinaient sur le passage de leur roi. D'autres attendaient, le visage de pierre, raides comme la justice, que le détachement soit passé.

Ils traversèrent une place et s'engagèrent dans la rue pavée qui menait au Temple.

– Capitaine ! s'exclama Urgit. Envoyez un de vos

hommes au Temple informer le Grand Prêtre que nous partons. Il a quelqu'un à nous envoyer.

– A vos ordres, Majesté, répondit l'officier.

A un détour de la rue, ils découvrirent le port protégé par le promontoire rocheux qui fermait presque le golfe d'Urga. Il abritait une multitude de vaisseaux à la coque noire. Garion huma l'odeur d'eau saumâtre, d'algues et de poissons crevés qui marquait toujours la rencontre de la terre et de la mer, et son sang se mit à courir plus vite dans ses veines.

Ils s'engagèrent sur un quai de pierre le long duquel était amarrée une mahonne aux formes arrondies, aux mâts inclinés et aux bordages goudronnés.

– Ça flotte, ça ? demanda Silk en lorgnant l'énorme chose avec défiance.

– Je vous avais dit ce qu'il fallait penser de la marine murgo, répondit Urgit.

Le capitaine du navire, un grand gaillard à l'air féroce, commença par mettre son veto à l'embarquement des chevaux.

– Il n'en est pas question, Majesté, déclara-t-il d'un ton sans réplique en toisant son roi avec un mélange d'arrogance et de mépris. Mon navire n'est pas une bétaillère.

Urgit courba l'échine et le regarda d'un air désemparé.

– Le moment me paraîtrait assez bien choisi pour une nouvelle manifestation d'autorité royale, souffla Silk.

Le Monarque absolu du Cthol Murgos se redressa et se tourna vers le capitaine du vaisseau qui le dominait encore d'une bonne tête.

– Faites monter ces chevaux à bord, Capitaine, répéta-t-il plus fermement.

– Je viens de vous dire que je ne...

– J'ai peut-être parlé un peu trop vite pour vous, alors je vais répéter plus doucement : vous allez faire monter ces chevaux à bord, et tout de suite, sans quoi je vous fais crucifier à l'avant de votre vaisseau en guise de figure de proue. Vous avez compris, cette fois ?

Le capitaine recula d'un pas, le moral en berne.

– Mais enfin, Majesté...

– Faites ce que je vous dis, Capitaine ! Et tout de suite !

L'officier claqua les talons, salua avec raideur et se tourna vers ses hommes.

– Vous avez entendu votre roi ? Alors, qu'est-ce que vous attendez ? Faites monter les chevaux à bord !

Il s'éloigna à grands pas en maugréant.

– Vous verrez, ça deviendra de plus en plus facile, souffla Silk. Rappelez-vous seulement qu'on ne discute pas vos ordres et tout ira bien.

– Il se pourrait même que je finisse par aimer ça, commenta Urgit avec un petit sourire crispé.

Les matelots tirèrent et poussèrent les chevaux récalcitrants sur l'étroite passerelle puis le long d'une rampe inclinée qui descendait dans la cale du bâtiment. Ils avaient embarqué la moitié des bêtes quand un sinistre roulement de tambour se fit entendre dans la rue qui venait du Temple. Des Grolims en robe noire et au masque d'acier poli avançaient vers eux, en rang par deux, de cette curieuse démarche chaloupée que Garion avait remarquée au Temple. Belgarath tira Urgit par la manche et l'entraîna hors de portée de voix des gardes et des matelots.

– Pas d'entourloupettes, déclara-t-il fermement. Expédiez les cérémonies d'adieu au plus vite en disant à Agachak que vous allez prendre personnellement le commandement de la garnison de Rak Cthaka, faites monter votre Dagashi à bord et fichons le camp d'ici.

– De toute façon, je n'ai pas le choix, commenta le roi des Murgos d'un air malheureux.

– J'ai bien peur que non, en effet.

Le Grand Prêtre grolim arrivait dans une litière supportée par une douzaine d'hommes. Chabat marchait à côté de lui, la tête droite, le visage d'une pâleur mortelle et les yeux bouffis de larmes. Elle braqua sur Sadi un regard brûlant de haine.

Un Grolim encapuchonné, qui n'avançait pas les jambes raides, contrairement aux autres, suivait la litière d'Agachak. Garion supposa que c'était le mystérieux Kabach. Il le regarda avec curiosité, mais son visage disparaissait dans l'ombre de son capuchon. Lorsque la procession arriva à la hauteur de la mahonne amarrée le long du quai, le Grand Prêtre au visage cadavérique fit signe à ses porteurs de le déposer à terre.

– Majesté, fit-il de sa voix caverneuse.

– Redouté Grand Prêtre, répondit obséquieusement Urgit.

– J'ai reçu votre message. La situation est-elle aussi désespérée qu'on le dit, dans le Sud ?

– J'en ai bien peur, Agachak. Je vais profiter de ce navire pour aller à Rak Cthaka, prendre personnellement le commandement des opérations.

– Est-ce bien raisonnable, Majesté ? fît le Grand Prêtre, sidéré.

– Peut-être pas, mais je ne vois pas comment je pourrais faire pire que mes généraux. J'ai donné l'ordre d'envoyer des renforts à la cité par bateau.

– Par bateau, Majesté ? Voilà qui est audacieux. Je suis surpris que vos généraux aient accepté cette innovation.

– Je ne leur ai pas demandé leur avis. J'ai enfin réalisé que, s'ils avaient le devoir de me conseiller, ils n'avaient pas le droit de me donner des ordres.

– Votre Majesté dévoile là un nouvel aspect de sa personnalité, nota pensivement Agachak en s'extrayant de sa litière pour prendre pied sur les pierres du quai.

– J'ai pensé qu'il était temps d'innover.

A cet instant, Garion fut mis en alerte par un picotement et une sorte de lourdeur localisée juste au-dessus des oreilles. Il jeta un rapide coup d'œil à Polgara et elle hocha discrètement la tête. La menace n'émanait apparemment pas du Grand Prêtre qui paraissait absorbé par sa conversation avec Urgit. Chabat foudroyait Sadi du regard, mais rien n'indiquait qu'elle s'apprêtait à passer aux actes. Le coup de sonde venait d'ailleurs.

– Nous serons à Rak Cthaka d'ici cinq ou six jours, disait le roi des Murgos. Une fois là-bas, Ussa et ses hommes partiront vers Rak Hagga avec le Dagashi. Ils seront peut-être obligés d'obliquer un peu vers le sud pour éviter les Malloréens, mais ça ne devrait pas trop les retarder.

– Soyez très prudent à Rak Hagga, Majesté. Vous ne tenez pas seulement le sort du Cthol Murgos entre vos mains, mais le destin du monde entier.

– Que m'importe le destin, Agachak ? Un homme dont la principale préoccupation est, depuis sa plus tendre enfance, de rester en vie jusqu'au prochain repas ne s'inquiète guère de ce qui se passera dans un an. Allons, où est Kabach ?

L'homme encapuchonné sortit de derrière la litière.

– Je suis là, Majesté, dit-il d'une voix grave, vibrante.

Garion éprouva un nouveau picotement, entre les omoplates, cette fois. Cette voix lui disait quelque chose...

– Parfait, répondit Urgit. Avez-vous des instructions complémentaires à lui donner, Agachak ?

– Je lui ai dit tout ce que j'avais à lui dire, rétorqua le Grand Prêtre.

– Alors, si tout est paré, nous pouvons monter à bord, déclara le roi en balayant ses compagnons du regard.

– Peut-être Sa Majesté devrait-elle attendre un instant avant d'embarquer, objecta le Dagashi en s'approchant.

Il repoussa son capuchon. Garion réprima un sursaut de surprise. Il avait rasé sa barbe noire, mais son identité ne faisait aucun doute. Il s'agissait de Harakan.

– Sa Majesté sait-elle que l'homme qui porte cette grande épée n'est autre que Belgarion de Riva? demanda-t-il avec l'intention manifeste d'être entendu de tous, dans le port.

Une profonde stupéfaction se peignit sur la face des prêtres et des soldats massés sur le quai luisant d'humidité. Urgit resta un instant sans voix, mais il réagit très vite.

– Voilà qui est très intéressant, dit-il avec circonspection. Peut-on savoir sur quoi vous fondez cette allégation ?

– C'est complètement stupide, balbutia Sadi.

Les yeux enfoncés d'Agachak se rivèrent à ceux de Garion.

– J'ai déjà vu Belgarion, entonna-t-il de sa voix creuse. Il était beaucoup plus jeune alors, mais il lui ressemblait un peu, en effet.

– Il se peut, Sanctissime, qu'il lui ressemble, convint Sadi, mais je puis vous assurer que ce jeune homme n'est pas Belgarion. Il est à mon service depuis sa naissance.

Silk se pencha discrètement vers son frère et lui murmura rapidement quelque chose à l'oreille. Le roi des Murgos était un politicien assez avisé pour dissimuler ses sentiments, mais ses yeux passaient fébrilement de visage en visage. Une étincelle et c'était l'explosion. Il s'éclaircit la gorge.

– Vous ne nous avez pas encore dit, Kabach, ce qui vous permet d'affirmer qu'il s'agit bien de Belgarion ?

– J'étais à Tol Honeth, il y a quelques années, pour des funérailles, je crois, répondit Harakan en haussant les épaules. Belgarion y était aussi et on me l'a montré.

– Le noble Dagashi se trompe, protesta Sadi. Il fonde son identification sur une image fugitive et lointaine. Pour moi, ce n'est pas une preuve, et j'affirme qu'il ne peut s'agir de Belgarion.

– Il ment, répondit l'homme au capuchon noir. Je suis un Dagashi et j'ai le sens de l'observation.

– Là, Agachak, il soulève un point intéressant, releva Urgit. En dehors de toute autre considération, les Dagashis sont des Murgos, et tous les Murgos sans exception se scarifient le visage en guise d'offrande à Torak, rappela-t-il en indiquant les fines lignes blanches qui striaient ses joues, cicatrices à peine visibles qui en disaient long sur la ferveur avec laquelle il s'était lui-même infligé la mutilation rituelle. Regardez notre Dagashi. Je ne vois pas une seule marque sur son visage. Et vous ?

– C'est mon Ancien qui m'a interdit de procéder au sacrifice du sang, rétorqua très vite Harakan. Il voulait que je reste sans marque afin de passer inaperçu dans les royaumes du Ponant.

– Désolé, Kabach, reprit Urgit d'un ton sarcastique, mais votre histoire ne tient pas la route. L'offrande sanglante à Torak fait partie du rite de passage à l'âge d'homme. Il faut croire que vous étiez très précoce pour que votre Ancien ait décidé de faire de vous un espion avant votre dixième année. Et, quand bien même, vous auriez été obligé de sacrifier au rite avant de pouvoir entrer au Temple. Vous ne vous êtes peut-être pas scarifié le visage, mais, si vous êtes vraiment un Murgo, vous devez bien avoir des cicatrices quelque part. Montrez-les-nous, noble Dagashi. Prouvez-nous que vous avez bien juré fidélité à Torak – et la pureté de votre sang murgo.

– Je vous rappelle, redouté Grand Prêtre, que ce n'est pas la première fois qu'un de mes serviteurs est injustement accusé, ajouta Sadi en regardant Chabat d'un air significatif. Se pourrait-il que certains de vos prêtres veuillent faire échouer votre mission ? Une faction grolim en fausse barbe, peut-être ?

– La barbe ! s'écria Silk en claquant des doigts. C'est donc ça ! Il s'est rasé la barbe !

Urgit se tourna vers lui d'un air inquisiteur.

– Que voulez-vous dire ?

– Pardonnez-moi, Majesté, fit Silk avec une feinte humilité. Je viens d'avoir une illumination. Je crois pouvoir vous expliquer bien des choses.

– Eh bien, vous m'en voyez ravi. Allez-y, je vous écoute.

– Merci, Majesté, murmura Silk en coulant autour de lui de petits regards apeurés très convaincants. Je suis un Alorien, Sire... Ecoutez-moi, je vous en prie, fit-il en levant très vite la main comme pour implorer l'attention du roi et des Murgos qui les entouraient. Je suis un Alorien, mais je n'en fais pas un dogme. Comme je dis toujours, tout le monde a le droit de vivre, les Aloriens et les Angaraks. Enfin, l'an dernier, j'étais dans l'armée du roi Belgarion quand il a assiégé Rhéon, la ville des adeptes de l'Ours. Bref, j'étais là quand Belgarion et son ami sendarien – Durnik, je crois – ont capturé le chef du culte, un certain Ulfgar.

Il portait la barbe, à ce moment-là, mais je jure que ce Kabach et le dénommé Ulfgar sont bien le même homme. Je sais de quoi je parle : j'ai aidé à le transporter dans une maison après que le Sendarien l'a étendu pour le compte.

– Que ferait un Dagashi en Drasnie ? demanda Urgit d'un air artistiquement intrigué.

– Il n'est pas plus dagashi que vous ou moi, Majesté. Quand le roi Belgarion et ses amis l'ont interrogé, il s'est avéré que c'était un Grolim de Mallorée. Je crois qu'il s'appelle Harakan.

– Harakan ? répéta Agachak en braquant rapidement sur le prétendu Dagashi ses yeux tout à coup embrasés.

– Ridicule ! railla Harakan. Ce petit intrigant est au service de Belgarion. Il ment pour protéger son maître.

– On dirait, Agachak, que le nom de Harakan vous dit quelque chose ? remarqua Urgit.

– Harakan est l'un des chiens d'Urvon, répondit le Grand Prêtre en se redressant comme un cobra, et j'ai entendu dire qu'on l'avait vu dans la région.

– Nous ne pouvons pas en rester là, Agachak, insista le roi des Murgos. Ces deux accusations sont trop graves. Il faut que nous tirions cette affaire au clair.

La prêtresse Chabat s'approcha d'eux, les yeux étrécis.

– Nous devrions, Majesté, avoir sans difficulté le fin mot de cette histoire, dit-elle avec un sourire rusé. Mon maître, Agachak, est le plus puissant sorcier de tout le Cthol Murgos. Il lui serait aisé de sonder l'esprit des différentes parties en présence afin de savoir qui dit la vérité et qui ment.

– Vraiment, Agachak ? Vous pourriez faire ça ? s'émerveilla Urgit.

– Sans problème, répondit Agachak en haussant les épaules.

– Alors faites-le, je vous en prie. Je ne monterai pas à bord de ce vaisseau tant que je ne saurai pas au juste qui sont mes compagnons de voyage.

Agachak inspira profondément et Garion entendit le bruit de vague caractéristique.

– Attention, Maître ! s'exclama un Grolim au capuchon bordé d'une ganse violette en bondissant vers le Grand Prêtre, la main tendue dans un geste de mise en garde.

– Comment oses-tu ? hurla la prêtresse, les yeux étincelants de colère.

– Maître, reprit le Grolim, ignorant son intervention, la suggestion de Chabat présente un grand danger : si l'un de ces hommes dit vrai, vous allez sonder la conscience d'un sorcier, votre propre esprit totalement désarmé. D'une seule pensée, il pourrait faire irrémédiablement chanceler votre raison.

– C'est exact, souffla Agachak en relâchant lentement son Vouloir. J'allais oublier. Et je trouve très curieux que ma très chère prêtresse n'y ait pas pensé non plus avant de me donner ce conseil, ajouta-t-il en se tournant vers elle. Mais peut-être y avais-tu songé, Chabat ? continua-t-il en remarquant la brève étincelle de déception qui brillait dans son regard. Aurais-tu renoncé à évoquer un démon pour m'anéantir ? Te serais-tu rabattue sur un stratagème aussi rudimentaire ? Ma bien-aimée prêtresse me déçoit terriblement.

Elle accusa le coup, et les flammes qui striaient ses joues semblèrent briller d'une lueur malsaine.

– Nous devons tirer cette affaire au clair, Agachak, insista Urgit. Je ne partirai pas avant de connaître la vérité. Je ne suis pas resté en vie pendant toutes ces années en me cachant la tête dans le sable.

– De toute façon, la question est purement théorique, à présent, rétorqua le Grand Prêtre. Ces gens resteront ici, voilà tout.

– Agachak, il faut que j'aille tout de suite à Rak Cthaka.

– Eh bien, allez-y. Je trouverai d'autres marchands d'esclaves et j'engagerai un autre Dagashi.

– Ça pourrait prendre des mois. Je serais assez enclin, personnellement, à croire ces hommes. Ussa a été très honnête avec moi, et ce jeune homme n'a vraiment pas la carrure d'un roi, alors que celui qui se fait appeler Kabach me paraît hautement suspect. Si nous remontions la piste qui mène au mont Kahsha, je pense que nous trouverions le vrai Kabach sous un tas de cailloux, en plein désert. Cet homme, quel qu'il soit, a bien failli retarder la mission à Rak Hagga par ses accusations. N'est-ce pas précisément ce que chercherait Urvon ?

– Je reconnais une certaine logique à vos propos, Majesté, mais je ne crois pas souhaitable de laisser partir ces gens avant d'avoir tiré l'affaire au clair.

– Eh bien, laissons-les se faire justice.

– Comment cela ?

– L'un d'eux, peut-être les deux, est un sorcier. Qu'ils se battent, nous verrons bien lequel tentera de détruire l'autre par sorcellerie.

– Le jugement par les armes ?

– Pourquoi pas ? C'est un peu primitif, mais ça me paraît approprié aux circonstances. Si nous leur faisions de la place ? suggéra le roi des Murgos en se fendant d'un grand sourire. Je ne tiens pas à me retrouver pris entre deux feux quand ils commenceront à se jeter foudre et éclairs.

Il s'approcha de Garion et le prit par le bras.

– Gardez votre calme, et ne faites rien qui sorte de l'ordinaire. Essayez de l'amener à se trahir en faisant usage de son pouvoir de sorcier, murmura-t-il, puis il poussa le jeune roi de Riva dans le cercle qui s'était rapidement formé sur le quai de pierre. Voici le prétendu Belgarion, annonça-t-il. Maintenant, si le présumé Grolim de Mallorée veut bien s'avancer, nous ne devrions pas tarder à découvrir la vérité.

– Sans arme ? nota Harakan d'un ton morne.

– C'est ma foi vrai. Qu'on lui donne une épée !

Plusieurs rapières se tendirent aussitôt vers le Dagashi.

– Eh bien, Harakan, vous n'êtes pas sorti de l'auberge, ironisa Urgit. Si vous faites le moindre geste suspect, si vous vous trahissez, mes archers vous transformeront en porc-épic. D'un autre côté, si votre adversaire est vraiment Belgarion et si vous n'usez pas de la sorcellerie pour vous défendre, vous êtes cuit. L'un dans l'autre, je pense que vous allez passer un fichu après-midi.

Garion serra les dents et implora mentalement l'Orbe de ne rien tenter d'extraordinaire. Puis il respira un bon coup et tendit la main par-dessus son épaule. L'immense lame quitta son fourreau en sifflant, tel un serpent d'acier.

Harakan prit une épée d'un air emprunté, mais il était clair, à voir la façon dont il la tenait, qu'il était rompu au maniement des armes. Une colère soudaine envahit Garion. Cet homme avait fait assassiner Brand et tramé l'attentat qui avait failli coûter la vie à Ce'Nedra. Il tendit l'épée de Poing-de-Fer devant lui et fléchit les jambes. Harakan tenta désespérément de lui faire lâcher prise par des coups répétés du plat de sa lame, et les deux armes se heurtèrent avec un vacarme assourdissant. Garion avançait implacablement sur son ennemi, en proie à une telle fureur qu'il en avait oublié la raison du duel. Il n'avait plus envie de démasquer Harakan ; tout ce qu'il voulait maintenant, c'était le tuer.

Il y eut un rapide assaut, un échange de coups d'estoc et de taille que les deux hommes parèrent et se rendirent. Le port entier résonnait du chant métallique des armes. Harakan reculait peu à peu, et à son regard tous comprirent qu'il se croyait perdu. Puis, tout à coup, Garion en eut assez. Les yeux brûlants de haine, il prit la poignée de son immense épée à deux mains et la leva au-dessus de sa tête. S'il avait eu le temps de porter ce coup, rien n'aurait pu le parer.

Harakan vit la mort en face et ses joues blêmirent.

– Maudit sois-tu ! lança-t-il.

Les contours de sa silhouette devinrent flous. Il disparut et réapparut fugitivement à l'autre bout du quai, puis son image se brouilla à nouveau comme il se penchait en avant et se métamorphosait en faucon de mer.

– Eh bien, Agachak, on dirait que ça répond à la question, fit calmement Urgit.

Mais le Grand Prêtre, le regard brûlant de haine, se changea à son tour en faucon. En deux coups de ses puissantes ailes il s'éleva dans les airs et fondit sur Harakan en hurlant sa soif de sang.

Garion tourna les talons et s'approcha d'Urgit, les mains tremblantes, la gorge frémissante d'une fureur inextinguible. Il reprit non sans mal son empire sur lui-même et résista à l'impulsion subite de prendre le petit roi par le devant de son pourpoint et de le balancer dans les eaux du port.

– Euh... p-pas de précipitation, bredouilla le Monarque absolu du Cthol Murgos en reculant craintivement devant lui.

– Ne faites plus jamais ça, grinça le jeune roi de Riva entre ses dents.

– N-non, bien sûr, acquiesça très vite Urgit, puis une expression différente effleura son museau de fouine. Vous êtes vraiment Belgarion ? demanda-t-il âprement.

– Vous voulez une démonstration ?

– Non, non ! Je vous en prie ! lâcha précipitamment le roi des Murgos.

Il s'empressa de tourner le dos à Garion, qui ne décolérait pas, et s'approcha de Chabat.

– Prions pour que votre Grand Prêtre réussisse à rattraper cet imposteur, dit-il. Vous lui transmettrez mes meilleures salutations quand il reviendra. Je l'aurais bien attendu, mais je dois prendre la mer sans délai.

– Bien sûr, Majesté, répondit-elle d'une voix réduite à un ronronnement. Je m'occuperai de ces marchands d'esclaves jusqu'à son retour. Ils n'ont plus aucune raison de partir, puisque leur raison d'être était d'escorter l'assassin à Rak Hagga, ajouta-t-elle comme Urgit la regardait sans comprendre. Ils resteront ici jusqu'à ce qu'on nous envoie un autre Dagashi du mont Kahsha. Ils seront sous ma protection personnelle.

Elle regarda Sadi avec un sourire féroce.

– Pour être tout à fait honnête, Très Sainte Prêtresse, reprit le roi des Murgos en étrécissant les yeux, je ne suis pas sûre qu'on puisse vous faire confiance. Vous nourrissez manifestement une haine personnelle envers ce Nyissien, et sa vie nous est beaucoup trop précieuse pour que nous courions le moindre risque. Je crains qu'une fois livrée à vous-même, vous ne passiez votre colère sur lui. Je vais emmener Ussa et ses gens avec moi, par précaution. Quand le Dagashi arrivera du mont Kahsha, vous n'aurez qu'à me l'envoyer.

Chabat durcit le ton.

– La mission de Rak Hagga a pour but d'accomplir une Prophétie, décréta-t-elle, et l'accomplissement des Prophéties est évidemment du ressort de l'Eglise.

Urgit inspira à fond et se redressa de toute la hauteur de sa petite taille.

– Cette mission est aussi une affaire d'Etat, Très Sainte Prêtresse. Sa préparation a fait l'objet d'une étroite coopération entre Agachak et moi-même, et en son absence l'autorité de la couronne s'exercera seule.

Ussa et ses gens m'accompagneront et vous ramènerez vos Grolims au Temple où vous attendrez le retour de votre Grand Prêtre.

La femme au visage balafré parut désarçonnée par cette soudaine démonstration d'autorité. Elle s'attendait manifestement à repousser de faibles objections, mais pas à se retrouver face à ce personnage inconnu d'elle. Son visage se durcit et les cicatrices pareilles à des flammes semblèrent grouiller sur sa face exsangue.

– On dirait que notre roi a enfin mûri, remarqua-t-elle. Eh bien, il a mal choisi son moment pour devenir adulte. Ouvre grands les yeux, ô Monarque absolu du Cthol Murgos !

Elle se pencha et commença à tracer sur les pierres du quai des symboles qui luisaient d'un éclat maléfique.

– Garion ! s'écria Silk, alarmé. Ne la laisse pas faire !

Garion avait reconnu l'étoile à cinq branches inscrite dans le cercle, et tout de suite compris de quoi il retournait. Il s'approcha de Chabat au moment où elle entrait dans la protection du pentacle et commençait à marmonner des paroles étranges dans un langage inconnu.

Elle n'avait pas perdu de temps, mais Polgara avait été encore plus rapide.

– Arrête, Chabat ! hurla-t-elle impérieusement. Ne fais pas cela ! C'est interdit !

– Rien n'est interdit quand on a le Pouvoir, rétorqua la prêtresse avec un orgueil surhumain. Et qui pourrait m'empêcher d'agir ?

– Moi, répondit implacablement la sorcière, la mine sévère.

Elle esquissa de la main un geste curieux, comme si elle tirait quelque chose vers le haut, et Garion perçut le champ de force familier. Les vagues qui se brisaient, inlassables, contre les pierres se soulevèrent lentement et vinrent lécher les chevilles de Chabat, debout au bord du quai. Les symboles étincelants qu'elle avait tracés sur les pierres s'évanouirent, lavés par les flots.

La prêtresse grolim étouffa un halètement et regarda tante Pol comme si la vérité s'insinuait peu à peu en elle.

– Qui es-tu ?

– Celle qui va te sauver la vie, Chabat, répondit Polgara. Ceux qui suscitent des démons connaissent tous le même châtiment. Tu y arriverais une fois ou deux, peut-être davantage, mais le démon finirait inévitablement par se retourner contre toi et te déchiqueter. Même Torak, dans sa démence aveugle, n'aurait osé s'y risquer.

– Eh bien, moi, j'oserai ! Torak est mort et Agachak n'est pas là. Personne ne pourrait m'en dissuader !

– Si, Chabat, moi, répéta froidement Polgara. Je ne te laisserai pas faire ça.

– Et comment penses-tu m'en empêcher ? J'ai le Pouvoir.

– J'en ai plus que toi, rétorqua Polgara en laissant glisser sa cape à terre, puis elle se pencha et ôta ses chaussures. Tu as peut-être réussi à contrôler ton démon lors de tes premières invocations, mais tu n'exerces sur lui qu'une maîtrise précaire. Tu lui as ouvert la porte de ce monde. Dès qu'il aura pris la pleine mesure de sa force, il te détruira et hantera l'univers à sa guise, y semant la ruine et la désolation. Je t'implore, ma sœur, de ne pas faire ça. Ta vie, ton âme, sont en grand péril.

– Je n'ai peur de rien, lança Chabat d'une voix rauque. Ni de mon démon ni de toi.

– Alors tu es folle, dans les deux cas.

– Est-ce un défi ?

– Si tu prends les choses comme ça... Veux-tu, Chabat, me rencontrer sur mon propre terrain ?

Les yeux de Polgara devinrent d'un bleu glacial, la mèche blanche qui striait sa chevelure noire se mit à briller d'un éclat incandescent et Garion sentit la vague d'énergie habituelle. Elle leva la main et les flots d'étain fondu s'élevèrent à nouveau, docilement, jusqu'au niveau du quai. Calmement, implacablement, elle s'avança sur l'eau comme si elle marchait sur la terre ferme. Les Grolims laissèrent échapper un gémissement.

– Alors, Chabat, reprit Polgara, veux-tu me rejoindre ? En es-tu *capable* ?

La prêtresse parut frappée d'épouvante. Son visage était de cendre, mais tante Pol lut dans ses yeux qu'elle se devait de relever le défi.

– Tu vas voir si j'en suis capable, riposta-t-elle entre ses dents.

Elle descendit du quai et s'enfonça jusqu'aux genoux dans l'eau sale du port où elle pataugea tant bien que mal.

– On dirait que tu as un problème, Chabat, ironisa Polgara. Si une chose aussi simple exige tout ton pouvoir, comment espères-tu réussir à contrôler un démon ? Renonce à ce projet insensé pendant qu'il en est temps encore.

– Jamais ! hurla Chabat d'une voix stridente, une écume mousseuse perlant aux commissures de ses lèvres.

Elle parvint, au prix d'un effort surhumain, à se tenir à la surface de l'eau et avança laborieusement de quelques toises. Elle traça sur l'onde un pentacle de flammes orange, huileuses et, le visage levé dans une expression triomphale, entonna à nouveau les paroles maléfiques de l'évocation. Les cicatrices rouges de ses joues devinrent livides puis s'embrasèrent d'une lumière blanche, éblouissante, tandis que sa voix s'enflait et retombait selon une cadence hideuse.

– Que se passe-t-il ? s'écria Urgit d'une voix de fausset, épouvanté par le spectacle impossible qui se déroulait devant ses yeux.

– Quelque chose de très embêtant, répondit Silk.

L'incantation de Chabat se mua en un cri, et les flots entrèrent en éruption. On eût dit qu'un chaudron de vapeur et de flammes s'était mis à bouillonner devant elle. Des eaux tumultueuses surgit une chose si hideuse qu'elle passait l'entendement humain. C'était énorme, plein de crocs et de griffes. Mais le pire, c'était ses yeux, rouges comme des lacs de lave.

– Tue-la ! s'écria Chabat en indiquant Polgara d'une main agitée de spasmes. Tue cette sorcière, je te l'ordonne !

Le démon contempla la prêtresse dressée à l'abri de son pentacle de flammes, puis, des cataractes d'eau bouillante ruisselant sur son énorme tronc, il se tourna pesamment et s'approcha de Polgara. Celle-ci resta impavide et se contenta de lever la main.

– Arrête ! ordonna-t-elle, et Garion perçut la force prodigieuse qui émanait d'elle.

Le démon leva vers les nuages gris son mufle hérissé de crocs et poussa un hurlement de frustration.

– Tue-la, je te dis ! répéta Chabat.

Le monstre s'enfonça lentement dans l'eau, tendit ses énormes bras juste sous la surface et se mit à tourner lentement sur lui-même parmi les flots en effervescence. Puis il accéléra sa rotation, et un cône pareil à celui d'une tornade apparut bientôt autour de lui, un maelström presque aussi redoutable que la Barre de Cherek.

Chabat poussa un hurlement de triomphe et commença à décrire des cabrioles obscènes sur l'eau, sans s'apercevoir que le tourbillon avait entraîné les flammes avec lesquelles elle avait tracé son pentacle. Puis les eaux tumultueuses atteignirent l'endroit où se tenait Polgara, l'entraînant vers la spirale infernale et le démon écumant qui pivotait toujours au centre.

– Attention, Pol ! s'écria Durnik.

Mais il était trop tard. Inexorablement attirée par ce mortel tourbillon, elle se rapprocha, d'abord lentement puis de plus en plus vite, du centre de ce gouffre liquide. Au moment de s'y engloutir, elle leva un bras au-dessus de sa tête et disparut subitement sous la surface en ébullition.

– POOOL ! hurla Durnik, le visage blême.

Il se précipita vers le bord du quai en arrachant sa tunique, mais Belgarath le rattrapa par un bras.

– Non, Durnik, ne vous mêlez pas de ça ! lança-t-il d'une voix sèche comme un coup de cravache, le visage de marbre.

– Lâchez-moi ! beuglait Durnik en se débattant.

– Je vous dis de ne pas intervenir !

Une rose remonta à la surface, de l'autre côté du maelström suscité par le démon. C'était une fleur étrange et familière, aux pétales d'un blanc immaculé, rouges au centre. Garion sentit un espoir insensé poindre en lui.

Tout à coup, le monstre de cauchemar se figea, les yeux brûlants de surprise. Il se redressa de toute sa hauteur, se plia en deux et plongea tête baissée dans les eaux frémissantes.

– Retrouve-la ! brailla Chabat. Retrouve-la et tue-la !

Des volutes de fumée montèrent des eaux du port qui se mirent à bouillonner comme un océan de métal en fusion alors que le démon sillonnait les profondeurs de la mer. Et puis, subitement, tout mouvement cessa et l'air et l'eau redevinrent d'un calme mortel. Alors Chabat leva les bras au-dessus de sa tête et les cicatrices qui striaient ses joues brillèrent de plus belle, comme traversées par une lumière intérieure.

– Crève, sorcière ! clama-t-elle, exultante. Que les crocs de mon serviteur déchirent ta chair !

C'est alors qu'une monstrueuse serre écailleuse surgit de l'eau juste devant elle.

– Non, hurla-t-elle. Non, tu ne peux pas !

Elle regarda, horrifiée, l'eau sur laquelle elle se dressait et comprit tout à coup que le pentacle protecteur avait été emporté par les vagues. Elle recula craintivement, mais l'énorme patte se referma sur elle et les griffes pointues comme des aiguilles traversèrent son corps de part en part. Elle se tortilla un instant, broyée par cette effroyable étreinte, et poussa un hurlement atroce qui s'acheva dans un vomissement de sang.

Le monstre infernal émergea alors des profondeurs, ouvrit son énorme gueule et poussa un beuglement formidable. Il souleva la prêtresse agonisante et se tourna vers le quai avec une joie démoniaque. Les Grolims et les soldats murgos rompirent les rangs et prirent la fuite, épouvantés.

La rose qui flottait à la surface de l'eau se mit à luire d'une étrange lueur bleue, puis le halo se dilata et s'intensifia. Polgara apparut, impassible, au milieu de cette intense clarté. A quelques pas sur sa gauche se matérialisa un second nuage lumineux. Devant les yeux stupéfaits de Garion et de ses compagnons restés sur le quai, la masse lumineuse se condensa brusquement et Garion reconnut la silhouette du Dieu Aldur.

– Le faut-il vraiment, Maître ? demanda Polgara, profondément affligée.

– Il le faut, ma fille, répondit tristement Aldur.

– Eh bien, Maître... ainsi soit-il, soupira-t-elle en lui tendant la main.

Le Dieu et la sorcière se tinrent ainsi sur l'eau, dans un halo bleu, éblouissant, devant le démon hideux qui élevait triomphalement le corps frémissant de Chabat.

Garion eut l'impression d'être repoussé avec une force terrifiante par le champ de force qui émanait d'eux et rugissait dans son esprit comme une tornade.

– Je t'abjure, créature des ténèbres ! tonna Polgara. Retourne à l'enfer qui t'a engendré et ne viens plus jamais souiller ce monde de ton immonde présence ! Va-t'en et emmène avec toi celle qui t'a suscité !

Elle leva la main et de sa paume surgit une colonne d'énergie : son pouvoir allié à celui du Dieu Aldur. Il y eut une formidable déflagration. Le démon se métamorphosa soudain en une énorme boule de feu et les eaux du port entrèrent en éruption, puis il disparut, emportant la prêtresse Chabat.

Quand Garion regarda à nouveau, Aldur avait disparu. Polgara était seule sur les eaux. Elle revint lentement vers eux. Et, lorsqu'elle fut près de lui, Garion vit qu'elle avait les yeux pleins de larmes.

TROISIEME PARTIE

L'île de Verkat

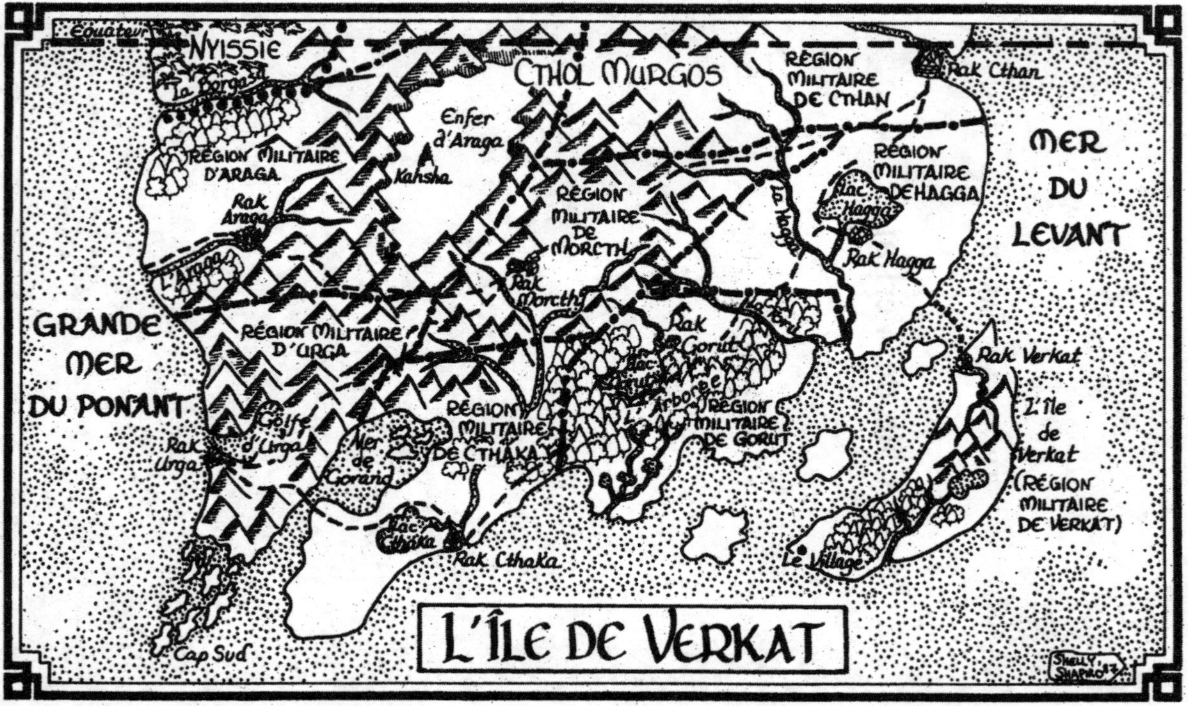
L'ÎLE DE VERKAT
Équateur
NYISSIE
La Borga
CTHOL MURGOS
RÉGION MILITAIRE DE CTHAN
Rak Cthan
Enfer d'Araga
Kahsha
RÉGION MILITAIRE D'ARAGA
Rak Araga
L'Araga
RÉGION MILITAIRE DE MORCTH
Rak Morcth
RÉGION MILITAIRE DE HAGGA
Lac Hagga
Rak Hagga
La Hagga
MER DU LEVANT
GRANDE MER DU PONANT
RÉGION MILITAIRE D'URGA
Golfe d'Urga
Rak Urga
Mer de Gorand
RÉGION MILITAIRE DE CTHAKA
Lac Cthaka
Rak Cthaka
Rak Gorut
L'Arboré
RÉGION MILITAIRE DE GORUT
Rak Verkat
L'Île de Verkat (RÉGION MILITAIRE DE VERKAT)
Le Village
Cap Sud
Shelly Shapiro '87

17

Le lendemain matin, la mahonne murgo longea, par vent portant, la côte désolée de la péninsule d'Urga. Les vagues écumantes se brisaient sur les falaises verticales, d'une vilaine couleur de rouille, piquetées d'une maigre végétation. Le ciel automnal était d'un bleu profond, glacial, mais le soleil restait bas sur l'horizon. L'hiver était précoce sous ces latitudes extrêmes.

Comme toujours quand il était en mer, Garion était monté sur le pont dès l'aube. Il s'était appuyé au bastingage, au milieu du bâtiment, et regardait dans le vide, à moitié hypnotisé par le balancement régulier du vaisseau, les grincements de la coque et le miroitement des vagues. Le panneau d'écoutille s'ouvrit et Durnik remonta des cabines ménagées sous le pont en s'arc-boutant pour compenser le tangage du navire. Il cligna des yeux, ébloui par le soleil. Il portait son éternelle tunique brune mais il avait l'air inhabituellement sombre.

– Comment va-t-elle ? demanda Garion.

– Elle est très fatiguée. Elle s'est tournée et retournée pendant des heures avant de s'endormir, répondit le forgeron, qui n'avait sûrement pas beaucoup dormi lui-même, à voir ses traits las. C'était terrible, pour elle.

– Vous en avez parlé ?

– Un peu. Il fallait que le démon retourne à l'endroit d'où il venait, sinon il aurait ravagé le monde. C'était Chabat qui l'avait invoqué, et il aurait pu se servir d'elle à tout moment pour revenir, alors elle devait disparaître avec lui, afin que cette porte soit à jamais refermée.

– Mais d'où sortent ces démons ?

– Elle ne me l'a pas dit au juste, et je n'ai pas eu l'impression que ça m'apporterait grand-chose de le savoir.

– Elle dort, maintenant ?

– Hm-hm, acquiesça Durnik. Je vais voir le cuistot et lui demander quelque chose de chaud à manger pour quand elle se réveillera.

– Tu ferais bien d'aller te reposer un peu, toi aussi.

– Peut-être. Ne m'en veux pas, Garion, mais je préfère ne pas la laisser toute seule. Elle pourrait avoir besoin de moi.

Il se dirigea vers les cuisines du bord.

Garion se redressa et regarda autour de lui. Les matelots murgos filaient doux. Les événements de la veille avaient eu raison de l'arrogance hautaine qui marquait habituellement leur expression, et ils vaquaient à leur tâche en regardant leurs passagers par en dessous comme s'ils s'attendaient à les voir se changer inopinément en ogres ou en monstres marins.

Pendant que Garion et Durnik bavardaient, Silk et Urgit étaient remontés des cabines. Ils regardaient distraitement, appuyés au bastingage, près de la poupe, le sillage d'albâtre qui s'ouvrait dans les vagues vertes et le nuage de mouettes aux ailes blanches qui planaient au-dessus en poussant des cris rauques, avides. Garion se rapprocha un peu mais resta discrètement à distance.

– Le coin n'est pas très accueillant, observa Silk en regardant les falaises farouchement dressées sur les flots.

Il avait renoncé aux haillons qu'il portait depuis le début de leur équipée et portait un sobre pourpoint gris.

Le roi des Murgos acquiesça d'un grognement. Il lançait avec ennui des croûtes de pain moisi dans le sillage et regardait d'un œil éteint les mouettes qui se chamaillaient pour les attraper.

– Dites, Kheldar, commença-t-il, ça lui arrive souvent ?

– Quoi donc, et à qui ?

– Polgara. Est ce qu'elle anéantit tous ceux qui lui déplaisent ? répondit Urgit en réprimant un frisson.

– Mais non, voyons. Ni Polgara ni aucun d'eux. Il n'en ont pas le droit.

– Je regrette, Kheldar, permis ou pas, je sais ce que j'ai vu hier.

– Belgarath m'a tout expliqué. Chabat et le démon n'ont pas été vraiment anéantis. Ils ont juste été renvoyés à l'endroit d'où venait le démon. Il fallait absolument qu'il reparte. Le seul ennui, c'est que Chabat devait suivre le même chemin.

– Quel ennui ? Bon débarras, oui !

– Vous ne comprenez pas. C'est une chose que de tuer quelqu'un ; c'en est une autre que de détruire son âme. Voilà ce qui désespérait Polgara. Elle a dû condamner Chabat à un tourment sans fin. Il n'y a pas de pire châtiment pour un être humain.

– Qui est sorti de l'eau avec elle ?

– Aldur.

– Vous voulez rire !

– Pas le moins du monde. Je L'ai vu une ou deux fois. C'était bien Lui.

– Un Dieu ! Et que faisait-Il là ?

– C'est très compliqué. Aucun individu, aussi puissant soit-il, ne peut affronter seul un démon. Quand les magiciens morindiens en suscitent un, ils prennent bien soin de restreindre son champ d'action. Chabat n'a pas pris ces précautions. Seul un Dieu peut traiter un démon avec une telle désinvolture. Mais comme les Dieux n'agissent que par notre truchement, Aldur avait besoin de Polgara pour intervenir.

– Je ne m'y ferai jamais, bredouilla Urgit en claquant des dents.

Ils regardèrent un moment les rouleaux qui se brisaient sur les sinistres falaises. Garion se demanda, en les voyant côte à côte, comment leur lien de parenté avait pu lui échapper. Ils n'étaient assurément pas jumeaux, mais ils avaient un tel air de famille qu'on ne pouvait douter qu'ils étaient frères.

– Kheldar, parlez-moi de notre père, dit enfin le roi des Murgos. Comment était-il ?

– Il était plus grand que nous, répondit Silk, et il avait très fière allure avec ses cheveux gris acier.

L'appendice nasal dont nous avons tous deux hérité lui donnait plutôt l'air d'un rapace que d'un rongeur.

– Nous avons un peu une tête de fouine, hein ? acquiesça Urgit avec un sourire fugitif. Mais ce n'est pas de ça que je voulais parler. Comment était-il au fond de lui-même ?

– Très distingué. Il avait des manières exquises et il était raffiné jusqu'au bout des ongles. Je ne l'ai jamais entendu dire une parole blessante à qui que ce soit, répondit Silk d'un petit air mélancolique.

– Mais il jouait un double jeu.

– Pourquoi dites-vous ça ?

– Il était infidèle. Après tout, je ne suis pas le fruit d'un engagement durable.

– Vous ne comprenez pas. Pour être un gentilhomme, reprit Silk en regardant pensivement les vagues vertes couronnées de blanc, notre père n'en était pas moins un aventurier. Il ne tenait pas en place. Il fallait toujours qu'il se lance des défis, juste pour le plaisir. Il était avide de changement. Additionnez tout cela et vous comprendrez pourquoi il n'a pas pu résister à votre mère. J'étais allé au palais de Rak Goska, du vivant de Taur Urgas. Ses femmes étaient toutes étroitement surveillées, sinon carrément enfermées à double tour. Notre père ne pouvait pas faire autrement que de relever le gant.

– C'est très réconfortant pour mon ego, commenta Urgit en faisant la grimace. J'ai vu le jour parce qu'un aventurier drasnien aimait crocheter les serrures.

– Je ne vois pas tout à fait les choses comme vous. J'en ai très brièvement parlé avec votre mère, et je suis sûr que notre père et elle éprouvaient un sincère attachement l'un pour l'autre. Taur Urgas n'a jamais aimé personne. Au moins, ils se sont payé du bon temps.

– Ça explique peut-être mes excellentes dispositions d'esprit.

– Enfin, il ne s'est pas toujours amusé, soupira Silk. La maladie de ma mère a mis fin à tous ses vagabondages.

– Quelle maladie ?

– Une fièvre pernicieuse qui ravage de temps en temps la Drasnie et qui défigure horriblement ses victimes. Encore heureux que ma mère ait été du même coup frappée de cécité.

– Curieuse façon de voir les choses...

– Au moins, comme ça, elle ne pouvait plus se regarder dans une glace. Notre père ne l'a plus jamais quittée et à aucun moment il ne lui a laissé soupçonner la vérité. Je n'ai jamais vu un homme aussi courageux, ajouta-t-il en serrant les dents. Bon, si nous parlions d'autre chose ?

– Pardonnez-moi, Kheldar, fit Urgit avec sympathie. Je ne voulais pas rouvrir de vieilles blessures.

– Vous avez donc grandi à Rak Goska... Comment était-ce ? reprit Silk, au bout d'un moment.

– Sinistre, rétorqua le roi des Murgos. Taur Urgas a commencé à débloquer beaucoup plus tôt que ne le voulait la coutume chez les Urga, et il nous faisait observer toutes sortes de rites.

– J'ai eu le privilège d'assister à quelques cérémonies bizarres, au Temple...

– Je ne parle pas seulement de ces pratiques – et pourtant elles étaient gratinées –, mais de ses idiosyncrasies particulières. Par exemple, il ne fallait jamais se tenir à sa droite, et quiconque laissait son ombre tomber sur sa royale personne le payait de sa vie. Nous fûmes, mes frères et moi-même, séparés de nos mères à l'âge de sept ans et soumis à un entraînement quasi militaire, fort propice aux pleurs et aux grincements de dents. Tous les manquements à la discipline étaient punis du fouet. Généralement avant le souper.

– Drôle d'apéritif !

– Je ne vous le fais pas dire. Je ne peux plus avaler une bouchée le soir, tellement le dîner me rappelle de mauvais souvenirs. Nous avons commencé très tôt à comploter les uns contre les autres, mes frères et moi. Taur Urgas avait eu une tripotée d'enfants avec toutes ses femmes. Comme la couronne devait échoir à l'aîné des fils survivants, nous passions notre temps à conspirer contre nos aînés et à tenter d'échapper aux machinations des plus jeunes. L'un de nous fut poignardé par un charmant bambin de neuf ans à peine.

– Il était précoce, murmura Silk.

– Ça oui. Taur Urgas était aux anges, bien sûr. Le jeune prodige a longtemps été son favori. Ce qui ne laissait pas de nous inquiéter, mes frères aînés et moi. Il n'aurait plus manqué que notre géniteur dément nous fasse étrangler pour permettre à ce petit monstre de gravir les marches du trône ! Alors nous avons pris des mesures.

« Un jour, nous l'avons coincé dans les combles du palais et défenestré, continua Urgit en contemplant d'un œil noir la houle venue du grand large. La peur et la violence étaient notre lot quotidien. Nous étions censés devenir de parfaits Murgos, forts, courageux, d'une loyauté à toute épreuve et farouchement dévoués à Torak. Chacun de nous avait un Grolim pour tuteur et nous subissions quotidiennement des sermons délirants où il n'était question que du Dieu des Angaraks. Comme enfance épanouissante, ça se pose là.

– Taur Urgas ne vous a jamais témoigné la moindre affection ?

– Pas à moi, en tout cas. J'étais un enfant fragile et il avait un profond mépris pour les faibles. Un Murgo, ça doit être grand et musclé. Il n'a jamais eu une parole aimable à mon égard, même quand j'ai réussi, à la force du poignet, à me retrouver en tête de la course au trône, et il a toujours encouragé mes frères cadets à m'assassiner.

– Comment avez-vous réussi à vous en sortir ?

– Grâce à ma vivacité d'esprit. Et à une clé sur laquelle j'avais réussi à faire main basse.

– Une clé ?

– Celle du trésor royal. C'est merveilleux, l'aide qu'on peut obtenir, même au Cthol Murgos, quand on a les moyens...

– Il fait vraiment froid, ici, fit Silk en frissonnant. Si nous faisions un sort à un cruchon de vin épicé ?

– Je ne bois jamais, Kheldar.

– Comment ça ? releva Silk, éberlué.

– Un homme qui voit des éléphants roses ne peut pas voir le couteau qu'on lui braque dans le dos.

– Vous êtes en sûreté avec moi, frangin.

– Je ne suis en sûreté avec personne, Kheldar, et surtout pas avec un frère. Comprenez-moi bien : je n'ai rien contre vous en particulier, c'est juste le contrecoup d'une enfance agitée.

– Eh bien, vous pourrez toujours me regarder boire, proposa plaisamment Silk. Je suis très bon à ce jeu-là.

– J'imagine. Vous n'êtes pas un Alorien pour rien.

– Vous êtes payé pour le savoir, pas vrai, mon cher petit frère ? s'esclaffa Silk. Allons, venez, que je vous raconte les immenses satisfactions que comporte votre hérédité.

Garion leur emboîtait le pas lorsque Belgarath apparut sur le pont.

– Pol n'est pas encore levée ? demanda-t-il en bâillant.

– Durnik était là il y a un moment et il m'a dit qu'elle était très abattue après... enfin, *hier*, répondit Garion.

– Il n'y a pourtant pas de quoi, grogna le vieux sorcier. C'était spectaculaire, d'accord, mais pas si épuisant que ça.

– Je ne pense pas que ce soit le problème, Grand-père. Selon Durnik, elle aurait passé la moitié de la nuit à ruminer.

– Ah, fit le vieux sorcier en se grattant la barbe. J'oublie toujours que Pol est une femme. Il y a des choses qu'elle n'arrive pas à admettre, et elle est beaucoup trop portée à la compassion.

– Il n'y a rien de mal à ça.

– Pour une femme, peut-être.

– Ça me rappelle un événement qui s'est passé dans les marécages, il y a un certain temps, rétorqua Garion. Ne t'es-tu pas laissé aller à rendre un service à

Vordaï – par compassion, ou quelque chose dans ce goût-là ?

– Je pensais qu'il ne devait plus en être question, grommela Belgarath en regardant autour de lui d'un air penaud.

– Tu veux que je te dise, Grand-père ? reprit Garion avec un petit sourire. Tu es un fumiste. Tu fais semblant d'être dur et froid comme le marbre, mais, au fond, tu es aussi sensible que nous tous.

– Je t'en prie, Garion, ce n'est pas la peine de le crier sur tous les toits.

– Ça t'ennuie tant que ça d'être humain ?

– Bof... c'est plutôt que j'ai comme qui dirait une réputation à maintenir.

Silk et Urgit remontèrent des cabines vers la tombée du jour et s'avancèrent sur le pont d'une démarche mal assurée.

– You-hou, B-belgarion ! s'exclama le roi des Murgos. Venez – *hips* ! – chanter avec nous.

– Euh... non, merci, répondit prudemment Garion. Je chante vraiment trop mal.

– Ça n'a p-pas d'importance, mon – *burp* ! – p-pote. Je ne suis p-peut-être pas très doué pour ça non plus. Comment le s-saurais-je ? Je n'ai jamais essayé. Il y a des tas de soges – de choses que je n'ai jamais faites, avoua-t-il en se mettant à glousser, et je commence à me dire qu'il serait temps d-d'essayer.

Ce'Nedra et la princesse Prala montèrent sur le pont à leur tour. La Murgo avait troqué ses noirs atours coutumiers contre une robe stupéfiante, rose pâle, et noué ses cheveux d'ébène sur sa nuque, en une torsade compliquée.

– Mesdames, fit Urgit en s'inclinant cérémonieusement.

Dommage que sa révérence fût quelque peu entravée par un roulis intérieur.

– Doucement, frangin, fit Silk en le rattrapant par le coude. Je n'aimerais pas être obligé de te repêcher dans la mer.

– Tu veux que je te d-dise, Kheldar ? Eh b-bien, je vais te d-dire, reprit le monarque absolu du Cthol Murgos en clignant des yeux comme une chouette. Je p-pense que je ne me su-*hips* ! jamais senti aussi bien. Et je vais te dire encore autre ch-chose, ajouta-t-il en regardant Ce'Nedra et Prala. Il y a une paire de rudement jolies filles dans le coin. Tu crois qu'elles aimeraient p-pousser la sanchonnette avec nous ?

– Nous pouvons toujours le leur demander.

– P-pourquoi pas ?

Ils foncèrent sur les deux jeunes femmes et les implorèrent en termes outranciers de se joindre à eux pour *pousser la sanchonnette*. Prala éclata de rire en voyant le roi murgo tanguer et rouler, et pas seulement au gré des vagues.

– Je pense surtout que vous êtes ivres morts, s'esclaffa-t-elle.

– Tu... tu crois qu'on est soûls ? fit Urgit en titubant.

– J'espère bien, répondit Silk. Sinon, nous avons gâché une énorme quantité de très bon vin pour rien.

– B-bon, eh ben, on est soûls. Maintenant qu'on le sait, si-*hic* ! on chantait ?

– Ah, ces Aloriens ! soupira Ce'Nedra en levant les yeux au ciel.

Le lendemain matin, il pleuvait. Un pluie drue, glaciale, crépitait sur la mer, et des torrents tumultueux dévalaient les cordages goudronnés. Lorsque Polgara se réveilla, ses compagnons étaient attablés dans la vaste cabine située à la poupe du vaisseau. A la place des hublots habituels, des fenêtres aux montants massifs étaient pratiquées sur tout le pourtour. De lourdes poutres soutenaient le plafond – c'est-à-dire le pont, en fait. La sorcière se joignit à eux, mais elle resta silencieuse et comme absente.

Velvet parcourut la cabine du regard et s'attarda d'un air entendu sur deux chaises vides, au bout de la table.

– Qu'est-il arrivé au prince Kheldar et à son royal frère ? s'enquit-elle hypocritement.

– Ils ont mis une barrique de vin en perce, hier soir, répondit Ce'Nedra avec un sourire suave. Je ne serais pas étonnée qu'ils aient mal aux cheveux, ce matin.

– Me croiriez-vous si je vous dis qu'ils ont chanté ? leur confia Prala.

– Vraiment ? susurra Velvet. Et... le résultat était-il harmonieux, au moins ?

– Atroce ! confessa la princesse murgo en grinçant des dents. Ils ont fait fuir toutes les mouettes.

Polgara et Durnik s'entretenaient tout bas à l'autre bout de la table.

– Je vais très bien, Durnik. Vas-y, je t'assure.

– Je ne veux pas te laisser toute seule, ma Pol.

– Je ne suis pas seule, regarde : je suis avec Ce'Nedra, Prala et Liselle. Si tu ne vas pas voir, tu n'en auras jamais le cœur net et tu regretteras jusqu'à la fin de tes jours d'avoir raté cette occasion.

– Eh bien... si tu crois vraiment...

– Mais oui, mon Durnik, répondit la sorcière en posant tendrement sa main sur la sienne et en lui plantant un baiser sur la joue.

Après le petit déjeuner, Garion s'emmitoufla dans une cape et remonta sur le pont. Il y avait quelques minutes qu'il scrutait le ciel éploré en plissant les yeux quand le panneau d'écoutille s'ouvrit derrière lui. Durnik et Toth remontèrent des cabines avec des cannes à pêche.

– C'est une question de logique, affirmait le forgeron. Dans une telle quantité d'eau, il y a forcément des poissons.

Le géant muet opina du chef et écarta les deux mains comme s'il mesurait quelque chose.

– Noon ? C'est impossible ! objecta le forgeron. S'il y avait des poissons aussi gros, ça se saurait. Enfin, je ne voudrais pas vous contredire, reprit-il gravement en réponse au vigoureux hochement de tête de Toth, mais il faudra que je le voie pour le croire. Belle journée, hein, Garion ? continua-t-il avec un sourire rayonnant en contemplant les trombes d'eau qui se déversaient du ciel.

Les deux hommes gravirent les marches qui menaient au pont arrière, saluèrent aimablement le timonier puis Durnik effectua un superbe lancer, droit dans le sillage.

– Il va falloir que nous lestions les lignes, sinon elles ne resteront jamais dans l'eau. Qu'en pensez-vous, Toth ? fit-il en regardant son hameçon qui flottait à la surface.

Le géant acquiesça avec un petit sourire.

– Tu sais si Urgit et Silk ont réussi à se lever? s'informa Garion.

– *Hon?* marmonna Durnik, les yeux braqués sur l'appât multicolore qui flottait au loin, sur les flots écumants.

– Silk et son frère – est-ce qu'ils sont levés?

– Ah... oui, il me semble avoir entendu du bruit dans leur cabine. Ecoutez, Toth, il faut vraiment que nous trouvions quelque chose pour lester ces lignes.

Belgarath apparut alors sur le pont, enroulé dans sa vieille cape élimée.

– Combien de temps penses-tu qu'il nous faudra pour arriver à Verkat? demanda Garion en le rejoignant.

– Quelques semaines, répondit le vieux sorcier. A condition que le temps se maintienne. Ce n'est pas tout près, et nous entrons dans la saison des tempêtes.

– Tu ne crois pas que nous pourrions y arriver plus vite? insinua Garion.

– Comment ça?

– Tu te souviens comment nous sommes revenus de Jarviksholm à Riva? Nous pourrions y aller comme ça, tous les deux; les autres nous rejoindraient plus tard.

– Je ne crois pas que ce soit une bonne idée. Nous devons être tous ensemble au moment où nous rattraperons Zandramas.

– Nous devons, il faut que... ! éclata Garion en flanquant un coup de poing sur le bastingage. Je me fiche pas mal de ce qui devrait être. Je veux retrouver mon fils. J'en ai marre de tourner en rond en essayant de satisfaire à tous les petits caprices de la Prophétie ! Nous ne pourrions pas l'ignorer et aller droit au but, pour changer ?

Belgarath regardait sans les voir les falaises couleur de rouille qui disparaissaient à moitié derrière le rideau de pluie grisâtre, à bâbord.

– Il m'est arrivé plusieurs fois de tenter le coup, admit-il, mais ça n'a jamais marché. Et, la plupart du temps, ça m'a fait perdre du temps. Je comprends ton impatience, Garion, et je reconnais qu'il est parfois difficile de croire que le moyen le plus rapide d'aller où l'on veut est encore de suivre la Prophétie, mais c'est pourtant vrai, en fin de compte. C'est comme quand on creuse un puits : il faut commencer par le haut pour atteindre l'eau qui est au fond. Je ne crois pas qu'on ait jamais réussi à forer un puits en partant du bas.

– Quel rapport avec mon problème, Grand-père ?

– Réfléchis un peu, et tu verras.

Durnik vint vers eux en courant, les yeux écarquillés et les mains tremblantes.

– Qu'est-ce qui ne va pas ? demanda Belgarath.

– Je n'ai jamais vu un poisson aussi énorme ! s'exclama le forgeron. Il était aussi gros qu'un cheval !

– J'en déduis qu'il a réussi à s'enfuir.

– Il a cassé ma ligne au deuxième saut, répondit Durnik, les yeux brillant d'une étrange fierté. Il était beau, Belgarath... ! Il a bondi hors de l'eau comme s'il avait été lancé par une catapulte et il a marché sur les vagues avec sa queue. Quel terrible animal !

– Qu'allez-vous faire ?

– L'attraper, bien sûr, mais il me faudrait un fil plus solide, peut-être une corde. Quel monstre ! Excusez-moi !...

Il se rua vers la proue pour parler technique avec le capitaine.

– J'adore cet homme, Garion, lui confia Belgarath en souriant. Je ne sais vraiment pas ce que nous ferions sans lui.

Le panneau d'écoutille arrière se rouvrit, devant Silk et son frère, cette fois. Garion était ordinairement le premier levé, mais il avait remarqué que tout le monde finissait, tôt ou tard, par venir faire un tour au grand air. Les deux hommes au museau de fouine s'approchèrent sur le pont lavé par la pluie. Ils n'avaient pas l'air en forme.

– Ça avance ? s'informa Silk, le visage verdâtre, luisant de sueur, et les mains tremblantes.

– Un peu, grommela Belgarath. Vous avez fait la grasse matinée ?

– J'aurais mieux fait de dormir encore un peu, répondit Urgit avec un regard funèbre. J'ai un mal de crâne à tout casser. C'est comme si on m'enfonçait un tisonnier chauffé à blanc derrière l'œil gauche. Je crois que je vais crever, conclut-il. Tu n'aurais pas pu me prévenir, Kheldar ?

– Je voulais te laisser la surprise, pardi.

– C'est toujours comme ça, le lendemain matin ?

– Oh, c'est parfois pire.

– Pire ? Comment veux-tu que... ? *Burp* ! S'cusez...

Il se pencha par-dessus le bastingage et vomit tripes et boyaux.

– On dirait que votre frère ne tient pas très bien l'alcool, observa Belgarath d'un ton clinique.

– C'est le manque de pratique, expliqua Silk.

– Je vais crever, c'est sûr, fit Urgit d'une voix mourante en s'essuyant les lèvres avec le dos de la main. Pourquoi m'as-tu laissé boire autant ?

– Ca, c'est une décision que le sujet doit prendre tout seul, décréta Silk. Même quand le sujet est roi.

– Et puis vous aviez l'air de si bien vous amuser, ajouta Garion.

– Je ne pouvais pas savoir, geignit Urgit en se laissant tomber sur un banc, la tête dans les mains. J'ai tout oublié pendant je ne sais combien d'heures. Qu'est-ce que j'ai fait ?

– Vous avez chanté.

– Moi ? Par les dents de Torak ! J'ai chanté... !

Prala émergea de la porte arrière, enroulée dans une cape noire. Elle s'approcha des deux moribonds, une chope dans chaque main, un petit sourire aux lèvres, et les gratifia d'une génuflexion.

– Bonjour, Messeigneurs, lança-t-elle allègrement. Dame Polgara vous conseille de boire ça.

– Qu'est-ce que c'est ? gémit Urgit.

– Ça, Majesté, je l'ignore. C'est quelque chose qu'elle a préparé avec le Nyissien.

– C'est peut-être un poison mortel, hasarda le roi des Murgos, l'œil brillant d'espoir. Pourvu que la mort soit rapide !

Il empoigna l'une des chopes, engloutit le contenu à grandes goulées et tressaillit d'horreur.

– C'est effroyable ! hoqueta-t-il en tremblant de

tous ses membres, la face exsangue et les yeux exorbités.

Silk, qui le regardait avec intérêt, prit l'autre chope et la vida par-dessus bord, jusqu'à la dernière goutte.

– Tu ne bois pas la tienne ? demanda Urgit dans un râle.

– Pas de danger. Polgara a parfois un curieux sens de l'humour. Voyons plutôt combien de poissons remontent le ventre en l'air...

– Comment Sa Majesté se sent-elle, ce matin ? s'enquit Prala d'une voix fruitée.

– J'agonise.

– Sa Majesté a fait ce qu'il fallait pour ça.

– Epargnez-moi ce genre de commentaires, je vous en prie. On dirait que ça vous fait plaisir, ajouta-t-il comme un sourire suave relevait les lèvres de la jeune fille.

– Assez, oui, acquiesça-t-elle en renvoyant ses cheveux en arrière d'un mouvement de tête.

Elle récupéra les deux chopes et repartit vers l'arrière du bâtiment.

– Elles sont toutes aussi sadiques ? geignit le monarque souffrant.

– Les femmes ? Ben oui, pourquoi ? rétorqua Belgarath avec un haussement d'épaules. Elles ont ça dans le sang,

Silk et Belgarath redescendirent s'abriter du mauvais temps et aussi, subodora Garion, boire un petit quelque chose afin de se réchauffer. Urgit resta misérablement assis sur un banc, le visage enfoui dans les mains, pendant que Garion arpentait le pont sous la pluie battante.

– Belgarion, commença plaintivement le roi des Murgos, vous ne pourriez pas faire un peu moins de bruit avec vos pieds ?

– Je crois que Silk aurait tout de même pu vous prévenir, répondit Garion avec un sourire amusé.

– Pourquoi tout le monde l'appelle-t-il Silk ?

– C'est le nom que lui ont donné ses collègues des services secrets drasniens. C'est un mot riche de sens, qui, en ancien drasnien, veut dire *soie, conseiller du roi* et *intelligence grise*. De même que Velvet veut dire *velours*.

– Comment se fait-il qu'il soit devenu agent secret ? Il appartient à la famille royale de Drasnie, non ?

– C'est l'industrie nationale, là-bas.

– Et c'est un bon agent secret ?

– Le meilleur.

– Quelle horreur, fit Urgit dans un râle. Je ne sais pas si c'est le mal de mer ou ce que j'ai bu, mais... Je commence à me dire que je serais mieux la tête dans un seau d'eau.

– Peut-être, à condition de l'y laisser assez longtemps.

– Ça, c'est une idée, maugréa Urgit en levant le visage vers le ciel pour que la pluie le débarbouille.

Il était d'un beau vert, à présent.

– Belgarion, reprit-il au bout d'un moment, pourquoi est-ce que ça ne va pas ?

– Vous avez un peu trop bu, c'est tout.

– Je ne parle pas de ça. Qu'est-ce que je fais de travers, en tant que roi ?

Garion le regarda. Le petit homme était manifestement sincère, et la sympathie qu'il avait éprouvée pour lui à Rak Urga l'envahit à nouveau. Force lui était d'admettre qu'il l'aimait bien. Il inspira profondément et s'assit à côté de lui.

– Vous le savez déjà en partie, répondit-il. Ils vous font tourner en bourrique et vous vous laissez faire.

– C'est parce que j'ai peur, Belgarion. Quand j'étais jeune, je me laissais mener par le bout du nez pour qu'on ne me tue pas. C'est devenu une habitude.

– Tout le monde a peur.

– Pas vous. Vous avez affronté Torak à Cthol Mishrak, non ?

– D'abord, je m'en serais bien passé, et puis vous n'avez pas idée de la trouille que j'avais en allant à cette rencontre.

– Vous ?

– Eh oui, moi. Mais j'ai l'impression que vous commencez à surmonter ce problème. Vous vous en êtes magnifiquement tiré avec ce général – Kradak, je crois. Rappelez-vous que vous êtes le roi, que c'est vous qui donnez les ordres, et tout ira bien.

– Enfin, je peux toujours essayer. Et quoi, encore ?

Garion réfléchit un instant.

– Vous voulez tout faire vous-même, répondit-il enfin, mais ça ne peut pas marcher. Ça ne marche jamais comme ça. Il y a trop de détails pour qu'un seul homme puisse s'occuper de tout. Vous avez besoin d'aide, une aide efficace et désintéressée.

– Où voulez-vous que je trouve des alliés efficaces et désintéressés ? A qui voulez-vous que je me fie au Cthol Murgos ?

– Vous avez confiance en Oskatat ?

– Oui. Sans doute.

– Eh bien, c'est toujours ça. Le problème, vous comprenez, c'est que certaines personnes, à Rak Urga, prennent à votre place des décisions qui vous incombent. Et s'ils le font, c'est que vous avez trop peur ou que vous êtes trop occupé par autre chose pour affirmer votre autorité.

– Vous dites une chose et son contraire, Belgarion. Vous me conseillez de me faire aider par des tiers, puis vous me dites de ne pas laisser les autres décider à ma place.

– Vous ne m'avez pas écouté, Urgit. Les gens qui décident à votre place ne sont pas ceux que vous auriez choisis. Ils agissent de leur propre chef, et bien souvent vous ne savez même pas quelle décision ils prennent. Ça ne peut pas continuer. Il faut que vous vous entouriez d'amis sûrs, choisis pour leur compétence d'abord, et ensuite pour leur loyauté envers votre mère et vous.

– Personne ne m'est fidèle, Belgarion. Mes sujets me méprisent.

– Là, je pense que vous êtes injuste. La loyauté et les compétences d'Oskatat ne font aucun doute. C'est un bon début. Laissez-le choisir vos administrateurs. Ils commenceront par lui être fidèles à lui, et puis, avec le temps, ils en viendront à vous respecter, vous.

– Je n'y aurais jamais songé. Vous pensez que ça pourrait marcher ?

– Ça ne peut pas vous faire de mal d'essayer. Pour être parfaitement honnête, vous avez fait pas mal de gâchis. Il vous faudra un peu de temps pour remettre les choses en place, mais il faut bien commencer quelque part.

– Belgarion, vous m'avez donné un sujet de réflexion. Il fait vraiment un temps affreux ici, non ? reprit Urgit en frissonnant. Où est passé Kheldar ?

– Je pense qu'il est allé chercher un remontant.

– Vous voulez dire qu'il y a quelque chose qui peut guérir de ça ?

– Certains Aloriens préconisent une resucée de ce qui a provoqué le mal.

– Une resucée ? hoqueta Urgit en blêmissant encore. Comment font-ils pour tenir le coup ?

– Les Aloriens sont réputés pour leur bravoure.

– Attendez un peu, fit le roi des Murgos en le regardant d'un air soupçonneux. On ne risque pas de se retrouver exactement dans le même état le lendemain matin ?

– Si, absolument. Ça doit d'ailleurs être pour ça que les Aloriens sont d'aussi méchante humeur au lever.

– C'est idiot, Belgarion.

– Je sais. Les Murgos n'ont pas le monopole absolu de la stupidité. Dites, Urgit, vous ne croyez pas que vous feriez mieux de rentrer vous mettre à l'abri ? Vous avez déjà assez de problèmes pour ne pas y ajouter une pneumonie

La pluie diminua vers la tombée du jour. Le capitaine murgo regarda le ciel mal lavé, les falaises, les récifs déchiquetés qui sortaient des flots tumultueux et ordonna prudemment à ses hommes d'amener les voiles et de mouiller l'ancre.

Durnik et Toth enroulèrent à regret leurs lignes et regardèrent fièrement la douzaine de poissons argentés massés sur le pont, à leurs pieds. Garion s'approcha d'eux et jeta un coup d'œil admiratif à leur prise.

– Pas mal, commenta-t-il.

Durnik mesura soigneusement le plus gros poisson avec ses mains.

– Près de trois pieds. Mais c'est un avorton à côté de celui qui s'est échappé.

– C'est toujours comme ça, acquiesça Garion. A ta place, je les nettoierais avant de les montrer à tante Pol. Tu la connais...

– Tu as raison, soupira le forgeron.

Ce soir-là, après avoir mangé une partie de leur pêche, ils restèrent un moment assis dans la cabine arrière, à bavarder.

– Vous pensez qu'Agachak a réussi à rattraper Harakan ? demanda Durnik.

– Il y a peu de chances, répondit Belgarath. Harakan a plus d'un tour dans son sac. Là où Beldin a échoué, je doute fort qu'Agachak ait plus de succès.

– Dame Polgara, protesta tout à coup Sadi. Dites-lui d'arrêter.

– Qui donc, Sadi ?

– La margravine Liselle. Elle est en train de dévoyer mon serpent.

Un mystérieux sourire accroché à la face, Velvet donnait délicatement à Zith les œufs du plus gros poisson pêché par Durnik et Toth. Le petit serpent vert ronronnait de contentement et attendait, dressé sur sa queue, la prochaine becquée.

18

Le vent se leva pendant la nuit, un vent froid, qui soufflait par rafales et charriait l'odeur poussiéreuse des glaces polaires. La pluie qui tombait sans relâche depuis la veille se changea en grêle. Garion fut réveillé peu avant l'aube par le crépitement dans les agrès et sur le pont des minuscules billes, dures comme du verre. Il sortit de la cabine sur la pointe de pieds, ses bottes à la main, suivit à tâtons la coursive plongée dans l'obscurité et entra dans la cabine arrière. Il resta un moment devant les vitres qui faisaient le tour de la pièce, à contempler les vagues malmenées par le vent en écoutant le grincement monotone de la barre de gouvernail qui traversait la cabine et plongeait dans les eaux sombres, sous la coque.

Il s'asseyait pour enfiler ses bottes lorsque Durnik le rejoignit en flanquant de grandes claques sur sa cape pour en chasser les grêlons.

– Ça va encore nous ralentir, maugréa-t-il. Le vent a tourné ; il vient tout droit du sud et nous le prenons en plein par l'avant. Les matelots ont sorti les avirons.

– Tu sais si le cap Sud est encore loin ? s'enquit Garion en tapant du pied pour caler ses pieds au fond de ses bottes.

– D'après le capitaine, nous n'en serions qu'à quelques lieues, mais il y a un groupe d'îles au large, et il préférerait attendre la fin de la tempête pour s'engager dans la passe. Il n'est pas très bon marin, son bateau ne vaut pas grand-chose, et on le comprend un peu.

Garion s'appuya des deux mains au rebord d'une fenêtre et regarda à nouveau la mer agitée.

– Ça pourrait souffler comme ça pendant des jours, nota-t-il. Notre capitaine s'est-il remis de ses émotions ? Je lui ai trouvé l'air un peu hagard quand nous avons quitté Rak Urga.

– Je pense qu'il s'est énergiquement repris en main, répondit le forgeron avec un sourire. Il a réussi à se persuader qu'il n'avait pas vraiment vu ce qui s'était passé là-bas. Mais une oreille exercée l'entendrait grincer des dents quand Pol monte sur le pont.

– Parfait. Elle est réveillée ?

Durnik opina du chef.

– Je lui ai fait son thé avant de monter sur le pont.

– Comment penses-tu qu'elle réagirait si je lui demandais de secouer le capitaine ? Oh, juste un peu, tu comprends...

– A ta place, je ne lui demanderais pas de le *secouer* mais plutôt de le *convaincre* ou de lui *parler*. Pol ne considère pas ce qu'elle fait comme une méthode d'intimidation.

– Allons la voir.

Polgara et Durnik partageaient une cabine exiguë, comme tout à bord de ce gros bâtiment disgracieux. Les deux couchettes de bois qui paraissaient sortir de la cloison occupaient presque tout l'espace disponible.

Polgara était assise sur son lit, vêtue de sa robe d'intérieur préférée, d'un bleu profond. Elle sirotait sa tasse de thé en regardant par le hublot les vagues que la grêle criblait de petits cratères.

– Mmm, c'est gentil de me rendre visite, fit-elle en les voyant entrer.

– Ça va mieux ? demanda Garion. Je sais combien ça t'a été pénible... enfin, ce que tu as été obligée de faire au port...

– Le pire, c'était de ne pas avoir le choix, soupira-t-elle. A l'instant où elle a invoqué le démon, Chabat avait signé son arrêt de mort, mais je ne me consolerai jamais d'avoir dû détruire son âme... Bon, si on changeait de sujet ?

– D'accord. Tu voudrais bien parler à quelqu'un pour moi ?

– Et à qui voudrais-tu que je parle, mon chou ?

– Au capitaine. Il voudrait mettre en panne jusqu'à ce que le temps se lève, et je n'ai pas envie d'attendre.

– Tu ne peux pas lui parler toi-même ?

– Les gens te prêtent généralement une oreille plus attentive qu'à moi. Tu ne pourrais pas lui parler, s'il te plaît ?

– Tu voudrais que je lui secoue les puces, c'est ça ?

– Je n'ai pas dit ça, Tante Pol ! se récria-t-il.

– Mais c'est ce que tu voulais dire. Il faut toujours dire ce qu'on pense, Garion.

– Alors, tu veux bien le faire ?

– D'accord, si tu y tiens. Et toi, tu veux bien faire quelque chose pour moi ?

– Tout ce que tu voudras, Tante Pol.

– Je voudrais une autre tasse de thé, fit-elle en lui tendant sa tasse.

Après le petit déjeuner, Polgara s'emmitoufla dans sa cape bleue et monta sur le pont. Le capitaine accepta aussitôt de revoir ses projets, puis il escalada le grand mât et passa le restant de la matinée avec la vigie, dans le nid de pie.

A la pointe sud de la péninsule d'Urga, le timonier donna un coup de barre et le vaisseau donna de la bande à bâbord. Tous comprirent alors pourquoi le capitaine appréhendait de passer entre les îles, hormis par mer d'huile. Des courants antagonistes s'affrontaient dans l'étroit chenal, la grêle et le vent harcelaient les lames, déchiquetant leurs crêtes, et les rouleaux s'écrasaient dans un bruit de tonnerre sur les roches acérées qui surgissaient de l'océan. Les matelots murgos ramaient, la tête rentrée dans les épaules, en jetant des coups d'œil terrifiés aux falaises qui les dominaient de toutes parts. Au bout d'une lieue à peu près, le capitaine dégringola du mât et se planta avec raideur à côté du timonier, alors que le vaisseau se frayait laborieusement un chemin entre les îlots battus par les vents.

Ils passèrent au large de la dernière île vers la fin de l'après-midi, et les matelots appuyèrent plus fort sur les rames pour s'éloigner du rivage.

Belgarath et Garion observèrent les rameurs pendant quelques minutes, puis le vieux sorcier se pencha sur le panneau d'écoutille.

– Urgit ! aboya-t-il. Venez un peu par ici !

Le roi des Murgos monta tant bien que mal à l'échelle et émergea à l'air libre, les yeux pleins d'appréhension.

– Dites donc, vos matafs, ils ne savent pas tirer des bordées ? s'informa Belgarath.

Urgit le regarda un moment sans comprendre.

– De quoi parlez-vous ?

– Durnik ! appela Belgarath.

Mais le forgeron était planté avec Toth à l'arrière du navire et n'avait d'yeux que pour sa ligne.

– Durnik ! !

– Hmm ?

– Il faudrait rétablir les voiles. Allez montrer au capitaine comment faire.

– Une minute.

– Non, Durnik, tout de suite !

Il commençait à enrouler sa ligne en soupirant lorsque le poisson frappa sans prévenir. Le vent emporta le cri d'excitation du forgeron qui se cramponna à sa ligne et lui imprima une traction violente pour ferrer la proie. Un monstre aux flancs argentés sortit de l'eau en secouant furieusement la tête et en fouettant de tout son corps les vagues poussées par le vent. Durnik courba le dos et lutta à la force des poignets pour haler l'énorme bête.

Belgarath se mit à jurer.

– Ne t'inquiète pas, Grand-père, je vais montrer au capitaine comment mettre ses voiles au vent, proposa Garion.

– Qu'est-ce que tu y connais, toi ?

– J'ai pris la mer au moins aussi souvent que Durnik.

Il s'approcha du capitaine qui regardait les flots tumultueux, planté à la proue.

– Il faudrait que vous donniez du mou aux voiles, de ce côté-ci, lui expliqua Garion, et que vous les tendiez de l'autre côté. Vous comprenez, le principe consiste à les orienter selon l'angle voulu pour qu'elles prennent le vent, puis vous barrerez de façon à compenser.

– J'ai jamais vu faire ça, grommela le Murgo.

– C'est comme ça que font les Aloriens, et ce sont les meilleurs marins du monde.

– Les Aloriens commandent au vent par sorcellerie. On ne peut aller à la voile que par vent arrière.

– Essayez toujours, Capitaine, reprit patiemment Garion. Mais vous préférez peut-être que ce soit dame Polgara qui vous le demande ?

Le gaillard déglutit péniblement et inspira un bon coup.

– Comment Votre Majesté souhaite-t-elle que nous rétablissions les voiles, déjà ? demanda-t-il suavement.

Il fallut peut-être un quart d'heure pour regréer à la satisfaction de Garion, puis celui-ci alla prendre la barre des mains du timonier sous le regard dubitatif du capitaine.

– Très bien, dit-il. Et maintenant, toutes voiles dehors !

– Ça ne marchera jamais, prédit le capitaine entre ses dents, mais il se mit tout de même à brailler : Hissez les voiles !

Les poulies grincèrent et les voiles gravirent les mâts en claquant dans le vent. Puis elles s'enflèrent, s'inclinèrent selon un angle aigu pour prendre le vent, et le vaisseau prit fortement de la gîte. Alors Garion tira sur la barre et la proue fendit avidement les flots en furie.

– Je ne peux pas le croire ! s'exclama le capitaine, bouche bée. C'est la première fois que je vois une chose pareille !

– Vous avez compris ? s'enquit Garion.

– Bien sûr. C'est si simple que je me demande comment je n'y ai pas pensé tout seul.

Garion retint la réponse qu'il avait sur le bout de la langue. La journée avait déjà été assez dure pour ce malheureux.

– Maintenez bien le gouvernail comme ça pour compenser le vent qui arrive par tribord, expliqua-t-il ensuite au timonier.

Garion lui abandonna la barre et retourna voir Durnik et Toth qui tiraient toujours sur leur ligne. Le gros poisson ne dansait plus sur les flots qui crépitaient sous la grêle ; il traversait le sillage en louvoyant. La corde qui reliait l'animal à ses tortionnaires sifflait dans l'eau comme si elle avait été chauffée à blanc.

– Belle bête, commenta admirativement Garion à l'attention des deux compères qui luttaient de concert.

Durnik lui lança un sourire pareil à un lever de soleil.

Ils passèrent la fin de la journée à tirer des bordées sous un vent de plus en plus violent. A la tombée du jour, ils étaient loin de la côte. Lorsque Garion fut sûr que le capitaine et le timonier avaient bien compris la manœuvre, il rejoignit ses compagnons. Ils étaient plantés au milieu du navire et admiraient l'énorme poisson de Durnik.

– Et maintenant que vous l'avez tiré de l'eau, où allez-vous trouver une casserole assez grande pour le cuire ? demanda Silk.

Une ombre passa fugitivement sur le visage du forgeron, mais il retrouva bientôt le sourire.

– Pol saura comment faire, décréta-t-il en se replongeant dans la contemplation de sa prise. Pol sait tout.

Puis la grêle cessa, et les vagues noires venues de l'horizon s'étendirent, mornes et infinies, vers la ligne claire qui séparait l'encre de la mer et la coupole noire du ciel. Le capitaine s'approcha, l'air soucieux, et tira respectueusement Urgit par la manche.

– Majesté, nous avons un problème, fit-il en lui indiquant la ligne d'horizon, vers le sud.

Une demi-douzaine de bâtiments venaient droit sur eux, par vent arrière.

– Des Malloréens ? hasarda le roi des Murgos en se renfrognant.

Le capitaine opina du chef.

– Vous pensez qu'ils nous ont vus ?

– C'est probable, Majesté.

– Nous ferions mieux d'en parler à Belgarath, fit Silk. Ce n'était vraiment pas prévu au programme.

La conférence qui eut lieu dans la cabine arrière ne fut pas réjouissante.

– Ils vont beaucoup plus vite que nous, remarqua Garion. Nous louvoyons alors qu'ils ont le vent en poupe. Tu ne crois pas, Grand-père, que nous ferions mieux de mettre cap au nord jusqu'à ce que nous soyons hors de vue ?

Le vieil homme regardait attentivement la carte en loques que le capitaine avait apportée avec lui.

– Ça ne m'emballe pas, fit-il en secouant la tête. Le golfe où nous sommes s'engouffre dans la mer de Gorand, et il ne manquerait plus que nous y soyons pris comme dans une nasse. Silk, vous qui êtes allé plusieurs fois en Mallorée, ont-ils de bons bateaux ?

– Pas meilleurs que celui-ci, répondit Silk avec un reniflement. Je ne voudrais pas vous vexer, Capitaine, mais les Angaraks n'arrivent pas à la cheville des Cheresques dans le domaine de la construction navale comme de la navigation hauturière. J'ai peut-être une idée, reprit-il d'un air songeur. Lés Malloréens sont mal à l'aise en mer ; ils n'oseront sûrement pas naviguer sous toute leur toile en pleine nuit. Supposez que nous mettions cap au nord en déployant nos voiles, à la nuit tombée, nous ne serions plus qu'un petit point sur l'horizon. Nous n'aurions qu'à amener les voiles, les rétablir et mettre bas les feux.

– Nous ne pouvons pas faire ça, objecta le capitaine. C'est rigoureusement interdit.

– Je vous ferai un mot d'excuse, lâcha sèchement Urgit.

– C'est trop dangereux, Majesté. En voguant tous feux éteints dans le noir, nous risquons d'entrer en collision avec un autre navire et de nous retrouver par le fond.

– Capitaine, fit Urgit en se contenant visiblement. Nous sommes poursuivis par six bâtiments malloréens. A votre avis, que nous arrivera-t-il s'ils nous rattrapent ?

– Ils nous enverront par le fond, pardi.

– Ça ne ferait donc pas grande différence. Au moins, en naviguant tous feux éteints, nous avons une petite chance de leur échapper. Continue, Kheldar.

– Je n'ai pas grand-chose à ajouter, soupira Silk. Après avoir éteint toutes les lumières, nous hisserons les voiles et nous mettrons le cap à l'est. Il est probable que les Malloréens suivront notre sillage supposé vers le nord et que, demain matin, ils se demanderont bien où nous sommes passés.

– Ça pourrait marcher, approuva Belgarath.

– C'est dangereux, fit le capitaine d'un ton réprobateur.

– Il y a des moments, Capitaine, où le seul fait de respirer présente un danger, reprit Urgit. Essayons, nous verrons bien. Ce que je me demande plutôt, c'est ce que font ces Malloréens si loin vers l'ouest.

– C'est peut-être un commando envoyé pour ravager la côte, suggéra Sadi.

– Peut-être, concéda Urgit sans trop y croire.

Ils filèrent plein nord sous le vent qui soufflait du pôle, les lanternes de bord peuplant le gréement d'ombres frénétiques. Les six vaisseaux malloréens, qui avaient prudemment amené de la toile, se laissèrent distancer, et leurs lumières ne furent bientôt plus que de petites étoiles clignotant sur l'horizon, loin à l'arrière. Puis, vers minuit, le capitaine donna l'ordre de ferler les voiles, l'équipage rétablit rapidement le gréement et le capitaine rejoignit Garion près du timonier.

– Tout est paré, Majesté, rapporta-t-il.

– Très bien. Masquons les feux et tâchons de leur fausser compagnie.

L'austère Murgo esquissa un sourire mélancolique et timide.

– Quand nous serons tirés d'affaire, si nous nous en tirons, je crois que je resterai au fond de mon lit pendant un mois, souffla-t-il, puis il brailla de toute la force de ses poumons : Extinction des feux !

Ils se retrouvèrent dans une obscurité presque palpable.

– Hissez les voiles ! beugla le capitaine.

Au grincement des poulies et au claquement de la toile succéda le bruit assourdi du vent soufflant dans la voilure, puis le vaisseau bondit en s'inclinant par tribord.

– Comment allons-nous nous orienter, Majesté ? geignit le capitaine. Nous n'avons aucun point de repère.

– Et ça ? rétorqua Garion en indiquant les vaisseaux malloréens qui clignotaient, loin derrière eux. Autant qu'ils servent à quelque chose.

La mahonne devenue invisible fila plein est, ses voiles fortement inclinées craquant dans le vent. Les lumières des vaisseaux malloréens qui les traquaient poursuivirent leur trajectoire vers le nord et disparurent dans le lointain.

– Puisse Torak les expédier sur les récifs, marmonna le capitaine avec ferveur.

– Ça a marché ! exulta Urgit en flanquant une grande claque sur l'épaule du timonier. Par tous les Dieux, ça a marché !

– Pourvu seulement que personne ne me prenne à voguer tous feux éteints, maugréa le capitaine.

Les premières lueurs de l'aube maculèrent l'horizon d'un gris sale et une masse sombre sortit lentement du brouillard, droit devant eux.

– La côte de Cthaka, fit le capitaine en tendant le doigt.

– Vous voyez les Malloréens ? demanda Urgit en scrutant la mer houleuse.

– Non, Majesté, répondit le capitaine en secouant la tête. Ils ont coupé notre sillage pendant le petit quart. A l'heure qu'il est, ils doivent être à mi-chemin de la mer de Gorand. Si j'ai bien compris, vous vouliez que nous nous rapprochions de la côte, puis que nous remettions la barre à tribord ?

– Absolument.

– Alors, il va sûrement falloir que nous rétablissions le gréement, reprit le Murgo en lorgnant les voiles.

– Hélas non, Capitaine, répondit le roi de Riva. Après avoir mis cap au sud, nous nous retrouverons face au vent. Vous devrez ferler les voiles et mettre à la rame. Je regrette, reprit-il, devant le désappointement du marin, mais il y a des limites à tout. Vos voiles n'ont pas la forme voulue, et quand nous aurons le vent debout, nous irons plus vite à la rame. Jusqu'où sommes-nous remontés, hier soir ?

– Assez haut, Majesté, rétorqua le capitaine en scrutant la côte indistincte. Ça file quand on navigue toutes voiles dehors par grand vent. Je ne serais pas étonné de voir l'embouchure de la mer de Gorand.

– Oui, eh bien, nous n'avons rien à faire par là. Ce n'est pas le moment de jouer au chat et à la souris avec ces Malloréens. Bon, je descends manger un morceau et mettre quelque chose de sec. Envoyez-moi chercher s'il y a quoi que ce soit.

Ce jour-là, ils eurent du poisson au petit déjeuner. A la suggestion de Polgara, l'énorme prise de Durnik avait été découpée en épaisses tranches puis délicatement grillée sur les braises.

– Il est bon, non ? fit fièrement Durnik.

– Délicieux, acquiesça Polgara. C'est vraiment un très, très beau poisson.

– Je t'ai dit comment j'ai réussi à le prendre, Pol ?

– Oui, mon Durnik, mais ça ne fait rien. Tu peux me le raconter encore une fois si tu veux.

Ils finissaient de manger quand le capitaine murgo entra, une cape goudronnée sur le dos et l'air consterné.

– Il y en a d'autres, Majesté, annonça-t-il sans préambule.

– D'autres quoi ?

– Des Malloréens. Il y en a toute une escadre le long de la côte de Cthaka.

Urgit blêmit et ses mains commencèrent à trembler.

– Vous êtes sûr que ce ne sont pas ceux qui nous ont donné la chasse hier soir ? demanda Garion en se levant d'un bond.

– Impossible, Majesté. Ce sont d'autres bâtiments.

– Capitaine, intervint Silk en fermant à demi les yeux, avez-vous jamais... hem... été à votre compte ?

Le Murgo jeta à Urgit un bref coup d'œil d'homme pris en faute.

– Je ne vois pas de quoi vous voulez parler, marmonna-t-il.

– L'heure n'est pas aux faux-fuyants, reprit fermement Silk. Nous fonçons tête baissée sur une escadre malloréenne. Connaissez-vous, par ici, des criques ou des anses susceptibles de nous abriter ?

– Pas le long de cette côte, Votre Grâce, mais juste après le chenal qui mène à la mer de Gorand, il y a, par tribord, une petite baie cachée entre les récifs. En démâtant et en camouflant les flancs du navire à l'aide de buissons, avec un peu de chance, nous devrions échapper aux regards indiscrets.

– Eh bien, Capitaine, vous savez ce qui vous reste à faire, lança sèchement Belgarath. Que dit le temps ?

– Rien de bon. Un lourd banc de nuages approche du sud. Nous pouvons nous attendre à un coup de chien avant midi.

– Parfait.

– Comment ça, parfait ?

– Nous ne sommes pas seuls dans ces eaux, articula le vieux sorcier comme s'il avait affaire à un débile mental. Des Malloréens pris dans une tempête, ça n'a pas le temps de s'accouder au bastingage pour contempler l'horizon. Allez, Capitaine, dites à vos hommes de virer de bord et de foncer sur cette crique.

– Qu'est-ce qui t'a mis la puce à l'oreille ? s'étonna Urgit lorsque le marin eut tourné les talons. Je n'aurais jamais pensé que le capitaine connaissait si bien la côte.

– Tu prélèves des taxes sur les mouvements de marchandises, pas vrai ?

– Et comment ! Il faut bien alimenter le trésor royal.

– Eh bien, quand on est seul maître à bord et qu'on a un peu d'idées, il arrive parfois qu'on oublie de s'arrêter au bureau de douanes en revenant du bout du monde. Ou qu'on garde certaines choses dans un petit coin tranquille en attendant de trouver des clients.

– Mais c'est de la contrebande !

– Si tu le dis. Enfin, les capitaines de toutes les mers du monde font un peu de... ce que tu dis de temps à autre.

– Pas les Murgos, affirma Urgit.

– Noon. Sauf que ce gaillard nous a trouvé une belle cachette à moins de cinq lieues d'ici, ce qui permet d'imaginer qu'il en connaît des tas d'autres.

– Kheldar, tu as un mauvais fond.

– C'est ce que tout le monde me dit. En attendant, la contrebande est une activité très lucrative. Tu devrais envisager de t'y recycler un jour.

– Enfin, Kheldar, je suis le roi ! Je ne vais pas me voler moi-même.

– A toi de voir. Enfin, si ça t'intéresse, je suis prêt à t'expliquer comment monter une petite opération qui te permettrait d'arrondir substantiellement tes fins de mois.

C'est alors que le vaisseau se mit à tanguer et à rouler. Ils regardèrent par les vitres les vagues qui défilaient le long de la coque alors que le timonier changeait de cap. Une demi-douzaine de minuscules points rouges apparut sur l'horizon : les voiles des vaisseaux malloréens.

– Pol, tu pourrais vérifier s'il y a des Grolims à bord de ces navires ? demanda Belgarath.

Le regard de la sorcière devint lointain, puis elle se passa la main sur le front.

– Non, Père, répondit-elle au bout d'un instant. Ce sont des Malloréens ordinaires.

– Magnifique. Nous devrions leur échapper sans mal.

– La tempête annoncée par le capitaine arrive sur eux, annonça Durnik.

– Ça ne risque pas de les inciter à presser l'allure ? questionna Urgit, inquiet.

– Il y a peu de chances, rétorqua le forgeron. Ils vont plutôt virer de bord pour prendre le vent debout. C'est le moyen le plus sûr d'affronter une tempête.

– Ne devrions-nous pas faire de même ?

– Nous sommes à six contre un, mon cher petit frère, objecta Silk. La prudence n'est pas de mise.

La masse noire, mouvante, qui marquait le front de la tempête engloutit les voiles rouges, loin derrière eux, et se rua sur la côte. Le vent forcit, les vagues prirent de la hauteur, le vaisseau murgo se cabra et plongea dans un creux. La membrure émit une vigoureuse protestation alors que les flots se déchaînaient sur le vaisseau. Les voiles claquèrent à se rompre, au-dessus de leur tête. Garion écouta ce bruit pendant plusieurs minutes avant d'en comprendre la signification. C'est un craquement inquiétant, venu du milieu du navire, qui l'alerta enfin.

– L'imbécile ! s'exclama-t-il en empoignant sa cape.

– Qu'y a-t-il ? fit Sadi, inquiet.

– Il n'a pas abattu la toile. Ou le grand mât va céder, ou nous allons couler !

Garion sortit de la cabine en coup de vent et fonça, en se cognant aux cloisons, vers les trois marches qui menaient au pont arrière.

– Capitaine ! hurla-t-il en fonçant sur le pont fouaillé par la pluie.

Il n'eut que le temps de se raccrocher à une des filières de sécurité que les matelots avaient tendues en hâte. Une vague s'écrasa sur la poupe et balaya le pont. Il perdit pied.

– Capitaine ! hurla-t-il à nouveau en se hissant, à la force des poignets, vers le pont arrière.

– Majesté ? répondit le capitaine, surpris.

– Amenez les voiles ! Votre grand mât va se rompre !

– Impossible, Majesté, protesta le Murgo, l'air sincèrement navré. Les hommes ne peuvent ferler les voiles dans cette tempête.

Garion essuya ses yeux pleins de pluie et regarda par-dessus son épaule la grand-voile gonflée à craquer.

– Eh bien, qu'ils coupent la voile.

– La couper ! Enfin, Majesté, elle est neuve !

– Oui, eh bien, c'est la voile ou le bâtiment. Si le vent déracine le grand mât, cette coque de noix va se disloquer, et s'il tient, nous allons sombrer. Alors, ôtez cette voile de là ou je m'en charge.

Le capitaine le regarda en ouvrant de grands yeux ahuris.

– Si vous m'y obligez, beugla Garion, vous pouvez compter sur moi pour vous nettoyer cette barcasse jusqu'à l'os et vous pourrez dire adieu à vos mâts, vos cordages, vos voiles et tout le bataclan.

Le capitaine ne se le fit pas dire deux fois. Quand la grand-voile eut été coupée et emportée par le vent, les frémissements et les horribles craquements cessèrent et le vaisseau fila paisiblement sous le vent, seulement poussé par une petite voile de misaine.

– Nous sommes loin de la mer de Gorand ? demanda Garion.

– Non, Majesté, répondit le capitaine en s'épongeant les yeux pour scruter la côte qui filait sur leur droite, presque invisible à travers le brouillard et les embruns. Tenez, vous voyez la falaise blanche, droit devant ? reprit-il en indiquant un promontoire rocheux qui émergeait à peine du brouillard, à une lieue peut-être de là. Le canal est juste de l'autre côté. Mouillez l'ancre flottante ! ordonna-t-il aux matelots cramponnés au bastingage arrière.

– Pour quoi faire ? s'étonna Garion.

– Nous allons trop vite, Majesté, expliqua le Murgo. Le chenal est un peu difficile à passer, et nous allons être obligés de virer très vite de bord. En traînant derrière nous, l'ancre nous ralentira.

Garion réfléchit un instant, le sourcil froncé. Il y avait quelque chose qui clochait, mais il n'arrivait pas à mettre le doigt dessus. Les matelots firent passer par-dessus le bastingage une sorte de long sac de toile enroulé sur une lourde corde. Le sac se déploya sur les flots, la corde se tendit, le vaisseau frémit et ralentit sensiblement.

– Voilà qui est mieux, fit le capitaine, satisfait.

Garion se protégea les yeux des embruns que le vent lui balançait dans la figure et regarda vers l'arrière. Les Malloréens n'étaient plus en vue.

– Pourquoi le chenal dont vous parliez est-il si traître ? s'informa-t-il.

– Il y a des récifs au centre. Pour les éviter, il faut serrer la côte au plus près, d'un côté ou de l'autre. Nous longerons la rive sud, puisque la baie se trouve de ce côté.

Garion acquiesça d'un hochement de tête.

– Je vais prévenir les autres que nous allons tourner brusquement à droite et qu'ils risquent d'être un peu secoués.

– A tribord, rectifia le capitaine.

– Pardon ? Oh, la plupart d'entre eux disent *à droite*.

Garion repartit en scrutant la côte qui dérivait le long du vaisseau, sous la pluie battante. Ils étaient presque au niveau de la falaise blanche et du promontoire arrondi qui la dominait. Les écueils étaient bien visibles dans le chenal. Il dégringola l'échelle, secoua sa cape ruisselante et passa la tête dans la cabine où se trouvaient ses compagnons.

– Nous arrivons à l'entrée de la mer de Gorand. Cramponnez-vous, le timonier va mettre la barre à tribord, annonça-t-il.

Puis il se maudit pour son lapsus.

– C'est quel côté, tribord ? demanda évidemment Ce'Nedra.

– A droite.

– Eh bien, dis-le.

Il ne releva pas.

– Bon, enfin, le passage risque d'être un peu mouvementé. Il y a des récifs au centre du chenal, et nous allons être obligés de longer la côte sud au plus près pour éviter...

C'est alors que le bâtiment s'engagea dans le goulet en gîtant fortement. Et qu'il mit le doigt sur ce qui le turlupinait...

– Par Belar ! jura-t-il.

Il fit volte-face en dégainant l'épée de Poing-de-Fer, s'engouffra dans la coursive, monta les barreaux de l'échelle deux par deux, repoussa le panneau d'écoutille si fort qu'il manqua le faire sortir de ses gonds et fonça comme un fou sur le pont ruisselant de pluie.

– Coupez-la ! hurla-t-il. Coupez la corde de l'ancre !

Le capitaine le regarda en ouvrant de grands yeux ébahis.

– Coupez cette saloperie de corde ! beugla Garion.

Les hommes s'écartèrent devant lui en se marchant sur les pieds. Le vaisseau tournait déjà au plus près du cap, évitant les rochers déchiquetés qui se dressaient au centre du chenal. Mais l'ancre flottante, poussée par les vagues et le vent, continua jusqu'au milieu de l'embouchure. La corde se tendit subitement et la mahonne partit en crabe puis se mit en travers du chenal. L'embardée fut si brutale que Garion fut projeté sur l'amas de bras et de jambes écroulés le long du bastingage.

– Coupez-la ! brailla-t-il en s'efforçant de reprendre son équilibre. Coupez la corde !

Trop tard ! Non contente d'arrêter net le vaisseau murgo, la lourde ancre flottante, irrésistiblement entraînée par les flots impétueux, l'attirait inexorablement en arrière, non plus vers l'abri du chenal dans lequel il venait de s'engager, mais droit sur les récifs.

Garion se releva tant bien que mal, en flanquant des coups de pied dans les matelots hébétés qui l'empêchaient d'avancer et, d'un coup d'épée formidable et désespéré, trancha la corde tendue à bloc, fendant par la même occasion le lourd treuil sur lequel elle était enroulée.

– Enfin, Majesté ! protesta le capitaine.

– Prenez la barre, et à tribord toute ! hurla Garion en lui indiquant les récifs mortels qui se précipitaient vers eux en rugissant.

Le capitaine regarda, bouche bée, les énormes blocs de pierre acérés qui se dressaient sur la trajectoire de son bâtiment. Puis il fit volte-face, bouscula son timonier paralysé d'épouvante et mit instinctivement la barre à bâbord toute.

– Non, à tribord ! brailla Garion. A tribord toute !

– Enfin, Majesté, protesta le capitaine. Il faut barrer à bâbord, *à gauche*.

– Nous allons en arrière, imbécile ! Tournez à droite !

– A tribord, rectifia distraitement le capitaine en s'efforçant de comprendre une notion à laquelle il n'était pas préparé – tout en maintenant fermement la barre dans la direction fatale selon laquelle il l'avait initialement orientée.

Garion tentait désespérément de se dépêtrer des marins dans l'espoir d'atteindre cet abruti de capitaine lorsqu'un bruit affreux se fit entendre sous la ligne de flottaison. La poupe du vaisseau s'était écrasée sur les écueils. La mahonne fit une soudaine embardée alors que les récifs acérés s'enfonçaient dans ses œuvres vives. La membrure hurla et céda, puis le bâtiment resta empalé sur les rochers, en proie au martèlement mortel des vagues qui le disloqueraient bientôt.

19

Garion se releva tant bien que mal en secouant la tête pour s'éclaircir les idées. Il avait les oreilles qui tintaient et des étincelles devant les yeux. Il avait dû se fendre le crâne en tombant sur le bastingage, parce que l'eau de mer lui picotait le cuir chevelu. L'air autour de lui n'était qu'une cacophonie de cris et d'appels au secours venant du pont et des cabines, au-dessous. Le vaisseau se cabrait en gémissant sous les coups de boutoir des vagues qui l'encastraient sans cesse davantage sur le rocher invisible. Garion se fraya comme il put un chemin sur le pont arrière agité de soubresauts et s'approcha du panneau d'écoutille. Il y arrivait enfin lorsque Belgarath et Durnik en sortirent précipitamment.

– Que s'est-il passé ? demanda le vieux sorcier.

– Nous avons heurté un récif. Il y a des blessés, en bas ?

– Non. Tout le monde va bien. Nous avons été un peu secoués, mais c'est tout.

Garion effleura prudemment son crâne et regarda ses doigts. Bon, il ne saignait pas.

– Ça ne va pas ? s'enquit Belgarath.

– Je me suis cogné la tête.

– Je croyais que tu avais décidé d'arrêter ?

Un bruit de tonnerre retentit sous leurs pieds, aussitôt suivi par le fracas de la coque qui éclatait.

– Belgarath ! s'écria Durnik, alarmé, nous sommes empalés sur le récif. Le courant va démantibuler le bateau !

– Où est le capitaine ? demanda le vieux sorcier en parcourant rapidement les alentours du regard.

– Il était là, à la barre, répondit Garion.

Il escalada la courte pente qui menait à la poupe et rattrapa le timonier qui s'éloignait en titubant.

– Où est le capitaine ? hurla-t-il.

– Il s'est noyé. Il a été projeté par-dessus bord quand nous avons heurté le récif. Nous sommes perdus ! s'écria-t-il, complètement déboussolé, en se cramponnant à Garion.

– Oh, ça suffit ! lança celui-ci en s'arrachant à son étreinte. Grand-père, le capitaine a disparu ! beugla-t-il pour couvrir le bruit du vent et le vacarme qui régnait sur le pont. Il est tombé pardessus bord.

Belgarath et Durnik gravirent précipitamment les trois marches qui menaient au pont arrière.

– Tout compte fait, nous nous débrouillerons peut-être mieux sans cet animal, grommela le vieux sorcier. Combien de temps avons-nous devant nous, Durnik ?

– Pas beaucoup. Les membrures lâchent les unes après les autres, et vous entendez l'eau qui s'engouffre dans la cale.

– Il faut que nous dégagions le vaisseau de cet écueil avant qu'il ne soit complètement déchiqueté.

– C'est le récif qui nous maintient à flot, à présent, objecta le forgeron. Si nous l'en détachons, le vaisseau coulera en quelques minutes.

– Eh bien, nous allons l'échouer. Venez, tous les deux.

Il les mena vers l'arrière, prit la barre, la tourna dans tous les sens et lâcha un juron.

– Il n'y a plus de gouvernail, commenta-t-il en inspirant profondément pour reprendre son calme. Bon, nous allons nous y mettre ensemble. Si nous commençons à soulever le navire, à le tirer et à le ballotter dans tous les sens, nous n'arriverons qu'à ouvrir un peu plus la voie d'eau dans la coque.

Il s'essuya le visage trempé par la pluie et les embruns, et scruta le rivage, à une demi-lieue de là. Un cap défiait les éléments, sa paroi blanche tombant à pic dans les flots tumultueux.

– Il y a une plage juste à gauche de ce promontoire, annonça-t-il. Nous allons essayer de déposer le bâtiment là-bas. L'endroit n'est pas idéal : il n'est pas très bien protégé et il y a des tas de rochers pointus qui dépassent du sable, mais je ne vois rien plus près.

Durnik se pencha par-dessus le bastingage et sonda l'onde du regard.

– La coque est bien amochée, rapporta-t-il avec gravité. Notre seule chance est dans la rapidité. Dès que le bâtiment s'arrachera au récif, il commencera à se remplir d'eau. Il va falloir que nous l'amenions très vite sur la plage, et il n'y a plus de gouvernail pour le diriger.

– Vous voyez une autre solution ? demanda Belgarath.

– Aucune.

– Eh bien, allons-y. Prêts ? leur demanda le vieux sorcier.

Garion et Durnik acquiescèrent d'un même hochement de tête, bombèrent le torse et bandèrent leur volonté.

– Maintenant ! aboya Belgarath.

Les trois hommes puisèrent l'énergie environnante, concentrèrent leur Vouloir sur la coque du navire et articulèrent le Verbe à l'unisson :

– Oh hisse !

Garion éprouva un picotement sur tout le corps et serra les dents. Un rugissement intérieur s'ajouta au tumulte des flots déchaînés. La membrure déchiquetée hurla, puis le vaisseau se libéra du récif et sortit lentement de l'eau, avec un monstrueux bruit de succion.

– Là ! s'écria Belgarath en indiquant le rivage indistinct derrière le rideau de pluie.

Garion prit appui sur la mer houleuse et projeta son pouvoir sur l'arrière de la coque. Le bâtiment bascula d'une façon inquiétante, mais il releva le nez et commença à avancer sur les flots, d'abord lentement, puis de plus en plus vite. Dominant le hurlement du vent, Garion entendit le mugissement des vagues le long de la coque alors que le vaisseau fondait vers la plage et la sécurité.

Mais, en entrant dans le chenal, le vaisseau sans gouvernail commença à rouler et à tanguer sous l'effet des courants contraires et menaça de se coucher sur le côté.

– Maintenez-le debout ! hurla Belgarath, les mâchoires serrées, les veines saillant sur son front.

Ils redoublèrent d'efforts. Tant que le navire éventré avancerait, l'eau ne s'engouffrerait pas trop vite par la poupe fracassée, mais s'il prenait les vagues par le travers le ralentissement lui serait fatal. Il sombrerait inexorablement. Garion continua à le propulser vers la plage tout en concentrant son énergie sur l'étrave de façon à maintenir le vaisseau sur sa trajectoire.

Plus que trois cents toises. A moitié aveuglé par la sueur et la pluie qui lui tombaient dans les yeux, Garion vit les rouleaux blancs, écumants, qui s'écrasaient sur le rivage...

Deux cents toises. Les vagues crépitaient sur le sable et les pierres de la plage...

Cent toises. La houle s'enfla. Une énorme lame souleva la coque, la précipitant vers la grève, toute proche à présent.

Puis, au moment où la proue effleurait le sable écumant, l'immense vague se retira et un épouvantable craquement se fit entendre vers le milieu du navire. Ils avaient heurté un rocher invisible sous l'eau. Garion se retrouva à plat ventre sur le pont, à moitié assommé par le choc.

Le vacarme était assourdissant. Les éléments se déchaînaient de plus belle autour d'eux, les membrures craquaient et explosaient, mais le bâtiment était fermement immobilisé sur le sable humide. Ils étaient sauvés. Garion se releva péniblement. Il était vidé, mais il n'eut pas le temps de souffler. Le pont, sous ses pieds, se cabra d'une façon inquiétante et il sentit le cœur lui manquer. C'était comme si la carcasse du navire volait en éclats.

– La quille a dû se briser sur un rocher, commenta Durnik d'une voix mal assurée. Nous avons intérêt à faire débarquer tout le monde en vitesse.

Il avait les traits tirés et tremblait à vue d'œil.

Belgarath se releva, la joue tuméfiée et l'air en rogne. Il débita un chapelet d'invectives et s'arrêta net au milieu d'un juron particulièrement choisi.

– Les chevaux ! Vite, Durnik ! Dans la cale !

Le forgeron se précipita, avant même qu'il ait fini sa phrase, vers le panneau d'écoutille qui avait sauté au moment du naufrage.

– Dites à Toth de venir m'aider ! hurla-t-il pardessus son épaule.

– Garion ! beugla Belgarath. Faisons descendre tout le monde à terre, et vite ! L'épave ne va pas tarder à se disloquer.

Ils s'engagèrent prudemment sur le pont incliné du navire échoué, les épaules courbées sous la pluie battante, et foncèrent dans la coursive dé guingois. Le craquement des membrures était assourdissant.

La plus absolue confusion régnait dans la cabine arrière. Les meubles pourtant rivés au plancher avaient valsé dans tous les sens sous les chocs successifs. Les vitres qui entouraient la pièce avaient volé en éclats et les embruns s'engouffraient par ces ouvertures béantes.

Ce'Nedra et Prala s'agrippaient l'une à l'autre, affolées. Urgit était cramponné à l'étambot comme s'il redoutait un nouvel impact plus terrible que les précédents, et Sadi était recroquevillé dans un coin, les bras passés autour de sa mallette de cuir rouge pour la protéger. Polgara avait l'air hors d'elle. Elle était trempée des pieds à la tête, mais surtout on aurait dit qu'elle avait été mortellement offensée.

– Qu'as-tu encore été inventer, vieux sorcier ? fulmina-t-elle alors que Belgarath et Garion se ruaient dans la cabine dévastée.

– Nous avons heurté un récif, Pol. Nous prenions l'eau et nous avons dû échouer le navire. Bon, on ne va pas épiloguer, trancha-t-il en la voyant réfléchir comme si elle s'efforçait de trouver quelque chose à lui reprocher. Tout le monde est sain et sauf ? Parfait. Nous devons évacuer l'épave d'urgence.

– Ça va aussi bien que possible, rétorqua la sorcière. Mais pourquoi *d'urgence* ? Je croyais que nous étions sur la plage.

– Nous avons heurté un rocher immergé et la quille s'est brisée. La brèche est sous l'eau et la seule chose qui tient encore cette barcasse ensemble, c'est la poix de ses coutures. Nous devons tout de suite évacuer le navire.

– Compris... Allez, vous autres, ramassez tout ce que vous pouvez. Nous descendons à terre.

– Je vais aider Durnik à faire sortir les chevaux, proposa Garion. Toth, Essaïon, venez avec moi.

Il s'arrêta à mi-chemin de la porte et regarda Ce'Nedra.

– Ça va ? lui demanda-t-il.

– Je crois, répondit-elle d'une petite voix terrifiée en se frottant le genou.

– Reste avec tante Pol, ordonna-t-il d'une façon un peu cavalière avant de filer.

Dans la cale, la situation était encore pire qu'il ne le redoutait. Une maigre lueur filtrait par la coque fendue, éclairant un vrai capharnaüm. L'eau leur arrivait aux genoux et les caisses, les sacs et les ballots étaient sens dessus dessous. Durnik avait regroupé les chevaux aux yeux affolés à l'avant du bâtiment, où l'eau était moins profonde.

– Nous en avons perdu trois, rapporta-t-il. Deux qui se sont cassé le cou et un qui s'est noyé.

– Et Cheval ? demanda très vite Essaïon.

– Il va bien. J'ai essayé de rassembler tout ce que j'ai pu, reprit le forgeron en se tournant vers Garion, mais j'ai bien peur que tout ne soit trempé. Je n'ai pas pu récupérer les vivres qui étaient au fond de la poupe.

– Nous nous en occuperons plus tard. Le plus urgent, c'est de faire sortir ces bêtes de là.

Durnik regarda en fronçant les sourcils les bords déchiquetés de la coque qui grinçait au rythme des vagues.

– Trop dangereux, dit-il laconiquement. Il va falloir que nous sortions par l'avant. Je vais chercher ma hache.

– C'est trop risqué, protesta Garion. Si l'arrière cède, la proue va rouler et nous risquons de perdre encore quatre ou cinq chevaux. Sans compter que nous n'avons peut-être plus beaucoup de temps devant nous.

Durnik inspira un bon coup et carra ses larges épaules. Il n'avait pas l'air heureux.

– Je sais, fit Garion en lui tapotant l'épaule. Moi aussi, je suis fatigué. Mais sortons un peu plus vers l'avant. A quoi bon ouvrir la coque à un endroit où nous serions obligés de sauter dans l'eau ?

Ce fut moins difficile qu'ils ne le redoutaient. Il faut dire que Toth leur fut d'une aide précieuse. Ils choisirent un endroit dans la muraille du navire, entre deux gros membres, et se mirent au travail. Pendant que Durnik et Garion entamaient prudemment la coque en associant leurs pouvoirs, le géant muet s'y attaqua à la barre à mine. La combinaison de la sorcellerie et de la force physique leur permit rapidement d'ouvrir une brèche dans le flanc du bâtiment.

Silk était debout sur la grève, juste hors de portée des éclats de bois que leurs efforts conjugués avaient projetés en tous sens. Sa cape claquait au vent et les vagues déferlaient autour de ses chevilles.

– Ça va ? hurla-t-il pour couvrir la tourmente.

– On fera aller, répondit Garion, sur le même ton. Donne-nous un coup de main avec les chevaux.

Ils durent leur bander les yeux. Malgré tous les efforts de Durnik et Essaïon, ils ne parvinrent pas à les calmer. Les bêtes terrifiées refusèrent d'avancer tant qu'elles virent les eaux tumultueuses qui leur arrivaient aux boulets. Il fallut les mener l'une après l'autre, en les flattant et en les cajolant, dans la litière détrempée qui emplissait le fond de la cale éventrée, puis à travers les vagues déchaînées. Quand elles furent toutes sur le sable, les pattes un peu flageolantes, la pluie leur fouaillant les flancs, Garion se tourna vers la coque qui oscillait mollement au gré des flots.

– Tâchons de récupérer nos paquets ! hurla-t-il. Sauvez tout ce que vous pourrez, mais ne prenez pas de risques inutiles.

Après avoir déserté le navire, les matelots murgos étaient remontés vers le haut de la plage et avaient trouvé un asile précaire à l'abri d'un piton rocheux. Ils considéraient d'un œil morne, blottis les uns contre les autres, Garion et ses compagnons entasser les marchandises au-dessus de la ligne d'algues desséchées qui marquait la limite de la marée haute.

– Nous avons perdu trois chevaux et tous nos vivres, annonça Garion. Je pense que nous avons réussi à sauver tout le reste, à part ce que nous avons été obligés de laisser dans les cabines.

Belgarath lorgna le ciel pluvieux.

– Nous pouvons redistribuer les paquetages, mais pour les provisions, c'est plus ennuyeux.

– A votre avis, la mer monte ou elle descend ? demanda Silk en déposant un dernier fardeau à côté des autres.

– A mon avis, elle ne devrait pas tarder à redescendre, fit Durnik en lorgnant le Chenal qui menait dans la mer de Gorand.

– Alors ça ne se présente pas si mal. Trouvons un endroit à l'abri du vent et attendons que la mer se retire, puis nous aurons tout le temps de piller l'épave. Elle devrait être complètement à sec à marée basse.

– Votre plan, Prince Kheldar, ne présente qu'un petit inconvénient, nota Sadi avec un regard éloquent vers les hommes pelotonnés au bout de la plage. Ils sont échoués sur un rivage hostile alors qu'une bonne douzaine de vaisseaux malloréens croisent au large. Les Malloréens aiment presque autant la chasse aux Murgos que les Aloriens. Ces marins n'ont sûrement pas envie de s'éterniser ici. Il vaudrait mieux nous éloigner avec nos montures, si nous tenons à elles.

– Il y a du vrai dans ce qu'il dit, acquiesça Belgarath. Chargeons les chevaux de bât et partons. Nous pourrons toujours revenir prendre le reste plus tard.

Ils défirent les paquets, les redistribuèrent entre les chevaux restants et commencèrent à seller leurs montures.

Les marins s'approchèrent d'eux. Leur chef semblait être un grand gaillard aux larges épaules et au visage barré d'une vilaine cicatrice sous l'œil gauche.

– Où croyez-vous aller avec ces chevaux ? demanda-t-il hargneusement.

– Ce n'est pas votre affaire, répondit fraîchement Sadi.

– Eh ben, ça va l'devenir. Pas vrai, les gars ?

Un grommellement approbateur lui répondit.

– Ces chevaux sont à nous, lui rappela Sadi.

– Ça, on s'en bat l'œil. On est assez nombreux pour prendre ce qu'on veut.

– J'comprends même pas qu'tu perdes du temps à palabrer ! hurla l'un des hommes, derrière le balafré.

– T'as raison ! acquiesça celui-ci.

Il dégaina une courte épée rouillée et jeta un coup d'œil par-dessus son épaule pour s'assurer que ses hommes le suivaient.

– A l'assaut ! hurla-t-il en brandissant son arme.

On entendit un *woosh !* puis un *crac !* et l'homme tomba sur le sable humide en hurlant de douleur, son bras droit serré contre lui. Toth lui avait négligemment balancé sa barre à mine sur l'aileron...

Ses collègues battirent en retraite, quelque peu démoralisés par l'effondrement de leur chef. Puis un gaillard aux joues bleuies par la barbe agita une lourde gaffe.

– Allez, on leur saute dessus ! s'écria-t-il. On a besoin de ces chevaux et on est plus nombreux qu'eux.

– Je crois que vous devriez refaire vos comptes, lâcha sèchement Polgara.

Garion faisait un pas en avant, son épée dardée vers les brutes menaçantes, lorsqu'il crut apercevoir une silhouette ténébreuse sur sa gauche. Il cligna des yeux, incrédule. L'énorme Barak, le géant à la barbe rouge, était debout à côté de lui, apparemment bien réel.

Puis un bruit métallique attira son attention sur sa droite, et il vit Mandorallen, dans son armure luisante de pluie, et, un peu en retrait, Hettar, avec son profil de faucon.

– Holà, Messires et Gentilshommes ! fit allègrement l'ombre qui ressemblait au valeureux baron de Vo Mandor. Que vous semble-t-il ? Accorderez-vous à ces faquins une chance de fuir ou vous siérait-il de laisser le sable boire leur sang vermeil ?

– Moi, je serais plutôt pour la seconde solution, grommela le spectre de Barak. Alors, Hettar, qu'est-ce qu'on fait ?

– Ce sont des Murgos, fit la silhouette de Hettar, de sa voix grave, terrifiante, en dégainant son sabre. Tuons-les tout de suite, et pas de quartier. Ça nous évitera de leur courir après.

– Je savais bien que vous verriez les choses comme moi, s'esclaffa Barak. Très bien, Messieurs, au boulot !

Il tira sa lourde épée.

Les trois personnages plus grands que nature avancèrent avec détermination sur les marins qui rentrèrent craintivement la tête dans les épaules. Garion imita ses fantomatiques compagnons, douloureusement conscient d'être tout seul, en fait. Puis, de l'autre côté de Barak, Toth fit de même avec son énorme bâton. Derrière lui, Sadi s'approcha avec une petite dague empoisonnée. A l'autre bout de la rangée, Durnik et Silk se mirent en position à leur tour.

L'image de Barak fit un clin d'œil à Garion.

– Allez, Garion ! murmura Polgara par ses lèvres.

Il comprit tout de suite. Il relâcha le pouvoir de l'Orbe qu'il s'efforçait ordinairement de contrôler. L'immense épée de Poing-de-Fer s'embrasa et une flamme bleue jaillit de sa pointe sous le nez des Murgos terrifiés.

– Que tous ceux qui veulent bien mourir maintenant et nous dispenser de les pourchasser fassent un pas en avant ! rugit l'ombre à la barbe rouge debout à côté de Garion, d'une voix plus tonitruante que celle de Barak lui-même. Les volontaires *ne* seront *pas* hachés menus ! Ils seront dans les bras de leur Dieu borgne en un clin d'œil !

Les marins méditèrent un instant la proposition. Puis ils détalèrent ventre à terre.

– Par tous les Dieux d'Alorie ! fit la voix vibrante de Polgara, juste derrière Garion. Il y avait un millier d'années que je rêvais de faire ça !

Il se retourna et la vit debout parmi les éléments déchaînés : la mer en furie, les nuages noirs et le vent qui tiraillait sa cape bleue. La pluie plaquait ses cheveux noirs sur sa tête et son cou, mais ses yeux étaient étincelants.

– Ma Pol ! exulta Belgarath en l'attirant contre lui dans une étreinte digne d'un ours. O Dieux ! Quel fils vous m'avez donné !

– Je suis ta fille, Belgarath, releva simplement la sorcière. Un garçon aurait-il fait mieux ?

– Non, Pol ! Impossible ! répondit-il en riant.

Il la serra dans ses bras, au risque de lui fendre les côtes, et planta un baiser sonore sur sa joue ruisselante de pluie.

Ils se figèrent, surpris et peut-être un peu embarrassés d'avoir laissé s'exprimer sur cette plage tourmentée du bout du monde l'immense amour qu'ils se taisaient depuis des millénaires. Ils se regardèrent presque timidement, puis ils ne purent retenir un immense éclat de rire.

Garion se détourna, les larmes aux yeux. Urgit se pencha sur le marin au bras cassé.

– Si vous permettez à votre roi de vous donner un conseil, commença-t-il aimablement, je vous rappellerai que la région grouille de Malloréens, lesquels prennent un plaisir enfantin à crucifier tous les Murgos qui leur tombent sous la main, et que vous feriez mieux de vous éloigner de ce tas de bois pourrissant, conclut-il en désignant l'épave d'un mouvement de menton.

Le marin jeta un coup d'œil terrifié en direction du chenal, se releva comme il put en nichant son bras cassé sur sa poitrine et rejoignit ses compagnons au galop.

– Il a superbement compris la situation, je crois, nota le roi des Murgos.

– Il n'avait pas la comprenette trop dure, pour un Murgo, approuva Silk. Bon, si nous mettions les bouts ? Cette épave est trop facile à repérer, et notre ami blessé et ses acolytes pourraient décider de tenter une nouvelle razzia sur nos chevaux. Dites, Polgara, par simple curiosité, ces apparitions nous auraient-elles été d'un quelconque secours si nous avions été obligés de nous battre ?

– Ça, mon cher Silk, répondit-elle, les yeux brillants de joie, pour être parfaitement honnête avec vous, je n'en ai pas la moindre idée.

Et sa réponse – allez savoir pourquoi – les plongea tous dans une profonde hilarité.

20

La pente qui menait en haut du promontoire était couverte d'une grosse herbe drue, couchée par la pluie et le vent. Pendant la montée, Garion se retourna pour regarder la plage. Les marins murgos s'étaient précipités sur l'épave pour récupérer ce qu'ils pouvaient et scrutaient d'un air apeuré les eaux tumultueuses du chenal.

Lorsqu'ils arrivèrent au sommet, la tempête les assaillit de plein fouet. Belgarath donna le signal de la halte, mit sa main en visière sur ses yeux et examina la prairie détrempée, nue comme le dos de la main, qui s'étendait devant eux.

– Ce n'est pas possible. Père, décréta Polgara en luttant contre le vent qui voulait lui arracher sa cape. Nous n'allons pas attendre la fin de la tempête sous cette pluie battante. Il faut que nous trouvions un abri.

– Ce sera difficile, commenta le vieux sorcier en fouillant les environs du regard.

L'immense vallée était sillonnée de gorges profondes, creusées par des torrents impétueux qui avaient éventré la terre, dénudé les rochers arrondis et les strates de gravier dissimulées sous le sol mince. Partout ailleurs, le vent chassait devant lui un mélange de pluie et de grêle, imprimant un mouvement de houle à l'herbe coriace.

– Urgit, reprit Belgarath, y a-t-il des villages ou des campements dans les parages ?

– Pas que je sache, répondit le roi des Murgos en s'épongeant le visage. A part la grand-route qui s'enfonce dans les terres, il n'y a rien sur les cartes de cette partie de Cthaka. La terre est trop aride pour les cultures, et les hivers trop rigoureux pour le bétail.

– C'est plus ou moins ce que je pensais, acquiesça le vieil homme avec un hochement de tête sinistre.

– Nous pourrions dresser les tentes, suggéra Durnik, mais nous serions très en vue, et il n'y a apparemment pas de bois à brûler par ici.

Essaïon, qui attendait docilement sur son étalon, regardait le paysage dénudé comme s'il le reconnaissait.

– Nous pourrions peut-être nous abriter dans la tour de guet ? risqua-t-il.

– Quelle tour de guet ? releva Belgarath en tentant à nouveau de percer le rideau de pluie.

– On ne peut pas la voir d'ici. Elle est presque complètement éboulée, mais les fondations ont résisté au temps.

– J'ignorais qu'il y avait une tour de guet sur cette côte, objecta Urgit.

– Il y a bien longtemps que personne ne s'en sert plus.

– Où est-elle, Essaïon ? demanda Polgara. Tu pourrais nous y amener ?

– Bien sûr. Ce n'est pas très loin.

Le jeune homme tourna bride et les mena vers l'extrême pointe du promontoire. En gravissant la pente, Garion jeta un coup d'œil en arrière. Des blocs de pierre dépassaient de l'herbe. C'était difficile à affirmer, mais certains d'entre eux au moins portaient des marques de burin. Plus ils montaient et plus la tempête faisait rage autour d'eux, agitant frénétiquement l'herbe qui fouettait les pattes de leurs chevaux.

– Tu es sûr de toi, Essaïon ? hurla Polgara pour couvrir le vacarme du vent.

– L'entrée est derrière, sur la paroi de la falaise, répondit-il avec assurance. Il vaudrait peut-être mieux mener les chevaux par la bride.

Il mit pied à terre et les guida de l'autre côté du sommet herbeux, arrondi. En contournant un léger creux couvert d'herbe, il les mit en garde.

– Regardez bien où vous mettez les pieds ; une partie du toit s'effondre un peu.

Le talus descendait en pente raide vers une étroite corniche qui s'aventurait sur la paroi à pic. Garion ne put résister à la tentation de regarder par-dessus le bord de la falaise et vit, très loin en dessous, l'épave sur le rivage. La pluie effaçait une longue ligne d'empreintes qui s'en éloignaient, à la limite des vagues.

– Nous y sommes, annonça Essaïon.

Puis ce fut comme s'il entrait droit dans le talus, avec son cheval. Les autres le suivirent, un peu surpris, et découvrirent une étroite ouverture en forme d'arcade, manifestement construite de main d'homme, presque enfouie dans l'herbe. Garion s'engagea avec soulagement dans le passage et se retrouva enfin au calme, dans un lieu obscur et qui sentait le moisi.

– Quelqu'un a pensé à apporter des torches ? s'enquit Sadi.

– Elles sont restées avec les vivres, répondit Durnik d'un ton d'excuse. Je vais voir ce que je peux faire.

Garion entendit le bruit de vague familier et une lueur diffuse apparut au creux de la main du forgeron. Peu à peu, le point lumineux augmenta, et ils distinguèrent bientôt l'intérieur de la ruine. C'était une cave voûtée, comme bien des structures érigées dans l'Antiquité. D'énormes arches et des contreforts de pierre soutenaient le plafond bas et les murs. Garion avait vu le même genre de construction dans le palais millénaire du roi Anheg, au Val d'Alorie, dans les ruines de Vo Wacune, dans les sous-sols de la Citadelle de Riva, et même dans la sinistre tombe de Torak, à Cthol Mishrak.

– Je suis sûr que tu as une explication à nous fournir ? fit Silk en regardant Essaïon d'un air soupçonneux. Comment connaissais-tu cet endroit ?

– J'y ai vécu un moment avec Zedar. C'est là que nous avons attendu que je sois assez grand pour voler l'Orbe.

– Comme c'est prosaïque, soupira Silk, quelque peu déçu.

– Je suis désolé, fit Essaïon en menant les chevaux d'un côté de la salle voûtée. Vous auriez préféré que je vous raconte une belle histoire, hein ?

– Bof, ça ne fait rien.

– Ce ne sont pas les Murgos qui ont construit ça, déclara Urgit en examinant l'un des arcs-boutants. Ces pierres sont trop soigneusement ajustées.

– Ça été édifié avant leur arrivée, confirma Essaïon.

– Par la race des esclaves ? releva Urgit, incrédule. Mais ils ne savaient construire que des huttes de terre battue.

– Ça, c'est ce qu'on vous a fait croire. Ils érigeaient des tours et des cités quand les Murgos vivaient encore sous des tentes en peau de chèvre.

– Quelqu'un pourrait-il faire du feu ? demanda Ce'Nedra en claquant des dents. On gèle, ici.

– Il y a du bois par là, déclara Essaïon.

Il passa derrière l'un des arcs-boutants et revint avec une brassée de bois blanchi par les intempéries.

– Nous avions l'habitude, Zedar et moi, de rapporter du bois flotté de la plage. Il en reste encore un peu.

Il s'approcha d'une cheminée creusée dans le mur du fond, y laissa tomber sa brassée et se pencha pour regarder le conduit de la cheminée.

– Elle n'a pas l'air obstruée.

Durnik sortit aussitôt son silex, sa lame d'acier et sa mèche d'amadou, et, quelques instants plus tard, une petite flamme orange léchait le monticule de brindilles qu'il avait échafaudé sur le lit de cendres, dans le foyer. Tous se groupèrent autour et jetèrent dessus des rameaux et des brindilles dans leur avidité de le faire brûler plus vite.

– Laissez-moi faire, protesta le forgeron avec une sévérité qui ne lui ressemblait pas. Vous allez tout faire dégringoler et le feu va s'éteindre.

Ils reculèrent à contrecœur.

Durnik compléta précautionneusement son échafaudage, et le feu prit de la force. Les flammes gagnèrent rapidement les rameaux secs comme des ossements, éclairant la cave humide, et Garion sentit une douce chaleur lui caresser le visage.

– Très bien, commenta Polgara. Et maintenant, qu'allons-nous manger ?

Elle avait retrouvé sa vivacité et son efficacité coutumières.

– Les marins sont partis, annonça Garion. La mer s'est retirée et l'épave est entièrement hors d'eau, à part la poupe. Je vais prendre les chevaux et rapporter tout ce que je trouve.

Le feu de Durnik crépitait gaiement, à présent.

– Essaïon, tu pourrais t'en occuper ? demanda le forgeron en se levant.

Le jeune homme acquiesça d'un sourire et retourna chercher du bois derrière l'arc-boutant.

– Venez, Toth, nous allons accompagner Garion, reprit Durnik en ramassant sa cape. On ne sait jamais, ces marins pourraient revenir. Mais nous ferions mieux de nous dépêcher. La nuit ne va pas tarder.

La tempête se déchaînait toujours sur le sommet érodé du promontoire. Garion et ses deux amis redescendirent prudemment la pente.

– Tu crois que ça va encore durer longtemps ? hurla Garion.

– Difficile à dire, répondit Durnik, sur le même ton. Le vent tombera peut-être cette nuit comme il se peut qu'il continue à souffler pendant des jours.

– J'étais sûr que tu me dirais ça.

Ils s'approchèrent avec circonspection de la carcasse empalée sur le rocher, mirent pied à terre et entrèrent dans la coque par l'ouverture qu'ils y avaient pratiquée.

– J'ai peur que nous ne trouvions pas grand-chose, remarqua le forgeron. Toutes les provisions doivent être perdues, et il y a peu de chances que des denrées périssables aient été entreposées dans la cale.

– Tâchons au moins de récupérer la batterie de cuisine de tante Pol, répondit Garion. Elle en aura sûrement besoin.

– C'est sûr, acquiesça Durnik. Je vais voir ce que je peux faire.

Il examina les sacs et les ballots empilés dans la proue, mais des paquets de mer s'engouffraient par les déchirures de la coque et tout était détrempé.

– Tant que nous y sommes, je vais chercher les affaires que nous avons laissées dans nos cabines, proposa Garion. Pendant ce temps-là, vous pourriez regarder, Toth et toi, si les marins n'ont rien oublié dans la cuisine.

Il escalada tant bien que mal les membrures déchiquetées à l'endroit où l'épine dorsale du vaisseau s'était brisée, gravit l'échelle qui menait au panneau d'écoutille, se glissa par l'ouverture et suivit le pont jusqu'à la coursive arrière.

Un quart d'heure plus tard, il avait rassemblé tout ce qu'ils avaient abandonné derrière eux en quittant l'épave. Il en fit un paquet qu'il emballa dans un bout de toile à voile et remonta sur le pont, puis il laissa tomber son ballot par-dessus bord, sur le sable humide de la plage.

Durnik passa la tête par le panneau d'écoutille avant.

– Les Murgos ne nous ont vraiment pas fait de cadeau, annonça-t-il. Ils ont consciencieusement pillé l'épave.

– Eh bien, nous nous débrouillerons avec ce que nous avons trouvé, déclara Garion en scrutant les environs à travers la pluie battante. Nous ferions mieux de nous dépêcher, conclut-il en remarquant que le ciel s'assombrissait.

Le retour fut cauchemardesque. La nuit tombait lorsqu'ils regagnèrent le sommet du promontoire, et les éléments s'acharnèrent sur eux comme s'ils avaient juré leur perte. Ils s'engagèrent sur la corniche dans les dernières lueurs du jour et trouvèrent à l'aveuglette l'entrée de la cave. Il faisait bien chaud, à présent, dans la salle voûtée, et les flammes dansaient gaiement dans la cheminée. Pendant leur absence, leurs compagnons avaient tendu des fils aux arcades et mis les couvertures et les vêtements à sécher le long des murs.

– Vous avez fait bonne pêche ? s'enquit Silk alors que Garion amenait son cheval à l'intérieur.

– Pas terrible, admit Garion. Les marins avaient complètement vidé la cuisine.

Durnik et Toth firent entrer les autres chevaux et les débarrassèrent de leur fardeau.

– Voilà un sac de haricots et un cruchon de miel, annonça le forgeron. Il y avait un sac de farine dans un coin et quelques quartiers de lard. Les marins n'en ont pas voulu parce que la viande était un peu gâtée, mais nous avons coupé ce qui n'était pas bon.

– C'est tout ? demanda Polgara.

– Hélas oui, répondit Durnik. Nous avons ramené un brasero et quelques sacs de charbon de bois – puisqu'il n'y a manifestement rien à brûler dans cette partie du monde. Ce n'est pas grand-chose, ma Pol, ajouta-t-il d'un ton navré, mais nous avons fait de notre mieux.

– Ça ira très bien, lui assura-t-elle avec un bon sourire.

– J'ai rapporté les vêtements que nous avions laissés dans nos cabines, ajouta Garion en dessellant son cheval. Il y en a même quelques-uns de secs.

– Parfait, commenta la sorcière. Mettez quelque chose de chaud pendant que je prépare à manger.

– Pas du gruau, j'espère, marmonna Silk en lorgnant le sac de farine d'un œil noir.

– Les haricots mettraient beaucoup trop longtemps à cuire, rétorqua-t-elle. Je vais vous faire du porridge avec du miel et un peu de lard. Au moins, vous n'irez pas vous coucher le ventre vide.

Le petit Drasnien lui répondit d'un soupir à fendre l'âme.

Le lendemain matin, la pluie et la grêle avaient cessé mais le vent s'acharnait toujours sur les hautes herbes qui couronnaient le promontoire. Garion contemplait, assis sur la corniche, devant l'entrée de la cave, les rouleaux qui léchaient la plage, tout en bas, et les vagues coiffées d'écume, dans le golfe. Les nuages semblaient un peu moins épais au sud-est, et des bandes bleues striaient le couvercle sale qui masquait le reste du ciel. Pendant la nuit, la marée avait à nouveau recouvert l'épave et emporté l'arrière. Des masses inertes flottaient mollement à la limite des vagues : les restes des marins murgos qui avaient basculé par-dessus bord et s'étaient noyés au moment du naufrage.

En détournant le regard, écœuré, Garion vit un certain nombre de voiles rouges longer la côte sud de la mer de Gorand et s'approcher de la carcasse disloquée du vaisseau échoué sur le rivage. Belgarath et Essaïon écartèrent la toile à voile que Durnik avait accrochée à l'entrée de la cave, la veille, avant de suivre Garion dans son expédition.

– La tempête s'est calmée, mais nous avons un autre problème, annonça Garion en leur indiquant les bâtiments malloréens d'un mouvement de menton.

– Ils mettront forcément pied à terre en voyant l'épave, grommela Belgarath. Nous ferions mieux de lever le camp.

– Le coin n'a pas beaucoup changé, remarqua Essaïon d'une drôle de petite voix. Je jouais ici, ajouta-t-il en leur indiquant un talus planté d'herbe, au bout de la corniche. Enfin, quand Zedar me laissait sortir...

– Vous avez beaucoup parlé, ici ? s'enquit Belgarath.

– Non, presque pas, répondit Essaïon en haussant les épaules. Il était assez taciturne. Il passait le plus clair de son temps à lire.

– Tu devais te sentir bien seul, commenta Garion.

– Oh, ce n'était pas si terrible. Je pouvais toujours observer les nuages et les oiseaux. Au printemps, ils venaient faire leur nid dans les trous de la falaise. Je les voyais aller et venir en me penchant par-dessus la corniche. J'aimais bien regarder les oisillons quand ils essayaient leurs ailes et faisaient leurs premiers vols.

– Tu as une idée de la distance qui nous sépare de la grand-route ? l'interrompit Belgarath.

– Il nous fallait près d'une journée pour y arriver, à l'époque. Mais j'étais petit, je ne marchais pas vite.

Le vieux sorcier plaça une main en visière sur ses yeux et regarda les vaisseaux malloréens qui patrouillaient le long de la côte.

– Allons mettre les autres au courant. Inutile d'essayer de défendre cet endroit contre plusieurs équipages de Malloréens.

Une heure plus tard, ils avaient rassemblé leurs vêtements encore humides, leurs maigres provisions, et chargé les chevaux de bât. Ils écartèrent la tenture qui fermaient la porte et menèrent leurs montures vers l'autre côté du promontoire. Le coup d'œil presque nostalgique qu'Essaïon jeta en arrière n'échappa pas à Garion, mais le jeune homme tourna résolument le dos à son enfance et fit face à la prairie qui s'étendait à perte de vue, devant lui.

– Je crois que je saurai retrouver la route. Ces ruisseaux, là-bas, sont en crue ; faites attention en les traversant. Je vais partir en éclaireur.

Il se dressa légèrement sur sa selle, se pencha en avant et caressa le cou de son étalon.

– De toute façon, Cheval a envie de courir un peu, ajouta-t-il avec un sourire.

Il descendit la colline au grand galop.

– Drôle de garçon, fit Urgit. Il a vraiment connu Zedar ?

– Oh oui, répondit Silk. Et Ctuchik, aussi. Il a toujours frayé avec des gens très étranges, ajouta-t-il en regardant Polgara à la dérobée, alors ses petites bizarreries sont assez faciles à comprendre.

Les bandes bleues qui rayaient le ciel au sud-est quand Garion avait ouvert l'œil s'étaient étendues et les rayons du soleil arpentaient majestueusement la prairie embrumée, sillonnée de cours d'eaux. Le vent était tombé. Seules soufflaient désormais des bourrasques capricieuses, et ils chevauchèrent à vive allure dans l'herbe encore trempée, suivant la trace d'Essaïon et de son cheval exubérant.

Ce'Nedra, qui portait ce jour-là une tunique empruntée à Essaïon et des jambières de laine, se rapprocha de Garion.

– J'aime votre tenue, ma Reine, fit-il avec un sourire.

– Mes robes sont encore toutes mouillées, répondit-elle, puis elle se rembrunit. Rien ne se passe comme prévu, n'est-ce pas, Garion ? Nous comptions tellement sur ce vaisseau...

– Mais non, voyons. Nous avons rattrapé un peu de notre retard et nous avons réussi à contourner presque complètement la zone des combats. Nous pourrons peut-être trouver un autre bâtiment à Rak Cthaka. Je ne pense pas que nous ayons vraiment perdu du temps.

– Nous n'en avons pas gagné non plus.

– C'est difficile à dire avec précision.

Elle soupira et poursuivit son chemin sans mot dire.

Ils arrivèrent à la grand-route vers midi et prirent vers l'est. Ils avancèrent bien pendant le reste de la journée. Rien n'indiquait que des voyageurs eussent récemment emprunté cette piste, mais Silk partit en reconnaissance, par prudence. Puis un bosquet de saules leur procura un abri pour la nuit et les perches nécessaires pour dresser les tentes. Le dîner de ce soir-là fut composé de haricots et de lard, menu qu'Urgit, en particulier, trouva pour le moins frugal.

– Je ne sais pas ce que je donnerais pour un morceau de bœuf, même cuit comme une semelle par les cuisiniers du Drojim, se lamenta-t-il.

– Votre Majesté préférerait peut-être un bol d'herbe bouillie ? suggéra Prala avec impertinence. Ou peut-être une belle assiette d'écorce de saule frite ?

Il lui jeta un regard amer et se tourna vers Garion.

– Dites-moi, vous avez l'intention de rester longtemps au Cthol Murgos, vos amis et vous-même ?

– Pas très, pourquoi ?

– Les dames du Ponant semblent être d'une nature indépendante, et regrettablement enclines à dire ce qu'elles pensent. Je trouve assez désagréable leur influence sur certaines demoiselles murgos particulièrement impressionnables. Sans vouloir vous offenser, ma Dame, ajouta-t-il très vite avec un coup d'œil anxieux en direction de Polgara, comme s'il s'avisait tout à coup qu'il était peut-être allé un peu trop loin. Ce n'est qu'un vieux préjugé murgo.

– Je vois, observa-t-elle.

– Dites donc, Silk, fit Belgarath en repoussant son assiette, vous qui avez passé la journée en tête de la colonne, vous n'auriez pas vu de gibier, par hasard ?

– J'ai vu des troupeaux de bêtes qui ressemblaient à de gros cerfs aller vers le nord, répondit le petit homme, mais ils étaient hors de portée de nos flèches, de toute façon.

– Qu'as-tu en tête au juste, vieux sorcier ? s'enquit Polgara.

– Nous n'irons pas loin avec ce lard moisi et ces haricots bouillis. Il nous faudrait de la viande fraîche, conclut-il en se levant dans la lumière du feu de camp et en lorgnant les nuages qui filaient devant la lune. Belle nuit pour la chasse, tu ne trouves pas ?

La sorcière se leva à son tour, un curieux sourire aux lèvres.

– Tu crois que tu tiendras le coup, vieux loup ?

– Ne t'inquiète pas pour moi, répondit-il. Allez, Garion. Ecartons-nous un peu des chevaux.

– Que vont-ils faire ? demanda Urgit.

– Rien d'intéressant pour nous, vieux frère. Rien qui t'intéresse, en tout cas.

La lune niellait d'argent l'herbe qui oscillait doucement dans la brise. Garion huma la nuit et toutes les odeurs de la prairie affluèrent à son odorat décuplé. Il suivit avec aisance le grand loup argenté, la chouette d'un blanc de neige planant au-dessus d'eux, dans la lueur fantomatique de la lune. Comme c'était bon de courir sans effort, de sentir à nouveau ses griffes s'enfoncer dans la terre élastique tandis que le vent lui retroussait les poils, et de retrouver l'antique, l'éternel rite de la chasse...

Ils dérangèrent un troupeau de cerfs qui dormaient, couchés dans un cercle d'herbes aplaties, à quelques lieues de leur campement, et les poursuivirent sans merci à travers les interminables collines. Les animaux affolés traversaient un torrent en crue lorsqu'un vieux mâle épuisé trébucha et tomba, tête baissée, dans le courant, soulevant une immense gerbe d'eau. Il s'immobilisa contre la rive opposée, les bois enfoncés dans la berge, la tête tordue selon un angle grotesque. Il s'était brisé le cou dans sa chute.

Garion plongea sans réfléchir dans les flots tumultueux, nagea rapidement jusqu'à l'autre côté, referma ses puissantes mâchoires sur la patte de devant de l'animal mort et banda ses muscles pour hisser la carcasse encore chaude sur la rive avant que le courant l'emporte, puis il s'assit sur son derrière et attendit ses compagnons de chasse.

Belgarath et Polgara reprirent forme humaine et s'approchèrent sur le gravier de la rive, aussi tranquillement que s'ils faisaient leur promenade du soir.

– Il est assez bon à ce jeu-là, observa Polgara.

– Pas mauvais, admit Belgarath en tirant son couteau de sa ceinture. Nous allons dépouiller le cerf. Si tu allais demander à Durnik de venir avec un cheval de bât ?

– Très bien, Père, acquiesça la sorcière, et la chouette aux ailes neigeuses se fondit dans le clair de lune.

– Tu n'auras pas trop de tes deux mains, Garion, remarqua son grand-père d'un air significatif.

– Oups ! Pardon, Grand-père ! fit Garion, dans le langage des loups, et il reprit son aspect habituel, non sans regrets.

Il y eut des regards intrigués, le lendemain matin, quand Polgara leur servit de la viande rouge à la place du sempiternel porridge, mais personne ne fit de commentaire.

Pendant les deux journées suivantes, ils poursuivirent leur chemin sous un magnifique ciel de traîne. En franchissant une colline, vers le milieu du second jour, ils arrivèrent en vue d'une immense étendue d'un bleu profond.

– Le lac Cthaka, fit Urgit. Une fois de l'autre côté, nous ne serons plus qu'à deux jours de Rak Cthaka.

– Sadi, appela Belgarath, vous avez votre carte ?

– La voici, Vénérable Belgarath, répondit l'eunuque en fouillant sous sa robe.

– Voyons un peu...

Le vieux sorcier se laissa tomber à bas de son cheval, prit le parchemin et le déroula. Un coup de vent venu du lac manqua le lui arracher des mains.

– Oh, ça suffit ! lança-t-il d'un ton acerbe. Je pense que nous avons intérêt à quitter la route, dit-il enfin. La tempête et le naufrage nous ont retardés et nous n'avons aucun moyen de savoir quel chemin les Malloréens ont parcouru depuis notre départ de Rak Urga. Il ne manquerait plus qu'une armée nous accule dos au lac. Je ne vois pas ce que ces hommes feraient au sud, alors nous allons plutôt passer par là. Comme ça, si la situation à Rak Cthaka l'exige, nous pourrons toujours regagner l'Arborée, la grande forêt du Sud, conclut-il en leur indiquant une vaste zone boisée, sur la carte.

– Dites donc, Belgarath, qu'est-ce que c'est que ça ? fit âprement Durnik en tendant le doigt vers l'horizon où le vent courbait un long panache de fumée noire.

– Un feu d'herbe, peut-être ? risqua Sadi.

– Non, fit sèchement Belgarath en lâchant un juron. La fumée ne serait pas si noire. Il y a des villages par là, reprit-il en regardant à nouveau la carte. Ça doit en être un.

– Les Malloréens ! hoqueta Urgit.

– Ils seraient arrivés jusque-là ? objecta Silk.

– Attendez un peu, intervint Garion. Urgit, quand des Murgos rencontrent des Malloréens dans les montagnes, qui l'emporte ?

– Nous, bien sûr. Nous savons utiliser les montagnes à notre profit.

– Et quand vous vous affrontez en plaine ?

– Ils nous écrasent. Ils ont l'avantage du nombre.

– Mais vos troupes n'ont rien à craindre tant qu'elles restent dans les montagnes ?

– Non, comme je viens de vous le dire.

– Alors, si je cherchais la bagarre avec vous, j'aurais intérêt à vous attirer dans la plaine. Imaginez que je tourne en rond en faisant beaucoup de bruit autour de Rak Cthaka : vous ne pourriez pas faire autrement que de réagir, c'est-à-dire que vous feriez sortir toutes vos troupes d'Urga et de Morcth pour défendre la cité. Et si, au lieu d'attaquer la ville, je faisais marcher mes troupes vers le nord et l'ouest, je vous intercepterais en rase campagne. En choisissant mon terrain, je pourrais balayer vos deux armées en un seul jour.

– Voilà donc pourquoi ces vaisseaux malloréens patrouillaient dans la mer de Gorand ! s'exclama Urgit, le visage blême. Ils surveillaient les mouvements des troupes qui venaient de Rak Urga. Zakath m'a tendu un piège ! Belgarath, reprit-il en se tournant vers le vieux sorcier, les yeux hagards, il faut que vous me laissiez avertir mes hommes. Ils ne sont pas prêts à repousser un assaut. Les Malloréens vont les exterminer, et c'est la seule force qui nous sépare de Rak Urga.

Le vieux sorcier le regarda entre ses yeux étrécis en se grattant la barbe.

– Je vous en prie, Belgarath !

– Vous pensez pouvoir prendre les Malloréens de vitesse ?

– Il le faut. Sinon, le Cthol Murgos est perdu. Ecoutez, mon vieux, j'ai tout de même des responsabilités !

– Eh bien, Urgit, je suis heureux de voir que vous finissez par comprendre, commenta Belgarath. Vous ferez peut-être un vrai roi, tout compte fait. Durnik, donnez-lui des vivres. Et vous, tâchez de ne pas prendre de risques inconsidérés. Evitez le sommet des collines ; on ne verrait que vous sur ce beau ciel bleu. Faites vite, mais essayez de ne pas crever votre cheval.

Il prit le petit bonhomme à tête de fouine par les épaules et lui accorda une accolade un peu bourrue.

– Bonne chance, dit-il laconiquement.

Urgit acquiesça d'un hochement de tête et se tourna vers son cheval. C'est alors qu'il aperçut Prala, juste derrière lui.

– Qu'est-ce que vous faites ?

– Je pars avec vous.

– Sûrement pas !

– Je croyais que vous n'aviez pas de temps à perdre ?

– Il va y avoir de la bagarre, fillette. Un peu de cervelle, voyons.

– Je suis une Murgo, moi aussi, et les Cthan ne craignent pas le combat ! déclara-t-elle en le défiant du regard.

Elle prit le long étui de cuir noir attaché à la selle de son cheval, en défit les boucles et en tira une épée à la garde incrustée de rubis.

– C'est l'épée du dernier roi de la Maison des Cthan, annonça-t-elle solennellement. Il s'est battu avec elle à Vo Mimbre. Ne la déshonorez pas.

Elle la prit par la lame et lui en tendit la poignée sur son avant-bras. Le regard du roi des Murgos alla de la jeune fille à l'arme.

– Je devais vous l'offrir le jour de notre mariage, lui révéla-t-elle, mais vous en avez besoin aujourd'hui. Prenez cette épée, Urgit, et sautez sur votre cheval. Nous avons un combat à mener.

Il prit l'arme et l'éleva au-dessus de sa tête. A la lumière du soleil renvoyée par les rubis, la garde se teinta d'un éclat sanglant.

– Croisons nos épées, Belgarion, suggéra Urgit, comme obéissant à une impulsion subite. Pour nous porter bonheur.

Garion tira son immense épée. La lame était embrasée d'une flamme bleue, éblouissante. Il effleura l'arme d'Urgit, et le petit roi cligna des yeux comme si la poignée de son épée lui brûlait la main. Il la regarda, incrédule : les rubis qui ornaient la garde s'étaient changés en saphirs.

– C'est vous qui avez fait ça ? hoqueta-t-il.

– Non, répondit Garion. C'est l'Orbe. On dirait qu'elle vous aime bien. Bonne chance, Majesté.

– Merci, Majesté, répondit Urgit. Bonne chance à vous aussi – à vous tous.

Il mit le pied à l'étrier puis il se ravisa, se retourna et embrassa son frère, sans ajouter un mot.

– Très bien, jeune fille. Allons-y !

– Au revoir, Ce'Nedra ! s'écria Prala en montant en selle. Merci. Merci pour tout !

Les deux Murgos piquèrent des deux et partirent au grand galop vers le nord.

– J'ai bien peur qu'il ne succombe, soupira Silk d'un ton sinistre.

– Sous les coups des Malloréens ? demanda Durnik.

– Non, au charme de cette fille. Je lui ai trouvé un regard très matrimonial, à l'instant.

– C'est si romantique, renifla Ce'Nedra.

– Romantique ? Révoltant, vous voulez dire, maugréa le petit Drasnien en balayant les environs du regard. Bon, si vous tenez toujours à nous faire contourner ce lac par le sud, je vous suggère de commencer tout de suite.

Ils s'engagèrent au galop vers la rive sud du lac qui étincelait sous le soleil, puis, au bout de quelques lieues, Silk, qui menait toujours la marche, gravit une colline et leur fit signe de ralentir l'allure.

– Qu'y a-t-il ? demanda Belgarath en le rejoignant.

– Une autre colonne de fumée, droit devant. J'ai préféré rester à distance, mais on dirait une ferme isolée.

– Allons jeter un coup d'œil, fit Durnik à l'attention de Toth, et les deux hommes partirent en direction du panache de fumée que le vent couchait sur l'horizon, à l'est.

– J'aimerais bien savoir comment Urgit s'en sort, marmonna Silk en fronçant le sourcil d'un air préoccupé.

– Vous l'aimez bien, hein ? murmura Velvet.

– Assez, oui. Nous nous ressemblons beaucoup, en fin de compte. J'imagine que tu vas raconter tout ça dans ton rapport à Javelin ? ajouta-t-il hargneusement.

– Forcément.

– Eh bien, j'aimerais mieux que ça reste entre nous.

– Oh ? Et pourquoi ça ?

– Disons que je ne tiens pas à ce que les services secrets drasniens exploitent à leur avantage mes relations privilégiées avec le roi du Cthol Murgos.

Un crépuscule argenté descendait sur le lac lorsque Durnik et Toth revinrent, la mine sinistre.

– C'était une ferme murgo, raconta le forgeron. Les Malloréens sont passés par là. Ça ne devait pas être des troupes régulières, plutôt des éléments incontrôlés. Ils ont tout pillé, brûlé le reste, et, pour moi, des soldats encadrés par des officiers n'auraient jamais fait ça. La maison est en cendres, mais la grange est encore en partie intacte.

– Suffisamment pour que nous y passions la nuit ? s'enquit Garion.

– Elle a à peu près tenu le coup, répondit Durnik avec un haussement d'épaules dubitatif.

– Il y a un problème ? hasarda Belgarath.

Durnik s'éloigna de quelques pas en leur faisant signe de le suivre.

– Alors, qu'y a-t-il ? demanda le vieux sorcier lorsqu'ils furent hors de portée de voix.

– Nous pourrions très bien passer la nuit là-bas, assura tout bas le forgeron, mais les Malloréens ont empalé tous les habitants de la ferme. Il ne faut pas que les femmes voient ça. Ce n'est pas très joli.

– Il n'y a pas un endroit où cacher les corps ? suggéra le vieux sorcier.

– Je vais voir ce qu'on peut faire, soupira Durnik. Pourquoi les gens se livrent-ils à de telles ignominies ?

– Par ignorance, le plus souvent. Les ignares se rabattent sur la violence par manque d'imagination. Donne-leur un coup de main, Garion. Tu agiteras une torche quand ce sera fini.

Par chance – si l'on peut dire – il faisait presque noir et ils ne pouvaient distinguer les traits des victimes empalées. Ça leur facilita un peu la tâche. Ils transportèrent les cadavres dans une cave au toit couvert de gazon, derrière la maison, puis Garion alluma un brandon aux braises encore chaudes, s'éloigna un peu et fit signe à Belgarath. La grange était sèche et le feu que Durnik fit dans un endroit soigneusement dégagé sur le sol de pierre eut tôt fait de la réchauffer.

– On n'est pas mal, ici, déclara Ce'Nedra en regardant les ombres qui dansaient sur les murs et les chevrons. Et ça fera des lits merveilleux, ajouta-t-elle en s'asseyant sur une pile de paille odorante et en rebondissant dessus plusieurs fois à titre d'expérience. Je voudrais bien que nous trouvions un endroit comme ça tous les soirs.

Garion n'osa pas répondre, de peur que sa voix ne le trahisse. Il s'approcha de la porte et jeta un coup d'œil au-dehors. Il avait grandi dans une ferme assez semblable à celle-ci et l'idée qu'une bande de soldats en maraude eût pu s'abattre sur la ferme de Faldor, l'incendier et tuer toute la maisonnée l'emplissait d'une fureur aveugle. Et si les Murgos empalés sur ces pieux avaient été ses amis d'enfance ? Cette pensée l'ébranla jusqu'au tréfonds de son être. Cette fois, les victimes étaient des Murgos, mais c'étaient aussi des fermiers, et il se sentit tout à coup très proche de ces gens. La sauvagerie avec laquelle on les avait massacrés prenait peu à peu des allures d'affront personnel, et de sombres pensées commençaient à lui passer par la tête.

21

Le lendemain matin, il pleuvait à nouveau et la campagne disparaissait derrière un voile grisâtre. Ils quittèrent la ferme en ruine après avoir revêtu leurs robes de soie verte et repartirent vers le nord, le long de la rive est du lac.

Garion ruminait des idées aussi moroses que les eaux du lac qui gisait à sa gauche. La colère qui l'avait envahi la veille au soir avait fait place à une implacable résolution. On lui avait dit que la justice était une notion abstraite, mais il était déterminé, si les Malloréens qui avaient commis ces atrocités croisaient jamais son chemin, à changer cette abstraction en une réalité bien concrète. Il savait que Belgarath et Polgara n'approuvaient pas ce genre d'idée, aussi gardait-il pour lui ses projets de vengeance, sinon de justice.

Une surprise les attendait sur la route de Rak Cthaka : elle était encombrée de civils terrorisés, en haillons, de pauvres hères qui croulaient sous des ballots où ils avaient mis les maigres résidus de toute une vie.

– Nous ferions peut-être mieux d'éviter la route, décréta Belgarath. Nous perdrions beaucoup de temps dans cette foule.

– Vous voulez toujours aller à Rak Cthaka ? demanda Sadi.

Le vieux sorcier regarda la marée humaine répandue sur la chaussée boueuse.

– Nous n'y trouverions même pas un radeau, en ce moment... Passons plutôt par la forêt. Je n'aime pas rester à découvert en territoire hostile. Nous serons en sûreté parmi les arbres, et il est souvent plus facile de louer un bateau dans un village de pêcheurs que sur les quais d'une grande ville.

– Continuez sans moi, murmura Silk. Je vais poser quelques questions. Je vous rejoindrai plus tard.

– Bonne idée, grommela Belgarath, mais ne traînez pas trop. J'aimerais traverser l'Arborée avant la fonte des neiges, si vous voyez ce que je veux dire.

– Je vais avec lui, Grand-père, proposa Garion. Ça m'aidera peut-être à oublier les horreurs de ces temps derniers.

Les deux hommes s'approchèrent à cheval de la multitude qui fuyait vers le sud. Tout à coup, Silk retint sa monture.

– Tiens, tiens, fit-il en s'abritant les yeux de la pluie. Regarde celui qui pousse la brouette, là-bas. Tu ne trouves pas qu'on dirait un Sendarien ?

– Tu as raison, acquiesça Garion. Que peut-il bien faire ici, au fin fond du Cthol Murgos ?

– Il n'y a qu'à le lui demander. Les Sendariens adorent bavarder. Et puis, il pourra sûrement nous dire ce qui se passe.

Le petit Drasnien mit son cheval au pas et s'approcha de l'homme à la brouette.

– Bonjour, l'ami, fit-il aimablement. Vous êtes rudement loin de chez vous, dites donc !

Le quidam posa sa brouette et considéra la robe verte de Silk d'un œil méfiant.

– N'allez pas vous faire des idées, surtout, grommela-t-il, sur la défensive. Je ne suis pas un esclave.

– Ne vous en faites pas pour ça, le rassura Silk en tiraillant le devant de sa robe. Nous ne sommes pas marchands d'esclaves ; nous avons trouvé ces défroques sur des cadavres, il y a quelques jours, et nous nous sommes dit qu'elles seraient bien pratiques en cas de rencontre avec des représentants de l'autorité. Que faites-vous au Cthol Murgos ?

– Je fiche le camp, comme toute cette racaille, rétorqua le Sendarien. Vous n'êtes pas au courant de la situation ?

– Non. Nous étions dans un coin perdu.

L'homme reprit les bras de sa brouette et poursuivit son chemin sur le bas-côté de la route.

– Eh bien, les Malloréens marchent vers l'ouest depuis Gorut. Ils ont brûlé la ville où j'habitais et tué la moitié des habitants. Ils ont épargné Rak Cthaka, et c'est là que nous allons. Je vais tâcher de trouver un bateau qui remonte vers la Sendarie. Je commence à avoir le mal du pays.

– Vous viviez dans une ville murgo ? répéta Silk, surpris.

– Pas de gaieté de cœur, je vous prie de le croire, renifla le bonhomme. Il y a une dizaine d'années, j'étais dans les affaires, en Tolnedrie, et j'ai eu maille à partir avec la justice. J'ai embarqué sur le premier navire en partance, mais le capitaine – une canaille – m'a abandonné sur un quai, à Rak Cthaka. J'ai opté pour une petite ville sur la rive nord du lac. Ils m'ont accepté parce que j'étais prêt à faire des choses indignes d'eux, mais trop importantes pour être confiées à un esclave. C'était assez dégradant, mais j'ai réussi à survivre. Enfin, jusqu'à l'arrivée des Malloréens... Quand ils sont repartis, il n'y avait plus une maison intacte.

– Comment avez-vous réussi à en réchapper ? s'enquit Silk.

– J'ai attendu la nuit sous une meule de paille et je me suis mêlé à la populace. Pathétique, non ? remarqua l'homme avec un mouvement de menton vers les réfugiés qui se traînaient sur la chaussée boueuse. Ils en ont jusqu'aux chevilles et il n'ont pas l'idée de marcher dans l'herbe ! Vous ne verriez jamais des soldats agir de la sorte, je vous le dis.

– Vous, vous avez une expérience militaire !

– Pour ça oui, répondit fièrement le gaillard. J'ai servi comme sergent dans l'armée de la princesse Ce'Nedra. J'étais à Thull Mardu avec elle.

– J'ai raté ça, commenta Silk avec aplomb. J'étais pris ailleurs. Y a-t-il des Malloréens d'ici à l'Arborée ?

– Ça, je n'en sais rien. Je ne cherche pas spécialement à frayer avec eux. Mais, à votre place, je ne mettrais pas les pieds dans la forêt. Tous ces carnages ont dû mettre les dévorantes en appétit.

– Les dévorantes ? Qu'est-ce que c'est ?

– Des goules. Elles mangent des cadavres – et peut-être pas que des cadavres. J'ai entendu des histoires assez affreuses, ces derniers temps.

– Merci du tuyau. Et bonne chance, à Rak Cthaka. J'espère que vous réussirez à regagner Camaar.

– Pour l'instant, je me contenterais de Tol Honeth. Après ça, les geôles tolnedraines me sembleront très accueillantes.

Silk lui dédia un rapide sourire, tourna bride et s'éloigna au grand galop, suivi de Garion.

Cet après-midi-là, ils passèrent la Cthaka à gué, à quelques lieues en amont de la côte. La pluie cessa vers le soir, mais le ciel resta couvert. De l'autre côté de la rivière, ils virent la ligne sombre, irrégulière, de l'Arborée, une immense forêt qui s'étendait à perte de vue par-delà une lieue de prairie dégagée.

– On y va ? suggéra Silk.

– Attendons un peu, décida Belgarath. Je n'aime pas beaucoup les histoires que vous a racontées ce particulier. Ne prenons pas de risques, surtout dans le noir.

– Il y a un bouquet de saules un quart de lieue plus loin, en aval, fit Durnik en tendant le doigt. Nous pourrions y passer la nuit.

– D'accord, acquiesça le vieux sorcier.

– Nous sommes encore loin de Verkat, Grand-père ? demanda Garion alors qu'ils longeaient la rivière en crue.

– D'après la carte, le point de la côte situé face à l'île serait à une cinquantaine de lieues au sud-est. Une fois là-bas, il faudra encore que nous trouvions un bateau. Mais ne te laisse pas abattre, va. Nous allons plus vite que je n'espérais au départ, et Zandramas ne nous échappera pas éternellement. Nous finirons bien par la rattraper.

Pendant que Durnik et Toth dressaient le campement, Garion et Essaïon explorèrent le bosquet détrempé à la recherche de bois sec. Il eurent toutes les peines du monde à en trouver, et au bout d'une heure de recherches leur maigre moisson de rameaux et de brindilles permit tout juste de faire un feu minuscule. Polgara commençait à préparer le dîner de haricots et de gibier lorsque Garion remarqua que Sadi arpentait le campement en fouillant le sol du regard.

– Ce n'est pas drôle, dit-il fermement au bout d'un moment. Reviens ici tout de suite.

– Que se passe-t-il ? s'informa Durnik.

– Zith n'est pas dans sa bouteille, répondit l'eunuque sans lever les yeux.

Le forgeron, qui était vautré par terre, se leva d'un bond.

– Vous êtes sûr ?

– Elle adore jouer à cache-cache. Allez, sale bête, ça suffit, maintenant !

– A votre place, je me garderais bien de le dire à Silk, leur conseilla Belgarath. S'il apprend ça, il va devenir hystérique. Au fait, où est-il ? ajouta-t-il avec un coup d'œil circulaire.

– Il est parti faire un petit tour avec Liselle, répondit Essaïon.

– Dans ces bois humides ? Il y a des moments où je m'interroge sur ses facultés intellectuelles.

Ce'Nedra vint s'asseoir sur un tronc d'arbre à côté de Garion. Il passa son bras autour de ses épaules et la serra contre lui. Elle se nicha au creux de son épaule et poussa un gros soupir.

– Je me demande ce que Geran peut bien faire ce soir, souffla-t-elle.

– A cette heure-ci, il doit dormir.

– Il était tellement mignon quand il dormait, reprit-elle mélancoliquement en fermant les yeux.

Il y eut un grand bruit de branches cassées dans les saules et Silk reparut subitement, livide et les yeux écarquillés par l'épouvante.

– Que se passe-t-il ? s'écria Durnik.

– Elle avait caché cette saloperie de serpent dans son corsage ! balbutia le petit Drasnien en tremblant de tous ses membres.

– Qui ça ?

– Liselle !

Polgara se tourna vers lui, une louche à la main, le sourcil levé.

– Et vous pourriez nous dire, Prince Kheldar, ce que vous cherchiez au juste dans le corsage de la margravine Liselle ?

Silk soutint un moment son regard implacable, puis il se mit à rougir furieusement.

– Hm-hm. Je vois.

Elle revint à ses chaudrons.

Quelque chose réveilla Garion, bien après minuit. Il se leva sans bruit, écarta tout doucement le rabat de la tente et jeta un coup d'œil au-dehors. Un brouillard dense, tenace, s'était levé de la rivière et il ne vit qu'un rideau compact, d'un blanc sale. Il s'assit par terre et tendit l'oreille, à l'affût du moindre son.

Un petit cliquetis se fit entendre dans la purée de poix. Il mit un moment à comprendre de quoi il s'agissait. Il réalisa enfin qu'il s'agissait d'un cavalier vêtu d'une cotte de mailles. Il prit son épée à tâtons.

– Et moi, je pense que tu devrais nous dire ce que tu as trouvé dans cette maison avant d'y ficher le feu, fit la voix bourrue, lourdement accentuée, d'un Malloréen.

Il ne devait pas être tout près, mais les bruits portent loin, la nuit, et Garion entendit distinctement la conversation qui s'ensuivit.

– Vraiment pas grand-chose, Caporal, répondit évasivement un autre Malloréen. Juste des bricoles.

– Tu devrais partager ta part de butin avec nous. Nous sommes ensemble, après tout.

– C'est drôle que vous y pensiez maintenant. Si vous voulez votre part de butin, intéressez-vous un peu aux maisons au lieu de perdre du temps à empaler des civils.

– C'est la guerre. Il est de notre devoir de tuer l'ennemi, rétorqua vertueusement le caporal.

– Votre devoir ! ironisa l'autre. Nous avons déserté, Caporal. Nous n'avons de devoir qu'envers nous-mêmes. Si vous voulez passer votre temps à massacrer des fermiers murgos, c'est votre affaire ; moi, je fais ma pelote.

Garion se faufila sous le rabat de la tente. Il se sentait étrangement calme, comme au-delà de toute émotion. Il s'approcha silencieusement des balluchons empilés dans un coin, chercha le sien et fouilla dedans jusqu'à ce qu'il sente le contact de l'acier sous ses doigts. Puis, sans faire de bruit, il en extirpa sa lourde cotte de mailles, l'enfila et roula les épaules pour la mettre en place.

Une énorme masse surgit alors du brouillard. C'était Toth, qui montait la garde près des chevaux.

– J'ai quelque chose à faire, murmura Garion.

Le géant muet hocha gravement la tête, alla détacher un cheval et tendit les rênes au jeune homme, puis il lui pressa l'épaule en signe d'encouragement et recula de quelques pas.

Craignant que les déserteurs malloréens ne se perdent dans le brouillard s'il prenait le temps de seller sa monture, Garion monta à cru, mit son cheval au pas et sortit silencieusement du bosquet de saules.

Les voix se dirigeaient apparemment vers la forêt. Il s'engagea dans cette voie tout en sondant les ténèbres mentalement aussi bien qu'avec ses oreilles.

Il avait peut-être parcouru une demi-lieue lorsqu'un rire gras se fit entendre dans le brouillard, sur sa gauche.

– T'as entendu comme y gueulaient quand on les a empalés ? fit une voix de rogomme.

– Cette fois, c'en est trop, grinça Garion en tirant son épée.

Il mena son cheval vers la source sonore et lui enfonça ses talons dans les flancs. L'animal pressa l'allure, mais ses sabots ne faisaient pas de bruit sur le sol humide.

– Si on faisait de la lumière suggéra l'un des hommes.

– Tu crois que c'est prudent ? Il y a des patrouilles qui cherchent les déserteurs comme nous.

– Il est plus de minuit. Tout le monde est au lit, tu penses ! Allez, allume la torche.

Une lueur rougeâtre brilla bientôt dans le noir. Funeste phare ! Garion chargea.

Les brigands furent pris complètement au dépourvu. Plusieurs d'entre eux devaient mourir sans jamais savoir ce qui leur arrivait. La forêt retentit de cris et de hurlements alors que Garion fondait sur eux comme la foudre, les frappant d'estoc et de taille pour les faire dégringoler de leur selle. Son immense lame tranchait sans effort l'acier, l'os et la chair. Il en coucha cinq à terre puis il se jeta sur les trois derniers. L'un d'eux tenta de prendre la fuite après un regard stupéfait ; le deuxième mit flamberge au vent, et le troisième, celui qui tenait la torche, resta figé sur place par la terreur et l'étonnement.

Le Malloréen qui avait dégainé leva mollement son arme pour parer le coup terrible que Garion lui destinait déjà, mais l'épée de Poing-de-Fer fracassa ce fragile rempart et le fendit en deux, du casque à la taille. Garion lui flanqua un violent coup de pied pour dégager sa lame et se tourna vers le porteur de la torche.

– Je vous en prie ! s'écria celui-ci, terrorisé, en tentant de faire reculer son cheval. Pitié, Seigneur !

Son appel à la clémence attisa encore la colère de Garion. Il serra les dents et, d'un revers de lame, envoya la tête du meurtrier valdinguer dans les ténèbres.

Il tira violemment sur les rênes de son cheval, repéra la direction que le dernier assassin avait prise et se lança à sa poursuite.

Quelques minutes lui suffirent pour le rattraper. Il se guida d'abord sur le bruit, puis il distingua bientôt sa silhouette dans le brouillard. Il éperonna son cheval, doubla par la droite le fuyard encore indistinct et s'arrêta juste devant lui. L'homme, un Malloréen au visage hirsute, retint sa monture au dernier moment, la faisant se cabrer.

– Qui êtes-vous ? s'écria-t-il d'une voix rendue stridente par la peur. Pourquoi faites-vous ça ?

– Je suis la justice, grinça Garion en l'embrochant.

Le Malloréen regarda avec un mélange de stupeur et d'horreur l'énorme épée qui lui traversait la poitrine de part en part. Il poussa un soupir qui s'acheva dans un gargouillis écœurant et s'affaissa lentement sur sa selle.

Comme engourdi, Garion mit pied à terre et essuya sa lame sur la tunique du cadavre. Puis, obéissant à une inspiration subite, il prit les rênes du cheval malloréen, enfourcha sa monture et regagna l'endroit où il avait tué les autres déserteurs. Il s'assura minutieusement qu'aucun des corps ne donnait signe de vie, récupéra encore trois bêtes et regagna le campement dissimulé dans les saules.

Silk était debout à côté de Toth, près des chevaux.

– Où étais-tu passé ? murmura-t-il âprement.

– Nous avions besoin de montures, répondit laconiquement Garion en tendant au géant muet les rênes des animaux capturés.

– Des chevaux malloréens, à en juger par leurs selles, nota le petit Drasnien. Où les as-tu trouvés ?

– Leurs cavaliers sont passés par ici en bavardant. Ils faisaient des gorgés chaudes de la petite visite qu'ils avaient rendue à une ferme murgo, il y a quelques jours.

– Tu aurais pu me faire signe, protesta Silk.

– Désolé, mais j'étais pressé. Je ne voulais pas risquer de les perdre dans le brouillard.

– Ils étaient quatre ? s'enquit le petit homme au museau de fouine en comptant les montures.

– Je n'ai pas retrouvé les quatre autres chevaux, rectifia Garion en haussant les épaules. Enfin, ils remplaceront ceux que nous avons perdus pendant le naufrage.

– Huit ? releva Silk, un peu surpris.

– Je les ai pris par surprise. Ils n'ont même pas eu le temps de réagir. Bon, si nous allions dormir un peu ?

– Euh, Garion, tu ferais peut-être mieux de te laver avant d'aller te coucher. Ce'Nedra a les nerfs à fleur de peau, et je ne crois pas qu'elle aimerait se réveiller à côté d'un mari dégoulinant de sang, comme ça...

Le lendemain matin, tout disparaissait dans un brouillard épais, glacial, qui stagnait le long de la rivière et festonnait de gouttelettes pareilles à des colliers de perles les branches entrelacées des saules.

– Au moins, comme ça, on ne risque pas de nous voir, observa Garion qui ne pouvait se départir d'un profond sentiment d'irréalité.

– Oui, mais nous n'y voyons rien non plus, commenta Sadi. Cette forêt a mauvaise réputation.

– Elle est grande ?

– Ça doit être la plus grande forêt du monde, répondit l'eunuque en déposant un ballot sur le dos d'un cheval. Elle s'étend sur des centaines de lieues. C'est mon imagination, ajouta-t-il en lorgnant curieusement les montures, ou ces bêtes se sont multipliées pendant la nuit ?

– J'en ai dégoté quelques-unes de plus, confirma Garion.

Après le petit déjeuner, ils remballèrent la batterie de cuisine de Polgara, se mirent en selle et traversèrent la prairie qui les séparait de la forêt tapie dans la vapeur grisâtre.

Tout en chevauchant, Garion entendit Silk et Durnik bavarder juste derrière lui.

– Que faisiez-vous au juste, quand vous avez trouvé Zith dans le corselet de Liselle ? demanda abruptement le forgeron.

– Quand tout sera fini, elle va faire son rapport à Javelin, et j'aimerais mieux qu'il ignore certains détails, répondit Silk. Je m'efforçais de l'amadouer, afin qu'elle passât ces choses sous silence.

– C'est indigne ! Faire ça à une faible femme... !

– Oh, Liselle est de taille à se défendre. Nous jouions à un petit jeu, tous les deux. Mais j'avais compté sans Zith.

– Décidément, les Drasniens ne peuvent pas s'empêcher de jouer à toutes sortes de jeux.

– Et pourquoi pas ? Ça fait passer le temps. Les hivers sont longs et ennuyeux en Drasnie. Le jeu est un excellent exercice pour l'esprit ; il nous prépare à ce que nous faisons lorsque nous cessons de jouer. Hé, Garion, j'espère que nous ne tomberons pas sur l'endroit où tu as *dégoté* ces chevaux, cette nuit. L'estomac de ces dames n'y résisterait pas, surtout juste après le petit déjeuner.

– Ça s'est passé plus loin, par là, répondit Garion avec un geste vers la gauche.

– Quoi donc ? demanda Durnik.

– Les chevaux que notre jeune ami a ramenés étaient ceux d'une bande de Malloréens qui s'amusaient à attaquer des fermes isolées, répondit Silk d'un petit ton guilleret. Garion a veillé à ce qu'ils n'en aient plus jamais besoin.

– Oh, fit Durnik. Parfait, ajouta-t-il après avoir longuement ruminé l'information.

D'immenses masses sombres émergèrent enfin du brouillard ; ils approchaient de la lisière de la forêt. Quelques feuilles brunes se cramponnaient encore aux branches crochues. L'hiver n'était pas loin. Garion essaya d'identifier les arbres, mais ils étaient d'une espèce inconnue de lui. Ils étaient tordus selon des formes fantastiques et leurs ramures paraissaient sortir en grouillant de leurs troncs difformes et se tendre convulsivement vers le ciel sans soleil. Les verrues obscènes qui bosselaient l'écorce rugueuse, charbonneuse, leur conféraient une ressemblance grotesque avec des visages humains convulsés, aux immenses yeux béants et à la bouche tordue dans une grimace d'horreur indicible. Le sol de la forêt était couvert d'un épais tapis de feuilles noirâtres, détrempées, sur lequel planaient des nappes de brume d'une couleur indéfinissable.

– Nous sommes vraiment obligés de traverser cette forêt ? demanda plaintivement Ce'Nedra.

– Je pensais que tu aimais les arbres, remarqua Garion.

– Pas ceux-là. Ils ont une sale mentalité, reprit-elle en refermant frileusement sa cape autour de ses épaules. Ils se haïssent.

– Allons donc ! Comment des arbres se haïraient-ils ?

– Ils luttent les uns contre les autres pour atteindre le soleil. Je n'aime pas cet endroit, Garion.

– Essaie de ne pas y penser, lui conseilla-t-il.

Ils s'enfoncèrent dans cette sinistre forêt, l'humeur assombrie par la pénombre environnante et la froide hostilité qui suintait de ces étranges arbres contournés.

Vers la mi-journée, ils s'arrêtèrent brièvement, mangèrent très vite, sans prendre le temps de faire du feu, et repartirent. Puis la brume qui planait sous les sombres ramures commença à s'assombrir. Le crépuscule s'installait insidieusement dans la forêt.

– Arrêtons-nous là pour aujourd'hui, déclara Belgarath. Faisons du feu et dressons les tentes.

Etait-ce son imagination ou un rapace qui chassait ? Alors que les premières langues de feu léchaient les brindilles dans la fosse à feu, Garion eut l'impression d'entendre les arbres hurler de rage et d'épouvante. Il regarda autour de lui. Les troncs pareils à des visages humains difformes semblaient s'animer dans la lumière vacillante, comme s'ils regardaient le feu abhorré en poussant des cris silencieux.

Après avoir mangé, Garion s'éloigna du feu. Il était encore dans un état second. Il avait l'impression d'être protégé des chocs émotionnels par une sorte de cocon. Il n'arrivait même pas à se rappeler les détails de son échauffourée de la nuit précédente. Seules lui revenaient de fugaces images de sang jaillissant à la lueur d'une torche rougeoyante, de cavaliers tombant de leur selle et d'une tête qui voltigeait dans le brouillard.

– Tu veux en parler ? risqua Belgarath, juste derrière lui.

– Pas vraiment. Tu ne serais pas d'accord, de toute façon, alors à quoi bon ? Je ne crois pas que tu pourrais comprendre.

– Oh si, Garion, je comprends. Seulement, je ne pense pas que ça ait servi à grand-chose. Tu as tué... combien d'hommes, déjà ?

– Huit.

– Eh bien, dis donc ! Bon, huit Malloréens. Et que crois-tu avoir prouvé, en faisant ça ?

– Je n'avais pas l'intention de prouver quoi que ce soit, Grand-père. Je voulais juste les empêcher de recommencer. Je ne suis même pas certain que c'étaient ceux qui avaient massacré ces fermiers murgos. Mais ils avaient tué et empalé des gens quelque part, et on ne peut pas laisser sévir des individus capables de faire ce genre de choses.

– Tu as donc mis fin à leurs agissements. Très bien. Et tu te sens mieux, à présent ?

– Même pas. Je les ai tués froidement, sans haine et sans colère. Ça devait être fait, je l'ai fait et voilà tout. Maintenant, c'est fini, alors n'en parlons plus.

Belgarath lui jeta un long regard scrutateur.

– Très bien, dit-il enfin. Tant que tu seras dans ces dispositions d'esprit, je dirai que le mal n'est pas trop grave. Allez, retournons près du feu. Il fait froid, ici.

Garion dormit mal, cette nuit-là, et Ce'Nedra, qui s'était craintivement blottie dans ses bras, n'arrêta pas de remuer et de gémir.

En se levant, le lendemain matin, Belgarath balaya les environs du regard et commença à fulminer.

– C'est invraisemblable ! Où est le soleil ?

– Derrière le brouillard et les nuages, Père, répondit Polgara en brossant calmement ses longs cheveux noirs.

– Je sais, Pol, rétorqua-t-il hargneusement, mais comment veux-tu que je me dirige si je ne le vois pas, même un bref instant ? Il ne manquerait plus que nous tournions en rond !

Toth, qui ranimait le feu, leva les yeux sur le vieil homme et le contempla d'un œil impassible, comme toujours, puis il tendit le bras dans une direction légèrement oblique par rapport à celle qu'ils suivaient la veille au soir.

– Vous êtes sûr ? insista Belgarath en fronçant le sourcil.

Le géant muet opina du chef.

– Vous êtes déjà passé par ici ?

Le colosse hocha à nouveau la tête et tendit fermement la main dans la même direction.

– Si nous allons par là, nous allons sortir de la forêt sur la côte sud, à proximité de l'Ile de Verkat ?

Toth acquiesça pour la troisième fois et se remit à tisonner le feu.

– Je te rappelle, Grand-père, que Cyradis nous l'a confié pour qu'il nous aide dans notre quête, intervint Garion.

– Bon. Eh bien, puisqu'il connaît le chemin, qu'il nous fasse sortir de cette forêt. Je commence à en avoir marre de jouer à des jeux de piste.

Et Toth les mena avec assurance le long de la sente presque invisible dans la brume. Ils avaient peut-être parcouru deux lieues lorsque Polgara retint brusquement sa monture et poussa un cri d'avertissement.

– Attention !

Une flèche siffla dans l'air et fila droit vers Toth, qui la dévia avec son bâton. Puis un groupe d'hommes frustes, des Murgos et des brutes de race indéterminée, surgirent des bois en brandissant des armes diverses et variées.

Silk se laissa aussitôt tomber à bas de sa monture et fouilla sous sa robe à la recherche de ses dagues. Alors que les brigands les chargeaient en hurlant, il bondit à leur rencontre en tendant devant lui deux énormes poignards comme si c'étaient des lances.

Toth fonça sur leurs assaillants en faisant tournoyer son gourdin pendant que Durnik les prenait à revers, sa hache à la main. Garion bondit à terre en dégainant l'épée de Poing-de-Fer et décrivit des moulinets avec sa lame. L'un des bandits fit un saut périlleux en une pâle imitation de ce que Garion avait souvent vu Silk faire, mais la manœuvre échoua et, au lieu d'envoyer ses talons dans la figure ou la poitrine de Garion, il retomba sur la pointe de son arme.

Silk éventra un de leurs agresseurs avec une de ses dagues, fit volte-face et plongea la seconde entre les deux yeux d'un autre.

Toth et Durnik prirent leurs attaquants en tenaille et les agglutinèrent en une sorte de tas compact, après quoi ils entreprirent de les décerveler méthodiquement, ignorant leurs efforts désespérés pour se libérer.

– Garion ! s'écria Ce'Nedra.

Il fit volte-face. Un immonde lascar hirsute avait arraché la petite reine à sa selle et levait un poignard sur elle. Puis il lâcha son arme et porta les deux mains à la mince cordelette de soie qui s'était tout à coup enroulée autour de son cou. La blonde Velvet, un genou fermement enfoncé dans le dos de l'homme qui se débattait frénétiquement, tirait calmement mais sans pitié sur les extrémités de son garrot. Et Ce'Nedra vit, horrifiée, le candidat au régicide mourir étranglé devant ses yeux.

Garion se détourna et se fraya à coup d'épée une tranchée à travers la meute de leurs assaillants qui fondait sous sa terrible lame, se réduisant à un sillage de corps frémissants. La forêt retentissait de cris, de hurlements et de gémissements. Des lambeaux de chair et de vêtements volaient en tous sens. Puis, complètement démontés, les hommes dépenaillés rompirent les rangs et s'enfuirent à toutes jambes.

– Lâches ! s'écria un homme en robe noire.

Il leva son arc et visa Garion. Puis il se plia brusquement en deux tandis que sa flèche se fichait dans le sol, devant lui. L'une des dagues de Silk avait sillonné l'air en tournoyant et s'était plantée dans son estomac.

– Il y a des blessés ? s'enquit Garion en tournant rapidement sur lui-même, son épée ruisselante de sang à la main.

– Des tas ! s'esclaffa Silk en contemplant le carnage.

– Arrêtez, je vous en prie ! s'écria Ce'Nedra d'une voix entrecoupée de sanglots.

– Comment ? fit distraitement Velvet. Oh, pardon ! J'avais la tête ailleurs.

La Drasnienne lâcha un bout du lacet qu'elle serrait toujours autour du cou de l'homme qui avait attaqué Ce'Nedra. Il tomba à ses pieds, tel un pantin disloqué, le visage déjà noir.

– Beau boulot, commenta Silk avec une moue admirative.

– La routine, répondit-elle avec un haussement d'épaules en enroulant soigneusement sa cordelette de soie.

– Tu prends les choses avec sérénité, on dirait.

– Il n'y a pas de quoi sauter au plafond, Kheldar. C'est à cela que nous sommes dressés, après tout.

Il retint la réponse qu'il avait sur le bout de la langue, manifestement surpris par son attitude.

– Oui ? fit-elle.

– Oh, rien...

22

– Oh ça suffit, Sadi ! fit Durnik, écœuré.

– Simple précaution. Maître Durnik, répondit l'eunuque qui arpentait la clairière en plantant négligemment sa dague empoisonnée dans les cadavres jonchant le sol. Il n'est pas prudent de laisser derrière soi un ennemi qui fait peut-être le mort. Tiens, tiens, qu'est-ce que c'est que ça ?

Il s'approcha de l'homme en robe noire que Silk avait abattu, écarta son capuchon, regarda son visage et se releva précipitamment en étouffant un hoquet de surprise.

– Vous devriez jeter un coup d'œil à celui-ci, Belgarath. La ganse violette de son capuchon signifie bien que c'est un Grolim, non ? reprit l'eunuque comme le vieux sorcier s'approchait de lui.

– Exact. Mais il n'en a plus pour longtemps, remarqua le vieillard en effleurant la poignée de la dague fichée dans l'estomac du gaillard. Vous pourriez le réveiller un peu, qu'il réponde à quelques questions ?

– Je peux toujours essayer.

L'eunuque retourna vers son cheval et prit une fiole dans sa mallette de cuir rouge.

– Vous pourriez me donner un peu d'eau, Maître Durnik ?

Le forgeron fronça un sourcil réprobateur, mais il prit un gobelet dans un des paquetages et le remplit avec sa gourde.

Sadi versa soigneusement quelques gouttes de liquide jaune dans le récipient et le fit tourner un instant pour mélanger le tout, puis il s'agenouilla à côté du mourant et lui souleva la tête.

– Là, fit-il presque tendrement, buvez-moi ça. Vous verrez, ça va aller mieux.

Le Grolim ingurgita péniblement le contenu du gobelet et laissa retomber sa tête en arrière, sur le bras du Nyissien. Au bout d'un moment, un sourire serein s'inscrivit sur son visage grisâtre.

– Là, ça va mieux, hein ?

– Beaucoup mieux, croassa le mourant.

– Drôle d'échauffourée, pas vrai ?

– Nous pensions vous prendre par surprise, admit le Grolim, mais c'est nous qui avons eu une mauvaise surprise.

– Votre maître – comment s'appelle-t-il déjà ? Je n'ai vraiment pas la mémoire des noms...

– Morgat, répondit rêveusement le Grolim. Le Grand Prêtre de Rak Cthan.

– C'est ça, oui. Il aurait pu vous donner quelques hommes de plus.

– Je les avais moi-même engagés, à Rak Cthaka. On m'avait assuré que c'étaient des professionnels, mais...

Il fut secoué par une quinte de toux.

– Ne vous fatiguez pas, recommanda Sadi. Pourquoi Morgat nous en voulait-il ? demanda-t-il après un instant.

– Il agissait sur ordre d'Agachak, répondit le moribond d'une voix réduite à un souffle. Agachak n'est pas du genre à prendre des risques, et il paraît que des accusations très graves ont été portées contre vous, à Rak Urga. Tous les prêtres grolims élevés à la dignité de la Pourpre ont pour instruction de vous rechercher.

– C'est plus ou moins ce que je pensais, rétorqua Sadi d'un air attristé. On ne me fait jamais confiance. Dites-moi, comment avez-vous réussi à nous retrouver ?

– Grâce à Cthrag Yaska, chuchota le Grolim, qui respirait de plus en plus difficilement. Son chant maudit retentit aux quatre coins du Cthol Murgos, attirant tous les Grolims vers vous. Que m'avez-vous fait boire ? demanda-t-il âprement en inspirant à fond, et son regard vague retrouva sa vivacité.

Il repoussa le bras de Sadi et tenta de s'asseoir. Un flot de sang jaillit de sa bouche et ses yeux se ternirent. Il fut secoué de spasmes, poussa un long gémissement qui s'acheva en gargouillement et retomba mollement en arrière.

– Il est mort, nota cliniquement Sadi. C'est l'inconvénient de l'oret. Il impose un trop gros effort au cœur. Désolé, Belgarath, j'ai fait de mon mieux, mais le client était assez esquinté et...

– C'était parfait, Sadi, coupa le vieux sorcier d'un ton sinistre. Viens avec moi, Garion, et cherchons un coin tranquille. Il faut que nous ayons une bonne conversation avec l'Orbe, tous les deux.

– Ça ne pourrait pas attendre un peu ? objecta Sadi en regardant autour de lui avec appréhension. Je crois que nous ferions mieux de partir d'ici le plus vite possible.

– Ces lascars ne risquent pas de revenir nous ennuyer, vous savez, commenta Silk d'un petit ton ironique.

– Ce n'est pas le problème, Kheldar. Il est vivement déconseillé de rester à proximité d'un cadavre, dans cette forêt. Nous nous sommes déjà trop attardés au milieu de cette boucherie.

– Ça vous ennuierait de vous expliquer ? suggéra Garion.

– Vous vous souvenez de ce que vous a dit le Sendarien que vous avez rencontré sur la route, Kheldar et vous ?

– A propos de ce qu'il appelait les dévorantes ? Il nous a raconté que c'étaient des goules, des créatures qui se nourrissaient de macchabées. Des histoires de fantômes, en somme.

– Je crains fort que non, justement. J'ai parlé avec des gens qui en ont vu de leurs propres yeux. Nous devons absolument partir d'ici. Ceux qui vivent dans cette forêt ou dans ses environs n'enterrent pas leurs morts. Ils les brûlent.

– Je n'ai jamais été en faveur de l'incinération, commenta Durnik.

– Ce n'est pas une question de respect ou d'irrespect, Maître Durnik. C'est une mesure de protection pour les vivants.

– Très bien, reprit Silk. Et à quoi ces prétendues goules ressembleraient-elles ? Le coin ne doit pas manquer d'animaux qui déterrent les dépouilles mortuaires.

– Les dévorantes ne sont pas des animaux, Kheldar, mais des créatures à figure humaine. D'ordinaire, elles sont plutôt apathiques et ne sortent que la nuit, mais en temps de guerre ou d'épidémie, quand il y a un grand nombre de corps non ensevelis, elles sont prises de frénésie. L'odeur de la mort les affole complètement. Elles attaqueraient n'importe quoi quand elles sont dans cet état.

– C'est vrai, Père ? fit Polgara.

– C'est possible. J'ai entendu toutes sortes d'histoires inquiétantes sur ces bois. Mais comme je ne m'intéresse guère aux histoires de fantômes, je n'ai pas pris la peine d'approfondir.

– Il y a partout des histoires d'ogres et de monstres, objecta Silk. Elles ne font peur qu'aux enfants.

– Je vous propose un marché, Kheldar, reprit Sadi. Si nous sortons de cette forêt sans voir une dévorante, vous vous gausserez tant que vous voudrez de ma pusillanimité. Mais, pour l'amour de ces dames, fichons le camp d'ici, et en vitesse.

– Je ne crois pas aux goules, nota Belgarath en se renfrognant, mais je ne voulais pas croire non plus aux eldrakyn, et pourtant... De toute façon, nous ne pouvons pas rester là. Allez, Garion, nous discuterons avec l'Orbe à un autre moment.

Ils repartirent au galop dans la forêt embrumée, Toth menant à nouveau la marche sur la piste indistincte qui descendait vers le sud-est. Les sabots de leurs chevaux soulevaient des tourbillons de feuilles.

Garion avait beau se dire que c'était son imagination, il avait l'impression que les arbres difformes les regardaient passer bouche bée, et trouvait une expression presque maléfique à ces faciès presque humains.

– Attendez ! aboya subitement Silk. J'ai entendu un bruit, expliqua-t-il à ses compagnons qui retenaient leur monture.

Ils attendirent un moment en scrutant le silence, seulement troublé par le halètement de leurs chevaux. Puis un cri léger s'éleva du brouillard, quelque part vers l'est.

– Ah, vous avez entendu ? releva le Drasnien.

Il tourna bride.

– Où allez-vous ? demanda Belgarath.

– Je vais jeter un coup d'œil.

Mais Toth lui coupa la route et hocha gravement la tête.

– Il faut que nous sachions ce qui se passe, insista Silk.

Le géant secoua à nouveau la tête.

– Toth, intervint Garion, Sadi dit-il vrai ? Les dévorantes existent-elles pour de bon ?

Le colosse blêmit et opina vigoureusement du chef.

Un autre cri s'éleva dans les bois embrumés, beaucoup plus près cette fois. C'était un hurlement d'horreur et d'agonie.

– Qu'est-ce que c'est ? hoqueta Ce'Nedra d'une voix rendue stridente par la terreur. Qui peut faire un bruit pareil ?

– Les hommes qui nous ont attaqués, répondit Essaïon d'une voix étranglée. Ceux qui ont survécu au combat. Quelque chose se jette sur eux, l'un après l'autre.

– Les dévorantes ? s'enquit Garion.

– J'imagine. Quoi que ce soit, c'est horrible.

– Elles viennent par ici ! s'écria Sadi. Fichons le camp !

Ils talonnèrent leurs chevaux et s'élancèrent au galop dans la forêt crépusculaire, ne se préoccupant même plus de suivre la piste. Ils avaient peut-être parcouru un quart de lieue dans leur fuite aveugle quand Polgara s'arrêta brusquement.

– Attention !

– Qu'y a-t-il, Pol ? s'inquiéta Durnik.

Elle avança sans bruit et scruta les profondeurs d'un fourré à moitié englouti dans le brouillard.

– Il y a quelqu'un devant nous, murmura-t-elle.

– Une dévorante ? hasarda Garion à mi-voix.

La sorcière se concentra un instant.

– Non. C'est l'un de nos agresseurs. Il tente de se cacher.

– Il est loin ?

– Pas très... Le voilà, s'exclama-t-elle après avoir sondé la pénombre pendant un instant. Il est tout près de l'arbre à la branche cassée, à la limite de ce bosquet.

Garion distinguait vaguement une forme sombre tapie dans les feuilles détrempées, derrière un tronc difforme. Puis un mouvement attira son œil et il aperçut une silhouette grisâtre, indistincte dans la brume, qui sortait des arbres d'une démarche traînante. Elle était d'une maigreur squelettique, vêtue de haillons souillés de terre et de sang, et son crâne pâle était semé de cheveux rares. Elle avançait en reniflant, le dos rond, les bras pendants, les yeux vides et la bouche grande ouverte, ruisselante de bave.

Une seconde créature émergea alors des bois, bientôt suivie d'une troisième. Elles avançaient en poussant des gémissements caverneux qui n'évoquaient aucun langage intelligible mais paraissaient plutôt exprimer une faim effroyable.

– Il va tenter de leur échapper, annonça Polgara.

L'assassin caché se releva d'un bond en poussant un cri de désespoir et partit à fond de train. Les râles des dévorantes redoublèrent d'intensité, leur démarche incertaine s'accéléra et elles se lancèrent à sa poursuite à une vitesse stupéfiante sur leurs jambes décharnées.

Le mercenaire paniqué s'enfuit entre les arbres, mais ses hideuses poursuivantes gagnaient du terrain à chaque pas. Elles n'étaient plus qu'à quelques toises de lui lorsqu'il disparut dans le brouillard et l'obscurité.

Il poussa un hurlement atroce, qui leur glaça le sang dans les veines, puis un autre, et encore un autre.

– Mais... elles sont en train de le tuer ? fit Ce'Nedra d'une voix stridente.

– Non, répondit Polgara d'une voix haletante.

Elle était d'une pâleur mortelle et ses yeux exprimaient une indicible horreur.

– Alors, que peuvent-elles bien lui faire ? insista Silk.

– Elles le mangent.

– Mais..., reprit le petit Drasnien, alors que de nouveaux cris vrillaient le silence. Ça veut dire qu'il n'est pas...

Il ouvrit de grands yeux et le sang quitta ses joues.

– Qu'il n'est pas mort ? hoqueta Ce'Nedra d'une voix étouffée. Elles le mangent *vivant* ?

– J'ai bien essayé de vous mettre en garde, Majesté, lui rappela Sadi d'un ton sinistre. Quand elles sont prises de frénésie, les dévorantes mangeraient n'importe quoi, sans faire de différence entre les morts et les vivants.

– Toth, coupa sèchement Belgarath. Vous savez si elles ont peur de quelque chose, du feu, par exemple ?

Le géant muet secoua la tête et regarda Durnik en portant rapidement la main à sa tête puis à son estomac.

– Il dit qu'elles n'ont pas assez de cervelle pour avoir peur, traduisit le forgeron. Elles ne connaissent que la faim.

– Qu'allons-nous faire, Père ? demanda Polgara.

– Nous allons essayer de les prendre de vitesse, répondit le vieux sorcier. Et si elles se mettent en travers de notre chemin, nous serons obligés de les tuer. Toth, vous savez si elles peuvent courir longtemps ?

Le grand gaillard leva une main et décrivit une série d'arcs de cercle au-dessus de sa tête.

– Pendant des jours et des jours, expliqua Durnik.

– Eh bien, allons-y, reprit Belgarath d'un ton implacable. Et restons ensemble, surtout.

Ils repartirent à une allure plus modérée, les hommes tenant leur arme à la main.

La première attaque les surprit une demi-lieue plus loin. Une douzaine de dévorantes à la face grisâtre surgirent d'entre les arbres et leur barrèrent la route.

Garion talonna son cheval et fonça dans le tas en décrivant de grands moulinets avec son épée. Les dévorantes tentèrent de lui faire vider les étriers, mais il en tua une bonne moitié. Une terrible odeur de pourriture envahissait l'atmosphère. Il fit tournoyer sa monture, prêt à renouveler la manœuvre, mais tira sauvagement sur les rênes de son cheval et retint une subite envie de vomir : les dévorantes qui avaient échappé au massacre déchiquetaient les carcasses des victimes, en arrachaient des lambeaux de chair putride et se les fourraient dans la bouche avec leurs mains crochues, tout cela sans cesser de râler.

Ses compagnons passèrent prudemment au large en détournant les yeux de ce terrible festin.

– Ça ne marchera jamais, Père, déclara Polgara. Tôt ou tard, l'un de nous fera une erreur. Il va falloir que nous nous protégions.

– Tu as peut-être raison, Pol, admit le vieux sorcier. Garion, Durnik, regardez bien comment nous faisons. Il faudra que vous preniez le relais quand nous serons fatigués.

Ils avancèrent au pas pendant que Belgarath et Polgara suscitaient un bouclier protecteur en conjuguant leurs pouvoirs. Peu après, une dévorante à la face grisâtre se traîna hors des arbres convulsés en poussant des râles et des gémissements. Elle était à une dizaine de toises du cheval de Durnik lorsqu'elle tomba à la renverse comme si elle avait heurté de plein fouet un obstacle solide. Elle se releva en gémissant de plus belle et tenta à nouveau d'avancer, griffant le vide avec ses mains sales, aux ongles démesurés.

– Durnik, tu pourrais t'en occuper, s'il te plaît ? demanda calmement tante Pol.

Le forgeron acquiesça d'un hochement de tête, se concentra et marmonna un seul mot. La dévorante vacilla et disparut. Ils la revirent l'instant d'après, une vingtaine de toises plus loin, à côté d'un gros arbre. Elle tenta de se jeter sur eux, mais en vain. Elle paraissait incapable de bouger.

– Ça devrait la calmer un peu, commenta Durnik.

– Que lui avez-vous fait ? s'informa Silk en observant la créature qui se débattait frénétiquement.

– Je lui ai enfoncé le bras dans le tronc de l'arbre. Si elle veut reprendre les hostilités, elle devra l'emmener avec elle ou y laisser le membre. Elle n'en mourra pas, mais il lui faudra bien une journée pour se dégager.

– Tu as bien assuré le bouclier, Pol ? s'enquit Belgarath.

– Oui, Père.

– Alors, au galop ! Nous avons perdu assez de temps comme ça.

Ils talonnèrent leurs montures. Le bouclier que Belgarath projetait devant deux écartait les dévorantes de leur chemin.

– Où trouvent-elles ces haillons ? s'étonna Silk.

Toth fit mine de creuser avec sa main.

– Sur les cadavres qu'elles déterrent, traduisit Durnik.

– Ça explique leur odeur, commenta Silk avec un frisson.

A partir de ce moment, et pendant les jours suivants, tout se brouilla dans l'esprit de Garion. Ils devaient, Durnik et lui, relayer Polgara et Belgarath toutes les quatre heures, et le bouclier leur paraissait plus lourd à chaque lieue. Il n'y voyait pas à plus de cent toises à la ronde dans ce brouillard impénétrable d'où les arbres crochus, à la physionomie presque humaine, émergeaient avec une soudaineté terrifiante. Des formes squelettiques, indistinctes, se mouvaient dans cette grisaille en râlant inlassablement.

Mais le pire, c'était la nuit. Les dévorantes se massaient autour du bouclier, le griffaient en gémissant avec une immonde avidité. La nuit était le moment de toutes les épouvantes. Garion, qui était déjà épuisé, devait bander sa volonté non seulement pour maintenir le bouclier en place quand venait son tour, mais aussi pour ne pas dormir. Car son pire ennemi n'était pas les dévorantes, mais le sommeil. Il se forçait à marcher de long en large. Il se pinçait. Il alla jusqu'à mettre un petit caillou dans sa botte, dans l'espoir que la douleur l'aiderait à rester éveillé. Une fois, tous ses stratagèmes échouèrent et sa tête s'inclina lentement sur sa poitrine. Le sommeil avait eu raison de lui.

Il fut réveillé en sursaut par l'odeur méphitique. Il releva la tête en sursaut et se retrouva nez à nez avec une dévorante. Ses yeux étaient vides de toute pensée, sa bouche béante révélait des dents ébréchées, pourries, et elle tendait avidement vers lui ses mains aux ongles noirs. Il poussa un cri de surprise, la repoussa brutalement dans un effort de volonté et rétablit, en tremblant de tout son corps, le bouclier qui commençait à se déliter.

Ils arrivèrent enfin à la lisière de la terrible forêt et, laissant derrière eux les arbres difformes, s'engagèrent dans la lande qui disparaissait sous un suaire de brume.

– Vous croyez qu'elles vont continuer à nous poursuivre ? demanda Durnik d'une voix infiniment lasse.

Toth se livra à sa mimique indéchiffrable.

– Que dit-il ? s'informa Garion.

– Que nous risquons fort de les avoir à nos trousses tant que le brouillard ne se lèvera pas, soupira le forgeron. Elles redoutent le soleil, mais comme il est caché...

Il laissa sa phrase en suspens et haussa les épaules.

– Alors il va falloir que nous maintenions le bouclier ?

– J'en ai bien peur.

Ils traversèrent une même étendue semée d'épineux et de mares rougeâtres. Le brouillard était agité de tourbillons et de bouillonnements. Et les formes indistinctes des dévorantes rôdaient toujours à la limite de leur champ de vision.

Ils poursuivirent leur chemin. Polgara et Belgarath assumèrent à nouveau le fardeau du bouclier pendant que Garion se laissait aller sur sa selle en tremblant d'épuisement.

C'est alors qu'il huma une faible odeur d'eau salée.

– La mer ! exulta Durnik. Nous sommes arrivés !

– Nous n'avons plus qu'à trouver un bateau, marmonna Silk.

Toth tendit la main vers l'océan d'un air confiant et esquissa un geste énigmatique.

– Il dit qu'un vaisseau nous attend, annonça Durnik.

– Comment a-t-il réussi ce coup-là ? s'émerveilla Silk.

– Ça, il ne l'a pas précisé, rétorqua le forgeron.

– Dites-moi, Durnik, reprit le Drasnien, comment savez-vous ce qu'il raconte ? Ses gestes n'ont aucun sens pour moi.

– Je ne sais pas, convint le brave homme en fronçant le sourcil. Je ne me suis jamais posé la question. Je comprends ce qu'il veut dire, et voilà tout.

– Par sorcellerie ?

– Non. C'est plutôt parce que nous faisons beaucoup de choses ensemble. Le travail rapproche toujours les hommes.

– Puisque vous le dites...

Ils gravirent une colline mamelonnée et embrassèrent du regard la mer et le rivage embrumés. De longs rouleaux crêtes d'écume s'écrasaient sur la plage de galets, léchaient les pierres, battaient en retraite avec un sifflement mélancolique et revenaient avec une fureur accrue.

– Eh bien, Toth, je ne vois pas votre vaisseau, fit Silk d'un ton presque accusateur. Où est-il ?

Le géant muet pointa le doigt vers le brouillard.

– Vraiment ? reprit le petit Drasnien, plus sceptique que jamais.

Le colosse acquiesça vigoureusement.

En voyant leurs proies descendre vers la plage, les dévorantes devinrent hystériques. Leurs gémissements se firent plus impérieux et elles se mirent à trépigner sur la crête de la colline en tendant leurs bras décharnés vers eux avec une avidité désespérée. Mais elles renoncèrent à les poursuivre.

– Je me trompe ou elles redoutent quelque chose ? risqua Velvet.

– Vous le savez, Toth ? Pourquoi ne descendent-elles pas sur le rivage ? s'informa le forgeron.

Le géant opina du chef et fit un curieux geste des deux mains.

– Il dit qu'elles ont peur d'une chose encore plus affamée qu'elles, traduisit Durnik.

– Des requins, peut-être ? suggéra Silk.

– Non, c'est la mer elle-même qui les effraie.

Le petit groupe épuisé mit pied à terre sur les galets de la plage et se planta à la lisière de l'eau. Belgarath scruta, appuyé à la selle de son cheval, la brunie impénétrable, livide, qui stagnait sur les flots.

– Ça va, Père ? demanda Polgara.

– Hein ? Oui, oui, Pol, ça va. Je suis juste un peu intrigué, c'est tout. S'il y a vraiment un navire là-dedans, je m'interroge sur l'identité de celui qui nous l'a envoyé. Qui pouvait savoir que nous arriverions ici ?

– Moi, je me demande surtout comment nous allons avertir nos généreux bienfaiteurs que nous sommes là, nota Silk. On ne voit rien avec cette purée de pois.

– Toth dit qu'on est déjà au courant de notre présence, annonça Durnik. Le vaisseau ne devrait pas tarder à apparaître.

– Tiens donc, fit Belgarath avec intérêt. Et je peux savoir qui l'a envoyé ici ?

– D'après lui, ce serait Cyradis.

– Il faudra que j'aie une bonne conversation avec cette jeune personne, un de ces jours, commenta le vieux sorcier. Je commence à en avoir assez de ses manigances.

– Les dévorantes ont abandonné la partie, annonça Essaïon en caressant le cou de son étalon. Elles ont laissé tomber et sont reparties dans la forêt.

– Sans même nous dire au revoir, soupira Silk. Décidément, les gens n'ont pas de savoir-vivre.

Un étrange vaisseau à la proue et à la poupe hautes, aux larges voiles sur des mâts jumeaux, sortit du brouillard tel un fantôme.

– Comment avance-t-il ? demanda Ce'Nedra en observant avec curiosité la forme spectrale.

– Que veux-tu dire ? s'étonna Garion.

– Il n'y a pas un souffle de vent et je ne vois pas de rameurs.

Force lui était de reconnaître qu'elle avait raison. Les flancs de ce curieux bâtiment étaient vierges de tout aviron et l'air était d'un calme mortel ; pourtant les voiles étaient gonflées comme si le vaisseau avait le vent en poupe, et il avançait à une allure régulière sur la mer d'huile.

– Est-ce de la sorcellerie ? hasarda la petite reine de Riva.

Il sonda mentalement le navire, à la recherche d'une explication.

– Je n'ai pas l'impression. Ou bien, il s'agit d'un sortilège que je ne connais pas.

– C'est de la magie, expliqua Belgarath qui contemplait le vaisseau d'un œil profondément réprobateur. Une forme de magie imprévisible et pas très fiable. Vous voulez vraiment que nous montions à bord de ce truc-là ? demanda-t-il à Toth.

Le géant acquiesça énergiquement.

– Et c'est censé nous emmener à Verkat ?

Nouveau hochement de tête du géant.

– Mouais. C'est-à-dire que nous y arriverons si la force qui le propulse n'en a pas marre, et si elle ne trouve pas plus amusant de nous envoyer dans la direction opposée, c'est ça ?

Toth écarta les mains devant lui dans un geste fataliste.

– Il vous dit de lui faire confiance, expliqua Durnik.

– Je voudrais bien qu'on arrête de me demander ça.

Le vaisseau s'approcha du rivage en douceur, freiné par sa quille qui racla les cailloux du fond. De son flanc sortit une large passerelle dont l'extrémité lestée s'enfonça dans trois pieds d'eau. Toth mena son cheval réticent à bord puis il se retourna vers ses compagnons, les regarda d'un air interrogateur et leur fit un geste d'invite avec son bras.

– Il nous dit de monter à bord, traduisit Durnik.

– J'avais compris, grommela Belgarath. Allons, nous ferions aussi bien de le suivre.

Il prit les rênes de son cheval et pataugea dans l'eau d'un air funèbre.

23

Les matelots de l'étrange navire portaient des tuniques à capuchon coupées dans un gros tissu rugueux. Leurs os saillants donnaient à leur visage un aspect étrangement inachevé. Comme Toth, ils étaient tous muets, et vaquaient à leurs occupations dans un silence absolu. Garion, qui était habitué aux cris et aux jurons des équipages cheresques, trouvait ce mutisme étrange et même un peu inquiétant. Rien, d'ailleurs, ne troublait le silence à bord de ce curieux navire, ni le grincement des avirons dans leurs tolets, ni le craquement des cordages, ni le gémissement des planches ; seul se faisait entendre le léger clapotis des vagues qui filaient le long de la coque. Le bâtiment voguait sans bruit dans le brouillard, propulsé par une force mentale ou spirituelle que Garion n'arrivait même pas à concevoir.

Quand le rivage eut disparu dans la brume, il n'eut plus aucun point de repère, nul moyen de savoir dans quelle direction allait le vaisseau fantôme, ou même s'il avançait encore.

Garion resta planté sur le pont, un bras passé autour des épaules de Ce'Nedra dans une attitude protectrice, et laissa vagabonder ses pensées. Il mettait son abattement sur le compte de la fatigue consécutive au maintien du bouclier dans l'Arborée, mais aussi du spectacle lugubre de l'eau noire et de ce brouillard impénétrable, qui semblait ne jamais devoir se lever.

– Tiens, qu'est-ce que c'est ? s'exclama Velvet, depuis la poupe.

Garion se retourna. De ce néant gris perle avait surgi un oiseau d'une blancheur spectrale et d'une envergure prodigieuse. Ses ailes paraissaient plus longues que les bras étendus d'un homme de grande taille. L'alcyon plana silencieusement vers eux sur ses ailes immobiles, glissant à travers l'air embrumé tel un esprit désincarné.

– Un albatros, fit Polgara.

– Ne dit-on pas qu'ils portent la poisse ? intervint Silk.

– Seriez-vous superstitieux, Prince Kheldar ?

– Pas précisément, mais...

– C'est un oiseau de mer et voilà tout, reprit la sorcière.

– Pourquoi ces ailes énormes ? murmura Velvet, étonnée.

– Elles lui permettent de prendre appui sur l'air. L'albatros parcourt des distances considérables sur les mers.

La magnifique créature décrivit une vaste courbe et poussa un cri étrange et désolé, un cri où s'exprimait toute la solitude des immensités océanes.

Polgara inclina la tête en réponse à cet étrange appel.

– Qu'a-t-il dit, Pol ? s'enquit Durmik d'une voix curieusement voilée.

– Il m'a saluée avec la dignité propre aux oiseaux des grands rivages. Sur terre, les oiseaux n'arrêtent pas de pépier, mais ceux-ci sont moins diserts et plus profonds, peut-être parce qu'ils sont souvent seuls. J'imagine que ça leur laisse le temps de formuler leurs pensées.

– Les oiseaux sont d'étranges créatures...

– Pas quand on les connaît.

Elle leva la tête et regarda avec une expression indéchiffrable le grand voilier qui planait dans l'air silencieux, le long du vaisseau.

D'un battement d'ailes, l'oiseau d'albâtre survola le vaisseau et alla se placer juste devant la proue, où il resta immobile au-dessus des flots houleux.

Belgarath, qui examinait les voiles gonflées par un vent improbable dans l'air d'un calme absolu, poussa un grommellement et se tourna vers Toth.

– Dans combien de temps devrions-nous arriver à Verkat ? s'informa-t-il.

Toth écarta légèrement les mains devant lui.

– Vous ne pourriez pas être un peu plus précis, l'ami ?

Le géant leva une main, les doigts écartés.

– D'ici cinq heures, Belgarath, traduisit Durnik.

– Alors nous allons plus vite qu'il n'y paraît, observa le vieux sorcier. Je me demande comment ils ont réussi à convaincre les esprits de se concentrer aussi longtemps sur une seule tâche. Je n'en ai jamais rencontré un seul qui fût capable de suivre la même idée plus d'une minute.

– Vous voulez que je le lui demande ? proposa Durnik.

Belgarath lorgna longuement les voiles.

– Non, dit-il enfin. La réponse ne me plairait peut-être pas.

Vers la tombée du jour, la côte nord-ouest de l'Ile de Verkat surgit, encore sombre et indistincte, du brouillard. Puis elle se rapprocha, l'albatros immaculé planant juste devant eux. Ils distinguèrent alors une plage de gravier et, plus loin, des collines basses couvertes d'une épaisse forêt drapée dans le brouillard. De petits points dorés brillaient entre le rivage et les collines : les fenêtres d'un village, d'où descendait une ligne sinueuse, formée d'une multitude de torches. Un chant aux paroles indistinctes monta dans l'air, une mélopée d'une grande tristesse, infiniment nostalgique.

Le vaisseau traversa sans bruit une baie peu profonde, puis accosta en douceur près d'un quai de pierres grossièrement équarries qui évoquait plus une formation naturelle qu'une structure érigée de main d'homme.

Un personnage de haute taille, vêtu d'une robe de lin blanc, était debout sur le quai. Son visage était sans rides et ses sourcils aussi noirs que la nuit, mais ses longs cheveux étaient d'argent, comme ceux de Belgarath.

– Bienvenue à Verkat, leur dit-il d'une voix chaude et incroyablement douée. Je m'appelle Vard. Il y avait longtemps que nous attendions votre venue. Le Livre des Cieux nous en avait avertis depuis des millénaires.

– Vous comprenez pourquoi ils m'énervent, marmonna Belgarath. Je ne supporte pas les gens qui prétendent tout savoir.

– Pardonnez-nous, Vénérable Belgarath, reprit l'homme avec un petit sourire. Si ça peut vous mettre à l'aise, nous garderons pour nous ce que nous avons lu dans les étoiles.

– Vous avez l'ouïe fine, remarqua le vieux sorcier.

– Libre à vous de croire ce que vous voulez..., rétorqua le dénommé Vard en haussant les épaules. Mais vous avez fait un long et pénible voyage et vous devez être très fatigués. Si vous voulez bien me suivre, je vais-vous emmener en un lieu où vous pourrez vous reposer et manger quelque chose. Mes gens s'occuperont de vos montures et de vos affaires.

– C'est fort aimable à vous, Vard, fit Polgara par-dessus le bastingage, alors que les matelots muets plaçaient la passerelle sur le quai de pierre.

– Votre présence nous honore, Dame Polgara, répondit Vard en s'inclinant. Nous vous craignons et vous respectons depuis l'avènement de la Troisième Ere.

Ils suivirent un chemin étroit, qui tournicotait sans raison apparente.

– Je crains que vous ne trouviez notre village bien primitif par rapport aux opulentes cités du Ponant, s'excusa l'homme en robe blanche. Nous n'attachons guère d'importance à notre environnement.

– Tous les villages se ressemblent, d'un bout du monde à l'autre, le rassura Belgarath en scrutant les petits rectangles dorés des fenêtres qui trouaient le brouillard.

Le hameau se composait d'une vingtaine de maisons bâties avec des pierres arrachées aux champs et couvertes de chaume. Elles semblaient plantées au hasard, sans organisation précise. Mais l'endroit était d'une propreté méticuleuse, presque inhumaine, et le seuil des maisons était usé à force d'être frotté.

Vard les mena vers un bâtiment de bonne taille, situé au centre du village, et en ouvrit la porte.

– Vous êtes ici chez vous. Restez-y tant que vous voudrez. La table est mise et on va s'occuper de vous. N'hésitez pas à me faire savoir si vous avez besoin de quoi que ce soit, je vous en prie.

Sur ces mots, il s'inclina et repartit dans la brume que le crépuscule teintait de mauve.

Sans être luxueux, l'intérieur de la demeure démentait l'aspect rudimentaire du dehors. Les murs étaient chaulés. Les pièces communiquaient entre elles par des portes voûtées, et chacune était éclairée et chauffée par une cheminée où crépitait une belle flambée. Les meubles étaient simples mais robustes, et les lits couverts de duvets épais.

Dans la pièce principale, des bancs étaient placés le long d'une grande table couverte de pots de terre cuite d'où émanaient des senteurs délectables. Garion songea tout à coup qu'il n'avait pas pris un repas chaud depuis des jours.

– Ces gens sont peut-être bizarres, observa Velvet en ôtant sa cape, mais leur sens de l'hospitalité est irréprochable.

– Ne les offensons pas en laissant refroidir notre souper, renchérit Silk. D'autant que... je ne sais pas pour vous, mais moi, j'ai l'estomac dans les talons.

Les mets étaient délectables. Aucun n'était extraordinaire par lui-même, mais ils étaient tous assaisonnés avec infiniment de goût. Le plat principal était un gigot rôti à point d'un animal que Garion ne parvint pas à identifier, mais qu'il trouva exquis.

– Quelle est cette viande savoureuse ? demanda Ce'Nedra en se resservant.

– Je crois que c'est de la chèvre, répondit Polgara.

– De la chèvre ? Mais je déteste la chèvre !

– Eh bien, mon chou, on ne le dirait pas. C'est la troisième fois que vous en reprenez.

Après manger, ils s'assirent autour de la cheminée. Garion était épuisé, mais il avait la flemme de bouger et ses compagnons paraissaient trop bien eux aussi pour aller se coucher.

– Tu sais si Zandramas est passée par ici ? demanda Silk.

– Hein ? Oh ! Non, je n'en ai pas idée.

– Il est clair qu'elle évite les endroits habités, remarqua Belgarath. Et, de toute façon, je ne vois pas ce qu'elle serait venue faire ici. Tu devrais aller faire un petit tour à cheval, demain. Tu retrouveras peut-être sa trace.

– Et si elle est allée directement à Rak Verkat ? suggéra Silk. C'est là que sont tous les bateaux, et elle doit aller en Mallorée, non ?

– Il se pourrait qu'elle ait pris d'autres dispositions, reprit le vieux sorcier. Sa tête est mise à prix, et les Malloréens de Rak Verkat sont sûrement aussi intéressés par la prime que ceux de Rak Hagga. Il est évident qu'elle a minutieusement préparé chaque étape de son voyage et je doute fort qu'elle ait laissé les choses au hasard à partir d'ici.

C'est alors que Sadi les rejoignit, sa petite bouteille de terre cuite à la main.

– Margravine Liselle, commença-t-il d'un ton acide. Je pourrais récupérer mon serpent, s'il vous plaît ?

– Oh, pardon, Sadi ! Je l'avais complètement oublié !

Elle plongea la main dans son corsage et en retira délicatement le petit reptile vert.

Silk recula précipitamment avec un hoquet d'horreur.

– Je ne voulais pas vous la voler, ajouta Velvet d'un ton rassurant. C'est juste que la pauvre chérie avait froid.

– Bien sûr, siffla-t-il en récupérant l'animal.

– Je voulais seulement lui tenir chaud, Sadi. Vous ne voudriez pas qu'elle tombe malade, hein ?

– Votre sollicitude me va droit au cœur.

Il tourna les talons et regagna sa chambre, Zith paresseusement enroulée autour du poignet.

Le lendemain matin, Garion sella son cheval et alla se promener sur la plage où les rouleaux sans cesse recommencés surgissaient de la brume et s'écrasaient sur les galets. Il s'arrêta, regarda d'un côté puis de l'autre, haussa les épaules et prit vers le nord-est.

La partie supérieure du rivage était jonchée de bouts de bois d'une blancheur d'ossements. Tout en avançant, il regarda distraitement ces vestiges d'arbres parmi lesquels étaient parfois venus s'échouer une poutre ou un madrier, preuve muette qu'un vaisseau avait connu une fin tragique. Il se prit à songer que ces épaves avaient peut-être dérivé pendant un siècle et fait le tour du monde avant d'être rejetées sur ce rivage désolé, parmi les algues et les galets givrés par le sel.

C'est très intéressant, fit sèchement sa voix intérieure, *mais tu vas dans la mauvaise direction.*

Où étiez-vous? demanda Garion en retenant sa monture.

Pourquoi me demandes-tu toujours la même chose ? Même si je te le disais, ça n'aurait aucun sens pour toi. Allez, tourne bride. Tu n'as pas le temps de faire le tour de l'île, et la piste reprend de l'autre côté du village.

Zandramas et mon fils sont-ils encore ici ? demanda très vite Garion, en faisant des vœux pour que la voix ne lui fausse pas compagnie avant de répondre.

Non, fit-elle. *Ils sont repartis il y a une semaine.*

– Alors nous avons rattrapé notre retard ! dit tout haut Garion, sentant renaître l'espoir.

C'est une déduction logique.

– Où est-elle allée ?

En Mallorée. Mais tu le savais déjà, n'est-ce pas ?

– Vous ne pourriez pas être un peu plus précis ? La Mallorée est un si grand pays...

Ne joue pas à ça, Garion, protesta la voix. *UL t'a bien dit que c'était à toi de retrouver ton fils. Je n'ai pas plus que lui le droit de t'aider. Oh, à propos, tu devrais tenir Ce'Nedra à l'œil.*

– Ce'Nedra ? Et pourquoi donc ?

Mais la voix s'était déjà tue. Garion lâcha un juron et rebroussa chemin.

A une lieue au sud du village, dans une crique abritée par deux promontoires qui avançaient dans la mer, l'épée attachée sur son dos fut agitée de soubresauts. Il retint précipitamment sa monture et dégaina. Sa lame pivota dans sa main et se pointa vers le centre de l'île.

Il mit son cheval au trot et gravit la colline, l'épée de Poing-de-Fer posée sur le pommeau de sa selle. La piste menait tout droit, par-delà une longue pente couverte d'herbe, à la lisière embrumée d'une forêt de pins. Il décida, après réflexion, d'aller prévenir les autres plutôt que de poursuivre seul cette satanée Zandramas. En retournant vers le village, il jeta un coup d'œil à la crique. De cette hauteur, il vit, sous trois pieds d'eau, l'épave d'une barque gisant sur le flanc. Son sang se glaça dans ses veines. Une fois de plus, Zandramas avait remercié ceux qui l'avaient aidée en les tuant. Il talonna sa monture et regagna le village au trot.

Il était près de midi lorsqu'il rejoignit ses compagnons. Il fit un effort sur lui-même pour juguler son excitation.

– Alors ? demanda Belgarath, vautré devant le feu, une chope à la main.

– La piste reprend à une lieue d'ici, au sud.

Polgara leva vivement les yeux du parchemin qu'elle examinait, assise à la table.

– Tu en es sûr ?

– C'est l'Orbe qui me l'a dit, répondit Garion en ôtant sa cape. Oh, et puis j'ai eu une nouvelle visite de notre ami, ajouta-t-il en se tapotant le front. Il m'a dit que Zandramas avait quitté l'île depuis huit jours pour aller en Mallorée. C'est tout ce que j'ai pu en tirer. Où est Ce'Nedra ? Je voudrais lui dire que nous sommes sur la bonne voie.

– Elle dort, fît Polgara en repliant soigneusement le parchemin.

– Serait-ce l'un des textes que cherchait grand-père ? demanda Garion.

– Non, mon chou. C'est la recette de la soupe qu'on nous a servie hier soir. Eh bien, Père, nous reprenons la piste ?

Il réfléchit un instant en regardant distraitement les flammes qui dansaient dans le foyer.

– Je ne sais pas, Pol, répondit-il enfin. Nous avons été amenés dans cette île pour une raison précise, et pas seulement pour retrouver la trace de Zandramas. Je propose que nous attendions encore un peu.

– Pourquoi perdre du temps alors que nous avions presque rattrapé notre retard sur Zandramas ?

– Appelle-ça une intuition si tu veux. J'ai le pressentiment que nous sommes ici dans l'attente d'un événement important.

– Je pense que c'est une erreur, Père.

– C'est ton droit, Pol. Je ne t'ai jamais empêchée de penser ce que tu voulais.

– Juste d'agir comme je l'entendais, répondit-elle sèchement.

– Ça, c'est mon droit – et mon devoir. Un père se doit de guider ses enfants, je suis sûr que tu es d'accord...

La porte s'ouvrit devant Silk et Velvet.

– Tu as retrouvé la piste ? demanda le petit Drasnien en s'approchant du feu.

– Sur la plage, acquiesça Garion. Elle a touché terre à une lieue au sud, puis elle a coulé la barque qui l'avait amenée et tout l'équipage avec. Elle gît par le fond, à une cinquantaine de toises du rivage.

– C'est elle toute crachée, nota Silk.

– Et vous, qu'avez-vous fait ce matin ? rétorqua Garion.

– Nous avons fouiné un peu partout.

– Le terme est *collationné des informations*, Kheldar, rectifia sèchement la jeune femme en ôtant sa cape et en lissant le devant de sa robe.

– Ça revient au même, non ?

– D'accord, mais *fouiner un peu partout* ne sonne pas aussi bien.

– Et vous avez trouvé quelque chose ? coupa Garion.

– Pas grand-chose, admit Silk. Tous ces gens sont affreusement aimables, mais ils ont un chic fou pour éluder les questions. Je peux tout de même vous dire que cet endroit n'est pas un vrai village – dans le sens où nous l'entendons, au moins. Tout est soigneusement organisé pour donner une impression de rusticité et les gens qui vivent ici se livrent au simulacre de l'élevage, du pâturage et de la culture, mais c'est du bluff. Leurs instruments sont flambant neufs et leurs animaux un poil trop bien soignés.

– Alors, que font-ils ? demanda Garion.

– Je pense qu'ils passent leur temps à étudier, répondit Velvet. Je suis allée voir une des femmes, et il y avait une sorte de diagramme sur la table, chez elle. J'ai eu le temps d'y jeter un coup d'œil avant qu'elle le range. On aurait dit une carte du ciel, avec ses constellations.

– Des astrologues, grommela Belgarath. Je n'ai jamais voulu croire à l'astrologie. Pour moi, les étoiles se contredisent d'une heure sur l'autre. Enfin, reprit-il, j'aurais dû m'en douter. Le Gorim m'avait bien dit, quand nous étions à Prolgu, que ces gens étaient des Dals, comme les habitants du sud de la Mallorée, et personne n'a jamais réussi à comprendre ce que les Dals avaient dans la tête. Ils ont l'air calmes et pacifiques, comme ça, mais je pense que ce n'est qu'une façade. Ils ont plusieurs centres d'enseignement en Dalasie, et je ne serais pas surpris de découvrir que cet endroit leur ressemble comme deux gouttes d'eau. Avez-vous vu des filles aux yeux bandés, comme Cyradis ?

– Des sibylles ? Non, répondit Silk en interrogeant Velvet du regard.

La jeune fille secoua la tête à son tour.

– Toth pourrait sûrement apporter des réponses à certaines de nos questions, fit Polgara. J'ignore comment, mais on dirait qu'il communique avec ces gens.

– Dommage qu'il soit muet, releva Silk.

– Durnik arrive bien à s'expliquer avec lui, rétorqua la sorcière. Au fait, où sont-ils ?

– Ils procèdent à une expérience scientifique, révéla Velvet. Ils ont trouvé un étang en haut du village et ils vérifient s'il y a de la vie dedans ou pas. Essaïon est avec eux.

– Ben voyons, commenta Polgara avec un bon sourire.

– Vous n'en avez pas un peu assez de le voir passer son temps à la pêche ? s'enquit Velvet.

– C'est une saine occupation. Sûrement meilleure que celles d'autres personnes de ma connaissance, répondit la sorcière en regardant d'un air significatif la chope de son père.

– Alors, Belgarath ? Que faisons-nous maintenant ? reprit Silk.

– Rien. Ou, plutôt, nous ouvrons tout grands les yeux et les oreilles. Je sens que quelque chose d'important va se produire d'ici peu.

Cet après-midi-là, une petite brise commença à chasser le brouillard qui les environnait depuis une bonne semaine. A la tombée du jour, le ciel était presque complètement dégagé, à part un banc de nuage incrusté sur l'horizon, que le soleil couchant éclaboussait de violet.

Sadi, qui avait passé la journée avec Vard, revint au crépuscule, la mine boudeuse.

– Vous n'en avez rien tiré, je parie, ironisa Silk.

– Rien de sensé, en tout cas, convint l'eunuque. Ces gens-là n'ont pas les pieds sur terre. Ils ne s'intéressent apparemment qu'à une chose énigmatique qu'ils appellent leur Tâche. Vard n'a pas pu, ou pas voulu, me dire en quoi consistait au juste cette fichue tâche, mais j'ai cru comprendre qu'ils réunissaient des informations là-dessus depuis le commencement des temps.

La nuit établissait son empire sur l'île et les femmes commençaient à préparer le dîner quand Durnik revint, la mine sombre et la canne à pêche en berne.

– Où est Toth ? demanda Garion.

– Il avait quelque chose à faire, répondit le forgeron en examinant son attirail. Je me demande si je n'aurais pas dû prendre un hameçon plus petit, ajouta-t-il d'un ton rêveur.

– Hé, Garion, si nous allions nous dégourdir un peu les jambes ? suggéra Silk.

– Tout de suite ?

– Je ne sais pas ce que j'ai, je ne tiens pas en place, rétorqua le petit homme à la tête de fouine en se levant. Allez, viens, tu vas finir par prendre racine, si ça continue.

– Alors, qu'est-ce que tu voulais me dire ? questionna Garion, intrigué, lorsqu'ils furent au-dehors.

– Je me demandais ce que Toth pouvait bien fabriquer et je n'avais pas envie de traîner Liselle à la remorque.

– Je croyais que tu l'aimais bien.

– Je l'adore, mais j'en ai par-dessus la tête qu'elle me suive partout comme un petit chien. Tiens, où vont-ils ? murmura-t-il en s'arrêtant net.

Une longue file d'hommes et de femmes munis de torches traversait la prairie, du village à l'orée du bois.

– Suivons-les, nous verrons bien, déclara Garion.

– Bonne idée.

Vard menait la procession, Toth à son côté. Le géant muet le dominait d'une bonne tête. Garion et Silk les suivirent à distance respectable, pliés en deux dans les hautes herbes. Comme les villageois approchaient de la lisière de la forêt, une vingtaine de silhouettes ténébreuses sortirent; des arbres et les attendirent, plantés là.

– Tu les vois ? murmura Garion.

– Ils sont trop loin, répondit-il sur le même ton, et il n'y a pas assez de lumière. Allez, on y va...

Il se laissa tomber à plat ventre et commença à ramper dans l'herbe, aussitôt imité par Garion. L'ennui, c'est que la prairie était trempée, et quand ils atteignirent l'ombre protectrice des arbres ils étaient à tordre.

– Je commence à trouver que tu as de drôles de distractions, souffla Garion, un peu courroucé.

– Tu ne vas pas fondre, rétorqua Silk.

Puis il leva la tête et scruta l'ombre, entre les arbres.

– On dirait des femmes aux yeux bandés, non ?

– On dirait bien, confirma Garion.

– Ce seraient donc des sibylles ? Nous n'en avons pas vu au village ; elles doivent vivre dans ces bois. Essayons de nous rapprocher un peu. Tout cela commence à m'intriguer...

La procession s'enfonça de quelques centaines de toises dans la forêt et s'arrêta enfin dans une vaste clairière circulaire entourée par une rangée de blocs de pierre grossièrement taillés, deux fois plus hauts que Toth. Les villageois se répartirent entre ces menhirs, formant un cercle éclairé par les torches, puis les femmes aux yeux bandés – une douzaine, peut-être – formèrent une autre ronde, à l'intérieur de la première, et se prirent par la main. Un grand gaillard musclé se tenait juste derrière chacune des sibylles – leur guide et protecteur, se dit Garion. Vard et Toth étaient debout au centre des cercles concentriques.

Garion et Silk se rapprochèrent.

Ils n'entendirent d'abord que le crépitement des torches, puis, tout bas mais avec une force croissante, les villageois entonnèrent une mélopée qui rappelait étrangement l'hymne discordant des Ulgos, avec, toutefois, des différences subtiles. Garion n'avait pas beaucoup d'oreille et la musique était pour lui un continent inexploré, mais il comprit aussitôt que cet hymne était plus ancien et peut-être plus pur que celui qui retentissait depuis cinq mille ans dans les grottes d'Ulgolande. C'est alors qu'il eut une illumination : des siècles et des siècles d'échos sans cesse répétés avaient graduellement altéré le chant des Ulgos. Et, surtout, cet hymne ne s'adressait pas à UL, mais à un Dieu inconnu qu'il implorait de se manifester et de venir guider et protéger les Dals, tout comme UL guidait et protégeait les Ulgos.

Puis il entendit ou perçut *autrement* un son différent qui se joignit à cette prière incroyablement ancienne. Une vibration particulière, au tréfonds de son esprit, lui signala que ces gens s'unissaient mentalement pour susciter un accompagnement mystique au psaume que leur voix élevait vers le ciel étoilé.

L'air entra en vibration, au centre de la clairière, et la forme étincelante de Cyradis apparut, les yeux bandés et le capuchon de sa robe de lin blanc rabattu sur la tête.

– D'où vient-elle ? souffla Silk.

– Elle n'est pas vraiment là, murmura Garion en réponse. Ce n'est qu'une projection. Ecoute !

– Bienvenue à Toi, Vénérée Sibylle, commença Vard. Louée sois-Tu d'avoir répondu à notre appel.

– Ne me remercie pas, Vard, fit la voix claire de la fille aux yeux bandés. Je réponds à l'obligation qui m'est faite par ma Tâche. Les quêteurs sont donc arrivés ?

– Oui, Sainte Cyradis, répondit l'homme aux cheveux d'argent. Et le nommé Belgarion a trouvé ce qu'il cherchait.

– La quête de l'Enfant de Lumière ne fait que commencer. L'Enfant des Ténèbres a atteint la côte de la lointaine Mallorée et fait route en cet instant même vers la Maison de Torak, à Ashaba. Le moment est venu pour l'Homme Eternel d'ouvrir le Livre des Eres.

– Est-ce bien sage, Cyradis ? demanda Vard, troublé. Pouvons-nous confier ces révélations au Vénérable Belgarath ? Il a consacré sa vie entière à un seul des deux principes qui contrôlent toute chose.

– Ainsi soit-il, Vard, faute de quoi la rencontre de l'Enfant de Lumière et de l'Enfant des Ténèbres ne pourra pas avoir lieu en temps voulu, et notre Tâche restera inachevée. Le moment approche, fit-elle dans un soupir. L'événement que nous attendons depuis l'aube de la Première Ere approche à grand pas, et tout doit être accompli avant que je remplisse la Tâche qui nous a été dévolue depuis le commencement des temps. Confie le Livre des Eres à Belgarath l'Eternel afin qu'il puisse mener l'Enfant de Lumière à l'endroit qui n'est plus, où tout se décidera pour toujours et à jamais.

Elle se tourna alors vers le géant impassible, debout à côté de l'homme à la robe blanche.

– Je me languis de Toi, dit-elle d'une voix vibrante. Sans Toi, mes pas sont mal assurés et je me sens bien seule. Hâte-Toi, je T'en prie, mon cher compagnon, d'accomplir Ta Tâche, car Ton absence me brise le cœur.

A la lueur vacillante des torches, Garion vit des larmes briller dans les yeux de Toth. Le visage crispé dans une expression douloureuse, le géant tendit la main vers l'image éblouissante et la laissa retomber, impuissant.

Cyradis leva la main à son tour, comme malgré elle.

Puis elle disparut.

24

– Vous êtes bien sûrs qu'elle a parlé d'Ashaba ? insista Belgarath.

– Je l'ai entendue moi aussi, Grand-père, confirma Garion. Elle a dit que l'Enfant des Ténèbres avait atteint la côte de Mallorée et allait à la Maison de Torak, à Ashaba.

– Mais il n'y à rien, là-bas, ronchonna le vieux sorcier en se mettant à faire les cent pas. J'ai tout retourné avec Beldin, juste après Vo Mimbre. Qu'est-ce qu'elle peut bien chercher dans cette baraque vide ?

– Vous trouverez peut-être la réponse à cette question et bien d'autres dans le Livre des Eres, risqua Silk. Pardon, nous ne vous avons pas encore dit : Cyradis a ordonné à Vard de vous le remettre. Il n'avait pas l'air ravi, mais elle a fermement insisté. C'est si important que ça ? reprit-il comme Belgarath s'arrêtait et le regardait fixement, les mains tremblantes.

– C'était donc ça ! s'exclama le vieux sorcier, puis il reprit son empire sur lui-même au prix d'un effort manifeste. Je savais bien que nous ne venions pas ici pour rien !

– De quoi s'agit-il, Belgarath ? questionna Ce'Nedra.

– Le Livre des Eres est le livre sacré des sibylles de Kell. Il fait partie des Oracles de Mallorée. Notre venue ici avait donc pour but de me permettre la consultation de cet ouvrage !

– Tout cela me dépasse un peu, vieille branche, fit Silk en grelottant. Bon, moi, je vais me changer. Je suis trempé jusqu'aux os.

– Vous avez pris un bain ? susurra Velvet.

– Non, nous avons rampé dans l'herbe.

– Tout s'explique, bien sûr.

– Tu ne pourrais pas arrêter un peu, Liselle ?

– Quoi donc ?

– Oh, ça va ! Allez, Garion, tu viens ?

– Je me demande pourquoi elle te met dans des états pareils, remarqua Garion en suivant son compagnon dans le couloir qui menait aux chambres.

– Je me le demande aussi, figure-toi, rétorqua le petit Drasnien. J'ai tout le temps l'impression qu'elle se paye ma tête et qu'elle me cache quelque chose, je ne sais quoi, et cela me met très mal à l'aise.

Ils enfilèrent des vêtements secs et rejoignirent leurs compagnons dans la pièce principale. Toth était revenu. Il était assis près de la porte, ses énormes mains posées sur les genoux. Il avait retrouvé sa sérénité, et Garion lui trouva le regard plus énigmatique que jamais.

Belgarath était dans son fauteuil près du feu et scrutait intensément les pages d'un grand livre relié de cuir qu'il orientait vers la lumière du foyer.

– C'est le Livre ? risqua Silk.

– Oui, répondit Polgara. C'est Toth qui l'a apporté.

– J'espère que son contenu justifiera le mal que nous nous sommes donné pour venir ici.

Garion, Silk et Toth commencèrent à manger pendant que Belgarath tournait fébrilement les pages craquantes du Livre des Eres.

– Ecoutez ça, dit-il au bout d'un moment : « Sache, ô mon peuple, que la division règne, tout au long des interminables avenues du temps, dans tout ce qui est, tout ce qui fut et tout ce qui sera jamais, car la division est au cœur même de la création. Mais les étoiles, les esprits et les voix qui murmurent dans la roche évoquent le jour où la division prendra fin et où tout ce qui est, tout ce qui fut et tout ce qui sera jamais ne feront qu'un à nouveau. La création elle-même sait que ce jour viendra, mais deux principes s'affrontent au cœur même du temps, et ces deux principes incarnent chacun un aspect de ce qui divise la création. Le jour viendra où nous devrons choisir entre eux et opter pour le bien absolu ou le mal absolu, et ce que nous choisirons – le bien ou le mal – régnera jusqu'à la fin des temps. Mais comment saurons-nous ce qui est bon et ce qui est mauvais ?

« Entendez aussi cette vérité : les roches de ce monde et de tous les autres mondes parlent continûment des deux pierres qui sont à l'origine de la division. Elles n'étaient qu'une autrefois et formaient le noyau de la création, mais, comme tout ce qui est, tout ce qui fut et tout ce qui sera jamais, elles furent séparées, et lors de leur division des soleils entiers furent anéantis. Le moment où ces pierres seront réunies marquera assurément la dernière confrontation entre les deux principes du bien et du mal. Mais les deux pierres ont été si bien séparées que rien ne saurait les réunir et, le jour où tout ce qui est, tout ce qui fut et tout ce qui sera jamais ne fera qu'un à nouveau, l'une des pierres cessera d'être pour l'éternité, et l'un des principes qui régissent le monde disparaîtra avec elle. »

– L'Orbe ne serait donc qu'une moitié de cette pierre originelle, subodora Garion, incrédule.

– Oui, et l'autre moitié serait le Sardion, acquiesça Belgarath. Ça expliquerait bien des choses.

– Je ne savais pas qu'il y avait un rapport entre les deux.

– Moi non plus, mais ça se tient. Tout, dans cette affaire, marche par deux depuis le début : deux Prophéties, deux destinées, un Enfant de Lumière et un Enfant des Ténèbres. Il n'y a donc rien d'étonnant à ce qu'il y ait aussi deux pierres.

– Et le Sardion aurait un pouvoir équivalent à celui de l'Orbe, ajouta gravement Polgara.

– Dans les mains de l'Enfant des Ténèbres, il doit pouvoir faire à peu près tout ce que l'Orbe permet à Garion, approuva Belgarath. Et nous n'avons pas encore fait le tour de ses possibilités.

– Raison de plus pour empêcher Zandramas de mettre la main dessus, conclut Silk.

– J'avais déjà toutes les raisons du monde, fit tristement Ce'Nedra.

Garion se leva tôt, le lendemain matin. En entrant dans la salle principale, il trouva Belgarath assis à la table, devant le Livre des Eres.

– Je parie que tu n'as pas fermé l'œil de la nuit !

– Hein ? Tu as gagné. J'ai lu ça d'une traite.

– Tu as trouvé quelque chose d'utile ?

– Enormément de choses, Garion. Maintenant, au moins, je sais ce que fait Cyradis.

– Elle est vraiment impliquée dans l'affaire ?

– C'est du moins ce qu'elle croit.

Le vieux sorcier referma le livre, se renversa sur le dossier de son fauteuil et regarda le mur d'en face sans le voir.

– Ces gens, comme ceux de Kell, en Dalasie, se croient investis de la Tâche de choisir entre les deux Prophéties – les deux principes qui divisent l'univers – et pensent que leur choix réglera le problème une fois pour toute.

– Tu veux dire qu'ils n'auraient qu'à opter pour l'une ou l'autre de ces deux forces, et que le tour serait joué ?

– C'est plus ou moins ça. Ils sont convaincus que le choix doit s'opérer lors d'une rencontre entre l'Enfant de Lumière et l'Enfant des Ténèbres, en présence des deux pierres, l'Orbe et le Sardion. Depuis l'avènement des temps, une sibylle et une seule est investie de cette Tâche, et elle doit assister à chacune des rencontres entre l'Enfant de Lumière et l'Enfant des Ténèbres. Il devait y en avoir une à proximité de Cthol Mishrak quand tu as affronté Torak. Bref, la Tâche incombe maintenant à Cyradis. Elle sait où se trouve le Sardion, et connaît le lieu et le moment de la rencontre. Elle y sera. Et si toutes les conditions sont réunies, elle choisira.

– Et tu crois à tout ce galimatias ? demanda Garion en s'asseyant dans un fauteuil, près du feu agonisant.

– Je ne sais pas. Toute notre vie, nous nous sommes plies aux diktats de la Prophétie, et elle s'est donné beaucoup de mal pour me faire venir ici et me mettre ce livre entre les mains. Je ne crois peut-être pas aveuglément à tout ce charabia ésotérique, mais je ne prendrai sûrement pas le risque de l'ignorer.

– Est-ce qu'il y est question de Geran ? Quel rôle joue-t-il dans le déroulement des opérations ?

– Je ne sais pas très bien. Il est peut-être promis au sacrifice, comme le croit Agachak. A moins que Zandramas ne l'ait enlevé à seule fin de t'obliger à la suivre avec l'Orbe. Rien ne s'accomplira tant que l'Orbe et le Sardion ne seront pas réunis au même endroit.

– L'Endroit qui n'Est Plus, ajouta amèrement Garion.

– Ça me dit quelque chose, mais quoi ? grommela Belgarath. Je n'arrive pas à rappeler où j'ai déjà vu ou entendu cette expression...

– Vous êtes bien matinaux, remarqua Polgara en entrant.

– Parle pour Garion. Moi, je ne me suis pas couché du tout, rectifia Belgarath.

– Tu as passé une nuit blanche ?

– Tu as tout compris. C'est ce que j'attendais, reprit-il en posant la main sur le livre ouvert devant lui. Le moment est venu de reprendre notre route. Dès que les autres seront réveillés, faisons nos paquets et partons d'ici.

On frappa à la porte d'entrée. Garion se leva et alla ouvrir. Vard était debout sur le seuil, dans l'aube grisâtre.

– Il faut que je vous parle, annonça-t-il.

– Bonjour, Vard, fit Belgarath. Mille mercis pour le Livre.

– C'est Cyradis que vous devriez remercier. C'est sur son ordre que nous vous l'avons confié. Je crois que vous feriez mieux de partir, vos amis et vous. Des soldats arrivent.

– Des Malloréens ?

– Oui. Il y en a toute une colonne qui vient de Rak Verkat. Ils devraient être au village avant midi.

– Vous pourriez mettre un navire à notre disposition ? demanda Belgarath. Il faut que nous allions en Mallorée.

– Ce ne serait pas raisonnable, surtout en ce moment. Des vaisseaux malloréens patrouillent tout le long de la côte.

– Vous pensez qu'ils nous recherchent ? s'enquit Polgara.

– C'est possible, Dame Polgara, admit Vard, mais le commandement de Rak Verkat a plusieurs fois ordonné des missions de ce genre depuis le début de la campagne, généralement dans le but d'enrôler les Murgos qui se terraient dans l'Ile. Ils fouillent un peu partout pendant quelques jours puis ils regagnent leur garnison, à Rak Verkat. S'il s'agit d'une de ces expéditions périodiques, les troupes ne resteront pas longtemps. Dès qu'elles auront tourné les talons, vous pourrez revenir ici et nous vous donnerons votre vaisseau.

– La forêt est-elle vaste ? s'informa Belgarath.

– Assez étendue, en effet, Vénérable Ancien.

– Parfait. Les Malloréens ne sont jamais très à l'aise sous le couvert des arbres. Nous ne devrions pas avoir trop de mal à leur échapper.

– Prenez garde tout de même à l'ermite qui vit dans la forêt. Il n'est pas vraiment méchant, mais il peut être assez malfaisant quand il veut et il aime jouer des tours aux voyageurs.

– Merci du conseil, fit Belgarath. Allez, Garion, va réveiller les autres. Nous devons partir tout de suite.

Le temps qu'ils soient prêts au départ, le soleil était au-dessus des collines, à l'est. Sadi jeta un coup d'œil au soleil radieux qui faisait étinceler les vagues, dans le port.

– Si on nous avait dit que nous regretterions ce satané brouillard..., bougonna l'eunuque.

– D'ici quatre heures, les Malloréens seront ici, rétorqua Belgarath. Ne gâchons pas ce bref sursis en regrets stériles. Merci, dit-il simplement à Vard. Merci pour tout.

– Les Dieux soient avec vous, répondit l'homme aux cheveux d'argent. Allons, partez vite, maintenant.

Ils montèrent en selle, sortirent du village et traversèrent la prairie qui menait à la lisière de la sombre forêt.

– Alors, Belgarath, par où voulez-vous aller ? demanda plaisamment Silk.

– N'importe quel fourré devrait faire l'affaire, pourvu qu'il soit assez épais, rétorqua le vieux sorcier. Les Malloréens n'apprécient pas les endroits sans visibilité, et il est peu probable qu'ils explorent cette forêt très à fond.

– Je vais tâcher de vous trouver ça, promit le petit homme.

Il tourna bride et s'apprêtait à s'élancer vers le nord-est lorsque deux silhouettes sortirent d'entre les arbres : un grand gaillard au regard vigilant et une jeune femme vêtue d'une robe à capuchon. Elle leva la tête et Garion vit qu'elle avait les yeux bandés.

– Salut à Toi, Vénérable Belgarath, fit-elle d'une voix claire. Je m'appelle Onatel et je suis là pour Te mener en un endroit sûr.

– Nous t'en sommes vivement reconnaissants, Onatel.

– Ton chemin, Belgarath, mène vers le sud. A quelque distance dans ce bois, Tu découvriras une antique piste, envahie par les mauvaises herbes. Elle Te mènera à une cachette sûre.

– As-tu vu, Onatel, ce qui doit se produire ? s'enquit Polgara. Les soldats vont-ils fouiller la forêt ?

– C'est après Tes compagnons et Toi qu'ils en ont, Polgara, et ils vous chercheront dans toute l'île. Mais ils ne vous trouveront pas, à moins que quelqu'un n'attire leur attention sur vous. Prends garde à l'ermite qui vit dans ces bois. Il cherchera à T'éprouver.

Elle se tourna vers le grand gaillard debout dans l'ombre, à côté d'elle, et lui tendit la main. Il la ramena doucement dans la forêt.

– Elle tombe vraiment bien, murmura Velvet. Peut-être même un peu trop bien...

– Les sibylles ne mentent jamais, Liselle, dit Polgara.

– Mais elle ne sont pas obligées de dire toute la vérité.

– Je te trouve bien méfiante, remarqua Silk.

– Dites plutôt que je suis prudente. Moi, quand de parfaits étrangers se donnent la peine de m'aider, je trouve ça un peu bizarre.

– Cherchons plutôt le coin tranquille dont elle a parlé, suggéra Belgarath. Nous aurons tout le temps de changer de programme quand nous l'aurons trouvé.

Ils s'enfoncèrent à l'abri des arbres, les rayons obliques du soleil levant filtrant entre les branches tavelaient le sol de taches dorées, et les ombres avaient cette teinte légèrement bleutée qu'elles ont toujours le matin. Un épais tapis d'aiguilles de pin humides étouffait le bruit des sabots, et tout autour d'eux paraissait retenir son souffle.

La piste dont leur avait parlé la sibylle se trouvait à une demi-lieue de là, dans les bois. C'était une sente profondément creusée dans le sol, comme si elle avait été beaucoup fréquentée dans un lointain passé, mais elle était désormais inutilisée et envahie par les herbes folles.

Le soleil monta dans le ciel et les ombres bleutées devinrent d'un noir d'encre. Garion regardait rêveusement les myriades d'insectes qui décrivaient des arabesques dans les rais de lumière lorsque Belgarath retint subitement sa monture.

– Ecoutez ! dit-il sèchement.

Des aboiements furieux retentissaient dans le lointain.

– Des chiens ? s'écria Sadi en regardant derrière lui

avec inquiétude. Ils auraient amené des chiens pour nous suivre ?

– Pas des chiens, des loups.

– Des loups ! s'exclama l'eunuque. Fuyons !

– Pas de panique, Sadi, reprit le vieux sorcier. Les loups n'attaquent pas l'homme.

– Oui, eh bien, je préfère ne pas courir de risque. J'ai entendu des tas d'histoires très inquiétantes sur les loups.

– C'étaient des histoires, comme vous le dites si bien. Aucun loup digne de ce nom n'imaginerait seulement de manger un être humain. Croyez-moi, je sais de quoi je parle. Restez là, vous autres. Je vais voir ce qu'ils veulent.

Il se laissa glisser à terre.

– Pas trop près des chevaux. Père, l'avertit Polgara. Tu sais dans quel état ça les met.

Il grommela et s'enfonça dans la forêt.

– Que va-t-il faire ? demanda Sadi.

– Vous ne me croiriez pas, répondit Silk.

Ils attendirent dans la forêt fraîche et humide en écoutant les jappements, parfois entrecoupés de hurlements, qui retentissaient entre les arbres. Belgarath revint au bout d'un moment en jurant et en sacrant.

– Quelqu'un se fiche de nous, fulmina-t-il. Il n'y a pas un seul loup dans le coin.

– Enfin, Belgarath, je les entends gueuler depuis une demi-heure, protesta Sadi.

– Peut-être, mais il n'y a pas un loup à des lieues à la ronde.

– Alors qu'est-ce qui fait ce bruit ?

– Je vous dis que quelqu'un nous joue un tour. Avançons. Et ouvrez l'œil, vous autres.

Ils repartirent avec une prudence accrue, les hurlements fantômes se répondant dans la forêt, tout autour d'eux. Puis un cri épouvantable retentit tout à coup, juste devant eux.

– Qu'est-ce que c'était ? s'exclama Durnik en portant la main à sa hache.

– Rien du tout, lança Belgarath. N'y faites pas attention.

Pourtant, quelque chose se déplaçait dans l'ombre, sous les arbres aux branches étendues. Une énorme chose grise.

– Là ! Qu'est-ce que c'est ? fit Ce'Nedra d'une voix suraiguë.

– Un éléphant, mon chou, répondit Polgara. Ce sont des bêtes qui vivent dans les jungles de Gandahar, sur la côte est de Mallorée.

– Comment est-il arrivé ici ?

– Il n'y a rien du tout, je vous assure. C'est une apparition. Mon père a raison. Quelqu'un, dans ces bois, a une curieuse façon de s'amuser.

– Et je vais montrer à ce plaisantin ce que je pense de ses facéties, grommela Belgarath.

– Non, Père, protesta Polgara. Laisse-moi m'en occuper. Tu as parfois tendance à en faire un peu trop quand tu es énervé. Je m'en charge.

– Polgara ! s'écria-t-il, furibard.

– Oui, Père ? grinça-t-elle en le foudroyant du regard.

– D'accord, Pol, gronda-t-il d'un ton qui s'efforçait

d'être conciliant. Mais ne prends pas de risques. Ce farceur a peut-être d'autres tours dans son sac.

– Je ne prends jamais de risques, rétorqua la sorcière.

Elle mit son cheval au pas et devança ses compagnons de quelques toises.

– Il est bien joli, votre petit éléphant, remarqua-t-elle tout haut en observant l'immense forme grise qui se dandinait d'un air menaçant entre les arbres. Vous avez autre chose à me montrer ?

Il y eut un long silence.

– Tu n'as pas l'air très impressionnée, lança enfin une voix éraillée, non loin de là.

– Eh bien, vous avez fait quelques erreurs. Les oreilles ne sont pas assez grandes et la queue est beaucoup trop longue.

– Mais les pattes et les défenses sont tout à fait adéquates, répliqua la voix, et tu ne vas pas tarder à t'en apercevoir.

La forme grise leva son énorme nez et fonça sur Polgara en barrissant.

– Ça commence à devenir lassant, à la fin, commenta-t-elle.

Elle fit un geste négligent et l'éléphant disparut.

– Alors ? reprit-elle.

Un grand gaillard maigre comme un clou, à la barbe et aux cheveux longs, pleins de brindilles et de débris végétaux, sortit de derrière un arbre. Il portait une robe crasseuse qui dénudait ses genoux cagneux et ses jambes variqueuses, blanches comme un ventre de poisson. Il tenait une longue badine.

– Je vois, femelle, que tu as un certain pouvoir, nota-t-il d'un ton hargneux.

– Je sais faire deux ou trois choses, admit calmement la sorcière. Vous devez être l'ermite dont on m'a parlé.

– Peut-être, convint le drôle en plissant les yeux d'un air rusé. Et toi, qui es-tu ?

– Disons que je suis une voyageuse.

– Je déteste les voyageurs. Ces bois sont à moi, et je veux qu'on me fiche la paix !

– Voilà qui n'est guère aimable. Vous pourriez être un peu plus poli, tout de même.

– Ne me dis pas ce que j'ai à faire ! Je suis un Dieu ! s'écria l'individu, le visage convulsé en une grimace démente.

– Un Dieu ? Sûrement pas ! objecta la sorcière.

– Tu vas voir ce qu'il en coûte de douter de moi ! rugit-il en levant sa baguette.

Une étincelle apparut à la pointe et, tout à coup, surgit du néant un monstre à la peau écailleuse, au mufle béant, hérissé de crocs pointus, qui bondit sur la sorcière, les pattes en avant – de grosses pattes aux griffes acérées.

Polgara leva la main, la paume tendue vers le haut. La Créature s'arrêta net et resta suspendue dans le vide.

– Celui-ci est un peu mieux, observa-t-elle d'un air critique. Au moins, il a l'air d'avoir un minimum de substance.

– Libère-le ! hurla l'ermite d'une voix stridente en dansant sur place, comme pris de frénésie.

– Vous voulez vraiment que je le relâche ?

– Libère-le ! Libère-le ! Libère-le !

– Vous l'aurez voulu.

Le monstre tourna lentement sur lui-même, tomba par terre et fonça en bavant et en rugissant sur l'ermite sidéré. Le vieux fou rentra la tête dans les épaules et brandit sa baguette devant lui, faisant disparaître la créature.

– Il faut toujours se méfier des monstres, constata Polgara d'un petit ton protecteur. On ne peut jamais savoir s'ils ne vont pas se retourner contre nous.

Le vieillard plissa ses yeux hagards et brandit sa baguette. Il en jaillit une série de boules de feu crépitantes qui foncèrent sur la sorcière.

Elle leva à nouveau la main et les sphères embrasées se perdirent dans les bois. Elles devaient brûler pour de bon, puisque les aiguilles de pin qui tapissaient le sol humide se mirent à fumer. Garion et Durnik prirent l'un son épée, l'autre sa hache, et se penchèrent sur l'encolure de leur monture.

– Ne vous mêlez pas de ça, vous deux ! aboya Belgarath. Pol est de taille à se défendre toute seule.

– Enfin, Grand-père, protesta Garion, c'était vraiment du feu, tu as vu ?

– Ecoute-moi, Garion. Ne t'en mêle pas, tu risques de la déstabiliser.

– Pourquoi nous embêtez-vous ? demanda Polgara au vieux fou qui la dévisageait d'un air mauvais. Nous voulons juste traverser la forêt.

– La forêt est à moi ! A moi ! A moi ! A moi ! piaula-t-il en se remettant à gesticuler de plus belle.

– Là, vous êtes vraiment ridicule, gronda la sorcière.

Un nuage de fumée violette et des flammes vertes surgirent du sol, juste devant les pieds de l'ermite. Il recula précipitamment, surpris.

– Vous aimez les couleurs ? s'enquit Polgara. Je mets un point d'honneur à varier régulièrement les teintes.

– Ça suffit, Pol, fit Belgarath, exaspéré. Arrête ce petit jeu.

– Je ne fais pas ça pour m'amuser, Père, mais dans un souci d'éducation.

Un arbre situé juste derrière l'ermite se pencha soudain en avant, l'emprisonna dans ses robustes branches et se redressa. Le vieux fou s'éleva dans l'air en gigotant et en poussant des cris. Tante Pol le suivit des yeux, amusée.

– Ça vous va ou vous en voulez encore ? Décidez-vous ! Je commence à en avoir assez de vous maintenir là-haut.

L'ermite parvint à se libérer et tomba par terre, au pied de l'arbre, avec un juron pittoresque.

– Vous ne vous êtes pas fait mal, au moins ? demanda Polgara avec sollicitude.

Le vieux fou montra les dents et lui jeta une vague de noirceur absolue. La sorcière ne se départit pas de son calme et se mit à luire d'une lumière bleue, intense, qui repoussa les ténèbres.

La lueur démente, rusée, réapparut dans les yeux du vieux fou. Garion éprouva une curieuse sensation, comme s'il était effleuré par une vague d'énergie incohérente. Par saccades, une partie du corps à la fois, l'ermite commença à grandir, les traits convulsés dans une expression de rage insensée. D'un coup de poing, il pulvérisa un arbre, puis il ramassa une des branches abattues, la cassa en deux, jeta le bout le plus court et avança sur Polgara en balançant son énorme massue.

– Pol ! hurla Belgarath, subitement alarmé. Attention !

– Ne t'en fais pas pour moi, répondit-elle avec détermination. Bon, maintenant, ça suffit, déclara-t-elle en se tournant vers le fou qui la dominait à présent d'une dizaine de pieds. J'espère que vous courez vite.

Elle esquissa un drôle de geste. Un loup apparut devant le vieil enragé, un animal d'une taille invraisemblable – presque deux fois plus gros qu'un cheval – et qui grondait comme un orage tropical.

– Tu ne me fais pas peur avec tes apparitions, femelle ! rugit l'ermite géant. Je suis un Dieu et je ne crains rien !

Puis le loup le mordit cruellement à l'épaule. Le colosse poussa un cri, fit un bond en arrière et lâcha son gourdin.

– Va-t'en ! beugla-t-il.

La bête se ramassa en montrant les dents.

– Va-t'en ! brailla à nouveau l'ermite.

Il leva les bras au ciel et Garion fut pour la seconde fois effleuré par la vague d'énergie désordonnée. Le vieux fou tentait désespérément de faire disparaître le loup.

– Si je puis vous donner un conseil, c'est de prendre la poudre d'escampette, susurra Polgara. Ce loup n'a rien mangé depuis plus de mille ans, et il meurt de faim.

C'en fut trop pour le malheureux vieillard. Ses nerfs craquèrent. Il fit volte-face et plongea dans les bois au pas de course, ses jambes squelettiques, blafardes, s'agitant frénétiquement sous sa robe, ses cheveux et sa barbe volant au vent. Le loup le suivit à petites foulées en claquant des dents et en poussant d'affreux grognements.

– Et bonjour chez vous ! lança Polgara, alors que l'ermite disparaissait entre les arbres.

25

– Pauvre diable, soupira Polgara en suivant l'ermite des yeux avec une expression indéchiffrable.

– Vous croyez que le loup va le rattraper ? demanda Ce'Nedra d'une toute petite voix.

– Mais non, mon chou. Ce n'est qu'une illusion.

– Il l'a tout de même mordu. J'ai vu le sang.

– Ce n'était qu'un petit raffinement.

– Alors pourquoi dites-vous *pauvre diable* ?

– Parce qu'il est fou à lier. Il a la cervelle complètement embrumée.

– Ce sont des choses qui arrivent, grommela Belgarath. Bon, allons-y. Je voudrais que nous trouvions une cachette avant le coucher du soleil.

Ils s'enfoncèrent plus avant dans la forêt.

– Ça devait être un ancien Grolim, tu ne crois pas ? suggéra Garion en se rapprochant de son grand-père.

– Qu'est-ce qui te fait dire ça ?

– Eh bien, reprit le jeune roi de Riva en fronçant le sourcil, il n'y a au monde que deux sortes de sorciers, les Grolims et nous, et comme il n'a jamais été des nôtres...

– Drôle d'idée. Tout le monde peut être sorcier. Le pouvoir est latent chez chaque individu. Il peut apparaître dans les endroits les plus inattendus, et il ne s'en fait pas faute. Il s'exprime différemment selon les cultures, mais la magie noire ou blanche, la sorcellerie, le don particulier des sibylles, tous ces pouvoirs sont liés même s'ils se manifestent de diverses façons.

– Je ne savais pas.

– Eh bien, tu vois, tu auras au moins appris une chose aujourd'hui, et une journée où on apprend quelque chose n'est pas complètement perdue.

Le soleil était éclatant mais très bas sur l'horizon, au nord. L'hiver approchait. Garion se dit une fois de plus que, dans cet étrange pays du bout du monde, les saisons étaient inversées. A la ferme de Faldor, c'était le début de l'été. Les champs avaient été labourés, les semailles étaient faites, et les journées étaient longues et chaudes. Il songea avec un pincement au cœur qu'en dehors de la traversée de l'Enfer d'Araga, il n'avait pas vu l'été, cette année, et il trouvait cela plutôt déprimant.

Ils montaient depuis plus d'une heure vers le sommet des collines qui formaient l'épine dorsale de l'île. Le relief était plus mouvementé, creusé de ravines et de goulets couverts d'arbres.

– Je déteste les régions accidentées, geignit Sadi en lorgnant une falaise qui se dressait tout à coup devant eux. Les pays montagneux présentent toutes sortes d'inconvénients.

– Les difficultés sont les mêmes pour les Malloréens, remarqua Silk, consolant.

– Ça n'empêche pas. Les collines et les vallées me semblent tellement *anormales*... Ah, parlez-moi d'un beau petit marécage lisse comme le dos de la main !

– Je vais voir ce qu'il y a dans la ravine, là-bas, annonça Durnik. Le soleil ne va pas tarder à se coucher et il est temps que nous trouvions un endroit sûr où passer la nuit.

Il s'engagea au petit trot dans une gorge étroite située non loin de là, traversa le torrent turbulent qui en émergeait, remonta vers la source et disparut à leur vue.

– Quelle distance avons-nous parcourue aujourd'hui, à votre avis ? s'enquit Velvet.

– Six ou huit lieues, répondit Belgarath. Nous devrions être assez loin pour échapper à ces satanés Malloréens, à moins qu'ils n'aient décidé de passer la forêt au peigne fin.

– Ou que la sibylle qui nous a si complaisamment renseignés ne les mette sur notre piste, ajouta-t-elle.

– Pourquoi vous défiez-vous de ces gens ? demanda Ce'Nedra.

– Je ne peux pas m'empêcher de me demander, chaque fois qu'ils nous donnent un coup de pouce, pourquoi ils sortent de leur réserve, eux qui se sont forgé une telle réputation de neutralité.

– Le scepticisme est la base de l'enseignement qu'on leur dispense à l'Académie, susurra Silk.

– Parce que cette sibylle vous inspire confiance, à vous ? releva Velvet d'un ton quelque peu agressif.

– Bien sûr que non, mais je suis moi aussi diplômé de l'Académie.

Durnik revint vers eux avec un sourire satisfait.

– C'est un bon endroit, déclara-t-il. Il y à un peu plus loin une petite combe abritée du vent et des regards.

– Allons-y, décida Belgarath.

Ils suivirent le forgeron vers le haut de la ravine, le long du torrent impétueux. Quelques centaines de toises plus loin, la gorge tournait d'abord à gauche puis à droite, et débouchait dans un vallon boisé. Le torrent naissait dans un bassin où se jetait, dans un fin brouillard, une cascade dégringolant par-dessus la falaise de grès abrupte qui fermait le petit canyon.

– Très joli, mon Durnik, le complimenta Polgara. Ce petit lac n'a absolument pas influencé ta décision, bien sûr.

– Eh bien..., balbutia le forgeron.

La sorcière éclata d'un rire profond, chaleureux, se pencha vers son mari et l'embrassa doucement.

– Je n'ai rien contre. Mais il faut d'abord établir le campement. Tu iras voir après s'il y a quelque chose dedans.

– Oh, j'en suis sûr ! J'ai vu bondir un... enfin..., bredouilla-t-il, il se trouve que j'ai remarqué un poisson qui sautait, par hasard, en passant, c'est tout.

– Bien sûr, mon Durnik.

Il baissa la tête comme un écolier pris en faute, mais Garion vit l'ébauche d'un sourire jouer sur ses lèvres. Il réalisa, un peu choqué, que son ami si honnête et sincère était beaucoup plus rusé qu'il n'en avait l'air. Puisque Polgara aimait tant le piéger de la sorte, il faisait en sorte de lui en donner l'occasion – juste pour lui faire plaisir.

Comme d'habitude, Durnik et Toth dressèrent les tentes sous les arbres, près du bassin, pendant que Garion et Essaïon se chargeaient de la corvée de bois et que Polgara s'occupait du dîner. Et, comme toujours, Silk et Belgarath disparurent de la circulation jusqu'à la fin des préparatifs. Sadi bavardait avec Velvet et Ce'Nedra, et sa voix de fausset semblait presque aussi féminine que les leurs.

– Bon, eh bien, je crois que tout est en ordre, risqua le forgeron en observant leur installation d'un air critique.

– Oui, mon Dumik, acquiesça Polgara.

Le brave homme tourna encore un peu autour du pot.

– Eh bien, je me disais... A moins que tu n'aies besoin de quelque chose... Je pourrais peut-être..., reprit-il avec un regard langoureux vers le lac.

– Allez, mon Durnik, vas-y, puisque tu en as tellement envie. Mais n'oublie pas de revenir quand le dîner sera prêt.

– Vous venez, Toth ? fit le forgeron, soudain ragaillardi.

Alors que le soir tombait sur le vallon et que les étoiles apparaissaient dans le ciel de velours, ils se réunirent autour du feu et mangèrent l'agneau rôti, les légumes à la vapeur et le pain noir que leur avait donnés Vard.

– Un festin de roi, Dame Polgara, fit Sadi, repu, en s'adossant à un rocher.

– Comme vous dites, murmura Garion.

– J'oublie toujours ! Vous faites si peu de manières, Belgarion... Vous devriez vous mettre un peu plus en avant, les gens remarqueraient davantage Votre Majesté.

– Je ne saurais mieux dire, Sadi, renchérit Ce'Nedra.

– Oui, eh bien, je ne suis guère soucieux de reconnaissance en ce moment, observa Garion.

Silk se leva et s'éloigna discrètement.

– Où allez-vous, Kheldar ? appela Velvet.

– Là où le roi va tout seul, Liselle, Mais, si tu y tiens, je te ferai un rapport détaillé et tu pourras tout rapporter à ce cher Javelin.

– Je vous trouve bien agressif, Prince Kheldar.

– Disons que je ne supporte pas d'être espionné.

– Eh bien, disons plutôt que je me préoccupe de votre bien-être. Vu comme ça, ce n'est plus tout à fait de l'espionnage. Ou, du moins, ça devrait vous paraître moins désagréable.

– Ça revient exactement au même, Liselle.

– C'est un peu ce que je pensais aussi. Allons, tâchez de ne pas vous perdre.

Il s'enfonça dans l'obscurité en marmonnant.

– Grand-père, tu crois que les soldats vont nous chercher longtemps ? s'enquit Garion.

– C'est difficile à dire, répondit le vieux sorcier en se grattant distraitement la barbe. Les Malloreens sont moins tenaces que les Murgos, mais, si on leur a donné leurs ordres avec une conviction suffisante, il se pourrait qu'ils fassent semblant de fouiller sérieusement avant de s'en retourner.

– Autant dire que ça peut durer des jours et des jours. Et pendant ce temps-là, Zandramas s'éloigne avec mon fils.

– Nous n'y pouvons rien, hélas.

– Vous ne pensez pas, Belgarath, qu'ils se laisseraient abuser par nos robes de marchands d'esclaves ? hasarda Sadi.

– Je préfère éviter de courir le risque. Les Murgos voient des trafiquants d'esclaves rôder chez eux depuis si longtemps qu'ils n'y font plus attention, mais les Malloréens n'y sont pas aussi habitués. Et puis nous ne savons pas exactement ce qu'ils cherchent. Qu'est-ce qui nous dit qu'ils ne traquent pas, justement, un groupe de marchands d'esclaves ?

Silk revint sans bruit près du feu.

– Nous avons de la compagnie, annonça-t-il. Il y a plusieurs feux de camp par là, au nord-est.

– Près d'ici ? demanda très vite Garion.

– Non. A plusieurs lieues. J'étais monté sur cette butte, et le regard porte loin, de là-haut. Les feux sont assez dispersés. Ils ont dû se déployer à travers bois.

– Eh bien, Père ? demanda Polgara.

– Pas question de décider quoi que ce soit avant le lever du jour. S'ils se contentent de jeter un coup d'œil superficiel, nous devrions pouvoir rester ici. S'ils font les choses plus sérieusement, il se pourrait que nous soyons obligés de chercher ailleurs. Allons, nous ferions mieux de dormir. La journée qui nous attend risque d'être éprouvante.

Le lendemain matin, Silk se leva avant l'aube et remonta sur la butte alors que ses compagnons se réveillaient et se groupaient autour du feu, dans la clarté douteuse de l'aurore.

– Ils se rapprochent, déclara-t-il en revenant, et ils fouillent la forêt pouce par pouce. Il est probable qu'ils vont venir jusqu'ici.

– Eteignez le feu, déclara Belgarath en se levant. Inutile de les attirer.

Pendant que Durnik jetait de la terre sur les braises, Toth alla jeter un coup d'œil de l'autre côté du vallon. Puis il s'approcha du vieux sorcier, lui tapota l'épaule pour attirer son attention et tendit le doigt.

– Durnik, qu'est-ce qu'il raconte ? demanda Belgarath.

– Il dit qu'il y a, de l'autre côté du bassin, au pied de la falaise, un roncier qui devrait nous fournir une bonne cachette, traduisit le forgeron après un bref conciliabule avec son ami muet.

– Allez voir, ordonna sèchement le vieillard. En attendant, nous allons effacer toute trace de notre passage.

Un quart d'heure plus tard, ils avaient démonté les tentes et fait disparaître les empreintes qui auraient pu signaler leur présence à un observateur attentif. Silk jouait les inspecteurs des travaux finis lorsque Durnik et Toth revinrent.

– C'est juste ce qu'il nous fallait, annonça le forgeron. Il y a un creux au milieu du fourré. Si nous faisons bien attention en y amenant les chevaux, nous devrions passer complètement inaperçus.

– Et vu de là-haut, qu'est-ce que ça donne ? objecta Garion en tendant le doigt vers le haut de la falaise.

– Nous n'aurons qu'à camoufler le centre avec des ronces, décréta Durnik. Ça ne devrait pas nous prendre longtemps. A votre avis, Silk, de combien de temps disposons-nous ?

– Disons une heure. Ça suffira amplement.

– Très bien, fit Belgarath. Allons-y. Je préfère me cacher plutôt que de fuir tête baissée.

Ils écartèrent les ronces et menèrent leurs chevaux au centre du fourré. Tandis que Garion et Silk remettaient soigneusement en place les longues tiges sarmenteuses, Durnik et Toth en coupèrent une quantité suffisante pour couvrir l'ouverture ménagée au centre. Le colosse muet s'arrêta au beau milieu de sa tâche, le regard vague, comme s'il écoutait quelque chose. Puis il se renfrogna et poussa un soupir.

– Qu'y a-t-il, Toth ? demanda Durnik.

Le colosse haussa les épaules et se remit à l'ouvrage.

– Grand-père, fit Garion, s'il y a des Grolims parmi les soldats, tu ne crains pas qu'ils nous cherchent mentalement ?

– C'est peu vraisemblable, rétorqua Silk. C'est une petite expédition, et l'Eglise et l'armée ne s'entendent pas si bien que ça en Mallorée.

– Ils arrivent, annonça Polgara. Ils sont à moins d'une demi-lieue.

– Viens, Garion, rapprochons-nous du bord, suggéra Silk. Je voudrais voir ce qui se passe.

Il se coucha à plat ventre et s'engagea en rampant sous les branches hérissées d'aiguillons acérés.

Garion le suivit en lâchant une bordée de jurons. Il avait beau faire, les épines crochues s'ingéniaient à se planter dans les parties les plus sensibles de son individu.

– Je ne voudrais pas interrompre tes dévotions, murmura Silk, mais le moment me paraît plutôt propice au silence.

– Tu vois quelque chose ? chuchota Garion.

– Pas encore, mais je peux te dire qu'ils sont à l'entrée du vallon. Les Malloréens ne brillent pas par la discrétion.

Garion entendit un bruit de voix, dans le lointain. Des bribes de phrases lui parvenaient par bouffées, étranges et trompeuses, déformées par l'écho. Puis des sabots claquèrent sur les pierres, le long du torrent : les Malloréens exploraient l'entrée de la ravine.

C'était un détachement d'une douzaine d'hommes en tunique rouge qui montaient avec raideur, comme s'ils n'avaient pas l'habitude d'être à cheval.

– Vous savez pourquoi on cherche ces gens ? grommela l'un d'eux d'une voix de rogomme.

– Allez, Brek, t'es dans l'armée depuis assez longtemps pour savoir qu'on nous donne jamais d'explications, rétorqua l'un de ses collègues. Quand un officier te dit d'sauter, tu lui d'mandes pas pourquoi. Tu lui d'mandes où, c'est tout.

– Ah, ces officiers ! cracha le dénommé Brek. Y veulent toujours tout avoir sans rien faire. Y f'raient mieux de s'méfier, tous ces beaux capitaines, pa'cequ'un jour, les soldats du rang comme toi et moi en auront par-dessus la tête, et là...

– C'est d'la mutinerie, Brek, riposta son compagnon en balayant les environs d'un regard craintif. Si le capitaine t'entendait, tu s'rais crucifié tout de suite.

– Ouais, eh ben, y f'raient mieux de s'méfier quand même, marmonna l'autre, la mine sombre. Y a une limite à tout.

Les hommes traversèrent le camp que Garion et ses amis avaient soigneusement nettoyé et suivirent le torrent jusqu'au bassin.

– Hé, Sergent ! pleurnicha Brek. Vous croyez pas qu'on pourrait s'arrêter et se r'poser un peu ?

– Brek, répondit le corpulent gaillard qui menait la marche, un jour, pas trop lointain j'espère, j'aimerais que t'arrêtes de geindre.

– Vous avez pas b'soin de m'parler sur ce ton, objecta ledit Brek. J'obéis aux ordres, pas vrai ?

– Mais t'arrêtes pas de te plaindre à propos de tout et de rien, et j'commence à en avoir marre. La prochaine fois qu'tu l'ouvres, j'te fais avaler tes dents.

– Je l'dirai au capitaine, gémit Brek. Vous avez entendu, vous autres, y nous a menacés de *services* corporels !

– Et comment tu t'feras comprendre quand t'auras plus de dents et qu'tu marmonneras comme une vieille femme ? Allez, fais boire ton cheval et ferme-la.

C'est alors qu'un homme au visage de marbre sous des cheveux gris fer s'approcha au petit trot sur une jument efflanquée.

– Toujours rien ? demanda-t-il laconiquement.

– Rien du tout, Capitaine, répondit le sergent en saluant.

L'officier promena un regard circonspect sur les environs.

– Vous avez jeté un coup d'œil dans ce fourré ? insista-t-il en indiquant l'endroit où Garion et ses compagnons étaient dissimulés.

– On allait justement l'explorer, Capitaine, répondit le sergent. Mais on n'a vu aucune trace.

– Les traces, ça s'efface. Dites à vos hommes d'aller voir là-dedans.

– Tout de suite, Capitaine.

Les soldats s'approchèrent du fourré pendant que l'officier menait son cheval près du petit lac pour le faire boire.

– Le général a-t-il dit pourquoi il en avait après ces gens ? demanda le chef du détachement en mettant pied à terre.

– Ça, Sergent, ce ne sont pas vos oignons.

Les soldats firent le tour du fourré en jetant un coup d'œil de pure forme entre les ronces.

– Dites-leur de descendre de cheval, Sergent, fit le capitaine, excédé. Je veux qu'ils passent ce roncier au peigne fin. Le vieux aux cheveux blancs qui était au village nous a bien dit que ceux que nous cherchions étaient par ici.

– Vard ! souffla Garion, suffoqué. Il nous a trahis.

– On dirait bien, répondit Silk, sur le même ton. Reculons un peu. On dirait que ces soldats vont faire leur travail sérieusement, pour une fois.

– C'est plein d'épines, Capitaine, beugla Brek. Comment vous voulez qu'on rentre là-dedans ?

– Servez-vous de vos lances, ordonna le capitaine.

Les Malloréens détachèrent leurs piques de leur selle et procédèrent à l'exploration du fourré.

– Colle-toi par terre, murmura Silk.

Garion obtempéra en réprimant un chapelet d'imprécations alors que les épines s'enfonçaient dans ses cuisses.

– Y'a qu'des ronces, là-d'dans, Capitaine, beugla Brek après quelques coups de sonde infructueux. Personne n'aurait pu s'y cacher, surtout avec des ch'vaux.

– Très bien, fit l'officier. Remontez en selle. Nous allons fouiller la prochaine ravine.

Garion reprit son souffle.

– Nous l'avons échappé belle, chuchota-t-il.

– De justesse, renchérit Silk. Il faudra que j'aie une petite conversation avec ce Vard.

– Pourquoi nous aurait-il trahis comme ça ?

– Ça fait partie des choses que je lui demanderai à la première occasion.

Les soldats rejoignirent leur capitaine auprès du bassin.

– Très bien, Sergent, dit celui-ci en remontant en selle d'un bond. Remettez vos hommes en formation et allons-y.

Tout à coup, l'air se mit à frémir et Cyradis apparut juste devant lui. Le cheval de l'officier se cabra, surpris, et l'homme manqua vider les étriers.

– Par les dents de Torak ! jura-t-il. D'où venez-vous ?

– Peu importe, répondit-elle. Je suis venue t'aider dans ta quête.

– Attention, Capitaine ! s'écria Brek. C'est une de ces sorcières dalasiennes. Elle va vous jeter un sort !

– La ferme, Brek, lança le sergent.

– Explique-toi, Femme ! ordonna le capitaine d'un ton impérieux. Que veux-tu dire ?

– Ceux que tu cherches sont cachés là, reprit la sibylle en tendant la main vers le roncier.

Garion entendit Ce'Nedra étouffer un hoquet, derrière lui.

– On vient de r'garder, protesta Brek. Y a rien là-d'dans.

– Il faut croire que tu as une mauvaise vue, riposta la sibylle.

– Tu me fais perdre mon temps, lança le capitaine d'un ton glacial. J'ai vu mes hommes fouiller ce fourré. Que fais-tu ici ? ajouta-t-il en étrécissant les yeux. Les gens de ton espèce n'ont jamais été les bienvenus au Cthol Murgos. Rentre chez toi. Je n'ai pas le temps d'écouter les balbutiements d'une sorcière à la cervelle farcie de chimères.

– Je vais te prouver que je dis vrai, riposta-t-elle.

Elle leva la tête et resta parfaitement immobile.

Un vacarme effroyable se fît entendre quelque part derrière Garion et Silk, et quelques instants plus tard, en réponse à l'ordre silencieux de sa maîtresse, le géant Toth sortit du fourré en courant à toutes jambes, portant dans ses bras une Ce'Nedra qui se débattait comme un beau diable.

Le capitaine les contempla, les yeux exorbités.

– C'est eux, Capitaine ! s'exclama Brek. C'est le géant et la putain aux cheveux rouges qu'on nous a dit de chercher !

– Je te l'avais bien dit, rétorqua Cyradis. Les autres sont là aussi.

Sur ces mots, elle disparut comme elle était venue.

– Emparez-vous d'eux ! ordonna le sergent.

Ses hommes mirent pied à terre et se jetèrent, l'arme au poing, sur Toth et Ce'Nedra qui se démenait de plus belle.

– Que faisons-nous ? murmura Garion. Ils tiennent Ce'Nedra.

– Je vois bien.

– J'y vais, conclut Garion en tirant son épée.

– Sers-toi un peu de ta tête, lança Silk. Tu ne feras que la mettre en danger si tu fonces dessus comme ça.

– Garion, Silk..., souffla Belgarath. Que se passe-t-il ?

Garion regarda par-dessus son épaule au prix de pénibles contorsions et vit son grand-père qui s'efforçait de distinguer quelque chose entre les ronces.

– Ils tiennent Toth et Ce'Nedra, Grand-père, répondit-il tout bas. C'est Cyradis. Elle leur a dit où nous étions.

Les mâchoires de Belgarath se crispèrent et Garion eut l'impression de voir de la fumée sortir de ses narines.

Le capitaine malloréen s'approcha à cheval du roncier, suivi par le sergent et la troupe.

– Allez, dehors, vous autres ! ordonna-t-il sèchement. Je tiens déjà deux de vos amis, et je sais que vous êtes là !

Seul le silence lui répondit.

– Ça suffit ! tonna-t-il. Soyez un peu raisonnables. Si vous ne sortez pas, je vais ordonner à mes hommes de découper le fourré avec leurs épées. Il n'y a pas encore eu de blessés, et je vous donne ma parole de ne pas vous faire de mal si vous venez tout de suite. Je vous permettrai même de garder vos armes, en gage de bonne foi.

Garion entendit un brève conciliabule à voix basse, au cœur du roncier.

– Très bien, Capitaine, fit Belgarath d'un air écœuré. Dites à vos homme de rengainer leurs armes. Nous sortons. Vous aussi, Garion et Silk.

– Qu'est-ce qui lui prend ? râla Garion. Nous aurions pu rester cachés ici et les libérer plus tard.

– Les Malloréens savent combien nous sommes, répondit Silk. Le capitaine a gagné. Pour l'instant, du moins. Allons-y.

Il se fraya un chemin entre les ronces. Garion le suivit en jurant. Les autres émergèrent du roncier et s'approchèrent de l'officier Malloréen. Mais Durnik les dépassa, rouge de colère, et se planta devant Toth.

– Voilà donc comment vous traitez vos amis ? gronda-t-il. C'est comme ça que vous nous rendez toutes nos bontés ?

Le visage du colosse se teinta de mélancolie, mais il ne fit pas mine de répondre ou de s'expliquer.

– Vous m'avez bien eu, Toth, continua le forgeron d'une voix glaciale. Vous n'étiez pas mon ami. Vous ne l'avez jamais été. Votre maîtresse vous a juste mis en position de nous trahir. Eh bien, vous n'aurez pas l'occasion de recommencer.

Il leva la main et Garion sentit le rugissement familier.

– Durnik ! s'écria Polgara. Non !

– Il nous a trahis, Pol. Il ne va pas s'en tirer comme ça.

Ils s'affrontèrent un long moment du regard, puis quelque chose dut passer entre eux, car le forgeron finit par baisser les yeux. Il se retourna vers le géant muet.

– Tout est fini entre nous, Toth. Je ne vous ferai plus jamais confiance et je ne veux plus vous voir. Donnez-moi la princesse. Je ne veux pas que vous la touchiez.

Le géant muet tendit la petite reine à Durnik qui la prit dans ses bras et se détourna délibérément.

– Très bien, Capitaine, et maintenant ?

– Maintenant, Vénérable Belgarath, j'ai pour ordre de vous escorter à Rak Verkat. Le gouverneur militaire de la cité vous attend. Je vais être obligé de vous séparer de certains de vos compagnons, par pure précaution. Nous savons de quel pouvoir vous disposez, Dame Polgara et vous-même. Le bien-être de vos amis dépend de vous. Je suis sûr que vous me comprenez.

– Ben voyons, répondit sèchement le vieux sorcier.

– Les plans de votre gouverneur militaire comportent-ils des oubliettes et tout le bataclan ? s'enquit Silk.

– Vous êtes injuste avec Son Excellence, Prince Kheldar, répondit le capitaine. J'ai pour ordre de vous traiter avec le plus grand respect, tous autant que vous êtes.

– Vous semblez remarquablement renseigné sur nous, Capitaine, observa Polgara.

– Celui, ma Dame, qui a ordonné votre arrestation s'est montré on ne peut plus précis, répondit-il avec une courbette d'une raideur toute militaire.

– Et de qui peut-il bien s'agir ?

– Comment le doute pourrait-il subsister dans votre esprit, Dame Polgara ? L'ordre vient directement de Rak Hagga, et de Sa Majesté impériale Kal Zakath. Il y a un moment qu'elle est informée de votre présence au Cthol Murgos.

– Formez l'escorte autour des prisonniers, ordonna-t-il sèchement à ses hommes, puis il se tourna à nouveau vers Polgara. Pardonnez-moi, ma Dame. Je voulais dire *les invités*, bien entendu. Le vocabulaire militaire manque parfois de courtoisie. Un vaisseau vous attend à Rak Verkat. Vous prendrez la mer dès votre arrivée. Sa Majesté impériale vous attend avec une extrême impatience.

Ainsi s'achève le Chant Deux de *La Mallorée*.
Le Chant Trois, *Le Démon majeur de Karanda*,
lève le voile
sur le sort que l'empereur Zakath
réserve à Garion et à ses amis,
sur les sombres desseins de Zandramas
et sur les étranges coutumes des démons.

David Eddings est né en 1931 à Spokane, Washington, dans ce grand Nord-Ouest des USA où le destin le ramènera souvent. Etudes au Junior College d'Everett (1950-1952) puis Reed College (1952-1954). Service militaire en Allemagne (1954-1956) : visite les grandes villes d'art européennes. Passe le M.A. (1957-1961) et s'inscrit en Ph.D. de littérature à l'Université du Washington à Seattle. Judith Leigh Schall est née en 1937 ; elle a passé son enfance dans un village près de Pittsburgh avant de rejoindre l'armée de l'air. Puis elle rencontre David Eddings à Tacoma et l'épouse en 1962 après un été aventureux qu'il racontera dans *High Hunt*, son premier roman (1973). Dans l'immédiat, il trouve du travail chez Boeing, qui l'envoie dans le Dakota pour s'occuper de missiles, puis à la Nouvelle-Orléans pour s'occuper de la fusée Saturne. Mais Leigh, asthmatique, ne supporte pas le climat de la ville et le couple retourne au Dakota, où David devient professeur de collège, puis à Denver, où il est engagé par Safeway (une chaîne de supermarchés) tandis que Leigh trouve du travail dans un motel. Le magasin, en 1974, est le théâtre d'un hold-up tragique ; il en tire *The Losers* (1992), un thriller sur le mal et la violence, qui se passe à Spokane, lieu de sa naissance, où il s'est replié après la fusillade. Mais ce n'est pas sa vocation d'écrire des romans « sérieux », même sur l'ennui dans les villes moyennes ; il relit Tolkien, reprend ses notes de cours sur la littérature médiévale et construit un univers complet avec ses cartes et ses guerres des dieux. A partir de 1982, il rencontre le très grand public avec *la Belgariade* et sa suite : *la Mallorée* ; une écriture moderne, une narration claire malgré la multiplication des personnages, un humour léger, la vie de ses dialogues sont sans égal dans la fantasy d'aujourd'hui. En 1995, il reconnaît Leigh comme co-auteur de ses romans : c'est à elle que l'on doit les décors concrets, les personnages féminins, les chutes incisives.

Achevé d'imprimer par GGP Media GmbH, Pößneck
en Juillet 2004
pour le compte de France Loisirs,
Paris

[illegible] d'imprimer [illegible]
en juillet 20[illegible]
[illegible]
[illegible]

N° d'éditeur: 41101
Dépôt légal: Août 2004
Imprimé en Allemagne